한국 현대시의 생태학

김소월과 정지용 시를 중심으로

한국 현대시의 생태학

김소월과 정지용 시를 중심으로

국학자료원

머리말

브라질에서 일어난 작은 나비의 날갯짓이 미국 텍사스에 돌풍을 일으킨다는 말이 있다. 카오스 이론에서 초깃값의 미세한 차이에 의해 결과가 완전히 달라지는 현상을 이야기할 때 흔히 사용되는 '나비 효과' 이론이다. 1952년 브래드버리가 단편소설 『천둥소리』에서 처음으로 이 용어를 사용했다. 이후 카오스 이론 선구자로 알려진 미국의 기상학자 에드워드 노턴 로렌즈가 기상 관측 연구 중에 하찮은 초깃값이 나중에는 아주 큰 결과를 가져온다는 것을 발견하였고, 1972년에 미국 과학부흥협회의 강연에서 이 말을 사용한 뒤부터 널리 대중에게 알려졌다.

이 나비 효과 이론은 생태 문제에도 그대로 적용될 수 있다. 생태계에 존재하는 보잘 것 없어 보이는 곤충의 작은 움직임 하나(원인)가 거대한 폭풍(결과)을 만든다는 것은 단순한 논리의 비약이 아니다. 생태계의 구성원리는 그물로 설명되곤 하는데, 그물코 하나가 끊어지면 그물 전체에 엄청난 결과가 생기는 것은 당연한 일이다. 미생물-식물-초식동물-육식동물-미생물로 옮아가는 원리에서 확인되듯 생태계의 구성원은 서로 유기적으로 연결되어 있고, 순환하고 있기 때문이다. 멸종 위기에 처한 동식물과 생태계 균형을 지켜야 하는 이유다.

현대인은 기후 위기라는 말이 일상화된 시대를 살고 있다. 겨울에는 한파가, 여름에는 지구 열대화로 폭염이 극심해졌다. 봄꽃이 가을에 피는가 하면 늦가을에는 단풍 대신 초록색 낙엽이 거리에 나뒹굴고 있다. 전 인류가 식량 위기에 직면할 수 있다는 경고음도 울리고 있다. 태풍과 해일, 홍수와 가뭄, 극지 빙하의 해빙과 해수면 상승은 생물 다양성을 크게 훼손할 뿐만 아니라 전 지구촌을 위협하고 있다. 굳이 나비 효과 이론을 들먹이지 않아도 이런 현상이 지속된다면 머지않은 뒷날의 결과는 결코 밝지 않다.

생태와 관련된 여러 위기에 대한 대응은 인간의 의식이 변하지 않는 이상 요원한 일이다. 중국으로부터는 봄여름 나눌 것 없이 거의 매일같이 편서풍을 타고 온갖 오염물질이 섞여 있는 모래바람이 날아오고, 일본에서는 원전 폭발사고가 있었다.-일본은 현재 후쿠시마 원전 사고로 생긴 핵오염폐수를 해양에 투기하고 있다. 우리의 산과 들도 근대화와 세계화의 물결을 타고 산업화 시대를 건너오면서 오염과 파괴가 심화됐다. 그뿐 아니다. 유럽에서는 러시아-우크라이나 전쟁, 중동에서는 이스라엘-하마스 전쟁이 계속되고 있다. 우리나라도 전쟁의 '실질적 위험'을 안고 있다. 전쟁은 인류 스스로 절멸의 위기를 만드는 원인의 하나다. 기우에서 현실로 바뀌고 있는 생태 위기의 방향을 바꿀 수 있는 가장 좋은 방법은 무엇일까. 우리가 사는 지구는 인류를 포함한 모든 생명체의 공유지(commons)라는 인식을 어디서 어떻게 찾아내어 보여 줄 것인가. 지구라는 가정의 일원으로서 상생 세계 지향에 적극적으로 참여할 수 있는 방식은 어떤 것이 좋을까.

이 책은 이러한 화두에서 추동력을 얻어 한국 현대시를 생태학적으로 구명한 것이다. 여러 시인 가운데 김소월과 정지용의 시를 중심으로 삼은 것은, 한국 현대시의 생태학적 출발점은 어디인가에 대한 문제의식 때문이다. 이들의 작품에 생태학적 국면을 관통하는 특징이 있음에도 관련된 연구를 만나기가 쉽지 않고, 또 이들이 한국에서 가장 먼저 손꼽을 수 있는 대표적 시인이라 판단되었다. 시의 정서적 움직임을 통한 변화가 생태 위기의 방향을 조절하고, 상생 세계 지향의 교두보 역할을 할 수 있을 것으로 기대된다.

이 책 Ⅱ장에서는 이론적 토대를 마련하기 위해 생태학적 논리와 생태시의 형성 배경을 고찰했다. 동서양의 자연관을 생태학적 측면에서 검토했고, 생태학의 탄생 배경과 이론적 전개를 살펴보았다. 이와 함께 생태시학 담론 전개와 김소월·정지용 시의 상관성을 조감했다.

생태학은 생태 위기 원인으로서의 과학기술주의와 이성중심주의에 대한 반성적 성찰을 통해 근본생태론, 사회생태론 등으로 분화 발전해 왔고, 오늘날 다양한 학문과 접목되어 파급되고 있다. 김소월과 정지용은 근대화가 파행적으로 진행되던 식민지시대를 살았던 시인으로서 대부분의 시에 일관되게 자연을 투사하고 있다. 자연은 생태계의 근본으로서 생태계 내 모든 존재의 생존과 연관성을 갖는다. Ⅲ장에서는 이러한 김소월·정지용 시의 생태학적 양상과 세계인식을 유기론적 상상력의 생태시학, 공동체적 상상력의 생태시학, 공간적 상상력의 생태시학으로 나눠 고찰했다.

첫째, 유기론적 상상력의 생태시학에서 김소월의 '동물' 상상력과 정지용의 '바다' 상상력을 논의했다. 김소월은 '동물' 상상력을 통해 물활론적이고 서로 의존적인 부분들의 전체적인 역동적 상호작용을 유기론적 생태시학으로 녹여내고 있다. 정지용의 초기 시에서 주로 등장하는 '바다' 상상력은 열린 생명세계와 닫힌 현실세계를 표상하는 양상을 보여준다. 정지용의 바다 생태학은, 개방적 생명성의 활력과 다층적 상상력이 결합됐을 때 적극적이며 지속적인 무한성과 미래를 보여준다.

둘째, 공동체적 상상력의 생태시학에서 김소월은 '마을' 상상력을 통해 자연과 사람이 분리되지 않은 생태공동체로서의 평화와 조화로운 상생의 원리를 내포한 서정적 질감을 보여주고, '대지' 상상력을 통해 지배와 착취에 반대하는 사회생태학적인 적극적 참여와 저항 의식을 드러낸다. 정지용은 '고향' 상상력을 통해 인간과 자연의 조화, 개인과 공동체의 유대가 보장된 충만함 속에서 구현된 생태학적 감수성을 보여준다.

셋째, 공간적 상상력의 생태시학에서는 김소월의 '물'·'불' 상상력을 논의하면서 우주적 모성성과 생명회복의 역동성을 도출했고, 정지용의 '산' 상상력을 논의하면서 생명 주체 세계의 동양적 균제미와 자발적 생장의 자연 미학을 파악했다. 자연을 인간과 균등한 존재로 보지 않고 인간의 지배 대상인 물체나 물질로 인식하는 근대사회의 비생태적 사유 극복을 보여주는 두 시인의 공간적 생태시학이 확인됐다.

생태학적 관점에서 김소월과 정지용의 시를 논의한 이 연구는 다음과 같이 그 의의를 요약할 수 있다. 첫째, 전통적 측면에서 서정 세계나 언어의 리듬적 감각을 중점으로 고찰해오던 김소월의 시세계와 이미지즘적 모더니티 측면이나 은일(隱逸)의 동양적 정신세계 측면에서 주로 다루어지던 정지용의 시세계를 생태학적 상상력 가운데서도 유기론적 관점, 공동체적 관점, 공간·장소적 관점에서 새롭게 구명하였다는 점. 둘째, 두 시인의 시를 생태학적 관점에서 고찰하면 여러 부분에서 그 의미가 상통한다는 사실이 확인되었고, 두 시인의 시세계에 대한 연구의 방향을 환기시켰다는 점. 셋째, 산업화 시기 이후의 작품들을 대상으로 주로 논의되었던 한국 현대 생태시를 김소월과 정지용에 이르기까지 소급하여 확대함으로써 한국 현대 생태시가 1920-30년대에 이미 뿌리 내리고 있었음을 구명하였고, 산업화 이전의 생태시와 산업화 이후의 생태시가 서로 단절된 것이 아니라 연결되어 있음을 확인시켰다는 점. 넷째, 한국의 전통 사상 속에 내재된 생태적인 사유를 한국 현대시문학사의 초기 시기부터 적극적으로 수용하고 있다는 점을 환기하였다는 점. 다섯째, 한국 현대 생태시가 서구의 영향을 받아 출발한 것이 아니라 자생적으로 발아하였음을 구명하였다는 점 등을 거론할 수 있을 것이다.

생태학적 관점에서 김소월과 정지용의 시를 분석한 결과, 김소월은 전통 계승이나 서정적 정한(情恨)의 세계에만 머물러 있는 것이 아니었고, 정지용 역시 서구 모더니즘의 아류에 불과한 이미지즘적 사물시나 동양적 정신주의에 매몰된 은일의 세계에 갇혀 있었던 것도 아니다. 두 시인의 시를 관류하는 생태학적 관점은 시기에 따라 표현 방식이 바뀌고 그 농도가 다소 차이를 보이지만 일관된 흐름을 가지고 있음을 알 수 있다. 김소월과 정지용 시의 생태학적 특성을 논의한 이 연구는 한국 생태시의 지평을 넓히는 일일 뿐 아니라 한국 현대시의 발전에 기여하는 일일 것이며, 더 많은 생태시학적 대안 모색과 생태학적 세계 구현을 위한 작은 거름일 것이다.

박사 학위를 받은 뒤 오래 묶여 두었던 논문 원고를 꺼내 책으로 묶기까지는 큰 용기가 필요했다. 많은 분의 덕분으로 포기하지 않고 이 책이 나오게 됐다. 학위 논문을 쓸 수 있도록 격려를 아끼지 않으시고 든든한 뒷배경이 되어주신 존경하는 지도교수님께 먼저 마음을 다하여 감사드린다. 그리고 학문의 징검다리를 놓아주시고 여러 가지 배려를 아끼지 않으신 경희대학교 국문학과와 후마니타스칼리지의 여러 교수님, 은사님들, 논문 심사를 통해 부족한 부분을 깨우쳐 주신 교수님들, 생태문학의 주춧돌을 놓아주신 선구자님들께도 감사드린다. 현대문학연구회, 프락시스 연구원들, 강의실을 학문적 토론의 열기로 채웠던 동학들, 모두 깊은 감사의 말씀을 드린다. 부족한 원고를 책으로 엮으시느라 노고를 아끼지 않으신 국학자료원 출판사 사장님과 여러

분에게 감사드린다.

　뒤늦게 학문의 세계에 들어선 자식의 박사 학위 취득을 보지 못하고 세상을 뜨셨으나 지금도 생생히 마음에 살아계신 부모님께 이 책의 온기를 바친다. 묵묵히 지켜보며 까탈스러운 성정을 다 받아준 아내와 딸, 아들, 고맙고, 사랑한다. 장모님, 형과 누나와 조카들, 그리고 학위 과정은 물론 학위 취득 뒤에도 창원-서울을 왕래하느라 고생한다고 늘 응원해주고 손을 잡아준 지인들께도 감사드린다. 이분들의 따뜻한 눈길과 숨결이 내 공부와 삶의 밑천임을 새삼 느낀다. 책 곳곳, 과문하여 살피지 못한 잘못과 아쉬움은 다음 기회에 고치고 보충하려 한다. 이 책이 생태문학의 지평을 조금이나마 넓히고, 학문적 논의의 활성화에 기여하여 제 몫을 충실히 하기를 빈다.

2024년 1월 새해 아침
창원 世農齋에서 배한봉

3부
김소월 · 정지용 시의 생태학적 양상과 세계인식   171

4부
생태시학의 미래를 향해

1부

한국 현대시의 생태학적 연구를 위한 전제

한국 현대시의 생태학적 연구를 위한 전제

1. 문제 제기

한국 현대시사에서의 생태시에 대한 연구와 비평은 민중문학의 열기가 가라앉기 시작한 1990년대부터 본격적으로 이루어져서 다대한 성과를 이루었다. 이 성과는 21세기 지구촌과 시의 미래를 향해 열려 있다는 점에서 의의가 크다. 그러나 논의 대상이 산업화 시대를 기점으로 그 이후의 시들에 편중되어 있어 문학사적으로 생태시의 계보가 단절되는 문제를 노정할 수밖에 없었다. 2000년대 전후부터 이러한 한계를 극복하려는 연구자들에 의해 1920~30년대 시인들에 대한 생태학적인 측면에서의 본격 학술 연구[1]가 이루어지고 있지만, 생태시학의 보다 웅숭깊은 확장과 한국 생태시의 유구한 전통을 발굴하기 위해서

---

1) 박주택, 『낙원회복의 꿈과 민족정서의 회복-백석 시 연구』, 시와시학사, 1999. ; 손민달, 「1920년대 생태주의적 상상력 연구-이상화와 김소월의 시를 중심으로」, 『인문연구』, 영남대학교 인문과학연구소, 2007. ; 이문재, 「김소월·백석 시의 시간과 공간의식 연구-생태시학의 가능성을 중심으로」, 경희대학교 박사논문, 2008. ; 김옥성, 『한국 현대시와 종교 생태학』, 박문사, 2012. ; 김동명, 『심층생태주의의 유기론적 시학』, 국학자료원, 2013.

는 지속적인 연구가 요청된다. 생태시학은 개발과 성장 이데올로기로 점철된 근대의 인간중심주의 극복, 그리고 생물권적 평등주의 실현이라는 명제를 안고 출발했다는 사실을 직시할 때, 1920~30년대 시인들의 시에 나타난 생태학적 상상력과 그 의미에 대한 논구는 오늘날의 연구가 안고 있는 한계를 극복하면서 한국의 시사를 한층 두텁게 하는 일이 틀림없다.

본고는 이러한 측면에서 한국 현대시의 생태학적 특성을 김소월과 정지용의 시를 중심으로 구명하고자 한다. 한국 현대시사에서 김소월과 정지용은 빼놓을 수 없는 대표적 시인들이다. 이들 시인의 시세계가 생태학적 조화와 균형을 추구하고 있음에도 두 시인을 생태학적으로 연계한 연구는 현재까지 찾아보기가 쉽지 않다. 그러므로 두 시인의 생태학적 세계관과 상상력을 고찰하는 것은 매우 시의적절한 작업이고, 1920-30년대 시의 생태학적 특성을 밝혀내는 일이라 할 수 있다.

생태시는 지구적 '생태 위기'에 대한 인식의 소산이다. 따라서 문학적 논의에 앞서 오늘날 그 심각성이 매우 깊은 지구 생태 문제를 주목하지 않을 수 없다. 지구 생태 위기는 첨단기술문명의 발전으로 인해 점점 가속화돼 인류가 당장 해결해야 할 중대한 과제로 부각되었다. 생태 위기 문제는 인류 종말과 지구 종말이라는 최악의 정황을 상정한다. 원자력 발전소 사고는 그러한 생태 위기의 대표적 사례 가운데 하나이다. 20세기 최악의 참사로 불리는 체르노빌 원전 사고(1986년)는 5년 동안에 7,000여 명이 사망했고 70만여 명이 치료를 받았다 이러한 원전 사고는 2011년 일본 후쿠시마에서도 반복되었다. 1,600여 명의 사망자를 낸 후쿠시마 원전 폭발로 인한 토양 오염, 대기 오염, 바다 오염 등은 2015년 현재까지도 진행형 생태 위기로 남아있다. 몇 년 지나지 않아 일본은 원전사고로 인한 핵 오염폐수를 해양에 투기하려 할 것이고, 이러한 원전 사고 처리 문제로 지구촌은 생태계 파괴와 관련된 매우 심각한 위협을 받을 것으로 예상된다.

인위적 자연 간섭이 불러온 재앙의 결과 역시 원전 사고 못지않다. 발전이라는 이름으로 건설한 도시화가 그러하다. 2005년 미국 남부의 뉴올리언스는 허리케인 카트리나에 의해 2,000여 명의 사망자를 냈다. 매립한 습지대에 건설한 도시의 강줄기로 역류한 바닷물이 도시 전체를 휩쓴 결과이다. 우리는 이 같은 사태를 자연재해라고 한다. 그러나 시글러(Cigler)는 자연재해라는 개념에 반대하면서 자연재해란 없다고 단언한다. 재해란 사람과 재산을 잘못된 곳에 위치시키고 잘못 관리한 인간 행동의 결과일 뿐이라고 지적한다.[2] 그의 관점에서 모든 재해는 인재일 뿐이다. 이는 인간의 욕망이 만든 불행이다.

인간에 의한 생태계 파괴와 자연 오염은 전염병의 중요한 원인이 된다. 2003년 중증급성호흡기증후군(SARS) 발병 이후 미국의학한림원(IOM)은 ①도시화 ②글로벌화 ③환경파괴 ④미생물의 변이 등 4가지를 전염병의 중요 발병 원인으로 보았다. 2015년 한국에서 발생한 중동호흡기증후군(MERS)도 이와 유사하다고 결론지었다. 세계적인 인수공통전염병(人獸共通傳染病)인 에볼라, 마르부르크, 헤니파, 유사광견병 바이러스 등 각종 전염병과 에이즈 등의 병원균은 인간에 의해 서식지를 잃은 야생동물이 인간과 접촉하면서 퍼트리고 있는 것이다. 전염병은 전염력이 강하고 사망률이 높기 때문에 인간을 포함한 모든 생물체의 생명을 집단적으로 위협한다.

---

2) 김흥순, 「계획의 실패 또는 한계에 관한 연구」, 『韓國地域開發學會誌』 제22집, 한국지역개발학회, 2010, 21쪽.

때 아닌 가뭄과 홍수, 개화 등 지구 온난화를 넘어 지구 생태계의 역습이라 불리는 여러 이상징후를 오늘날 현대인들은 일상적으로 접한다. 자동차의 배기가스, 공장 폐수, 대지의 사막화, 극지방 빙하의 감소, 해수면 상승 등 여러 생태 문제는 인류가 자연의 한 부분으로써 자연 안에서 자연과 더불어 상호작용을 하며 살아가는 존재임을 간과한 채 경제 성장과 기술 발전에만 매달려 자연과 생태계를 파괴하며 무한경쟁을 해 왔던 데 그 이유가 있다.

이에 대한 전면적 반성과 성찰적 사유가, 이념적으로는 생태주의라 불리는 이른바 생태사상이다. 1970년대 서구에서 인간중심주의[3]와 기계론적인 근대성을 부정하며 출발한 생태사상[4]은 자연과학의 한 분야인 생태학을 기초로 하여 자연과학은 물론 사회학과 인문학, 동서양의 종교 등을 넘나들며 총괄적이고 미래학적인 사상으로 그 범위가 광범위해졌다. 이 점은 문학이 가지고 있는 고유한 특성, 이를테면 특정 시

---

3) 콜링우드에 따르면 기독교 사상이 팽배했던 중세에 신이 인간으로 하여금 자연을 지배할 수 있는 전권을 위임했고, 따라서 인간이 자연보다 우월하다는 사고가 생겨나기 시작했다. 이러한 사고는 근대에 이르러 자연이 생명을 결여한 기계와 마찬가지로 자율성을 결여하고 있고 인간을 위한 도구에 불과하다는 사고로 이어져 현대에 이르기까지 지속되고 있다. 이 근대 사상이 인간중심주의이다. R.G.콜링우드(Collingwood, Robin George), 유원기 역, 『자연이라는 개념』, 이제이북스, 2004, 10-11쪽.

4) 문순홍은 1970년대에 등장한 근본생태주의와 사회생태주의를 생태사상의 출발로 잡는다. 생태사상은 1960년대의 환경개량주의를 극복하려는 것에서 비롯됐다. 생태사상과 환경개량주의의 변별점은 '환경문제'를 이전시키지 않고 근본적으로 해결한다는 차원에 있다고 본다. 그 예로 환경개량주의가 시도했던 산성비와 높은 굴뚝건설이란 방안, 식량부족과 녹색혁명이란 방안, 그리고 에너지 부족과 핵에너지원의 개발이란 방안을 지적한다. 높은 굴뚝은 오염물질을 오히려 대기로 확산시켰고, 녹색혁명은 땅의 죽음과 먹거리의 오염 및 인간 건강의 파괴를 야기하였으며, 핵은 체르노빌 사태와 같은 치명적 재난에 인간을 방치시켰다고 비판한다. 문순홍, 『생태학의 담론』, 아르케, 2006, 50쪽.

대에 창작되었으나 당대의 시대성과 유기적 관계망을 통해 의의와 가치가 재탄생되는 것과 맥을 같이 한다.

생태사상은 근본생태주의, 사회생태주의, 생태마르크스주의 등으로 구체화되어 나타난다. 이 가운데서 안 네스, 카프라 등에 의해 전개된 근본생태주의는 상호 연관성, 다양성, 복잡성, 자율성, 지방 분권화, 공생성, 생물권의 평등주의, 순환성, 역동성, 계급 타파의 원칙 등을 내세우며 생명 중심적 자아실현과 모든 생명의 평등성을 주창한다.5) 한편 카프라는 생태계의 기본원리를 6가지로 제시한다.6) 요약하면, 첫째, 자연계는 서로 소통하면서 자원을 공유하는 네트워크를 가지고 있다. 둘째, 물질은 생명의 그물을 통해 끊임없이 순환된다. 셋째, 태양에너지는 생태계의 순환을 촉진시킨다. 넷째, 생명체는 상부상조의 파트너십, 그리고 네트워킹으로 지구를 구성하고 있다. 다섯째, 생태계는 생물학적 다양성이 복잡할수록 큰 회복력을 가진다. 여섯째, 생태계는 끊임없이 움직인다. 그 움직임에 적응력이 뛰어난 네트워크가 생태계이다. 그 적응력은 시스템 전체를 역동적 균형상태로 유지시켜 주는 복합적 피드백 고리의 산물이다.

무정부주의자인 머레이 북친에 의해 시작된 사회생태주의는 근본생태주의와 같은 토대에서 출발하고 있으나 현실 참여적이고 역동적인 생태위기 극복을 주창한다. 생태계의 위기를 인간 이성과 새로운 사회구조로 극복할 수 있다고 보는 데서 근본생태주의와 차이를 보인다.7)

---

5) Arne Naess, "The Shallow and the Deep, Longrange Ecology Movement", *Inquiry* (16), 1973. 네스의 이 논문은 문순홍의『생태학의 담론』에「장기적 관점의 생태운동」으로 번역되어 수록되어 있다.

6) 자세한 내용은 각주 175) 참고. 프리초프 카프라(Capra, Fritjof), 강주헌 역,『히든커넥션』, 휘슬러, 2003, 309쪽.

7) 문순홍, 앞의 책, 132쪽.

오코너에 의해 주창된 생태마르크스주의는 자본주의 생산 방식 자체에서 생태문제가 야기된다고 보는 견해로 자본주의적 생산 양식을 철폐하고, 자연과 인간의 공동체를 목적의식적으로 관리해야만 생태위기를 극복할 수 있다고 본다.[8]

이러한 생태사상이 한국 현대시사에서 맥박 치기 시작한 것 역시 서구의 생태사상이 출발한 것과 같은 시기인 1970년대 전후이다. 생태시 연구자들은 산업화 시대라 일컬어지는 이 시기를 한국 생태시의 출발 기점으로 삼고 있다.[9] 그러나 이 시기는 생태문학으로 규정될 만큼의 움직임을 보이지는 못한 것으로 평가하고 있으며, 80년대의 전환기를 거쳐 90년대에 이르러 본격적으로 전개되었다고 보고 있다. 이런 논의는 한국 현대시가 세계적인 문학 흐름과 어깨를 나란히 하고 있으며, 당대가 직면한 문제를 문학적 대안으로 살펴보면서 새로운 사고 전환의 방식 또는 새로운 해결점을 제시하려 했다는 점에서 큰 의미를 갖는다. 그러나 산업화 시대를 한국 생태시의 출발 기점으로 삼고, 그 이후의 시들을 중심으로 하는 논의는 다음과 같은 우려를 노정한다.

첫째, 한국 현대시사가 지닌 다양성의 폭을 편협하게 재단할 수 있다.

둘째, 한국 현대시가 전통사상 속에 내재된 생태적학인 사유, 즉 전통적 생태사상을 초기부터 적극 수용하고 있음을 간과할 수 있다.

셋째, 자생적 생태시를 간과함으로써 한국 현대 생태시가 외래 영향

---

8) 문순홍, 앞의 책, 76, 69-70쪽.

9) 임도한, 「한국 현대 생태시 연구」, 고려대학교 박사논문, 1999, 27쪽. ; 유성호, 「생태 시학의 형상과 논리」, 『문학과 환경』 제6권, 문학과 환경학회, 2007, 101-103쪽. ; 손민달, 「한국 생태주의 문학 담론 연구」, 고려대학교 박사논문, 2008, 176쪽. ; 김선태, 「한국 생태시의 현황과 과제」, 『비평문학』 제6권, 한국비평문학회, 2008, 8-10쪽.

을 받아 출현한 것이라는 오해를 불러일으킬 수 있다.

넷째, 산업화 시기, 또는 산업화 이후의 시편들에 연구가 편중됨으로써 산업화 이전의 생태시와 산업화 이후의 생태시를 서로 단절된 것으로 보는 단절론적 관점의 근거가 될 수 있다.

다섯째, 연구의 객관성과 공정성에 이의가 있을 수 있다. 산업화 시대 이후 시편들은 창작 시점과 연구 시점 사이의 기간이 문학적·문학사적 객관성을 지닐 만큼 길다고 보기 어려우므로 본격 연구 대상보다는 비평 대상으로 삼는 것이 타당하다.

살펴본 바와 같이 서구의 생태사상을 수용하는 한편 유구한 동양시학의 생태 사상 전통을 계승하면서 한국 생태시 논의의 장을 새롭게 열기 위해서는 산업화 시대 이전으로 거슬러 올라가 연구하는 것이 타당하다. 특히 한국 현대시사의 영역을 확장하고 심화시키기 위해서는 한국 현대시사 초기의 현대시에 습합된 생태사상, 즉 1920~30년대 시인들의 시에 나타난 생물과 생물, 생물과 자연, 자연과 인간, 인간과 인간, 인간과 우주 사이의 관계에 대한 다양한 세계관을 살펴보아야 한다는 당위성이 요구된다. 이 시기 시인들의 시가 품고 있는 생태학적 특성을 주체적이고 총체적으로 구명함으로써 90년대 이후 활발하게 창작된 생태시와 그동안 축적된 논리적 성과가 수입된 서구 이론을 일방적으로 답습하는 사상 종속적인 추수가 아님을 확인하고, 또 한국 현대시사의 지평을 폭 넓게 확인할 수 있을 것이다.

1920~30년대를 대표하는 여러 시인 가운데 김소월과 정지용을 논의 대상으로 삼은 것은 우선 두 시인이 충북 옥천군과 평북 구성군이라는 농촌지역에서 태어나 성장했고, 자연을 시세계의 기본바탕으로 삼고 있다는 공통점 때문이다. 이는 성장하면서 경험한 자연과 시골마을

의 전통적 풍습 등이 두 시인의 생태적 정신세계 골격을 이루고 있으며, 시의 생태학적 상상력과 밀접한 상관성을 지니고 있을 것이라는 추론을 가능하게 했다. 그리고 김소월의 경우는 전통을 계승한 대표적 시인으로, 정지용은 한국 시단에 모더니즘을 정착시킨 시인으로 널리 평가되어왔다. 여러 논자에 의해 다수 연구되었고, 상당한 성과도 얻은 이러한 평가는 자칫 두 시인의 시세계가 보여주는 다양성을 경직성 속에 가둬 그 확장성을 제한할 수 있다는 문제를 제기할 수 있었다. 이를 해소하고 두 시인이 보여준 시세계의 새로운 특성을 추적하는 가장 유용한 방식이 생태학적 관점이라고 보고 논의를 시작한 것이다.

김소월과 정지용의 시는 자연과 인간의 관계에 있어 자연을 지배의 대상으로 여기거나 함부로 훼손해도 되는 하찮은 존재로 인식하지 않는다. 그러니까 이들 시인은, 자연과 인간은 상호작용하는 존재이며, 이 존재들은 모두 스스로 주체적 위치에서 자신의 역할을 하는 것으로 파악하고 있다. 즉 인간중심주의를 극복하고 있으며, 생물권적 평등주의를 실현하고 있다는 의미이다. 이러한 인식을 토대로 한 이 시인들의 시는 자연의 상호 의존성이나, 순환성, 역동성, 그리고 불가의 연기사상, 노자와 장자의 사상 등의 생태사상을 자연스럽게 심층부에 습합하고 있으며, 이 심층의 사상을 통해 시 안팎의 세계와 유기적 관계를 맺고 있다. 또 생명 공동체적 사유를 펼쳐내며, 공간성의 의의를 생태학적 상상력으로 보여주고 있다. 이러한 점은 이 시인들의 시가 오늘날 학문적으로, 사상적으로 이론화되어 전개되고 있는 생태학적 관점을 앞서 아우르며 전개하였음을 보여주는 중요한 좌표이다. 즉 이 시인들의 시세계를 아우르는 기본바탕이 생태학적 상상력이라는 의미이다. 이 사실이 중요한 까닭은 식민시대의 억압적 근대 극복의 사유 방식으로써 상처와 고통, 충돌과 불화, 분노와 한 등을 시로 녹여낸 생태학적 상상력이야말로 우리 민족을 넘어 세계 인류를 넘어 모든 지구 생명체를 아우르는 통합적 총체적 인식임을 확인하는 일이기 때문이다. 이러한 점을 토대로, 본 연구는 김소월과 정지용의 시에 생태사상이 적극적으로 수용되어 있다고 보고, 생태학적 특성과 그 의의를 밝히고자 한다.

연구할 대상인 이 시인들이 본격적인 활동을 전개했던 1920-30년대는 한국 현대시사에서 격동의 시기라 할 수 있다. 문학 외적으로는 일제에 의한 억압적 식민 치하에 놓였던 질곡의 시기였고, 문학 내적으로는 전통적 문학관과 서구에서 유입된 문학관이 서로 수용과 길항의 과정을 거치면서 한국 현대시의 새로운 질서를 확립했던 시기였다. 1910년 일제의 강제병합 이후 주권회복을 위한 민족 저항운동은 1919년 3·1독립운동으로 구체화 됐고, 이로 인해 일제는 초기의 무단통치에서 문화통치로 노선을 바꾸게 된다. 1920년대, 이른바 문화통치기는 일본어 교육을 강화하고, 민족정신 말살을 시도하면서 경제적 수탈을 강화하며 민족 분열을 획책한 때였다. 한편으로는 조선물산장려운동(1920)과 형평운동(1923), 그리고 홍범도의 봉오동전투(1920), 김좌진의 청산리전투(1920), 나석주의 동양척식주식회사 폭탄사건(1926) 등 민중적 사회운동과 군사적 무장투쟁으로 일제의 교활한 정책에 우리 민족의 저항운동이 대립하던 시기였다. 일제 강점 후반기에 접어든 1930년대에는 일제의 강압과 수탈이 한층 강화되었다. 만주사변(1931), 중일전쟁(1937), 태평양전쟁(1941)에 이르기까지 제국주의적 침략 전쟁을 일으킨 일제는 조선을 병참기지화 할 목적으로 식민지 공업화 정책을 펼쳤고, 조선의 농촌 충산층을 몰락시켜 만주와 중국 등으로 유이민(流離民)을 떠나게 하는 결과를 빚는다. 또 사상 통제 정책과 조선어 말살, 창씨개명 등 일련의 황국 신민화 정책을 시행해 문학 환경은 암흑기를 맞이한다.

이런 와중에서도 식민지 현실의 구조적 모순을 극복하기 위해 이 시대 시인들은 다채로운 시적 방법론을 탐색했던 것으로 평가된다. 1908년 최남선이 「海에게서 少年에게」를 『少年』 창간호에 발표한 이후 1910년대를 거치면서 모색된 시는 1920년대에 이르러 독자성을 개척하기 시작했다. 1920년대는 특히 서구문학의 새로운 수용이라는 측면에서 『泰西文藝新報』가 창간(1918)된 때와 맞물리면서 "3·1독립운동을 전후하여 자유시라는 새로운 시 형식을 확립"한 근대시가 시적 형식의 개방성에 토대를 둔 근대적인 자유시형으로 정착된 시기[10]라는 점에서 그 의의는 더욱 크다. 그리고 1930년대는 "한국 현대시의 분수령을 이룬 시기"[11]로서 앞 시대에 비해 시적 감수성과 형상화가 한층 성숙된 '시대 전환기적 의의를 띤 시기'[12]였다.

이러한 시기에 본격적인 창작 활동을 펼친 김소월·정지용의 시는 연구자에 따라 다른 여러 방식으로 평가되면서 두터운 성과를 남겼다. 김소월은 주로 민족 전통성과 자연성 측면에서, 정지용은 자연성과 이미지즘 등을 주제의 뼈대로 삼아, 의의와 가치를 도출하는 연구를 하여 왔다. 한편 이들 시인의 시에 대한 새로운 논점으로 부각된 모더니티[13]

---

10) 권영민, 『한국현대문학사 1』, 민음사, 2002, 235쪽.

11) 조지훈, 「한국현대시사의 반성」, 『사상계』, 1962. 5, 302쪽.

12) 김명인, 「1930년대 시의 구조연구」, 고려대학교 박사논문, 1985, 3쪽.

13) 모더니티(modernity)는 역자에 따라 '근대성' 또는 '현대성'으로 다르게 번역되고 있고, 이 근대성과 현대성이라는 용어를 혼용해서 사용하는 경우도 있다. 근대성은, 협의적으로는 서구 근대사회의 삶과 사회를 지배해 왔던 규준으로서의 인식론을 의미하지만 광의적으로는 중세 이후 서구 역사 전반을 아우르는 것을 의미할 만큼 포괄성을 지닌 개념이다. 마샬 버만은 "현대적으로 되는 것은 우리 자신과 세계에 대한 모험, 권력, 기쁨, 성장, 전환을 약속하는 것인 동시에 우리들이 가지고 있

논의는 이들 시인의 시 연구사를 한층 입체적으로 만들었다. 그러나 이 시인들의 시세계를 모더니티 지향과 전통 지향이라는 두 개의 방식 가운데 하나의 방식에 가두어 특정화하고 고착화 시키는 아쉬움도 같이 남겼다. 이처럼 다양한 측면에서 이 시인들에 대한 연구 성과가 축적되어 왔으나, 이 시인들을 중심으로 한국 현대시에 나타난 생태시학의 특

는 모든 것, 우리들이 알고 있는 모든 것, 우리들이 존재하고 있는 모든 것을 위협하는 환경에서 우리 자신을 발견하게 되는 것"이 근대성이라고 규정한다. 버만에 따르면 근대성은 국가, 정치, 생활 등 모든 면에서의 변화를 의미한다. 변화, 즉 부르주아 혁명과 산업 혁명이 야기한 자본주의적 세계상의 변혁이 모더니티라고 이해한다면 이는 '근대성'으로 번역된다. 이와는 다르게 문학적으로나 문화예술적으로 시간성의 맥락에서 동시대성이 부각될 때는 '현대성'으로 번역된다. 그러나 국문학계에서는 모더니티 관련 연구가 활발해진 1990년대 이후, 문학사 연구 특성상 급격한 전환기 시기에 대한 연대기적 구분을 할 때 그 편의성 때문에 점차 모더니티를 '근대성'의 역어로 보는 경향이 커지고 있다. 박인기는 반전통성을 내포하고 있는 것을 모더니즘으로 보고, 습관화된 내용 등을 새롭게 표현하려는 의욕을 모더니티라고 본다. 투르비언은 근대화의 역사적 경로를 혁명 또는 개혁의 유럽의 근대화, 아메리카 신세계의 근대화, 외부로부터 주어진 근대화, 식민지 근대화 등으로 분류하고 있다. 굳이 투르비언의 분류에 따르지 않더라도 우리의 근대화 과정이 일제 식민지 치하라는 특수한 상황에 놓여 있었다는 점을 고려할 때 이 변화는 비극적이고 기형적 성격을 띠게 된다. 즉 한국 근대사에 있어서 서구 체험은 일제의 식민지 수탈과 착취를 위한 과정에 놓여 있었으며, 그 결과 우리의 근대화는 자본주의의 내재적 발전 과정의 결과로서의 근대화가 아니라 식민정책의 외연을 확대시키는 기형적인 근대화였다. 이러한 특수성을 중심에 놓고 본다면 우리의 모더니티는 완결된 연대기적 의미를 뛰어넘어 현재진행형으로서의 동시대성을 포괄하는 의미가 된다. 이처럼 역사적 의미에서 서구적 근대와 한국적 근대는 질적 양식의 차이가 있다는 점을 전제할 때 이 용어의 개념을 정확하게 정립하기란 쉽지 않다. 뿐만 아니라 모더니티는 수입된 용어로서 강요된 것이었으며, 서구적 틀에 우리의 상황을 끼워 맞추는 양상을 띠고 있는 것으로써 현재는 극복해야 할 용어이기도 하다. 따라서 본고에서는 한국의 특수성을 감안하여 모더니티가 지닌 '근대성'과 '현대성'이라는 두 단어의 의미를 포괄하는 뜻에서 '모더니티'라는 원어를 그대로 사용하고자 한다. 김성기 편, 『모더니티란 무엇인가』, 민음사, 1994, 5-19쪽. ; 마샬 버만(Berman, Marshall), 윤호병 이만식 역, 『현대성의 경험』(현대문화론선 3), 현대미학사, 1995, 12쪽. ; 김호기, 『말, 권력, 지식인』, 아르케, 2002, 265쪽. ; 박인기, 『한국현대문학론』, 국학자료원, 2004, 124쪽.

수성과 생태시학의 위상 및 의의를 탐색한 연구는 찾아보기가 쉽지 않다. 따라서 본고는 생태시학이라는 관점의 분석방식에 의거하여 김소월·정지용의 시가 자연, 생명, 인간, 문화, 사회, 역사라는 복잡한 미궁을 관통하는, 생태시의 요체이자 새로운 가능성으로서의 조화와 평화와 상생의 세계 구축을 전개해 나갔음을 유기체적 측면에서, 공동체적 측면에서, 공간·장소적 측면에서 논구할 것이다.

생물과 생물, 생물과 자연, 자연과 인간, 인간과 인간, 인간과 우주 사이의 관계를 보다 넓고 깊게 유기적으로 바라보는 생태학적 상상력의 관점은 현대에 와서 문학뿐 아니라 철학, 건축 등 다양한 분야에서 현재진행형으로 적극 수용되고 있다. 이는 첨단기술문명의 발달로 인한 생태 위기의 극복이라는 인류의 시대적 사명을 학문적 차원에서 어떻게 연구되어야 하고, 삶의 차원에서 어떻게 모색해야 하는가에 대한 새로운 각성의 결과임이 분명하다. 그러므로 김소월과 정지용의 생태시학에 대한 구명은 다원화 다양화 된 한국 현대시의 뿌리를 점검하는 동시에 생태시의 계보와 특징을 파악하는 일이 될 것이다. 뿐만 아니라 한국 현대시의 지평을 세계를 향해 넓히는 확장론이면서 오늘날 우리 사회의 문화와 인류의 의식을 살펴보는 방법론으로서도 유효할 것이며, 성장과 개발 이데올로기로 점철된 근대주의의 '진보' 기획을 극복하면서 우리 시사가 전 지구적 상생을 지향하고 있음을 확인하는 일이 될 것이다.

2. 연구사 검토

김소월과 정지용에 대한 연구는 한국 현대시문학사의 중요한 부분
을 차지하면서 다대하게 이루어져 왔다. 두 시인은 1902년 같은 해에
태어나 1920년대에 본격적인 문단활동을 시작하였으며, 한국 현대시
의 지평을 새롭게 열어젖힌 시인으로 조명을 받아왔다. 김소월과 정지
용에 대한 연구는 한국 현대시문학사의 결절을 이루며 꾸준히 진척되
어왔고, 서지적 연구, 내용적 연구, 형태적 연구 등 다양한 방면으로 확
대되어 전반적으로 구체화된 수준 높은 연구 성과를 이루고 있다.

먼저, 김소월은 1920년 『창조』를 통해 작품 활동을 시작한 이후 『동
아일보』와 『개벽』, 『영대』 등을 통해 많은 양의 작품을 발표했다.
1922년 한 해 동안 발표한 그의 작품 수는 42편에 이른다. 그의 대표작
「진달래꽃」을 비롯한 대다수의 작품이 이 시기에 발표되었다.[14] 1934
년 32세의 젊은 나이로 타계할 때까지 그는 시집 『진달내꼿』(매문사,
1925)만을 간행하였다. 본격적으로 활동한 시기가 그리 길지 않음에도
불구하고 김소월은 현대 한국문학사에서 가장 주목받는 시인이다.

지금까지 김소월에 대한 연구와 논의는 넓은 독자층만큼이나 다양
한 측면에서 활발하게 진행되고 있다. 대체로 전기적 연구[15], 서지학적

---

14) 김용직 주해, 『원본 김소월 시집』, 깊은 샘, 2007. ; 김열규 외, 『김소월 연구』, 새문
사, 1982.

15) 대표적인 논문들은 다음과 같다. 박목월, 「김소월」, 『한국의 인간상』 5권, 동화출
판공사, 1965. ; 김용성, 「김소월」, 『한국현대문학사탐방』, 국학자료원, 2011. ; 이
어령, 「김소월」, 『한국작가전기연구』(상), 동화출판공사, 1973. ; 오세영, 「꿈으로
오는 한 사람」, 『김소월 평전』, 문학사상사, 1981. ; 김용직, 『김소월전집』, 문장사,
1981. ; 계용묵, 『김소월의 생애』, 문학세계사, 1982. 이들의 연구를 통하여 소월의
생애에 관한 어느 정도의 지식과 시각을 얻을 수 있지만, 소월의 생애에 관한 연구
는 새로운 자료와 정보제공자가 더 이상 발견되지 않은 까닭에 학문적 진전을 거두

연구16), 주제론적 연구17), 형식적 특성과 구조에 관한 연구18), 텍스트
의 창작원리에 관한 연구19), 그리고 시사적 위상에 관한 연구20) 등이

는 데 어려움을 안고 있는 듯하다.

16) 서지적(書誌的) 연구는 다른 연구들에 비해 비교적 늦게 본격화되었는데, 백순재·
하동호, 김종욱, 윤주은, 전정구, 오하근, 김용직의 연구가 대표적이다. 백순재·하
동호, 『못잊을 그 사람』, 양서각, 1966. ; 김종욱, 『원본 소월 전집 상·하』, 홍성사,
1982. ; 윤주은, 『김소월 시 원본 연구』, 학문사, 1984. ; 전정구, 『소월 김정식 전집』
1 ~ 3권, 한국문화사, 1993. ; 오하근,   『정본 김소월전집』, 집문당, 1995. ; 김
용직, 『김소월 전집』, 서울대학교 출판부, 1996. 이들의 연구에도 불구하고 아직도
미발표 발굴 작품의 김소월 진위(眞僞) 여부, 육필 원고시의 오독(誤讀) 및 결정본
확정 타당성 문제 등이 미비점으로 남아있는 실정이다.

17) 김소월 시에 대한 가장 주류적인 연구는 '정한론'에 입각한 민요시 계열의 흐름이
다. 이 부분에 대한 연구로는 김용직, 오세영, 김현, 김준오 등이 대표적이다. 김용
직, 『한국근대시사 상(上)』, 학연사, 1986. ; 오세영, 『한국낭만주의시 연구』, 일지
사, 1980. ; 김현, 「여성주의의 승리」, 『현대 한국문학의 이론』, 민음사, 1972. ; 김
준오, 「소월 시정(詩情)과 원초적 인간」, 『김소월 연구』, 김열규 외 편, 새문사,
1982.

18) 작품의 구조와 체계적 특징에 주목한 연구는 신비평, 러시아 형식주의 및 구조주
의, 기호학 이론 등의 다양한 방법을 동원하여 이루어졌다. 대표적인 논문은 다음
과 같다. 김용직, 「소월시와 앰비규이티」, 『현대문학』, 1970. 11. ; 이명재, 「진달래
꽃의 짜임」, 김열규 외 편, 『김소월연구』, 새문사, 1982. ; 정한모, 「<금잔디>론」,
김열규 외 편, 『김소월연구』. ; 이승훈, 「<진달래꽃>의 구조 분석」, 『문학사상』,
1985. 7. ; 김승희, 「언어의 주술이 깨드린 죽음의 벽」, 『문학사상』, 1985. 7. ; 김성
태, 「소월시에 대한 언어시학적 연구」, 『문학사상』, 1985. 7. ; 정효구, 「김소월 시
의 기억 체계 연구」, 서울대학교 박사학위논문, 1989. ; 송효섭, 「<진달래꽃>의
기호학과 한의 소재론」, 『문학과 비평』, 1987년 봄호.

19) 김옥순, 「김소월시의 파라독스 연구」, 이화여자대학교 석사논문, 1981. ; 김삼주,
「김소월 시의 연구」, 인하대학교 박사논문, 1989. ; 김재홍, 「한국현대시형성론」,
인하대출판부, 1985. ; 오하근, 「김소월시의 성상징 연구」, 전남대학교 박사논문,
1989. ; 김현자, 「김소월·한용운 시에 나타난 상상력의 변형구조」, 이화여자대학교
박사논문, 1982. ; 정효구, 『현대시와 기호학』, 느티나무, 1989.

20) 권영옥, 「김소월의 후기시 연구-변모양상을 중심으로」, 서강대학교 석사논문,
1986. ; 신광호, 「한국 현대시의 꽃과 심상 연구-김소월, 한용운, 서정주의 시에서
꽃을 표제로 한 시를 중심으로」, 경희대학교 석사논문, 1982. ; 윤석산, 「소월 시와
지용 시의 대비적 연구-자연관을 중심으로」, 한양대학교 석사논문, 1981. ; 이정미,
「소월과 만해시의 자연 형상화 연구」, 연세대학교 석사논문, 1989. ; 이영춘, 「김소

대표적이다. 2000년대 이후에는 김소월 시에 대한 연구가 다양한 방법론과 시각에서 활발하게 진행되었다. 근대성과 탈근대성의 범주, 탈식민주의에 토대한 논문21), 시작방법에 대한 연구22), 현상학적 연구23), 생태주의적 연구24), 고전시가와의 비교연구25), 현대시인과의 비교연구, 시집의 유기적 구성26)에 대한 연구 등이 있다. 실로 김소월 연구는 연구사를 쓸 정도로 방대한 양이 축적되어 있다.27)

───────────────

월 시에 반영된 무속성 연구」, 경희대학교 석사논문, 1988. ; 이자욱, 「김소월 시에 나타난 자연 이미지 연구」, 연세대학교 교육대학원 석사논문, 2001.

21) 심선옥, 「김소월 시의 근대적 성격 연구」, 성균관대학교 박사논문, 2000. ; 강은교, 「소월시 다시 읽기」, 『한국시학연구』, 한국시학회, 2003. 5. ; 고현철, 「탈식민주의와 문화적 민족주의 문학의 상관성 연구-1920년대 민요시론을 중심으로」, 『비교한국학』, 국제비교한국학회, 2002. ; 김춘식, 『미적 근대성과 동인지 문단』, 소명출판, 2003. ; 남기혁, 「김소월 시의 근대와 반근대 의식」, 『한국시학연구』11호, 2004. ; 김경란, 「현대시의 탈식민주의 페미니즘-김소월, 한용운, 서정주의 시를 중심으로」, 동국대학교 박사논문, 2005. ; 박영호, 「김소월 시에 나타난 반식민주의적 성향」, 『한국시학연구』13권, 2005. 1.

22) 전도현, 「김소월의 시작방법과 시의식 연구」, 고려대학교 박사논문, 2002. ; 전정구, 「김소월시의 언어시학적 특성 연구-개작과정을 중심으로」, 전남대학교 박사논문, 1990. ; 정한모, 「소월시의 정착과정 연구-소월시 일람, 그 퇴고과정」, 『성심어문논집』 4, 성심어문학회, 1977. ; 조남현, 「개작과정으로 본 소월시의 이막」, 『문학사상』, 1976, 12.

23) 최만종, 「金素月 詩에 있어서 '場所愛'의 現象學的研究」, 서강대학교 박사논문, 2000.

24) 이문재, 「김소월·백석 시의 시간과 공간의식 연구」, 경희대학교 박사논문, 2008. ; 김민선, 「현대시에 나타난 생태의식 연구」, 고려대학교 교육대학원 석사논문, 2007.

25) 조재훈, 「<산유화>歌 연구」, 『백제문화』 8, 공주사대, 1979.

26) 장석남, 「김소월 시집 진달래꽃 의 유기적 구성에 대한 연구」, 인하대학교 석사논문, 2002.

27) 김소월에 대한 논평의 글은 단평을 포함하여 모두 500여 편을 훌쩍 넘는다. 최동호에 의하면 "80년대 중반까지 200여 편, 그 후 최근 2004년까지 500여 편의 논문이 나왔다." 「김소월 시와 파멸의 현재성-죽음의 시대와 혼의 형식」- 진달래꽃(외), 최동호 편, 『범우비평판한국문학 27』, 범우사, 2005, 407쪽.

김소월 시에 대한 연구의 경우, 해방 전에는 주로 단편적 연구가 대부분이었다. 소월이 문단에 등장하여 본격 활동을 시작한 시기인 1920-30년대는 박종화, 김기진, 김동인, 김억 등의 평가를 대표적으로 들 수 있다. 당시 문단의 중심적 문인이었던 이들의 평가는 문예지의 월평 형식이나 신문의 칼럼 형식의 단평 수준이었고, 긍정적 평가와 부정적 평가가 상존했다. 김동인은 김소월을 조선 정조의 진실한 이해자이며 조선 감정의 진실한 재현자이고 조선말 구사의 귀재라고 고평한다.28) 이에 반해 카프의 지도자로서 계급문학적 관점을 가진 김기진은 소월의 시를 민요 리듬과 시골 정조를 가진 단순한 리리시즘에 불과하다는 비판적 평가를 한다.29) 한편 박종화는 김소월 시의 장단점을 함께 평가하면서 객관성을 유지하려는 태도를 보인다. 김소월의 시가 지닌 아름다움에 대해서는 인정을 하지만 현실에 대한 의식과 대응 태도가 소극적이어서 아쉽다는 것이다.30) 김억은 소월의 스승으로서 주로 소월의 인물이나 생애와 관련된 전기적 요소를 인상평의 형식이나 특별히 추억할 만한 것들에 대한 촌평 형식으로 접근하면서 소월의 개인사에 대한 다양한 측면의 자료를 제공해 주고 있다.31)

해방 후 소월의 시에 대한 연구는 다양한 각도에서 전개된다. 오장환, 김동리, 서정주, 그리고 박종화의 연구를 대표적으로 들 수 있다.32)

---

28) 김동인, 「내가 본 시인-김소월군을 논함」, 『조선일보』, 1929. 12. 11.-12.
29) 김기진, 「현시단의 시인」, 『개벽』, 1929. 4.
30) 박종화, 「문단의 일년을 추억하야」, 『개벽』 31호, 1923. 1.
31) 김 억, 「요절한 박행시인 김소월에 대한 추억」, 『조선중앙일보』, 1935. 1. 23. ; _____, 「소월의 생애와 시가」, 『삼천리』, 1935. 2. ; _____, 「소월의 생애」, 『여성』, 1939. 6. ; _____, 「박행시인 소월」, 『삼천리』, 1939. 11.
32) 오장환, 「조선시에서 있어서의 상징」, 『신천지』, 1947. 1. ; 김동리, 「청산과의 거리-김소월론」, 『야담』, 1948. 4. ; 서정주, 「소월의 자연과 유계의 종교」, 『신태양』, 1959. 9. ; _____, 「소월시에 나타난 사랑의 의미」, 『예술원논문집』, 1963. 9.

김윤식은 오장환, 김동리, 서정주의 연구에 소월론을 통해 근대와의 거리재기를 시도했다는 의미를 부여했다.[33] 김소월 시를 통해 근대와의 관계를 정립하고 자기의 시적 위치를 설정했다고 본 것이다. 김윤식에 의하면 소월론을 통해 오장환은 소월과의 결별을 통해 소시민성을 극복하고 역사 참여라는 자신의 좌표를 설정한다. 김동리[34]는 「산유화」에서 '저만치'라는 구절에 주목하여 김소월 시의 핵심적인 특징으로 '인간과 청산과의 거리'에 있다고 강조했는데, 이는 근대적 의미의 객관화에 맞닿고 있어 현재까지도 유효한 연구 중의 하나이다. 오장환은 「초혼」을 '형언할 수 없는 공허감과 애절한 원망'을 불러일으킨다고 높이 평가하였다.[35] 서정주는 오장환이나 김동리와 달리 소월론을 통해 소월과의 거리 없애기를 시도한다. 그 결과 오장환은 김소월과 결별을 선언했고, 김동리는 오연한 태도를 취했고, 서정주는 전통적으로 소월에 몰입하고 동화되면서 자기 내면을 비춰보는 거울로 삼았다는 결론에 도달한다. 박종화는 소월의 초기 작품을 언급하면서 '소월의 민요시는 스승 안서보다 몇 길 뛰어났다'고 분석하였고[36], 서정주는 김소월 시가 전통적인 것을 주된 정서로 삼고 있다고 파악하였다.[37]

1950년대의 연구로는 고석규와 서정주가 주목할 만하다. 고석규[38]는 소월 시의 '역설적 어법'과 시간의식을 분석함으로써 그의 시가 지닌 '의식의 부정성'을 도출해냈다. 서정주는 김소월 시의 주제를 자연, 유계, 종교, 정한의 처리, 인간관계 사랑의 의미 등으로 구분하면서, 소

---

33) 김윤식, 「소월과의 거리재기」, 『거리재기의 시학』, 시학, 2003, 77쪽.
34) 김동리, 「청산과의 거리」, 『문학과 인간』, 백민문화사, 1948.
35) 오장환, 「조선시에 있어서의 상징」, 『신천지』, 1947. 1.
36) 박종화, 「소월과 나」, 『신문예』, 1959. 8, 36쪽.
37) 서정주, 「소월시에 있어서의 정한의 처리」, 『현대문학』, 1959. 6.
38) 고석규, 「시인의 역설」, 문학예술 , 1957, 2.

월의 시가 우리 재래적 요소에 서구적 장점을 덧붙임으로써 우리 정서를 윤택하게 하였다고 긍정적으로 평가하였다.

1960년대 들어 김영삼, 백순재·하동호 등에 의해 전기적·서지적 연구가 이루어진다. 김영삼은 김소월의 삼남 김정호의 이야기를 토대로 소월의 신변적인 여러 사건 중심으로 다루고 있다.[39] 그리고 김소월의 숙모 계희영은 소월의 가족 관계와 성장 과정을 상세히 언급하면서 소월의 유년기에 전래 설화와 민요를 들려주었다고 증언하고 있어서 전통 지향적인 그의 시세계 이해에 실마리를 제공한다.[40] 백순재·하동호의 경우는 첫 번째 본격적인 서지적 연구라 할 수 있다.[41] 시집『진달내꽃』과『소월시초』의 수록시, 그리고 김억이 발표한 소월의 유고시 등 200편을 모아 수록하였다.

이처럼 김소월에 대한 논의의 심도가 더욱 깊어지고 김소월 시를 본격적인 문학 연구의 대상으로 삼게 된다. 이는 김소월에 대한 특집[42] 기획이 한몫하였는데, 이들 집필진은 형식, 언어, 발상법, 제재 등 소월 시에 대한 다각도의 분석을 함으로써 본격적 이론 연구를 촉발시키는 계기를 만들었다. 이를 계기로 소월 시에 대한 연구 범위가 더욱 확장되고 주제가 다양화되었다.

김용직은 김소월 시에 대해 민요시라는 명칭의 사용이 부적절하다는 평가를 내리고 그의 시를 "민요조 서정시"로 규정[43]하였다. 유종

39) 김영삼,『소월정전』, 성문각, 1965.
40) 계희영,『내가 기른 소월』, 장문각, 1969.
41) 백순재·하동호,『못잊을 그 사람』, 양서각, 1966.
42) 1959년 8월『신문예』에서 13명의 시인과 평론가들이 참여한「특집, 소월 시를 말한다」를 기획하였고, 1960년 12월에는『현대문학』에서 김양수, 김우종, 김춘수, 서정주, 유종호, 윤병노, 원형갑, 정태용, 천이두, 하희수 등 총 11명의 시인과 평론가가「소월 특집」을 마련하였다.
43) 김용직, 위의 책.

호[44]는 소월을 '한국적 시인'이라고 이야기하면서, "전통적 의미에서보다 기질적 의미에서 더욱 그러하다고 할 수 있으며, 소월의 한은 한국인의 전통적 감정이며 시대적 아픔과 밀접한 관련을 맺고 있으며, 또한 소월의 개인적 삶의 기질과도 밀접한 관계가 있으나, 소월 시 자체의 언어가 담고 있는 한의 모습을 밝혀내는 것도 소월 시의 이해에 보다 많은 도움을 줄 것"이라고 지적하였다.

이러한 전기적·서지적 연구를 토대로 1970년대 들어 김소월 시세계에 대한 접근은 다양하게 나뉘어져 심도 있게 다루어지기 시작했다. 김종은은 프로이드의 비애 개념을 들어 김소월 시에 나타난 정한의 세계를 살폈고[45], 김현[46]의 경우 김소월 시의 여성적 정조를 패배주의적인 것으로 규정하였으며, 김우창은 김소월 시가 전통적·주관적 감정의 방식으로 슬픔 속으로 침잠해 들어간 것은 압박해오는 외부적 현실을 다루기 위한 하나의 방식이라고 파악하면서[47] 후기 시에서 보여준 정치사회적 현실에 대한 관심을 놓쳐서는 안 될 것이라고 주장했다.[48] 오세영은 소월 시가 보여주는 한을 이중적인 갈등구조를 가진 역설의 정서로 파악하였다.[49] 송명희는 김소월을 전통시인, 민요시인으로 보는 평가에 이의를 제기하면서 소월 시에 나타난 운율과 한의 정서를 시대적 산물로 파악하여 고찰했다.[50]

44) 유종호, 「한국의 파세딕스」, 『현대문학』 제72호, 1960, 54쪽.
45) 김종은, 「소월의 병적 한의 분석」, 『문학사상』, 1974. 5.
46) 김 현, 「여성주의의 승리」, 『현대 한국문학의 이론』, 민음사, 1972.
47) 김우창, 「한국시와 형이상」, 『궁핍한 시대의 시인』, 민음사, 1977, 46쪽.
48) ____, 「시와 정치」, 『세계의 문학』, 1979. 겨울.
49) 오세영, 「恨의 論理와 그 역설적 距離 : 素月에 있어서 恨과 自然의 意味」, 『語文論志』, 충남대학교 문리과대학 국어국문학과, 1978.
50) 송명희, 「소월시에의 반성」, 『세계의 문학』, 1979. 겨울.

1980년대 이후 김소월의 연구는 한국 현대시문학사를 대표할 만한 풍성한 연구 성과를 이루며, 더욱 활기를 띠기 시작한다. 먼저 서지적 연구 성과를 들 수 있을 것이다. 김종욱은 신문과 잡지의 여러 이본까지 정리하여 대조하는 등 소월의 시와 산문을 망라하는 서지적 성과를 이루었고[51], 이러한 성과에 바탕하여 윤주은, 전정구, 오하근, 김용직 등이 김소월의 시에 대한 원본 연구에 돌입하여 진척을 보았다.[52]

연구에 있어서 오세영[53]은 1920년대의 낭만주의와 민요시의 연관성을 지적하면서, 민요 시인들이 보편적으로 강조했던 음악성의 옹호를 실제 시작에서 성공시킨 시인으로 김소월의 자리를 평가하고 그 이유로 "운율을 생명의 율동감으로 승화시킨 독특한 언어감각"을 들었다. 조창환[54]의 경우에는 김소월 시의 여성성과 한의 의미를 긍정적인 것으로 평가하였다.

80년대 이후의 연구들은 소월의 시를 새롭게 파악하려는 노력에 힘입어 상실감과 부재의식을 파악하는 연구 성과도 얻었다. 유재천은 소월시의 님 지향성을 고찰하면서 소월시를 관통하는 님이 추상적·관념적 상상의 님이 아닌 개인의 실재 연인으로서의 님이고, 님의 죽음 뒤 국권 상실의 문제로 주제가 확장되었다고 보았다.[55] 즉 님 상실과 국권 상실은 동일한 것이며, 님에 대한 그리움은 역설적으로 국권을 회복하고자 하는 의지의 표명과 같은 것이라고 표명하였다. 최동호는 김소월

51) 김종욱,『원본 소월 전집 상·하』, 홍성사, 1982.
52) 윤주은,『김소월 시 원본 연구』, 학문사, 1984. ; 전정구,『소월 김정식 전집』1-3권, 한국문학사, 1993. ; 오하근,『정본 김소월 전집』, 집문당, 1995. ; 김용직,『김소월 전집』, 서울대학교 출판부, 1996. _____,『원본 김소월 시집』, 깊은샘, 2007.
53) 오세영, 한국낭만주의시 연구 , 일지사, 1980.
54) 조창환,『한국 현대시의 운율론적 연구』, 일지사, 1986.
55) 유재천,「소월 시의 님의 정체」,『현대시세계』창간호, 1988. 겨울.

의 죽음의식을 당대의 시대적 상황과의 관계 속에 놓고 파악하여 현재성을 살펴보았고56), 조용훈은 고향 상실을 주제로 부재의식과 단절감의 의미를 고찰하였다.57)

윤석산은 김소월 시의 화자를 남성화자, 여성화된 남성화자, 여성화자 등으로 나누어 화자가 의미적 형식적 국면의 산출자라는 입장에서 연구하였다.58) 윤석산의 연구는 김소월 시의 형식적 특성과 구조를 탐구했다는 점에서 주목된다. 최동호는 김소월과 한용운의 시에 나타나는 심상을 통해 시적 형상화가 어떻게 이루어지는지, 그리고 당대의 시대적 현실에 어떠한 의미를 지니는지를 규명한다. 그는. 두 시인의 시적 형상화가 서정시라는 기본적 양식을 통하여 당대의 역사적 사회적 의미를 독특한 서정적 언어로 개별화하고 있다고 평가하는데, 김소월과 한용운 시의 심상이 지닌 구체성과 함축성은 대중적 정서를 자극하고 그 호소력을 증폭시킨다고 평가한다.59) 이 외에도 주제론적 연구는 심리학이나 정신분석학과 연계60)하여 이루어지기도 하고, 미학적 구조와 연결시켜 논의61)되기도 한다.

---

56) 최동호,「한국 현대시에 나타난 물의 심상과 의미 연구」, 고려대학교 박사논문, 1981.
57) 조용훈,「한국근대시의 고향 상실 모티프 연구」, 서강대학교 박사논문, 1994.
58) 윤석산,「소월시 연구-화자를 중심으로」, 한양대학교 박사논문, 1989.
59) 최동호,「서정시의 시적 형상에 관한 의식비평적 이해-김소월, 한용운의 경우」,『어문논집』, 민족어문학회 1997.
60) 김종은,「소월시의 병적-한의 정신분석」,『문학사상』, 1974. 5. ; 오세영,「한, 민요조, 그리고 거리의 문제」,『한국현대시인연구』, 월인, 2003. ; 이인복,『죽음 의식을 통해 본 소월과 만해』, 숙명여대출판부, 1997. ; 신동욱,「김소월 시에 있어서의 자아와 현실관계 연구」,『예술원논문집』18집, 예술원, 1979. ; 박진환,「정신분석학적으로 본 김소월」,『현대시학』, 1977. 7.
61) 김재홍,「소월 김정식 – 민중시의 원형, 민족시의 원형」,『한국 현대시인 연구』, 일지사, 1986. ; 김현자,『시와 상상력의 구조』, 문학과지성사, 1983. ; 김승희,「언어의 주술이 깨트린 죽음의 벽」,『김소월』, 김학동 편, 서강대학교 출판부, 1998.

창작 방법적 측면에서 시적 원리를 파악한 연구로는 이희중, 전도현, 신달자, 이혜원, 김소정 등의 논문이 있다. 이희중은 김소월 시의 창작 방법적 원리를 어법, 구성, 배경 등으로 나누어 고찰하고 있고[62], 전도현은 김소월의 시적 방법론이 지적이고 객관적인 것으로 예술의 형식성과 양식화의 거리에 대한 나름의 자각을 보여주고 있다고 주장하였다.[63] 신달자는 소월과 만해 시의 여성 화자를 통해 여성 지향성을 고찰하였고[64], 이혜원은 소월과 만해의 시에 나타난 비유규조를 밝히고 시에 나타난 욕망의 존재방식을 살펴보았으며[65], 심선옥은 당대의 구체적인 현실과 실감 속에서 김소월의 시가 지닌 보편적인 의미를 해명하는 새로운 '문제틀'로서 근대성을 설정하고 이를 근거로 김소월의 시가 형식과 내용의 통일체로서 상호 조응하며 변화하는 양상을 검토하였다.[66] 김소정은 김소월 연구에서 「시혼」에 나타난 시의식을 살펴본 뒤 김소월의 시세계를 님의 상실과 만남, 국권 상실과 민족의식으로 나눠 고찰하고, 김소월 시의 창작 원리를 인유와 패러디, 비유와 대조의 관점으로 대별하고 있다.[67]

이광호는 김소월 시를 주체적 측면에서 살펴보고 있는데, 김소월 시의 풍경, 몸과 냄새 등을 통해 김소월 시의 근대성과 미적 근대성을 고찰하였다.[68] 류순태는 김소월 시의 경계의식과 그 미적 욕망을 '오다/

---

62) 이희중, 「김소월 시의 창작방법 연구」, 고려대학교 박사논문, 1994.
63) 전도현, 「소월시의 시창작방법과 시의식 연구」, 고려대학교 박사논문, 2002.
64) 신달자, 「소월과 만해 시의 여성 지향 연구」, 숙명여자대학교 박사논문, 1992.
65) 이혜원, 「한용운, 김소월 시의 비유구조와 욕망의 존재방식」, 고려대학교 박사논문, 1996.
66) 심선옥, 「김소월 시의 근대적 성격 연구」, 성균관대학교 박사논문, 2000.
67) 김소정, 「김소월 시 연구」, 경상대학교 박사논문, 2008.
68) 이광호, 「김소월 시의 시선 주체와 미적 근대성」, 『국제한인문학연구』 제11집, 국제한인문학회, 2013.

가다'에 의한 세계와의 소통, '열림/닫힘'에 의한 생의 심연 통찰이라는 주제로 탐구하였다.[69] 권정우는 김소월의「진달래꽃」을 중심으로 사랑의 근대적 성격을 규명하였다.[70] 남기혁은 김소월의 시가 근대적인 것과 전통적인 것의 혼종적 성격을 띤다는 점을 지적하면서 근대성의 비판 담론으로 전통적인 것을 정립하고 있다고 언급한다. 그에 따르면, 김소월의 반근대적 사유가 지닌 반근대성을 과대평가할 필요는 없지만, 소월이 조선적인 것을 의식적으로 복원한 것에서 식민 담론에 대한 저항의 가능성을 찾아내는 데서 그치지 않고, 김소월의 사투리와 구비문학적 전통에 대한 관심을 식민주의에서 벗어나기 위한 전략으로 간주하기도 한다.[71] 박경수는 전통시론 가운데서 근대적 미의식의 형성과 관련해 조명받아 온 조선 후기의 천기론(天氣論)을 김소월 시학의 전통성과 근대성을 이해하기 위한 새로운 관점으로 끌어들여 논하고 있다.[72]

김춘식은 김소월 시의 시의식을 당대 동인지와의 관련성을 통해 해명하고 있는데, 김소월의 시가 전통적인 정서를 철저하게 근대적으로 변용한 것이라고 주장한다. 또한 그는, 김소월의 시가 미적 근대성의 원리, 즉 자연과 현실의 분리된 관계에 천착하고 있다고 지적한다.[73] 김경란은 김소월 시에 드러나는 여성적 목소리에 주목하여 이데올로기에 의해 은폐된 '역사적 사실'을 재현함으로써 여성적 삶과 몸을 부

69) 류순태,「김소월 시의 경계 의식에 내재된 미적 욕망과 그 근대성 연구」,『한국시학연구』제36집, 한국시학회, 2013.
70) 권정우,「근대적 사랑의 탄생」,『한국언어문학』제62집, 한국언어문학회, 2007.
71) 남기혁,「김소월 시의 근대와 반근대 의식」,『한국시학연구』제11집, 한국시학회, 2004.
72) 박경수,「천기론의 관점에서 본 김소월의 시학의 전통성과 근대성」,『우리말 글』제32집, 우리말글학회, 2004.
73) 김춘식,『미적 근대성과 동인지 문단』, 소명출판, 2003.

활시킨다고 주장한다. 그에 의하면, 이 몸의 재현과 생식력은 자연적 공간의 유구함으로 순환하는 여성적 생명력을 표출하며, 이 여성성과 자본주의의 모순된 통제 윤리 등에 대한 통찰은 저항담론으로 기능한다고 주장한다.74) 이들 연구자는 2000년대 이후 김소월 시의 근대적 성격을 다각도로 논구하고 있다는 점에서 주목된다.

한편, 이 논문과 직접적으로 관련된 생태학적 관점에서 김소월을 다룬 연구는 거의 없는 실정이다. 한국현대시 전반에 나타나는 생태주의적 관점에 대한 논의는 많이 있어왔지만, 생태학적 관점에서 김소월을 본격적으로 다루고 있는 논문으로는 이문재의 연구가 현재까지는 거의 전부인 듯하다. 물론 이혜원은 인문지리학적 관점의 장소성을 통해 김소월 시의 특성을 밝히고 있고75), 김욱동의 「근대시와 생태주의」라는 글에서도 김소월 시의 생태적 성격의 일단을 발견할 수 있지만, 어디까지나 단평에 그친 아쉬움이 있다.76)

김욱동은 이 글에서 김소월의 유일한 시론 「시혼」에서 문명과 자연을 뚜렷하게 대비시키는 자연인식이 생태주의와 연관된다고 보았다. 그는 또한 소월의 시 「산유화」를 분석하면서, 꽃이 피고 진다는 것은 가장 자연스러운 섭리이자 중요한 생명의 논리임을 전제한 뒤, 「산유화」가 생성과 소멸의 반복과 순환의 원리를 보여준다고 말한다. 그러면서 꽃이 비록 '저만치 혼자서' 피어있는 고독한 꽃이지만, "다른 꽃들과 모여 끊임없이 피고 지는 꽃이 되고, 또 새와 어우러져 산이라는 커다란 생명체를 이루게 된다"며 생명의 질서와 순환의 원리에 대해 강조

---

74) 김경란, 「현대시의 탈식민주의 페미니즘-김소월, 한용운, 서정주의 시를 중심으로」, 동국대학교 박사학위논문, 2005
75) 이혜원, 「김소월과 장소의 시학」, 『상허학보』 제17집, 상허학회, 2006.
76) 김욱동, 「근대시의 생태주의」, 『생태학적 상상력-환경위기 시대의 문학과 문화』, 나무심는사람, 2003. 139-146쪽.

한다. 김욱동의 연구는 김소월의 시를 생태학적으로 해석할 수 있는 가능성을 제시했다는 점에서 의미가 있다.

이문재는 김소월의 시에 나타난 시간과 공간을 연구하면서 김소월의 생태시학적 가능성을 조명한다.[77] 그에 따르면 김소월의 시공간 의식은 '경계인 의식'으로 나타나며, '땅과 농업'에 미래가 있다는 '땅의 시학'을 설파한다고 주장한다. 그는 「진달내 꽃」과 「山有花」를 분석하면서 김소월의 근대에 대한 시각과 생태적 인식을 찾고자 하였는데, 「진달내 꽃」은 남녀의 이별이 아니라, 전통과 근대와의 갈등 국면에서 전통을 선택한 김소월의 입장을 은유한 시라고 해석한다. 식민지 근대가 단절시키려고 하는 과거를 불러와 현재와 연결시키고, 이를 다시 미래와 접목시키려는 미래지향적 전통주의자라고 해석한다.

또한 이문재는 이 글에서 생태적 감수성과 관련하여 '감각과 몸의 문제'에 의미를 부여한다. 인간과 자연을 지배해온 이성중심주의를 극복하는 생태적 주체를 '몸'으로 보면서, 김소월의 시는 청각과 후각을 통해 몸을 발견하는 과정을 보여준다고 주장한다. 그에 따르면, "감각의 온전한 회복을 통해 몸의 주체로 거듭난 김소월 시의 주체는, 님에 의해 구속되던 미성년 단계를 벗어나 성인, 즉 서로주체로 성숙한다. 여기서 등장한 몸으로서의 주체가 공동체가 구축하는 '땅의 시학'의 주체가 된다. 다시 말해 김소월의 시적 주체는 몸의 주인이 되면서 심리적, 사회적으로 독립할 수 있는 홀로주체로서 다른 홀로주체와 만나는 서로주체의 세계로 진입하는 것이다."라고 주장한다. 이렇듯 이문재의 연구는 김소월 시에 대한 생태시학의 가능성을 열어놓음으로써 생태학이 새로운 삶의 방식으로 권유할 수 있는 문명사적 전환의 가능성을 제

---

77) 이문재, 앞의 글.

시하고 있다. 다만 아쉬운 것은 '서로주체'라는 용어가 지니는 함의, 즉 데카르트에서 시작된 인간중심주의에 대한 비판 테제로서 '서로주체'를 제시하고 있지만, 이것이 곧 생태 윤리나 생태학으로 등치될 수 있는가에 대해서는 좀 더 숙고해야 할 문제로 보인다.

한편, 1926년 『學潮』 창간호로 작품 활동을 시작한 정지용은 이듬해인 1927년 『朝鮮之光』에 「鄕愁」, 「새빨안 기관차」 등의 시를 발표하면서 문단의 비상한 관심을 끌기 시작했다. 1920년대의 감상성을 극복하고 새로운 시적 비약을 이룬 시인으로 주목되었던 까닭이다. 이후 정지용은 시인의 주관적 정서를 자유롭게 분출하던 1920년대의 시작 방식에서 벗어나 자신의 감정을 고도로 절제하고 나아가 그것을 세련된 이미지로 묘사하는 기법을 구사한 대표적 시인으로서 한국 현대시의 수준을 한 단계 끌어올린 것으로 평가된다.

정지용은 1935년 10월 시집 『鄭芝溶詩集』이 간행되자마자 극단적인 찬사와 맹렬한 비판의 대상이 되었다. 정지용의 시를 긍정적으로 평가한 1930년대 대표적 논자(論者)로는 이양하, 김기림, 박용철 등을 꼽을 수 있다. 김기림은 「1933년 시단의 회고」에서 정지용을 "우리 시 속에 '현대의 호흡과 맥박'을 불어넣은 최초의 시인"이며 "일시 시단을 풍미하던 상징주의의 몽롱한 음악 속에서 시를 건져낸" 시인으로 평가한 다음, 나아가 "시는 무엇보다도 우선 언어를 재료로 하고 성립되는 것이라는 것을 명확하게 인식하고 시의 유일한 매개인 이 언어에 대하여 주의한 최초의 시인"[78]이라고 상찬(賞讚)한다. 또한 김기림은 "경향파

---

78) 김기림, 「조선일보」, 1933.12.7-12.13. 여기서는 『김기림전집2』, 심설당, 1988, 62-63쪽.
   김기림, 「모더니즘의 역사적 위치」, 『인문평론』, 1931.10. 여기서는 앞의 책, 심설당, 1988, 57쪽.

의 뒤를 이어 제2차로 우리 신시에 결정적인 가치전환을 가져온 '모더니즘'의 역사적 성격과 위치"를 구명하려는 자신의 글「모더니즘의 역사적 위치」에서 정지용을 "최초의 모더니스트"로 규정하면서, "천재적 민감으로 말의 주로 음의 가치와 '이미지', 청신하고 원시적인 시각적 '이미지'를 발견하였고 문명의 새 아들의 명랑한 감성을 처음으로 우리 시에 이끌어 들였다"고 평가한다.

박용철은『정지용시집』의 발문에서 정지용을 "한군대 자안(自安)하는 시인이기 보다 새로운 시경(詩境)의 개척자"[79]로 극찬하고 있다. 정지용에 대한 박용철의 찬사는「丙子詩壇의 一年成果」(동아일보, 1936. 12)에서도 계속되고 있다. 이것은 "진정한 시인은 우리의 감성의 한계를 넓혀 주고 우리의 주의(主意)가 여태껏 가보지 못한 방향에 우리의 눈도 뜨게 한다. 천재는 우리의 정신세계에 새로운 요소를 도입하고 새로운 방향을 개척한다. 지용은 그의 특이한 감성과 사색에 의하여 이미 우리에게 많은 선물을 하고 있다"[80]는 평가를 통해서 확인할 수 있다.

대상의 특징을 탁월한 감각으로 파악한 다음 그것을 적확한 언어로 형상화하는 정지용의 감각을 "예민한 촉수"로 이름붙인 이양하는 같은 글에서 "그것(예민한 촉수)은……언제든지 대상과 맞죄이고 부대끼고야 마는 촉수다. 그리고 맞죄이고 부대끼는 것도 예각과 예각과의 날카로운 충돌을 보람있고 반가운 파악이라고 생각하는 촉수요, 또 모든 것을 일격에 붙잡지 못하면 만족하지 아니하는 촉수"라고 이야기한 다음 "씨(정지용)는 또 말의 비밀을 알고 말을 휘잡아 조종하고 구사하는 데 놀라운 천재"라고 극찬한다.[81]

---

79) 박용철,「『정지용시집』跋」. 여기서는 이숭원 주해, 영인본『원본정지용시집』, 깊은샘, 2003, 172쪽.
80)『박용철전집』, 시문학사, 1940, 103-104쪽.

이와 같은 긍정적인 평가와는 달리 맹렬한 비판자로는 임화를 꼽을 수 있다. 임화는 김기림, 정지용, 신석정 등을 "기교파"라고 부르면서 "이들 기교파의 시인들은 시의 내용과 사상을 방기하고 있다. 다만 있는 것은 언어의 표현의 기교와 현실에 대한 비관심주의 그것"이라고 비판하면서, "그들은 생활자가 아니라 활자 제조기에 불과"하며, "그들은 현실로부터 소극적인 '회피의 감정'의 시인들"이라고 비판한다.[82] 즉 일본제국주의의 압제(壓制)가 날이 갈수록 심해지는 역사적 상황에서 식민지 조선이 처한 현실을 도외시한 '기교파들'의 문학 작품은 결코 긍정적으로 평가할 수 없다는 임화의 평가는 일견 타당한 면도 없지 않으나, 역사적 맥락을 지나치게 중시함으로써 정지용의 시 세계를 면밀하게 살피는 데에는 다소 부족한 점이 있다.

김기림, 임화 등의 논의는 김환태, 신석정[83] 등으로 이어지면서 정지용에 관한 해방 전의 논의를 풍부하게 하였다. 그러나 정지용의 두 번째 시집 『백록담』(문장사, 1941년 9월)이 간행된 이후부터 해방 무렵까지는 정지용에 관한 연구가 거의 이루어지지 않았다. 그러다가 해방 이후, 김동석은 긍정적인 입장에서 조연현은 부정적인 입장에서 정지용에 대한 평가를 전개하였다. "김동석은 정지용의 시가 지니고 있는 차고 깨끗한 정신이 바로 그의 순수한 시정신의 반영이라고 하였으며, 조연현은 지용시를 '수공예술이 가진 가치와 미'"[84]라고 규정하면서 부

---

81) 이양하, 「바라든 지용시집」, 『조선일보』, 1935.12.7-12.11.
82) 임화, 「曇天下의 시단일년」, 『신동아』, 1935.12, 여기서는 『임화전집』, 소명출판, 2009, 493-499쪽.
83) 김환태, 「정지용론」, 『삼천리문학』, 1938.4.
    신석정, 「정지용론」, 『풍림』, 1937.4.
84) 김재홍, 「정지용, 또는 역사 의식의 결여」, 이숭원 편, 『정지용』, 문학세계사, 1996, 318쪽.

정적으로 평가하였다. 조연현은 정지용의 시를 두고 "심장으로 쓰여진 것이 아니라 수공(手工)에서 만들어진 것이기 때문에 생명력이 없는 것"[85])이라고 비판하고 있는데, 이는 1930년대 임화의 평가와 크게 다르지 않은 것이다. 이들의 논의는 한국전쟁 때 정지용이 월북한 것으로 오인되면서 1950년대까지 이어지지는 못했다.

1960년대에 이루어진 정지용 연구에는 송욱, 김용직, 김우창 등의 논의가 있는데, 송욱은 정지용의 「바다2」를 두고 "바다가 주는 시각적 인상의 단편"을 모아 놓은 것이며, 또한 "아주 짧은 산문을 모아 놓은 것"이라고 평하고 있다. 나아가 송욱은 정지용의 "언어가 보여주는 묘기는 때로는 위신이 없는 '재롱'에 떨어지기도"[86])한다며 부정적인 평가를 내리고 있다. 김용직은 "감각은 매우 참신하고 말을 쓴 솜씨도 당시 우리 시단의 전체 수준으로 보아 두드러지"며, 20년대 후반기 시가 보여준 "감정의 방출과 그 부수현상으로 지목될 관습성이 강한 운율에서 벗어날 필요"가 있었는데 정지용은 "그 나름의 언어사용 기법으로 그런 과제를 기능적으로 대처한 시인"[87])이라고 긍정적으로 평가한다. 송욱과 김용직의 이와 같은 논의는 정지용의 시작품에 대한 분석과 함께 이루어지지고 있다는 측면에서 다소 진전된 모습을 보이지만, 정지용에 대한 1930년대의 '긍정 아니면 부정'이라는 논의 구조를 답습하고 있다는 점에서 아쉬움을 남기고 있다. 이에 비해, 김우창의 논의는 정지용의 시가 지닌 장단(長短) 두 측면을 모두 살피고 있다는 데 의의가 있다. 김우창은 정지용의 시에 나타난 "인상의 선명함"에 주목하면서,

---

85) 김재홍, 앞의 책, 318쪽.
86) 송 욱, 「정지용, 즉 모더니즘의 자기부정」, 김학동 편, 『정지용』, 서강대학교출판부, 1995, 23-25쪽.
87) 김용직, 「정지용론」, 『정지용』(이숭원 편), 문학세계사, 1996, 231-242쪽.

정지용은 김기림보다 "감각적 경험의 포착에 보다 능"하며, "주어진 사실에 충실"하지만, 바로 이와 같은 충실함이 정지용의 시세계를 "좁은 것이 되게 한다"고 평한다. 또한, 김우창은 비록 "감각적 충실만을 높이 살 수는 없다고 하더라도, 역시 그것은 원초적 형태로나마 생의 경험에 대한 충실"[88]이며, 정지용의 '감각'은 "정신적인 훈련을 요구"하는 것이라고 평하고 있다. 이러한 평가에 따라 정지용이 수행한 언어와 감각의 단련은 "금욕주의적 엄격함"으로 정신을 수련하는 과정이 수반되고 있는 것으로 파악되며, 그 결과 정지용은 그의 후기 시 「백록담」에서 "감각의 단련을 무욕의 철학으로 발전"시킨 것으로 평가된다.[89] 이와 같이 김우창은 정지용을 단순히 '기교파 시인'으로만 파악하던 수준에서 벗어나 정지용의 시가 지닌 '정신적인 측면'을 강조함으로써, 정지용에 대한 논의를 보다 확장시켰다는 데 의의가 있다. 정지용에 대한 1970년대 이후의 연구는 1988년 납·월북 문인들에 대한 해금 조치 후부터 보다 본격적으로 진행된다.

이숭원은 정지용의 시 세계를 크게 세 부분으로 나누어 고찰하고 있다. 이숭원에 따르면, 전기 시는 「바다」 시편을 중심으로 "감각적 표현을 통한 동적 세계의 형상화"를 이루고 있고, 중기 시는 "현실적 비애와 고통, 공허감"에서 비롯된 "이국정조·향토적 정서가 이중적"으로 나타고 있으며, 특히 종교시의 경우 "폐쇄적인 개인의 구제에 집착하여 현실적 삶에 대한 부정, 세계에 대한 부정"을 드러내고 있다. 끝으로 후기 시는 "'산'으로 표상되는 결벽성의 세계, 간결성·여백미"를 나타내고 있는 것으로 드러난다. 끝으로 이숭원은 정지용이 보여준 다양한 시

---

88) 김우창, 「한국시와 형이상」, 『궁핍한 시대의 시인』, 민음사, 1977, 51쪽.
89) 김우창, 앞의 책, 53쪽.

적 형식의 실험, 신성하고 맑고 깨끗한 정신에 대한 추구 등을 논한 다음, 청록파 시인들에게 깊은 영향을 미쳤다는 점 등을 긍정적으로 평가하고 있다.[90]

문덕수는 정지용 시의 특질을 '공간성'을 중심으로 설명하고 있다. "정지용 시의 공간성은 초기 시의 경우 일원적 구조를 보이고, 종교시에서는 이원적 구조를 보이며, 시집『백록담』에 이르러 다시 일원적 구조로 돌아간다"고 설명하면서, 초기 시를 관념과 정서가 배제된 사물시(事物詩)로, 이중적 공간 구조를 보이는 종교시를 관념시로, 다시 일원적 공간성을 보이는『백록담』을 사물시로 규정하고 있다. 그런데 후기시의 경우에는 비록 사물시의 범주에 들지만, 시인의 정신적 상승을 나타내고 있다는 점에서 초기 시와 변별된다고 평가하고 있다.[91]

김윤식은 정지용의 "가톨리시즘과 미의식"의 상관 관계에 대해서 고찰하면서, 정지용이 "가톨릭을 일종의 제사와 같은 외부적 장식미학으로 파악한 탓"에 정지용의 종교시는 "인간의 고민과 역사성과의 연결에로 이르지 못하고" 있다고 비판하고 있다. 또한 김윤식은 정지용의 종교시가 실패한 이유를 '형이상학적 주제'에 맞는 시형식을 창출하지 못했다고 지적하고 있다. "단가적인 짧은 시형식, 순간적인 이미지의 포착 등에 관련"된 방식으로 "형이상학적 주제를 겨냥한다는 것"은 불가능한 일인데, 정지용은 신앙과 같은 심오한 주제를 다루는 데 있어서도 "단가적인 짧은 시형식"을 고집함으로써 형이상학적 주제의 심오함을 온전히 형상화하지 못했다고 비판한다.[92]

김명인은 "시어구조, 형태구조, 의미구조"의 세 층위로 정지용의 시를

---

90) 이숭원, 「정지용시연구」, 서울대학교 석사논문, 1980.
91) 문덕수, 「한국 모더니즘시 연구」, 고려대학교 박사논문, 1981.
92) 김윤식,『한국근대문학사상사』, 한길사, 1984, 411쪽-433쪽.

분석하면서, 시어구조의 측면에서는 "심상과 리듬을 유기적으로 결합해 선명하게 구상화시키는 '조형의 언어'"로 평가하면서 정지용의 시를 "민족의 재발견과 보존이라는 보다 확대된 차원"에서 긍정적으로 평가하고 있다. 그리고 형태구조의 측면에서는 정지용의 시를 "감동의 비율과 템포를 지닌 진정한 강조 및 언어 호응과의 상관관계에서 비롯되는 절조(節調)의 자유"로 평가하면서 탁월한 감각 능력과 언어 능력에 치우친 논의를 보다 확대하는 데 기여하고 있다. 끝으로 의미구조의 측면에서는 정지용의 시가 "상실과 표랑(漂浪)의식을 뚜렷이 하고 있다"고 평가하면서 정지용의 시가 지닌 긍정적인 측면을 두루 살피고 있다.[93)]

정끝별은 시간과 공간을 중심으로 정지용의 시의 상상력에 대해서 논하고 있다. "상실과 부재, 단절과 폐쇄된 자아의 불안정한 현실의 시 · 공간 속에서 다양한 시적 변모를 통해서 현실극복의 의지가 일관되고 있다"고 평하면서, 현실을 극복하는 방법으로 직접적이고 치열한 대결의식이 아니라 "우회의 방법, 즉 여행의 구조"로 이루어지고 있다는 점을 보여주고 있다. 정끝별은 "여행 구조"에 따른 정지용 시의 상상력의 특성을 현실극복을 위한 소극적 시간의식의 지향성 측면, 여행 공간에서 존재의 깊이가 드러나는 기체화된 감각의 이미지의 측면에서 살피면서, 정지용의 시의 상상력은 "움직이지 않고 의연하게 자리 잡는 힘의 균형을 끊임없는 움직임의 상태를 구하고 있다"고 평가한다.[94)]

김학동은 "차고 맑고 투명하기 이를 데 없는 순수성과 언어의 감각적인 새로운 국면을 열어 우리 근대시사의 전환을 가능케 했던" 시인으로

93) 김명인, 「1930년대 시의 구조연구」, 고려대학교 박사논문, 1985.
94) 정끝별, 「정지용 시의 상상력 연구」, 이화여자대학교 석사논문, 1988.

정지용을 고평(高評)하고 있다. "고향으로 돌아가고 싶은 충동과 상실감"을 탁월한 시적 재능으로 형상화한 초기시편, "일본 유학과 동시에 본격화"된 시작 활동 시기에는 "시적 공간을 확대"하고 심화하면서 다양한 시 세계를 전개한 '바다' 시편(詩篇)에서는 "사물의 심층을 꿰뚫어 그 실체를 파악"하는 정지용의 탁월한 감각 능력을 보이고 있다고 평한 다음, 종교시편에 대해서는 정지용의 "종교적 신앙심의 심도"를 "불", "태양"의 심상으로 형상화하고 있다고 평가하고 있다. 끝으로 후기『백록담』에서는 "자기 소멸과 일체의 속루를 끊고 자연으로 되돌려 보다 근원적 차원에서 무화시키고 자연과 일체가 되고자 하는" 욕구를 절제된 언어 감각을 바탕으로 제시하고 있다고 평하고 있다.[95]

　이기형은 정지용의 시가 지닌 모더니즘적 특질에 주의하면서 카톨리시즘 및 정지용의 시가 지닌 독특한 갈등 양상에 대해 고찰하고 있다. 이기형은 「幌馬車」, 「爬蟲類動物」 등에 나타난 형태주의적 수법에 주목하면서 "정지용의 초기시편에는 그가 영미 모더니즘 시론을 수용하여 창작기법으로서 활용하려는 고도의 실험의식과 함께 현대시에 대한 새로운 인식과 방법론이 선명하게 부각"되어 있다는 결론을 이끌어 내고 있다. 정지용의 카톨리시즘에 대한 평가는 김윤식[96]의 평가에서 크게 벗어나지 않는 범위 내에서 이루어지고 있다. 이기형의 논의에서 특히 주목해야 할 부분은 정지용 시에 나타난 갈등 양상에 대한 논의이다. 이기형은 「故鄕」, 「五月消息」, 「柘榴」 등의 작품에 대한 구체적인 분석을 통해서 정지용의 시가 지닌 '낭만주의적 성향'에 대해서 논의하고 있다. 이기형은, "향토적 정서가 그리움이나 회상의 미학과

---

95) 김학동,『정지용연구』, 민음사, 1987.
96) 김윤식, 앞의 책, 1984.

결합"된 양상을 보이는 정지용의 낭만주의적 경향은 "그리움, 울음, 추억을 다루되 그것을 섬세한 상징으로 순화시킴"으로써 직설적인 감정 토로나 피상적인 감상주의의 차원을 극복했다고 보고 있다. 이는 모더니즘이나 이미지즘, 나아가 동양 고전의 세계를 중심으로 전개된 정지용에 대한 논의에서 한 걸음 나아갔다는 데 그 의미가 있다.97)

김신정은 정지용 시의 "감각"을 "기교나 시적 기술, 또는 이미지즘의 방법이 아니라 타자를 느끼는 자아의 창조적 활동이자, 타자의 느낌에 대한 느낌을 통해 자기를 사유하는 행위, 그리고 그러한 느낌과 사유를 미적 형식으로 빚어내는 원리"라고 평가하면서, 정지용의 시가 지닌 감각적 특질에 대한 기존의 관점을 극복하고 있다. 즉, 정지용의 시에서 "감각이란 '시적 방법'과 '정신'을 한데 아우르고 있는 개념"이라고 논의하고 있다. 이와 같은 '감각' 개념을 바탕으로 김신정은 정지용의 시 세계를 모더니즘과 동양 고전의 정신으로 "단절적이고 이분법적으로 파악하는 시각"을 극복하고 있어서 특기할 만하다.98)

김종태는 정지용의 시 세계를 "공간의식을 중심"으로 규명하고 있다. 김종태는 정지용 시에 나타난 공간을 크게 "원형적 공간, 근대적 공간, 제의적 공간"으로 나눈다. '원형적 공간'은 정지용의 초기 시 세계를 이루는 공간이다. "동심의 세계와 가족애"가 넘치는 공간이며, 자연과 동화된 화해의 지평이 가능한 공간이다. 근대적 공간은 정지용의 중기 시 세계를 이루는 공간인데, 이 공간 속에서 시의 화자는 "전근대적 세계-원형적 공간"과 "근대적 세계-원형적 공간의 상실-도시 공간"의 화해를 도모하지만 '도시 공간'에서의 삶이 지속될수록 이러한 화해가 불

---

97) 이기형, 「1930년대 한국 모더니즘 시 연구」, 인하대학교 박사논문, 1994.
98) 김신정, 『정지용 문학의 현대성』, 소명출판, 2000.

가능하다는 사실을 체험하게 된다. 후기 시편 『백록담』은 '제의적 공간'을 형상화하고 있는데, "원형적 공간으로의 퇴보가 아니라 새로운 원형성의 창조"라는 의미를 갖는다. 이러한 공간 변화는 "전근대적 환경과 근대적 환경의 충돌과 교접에 대한 투철한 인식의 결과"이며, 따라서 정지용의 시에 나타난 '근대성'은 "원형성과 문명성에 대한 고민"에서 비롯되는 것이라고 김종태는 결론짓고 있다. 이와 같은 김종태의 논의는 긍정·부정의 이분법적 논의 구도, 나아가 모더니즘 혹은 이미지즘을 중심으로 전개되는 연구에서 벗어나 정지용에 관한 연구를 더욱 폭넓게 확장 시켰다는 데 그 의의가 있다.[99]

　박주택은, 정지용이 경험한 청년기는 전근대와 근대가 혼효되는 가운데 서 있었다고 본다. 이 시기의 근대는 '도시'로 향하기, '바다' 건너기, '일본' 유학에로 나가기였던 것인데 이는 곧 서구지향성으로 요약된다. 정지용이 꿈꾸었던 근대는 가부장적 공동체 인식을 드러내고 있는 「鄕愁」에 발목이 잡혀 있으면서 일본의 근대 풍경에 마음이 끌리는 분열증의 양상을 띠고 있었다. 이를 다르게 말하자면, 무의식의 심층에는 고향이라는 피의 부름에 마음이 조이지만 의식의 차원에서는 근대적인 것을 욕망하는 것이었다. 그러나 일본이 근대화 과정 속에 서구를 극복하고 일본의 정체성을 되찾으려 노력하고 바로 세우려 했던 것처럼 정지용 또한 정체성을 찾기 위한 무수한 노력을 기울였던 것은 어쩌면 당연한 것이었다. 박주택은 정지용의 『백록담』이 동양적인 것, 나아가 조선적인 것을 시 속에 담아내려 했다는 점에서 근대를 극복하려는 의지를 표출했다고 분석한다. 이는 정지용 개인적으로 근대가 주는 부정적이고도 반성적인 측면을 성숙한 시선으로 바라보는 성숙한 근대

---

99) 김종태, 『정지용 시의 공간과 죽음』, 월인, 2002.

의식의 성장이며, 공간적으로는 바다에서 산으로 시적 소재를 이동시 킴으로써 근대 수용에 있어 수용-좌절-재인식이라는 극복 과정을 보여 주는 것이다. 이 논의는 전근대와 근대가 혼효되는 한 가운데서 정지용 이 모순된 식민지 근대성의 허구 극복 방식으로서 근대성을 시 속에 담 아내면서 독창적 언어미학의 세계를 선취했음을 규명했다는 점에서 의의를 가진다.[100]

배호남은 정지용 시를 시정신과 시형식 구조의 두 부분으로 나누어 '모더니티 지향'과 '전통 지향'의 갈등 양상을 고찰하고 있다. 시정신적 측면에서 「鄕愁」에서 드러나는 바 정지용의 초기시는 전근대적 가치 에 대한 신화화된 낙원 지향의 투영이다. 그러나 이러한 낙원 지향은 정지용이 경성과 경도에서 근대를 체험함에 따라 점차 고향 상실의 의 식으로 이행돼 가게 된다. 이러한 점을 살피면서 정지용의 근대 체험이 그의 시정신에 어떠한 균열을 가져왔는가를 밝히고 있다. 이와 함께 경 도 유학 시기의 시에 나타난 갈등 양상을 '감상적 낭만주의와 주지주의 의 갈등'으로 특징짓고 근대적 체험을 통한 고향 상실 의식으로 비롯된 감상적 낭만주의가 주지주의적 시 제작이라는 모더니티 지향을 통해 어떻게 극복될 수 있는가를 밝히고 있다. 또 1939년 『文章』에 관여하 면서부터 동양적 고전주의로 나아갔다. 이러한 전통 지향이 갖는 의미 를 모더니티 지향과의 갈등 양상으로 특징지어 분석하고 있다. 시형식 측면에서 『정지용 시집』은 '민요의 율격과 동요의 형식'은 전통 지향으 로, '감각적 이미지즘과 회화시'는 모더니티 지향으로 분석하고 있으 며, 『백록담』은 '산수시의 전통을 잇는 시형식'을 전통 지향으로, 근대 적 시형식으로서의 산문시'를 모더니티 지향으로 분석하고 있다. 이와

---

100) 박주택, 「정지용 시에 나타난 근대성 연구」, 『한국시학연구』 제30호, 2011.

같은 배호남의 논의는 일제강점기의 모더니즘 문학이 서구 보편의 모더니티 지향과 식민지적 특수성으로서의 전통 지향 사이에서 긴장하고 갈등했던 양상들을 실제 작품 분석을 통해 보다 구체적으로 논증하고 있다는 의의를 가진다.[101]

검토한 바, 정지용의 시 세계를 생태학적으로 규명하려는 시도는 좁고「정지용 시의 생태시학적 연구」[102]를 제외하고는 아직까지 찾아보기가 쉽지 않다. 첫 시집『정지용시집』의 경우,「鄕愁」등의 시편이 보여주는 전통적 자연과 시적 자아와의 만남을 통해 형성되는 생태학적 세계관이나 생태학적 상상력의 의미를 규명하려는 시도는 집중적으로 시도되지 않고 있다. 뿐만 아니라 모더니즘 지향적 시세계로 주로 분류되는 '바다' 관련 시편들 역시도 그러하다. 바다가 주는 생명성과 바다를 구성하는 여러 소재는 생태학적 의미를 가지고 있음에도 이를 규명하려는 시도는 아직 이루어지지 않고 있다.『정지용 시집』에는 식민지 현실이 안고 있는 이분법적이고 반생태학적인 억압으로부터 벗어나 조화와 상생의 세계로 나아가고자 하는 생태학적 세계관을 담은 의지가 있음에도 불구하고 이에 대한 정지용의 시세계를 '생태시'의 측면에서 파악하려는 논의는 시도되지 않고 있다. 정지용의 두 번째 시집인『백록담』에 담긴 생태학적 세계관 역시『정지용 시집』과 마찬가지로 생태학적 관점에서는 논의가 이루어지는 것을 찾기가 매우 어렵다.「장수산」연작과「한라산」등을 비롯해 생태학적 상상력이 발동되고 생태학적 세계관이 투영되어 탄생한 시편들은 정지용 시의 생태성을 살펴볼 수 있는 중요한 시적 논거들이다. 그러함에도 정지용의 시세계

---

101) 배호남,「정지용 시의 갈등 양상 연구」, 경희대학교 박사논문, 2008.
102) 배한봉, 경희대학교 석사논문, 2010.

는 생태학적으로 연구가 시도되지 않고 있다.『정지용 시집』과『백록담』에 수록된 시편들에서 찾아볼 수 있듯이 유기체와 유기체의 상호 관계, 그리고 유기체와 유기체를 둘러싼 바깥 세계와의 관계를 통해 삶의 현실과 세계를 성찰하는 생태학적 입장은 정지용의 모든 시편의 바닥을 관류하는 시정신이라고 할 수 있다. 농촌에서 성장해 서울과 일본에서 근대 교육을 받은 시인인 정지용에게 자연과 향토적 삶의 공간은 그의 의식의 밑바닥을 형성하고 있는 기초이지만 전통적 표현 방식으로 존재하는 공간이 아니었을 것이다. 전통적 표현 방식을 승화시켜 좀더 새로운 '감각적 언어'로 '탄생' 시켜야 한다는 의무감을 갖고 바라본 공간이었을 것이다. 이런 관점에서 볼 때 정지용의 생태학적 세계관이나 생태학적 상상력은 지금 이 시대와는 달리 식민지와 피식민지, 지배자와 피지배자, 인간과 자연 등으로 나눠진 이원론의 사회구조를 환기하는 방식으로 표출되었을 것이다.

이상의 연구사 검토에서 알 수 있듯이, 김소월과 정지용에 대한 연구는 다양한 방법론을 바탕으로 활발히 이루어져 왔다. 따라서 김소월과 정지용의 시 세계를 어떻게 규명하고 파악하고 있는가를 총체적으로 살펴볼 수 있었다. 하지만 지금까지 김소월에 대한 연구는 대체적으로 전기에는 전기적·서지적 연구, 시사적 위상에 관한 연구, 주제론적 연구, 형식적 특성에 대한 연구, 창작원리에 대한 연구 등으로 나눌 수 있다. 정지용에 대한 연구는 정지용 시에 대한 긍정적 평가와 부정적 평가라는 극단적으로 상반되는 형식의 연구, 그리고 초기 시는 모더니즘, 중기 시는 카톨리시즘, 후기 시는 전통 지향성으로 나눠져 고착화되는 경향을 보인다.

시인의 시세계는 대체로 두 가지 양상을 띠는데, 그 하나는 지속적으로 시세계가 변하는 경우이고, 또 하나는 이와는 반대로 시종일관 변함이 없는 경우이다. 검토해본 바와 같이 연구자들의 연구에 따르면 김소월의 경우는 후자에, 정지용의 경우는 전자에 속한다고 보는 것이 지배적이다. 김소월의 경우는 전통적 서정 세계를 시세계의 중심음으로 삼고 있다고 보기 때문이고, 정지용의 경우는 모더니즘에서 동양적 정신주의로 변모했다고 보기 때문이다. 그런데 김소월과 정지용이라는 두 시인의 시세계를 동일한 선상에 놓고 '생태'를 중심으로 규명하려는 시도는 아직까지 이루어지지 않고 있다. 김소월과 정지용 시의 상이함이 두 시인을 동일선상에 놓고 평가하기가 쉽지 않기 때문이라고 본다. 그러나 이들 시인의 시를 생태학적 관점에서 고찰하면 여러 부분에서 그 의미가 상통한다는 사실을 확인하게 된다.

3. 연구 방법과 범위

생태시는 생태학을 근간으로 한 생태학적 상상력이나 생태학적 세계관, 또는 생태학적 사상을 기반으로 창작된 시를 말한다. 즉 생태시는 유기체와 유기체의 관계, 유기체와 유기체를 둘러싼 바깥 세계와의 관계에 대한 생태적 관점에서의 새로운 인식을 시적 상상력 속에서 구체화하여 보여준다.

생태시의 토대가 되는 생태학은 생물학의 한 분야로, 노르웨이 철학자 안 네스가 1973년 논문 「피상적 생태운동과 근본적이고 장기적인 생태운동」을 발표하면서 시작된 근본생태론이 출현하면서 새롭게 대두되었다. 근본생태론은 사회생태론, 생태마르크스주의 등과 함께 생태 위기 문제에 대안을 제시하는 새로운 패러다임의 한 형태로 부각된 생태학의 한 갈래이다. 그 이후 생태학은 자연·과학 분야를 뛰어넘어 사회학과 철학, 문학, 건축학 등 다양한 학문은 물론 종교와 예술에 이르기까지 파급되어 이른바 생태사회학, 생태철학, 생태윤리학, 생태문학, 생태건축학 등의 학문을 탄생시켰다. 생태학은 또 시민운동과 결합되어 지구촌 곳곳에서 발생되는 생태적 위기 극복과 아울러 오늘날 인류의 보편적 이데올로기가 되어버린 문명 중심적 사고 및 대량생산-대량소비 패턴의 삶의 방식을 바꾸기 위한 가치관이자 대안 그 자체로 주목되고 있다. 이러한 현상은 생태학이 우리 삶의 양식에 관한 것이고, 생태문제는 이제 인류가 가장 먼저 해결해야 할 절대 명제가 되었음을 입증한다.

따라서 생태시는 과학기술의 만능주의, 무분별한 성장주의와 경쟁주의, 그리고 나날이 심화되는 지금 이 시대 지구촌의 생태 위기 등에 대한 가장 적절한 문학적 대응 방식이자 문학 치유적 지혜의 보고라 할 수 있다. 이러한 생태시는 생태사상의 핵심적인 개념들을 포섭한다. 생태사상의 특징 가운데 하나인 상호연관성과 상호의존성, 현실 참여성은 관계성의 개념과 상응하고, 계급 타파와 지방 분권화 및 자율성은 평등성의 개념에 포함되며, 운동성과 균형성은 역동성의 개념과 상응하고, 이 역동성은 연속성과 더불어 순환성의 개념에 상응한다. 그리고 재생성은 순환성의 개념에 상응한다. 따라서 생태사상의 핵심적인 개념은 관계성, 복잡성, 다양성, 평등성, 순환성, 전체성으로 요약할 수 있다. 이와 같은 개념들은 유기론, 공동체론, 공간·장소론 등의 양상으로 나타난다.

본 연구에서는 생태사상의 여러 양상 가운데 유기론, 공동체론, 공간·장소론을 중심으로 논의하고자 한다. 이를 위해 한국 현대시사의 초기 시인 가운데 생태학적 측면에서 충분히 연구할 필요가 있다고 판단되는 김소월·정지용의 시를 주된 연구 대상으로 삼고 논의를 전개한다. 1990년대 들어 본격적으로 논의되기 시작한 한국 현대 생태시의 뿌리와 그 연속성을 탐색하기 위해서는 현대시사의 대표적인 초기 시인의 작품을 탐구하는 것이 타당할 것이기 때문이다. 1920~30년대 시인 가운데서 이들 시인의 작품은 오늘날 이론적으로 정립 과정을 거친 생태 사상을 담고 있으며, 생태시로서의 빛을 충분히 발하고 있다. 또 이들 시인은 한국 시사에서 매우 중요한 위치에 놓여 있고, 오늘날에도 여전히 다양한 측면에서 큰 관심을 불러일으키고 있음은 주지의 사실이다. 하여 이들 시인의 원본 시집, 즉 김소월 시집 『진달내꽃』(賣文社, 1925.12.26.), 정지용 시집 『鄭芝溶 詩集』(詩文學社, 1935.10.27.)과 『白鹿潭』(文章社, 1941.9.15) 등을 중심 연구 대상으로 삼는다.

김소월·정지용 시에 나타난 생태시학을 구명하기 위해 먼저 '생태학적 사유의 논리와 생태시의 문학사적 형성 배경'을 개괄적으로 살펴볼 것이다. 이 검토는 연구의 이론적 근거와 논의의 방법을 도출하고, 한국 현대 생태시를 심도 있게 살펴보는 데 있어서 중요한 길잡이가 될 것이다. 생태학적 사유의 논리와 생태시의 문학사적 형성 배경을 먼저 살피는 이유는 '생태시'라는 개념이 종래부터 논의되어왔던 것이 아니라 1990년대 들어 본격적으로 논의의 선상에 놓였고, 다양한 담론을 생산하면서 그 지평이 심화되고 확장되었기 때문이다. 또 한국 현대 생태시의 토대가 산업화 시기에 있는 것이 아니라 김소월·정지용이 활발하게 시 창작 활동을 펼친 1920~30년대에 있으며, 이것이 오늘날의 생태시와 전적으로 무관하지는 않고, 한국 현대 생태시가 자생적이라는 것이 해명될 것이기 때문이다.

따라서 '생태학적 사유의 논리와 생태시의 문학사적 형성 배경' 편에서는 '동서양의 자연관에 대한 생태학적 검토'를 거친 다음 '과학기술 발달과 생태학의 탄생', '생태시학 담론과 김소월·정지용 시의 생태학적 상관성'의 순으로 살펴볼 것이다. 자연관은 생태적 사유와 혈연적이라 할 만큼 밀접한 관계에 놓여 있다. 본고에서는 서양의 자연관, 동양의 자연관, 그리고 한국의 자연관으로 나눠 본 연구와 연관되어 이해가 필요하다고 생각되는 부분만 간략하게 묶어 서술하면서 동서양 및 한국의 자연관을 비교 검토하여 그 차이를 탐색하고, 생태시학이 자연관과 어떻게 밀접한 상호연관 작용을 하는지 알아보려고 한다.

'과학기술 발달과 생태학의 탄생'에서는 현대 생태시 담론의 출발점인 생태 위기 원인으로서의 기술지향주의와 인간중심주의를 생태학적 입장에서 살펴본 다음 생태학의 의미 형성과 이론적 전개 양상을 탐색할 것이다. 이론적 전개 양상은 근본생태론, 사회생태론, 생태마르크스론·생태사회론의 순서로 살펴볼 것이다. 이어서 '생태시학 담론과 김소월·정지용 시의 생태학적 상관성'에서는 개괄적이고 통시적 차원에서 생태학적 인식과 문학의 관계, 생태시의 용어 논의와 전개 양상을 검토한 뒤, 김소월·정지용 시의 생태학적 상관성을 검토할 것이다. 그럼으로써 본격적으로 담론화 된 한국 현대 생태시가 어떤 시각을 가지고 있으며, 어떻게 변화되어왔는지 알 수 있을 것이고, 김소월·정지용의 생태시학과의 연관성을 추적할 수 있을 것이다.

이러한 논의를 토대로 본 연구에서는 '유기론적 상상력과 생태시학', '공동체적 상상력과 생태시학', '공간적 상상력과 생태시학' 등 세 양상을 김소월 시집 『진달내꼿』·정지용 시집 『鄭芝溶 詩集』과 『白鹿潭』에 수록된 시를 중심으로 본격 탐구할 것이며, 그들의 산문 등은 보충자료로 살펴볼 것이다. 연구 대상 시인의 시집 분석에는 근본생태론, 사회생태론, 생태마르크스론·생태사회론과 동서양의 자연관은 물론 생태학과 관련된 여러 이론과 사상, 그리고 여러 선구적 연구를 습합하고 반영하며 적용할 것이다. 생태학 용어에 대한 해석은 어니스트 칼렌바코의 『생태학 개념어 사전』103)을 수용하여 전개할 것이며, 정지용 연구에 대한 부분은 필자의 졸고 「정지용 시의 생태시학적 연구」를 확장적으로 수용하여 활용할 것이다.

김소월·정지용의 작품은 자연을 대상으로 삼거나 자연을 적극적으로 받아들이면서 자아를 성찰하고, 생명 의식을 표출하는 양상을 끊임없이 드러낸다. 일제 치하라는 특수한 사회 역사적 상황에 대한 투쟁적 저항의식, 탈근대의 새로운 물결 습합, 삶과 죽음, 절망과 희망, 고통과 기다림의 미학 역시 자연을 통해 상징화되거나 자연과 결합되어 자연스럽게 생명현상의 원리를 내포하는 경향을 가진다. 이러한 여러 특징은 생태적 시학의 근거로써 타당성을 가지며, 오늘날의 한국 현대 생태시의 토대임을 확인시켜 줄 것이다.

---

103) 어니스트 칼렌바크(Callenbach, Ernest), 노태복 역, 『생태학 개념어 사전』, 에코, 2009.

2부

생태학적 논리와 생태시의 형성 배경

생태학적 논리와 생태시의 형성 배경

1. 동서양의 자연관에 대한 생태학적 검토

테이야르 드 사르댕은 동서양의 세계관·존재론의 구조에 대해 의인적·인격적 세계관과 자연주의적·비인격적 세계관의 차이라는 관점에서 설명한다. 서양인들만이 현대적 의미의 <과학>을 창조했기 때문이라는 것이 그 이유이다. 노스럽 F·C는 미학성과 분석성으로, 베버는 전통성과 합리성으로, 후설은 실천성과 이론성, 혹은 비과학성과 과학성으로, 동서 철학에 나타난 사고적 일반적 특징을 구별했다. 동서의 사고 패턴의 일반적 특징과 차이를 단순화시키면 "동양의 수동적 적응성과 서양의 능동적 통제성, 동양의 유동적 탄력성과 서양의 경직된 획일성, 동양의 곡선적 다원성과 서양의 직선적 환원성"로 설명할 수 있다.[1)]

이처럼 상반적 경향을 보이는 사고 패턴과 마찬가지로 그 개념을 달리하는 서양과 동양, 한국의 자연관을 검토하기 위해서는 동서양과 한국의 신화, 철학, 역사, 문학, 과학 등에 관한 자료를 충분히 수집해야

---

1) 박이문,『문명의 위기와 문화의 전환』, 민음사, 1997, 163-166쪽.

함은 당연한 일이다. 각 시대 사상가의 저작과 남아 있는 단편은 물론 연대기, 전기, 회상록, 일기, 서간 등의 여러 가지 기록, 그리고 연구자들의 저작과 연구물은 동서양과 한국의 자연관을 이해하는 필수적 요소임이 자명하다. 한 시대의 철학만 하더라도 학자마다 다양한 학설을 보이고 있고, 또 방대한 사적 흐름을 가지고 있다. 그러니 까마득한 고대로부터 현대까지 이어지는 동서양과 한국의 광범위한 자연관을 정밀하게 살펴 검토한다는 것은 실로 지난한 일이다. 또 어떤 측면에서 의미를 파악하고 가치 평가를 하느냐에 따라 그 맥락은 다양한 양상을 보인다. 해서 부분적 지엽적 한계를 노정하며 성급한 일반화의 오류를 범할 위험이 있음에도 서양의 자연관, 동양의 자연관, 그리고 한국의 자연관으로 나눠 생태적 관점에서 본 연구와 연관되어 이해가 필요하다고 생각되는 부분만 간략하게 묶어 서술하고자 한다.

부기하자면, 세계 문화권은 크게 지리적 측면에서 동서로 구분하여 보는 경우가 많다. 대체로 서(西)는 유럽에 원천을 둔 문화권으로 아메리카 대륙을 포함하여 가리키고, 동(東)은 중국과 인도를 중심에 둔 아시아 문화권을 가리킨다. 서양 문화의 토대는 그리스·로마 신화를 위시한 유럽 중심의 신(神)중심주의적·이성중심주의적 사유 체계가 중심적이라고 보는 것이 일반적 견해이다. 따라서 본고는 이를 토대로 그 자연관을 살펴볼 것이다. 동양 문화권의 경우, 인도와 중국, 중동지역은 서양 문화권에 비해 상이한 문화적 요소가 많다. 인도, 중국, 중동의 자연관을 한데 묶어 유사점을 논하는 것은 상당한 무리가 따르는 것이 사실이다. 하여 이 연구에서는 인도에서 발생하여 동양화된 불교 사상과 중국에서 발생한 노장사상과 유교 등을 제한적으로 묶어 동양 문화권으로 보고 그 자연관을 파악하는 논의의 대상으로 삼고자 한다.

1) 서양의 과학적 환원성

동양에 비해 현대적 의미의 '과학' 발달이 앞섰던 서양은 자연에 대한 인식도 과학적 입장에서 파악하였다. 복잡한 사물은 자신을 구성하고 있는 가장 단순한 것으로부터 이해될 수 있다는 환원론이 그 대표적인 것이다. 전체론적 경향을 띠는 동양의 자연관과 상반되는 경향을 보이고 있는 것이다.

구체적으로 살펴보자면 서양의 자연관은 크게 고대, 중세, 근대로 나눠 살펴볼 수 있다. 고대는 자연에 대한 숭배가 이루어졌던 시기이다. 고대인들은 자연에도 정신이 깃들어 있다고 보았으며, 이런 사상에 의해 자연에 대한 경외감을 가지고 있었다. 중세에는 신이 인간에게 자연을 지배할 수 있는 권한을 위임했다고 보는 기독교 사상이 팽배했던 시기이다. 자연과 인간을 분리시킨 신 중심의 기독교적 자연관으로 인해 인간은 자연보다 우월하다는 사고가 생겼다. 자연을 인간에 예속된 것으로 보는 사고는 근대로 이어졌으며, 근대는, 자연은 기계와 같이 자율성이 없는 것이기 때문에 인간은 당연히 자연 위에 군림할 수 있다는 사고를 가지게 되었다. 이런 근대적 사고는 현대에까지 중심사상으로 지속되어 오고 있다. 콜링우드의 유비(類比, analogy)적 설명[2])에 따르면 고대는 자연이라는 대우주와 인간이라는 소우주의 유비이고, 르네상스는 신의 작품인 자연과 인간의 작품인 기계의 유비이며, 현대는 자연과학자들에 의해 연구된 자연세계의 진행 과정과 역사학자들에 의해 연구된 인간사의 영고성쇠의 유비이다.

자연중심주의 시대였던 고대의 자연관은 그리스 사상에서 찾아볼 수 있다. 그리스인들이 생각하는 자연 세계는 역동적인 세계였다. 역동

---

2) 콜링우드, 앞의 책, 11쪽.

성은 생명력 또는 영혼에 의해 발생하는 것으로 이해했다. 그리스 사상가들은 자연에 내재하는 정신이 자연 세계의 규칙이나 질서를 만드는 바탕이라고 보았다. 즉 자연을 지성적인 유기체로 본 것이다. 이런 정신성에 기초한 규칙과 질서가 그리스 자연과학의 원리였다.

역동적인 세계로서의 자연은 기원전 6, 7세기의 이오니아학파의 창시자인 탈레스의 학설을 통해 살펴볼 수 있다. 탈레스는 자석 등의 사물 그 자체를 동물인 동시에 지구라는 동물의 일부분이라 파악했다. 탈레스의 학설에서 지구는 유기체들로 구성된 하나의 유기체인 동시에 그 안에 있는 유기체들을 양육하는 유기체이기도 하다.[3] 우주는 그 자체의 영혼을 지닌 작은 유기체들로 구성된다고 보는 것이다. 즉 자연에 존재하는 모든 것들은 끊임없는 소멸과 재생이 반복된다고 보는 탈레스의 우주론은 자연을 초자연적인 존재가 자기 목적 달성을 위해 만든 거대한 기계로 보는 아낙사고라스와 로이키포스 등의 사상과 현격한 차이를 보인다.

한편 엠페도클레스는 4원소론의 체계를 세운다. 만물은 땅(地), 물(水), 공기, 불(火)이라는 4원소로 이루어져 있으며, 이 4원소의 결합과 분리에서 만물이 생긴다는 것이다.[4] 엠페도클레스는 이 4원소의 운동성을 바탕으로 2동력설을 설명한다. 2동력설은 사랑이라는 힘과 미움이라는 힘의 원리를 통해 설명된다. 사랑은 선의 힘이고 미움은 악의 힘이다. 이 두 힘은 서로 싸우며 존재한다는 것이 2동력설이다. 사랑은 결합의 힘이고 생활의 창조력이며 선의 원리인 반면, 미움은 분리의 힘이며 생활의 파괴자이며 악의 원리라는 논리이다.

---

3) 콜링우드, 앞의 책, 61-62쪽.
4) 김준섭, 『서양철학사』, 백록, 1991. 61쪽.

스스로 운동하는 자연의 개념은 이오니아학파와 플라톤, 아리스토 텔레스로 이어진다. 아리스토텔레스에게 자연은 근대의 물질세계로서 의 자연과 같이 관성적인 것인 것이 아니라 자발적 역동성을 가진 세계 이며, 자연 그 자체가 과정이고 성장이며 변화이다. 이 지속성은 무한 한 발전의 잠재력이며 유기적인 것의 특성으로서 순환적 운동성을 가 진다. 아리스토텔레스의 잠재성 이론은 종(種)의 돌연변이가 우연적인 법칙의 소산이 아니라 보다 효과적이고 활동적인 상위의 생명 형태를 지향하는 단계라고 본다.[5] 로이드 모건, 새뮤얼 알렉산더, 화이트헤드 와 같은 현대 생물학의 진화론적 철학자들의 이론 역시 아리스토텔레 스의 개념과 가깝다는 것을 알 수 있다.

자연을 중심으로 하던 고대 철학의 무대는 사회 환경의 변천에 따라 신 중심으로 그 무게가 옮겨가게 되었다. 바울에 의해 로마에 전파된 기독교는 이교도 철학자들을 극복하기 위해 교리를 필요로 하게 되었 다. 하여 교부(敎父, Patres ecclesiae)들은 그리스의 사유 방식과 철학 사 상을 섭취하여 기독교 신앙을 신앙에 그치게 하지 않고 지식으로 하려 는 교부철학시대를 연다. 여기에서 지식이라는 말은 일반적 지식이 아 닌 신비적 공상적인 신지학화(神智學化)시키는 것을 의미한다. 이들은 플라톤의 이원론을 기독교 교리와 결합하면서 유럽 중세 사상을 지배 한다. 그것은 '육체-사멸(死滅)-악(惡)'과 '영혼-불멸(不滅)-선(善)'으로 개념화된다. 이어 교리를 이론적으로 증명하고 해석하여 철학적 기초 를 세워 기독교 사상을 체계화하려던 스콜라철학시대를 연다. 스콜라 의 대표적 철학자로는 우리가 익히 아는, 원죄설, 구원설, 예정설 등을 정립한 아우구스티누스를 들 수 있다.

---

5) 콜링우드, 앞의 책, 126쪽.

신은 그 영광을 나타내기 위하여 만물을 창조하였다. 창조물 중에서 최고의 존재는 이성적 존재자인 천사와 인간이었다. 천사는 자유를 오용하여 죄의 결과로 영원한 책벌을 받았고, 인간은 원인(原人) 아담의 타락으로 죄에 빠지고 말았다. (중략) 인간의 죄를 속죄하며 신의 정의에 만족을 줄 수 있는 자는 신이며 동시에 사람이 아니면 안 된다. 그리하여 신은 사람이 되었다. 기독은 즉 이러한 신인(神人)이다. 인류는 이 기독의 십자가상의 공로로 말미암아 속죄를 받아 구원을 받게 된 것이다.6)

중세 철학자인 안셀무스는 『왜 신은 사람이 되었나』에서 속죄론의 이론적 필연성을 증명하려 하였다. '인간은 원죄를 가지고 있으므로 모두 죄악의 노예'라고 보았던 아우구스티누스의 원죄설은 안셀무스에 의해 계승된다. 안셀무스는 존재하는 모든 것의 최고 원인이 되는 존재가 신이라는 논리로 신의 존재를 우주론적으로 해명한다. 신은 모든 것의 최고 원인이 되는 존재이기 때문에 '만물을 창조'할 수 있다는 의미가 된다. 즉 기독교적 자연관은 모든 자연물은 우주의 중심인 신에 의해 창조된 것이라는 체계를 가진다. 이 창조물 가운데서 최고의 존재는 천사와 인간이다. 따라서 인간은 자연보다 우월하며, 신은 인간에게 자연을 보살피는 역할과 지배할 수 있는 전권을 부여했다고 보는 것이다. 신중심주의인 기독교 자연관은 이처럼 인간과 자연을 지배/피지배. 우월/열등으로 분리시켰으며, 인간은 당연히 자연 위에 군림할 수 있다는 사고를 가지게 되었다.

이와 같은 사고가 중세기와 완전히 인연을 끊게 된 것은 16세기 자연과학의 확립에서 부터이다. 폴란드의 성직자였던 코페르니쿠스는 태

---

6) 김준섭, 앞의 책, 152쪽.

양이 우주의 중심이며 지구는 자전하면서 태양을 도는 운동을 하는 것이라는 지동설을 주장한다. 이 견해는 흙이 중심에 있고, 물과 불이 순차적으로 있으며, 끝으로 겉껍질인 제 5원소가 있다고 보는 그리스의 유기체적 자연관은 물론 중세의 신 중심 세계관을 부정하는 것이어서 우주론의 혁명이기도 하거니와 17세기 자연과학의 성립에 빼놓을 수 없는 성과가 되었다.

근대의 이성주의는 베이컨의 사상에서 출발한다. 베이컨은 '지식은 힘이다'라는 사상을 넓게 응용하여 자연의 인식으로써 자연을 지배하는 데 사용할 것을 역설하였다.[7] 이후 데카르트는 '나는 생각한다, 그러므로 나는 있다'는 명제를 통해 생각하고 있는 정신은 물질보다 우위에 있다고 보았다. 데카르트의 코키토(cogito)는 사랑, 희망, 믿음 등은 감정이 아닌 고차원적인 정신 상태 혹은 이성이라고 보았다. 세계는 물질과 정신이라는 두 개의 실체로 이루어져 있다고 여겼던 데카르트는 인간만이 물질과 정신으로 이루어져 있고, 나머지 동물들은 물질로만 이루어진, 마음이 없는 기계와 같다고 생각했다. 근대 이성주의자들에 의해 자연은 더 이상 유기체가 아닌 기계로 인식되었다.

모든 현상을 기계적인 인과 관계로 파악한 순수 이성론자인 칸트에 이르러 자연은 합목적론적으로 설명된다. 무생물의 기계관과 생물은 목적을 위해 존재한다는 목적관, 즉 자연과 목적의 결합을 '자연적 합목적성'이라고 했던 칸트는 순수하게 인간적인 정신이 자연을 만드는 정신이라 주장했다. 이와 같이 칸트의 관념론은 자연을 물질세계로써 인간의 이성 지배를 받는 하나의 부산물로 본다.

헤겔 역시 자연을 신적 존재의 절대적인 위력의 산물[8]로 본다. 헤겔

---

7) 김준섭, 앞의 책, 198쪽.

이 관념(Idea)이라고 통칭하는 역동적인 형상 세계는 물질론적 측면에서의 자연인 것이다. 자연과 인간의 관계는 칸트가 포기했던 인간의 정신과 신의 정신 사이의 문제에 대한 정의를 통해 설명된다. 즉 신은 스스로 창조하면서 존속하는 세계이며 유기체이지 정신이 아니므로 의인화될 수 없다. 반면 인간은 정신의 매개체이기 때문에 세계에서 중요할 수밖에 없다.

외부적인 자연에 대해 그 존재와 변화의 원리를 문제 삼았던 고대의 자연관은 중세에 이르러 자연의 창조주로서 절대적 존재인 신을 문제 삼았다. 중세에서 근대로 넘어가는 과도기인 르네상스시대는 철학 정신의 부흥이요, 인간에 대한 새로운 발견이며, 신인문학의 새로운 탄생을 알리는 시대였다. 주지주의적 경향을 보인 18세기 계몽주의의 뒤를 이어 발생한 경험론과 이성론을 종합시킨 칸트의 철학은 헤겔에 이르는 관념론의 체계적 융성을 연출하였다. 자연과학을 포함하는 인간 중심의 자연관을 보였던 근대는 19세기에 이르러 번성하기 시작한 과학 중심의 유물론과 결합하여 변천하게 된다.

유물론은 물질과 정신으로 세계가 구성되어 있다는 논리이다. 유물론자의 입장에서 물질로서의 세계는 신에 의해 창조된 것이 아니라 그 자체로 존재하는 것이다. 따라서 정신은 물질에 의해 성립되는 것이라고 본다. 초자연적인 존재에 의한 세계를 해명하려는 종교적 관념론의 반대편에서 과학적 논리를 보이는 유물론은 자연에 대한 인간의 지배력 증대와 생산력 발전을 촉진해왔다. 이러한 유물론은 마르크스에 의해 새로운 전기를 맞는다. 사적 유물론을 주창한 마르크스는 세계가 서

---

8) 만프리드 리델(Riedel, Manfred), 정필태 역, 『헤겔철학의 분석적 입문』, 민일사(청목서적), 1987. 48쪽.

로의 작용을 통해 움직이는 하나의 전체로 보았다. 세계는 고정된 것이 아니라 부단히 운동·변화하고 발전하는 존재이며, 인간 세계 역시 물질적 생산이라는 사회적 실천에 의해 발전한다고 보았다.

한편 19세기의 생물학은 물질과 정신이라는 개념으로 설명되어왔던 이전과는 전혀 다른 생명 개념을 도출한다. 고정된 생명체의 종을 번식시키기 위해 노력하는 것으로 인식되었던 자연은 끊임없이 새롭고 개선된 종의 생산을 시도한다고 보았다. 자연이 개선된 종을 생산하려는 것은 생존에 더 적합한 형태를 지니기 때문이며, 선택이라는 것이다. 다윈의 선택론은 진화론적 생물학으로 발전한다. 쇼펜하우어에 따르면 생명의 맹목적 의지는 인간에게 부여한 도덕적 속성과 관계없이 창조적이며 지향적인 힘이다.[9] 즉 새로운 형태를 실현하고자 하는 맹목적 의지에 의해 생명은 진화한다는 것이다.

생명 개념에 관해서는 베르그송의 자연 이론을 살펴볼 필요가 있다. 베르그송은 생명 개념을 자연 개념과 동일시했다. 자연의 모든 것을 생명이라는 하나의 용어로 환원하려 했던 그는 관념론적 생물학의 입장에서 생기론(生氣論)을 도입하여 생명의 자유로운 '창조적 진화'를 주장했다. 근원적 생명은 동물과 식물로 나뉘어 각각 진화되어 나아가는데 지성적 인간은 전자의 정점(頂點)에 서 있으며, 이 진화는 생명의 비약에 의해 이루어지는 창조적 진화라는 것이다.

20세기에 들어선 이후의 자연관에 대해서는 아도르노의 '동일성의 원리'를 참고할 필요가 있다.[10] 아도르노는『계몽의 변증법』에서 지배에 대한 해명을 통해 동일성의 원리를 해명한다. 인간은 자신이 막강한

---

9) 콜링우드, 앞의 책, 199쪽.
10) 박정호, 양운덕 외,『현대 철학의 흐름』, 동녘, 1996. 183-184 및189쪽.

자연에 종속되어 있다는 사실을 인식하면서 자연으로부터 자신을 분리시킨다. 이로써 자연과 인간의 통일은 파괴되고 양자는 서로 적대적인 관계로 대립하게 된다. 따라서 자기 보존의 주체로서 인간은 위협적인 자연을 굴복시켜야만 한다는 것이다. 즉 자연의 지배로부터 벗어나고자 투쟁하면서 택한 것이 자연 지배의 길이다. 외적 자연 지배와 사회적 지배는 내적 자연을 합리적으로 굴복시켜야 하는 과제를 얻는다. 내적 자연은 인간의 육체와 환상, 욕구와 감정 등을 의미한다. 내적 자연은 인간의 삶과 행복이라는 구체적 목적의 근원이다. 자기 보전과 외적 자연 및 사회적 지배라는 주체의 동일성(=통일성) 구성을 위해 행복에 대한 본능과 직결된 내적 자연의 억압은 필연적이고 합리적인 대가가 된다. 목적을 위해 자신에게 폭력을 가하는 이 계산된 합리성은 외적 자연뿐만 아니라 다른 인간과의 투쟁에서도 이기고자 하는 검열 장치이며, 자아는 공인된 인간 행위의 지휘소가 된다. 아도르노의 지배와 동일성의 원리는 자연에 대한 주체의 도구적 장악을 가능하게 했고, 타자를 자신에게 환원해서 타자의 차이를 동일성에 굴복시킨다. 또 사상을 억압하고 지배한다.

현대는 기술기계문명의 시대라 할 수 있다. 이 기술기계문명은 인간을 소외하며 노예화하는 현상을 만들었다. 자연 역시도 정복하고 지배하는 대상으로써 개발이라는 이름으로 무한히 파괴하여 생태계의 위기를 불러왔다. 이러한 현대의 자연관에 의해 인류의 미래, 지구의 미래를 낙관할 수 없는 생태 위기에 봉착한 인류는 새로운 인식으로서의 생태중심적 자연관을 요구하게 되었다. 최근의 생태중심적 자연관은 고대의 우주론적 자연관과 유사한 측면이 있다. 그러나 최근의 생태중심적 자연관은 근대부터 이어져 오고 있는 인간중심주의적 사고에 대한 성찰적 사유로써 과학적 지식이 축적된 상태이다. 따라서 고대의 자연관과 최근의 생태중심적 자연관은 과학적 지식이 축적된 상태의 자연관인가, 결여된 상태의 자연관인가, 그리고 생태 위기 상태의 자연관인가, 그렇지 않은 자연관인가 하는 차이를 가지고 있다. 따라서 최근의 생태중심적 자연관을 고대와 같은 과거 시대로 무조건 회귀하자는 인식으로 이해해서는 안 된다. 생태중심적 자연관은 그동안 진행되어온 고대-중세-근대-현대의 자연관을 이해하고 성찰한 결과로써, 오늘날 인류가 놓친 것과 미래 인류, 미래 지구를 위해 무엇을 더 살펴야 하는가를 보여준다. 그러므로 생태중심적 자연관은 오늘날 인류가 새롭게 모색하고 정립해야 할 시대적 패러다임의 토대를 만들어주는 것이다.

2) 동양의 총체적 다원성

동양의 자연관은 서양과 비교했을 때 경향적으로 상반된다. 서양의 자연관이 직선적 환원성의 특성을 보여주는 데 반해 동양의 자연관은 곡선적 다원성의 특성을 보여준다. 이것은 자연친화적 삶 지향과 일원론적·순환론적 사유체계와 맥락을 같이 한다. 이러한 동양의 자연관은 큰 틀에서 불교와 도가, 유가 등을 통해 살펴볼 수 있다. 불교의 자연관은 법계(法界) 사상과 연기(緣起) 사상을 통해 전체적 세계관을 보인다. 삼라만상이 상호의존적이며 순환적일 뿐 아니라 상호연관을 맺고 있다는 우주론적 세계관이다. 중국의 도가의 대표적 사상가인 노자는 무위자연(無爲自然)과 무위지치(無爲之治) 사상을 통해 자연과 인간이 일체(一體)가 되고 동화(同化)되는 세계관 펼쳐 보이고, 장자는 생(生)과 사(死), 자아(自我)와 물아(物我)의 경계를 벗어난 절대적 세계를 지향하는 자연관을 펼쳐 보인다. 유가의 대표적 사상가인 공자는 인사(人

事)와 인성(人性)을 풍부하게 탐구하였으나 자연철학 분야에는 소극적이었다. 공자가 창시한 유가의 대표적 사상가인 맹자는 인간(=주체)의 힘(=능력)과 운명(=외부의 천명)의 관계를 하늘의 초경험적 변화로 보면서 인간의 자유문제에 탐색한다. 큰 틀에서 중국철학은 자연과 인간을 일원론적 관점에서 통합적으로 고찰하는 천인합일(天人合一) 사상이 주류를 이루었다.

동양의 자연관은 먼저 불교의 사상에서 검토해볼 수 있다. 불교는 동양 전반에 걸쳐 사상적 영향을 미치고 있으며, 살생을 하지 말라는 불타의 가르침은 상호의존적이며 상호연관적인 생태 사상과 밀접한 자리에 놓여 있기 때문이다. 자연에 대한 불교의 세계관은 법계(法界) 개념에서 찾아볼 수 있다. 법계는 삼라만상을 이루는 근원이고, 윤회하는 세계이다. 원시불교에서는 법계를 감각기관, 즉 안이비설신의(眼耳鼻舌身意), 그리고 몸과 의식인 6근(六根), 그 대상인 6경(六境), 분별식인 6식(六識)의 18계(十八界)11)로 설명한다. 그러니까 6근은 '인식체계-주관'이고, 6경은 '인식대상-객관'이며, 6식은 '심신작용-세계'이다. 앞의 5식, 즉 안계이계비계설계신계(眼界耳界鼻界舌界身界)는 판단·유추·비판의 능력은 없으나 나라는 주관이 외부의 객관과 교통할 수 있는 통로 역할을 하고, 6식인 의(意)는 마음이라고 부르는 존재로 앞의 5식이 수집한 각각의 정보를 받아들이는 세계이다. 6식은 말나식(末那識)과 아뢰야식(阿賴耶識)을 포함하여 8식을 이룬다. 현대심리학적 측면에서

---

11) "운하위종종근(云何爲種種界) 위안계색계안식계(謂眼界色界眼識界) 이계성계이식계(耳界聲界耳識界) 비계향계비식계(鼻界香界鼻識界) 설계미계설식계(舌界味界舌識界) 신계촉계신식계(身界觸界身識界) 의계법계의식계(意界法界意識界) 시명종종계(是名種種界)"『잡아함경(雜阿含經)』17권, 大正藏2, 116쪽. 이하, 본 장에 인용된 한문은 편의상 한글로 표기하고 한자를 부기하거나 한자로 표기된 경우는 한글을 부기하였다.

보자면 6식은 의식의 세계이며 7식과 8식은 무의식의 세계라 할 수 있다. 7식 말나식은 범어 manas의 음사로 무의식계를, 8식 아뢰야식은 산스크리트어 ālaya의 음사로 잠재의식을 뜻한다. 아뢰야식이라는 잠재의식은 무한한 종자를 가진 가능성의 세계이다. 만물을 인식하는 근원을 담아두었다는 의미에서 아뢰야식을 '일심(一心)의 진여문(眞如門)'[12]이라 보고, 7식과 6식을 거쳐 앞의 5식으로 나타나는 과정을 생멸작용으로 본다. 그로 말미암아 전개된 것이 삼라만상, 즉 제법(諸法)[13]이라는 것이 불교의 인식이다. 달리 말하면 삼라만상은 생멸적 작용(生滅的作用)이 끊임없이 반복 순환되는 윤회의 세계이며, 윤회는 자연계가 존재할 수 있는 순환 고리의 형태이다.

화엄사상에 이르면 법계는 진리의 세계라는 개념으로 이해된다. 진리의 세계는 사법계(事法界)와 이법계(理法界)를 포괄한다.[14] 사법계는 제각기 한계를 지니면서 대립하고 있는 차별적인 삼라만상의 현상적 세계, 즉 인간을 포함한 모든 동물과 산천초목에 이르기까지 존재하는 모든 것을, 이법계는 언제나 자유로우며 평등한 본체, 즉 공의 세계, 본질적 세계를 의미하는 개념이다. 법계를 사법계와 이법계로 구분하고 있지만, 화엄의 법계관(法界觀)이 말하려는 본질은 이항대립적 사유가 아니다. 현상과 본체의 유기적 관계성을 통해 법계연기(法界緣起)의 구조를 드러내는 데 있다. 우주의 모든 사물은 끝없는 시간과 공간 속에서 서로 소통되고 상호 전환되며, 서로 서로가 원인이 되어 하나로 융

---

12) "이일체법무생무멸(以一切法無生無滅) 본래적정(本來寂靜) 유시일심(唯是一心) 여시명위심진여문(如是名爲心眞如門)" 『대승기신론소(大乘起信論疏)』 1권, 한불전(韓佛全) 제1책, 741쪽-상(上).
13) 불교에서는 삼라만상을 구성하는 하나하나의 존재가 모두 법성을 지녔다고 보고 제법(諸法)이라 부른다.
14) 카마타 시게오(鎌田茂雄), 한형조 역, 『화엄의 사상』, 고려원, 1987. 129쪽.

합한다는 유기적 관계성, 즉 무진연기(無盡緣起)의 법칙에 대한 사유가
화엄사상의 골자이다. 화엄의 법계 개념은 오늘날의 생태중심적 자연
관에서 바라보는 생명 그 자체로서의 존엄성, 생명가치에 대한 평등성,
연속적·교류적인 상호의존성, 순환성의 개념이나, 통합적이고 전체론
적인 세계관과 그 흐름을 같이 한다.

　상호의존과 순환, 상호연관이 세계 구조의 기본이라고 보는 불교의
세계관은 우주만물이 한 몸 한 생명으로 연결되어 있다고 보는 인드라
망(網) 사상과 상통한다. 인드라망은 연기 사상과 연결된다. 불교 세계
관의 중심은 연기(緣起)이고, 연기는 연결망/관계망 위에서 이루어지는
상호 작용이다. 연기는 생기론(生起論)을 통해서도 잘 설명되고 있는
불교의 우주관이기도 하다. '이것이 있으면 그것이 있고, 이것이 생기면
그것이 생긴다. 이것이 없으면 저것이 없고, 이것이 멸하면 저것도 멸한
다.'는 생기소멸(生起消滅)의 법칙이 그것이다. 연기는 사대사상(四大思
想)[15]과 관련지어서도 살펴볼 수 있다. 삼라만상은 지수화풍(地水火風)
으로 이루어져 있으며, 지수화풍의 작용에 의해 생기와 소멸이 반복된
다는 것이다. 원인과 결과인 '이것'과 '저것'은 상호의존과 순환, 그리고
연관의 연결망이 온전하지 않으면 성립되지 않는다. 이 우주관을 생명
체에 대입한다면, 생명체는 생명체를 이루는 무수한 요소들의 군집으
로써 이 요소들의 상호의존과 순환, 그리고 상호연관에 의해 존재한다.
그러나 이 생명체는 생명체를 둘러싼 바깥 세계와 연결되어 있지 않으
면 생명현상을 지속할 수 없다. 그런 점에서 생명체와 생명체를 둘러싼
바깥 세계는 또 하나의 군집을 이루는 생태 연결망이다. 즉 생명체는 생

---

15) 불교는 4대 요소에 허공을 넣어 오대(五大)를 구성한다. 자연을 몇 가지 요소로 파악
　하는 방식은, 고대 유럽의 경우 엠페도클레스의 4원소론, 동양에서는 주역 팔괘의
　핵심인 건곤감리(하늘, 땅, 물, 불)와 오행의 목화토금수(木火土金水)를 들 수 있다.

명체 바깥 세계와의 상호작용을 통할 때 생명현상을 지속할 수 있다.

살펴본 바와 같이 불교의 자연관은 서구의 자연관과는 다른 양상을 띤다. 서구의 자연관이 신에 의해 창조된 것이라는 개념이라면 불교의 자연관은 생과 멸의 과정을 지속적으로 되풀이하는 연기의 세계라는 개념이다. 한편 헤르만 베크는 연기에 있어서 인간 내부의 자연, 즉 심리적 양상과 우주 발생적 양상은 동일하다는 입장을 보인다. '불교인이 명상을 할 때는 자신의 개성적 존재의 생기에 관한 비밀을 발견함과 동시에 세계의 생기와 세계의 소멸의 모든 것에 관한 비밀을 발견하기 때문'[16]이라는 것이다. 그래서 불교는 '서양의 합리주의적 철학도 아니고 근대의 유물론과도 관계가 없으며, 학문적으로도 근대의 신지학(神智學)의 운동과 다르다'면서 불교의 인식과 도(道)는 포괄적 생명의 흐름에 이른다[17]고 본다.

불교와 함께 동양의 자연관을 대표할 수 있는 사상으로는 중국의 도가를 들 수 있다. 도가의 대표적 사상가는 노자(老子)와 장자(莊子)[18]이다. 중국의 상고시대는 천제(天帝)의 개념이 지배적이었다. 그러나 춘추시대로 들어서면서 노예제 사회가 몰락하기 시작했고, 철기를 이용한 농업과 수공업이 결합되는 소생산 자연 경제가 형성되었으며, 하늘을 중시하던 사조는 무신론으로 대체되었고, 자연주의적 경향이 활발하게 전개되었다. 노장(老莊)의 등장은 이러한 시대의 사상적 흐름과 궤를 같이 한다.

노장에서 말하는 자연(自然, ziran)은 우리가 일반적으로 알고 있는

---

16) 헤르만 베크(Beck, Herman), 장경룡 역, 『불교』, 범조사, 1982. 278쪽.
17) 헤르만 베크(Beck, Herman), 위의 책, 15쪽. 및 17쪽.
18) 노장(老莊)에 관한 부분은 쉬캉성과 왕꾸어뚱의 논의를 주로 참조했다. 쉬캉성, 유희재·신창호 역, 『노자평전』, 미다스북스, 2005. ; 왕꾸어뚱, 신주리 역, 『장자평전』, 미다스북스, 2005.

자연(自然, nature)과는 구별된다. 서양에서 자연은 일반적으로 인간의 현재적 속성과 대비되어 별도로 실존하며, 실체적 의미를 지닌 존재로 파악된다. 아리스토텔레스가 '자연'과 '규범'을 대비시킨 이후 자연은 인위적인 것에 대립하는 '천연의 것'으로 인식되어왔다. 그러나 동양의 자연은 천(天)의 개념과 유사하다. 천은 유위(有爲), 즉 인위(人爲)를 제거했을 때 도달하는 상태, 또는 인위를 제거했을 때 나타나는 실존적 태도로써, 무와 무위성에 근원을 두고 있으며, 무와 무위는 도(道)를 얻을 때 도달할 수 있는 지점이다. 따라서 자연은 무위하여 대도를 실천함으로써 도달할 수 있는 바람직하고 이상적인 우주적 상태이다.

> 道可道(도가도) 非常道(비상도) 名可名(명가명) 非常名(비상명).
> 無名(무명), 天地之始(천지지시); 有名(유명), 萬物之母(만물지모). 말
> 로 표현할 수 있는 도는 참된 도가 아니고, 부를 수 있는 이름은 참된
> 이름이 아니다. 이름이 없는 것을 천지의 시초라 하고, 이름이 없는
> 것을 만물의 근원이라 한다.(『도덕경』 제1장)[19]

노자는 '도(道)'와 '덕(德)'을 핵심으로 하는 우주 생성론을 제시했다. 우주는 도가 만물을 낳고 만물은 최후에 도로 복귀하는 대순환의 세계이다. 도는 만물을 낳는 것, 즉 우주의 본원이고, 덕은 만물의 본성인데, 천지만물은 각기 도를 얻어서 자신의 덕성을 형성한다고 보았던 노자의 자연관은 크게 무위자연(無爲自然)과 무위지치(無爲之治) 사상을 통해 설명된다. 『도덕경(道德經)』의 「도경」은 무위자연으로 자연과 사람이 하나가 되는 일체동화(一體同化)를 지향하고 「덕경」은 무위로 세상을 다스리는 다툼 없는 평온한 세계를 지향한다. 노자가 강조하는 도와

---

19) 쉬캉성, 위의 책, 325쪽 및 85쪽.

덕의 핵심 사상은 무(無)와 무위(無爲)이다. 도는 곧 무이고, 무는 절대적인 없음으로써 '형상이 없는 형상이요 사물이 없는 형상'[20]이다. 쉬캉성에 따르면, 노자의 무는 모든 구체적인 사물의 대립면이요, 모든 구체적인 유(有)의 부정이고, 만유를 초월하는 물질이다. 때문에 그것은 비록 존재하지만 면면히 끊어지지 않아 이름을 붙일 수가 없고, 본래의 무물(無物)인 상태로 되돌아가 있는 것이다.[21]

　노자는 하늘이 맑고, 땅이 안정되고, 신이 영험하게 되는 것은 각자고 도를 얻었기 때문이라는 논리로 천명론(天命論)을 부정한다. 그 결과 하늘의 도의 무위는 우주가 가진 본래의 이치인 도의 무위성에 근원이 있다고 본다. 그러므로 도는, 하늘 역시 도를 본받아야 하는 자연무위(自然無爲)이다. 무위는 중국 한대(漢代)에 와서 불교의 열반과 같은 의미로 사용된다. 불교에서 말하는 열반적정(涅槃寂靜)은 노자의 청정무위로 이해되었고, 진여(眞如)는 노자의 세계의 근원은 무라는 개념에서 나온 본무(本無)로 해석되었다.[22] 따라서 무위는 '인위를 가하지 않으며 아무것도 하는 일이 없다'는 의미보다 욕심을 줄이고, 욕망을 없

---

20) "視之不見(시지불견), 名曰夷(명왈이); 聽之不聞(청지불문), 名曰希(명왈희); 搏之不得(박지불득), 名曰微(명왈미). 此三者(차삼자), 不可致詰(불가치힐), 故混而爲一(고혼이위일). 其上不皦(기상불교), 其下不昧(기하불매), 繩繩不可名(승승불가명), 腹歸於無物(복귀어무물). 是謂無狀之狀(시위무상지상), 無物之象(무물지상). 是謂恍惚(시위황홀). 보려고 해도 보이지 않는 것을 이(夷)라 하고, 들으려 해도 들리지 않는 것을 희(希)라고 하며, 만져보지만 만져지지 않는 것을 미(微)라 한다. 세 가지는 끝까지 따져볼 수가 없다. 왜냐하면 원래부터 섞여서 하나이기 때문이다. 하나는 위쪽이라고 해서 밝지도 않고 아래쪽이라고 해서 어둡지도 않다. 끝없이 이어져 있어 이름을 붙일 수가 없다. 그것은 무의 상태로 되돌아가 있는 것이다. 그래서 이것을 형상이 없는 형상이라 하고, 사물이 없는 형상이라고 한다. 이것을 황홀이라 말한다."(『도덕경』 제14장) 쉬캉성, 위의 책, 328쪽 및 84쪽.
21) 쉬캉성, 위의 책, 84쪽.
22) 쉬캉성, 위의 책, 278쪽.

애고, 사치스러움을 물리쳐서 본래의 근원으로 돌아가는 것을 의미한다고 볼 수 있다. 그러므로 무위(無爲)는 '세상에서 가장 부드러운 것이며 형체가 없는 것'23)이다.

이러한 무위는 장자에 의해 사회적이고 생태적인 개념으로 발전된다. 장자는 지도자가 해서는 안 될 몇 가지의 유위를 제시하는데, 정치적인 통제, 경제적인 수탈, 민심 혼란, 생태계의 파괴 등이 그것이다. 장자는 이러한 유위와 대립되는 것이 무위라고 본다. 무위와 유위의 근본적인 차이는 타고난 자연스러운 본성을 편하게 하느냐 불편하게 하느냐에 있다.24) 장자에서 성(性)은 천성이며 자연스런 성정이고, 명(命)은 자연의 필연성으로서 사물의 고유한 법칙을 의미한다. 따라서 자연스런 본성을 편하게 하는 것, 즉 작위적이지 않게 자연의 법칙을 따르는 행위가 무위이다.

장자는 무위에 입각해 소박하고 천방(天放: 하늘에 맡김)한 삶을 살 것을 요구한다. 명예와 이익을 추구하지 않고, 소박하게 자연을 의지하고 따르는 삶에서는 군자니 소인이니 하는 구별이 없기 때문이다. 이것은 곧 자연의 법칙에 부합하는 것이며, 그러한 삶을 사는 사람은 '자연'하는 것이 된다. 해서 '자연으로 돌아가 소박한 인생을 살면 지인(至人)·

---

23) "天下之至柔(천하지지유) 馳騁天下之至堅(치빙천하지지견) 無有入無間(무유입무간) 吾是以知無爲之有益(오시이지무위지유익) 不言之敎(불언지교) 無爲之益(무위지익) 天下希及之(천하희급지). 세상에서 가장 부드러운 것은 세상에서 가장 견고한 것을 마음대로 부릴 수 있다. 형체가 없는 것은 틈이 없는 데로 스며들어 갈 수 있다. 나는 무위가 얼마나 유익한 지를 안다."(『도덕경』 제43장) 쉬캉성, 위의 책, 338쪽 및 57쪽.

24) "故君子不得已而臨莅天下(고군자부득이이림리천하), 莫若无爲.(막약무위). 无爲也(무위야), 而後安其性命之情(이후안기성명지정). 군자가 부득이 천하를 다스레 되었다면 무위만큼 좋은 것은 없다. 무위한 이후에야 타고난 자연스러운 본성을 편하게 할 수 있다."(『장자』 「재유(在宥)」) 왕꾸어똥, 앞의 책, 381쪽 및 232쪽.

신인(神人)·성인(聖人)'이 된다.25) 이 세 가지는 이름만 다를 뿐 같은 것
이다. 이러한 사람은 사회에 있어도 자연 가운데 있다.

　자연 가운데서 잡념을 버리고 무차별의 세계에 진입할 때 인간은 심
재를 얻고 좌망에 이른다. 심재26)란 잡념 없이 마음을 텅 비우고 모든
것을 포용하며, 편안함과 고요함을 잃지 않는 것이다. 즉 심(心)과 기
(氣), 도(道)의 3자를 융합시켜 하나가 되게 하는 것을 말한다. 좌망27)이
란 정좌(靜坐)를 통해 몸과 마음이 텅 비고 지극히 고요한 허정(虛靜)의
상태에 들어 있는 것으로써 내 몸과 인식을 떠나 대도(大道)를 추구하
며, 대도와 혼연일체가 되는 것을 말한다. 노장 사상이 보여주는 심재
(心齋)와 좌망(坐忘), 곡신사상(谷神思想)28), 양생의 철학 등은 오늘날
생태중심적 자연관과 긴밀한 관계를 맺으면서 새로운 패러다임을 제
시하는 사상으로 인식되고 있다.

---

25) 왕꾸어똥, 앞의 책, 262쪽.

26) "若一志(약일지), 無聽之以耳(무청지이이), 而聽之以心(이청지이심), 無聽之以心(무
청지이심),而聽之以氣!(무청지이기!) 聽止於耳(청지어이), 心止於符(심지어부). 氣
也者(기야자), 虛而待物者也(허이대물자야). 唯道集虛(유도집허). 虛者(허자), 心齋
也(심재야). 잡념을 없애고 마음을 통일하라. 귀로 듣지 말고 마음으로 들으며, 마
음으로 듣지 말고 기로 들어야 한다. 귀란 듣기만 할 뿐이며 마음이란 느낌을 받아
들일 뿐이다. 기라는 것은 텅 비어서 무엇이나 받아들인다. 참된 도는 텅 빈 곳에 모
이며, 텅 비게 하는 것이 곧 마음을 깨끗이 하는 것(心齋)이다."(『장자』「인간세(人
間世)」) 왕꾸어똥, 앞의 책, 384쪽.

27) "顔回曰(안회왈): '回坐忘矣(회좌망의).' 仲尼蹴然曰(중니축연왈): '何謂坐忘?(하위
좌망?).' 顔回曰(안회왈): '墮枝體(타지체), 黜聰明(출총명), 離形去知(이형거지), 同
於大通(동어대통), 此謂坐忘(차위좌망).' 안회가 공자에게 말했다. 제가 좌선하여 잡
념을 버리고 현실 세계를 잊고 절대 무차별의 경지에 들어가니 좌망하게 되었습니
다. 공자가 깜짝 놀라 반문했다. 좌망이란 무엇인가? 안회가 답했다. 손발이나 몸을
잊고 귀와 눈의 작용을 물리쳐, 형체를 떠나 지식을 버리고 저 위대한 도와 하나가
되는 것을 좌망이라 합니다."(『장자』「대종사(大宗師)」) 왕꾸어똥, 앞의 책, 384쪽.

28) "谷神不死(곡신불사), 是謂玄牝(시위현빈). 玄牝之門(현빈지문), 是謂天地根(시위천
지근). 綿綿若存(면면약존), 用之不勤(용지불근).((『도덕경』제6장)"

한편 공자는 "하늘에 죄를 지으면 빌 곳이 없다(獲罪於天 無所禱也, 획죄어천 무소도야)"(『논어(論語)』「팔일(八佾)」)거나 "죽음과 삶은 명에 달려 있고, 부와 귀는 하늘에 달려 있다(死生有命 富貴在天, 사생유명, 부귀재천)"(『논어』「안연(顔淵)」)는 사상을 내세웠다. 이런 점 때문에 쉬캉성은 공자가 여전히 천명론[29]을 고수하였다고 본다. 그러면서도 공자는 천지만물은 하늘의 명령 없이도 잘 운행되어 자란다고 보았으며 개인의 도덕 수양은 인간의 행위임을 강조했다. 그것은 다음의 구절에 잘 나타난다. "天何言哉(천하언재) 四時行焉(사시행언) 百物生焉(백물생언) 天何言哉(천하언재). 하늘이 무슨 말씀을 하시는가? 사시(四時)가 운행되고, 우주만물이 잘 생장(生長)하는데 하늘이 무슨 말씀을 하시는가?"(『논어』「양화(陽貨)」) 자연주의적 관점에서 살펴본다면 공자는 사시의 운행과 만물의 생장에 대자연의 이치가 있고 가장 중요한 진리가 있음을 강조했다고 볼 수 있다. 이 때 공자가 말한 하늘은 깊이 내면화된 대자연을 포괄하는 우주의 개념이 된다.

공자가 창시한 유가의 대표적 사상가인 맹자는 주체와 천명의 대립이라는 문제를 제시한다. 장창(臧倉)의 방해로 노(魯)나라 평공(平公)을 만나지 못하자 맹자는 "吾之不遇魯侯,(오지불우노후,) 天也.(천야.) 臧氏之子,(장씨지자,) 焉能使予不遇哉?(언능사여불우재?)(『맹자』「양혜왕 하(梁惠王下)」)맹자 내가 노후(魯侯)를 만나지 못한 것은 하늘의 뜻이다. 장창 따위 소인이 어찌 나로 하여금 만나지 못하게 할 수 있겠느냐?"고 탄식한다. 맹자가 노나라 평공을 만나지 못한 일은 있을 수 있는 일이다. 여기서 중요한 것은 이 사건을 바라보는 맹자의 시선이다. 맹자는 인간 외부의 천명이 노나라 평공을 만나지 못하게 했다고 해석한

---

29) 쉬캉성, 앞의 책, 101쪽 및 108쪽.

다. 인간(=주체)의 힘(=능력)과 운명(=외부의 천명)의 관계를 맹자는 하늘의 초경험적 변화로 보았다.[30] 운명은 천명(天命)으로 필연성에 가깝고, 천명의 형식에서 필연성은 초자연적 자리에 놓인다. 하여 주체의 힘과 운명은 의지와 이지(理智)의 문제로 탐색되고, 인간의 자유문제로 확장된다. 자연과 분리된 인간의 자유의지는 인류의 출현 이후 사회적 이상을 실현하고자 하는 논의와 긴밀한 관계에 놓이게 되는 것이다.

춘추 말기의 사상가인 범려 역시 공맹(孔孟)과 마찬가지로 천명론을 인정하면서도 '하늘과 땅을 일정한 변화의 법칙을 가진 자연계의 사물'로 인식하였고, '이 법칙을 알아야 세상에 이익이 되는 것을 말할 수 있다'(『국어(國語)』「월어(越語)」)고 보았다. 범려에게서 인간이 하늘을 이길 수 있다는 무신론적 사상이 최초로 드러났다면, 병법가였던 손무에게서는 하늘과 땅을 자연물로 간주하는 사상이 확실하게 나타났다. "적은 것으로 많은 것을 이기고, 약한 것으로 강한 것을 이긴다"고 했던 노자의 영향을 받은[31] 손무는 『손자병법』「계편(計篇)」에서 "하늘은 응달과 양달, 추위와 더위, 시간의 변화와 관계되고, 땅은 먼 곳과 가까운 곳, 험한 곳과 평탄한 곳, 넓은 곳과 좁은 곳, 죽음과 삶과 관계된다."고 말한다. 손무는 병법가로서 하늘과 땅을 현실적으로 분석하여 대하는 태도를 보인다.

동양의 전통적 자연관은 자연과의 유기적 관계성 그리고 정신적 자유를 추구한다는 점에서 현대인들이 내면적으로 꿈꾸는 이상적 삶과 사회를 설계한 사상이 된다. 평등하고, 근심 없고, 세상의 물(物)을 필요한 만큼 얻고, 세속의 명예와 이익, 물욕 등의 간섭을 배재하면서 인간

---

30) 양구오롱, 이영섭 역, 『맹자평전』, 미다스북스, 2005. 79-80쪽.

31) 쉬캉성은 유가의 공자, 춘추 말기의 범려와 손무 등은 모두 노자와 영향관계에 놓여있다고 주장한다. 쉬캉성, 앞의 책, 55쪽 및 171쪽과 177쪽.

세계의 시비에 뒤얽히지 않는 삶, 즉 인류가 꿈꾸는 가장 이상적 사회가 자연에 있다고 보는 것이다. 그러나 현대문명의 관점에서 살펴보면 심성 수양에서 해탈을 구하는 등 현실도피적인 경향을 보이기도 한다. 이런 점에서 동양의 자연관은 관념적이라는 오해를 받기도 한다. 하지만, 이상적 사회 건설을 위한 실천적 측면에서 사회적 이익, 개척과 개성, 후대 사람들을 윤택하게 하고 지혜를 증진시켰는가, 역사적 필연성이 있는가 하는 점을 강조한다. 특히 맹자의 경우는 사회적 의미에서의 개인의 주체 활동이 역사의 진행 과정에 영향을 미치고 있음을 파악해 내고 있으며, 개별 지역 단위가 연결된 하나의 사회구조에 대한 사유를 통해 천하(天下)가 존재하는 토대의 여러 작용을 다양한 측면에서 살피고 있다.

살펴본 바와 같이 자연과 생태계를 보는 동양의 시선은 서양과 큰 편차를 보인다. 동양은 자연 생태계를 순환적이고 총체적으로 사유한 반면 서양은 인간과 자연을 이분화하여 자연을 지배의 대상으로 파악했다. 자연보다 인간이 우위에 있다고 보았던 서양은 일찍 과학기술문명을 눈부시게 발달시킨 반면 자연과의 일체동화 사상을 가진 동양은 과학기술문명의 발달이 서양보다 늦게 진행되었다. 앞서 발달한 과학기술문명 속에서 서양은 자본주의 체제를 발전시키면서 자연을 급속하게 파괴해 생태 위기를 불러왔고, 자연 순환론과 일원적 사상이 지배적이었던 동양은 과학기술문명의 발달과 자본주의적 경제 성장이 서양에 비해 뒤쳐졌던 만큼 자연 생태 파괴가 일찍부터 진행되지 않았다. 그러나 뒤늦게 밀려들어온 서양물질문명과 근대화 과정에서 자연과 생태계의 파괴 및 오염 현상은 오히려 서양보다 더 심해진 면이 없지 않다. 서양의 과학기술문명을 좀 더 성숙하게 받아들이지 못한 까닭이라 할 수 있다. 물질만능주의 시대라 일컬어지는 현대를 살아가는 인류에게 동양의 전통적 자연관은 경쟁과 속도의 삶을 어떻게 해석할 것인가, 문명과 자연의 관계를 어떤 관점에서 논의하는 것이 미래지향적인가 하는 것을 성찰하게 만든다.

3) 한국의 물활론적 회통성

한국의 자연관은 물활론적 회통성이 바닥을 이루고 있다고 할 수 있다. 물활론적 회통성은 삶의 방식에서 가장 먼저 확인 할 수 있다. '아침 거미는 잡지 않는다'거나, '아침에 집 안으로 들어온 산짐승은 살려 돌려보낸다'는 속설도 그렇고, 늦가을 수확 때에 까치밥이라 하여 한겨울 먹이가 귀한 까치를 위해 감나무에 감을 몇 개 남겨놓고, 겨울에 더운 물을 쓰고 버릴 때는 우리가 미물이라 일컫는 땅 속의 생명체가 피할 수 있도록 미리 소리를 낸다든지, 오래된 나무에는 신령이 깃든다하여 나뭇가지 하나도 함부로 꺾지 않으려했던 마음 자세는 서구의 기계론적 세계관이나 목적론적 사고로는 도무지 이해할 수 없는 생명존중의 정신과 자연친화성을 가지고 있다.

자연 만물에 신령이 깃들어 있기 때문에 함부로 대해서는 안 된다고 여기는 한국의 전통적 인식을 굳이 명명하자면 '생명평등사상'이나 '신령사상' 혹은 '정령사상' 등으로 부를 수도 있다. '생명평등사상'이나 '신령사상' 혹은 '정령사상' 등은 좁은 의미에서의 토속신앙이나 민간신앙에 뿌리를 두고 있다. 토속신앙이나 민간신앙, 즉 마을의 당제나 풍어굿 등 일종의 무속적 경향을 띠는 자연에 대한 한국적 인식은 가정신앙과 마을공동체신앙으로 대별해 살펴볼 수 있다. 개인적으로 이루어지는 주술과 기복, 또는 집안 곳곳에 신을 모셔두고 기도를 하는 가정신앙이나, 마을의 안녕과 풍년 또는 풍어를 기원하는 마을공동체 신앙은 공통적으로 다신사상(多神思想)을 보인다.

　다신사상은 한국의 자연관을 이해하는데 많은 도움을 준다. 다신사상은 신령사상 혹은 정령 신앙이나 영혼 숭배 사상과 같은 맥락에 있다. 가신(家神)인 성주신(成造神·上樑神)을 위시해 집안 구석구석에 여러 신이 있고, 큰 바위나 나무 등 자연만물에 신령한 기운이 있으며, 산신령과 용왕 등 직능에 따라 세상 곳곳을 다스리는 신이 존재할 뿐만 아니라 하늘과 땅, 해와 달과 별은 물론 비나 바람, 불을 다스리는 자연신을 비롯하여 조상신에 이르기까지 그 숫자를 헤아리기 어려울 만큼 많은 신이 존재한다. 특히 가정신앙에서 집안의 우두머리 격인 성주신은 그 집을 지켜주기 위해 하늘에서 솔가지를 맨 대나무를 타고 내려온 신이라는 점에서 주목을 끈다. 무속에서 신을 들일 때 대나무를 이용하는 점도 성주신의 강림과 일치한다. 또 유라시아 유목민족의 이른바, 천손강림 신화와 맞닿아 있다. 단군신화의 환웅이 하늘의 자손으로서 땅의 백성을 다스리기 위해 내려왔다는 신화가 그렇다. 가신은 쌀과 같은 곡식으로 신체를 삼는다는 점도 특이하다. 성주단지라 하여 쌀을 담은 단지를 모시는데, 성주를 비롯하여 조상신, 장독대의 터주신, 삼신 등도 그러하다. 한국 민족이 쌀을 농사의 근본으로 여기고 있는 까닭이다. 가신의 신체인 쌀은 해마다 햇것이 나오면 가장 먼저 햇것으로 바꾼다. 새 생명과 새 기운의 탄생을 의미한다. 우주의 순환원리도 이와 같다. 부엌의 신인 조왕신을 상징하는 조왕중발(조왕보시기)에 떠놓은 물을 새벽마다 갈아 붓는 것도 물이 생명 그 자체이기도 하거니와 우주의 순환원리를 재현하는 의미를 갖는다. 한국인에게 다신은 인간과 함께 공존하며 인간에게 친근하고 가까운 신이며, 자연친화적인 신이다.

마을공동체신앙은 성황당의 신이나 우물신, 골목신 등을 섬기는 것을 들 수 있다. 지역에 따라 성황풀이를 하거나 동제, 장승제, 토지신제, 용신제, 서낭굿 등 이름을 달리하면서 펼치는 굿과 같은 제의가 그것으로 대개 마을의 잔치로 승화된다. 동제를 지낼 때 아이들이 장대에 매단 오색만장을 들고 따라가는 것도 그러하거니와 지신밟기를 하고 음식을 나누는 것도 마을의 대동제로써 큰 잔치의 의미를 가진다. 마을공동체신앙은 천신이나 지신, 물의 신 등으로 확장되는데, 우주를 총괄하는 하늘의 신으로서 옥황상제가 있고, 옥황상제를 견제하는 신으로 염라대왕이 있다. 동제의 금기, 제주(祭主)의 선정 등의 과정을 거쳐 신명풀이로 이어지는 마을공동체신앙은 참여하는 마을 사람들의 심적 유대와 단합을 촉진시키면서 소속감을 공고하게 하는 등의 계기가 된다. 또 두레나 향약의 형태로 발달해 노동의 집약 내지 사회질서 유지의 방편이 되기도 한다. 그리하여 공동운명체라는 마을의 역사에 대한 소속감과 살아온 조상들의 본(本)을 이으면서 만들어진 정통성을 사회적 정통성으로 확대해 간다. 이러한 전통문화는 상호작용적인 생태적 자연관과 상통하는 세계관이다. 한국적 자연관은 가정신앙과 마을공동체 신앙의 형태를 통해 샤머니즘적인 무가와 깊은 관련을 맺고 있음을 알 수 있다.

> 하늘과 땅이 생길 적이
> 미륵님이 탄생한즉
> 하늘과 땅이 서로 부터
> 떠러지지 아니 하소아
> 하늘은 복개 꼭지처럼 도드라지고
>
> ― 창세가(創世歌)[32]

---

[32] 손보태, 『朝鮮神歌遺編(조선신가유편)』, 향토문화사, 1930. 1-13쪽. 서대석, 『한국

무가의 근원은 신에 대한 제전에 있고, 신에 대한 제전은 창세시조신화[33]에서 출발한다. 창세시조신화는 '미륵'이라는 창조주에 의해 하늘과 땅이 분리되었으며, 미륵은 천지미분(天地未分)의 상태에서 탄생하여[34] 하늘과 땅을 통치하는 존재이다. 미륵은 신화로 승화되어 제전으로 전승된다. 그러나 창세신에 대한 숭앙은 점차 퇴조하게 되는데, 그 이유로는 현실계에서의 발복(發福)을 들 수 있다. 현실계에서 창세신의 역할이 불분명함으로써 실리적이지 못한 신으로 인식된다. 현실계에서는 복리를 주는 신이 숭앙되는 까닭에 직능이 세분화되고, 산을 관장하는 산신령이나 물을 관장하는 용왕 또는 장독대를 관장하거나 우물을 관장하는 등 역할이 분명한 신을 섬기는 무속적 신앙으로 발전하게 되는 것이다. 이처럼 세분화된 신격은 자연만물에 신령한 기운이 깃들었으므로 가정과 마을의 안녕과 복리를 위해 제의를 올려야 한다는 당위성을 얻게 된다.

다신적 무속은 종교적 경향을 띠고 있으나 신유학(新儒學)이 등장한 고려시대에는 음사(陰祀)로 배척을 당했고, 유교를 국교로 삼은 조선시대에는 불교와 함께 억압과 탄압의 대상이 되었다.[35] 근대화 과정에서

신화의 연구』, 집문당, 2002. 229쪽 재인용.
33) 창세시조신화는 흔히 천지개벽신화라고 일컬어지는 서사무가(敍事巫歌)에 담겨 전승된다. 서대석은『한국 신화의 연구』에서 평양, 오산, 강릉, 영해 등지에서 채록된 <제석본풀이>계 서사무가에 있는 창세시조신화의 흔적을 통해 한국 민족의 의식을 검토하고 있다. 창세시조신화에 대한 자세한 내용은 이 책 <무속신화연구>편을 참고 바란다. 서대석, 위의 책.
34) 서대석, 위의 책, 230-231쪽.
35) 고려시대에는 우리나라 최초의 주자학자인 안향(安珦)이 경상도 상주에서 무당을 다스리고, 권화(權和)가 한 무당을 요민(妖民)이라 하여 처단한 사건이 있다. 조선시대 숙종 때는 제주 목사가 제주도 신당을 마구 때려부수고 수많은 무녀(巫女)와 박수(男巫)를 강제로 농사에 종사하도록 탄압했다. 김욱동,『한국의 녹색문화』, 문예출판사, 2000, 26쪽.

는 이론적 체계화 혹은 기독교처럼 신지학화(神智學化)되지 못함으로써 굿이나 점술 등과 함께 미신이라 하여 퇴출의 대상이 된 것도 사실이다. 그러나 넓은 의미에서의 샤머니즘에 포함되는 민간신앙이나 토속신앙은 선조들의 생활과 신념, 그리고 자연 인식을 상당 부분 지배해 왔다는 점에서 한민족의 얼과 문화의 토대가 된다.

문학적 측면에서 보면 환유적이고 풍부한 상상력의 세계를 신비스럽게 보여주는 한국의 전통사상은 삼국유사를 통해 심화된 의미를 보인다. 삼국유사에서 한국의 첫 고대 국가인 고조선의 건국신화를 보여주는 단군에 관한 이야기는 빼놓을 수 없는 부분이다. 삼국사기가 사마천의 영향 아래 놓였다는 비판에서 자유롭지 못한 반면 민족주체성을 보여준 것으로 평가받는 삼국유사의 단군신화는 생태중심적 관점에서 주목하지 않을 수 없다.

> 환인이 인간세상을 탐하여 구하는 아들 환웅의 뜻이 널리 인간을 이롭게 할 만하여 천부인(天符印) 3개를 주고 보내어 다스리게 했다. 환웅이 무리 삼천을 거느리고 태백산 꼭대기의 신단수 아래로 내려와 그곳을 신시(神市)라 하였는데 그를 환웅천왕이라고 부른다. 풍백(風伯), 우사(雨師), 운사(雲師)를 거느리고 곡식, 인명, 질병, 선악 등 무릇 인간의 360여 가지의 일을 주관하였다.[36]

농경민족인 한민족에게 바람과 비와 구름의 움직임은 햇볕과 비를 조절하는 것으로써 농사를 제대로 지을 수 있느냐 없느냐를 결정하는, 목숨과 같은 하늘의 일이다. 환웅은 이를 관장하는 신인 풍백·우사·운사에게 인간 생활과 관련된 농사와 생명과 질병과 선악의 행위에 대

---

36) 서대석, 앞의 책, 37-38쪽.

한 360여 일을 맡아보게 한다. 이들 신은 바로 자연신으로서 자연만물에 신이 깃들었다고 보는 샤머니즘적 인식과 크게 다르지 않다. 뿐만 아니라 환웅이 강림한 신단수는 지상과 하늘을 연결하는 우주목(宇宙木)으로써 자연을 신성하게 여기는 종교적 위상을 갖는다. 수목은 생장력의 측면에서 생명의 힘37)을 상징한다. 마을공동체 신앙에서 성황신으로 숭배되는 당산나무 역시 이 신단수와 같은 맥락의 우주목이며, 자연신격(自然神格)을 가진다.

천제의 아들 환웅과 웅녀 사이에 태어난 단군은 천상계와 지상계의 결합에 의한 탄생이라는 상징적 의미를 갖는다. 하늘과 땅과 인간이 하나가 된다는 천지인합일(天地人合一) 사상38)이 그것이다. 하늘과 땅과 인간이 하나라는 사상은 만물평등 사상의 핵심이다. 앞서 동양의 자연관에서 살펴본 유가의 천명론(天命論)과 상반될 뿐만 아니라 서양의 신관(神觀)으로는 상상할 수 없는 전체론이다. 신에 의해 창조된 자연은 인간의 종속물이라는 서양의 자연에 대한 지배의식이나 이항대립적 이원론과는 근본적으로 다른 사유이다.

> 자네가 묻는 바 사람과 물건이 나는 것은 모두 명조(冥兆)에서 정해져서 자연에 드러난 것이기에, 하늘도 알지 못하고 조물주도 알지 못하네. 무릇 사람의 태어남은 본래 스스로 태어날 뿐이요, 하늘이 시켜서 태어난 것이 아니며, 오곡과 뽕나무·삼의 생산도 본래 스스로 생산된 것이요, 하늘이 시켜서 생산된 것이 아니네. 그런데 더구

---

37) 나무를 신성하게 여기는 것은 다양하게 나타난다. 불교에서는 석가모니 부처의 성불과 관련된 보리수가 있고, 유가에서는 공자가 해(楷)나무 아래서 제자를 가르쳤다. 소크라테스는 플라타너스 아래를 거닐며 철학세계를 완성했다고 하며, 기독교에서는 에덴동산의 생명나무와 선악과가 열리는 사과나무가 있다.

38) 김욱동, 『한국의 녹색문화』, 105쪽.

나 무슨 이(利)와 독(毒)을 분별하여 그 사이에 놓아두었겠는가?39)

「問造物(조물주에게 묻는다)」에서 이규보40)는 모든 생물과 무생물은 조물주에 의해 창조된 것이 아니라 스스로 태어난 것이라고 주장한다. 명조란 천지만물이 구체적인 형상을 나타내기 전의 혼돈 상태를 말하며, 이 명조에서 인간을 비롯한 모든 생물은 조물주와 상관없이 제 스스로 화(化)하여 태어났다는 것이다. 오곡(五穀)과 뽕나무와 삼처럼 인간에게 이로운 것들과 곰과 범, 늑대나 승냥이는 물론 모기와 벼룩, 등에, 이와 같이 인간에게 해로운 것을 포함해 세상 만물은 이(利)와 해독(害毒)을 넘어 그 나름대로의 존재 이유와 가치가 있다는 의미이다. 우주의 창조와 생성에 대한 이규보의 인식은 자연을 인간의 하위에 두고 지배나 정복의 대상으로 여겨도 된다는 인간중심적 사고를 전면 부정하는 것이다.

이규보가 보여주는 생명평등사상은 조선 후기의 실학자인 홍대용을 통해서도 확인할 수 있다. 홍대용은 우리가 널리 아는 바, 고대 중국에

---

39) 이규보, 민족문화추진화 편역, 『이규보 시문선』, 솔, 1997. 310쪽. 김욱동, 『한국의 녹색문화』, 168-169쪽. 재인용.

40) 김욱동은, 이규보를 최씨 무신정권에 협력한 권력지향적 지식인 또는 어용 문인으로 몰아세우는 것은 옳지 않다고 주장한다. 그 첫째 이유로 과거에 합격하였으나 좀처럼 벼슬을 얻지 못하다가 뒤늦게 겨우 말단자리를 얻었다는 점을 든다. 둘째 이유로는 "나를 한낱 늙은 농부로만 여기소"라는 시구에서도 잘 드러나듯이 벼슬을 하는 동안에도 늘 고통받는 백성을 먼저 생각했다는 점, 셋째 이유로는 벼슬을 그만 둔 뒤에는 끼니가 없어 옷을 저당 잡힐 정도로 가난한 선비요 시인으로 살았다는 점을 든다. 그러면서 인간중심주의에 비판의 칼날을 들이대고 생물 평등주의의 깃발을 높이 쳐든 동양 사람으로는 백운(白雲) 이규보(李圭報)를 꼽을 수 있다면서 성 프란체스코와 비견한다. 같은 시대 인물로써 가난과 청빈을 삶의 방식으로 받아들였으며, 인간은 물론 인간 외의 피조물에 대해서도 아주 깊은 애정과 관심을 보인 생태주의자란 점에서 '한국의 성 프란체스코'라 불러도 좋을 것 같다고 말한다. 김욱동, 『한국의 녹색문화』, 166-168쪽.

서부터 이어져온 하늘은 둥글고 지구는 모가 났다는 천원지방설(天圓地方說)을 부정하고 지구 원형설(圓形說) 및 지전설(地轉說), 그리고 우주무한론(宇宙無限論)을 주장했다. 지구가 둥글다는 근거로는, 일식과 월식을 할 때 그 침식부분이 둥글게 되는 것에서 찾는다. 둥근 지구에 의해 일식과 월식의 침식부분이 둥글게 나타난다는 것이다. 지구가 움직인다는 설은 코페르니쿠스에 이어 갈릴레오가 이론화한 것이지만 홍대용은 서구의 천문학적 영향을 전혀 받지 않은 상태에서 독자적으로 이 이론을 제시했다는 점에서 위대성을 갖는다. 또 지구 밖에는 지구처럼 움직이는 수많은 별이 운행하고 있다고 본 홍대용의 우주무한론은 박지원의 말대로 '끝없이 넓고 깊은' 독창적 이론이다. 뿐만 아니라 기일원론(氣一元論)은 만물을 물질의 순환과 기의 흐름으로 파악한다는 점에서 자연친화적이며 생태적인 사상이다. 천원지방설에 기초를 두고 있는 성리학의 토대를 흔들었으며, 기(氣)철학을 내세워 성리학의 이(理)철학에 맞섰다는 점도 그렇고, 동양의 사상적 중심이던 유교적 질서에 대한 도전이라는 점에서도 홍대용의 사상은 가히 혁명적이었다.지전설 · 생명관 · 우주무한론 · 기일원론 등으로 전개되는 홍대용의 우주사상과 자연사상은 상대주의의 관점에서 출발하며, 이와 같은 상대주의는 인간평등, 생명평등 사상으로 확장되고 발전된다.

이규보의 기 순환론은 동학의 시간관과 일맥상통한다. 김욱동의 주장[41]대로 최제우가 역설한 "개벽이란 다름 아닌 천지 창조에 버금가는 아주 급격한 역사적 단절로 크게는 우주적 차원의 급변, 좁게는 문명사적 대전환을 뜻한다." 그러나 "실재로는 역사적 순환론에 지나지 않는다. 만약 개벽이 일직선적인 시간관에 따른 것이라면 엄밀히 말해서 선

---

41) 김욱동,『한국의 녹색문화』, 286쪽.

천과 후천을 서로 나눌 필요가 없을 것이다." 최재우는 동학의 경전인 『동경대전(東經大全)』의 「포덕문」과 「수덕문(修德文)」에서 순환론적인 시간관을 잘 드러낸다. 「포덕문」에서는 한울님의 조화에 따라 네 계절이 끊임없이 바뀐다고 밝히고 있다. 사람들은 계절의 변화를 통해 '한울님의 놀라운 조화의 자취'를 읽을 수 있다는 것이다. 「수덕문(修德文)」에서 최재우는 "변화와 생성의 자연 법칙과 이치를 깨닫는 것이 덕을 쌓는 천 번째 길"이라고 말한다. 동학의 순환론적 시간관 역시 이규보의 기일원론과 마찬가지로 만물을 물질의 순환과 기의 흐름으로 보는 것이다.

한국의 전통적 우주관, 또는 자연관은 '생명평등사상'이나 '신령사상' 혹은 '정령사상'을 기초로 하여 우주의 모든 삼라만상이 상호연관 되어 있다고 보고 있으며, 순환론적이고 통합적인 경향을 보인다. 삼라만상의 상호연관성과 순환론은 현대 생태학에서 중시하는 부분이다. 생물이 생명을 유지하려면 여러 가지 물질과 대사 활동에 필요한 에너지 섭취는 필수적이다. 즉 인간을 포함한 모든 생물은 자연과 더불어 삶을 영위하며, 순환되는 존재라 할 수 있다. 죽음 역시 물질의 순환과 에너지의 흐름에 의해 이루어진다. 전통 교육은 "인간 개성을 몰각한 전체주의에 서있다."고 비판 받기도 한다. 홍익인간의 이념이나 인내천 사상, '일체중생 실유불성(一切衆生悉有佛性)'을 주장하는 불교 등 모두 전체와 보편성을 강조할 뿐 개인 주체나 개성의 다양성을 논의하지 못하고 있다는 것이다. 그러나 전통 사유에서 개성의 문제는 핵심적인 사유 과제였다.[42] 한국의 전통적 가정신앙이나 공동체 신앙에서 보여주는 다신사상은 개성에 대한 대표적 사유이다. 집안 구석구석을 관장하

---

42) 정혜정, 『동학의 심성론과 마음공부』, 모시는사람들, 2012, 145쪽.

는 신들이나, 사물 곳곳에 깃든 신령한 기운은 다양하게 표현되는 개성의 한 모습을 잘 보여준다. 이러한 개성을 통해 인간과 인간, 인간과 자연, 인간과 인간 외의 생물, 인간과 우주 등의 사이에 있는 벽을 허물고 회통하는 길을 연다. 이것은 절충주의와는 다른 생명평등사상으로써 서로 대립되는 이해에 대한 소통을 통해 문제를 해결하는 세계관이다. 따라서 한국의 전통적 세계관은 오늘날 맹목적 발전과 진보를 향한 질주를 제어할 수 있는 세계관으로서, 또 기술문명의 발달과 심화된 인간 중심주의에 의해 초래된 생태 위기를 극복하기 위한 새로운 생태적 패러다임으로써 유효한 점이 적지 않다.

2. 과학기술 발달과 생태학의 탄생

1) 생태 위기와 생태학적 성찰

급속한 문명 발전을 이룩한 인류는 지금까지 자연은 물론 다른 생명체를 인간에 종속된 대상으로 여기며 막대한 권한을 행사해 왔다. 지상과 바다, 지구 대기권에 이르기까지 인류 문명의 손길이 가 닿지 않은 곳이 없다. 아마존 유역의 가장 깊은 숲, 남극대륙 빙하의 아득한 내부, 바다의 가장 은밀한 곳까지, 개발이라는 이름으로 야생의 장소를 파괴해 왔다. 한반도만 하더라도 멸종위기야생생물이 조류 61종 등 총 246종에 이르고[43], 국제적으로는 총 11,167종이 멸종위기동식물 목록에 올랐다.[44] 1986년의 체르노빌 원전 사고나 2011년의 후쿠시마 원전 사고는

---

43) 환경부령 제457호(2012. 5. 31. 공포), 한반도 생물자원포털, 검색어: 멸종위기야생생물. https://www.nibr.go.kr/species/home/species/spc0321ol_endemic.jsp
44) 국제자연보존연맹 (IUCN)의 멸종위기 동식물 목록 (Red List,)(2002. 10. 8), 검색

인류 문명의 핵심 중 하나인 첨단기술의 발전에 의한 예고된 대참사다.

이제 인류는 혜택이라 여겨왔던 과학기술의 발달로 인해 파생된 이 재앙적인 파괴와 오염으로부터 벗어나서 살아가기가 어렵게 됐다. 오염된 공기는 지구의 공중을 잇고 있으며, 대기권은 우주 쓰레기로 뒤덮여 이를 해결하기 위해 인류는 골머리를 앓고 있다. 그럼에도 기술지향주의적 입장은, 자연 오염은 "과학기술의 발달 때문에 생겨난 것이 아니라 오히려 발전하지 못한 데서 나타나는 현상"으로 보고, 과학을 통해 이 문제를 해결 또는 근절할 수 있다고 주장한다.[45] '아는 것이 힘'이라는 말로 과학을 개혁하고 자연에 대한 인간의 지배권을 회복하려 했던 베이컨의 사상에 철학적 기반을 두고 있는[46] 기술지향주의는, 인간은 목적에 따라 자연을 개조할 수 있고, 과학기술은 개조된 자연의 관리를 실현하는데 중요한 요소이기 때문에 오히려 빠른 과학기술의 발전이야말로 환경 문제를 해결할 수 있는 방안이라는 입장이다.[47] 그러나 최근 과학자들은 기술의 발달로 인한 지구온난화는 곳곳에서 지구를 신음하게 하고 있다는 진단을 내놓는다.

과학자들은 2100년까지 세계 인구의 절반이 지구온난화 때문에 굶주리게 될 것이라고 경고한다.(중략) 과학자들은 "기온이 2도 오르면 아마존 열대우림의 20~40%, 3도 오르면 75%, 4도 오르면 85%가 사라질 것"이라고 전망한다.(중략) 2100년까지 해수면은 평

어: 멸종위기등급(IUCN Red List).
http://www.iucnredlist.org/technical-documents/categories-and-criteria/2001-categories-criteria#categories
45) 환경과공해연구회,『공해문제와 공해대책』, 한길사, 1991, 62쪽.
46) 김국태 외,「과학혁명과 자연의 재발견」, 서양근대철학회 편,『서양근대철학』, (초판 8쇄)2007, 33-34쪽.
47) 환경과공해연구회,『공해문제와 공해대책』, 62쪽.

균 60～90cm 오른다. 곳에 따라서는 이보다 20cm 더 오른다는 연구
결과도 있다. 최대 110cm 상승하면 해발 1m에 불과한 미국 뉴욕의
월가가 물에 잠길 수도 있다. 과학자들은 만약 남극 대륙의 얼음이
모두 녹으면 전 세계 해수면이 약 57m 올라갈 것으로 예측한다. 해
안 도시 대부분이 물에 잠긴다.[48]

　　유엔이 정한 '환경의 날'을 맞아 2007년 과학학술지 '네이처'와 '사이
언스'에 실린 지구 온난화에 대한 연구 결과를 토대로 2100년 지구의
모습을 예측한 "'지구의 허파' 아마존 밀림 85% 사라질수도"라는 제하
의 한 일간신문 기사가 보여주는 인간의 미래 환경은 암울하다 못해 끔
찍하다. 가상이긴 하지만, 이것은 인간을 포함한 모든 존재는 존재를
둘러싼 바깥 세계의 영향을 받으면서 동시에 그 바깥 세계에 영향을 미
친다는 사실을 보여주는 단적인 예이다. 실제로 1998년 지구 주위를 돌
던 인공위성이 보내온 자료에는 남극 상공에 캐나다만한 구멍이 뻥 뚫
려 있었다. 이산화탄소 등 온실가스로 인해 오존층이 뚫린 구멍이었다.
오존층 파괴로 자외선량이 늘어나면 식량위기가 닥치고 지구촌 곳곳
의 사막화 현상을 가속화한다.[49] 인도양의 지상낙원이라 불리는 몰디
브 공화국은 해수면 상승으로 수몰 위기에 처해 있다.[50] IPCC는 대기
중 이산화탄소 농도 증가와 온도 상승으로 2080년대에는 지구 생물 대
부분이 멸종 위기에 처할 것이라고 경고했다. 한국의 환경부 역시 지구
온난화의 영향으로 한반도 온도가 6℃ 상승하면 현재 산림생물 대부분
이 멸종한다는 최악의 시나리오 가능성을 내놓고 있다.[51] 한 종이 멸종

---

48) 변태섭, 「'지구의 허파' 아마존 밀림 85% 사라질수도」, 『동아일보』, 2009. 6. 5.
49) 김소희, 『지구 생태 이야기 생명시대』, 학고재, 1999. 28쪽.
50) 김소희, 위의 책, 21쪽.
51) 매일경제는 2007년 유엔에 제출된 IPCC 4차 보고서 관련 내용을 상세히 보도하고

하면 그 종과 연관을 맺고 있는 다른 종도 멸종에 이르거나 멸종과 다를 바 없는 상황에 이른다는 뜻이다. 모든 존재는 개별적 존재이지만 개별적으로는 생존해 나갈 수 없고, 상호작용을 통해서만 생존해 나갈 수 있는 생태계의 한 요소로서 관계적 존재라는 것을 알 수 있다.

살펴본 바와 같이 기술지향주의는 자연 생태 위기를 가속화 시키는 원인이 되고 있다. 기술지향주의는 인간중심주의가 만든 이데올로기이다. 달리 말하면 자연을 인간의 부속물로 여기거나, 자연의 지배자라는 인간 만물영장주의, 즉 인간중심주의로 번영과 풍요를 추구해온 결과이다. 생태 위기라는 말은 지구의 자연 생태계에 이상이 발생했고, 이로 인해 생태계의 영속성이 위협받는 상황에 처했다는 뜻을 내포하고 있다. 생태 문제는 인류의 미래, 지구의 미래와 직결된 문제이다. 따라서 생태 문제는 첨단문명사회를 이룩한 오늘날 인류가 결코 도외시해서는 안 될 가장 큰 당면 과제가 된 것이다. 온전한 자연 없이는 그 어떤 존재도 온전하게 존속할 수 없다는 생태적 자각은 인류의 번창과 행복을 담보하던 인간중심주의에 대한 반성과 성찰[52]을 요구하게 되었다.

인간중심주의는 인간과 자연 사이의 관계에서 그 중심을 인간에 두고, 인간은 자연을 소유하고 지배하고 통제할 수 있는 권리를 가지고 있다고 보는 이데올로기이다. 인간중심주의의 뿌리는 신이 인간으로 하여금 자연을 지배할 수 있도록 전권을 위임했다는 신 중심사상이 팽

있는데, "IPCC 4차 보고서 '지구온난화의 재앙' : 2℃ 오르면 생물 20~30% 사라져"라는 제목의 기사에서 지구온난화를 방치할 경우 인간의 미래도 보장할 수 없다고 밝히고 있다. IPCC는 1988년 세계기상기구와 유엔 환경프로그램이 공동으로 기후 변화 문제에 대처하기 위해 설립한 정부간협의체이다. 유용하·김명수·이은지, 「IPCC 4차 보고서 '지구온난화의 재앙'」, 『매일경제』, 2007.4.7.

52) 성찰은 반성적 사유를 통해 자신의 영혼의 구원에 근접해 가고자 하는 노력이다. 김우창, 「문학과 철학 사이 : 데카르트적 입장에 대하여」, 김상환 외, 『문학과 철학의 만남』, 민음사, 2000. 124쪽.

배했던 중세로 거슬러 올라간다. 신 중심사상은, 인간은 자연보다 우월하다는 자연관을 가지고 있으며, 자연과 인간의 관계에 대해서는 자연 위에 군림하는 존재가 인간이라는 인간중심주의적인 가치관을 보여준다. 베르쟈예프는 『역사의 의미』(1925)에서 기독교는 자연으로부터의 인간정신 해방이라는 역사를 구성한 대신 "자연을 죽였다"고 주장하고, 린 화이트는 「우리의 생태계 위기의 역사적 근원 The Historical Roots of Our Ecological Crisis」(1967)이라는 논문에서 자연에 대한 기독교의 물질적 관점과 인간 중심주의적 세계관이 오늘날의 환경 파괴와 생태적 문제를 초래했다는 비판을 가하며, 생태적 각성을 통한 사유의 전환을 모색했다.[53] 이러한 기독교의 자연관과 가치관, 즉 인간중심주의는 근대성, 즉 모더니티의 한 특성으로 자리 잡는다. 18세기 계몽주의[54]로부터 시작된 모더니티는 이성 중심적 사유를 토대로 합리성을 강조한다. 합리성을 근거로 인간 사회의 발전에 공헌한 모더니티는 자

---

53) 베르쟈예프(N. Berdiaeff)는, 기독교는 자연을 인간에게 종속시켜야 할 적으로 여긴
  다고 단언했던 독일의 신학자 드레버만(E. Drewermann) 등과 함께 환경 파괴의 주
  범은 기독교라는 논리를 편 대표적 학자 가운데 한 사람이다. 린 화이트의 이 논문
  은 생태적 윤리와 관련되어 서구에서 널리 인용되어온 논쟁적 논문으로 기독교 논
  리가 오늘날 환경 문제를 야기했다고 비판하는 생태학적 자성의 근거를 제시하고
  있다. 이들 철학자들은 기독교 환경윤리의 철학적 신학적 토대에 대한 물음을 통해
  생태 위기를 초래한 기독교의 인간중심주의에 대한 비판과 반성적 자각을 주장한
  다. 조용훈, 『동서양의 자연관과 기독교 환경윤리』, 대한기독교서회, 2002,
  167-170쪽 참조.
54) 계몽주의는 17세기 데카르트로부터 출발한 이성적(理性的) · 논리적 · 필연적인 것
  을 중시하는 합리주의와 뉴턴의 기계론적 우주관에 사상적 기반을 두고 있다. 하여
  계몽주의는 이성적 인식을 존중하여 이성의 인식으로서 생활을 통제하며 자연적,
  역사적 전통을 무시하고 이성에 의한 인식을 영원적인 것이라고 생각한다. 이 시대
  에는 철학의 중심 문제가 형이상학적 문제에서 인성론적 문제로 통속화 된다. 그리
  하여 신보다도 인간의 이성을 존중하며 인간 생활의 관찰과 연구에 집중하게 된다.
  김준섭, 앞의 책, 219쪽.

연을 생명을 갖지 못한 기계와 마찬가지로 자율성을 갖지 못하고 있는 것으로 파악하는 사고를 견지했고, 이런 사고의 중심사상인 인간중심주의는 현대에 이르기까지 지속되어 오고 있다.

17세기 데카르트로부터 출발한 이성주의[55]와 18세기 계몽주의를 기저로 하는 인간중심주의가 확신하는 인간의 이성적 능력이란 진보라는 말과 동일시된다. 근대가 기획한 진보에 대한 이 믿음을 통해 서구 세계는 물질문명과 과학기술문명의 획기적인 발전을 이루었고, 고도의 성장을 추구한 산업화의 부산물로서 생태 위기가 발생했던 것이다. 따라서 생태 사상은 탈 인간중심주의를 통해 만물의 절대 평등을 추구하며 생명 중심주의로의 인식 전환을 요구한다. 따라서 기존의 지배적 패러다임인 기술지향주의와 인간중심주의적 세계관에 대한 반성과 성찰은 생태 사상을 이해하는데 필수적인 과정이 되었다.

2) 생태학의 의미 형성과 이론적 전개 양상

생태학(ecologie)[56]은 1866년 헤른스트 헤켈이 『유기체의 일반형태

---

55) '나는 생각한다. 그러므로 나는 있다'(Cogito ergo sum. Ich denke also bin ich. I think, therefore I am)는 말은 데카르트의 이성주의를 가장 잘 설명하는 부분이다. 데카르트에게 있어서 코키토라는 말은 대단히 넓은 의미로 사용된다. 의심하는 것, 이해하는 것, 생각하는 것, 긍정하는 것, 부정하는 것, 의욕하는 것, 상상하는 것, 감각하는 것, 심지어 꿈꾸는 것까지도 생각하는 것이라고 하였다. 이성주의는 이성론, 합리주의, 합리론으로도 불린다. 김준섭, 앞의 책, 206쪽.

56) 생태학은 서구 근대화와 밀접한 관계를 가지고 있다. 자연과 신, 그리고 정치 및 사회적 권력으로부터 해방되고자 했던 서구 근대화는 도시화와 자본주의 시장경제의 발전으로 이어져 서민계급의 인간해방을 가능하게 했다. 달리 말하면 자본주의는 인간을 전통적인 속박에서 해방시켰다. 자연은 인간의 소유물이므로 주인인 인간의 의지에 따라 사용할 수 있는 것으로 규정한 데카르트의 이성주의적 확신은 인간의 정신능력을 준거로 삼는 합리론과 인간 경험을 인식의 근원으로 간주하는 베이컨의 경험론 및 모든 지식이 전적으로 경험에 의지하지는 않지만 적어도 경험과

론』에서 '집'을 의미하는 그리스어 Oiskos와 '연구'를 뜻하는 Logos를 결합해 처음 사용하면서 탄생한 용어이다. 찰스 다윈의 종(種)의 기원을 추적하는 방식으로서 도입한 '생태계'57) 개념에 뿌리를 두고 있다. 헤켈에 의하면 "생태학은 유기체가 그것을 둘러싼 외부 세계와 맺고 있는 관계를 연구하는 종합학문이다. 여기서 말하는 관계 속에는 넓은 의미에서 '유기체'의 모든 실존조건이 포함된다."58) 헤켈은 생태학을 다른 말로 "자연이라는 가정(家庭)으로서의 자연을 연구하는 학문"이라고 정의했다. 자연은 여러 구성원이 일정한 체계를 형성하고 있는 공동체이고 그 여러 구성원들의 상호 관계를 연구하는 학문이 생태학이라는 것이다.59)

생물과 생물의 관계, 생물과 생물을 둘러싼 바깥 세계와의 상호관계

더불어 시작된다는 칸트의 선험론으로 전개된다. 베어컨과 데카르트의 이성 중심적 세계관은 근대인들에게 자연 지배의식을 고착화시킨다. 자연은 신의 창조물로써 인간에게 종속된 것이라는 기독교적 의식으로 무장된 이른바 '이성의 제국'은 근대 과학의 특징인 합리적 객관성과 손을 잡고 자연에 대한 인간의 지배력 확대에 대한 신념을 더욱 공고히 펼쳐나갔다. 살펴본 바와 같이 서구 근대는 자연 약탈로 대변되는 자본주의의 팽창과 기독교의 자연관, 그리고 근대 과학과 근대철학의 결합으로 전개되어 왔다. 인간과 자연이라는 이분법적 가치관 아래서 자연에 대한 폭력적 지배를 당연하게 여겼던 시대가 서구의 근대였던 것이다. 김용환 외, 「근대철학의 형성」, 서양근대철학회 엮음, 『서양 근대철학』, 창비, 2001. 17쪽. ; 에리히 프롬(Fromm, Erich Pinchas), 『자유에서의 도피』, 범우사, (개정 7판)1990. 108-109쪽. ; 이명현, 『인간을 찾아서』, 금박출판사, 1985. 17쪽. ; 도널드 워스터(Worster, Donald), 문순홍 역, 『생태학, 그 열림과 닫힘의 역사』, 아카넷, 2002. 46-48쪽.

57) 생태계는 1935년 영국의 텐슬리가 처음 사용한 용어로써 '생물군집 사이의 상호관계'라는 좁은 범주의 개념이었으나 현대 생태학에 이르러서는, '자연현상을 물질의 순환이라는 커다란 전제 아래 해석하고 인간을 포함한 생물 및 비생물적 물질의 총체적인 상호순환관계'를 뜻하는 폭넓은 의미로 발전하게 되었다. 주광렬 편, 『과학과 환경』, 서울대출판부, 1986. 89쪽. 임도한, 앞의 글, 6쪽에서 재인용.

58) 에른스트 헤켈(Ernst Heinrich Philipp August Haeckel), 『유기체의 일반형태론 Generelle Morphologie Organismen』, Berlin, 1866, 286쪽. 김용민, 『생태문학』, 책세상, 2003. 24-25쪽에서 재인용.

59) 김용민, 위의 책, 25쪽.

를 연구하는 생물학의 한 분야인 생태학은 근대의 핵심 사상인 이성 중심적 세계관과 이분법적 세계관을 비판하고 인간중심주의를 거부한다. 이러한 생태학에 기초한 생태철학은 자연에 대한 인간 중심적 윤리의식, 즉 "인간은 자연 세계의 청지기이자 관리자"[60]라는 인식이 생태위기를 만든다고 보는데서 출발한다. 그리고 인간과 자연을 이분법적 가치관으로 나누고 인간의 목적 달성을 위해 자연을 어떤 방식으로든 이용할 수 있다고 보는 데카르트 이후 서구의 계몽주의 철학의 세계관이 오늘날의 생태위기의 근본원인이라고 본다.

생물학의 한 분야로 출발했으나 오늘날 생태학은 생물학의 범위 안에서 제한적으로만 사용되지 않는다. 유기체들 사이의 상호 관계에 대한 관심은 인간과 사회, 특히 생태계에 민감한 영향을 주는 다양한 분야로 확대되어 있다. 예를 들면 도시화, 산업화는 물론 빈부의 격차, 빈곤, 인권, 국가 주권, 자연파괴, 기후온난화 등 정치, 경제, 사회의 모든 문제들과 연관되는 광의적 의미로 사용되고 있다. 이러한 현상은 학문에도 전이되어 사회과학, 자연과학 등 모든 분야에 걸쳐 논의의 핵심 대상이 되었다.

이러한 생태학적 철학을 실천에 옮긴 대표적 주자로『월든』의 저자 헨리 데이비드 소로를 들 수 있다. 19세기 중반 미국 매사추세츠 주의 콩코드에 있는 월든 호숫가에서 자연과 더불어 살았던 경험을『월든』에 담아낸 헨리 데이비드 소로의 실천적 삶은 생태학적 삶의 좋은 본보기가 된다.

새들의 곡물 창고인 풀씨가 풍성한 것 역시 내가 기뻐해야 할 일이

---

60) 캐롤린 머천트(Merchant, Carolyn), 허남혁 역,『래디컬 에콜로지』, 이후, 2001. 117쪽.

아닐까? 밭에서 나는 곡물로 농부의 헛간을 채울 수 있느냐는 문제는 그것에 비하면 하등 중요할 게 없다. 참된 농부라면 다람쥐가 올해 숲에 밤이 열릴지 걱정하지 않듯이, 아무 걱정 없이 밭이 생산하는 작물에 대한 모든 소유권을 포기하고 최초의 열매뿐 아니라 마지막 열매까지도 희생한다는 마음으로 매일매일의 노동을 바칠 것이다.[61]

근대의 이분법적 사유를 생태적 입장에서 최초로 문제 삼았던 소로는 삶과 정신이 일치하는 혁명적 생태철학을 가지고 있었다. 자신이 낸 세금으로 국가가 폭력을 저지르는 것을 우려해 세금 납부를 거절하고 투옥됐던 것에서 알 수 있듯 반체제적인 행동주의 생태운동가요 생태학자였다. 『시민의 불복종』을 읽고 간디가 영향을 받았다는 사실은 소로의 생태철학이 인간과 자연 사이의 관계를 분리하지 않는, 서구 근대가 가진 반자연적 편견을 극복하려는 전체론에 뿌리를 박고 있음을 알게 한다. 이와 같은 소로의 생애와 저작은 곧장 전복의 과학으로 불리는 현대 생태학의 큰 줄기가 되었고, 20세기 후반 이후 시민운동 등 실천성을 강조하는 생태철학의 기초가 되었던 것이다.[62]

소로의 『월든』이 출간되던 1854년 미국 서부지역에 거주하던 두아미쉬 수쿠아미쉬족(族)의 추장 시애틀은 미국의 대통령을 향해 대사서시와 같은 연설을 한다. 그의 연설은 자연에 대한 윤리관과 인식을 선명하게 보여준다. 시애틀은 지역 토착민들의 삶터를 차지하려는 백인들을 향해 "만물은 서로 맺어져 있다"며 "땅이 인간에게 속하는 것이 아니라 인간이 땅에 속한다"[63]고 역설한다. 인간 역시 자연의 일원이

61) 헨리 데이비드 소로(Thoreau, Henry David), 한기찬 역, 『월든』, 소담출판사, 2002. 204쪽.
62) 도널드 워스터(Worster, Donald), 앞의 책, 82쪽.
63) 시애틀(Sae-a-thl), 「우리는 결국 모두 형제들이다」, 김종철 편, 『녹색평론선집 1』,

며, 인간과 자연뿐만 아니라 모든 존재는 공통한 운명과 상호의존성을 가지고 있다는 것이다. 시애틀의 자연관은 "오늘날 환경과 자연에 대한 분별없는 파괴의 결과로 인하여 전인류가 심각한 고통에 직면하게 된 시대에 오히려 생생한 호소력을 가지고 있"으며 "통합적 비전"64)을 보여주는 것으로 평가된다.

생태학은 1960년대부터 학문의 영역을 확장해 나간다. 1962년 레이첼 카슨이 '지구의 날'(4.22.) 제정(1970)의 계기가 된『침묵의 봄』을 발간한 한 이후, 노르웨이 철학자 안 네스에 의해 근본생태론이, 급진적인 환경운동가인 머레이 북친에 의해 사회생태론이 등장하고, 1978년 영국의 과학자 제임스 러브록은『지구상의 생명을 보는 새로운 관점』이라는 저서를 통해 '가이아 이론'을 탄생시킨다. 이러한 학문적 성과로 인해 그동안 전개되어 온 생태학과 생태 사상은 새로운 전환점을 맞이하게 된다.

(1) 근본생태론65)

근본'생태론'66)은 1973년 노르웨이 철학자 안 네스가 논문「피상적

녹색평론사, 1993, 19-20쪽.

64) 김종철 편, 위의 책,16쪽.

65) 'Deep Ecology'는 근본생태론 또는 심층생태주의로 번역되고 있다. 심층생태주의라는 용어는 일본에서 유래했으며, 안 네스의 의도를 적절히 평가하는 데 한계가 있다. 'Deep'이라는 영어의 일반적 번역은 '깊은' 또는 '심층의'이겠지만, 안 네스의 'Deep Ecology'에서 'Deep'은 안 네스가 자신의 이야기가 '깊은' 또는 '심층의'를 지향하는 뜻만을 전달하기 위한 것이 아니라 근원성에 대해 물음을 제기하는 것으로 해석해야 한다. 즉 안 네스의 'Deep Ecology' 운동은 생태 문제에 대해 근본적이고 급진적으로 그 원인을 뿌리 뽑아야 한다는 함의를 지닌 이론적이며 실천적 운동이다. 하여 이 글에서는 근본생태론이라는 용어를 사용하고자 한다. 문순홍 역시 'Deep Ecology'를 근본생태론으로 번역하여 사용하고 있다. 문순홍, 앞의 책, 87-88쪽.

66) 안 네스는 '생태학(ecology)', '생태철학(ecophilosophy)', '생태지혜(ecosophy)'를 구별

생태운동과 근본적이고 장기적인 생태운동」을 펴내면서 영적인 인식을 강조하는 새로운 생태'운동'[67]으로서의 사상으로 출발했다. 네스는 기존의 환경 운동에 '피상(shallow)', '개량(reform)'이라는 용어를 사용하여 피상생태론, 또는 환경개량주의로 칭한 반면, 자신의 생태적 지향성을 '근본(deep)'적인 것으로 보고 기존의 것과 차별화하는 관점을 보였다. 이처럼 차별화된 두 용어는 서로의 입장을 선명하게 구분할 수 있도록 하는 효과를 준다.

네스는 기존의 환경 운동, 즉 환경개량주의로는 생태 위기 문제를 해결할 수 없다고 보았다.[68] 현 사회 체제와 문명의 존재를 인정하는 바

하고 있다. '생태학'이란 자연과학의 한 분야를 말하고, '생태철학'은 생태론의 철학을 말한다. 그리고 '생태지혜'는 나 자신의 세계관·가치관에 직접 관계하는 것으로, 우리가 실제 상황에 당면할 때의 철학을 말한다. 네스는 '생태지혜'를 '생명권에 있는 생명의 여러 상황에 의해 촉발된, 철학적 세계관 또는 시스템'으로 정의 내린다.

67) 네스가 철학이라는 용어 대신 운동이라는 용어를 사용한 까닭은 근본생태론의 입장이 기존의 강단 철학과는 다르며, 제도화된 이념, 혹은 종교와도 다르기 때문이다. 네스는 다수의 대중이 폭넓게 참여하는 행동주의로 유도하고자 하는 의도를 가지고 있었다. 이 운동의 참여자 중 더 큰 영향력을 지니고 기여를 하는 사람은 전문 철학자가 아니라 창작활동을 자유로이 하는 예술가들이나 문학가들이라고 보았다. 이런 의미에서 이들 전체를 묶는 개념은 종교나 철학이 아니라 운동이라고 했다.

68) 네스에 의하면 환경개량주의와 근본생태론은 오염, 자원, 인구, 문화적 다양성과 기술, 토지 및 해양 윤리, 교육 및 과학 활동 등에 관한 기본 인식이 상반된다. 그 인식 차이를 개략하면 다음과 같다. ①오염에 관해 환경개량주의는 법률로서 오염물질 배출 기준을 강화하고 환경에 문제가 없는 수준으로 규제하면 오염문제가 해결될 것이라고 본다. 그러나 근본생태론은 오염물질이 인간에 미치는 영향만 고려할 것이 아니라 전체적인 생태계에 미치는 영향을 고려해 장기적인 범위에서 평가해야 한다고 본다. ②자원고갈문제에 관해 환경개량주의는 시장의 가격 조절과 기술을 이용한 대체재 개발 등으로 해결할 수 있다고 본다. 그러나 근본생태론은 다른 생명체의 생명을 위협하거나 인류를 위한 자원 소비는 지양되어야 한다고 본다. 환경개량주의는 자원이 인류를 위한 것이라고 보는 반면 근본생태론은 자원이 모든 생명체들의 내재적 생명활동을 위한 것이자 서식처라고 보는 시각의 차이 때문이다. ③인구 과잉 증가에 관해 환경개량주의는 인구의 과잉증가를 인구가 경제나 군사 등 국가 경쟁력 강화에 기여한다고 보는 개발도상국만의 문제라 여긴다. 그러나

탕에서 전개되는 환경보호운동, 즉 환경개량주의에 대한 비판으로 등장한 근본생태론을 이끈 주요 인물들로는 노르웨이의 안 네스, 미국의 빌 드볼과 죠지 세션, 프리초프 카프라, 게리 스나이더, 독일의 안드레아스 그리제바하와 칼 아메리, 그리고 영국의 조나단 포리트 등이 있다. 이들에 의하면 환경개량주의는 생태 위기의 근본적 원인인 근대의 인간중심주의와 계몽주의, 과학기술지향주의, 즉 지배적인 세계관과 사회체제의 모순을 전면적이고 근본적으로 분석하여 해결하려 하지 않고, 현상적으로 표출된 오염 문제를 기술정책적 차원에서 다루고 해결하려는 인식을 가지고 있다. 즉 생태 문제를 인간의 환경적 차원에서 국지화하고 미시화해 주로 환경공학에 의거하여 대응한다. 이들의 주된 목적은 경제적으로 윤택한 나라에서 살고 있는 사람들의 건강과 풍요를 추구하는 데 있다. 환경개량주의는 근대의 과학기술적 방식에 의

근본생태론은 인구의 폭발적 증가는 지구의 전체 생명체에 과도한 압력을 발생시키는 원인이라 보고, 인구감축 문제는 산업사회의 중요한 우선순위가 되어야 한다고 강조한다. ④문화적 다양성과 절정 기술의 문제에 관해 환경개량주의는 산업화되기 전의 사회는 산업국의 산업화 형태 달성을 목표로 삼고, 기술 보급과 문화적 다양성의 양립이 가능하다고 본다. 반면 근본생태론은 비산업화 사회의 문화가 산업화 된 사회의 생활양식 모방 등에 의해 그 문화적 다양성이 잠식되어서는 안 되며, 서구의 기술이 보편화되면서 비산업화 사회의 문화적 요소를 파괴하는 것을 방지해야 된다고 본다. ⑤토지 및 해양 윤리와 관해 환경개량주의는 자연이나 생태계 등 여러 경관과 생물권 같은 전체는 부분으로 해체될 수 있으며, 이는 인류 개인이나 국가 등의 재산·자원으로 분류한다. 그러나 근본생태론은 지구는 인류만의 것이 아니며, 자원 역시 그 지역 사회, 또는 국가의 소유물이 아니라고 본다. 따라서 인류는 기술지향주의와 인간중심주의적 오만함에서 벗어나야 한다는 시각을 가지고 있다. ⑥교육 및 과학 활동에 관해 환경개량주의는 환경 악화와 자원 고갈에 대처하고 지속적인 성장과 환경 유지를 위해서는 과학을 발전시켜야 하며, 더 많은 전문가를 양성해야 한다고 주장한다. 반면 근본생태론은 물질적 풍요보다 정신적 풍요를 지향하며, 문화적 다양성을 강조하는 교육과 인문학과 사회과학과 같은 학문에 우선순위를 두어야 한다고 본다. Arne Naess, "The Deep Ecological Movement: Some Philosophical Aspects", *Philosophical Inquiry*, vol, 8, 1986, 407-409쪽.

해 인류사회는 발전하고 진보해나간다는 가치를 믿으면서, 인간의 지속적 자연 이용을 위해 자연을 보호하고 관리해야 한다는 관점을 유지하고 있는 것이다.

인간을 포함한 자연계에 인간과 동등한 영적인 의미의 세계관을 부여한 근본생태론은 자연을 지배하는 인간이 아닌 자연과 더불어 존재하는 인간이라는 새로운 이상적 가치를 실현하고자 한다. 생명권 평등주의를 내세우며 다양성과 공생의 원리를 채용한 안 네스는 단순한 오염과 자원 고갈에 반대하는 '피상적 생태론'을 넘어서는 근본생태론의 생태철학을 일곱 가지 원리[69]로 설명하고 있는데, 정리하면 다음과 같다.

① 환경 속의 인간 이미지를 거부하고 관계적인 전방위 이미지를 선호한다. 유기체들은 생물권이라는 그물망, 혹은 본질적인 관계망의 결절점이다. 즉 생명체나 인간은 분리되어 따로 존재하는 것이 아니라 상호 연관되어 있으며 총체적으로 엮여져 있다.

② 원칙상 생물 평등주의를 지향한다. '원칙상'이라는 단어 사용 이유는 현실적으로 죽이고, 약탈하고, 억압하는 것이 어느 정도 필요하기 때문이다. 생태계나 모든 종은 생존하고 번성할 평등한 권리를 가지고 있고, 인간은 다른 생명체와 긴밀한 동반관계를 맺고 조화롭게 지냄으로써 깊은 만족과 즐거움을 얻을 수 있다.

③다양성과 공생의 원리를 추구한다. 다양성은 생존 가능성, 새로운 생활양식의 기회, 생명체의 풍요로움을 고양시킨다. 이른바 생존 경쟁과 적자생존이란 개념은 죽이고 착취하고 억압하는 능력이라기보다

---

69) Arne Naess, "The shallow and the deep, long-range ecology movement", *in Inquiry*, vol, 16, 1973, 95-100쪽. 이 일곱가지 생태철학은 네스의 논문에 실린 것으로 문순홍의 『생태학 담론』에 번역되어 더욱 자세하게 소개되어 있다.

는 복잡한 관계망 속에서 공존하고 협력하는 능력이라는 의미로 해석되어야 한다.

④ 계급적 입장에 반대한다. 인간적인 생활 방식은 그것이 의도 되었든 의도 되지 않았든 특정 집단에 대한 착취와 억압에 의거하고 있다. 생물평등주의와 공생의 원칙은 모두 계급적인 입장에 반대한다. 생태적인 태도는 계급적인 입장에 반대하는 원칙을 착취자와 피착취자, 개도국과 선진국간의 갈등을 포함해서 모든 집단 사이의 갈등으로 확대 적용하고자 한다.

⑤ 오염과 자원고갈에 반대한다. 만일 오염 방지 장치를 개발한다는 명목으로 생활필수품의 가격이 증가한다면, 계급간의 빈부차도 역시 넓어질 것이다. 이때부터 책임성의 윤리는 생태학자들을 피상적이고 외피적인 해결 방안에 초점을 둔 운동에 봉사하게 하기보다는 근본적인 생태운동에 관여하도록 한다.

⑥ 복잡성(complexity, not complication)을 지지한다. 복잡성은 뒤얽힘이나 혼란한 상태에 놓인 것이 아니다. 생물권에서 일어나는 일반적인 상호 작용들은 놀랄만한 복잡성을 가지고 있다. 인간에게 적용된 '뒤얽힘이 아닌 복잡성' 원칙은 노동의 파편화가 아니라 노동의 나눔을 선호하도록 해준다. 이 원칙은 지속성과 삶의 전통들에 대해 주의를 기울이고 있다.

⑦ 지역적인 자율성과 탈중심화를 지향한다. 생명체는 소규모 지역 단위에서 생태적인 균형에 도달할 수 있다. 그러나 만일 외부로부터 또는 아주 먼 곳으로부터 이 지역에 영향을 미친다면 생명체의 취약성은 영향의 정도에 따라 비례적으로 드러나게 된다. 그러므로 이 원칙은 지역의 자치 정부와 함께 물질적이고 정신적인 자기 충족을 강화

하려는 시도들을 지지한다.

살펴본 바와 같이 안 네스의 근본생태운동의 규범과 경향은 생태적인 앎과 생태계 현장 활동가들의 생활양식이 근본생태운동을 제안하도록 하였고, 고취시켰으며, 강화하였음을 숙고해야 한다. 안 네스가 요구하는 생태운동은 생태학적이라기보다는 생태 철학적이어야 한다는 점이다. 생태학은 과학적인 방법을 사용하는 제한된 학문으로 생물학의 한 분야이다. 철학은 원리와 원칙을 토론하는 가장 일반적인 포럼이고, 처방적이다. 따라서 생태철학의 개념은 생태적인 조화와 균형을 추구하는 것이다.[70]

인간중심적 세계관과는 정반대에 놓인 생태중심적 세계관에 입각함으로써 생태 위기의 해법을 내놓은 안 네스의 근본생태론은 빌 드볼과 죠지 세션, 카프라 등에 의해 더욱 이론적 공고성을 얻는다. 안 네스의 생태철학 원리에 입각하여 빌 드볼과 죠지 세션은 인간과 자연이 조화롭게 상생할 수 있는 생활 규범으로서의 실천 강령[71]을 제시한다. 그것

---

70) 문순홍, 앞의 책, 95쪽.
71) ① 지구상의 인간과 인간을 제외한 생명의 안녕과 번영은 그 자체로서 가치를 갖는다. 이 가치들은 자연계가 인간의 목적을 위해 얼마나 유용한가 하는 문제와는 독립해 있다. ② 생명체의 풍부함과 다양성은 이러한 가치의 실현에 기여하며, 또한 그 자체로서 가치를 가진다. ③ 인간들은 생명유지에 필요한 것들을 만족시키기 위한 경우를 제외하고는 이러한 풍부함과 다양성을 감소시킬 권리가 없다. ④ 인간의 생명과 문화의 반영은 실질적으로 더 작은 인구와 양립한다. 인간을 제외한 번영은 더 작은 인구를 요구한다. ⑤ 현재 인간의 자연계에 대한 간섭은 과도하며, 그 상황은 빠르게 악화되고 있다. ⑥ 따라서 정책이 변해야 한다. 이러한 정책들은 근본적인 경제적, 기술적, 그리고 이데올로기적 구조들에 영향을 미친다. 그 결과 발생할 상태는 현재와는 매우 달라질 것이다. ⑦ 이데올로기 변화는 더 높은 생활수준에 집착하기보다는 주로 생활의 질, 내재적 가치에 대한 평가와 관련될 것이다. 그렇게 되면 더 큰 것과 위대한 것의 차이를 심오하게 인식하게 될 것이다. ⑧ 이상의 강령에 동의하는 사람은 직간접적으로 필요한 변화를 실행하고자 하는 의무를 지닌다. Bill Devall·George Sessins, *Deep Ecology*, Peregrine Books, 1985, p70.

은 자연계 생명의 안녕과 번영, 다양성, 반 자연계 간섭 등을 지향한다. 카프라는 지속가능한 인간공동체를 건설하기 위한 구체적 지침으로서 생태계의 기본 원리를 네트워크, 순환, 태양에너지, 파트너십, 다양성, 역동적 균형 등 6가지로 나눠 제시한다.[72] 정리하면 다음과 같다.

① 네트워크 : 자연계에는 다른 생명체내에 보금자리를 틀고 살아가는 생명체가 있다. 네트워크 내의 네트워크인 것이다. 그들의 경계는 분리의 경계가 아니며 정체성의 경계이다. 모든 생명계는 서로 소통하고 경계를 넘나들며 자원을 공유한다.

② 순환 : 모든 생명체는 주변 환경에서 끊임없이 물질과 에너지를 공급받아 양분을 취해 생명을 유지한다. 또한 모든 생명계는 끊임없이 쓰레기를 만들어 낸다. 그러나 생태계의 쓰레기는 우리가 생각하는 쓰레기가 아니다. 어떤 종이 배출한 쓰레기가 다른 종에게는 식량이 되기 때문이다. 따라서 물질은 생명의 그물을 통해 끊임없이 순환한다.

③ 태양에너지 : 태양에너지는 푸른 생명의 광합성작용에 의해 화학에너지로 전환되어 생태계의 순환을 촉진시킨다.

④ 파트너십 : 생태계에서 에너지와 자원의 교환은 그물처럼 얽힌 상부상조에 의해 지속된다. 생명체는 투쟁으로 지구를 차지한 것이 아니다. 상부상조의 파트너십 그리고 네트워킹으로 지구를 뒤덮고 있다.

⑤ 다양성 : 생태계는 풍요롭고 복잡한 생명의 그물을 통해 안정성과 회복력을 얻는다. 따라서 생물학적 다양성이 복잡할수록 생태계의 회복력은 커진다.

---

72) 번호는 식별이 편리하도록 인용자가 임의로 넣었다. 프리초프 카프라(Capra, Fritjof), 김주현 역, 『히든커넥션』, 309쪽.

⑥ 역동적 균형 : 생태계는 끊임없이 동요하고 적응력이 뛰어난 네트워크이다. 그 적응력은 시스템 전체를 역동적 균형 상태로 유지시켜주는 복합적인 피드백(feedback)의 고리의 산물이다. 하나의 변수가 극단까지 치닫는 경우는 없다. 모든 변수가 최적의 가치를 중심으로 오르내릴 뿐이다.

근본생태론은 모든 존재가 상호 연결적 그물망을 구성하고 있다는 보편적 진실을 토대로 나 중심, 또는 인간 중심적 세계관에서 벗어나 자연 중심, 생명 중심적 세계관으로의 사유 전환을 유도하는 새로운 생태철학 패러다임이다. 생태 중심적 세계관은 인간과 인간, 인간과 자연 사이의 평등성을 인간은 물론 모든 생명적 평등성으로, 또 우주적 평등성으로 사유를 확장하게 한다.

(2) 사회생태론

1970년대 말, 근본생태론적 생태운동이 보여주는 보수성을 극복하기 위해 등장한 것이 사회생태론이다. 사회생태론은 근본생태론이 '미래 원시인'적 삶을 요구하며 사회와 단절된 의식전환과 문화운동을 펼칠 것을 강조한 것에 반발하여 무정부주의와 녹색적 사유를 융합한 머레이 북친에 의해 출발했다. 사회생태론에 대한 북친의 관심은 1963년에 펴낸 『우리의 인조 환경』에서 시작되지만, 본격 사회생태론은 1982년 펴낸, '자유의 생태학'으로 번역할 수 있는 『Ecology of Freedom』[73]에 기원을 두고 있다.

사회생태론은 오늘날 생태 위기의 근본적 원인을 인간 사회 내의 위

---

73) 이 책은 2002년 민음사에서 '반인간주의, 신비주의, 원시주의를 넘어서'라는 부제를 달고 『휴머니즘의 옹호』라는 제목으로 번역 출판되었다. 머레이 북친((Bookchin, Murray), 구승회 역, 민음사, 2002.

계적 지배 관계가 자연에 대한 지배로 전이된 것이라고 본다. 현대문명 사회는 위계질서에 의해 움직이는 사회이므로 상위의 권력자가 하위의 권력자를 지배하는 것은 당연하고 순리적인 것이라고 본다는 것이다. 이런 인식이, 만물의 영장인 인간이 자연을 지배하고 이용하는 것은 당연하고 순리적이라 여기는 이데올로기가 된 것이다. 따라서 사회생태론은 개인의 각성과 이에 따른 도덕적 결단으로 생태 위기를 극복할 수 있다고 보지 않는다.

조지 브레드포드와 엘슈레거의 논의는 사회생태론의 성격을 잘 나타낸다. 브레드포드는 환경의 위기는 본질적으로 자연과 인류를 파괴하는 문명의 위기라는 것을 인정하면서도 근본생태론에는 정치적 비판력이 부족하다고 비판한다. 사회구조에 대한 논의가 부족하다는 것이다. 엘슈레거에 따르면 근본생태론은, 철학적 면에서는 정통적이라기보다는 세속종교적이고, 학문적 면에서는 과학적이라기보다 신비주의적이다. 근본생태론자는 사회적으로 선택받지 못한 사람들의 정당한 요구를 무시하는 녹색 고집쟁이이고, 그들이 주장하는 사회개혁프로그램은 전망 없는 유토피아와 비슷하다. 사회생태론적 입장에서 보면 사회생태론은 관념적이고 신비주의적 자연론을 보이는 근본생태론에 비해 보다 현실 참여적이고 역동적인 생태위기 극복 이론을 제시한다.

근본생태론과 사회생태론의 분할점은 인간의 재발견에 있다. 근본생태론이 생물중심주의인데 반해 사회생태론은 새로운 인간중심주의이다. 사회생태론이 재발견해낸 인간은 '잠재화된 자유와 주관성의 영역'이고, '자연 진화의 자의식적이고 자기 성찰적인 표현'으로 이해된다. 북친은 『사회생태론의 철학』의 「서문: 변증법적 자연주의」에서 "자연이란 무엇인가? 인간이란 무엇인가? 그리고 자연과 사회는 어떠한 관계에 놓여 있는가?"[74]라는 물음을 던진다. 즉 "생태문제의 틀과 사회구조, 그리고 사회 이론을 어떻게 유기적으로 결합해서 사유할 것인가" 하는 문제다. 이에 대한 답으로써 북친은 19세기 초 헤겔이 말한 '다양성 속의 통일 개념'을 끌어와 변증법적[75] 자연주의를 내놓는다. 북친은 유기적 자연 진화 세계는 동일성 또는 자기 지속이 다양성과 통일을 끊임없이 반복 전개하는 변화를 통해서 자기를 표현한다고 보는 것이다.

북친의 변증법적 자연주의는 사회생태론에서 매우 중요한 부분임에도 다소 모호한 측면이 있다. 이에 대한 상세한 논의는 문순홍의 기술을 참고할 필요가 있다. 문순홍은 북친의 변증법적 자연주의는 연역적인 사고방식을 추론적인 사고방식으로 대체한다고 보며, 이 추론적인 사고방식은 '만일-그렇다면'과 같은 경험론의 사고 단계들을 중심으로 연역적인 사고방식을 재구성한 것이라는 개념이다. 이것은 잠재적 가능성으로서의 전제이고, 추정이 아니라 발달의 과정이며, 잠재화된 가능성이 현실로 구체화된 것이라는 의미이다. 이러한 변증법적 논리를 통해 유기체 내부의 발현되지 않은 잠재적 실재의 토대를 마련한다는 것이다. 이렇게 될 때 변증법적 자연주의는 이분화된 세계의 통합을 실현한다. 그것은 "존재이면서 생성이고, 변화이면서 발전이며, 과정이면

---

74) 머레이 북친((Murray Bookchin), 『휴머니즘의 옹호』, 29쪽.
75) 변증법은 범박하게 말해 상대와의 대화를 통해 상대의 모순을 찾아내고 자신의 말이 옳다는 것을 입증하는 방법이다. 헤겔은 인식이나 사물은 정(正)·반(反)·합(合)(정립·반정립·종합, 또는 即自·對自·즉자 겸 대자라고도 한다)의 3단계를 거쳐서 전개된다고 생각하였으며 이 3단계적 전개를 변증법이라고 생각하였다. 정(正)의 단계는 자신의 논리 속에 모순을 포함하고 있지만 그 모순을 알아채지 못하고 있는 단계이며, 반(反)의 단계는 그 모순을 자각하여 밖으로 드러내는 단계이다. 합의 단계는 이와 같이 모순을 발견하고 참을 인식해 새로운 진실이 정의되는 단계이다.

서 목적이고, 외재적인 그 어떤 것을 향한 운동이면서 유출이고, 단절
분화소외이면서 중재이고, 연속적이면서 누적적이다."76)

사회생태론은 자연에 관한 이론과 사회적 삶을 이론적으로 통합하
려는 성격을 가지고 있다. 사회생태론은 과학기술·국가·자본 등에 의
해 야기된 문제들과 인간과 인간 사이의 자리에 둥지를 틀고 인간적 삶
의 조건을 사유한다. 이와 같은 삶의 조건에 대한 물음을 통해 영성을
회복하고자 한다. 사회생태론에서 말하는 영성은 인간을 포함한 자연
계의 상호 의존성에 관통되어 있는 전일적 구조에 대한 인식이다. 사회
생태론 독특성은 생태 문제를 사회 문제와 동일하게 여기는데 있다.
"자연을 지배하겠다는 '생각'은 다름 아닌 인간에 의한 인간 지배에 뿌
리를 두고 있다"는 논리로 생태 위기의 근본적 원인을 찾고 있으며 "'자
연 지배'의 관념은 계급과 위계구조가 없는 사회가 도래해야만 극복할
수 있다"77)고 주장한다.

사회생태론은 영성회복을 위해 인간과 자연 사이의 관계에서 생태
윤리를 구축해야 한다고 본다. 이 생태 윤리는 근본생태론의 생물중심
주의나 생물윤리와 다르다. 사회생태론은 기본적으로 인간의 자연에
대한 개입이 내재적이고 불가피한 것이라고 보기 때문이다. 그래서 이
윤리는 자의식화 되고 자기 성찰적인 인간의 모습을 포착한다. 인간이
지구를 보살피는 것은 자신이 해야 할 한 부분이라는 의미를 가진다.
이런 인간의 모습을 포착하지 못하면 인간을 자연으로부터 분리시킨
인간중심주의적이 되거나 인간을 자연의 한 부분으로 설정하는 생물
중심주의가 될 수밖에 없다는 것이 사회생태론의 생태 윤리가 강조하

---

76) 문순홍, 앞의 책, 141-144쪽.
77) 머레이 북친, 서유석 엮음, 『머레이 북친의 사회적 생태론과 코뮌주의』, 메이데이,
2012, 47쪽.

는 점이다. 따라서 친생태 사회를 재구성함으로써 인간의식은 완전히 빈 공간으로 남게 되고, 이 공간은 영성으로 채우게 되며, 지배관계를 해소할 수 있다고 보는 것이다.

진화하는 자연의, 종들의 자유로운 자기선택에 의한 다산성, 다양성 증대, 생물종들 간의 상호보완성, 생활형태의 분화 능력 등에 의한 풍요는 생태 윤리와 다르다는 것이 동등함의 근거가 되는 공생의 사회구성 원리, 모든 구성원들의 사회적 정치적 참여가 정당하게 인정되는 원리를 제공한다. 생물중심성과 역사 결정주의를 경계하지만 일정 부분에서는 근본생태론과 유사한 입장을 견지한다. 그러나 근본생태론과 환연히 구별되는 점은 역사의 전개과정에서 이성의 순기능을 인정한다는 것이다. 북친은 "역사는 이성이 문화적으로 사회적으로 전개된 것"으로 보며, 역사의 전개가 다양하게 구체화된 것이 문명이고, "역사와 문명이 합리성과 자유, 인간과 인간, 인간과 자연 사이의 관계에서의 자의식 증가를 향해 나아가는 자기 방향 가진 행동"[78]이 진보라고 주장한다.

오늘날 특히 사회생태론이 주목되는 점은 '도덕 경제'와 관련되는 부분이다. 사회생태론자들은 환경오염과 자원부족이라는 지구의 한계는 기존 시장 경제의 비도덕성과 기술의 반문화성에 있다고 본다. "익명성의 등장과 본래적 성격의 상실은 시장 경제가 도덕, 윤리와 스스로를 분리시키면서 시작되고, 사회가 시장 경제의 손익 계산 방식에 지배되면서 시장 사회로 변화하게 만든다."[79] 북친은 경제적인 교환 현상은 자연적인 것이고 인간 본성의 한 부분을 차지한다고 본다. 생태 위기

---

78) 머레이 북친, 위의 책, 17쪽.
79) 머레이 북친, 위의 책, 275쪽.

해결 방법은 소비주의 근절에 있다고 보고 소비 개념을 상품 소비에 한정하지 않고, 자연에서 원료를 가져오는 곳에서 진짜 소비의 모습을 발견할 수 있다는 새로운 소비 개념을 제시한다. 이런 관점은 삶의 양식으로서 욕망과 소비를 줄이는 "소욕지족(少慾知足)"의 동양정신이나 슈마허의『작은 것이 아름답다』의 정신에서도 찾아볼 수 있다.『절제의 사회』를 요구하며 최소한의 도구만을 소비할 때 소비에 따른 계급을 막을 수 있다는 일리히와도 일맥상통한다. 산업자본주의를 비판하고, 노동의 가치를 중요하게 생각하며, 소비주의와 비도덕성을 만연시키는 자본주의 산업화의 위험성에 대해 경고한다는 점에서 북친과 슈마허, 일리히는 같은 맥락에 놓여 있다.

(3) 생태마르크스론과 생태사회론

생태마르크스론은 벤 에거의 저서『서구 마르크스주의 입문』에 처음 등장하는 용어이다. 벤 에거는 이 저서에서 마르크스를 생태적 마르크스로 해석하고 있으며, 몇 가지의 특징을 든다. 우선 안정된 상태의 경제구조, 개입주의적 국가 이론, 인간 욕구의 축소를 지향하는 새로운 금욕주의를 들고 있다. 그 다음으로는 고도 소비 생활 양식의 변화를 주장한다. 마지막으로 탈관료화와 탈집중화를 이야기한다. 이를 통해 산업 성장을 제한함으로써 환경의 본래적 모습을 보존할 수 있고, 선진 자본주의의 지배적인 사회·경제·정치 제도를 질적으로 변형할 수 있다는 것이다. 여기서 벤 에거는 '작은 것이 아름답다'는 슈마허의 논리를 소개하고 있다.[80]

---

80) 박준건,「생태학적 마르크스주의에 관한 연구」,『코키토』48, 부산대 인문학연구소, 1996, 144-145쪽.

생태마르크스론은 생태 문제를 보다 근원적으로 사회체계의 차원에서 바라본다. 제임스 오코너는 생태마르크스론을 생산력·생산 관계와 생산조건 간의 모순에 관한 이론이라고 말한다. 동시에 생산조건과 사회관계를 더 사회적이고 사회주의적인 형태로 위기를 유발하면서 재구조화해가는 과정, 즉 저 생산성이라는 자본과 경제적인 위기에 관한 이론이라고 정의한다.[81] 자본주의적 생산 방식 자체에서 생태 문제가 야기된다고 보는 생태마르크스론은 자본주의적 생산 양식의 철폐를 통해 자연과 인간의 물질적 교류를 공동체가 목적의식적으로 관리하는 것에 의해서만 생태 위기를 극복할 수 있다고 본다.[82]

한편 생태사회론은, 자본주의는 이윤을 유지하기 위해 인간 활동의 새로운 영역을 식민지화해야 하는데, 이 과정에서 생태 위기 문제가 발생한다는 입장이다. 따라서 생태사회론은 자본주의에 대한 도전 없이 생태 문제를 해결할 수 없으며, 환경을 중시하지 않는 사회주의는 무가치하다는 것이다. 생태사회론은 사회주의와 생태를 잇는 새로운 정치적 대안이다.

이러한 유사 특성 때문에 생태마르크스론과 생태사회론을 한 틀에 묶어 사회주의적 생태론으로 명명하는 경우도 있으나, 다음과 같이 몇 가지 차이점을 가지고 있는 것으로 파악된다. 첫째, 환경문제의 원인을 생태마르크스론은 자본축적과정, 즉 자본주의적 가치증식과정에 있다고 보는 반면, 생태사회론은 자본주의적 경제 합리성과 산업 성장에 있다고 본다. 대안적 세계로 생태마르크스론은 마르크스 사회주의 또는 과학적 사회주의를 들고, 생태사회론은 유토피아적 사회주의 또는 생

---

81) 문순홍, 앞의 책, 76쪽.
82) 문순홍, 앞의 책, 69-70쪽.

태적 사회주의를 꿈꾼다. 그리고 생태마르크스론은 사회 지향적이며 사회생태론과 친화적인 반면, 생태사회론은 생태 지향적이며 근본생태론과 친화적이다. 이론적 입장에서는 생태마르크스론이 마르크스에 나타나는 생태 이론적 단초를 이론적 토대로 삼는 반면, 생태사회론은 마르크스를 극복 대상으로 본다.[83) 이 차이점을 표로 정리하면 다음과 같다.

<표> 생태마르크스론과 생태사회론의 차이점

생태마르크스론	구분	생태사회론
자본축적과정, 즉 자본주의적 가치증식과정	환경문제 원인	자본주의적 경제 합리성과 산업 성장
마르크스적 사회주의 또는 과학적 사회주의	대안적 세계	유토피아적 사회주의 또는 생태적 사회주의
사회 지향적	지향성	생태 지향적
사회생태론	친화성	근본생태론
마르크스를 이론적 토대로 함	이론적 입장	마르크스를 극복 대상으로 봄

한편 생태 문제와 관련하여 마르크스적 입장을 전면 부정하는 학자도 있다. 마티네즈 알리어는 마르크스주의 역사관은 사회주의 아래에서 생산력의 무제한 발전을 추구하기 때문에 마르크스주의 생태학이라는 학파는 없다고 주장한다. 레드클리프트는 마르크스와 엥겔스가 인간의 자연 인식과 자연 이용 결정에 생산이 차지하는 역할의 중요성을 지나치게 강조하는 반면, 생물학적인 면과 사회적인 재생산 과정의 중요성은 무시하고 있다고 비판한다.[84)

그러나 마르크스생태론자들은 '지배의 문제에 관해서 마르크스주의가 생태적인 것은 바로 자본주의에 대한 안티테제 그 자체'[85)라고 주장

---

83) 최병두, 『환경사회이론과 국제환경문제』, 한울, 1995, 64-65쪽.
84) 박준건, 앞의 글, 148-149쪽.
85) Howard L. Parsons, *Marx and Engels on Ecology,* Greenwood, London, 1977, 70쪽.

한다. 그리고 진보된 사회의 자연 지배라는 마르크스주의의 개념은 정당한 인간 욕구를 추구하기 위해 기술과 지식을 통해 자연을 변형시키는 능력이라는 논리를 가지고 있다. 인간의 능동적이고 계획적인 자연 개입은 파괴를 목적으로 하는 것이 아니라 사려 깊고 관대하게, 탐욕스럽지 않고 폭압적이지 않게 자연과 사회를 계획적으로 관리하는 것이라는 의미이다. 따라서 마르크스와 엥켈스는 인간적, 정치적, 사회적 생태학의 선구자라는 것이 마르크스생태론의 입장이다.

3. 생태시학 담론 전개와 김소월 · 정지용 시의 상관성

1) 생태학적 인식과 생태문학 담론 전개

한국에서 생태문학에 대한 본격 논의는 1990년대의 출발과 함께 전개되었다. 그 이유로 밖으로는 독일의 통일과 옛 소련의 몰락에 따른 동서냉전체제의 해체를 들 수 있고, 안으로는 반민주적 정치의 상징이었던 군부 출신의 정부가 막을 내리고 문민정부가 들어서는 정치적 · 사회적 상황 변화를 들 수 있다. 국내 안팎으로 이루어진 정치 이데올로기의 영향력 약화로 인해 민중 민주화 운동과 맥락을 같이 했던 문학은 삶과 직접 연관된 자연 오염과 생태 문제로 시선을 돌리게 되었고, 문인들은 이러한 변화를 작품 창작에 적극 반영했으며, 이는 비평적 관심을 대거 불러일으켰다. 그러나 작품의 경우 1960~70년대부터 창작되기 시작했다. 김광섭의 「성북동 비둘기」나 성찬경의 「공해시대와 시인」 등은 산업화 시기의 환경86)오염과 환경파괴에 대한 심각성을 인식

---

86) 1990년대 이전까지는 대체로 생태라는 개념보다는 환경이라는 개념의 용어가 주로 사용되었다. '환경'은 자연과 우주, 그리고 인간 외의 생명체를 인간을 위해 존재

하고 창작한 대표적 작품으로 꼽을 수 있다. 생태시 연구자들은 대체적으로 이 작품들을 한국 생태시의 초기 작품으로 보고, 이 시기를 한국 생태시의 출발 기점으로 삼고 있다. 그러나 이 시기는 억압적 정치 현실과 기형적 경제구조 속에서 문인들이 민중 민주주의 운동과 맥락을 함께 하였던 까닭에 본격 생태문학으로 규정될 만한 큰 움직임을 갖지는 못했다.

생태학적 상상력에 토대를 둔 생태시의 경향은 시인의 생태학적 자각과 인식의 성격에 의해 결정되지만, 창작 당시의 시대적 흐름 역시 생태시의 경향과 무관하다고 할 수 없다. 산업화 시기라 할 1970~80년대의 생태시는 주로 자연 오염과 생태 파괴를 고발하는 시나 문명과 인간중심주의를 비판하는 시가 주를 이루었다. 경제 성장이 상당히 진척되고 탈이데올로기 시대로 접어든 1990년대 이후는 이러한 앞 시대의 경향을 계승하면서 자연 친화와 우주적 질서를 지향하거나 생명공동체를 지향하는 시, 또는 인간의식의 반영과 굴절을 표출하는 시[87], 언

___

하는 종속적이고 주변적인 대상으로 파악하는 인간중심적 용어이다. 근대의 인간중심주의적 사고에 의해 파생된 용어라 할 수 있다. 반면 '생태'는 자연과 우주의 삼라만상이 상호연관적이라는 관계성을 중시하는 용어이다. 따라서 인간 중심적 사고에 토대를 둔 환경이라는 용어보다는 생태라는 용어 사용을 점차 확대해 나가야 한다. 환경과 생태에 대한 정확한 개념 이해를 위해 박이문의 논지를 살펴보면 다음과 같다. 환경이 인간 중심적인 개념이라면, 생태계는 생물 중심적이다. 환경이라는 개념이 구심적이거나 원심적인 중심주의적 세계관을 나타낸다면, 생태계라는 개념은 관계적이라고 이름 붙일 수 있는 세계관을 반영한다. 환경은 원자적, 단편적 세계인식을 반영하고, 생태계는 유기적, 총체적 세계인식을 나타낸다. 자연과 별도로 인간을 설정하는 인간 중심적인 사고를 반영한다는 점에서 환경이라는 개념이 이원론적인 형이상학을 함의한다면, 모든 생명의 뗄 수 없는 상호의존성을 강조하는 생태라는 개념은 일원론적 형이상학을 반영한다. 박이문, 『문명의 미래와 생태학적 세계관』, 당대, 1998, 71-72쪽.

87) 이재복은 90년대 생태주의 문학의 공과를 따지면서 '문명의 야만, 야만의 문명'이라는 말로 현대 사회를 압축하여 나타내 보인다. 이재복, 『비만한 이성』, 청동거울,

어 감각적 생태시 등이 등장해 생태시의 영역을 점차 확장하면서 심화시켰다. 따라서 1990년대를 기점으로 그 이전은 시의식이 생태학적 자각을 통해 변모하는 전환기적 의의를 띤 시기라 할 수 있고, 그 이후는 생태학적 시의식이 구체화되고, 확장·심화된 시기라 할 수 있다. 이와 같은 시대적 흐름은 1970년대 이전의 시대에도 적용될 수 있다. 가령 일제 치하나 한국전쟁 등 한국 사회가 맞닥뜨린 어려움은 자연 생태계의 위기, 공동체와 정체성의 위기, 생존의 위기 등을 불러오고, 이런 위기들은 나비효과를 일으켜 지구 전체를 위험사회화 하는 굴절된 동력이 된다. 마찬가지로 오늘날의 다변화 되고 다원화 되는 시대적 흐름은 다양한 새로운 관점에서 생태학적 의식을 고찰할 것을 요구한다. 즉 '새로운 사회적 패러다임을 창의적으로 구성해야 한다'[88]는 의미이다.

2004, 제1부 '문명, 거대한 불안의 뿌리' 참조.

88) 새로운 사회적 패러다임의 윤곽은 다음과 같이 세 가지로 나누어 살펴볼 수 있다. 첫째, 리프킨(Jeremy Rifkin)이 주장하듯이 '리스크 감수의 시대'에서 '리스크 예방의 시대'로 대전환해야 한다. 예컨대 리스(Martin Rees)가 『인간 생존 확률 50:50』에서, 2000년에 시작된 한 실험이 지구와 우주 전체의 종말을 야기할 수 있다고 경고해 유럽 과학계를 크게 흔들어놓았던 사례를 들 수 있다. 137억 년 전 우주 탄생 당시의 빅뱅상태를 재현하려는 실험은 블랙홀과 스트레인지렛이라는 압축물질을 형성, 지구를 직경 100미터 정도의 초응축 고체로 변화시킬 수 있고, 결국 우주 전체를 집어삼킬 위험마저 있다는 것이다. 이는 과학을 포기하자는 것이 아니라 근대 과학의 저변에 깔린 도구적 합리성을 버리자는 것이다. 자연을 자기-조직적이며 전일적인 생명과정으로 파악할 수 있는 새로운 합리성 개념이 필요하다는 것이다. 또 그동안 생물학조차 물리학적 환원주의에 기초해 있었기 때문에 생명의 충분조건을 규명하기 위해서는 비환원주의적인 새로운 생명 패러다임의 수립이 시급하다. 지구적 차원에서 사회적 패러다임 전환을 촉진하기 위한 노력은 자연과학만이 아니라 인문사회과학 전반을 함께 아우르는 것이어야 한다. 둘째, 공동체와 정체성의 위기는 공동체와 정체성의 복수화, 다양화에 따른 현상이라 볼 수 있다. 지구화의 진전으로 문화접변과 문화충돌이 격화되면서 국내외적으로 다양화와 혼종화에 대한 문제가 새롭게 제기되고 있다. 익명의 대중(大衆)이나 동일한 목적의식의 상대인 민중(民衆)이 아니라 다중(多衆)이라는 새로운 존재양식이 그것이다. 오늘날 인터넷의 확산이라는 새로운 소통네트워크가 다중적 존재양식을 촉진한 주된 요

또 하나 검토해야 할 것은 1990년대 전후를 중심으로 전개된 한국 생태시 담론의 출발 근거에 대한 문제이다.89) 전지구적 생태 위기 문제의 발생이 서구의 근대 기획에 뿌리를 두고 출발한다는 점에서는 기술 지향주의와 인간중심주의를 비판의 거점으로 삼는 것이 매우 타당하다. 그러나 한국의 근대는 그 이행과정이 서구와는 사뭇 다르다. 근대 기점론90)에 따라 이견이 있겠으나, 한국은 20세기 초부터 일본 식민주

인이다. 이는 오늘날 신자유주의 지구화와 더불어 세계적으로 확산되고 있다. 다중의 존재는 각자의 정체성을 가지며 개별적으로 행동한다. 그러나 특정한 사안을 동의할 때는 개별성을 유지하면서 공동으로 행동한다. 이런 점이 민중이나 대중과 가장 다른 부분이다. 다중 개념은 계급, 성, 인종이라는 준거집단이 서로 분리된 것이 아니라 다차원적으로 얽힌 네트워크 형태로 상호연관되어 있는 역동적 집단이라는 사실을잘 보여준다. 셋째, 문화에 대한 새로운 조명이 필요하다. 디지털로 인한 자동기술화는 생산성을 높여 자본주의 생산관계에서의 혁명을 가져왔으나 노동의 위기를 불러일으켰다. 자동기술화에 대한 노동시간의 감소를 리프킨은 '노동의 종말'이라 부르고, 고르츠(Andre Gorz)는 노동시간이 감소된 사회를 '문화사회'라고 부른다. 신자유주의적 자본의 독점체제에 아무런 변화가 없다면 멀지 않은 미래에는 인류의 10%만 일과 놀이를 향유하고 나머지는 극빈 상태에 머무는 '10:90 사회'라는 파국을 초래할 것이 뻔하다. 하지만 생산성 증대분을 소수가 독점하지 않고 다수에게 배분하여 동일 임금을 지급하면 일과 문화를 향유할 수 있는 인구는 더 늘어나게 된다. 자동기술화의 비약적 발전은 전지구적 위험사회로 내달릴 것인지, 탈자본주의의 문화사회로 이행할 것인지의 필요조건을 제공할 수도 있다. 심광현, 『프렉탈』, 현실문화연구, 2005. 20-25쪽.

89) 엄경희는 논문 「한국 생태시의 위상」에서 우리의 문학적 생태 담론은 그 거점을 달리할 필요성이 있다고 주장한다. 우리의 근대로의 이행 과정 속에 인간 존재에 대한 자존심과 합리주의나 이성주의에 대한 집요한 반성 철학, 그리고 홍익인간이나 인내천 사상과 같은 인간 존중의 전통이 계승되었던가 하는 질문에 대해 회의적이라는 것이 그 이유이다. 엄경희, 「한국 생태시의 위상」, 『한국어문학연구소 정기 학술대회 : 문학과 자연 II』, 이화여자대학교 한국어문학연구소, 2003. 16-17쪽.

90) 한국의 근대 기점설은 논자에 따라 18세기 기점설, 19세기 기점설, 20세기 기점설 등으로 나눠진다. 먼저 18세기 기점설은 김일근, 김윤식·김현, 오세영, 김용직, 최배근 등의 견해가 있다. 김일근은 박지원 소설의 과학 사상과 인권 사상을 예로 들며 18세기 영·정조 때부터 갑오경장까지를 '근대 전기'로, 갑오경장 이후부터 3.1 운동까지를 '근대 후기'로 나누는 것이 옳다고 보았다. 김윤식·김현은 『한국문학사』에서 조선 사회의 구조적 모순을 문자로 표현하고 그것을 극복하려 한 체계적

의자들의 의도적인 우민화 정책에 시달려 왔던 상황이다. 즉 일제 치하라는 특수한 상황을 놓고 볼 때 근대의 이행과정에서 서구의 합리주의나 이성주의와 같은 인간 존재에 대한 깊이 있는 철학적 탐구 과정을 철저히 거쳤다고 보기에는 회의적인 요소가 적지 않다. 홍익인간이나 인내천 사상의 인간 존중 정신의 전통이 억압적 일제 치하를 거치면서 철학적, 또는 학문적으로 계승되었다는 확신을 갖기는 쉽지 않은 것이

인 노력이 싹을 보인 영·정조 시대인 18세기 기점설을 주장하며, 근대의식이 서구화에 의한 것이 아니라 민족의 주체적 역량에 의해 나타난 것이라는 논거를 제공한다. 오세영 역시 영·정조 대인 18세기 기점설을 주장하는데 그 근거로 사설시조의 등장을 들고 있다. 사설시조가 자유시형의 면모를 보임으로써 근대시로써의 요건을 갖추고 있다고 본다. 최배근은 시장경제가 강화되고 신분제가 붕괴되는 18세기 전후를 근대기점으로 설정해야 한다고 본다. 19세기 기점설을 주장한 이로서는 먼저 임화가 있다. 임화는 19세기 개화기 이후의 시민 정신을 토대로 서구화가 진행된 시기를 근대기점으로 잡는다. 백철과 조연현도 임화와 유사한 논지를 편다. 임화의 주장은 갑오경장 이후 일제 치하를 거치면서 서구 문학을 받아들인 이식문학론의 근거가 된다. 김용직은 동학(東學)의 '인내천(人乃天) 사상을 예로 들며 여기서 근대사의 한 특징인 인본주의적 정신을 발현을 읽을 수 있으므로 동학이 시작된 19세기 말을 근대기점으로 보아야 한다고 주장한다. 20세기 기점설은 백낙청, 최원식, 조동일 등의 견해가 있다. 백낙청은 3.1 운동이 일어난 1919년을 근대기점으로 본다. 최원식 역시 백낙청의 견해에 동의하는 견해를 밝힌다. 조동일은 동학이 출발한 1860년부터 3.1운동이 일어난 1919년까지를 근대의 이행기로 보며, 그 이후부터 해방까지를 근대문학 1기로 잡고 있다. 김일근, 앞의 글. ; 김윤식·김현, 앞의 책, 20쪽. ; 오세영, 「근대시·현대시의 개념과 기점」, 김용직 외, 『한국현대시사의 쟁점』, 시와시학사, 1992, 36-37쪽. ; 최배근, 「한국사에서 근대로의 이행 특질과 근대의 기점」, 『상경연구』, 건국대학교 경제경영연구소, 1997, 20쪽. ; 임화, 「신문학사방법론」, 『문학의 논리』, 학예사, 1940, 829-830쪽. ; 백철, 『신문학사 조사』, 수선사, 1948, 10쪽. ; 조연현, 앞의 책, 31쪽. ; 김용직, 「한국 근대사의 기점 문제」, 『근대문학의 형성과정』, 한국고전문학회, 1983, 126-127쪽. ; 백낙청, 「시민문학론」, 『창작과비평』, 1969. 여름(통권14호) ; -----, 「문학과 예술에 있어서의 근대성 문제」, 『창작과비평』, 1964. 여름. ; 최원식, 「한국 문학의 근대성을 다시 생각한다」, 『창작과비평』, 1994. 겨울. ; 이형권, 「근·현대문학사의 기점론 고찰」, 『어문연구』, 충남대학교 문리과대학 어문연구회 1998, 310쪽. ; 조동일, 『한국문학통사 5』, 9쪽.

다. 뿐만 아니라 전통문화나 공동체 의식이 형성한 생태적 삶의 자세 역시 일제의 농간에 의해 상당 부분 변질될 수밖에 없었음은 말할 것도 없는 일이다. 일제 식민지와 6.25 동란을 거치면서 우리나라는 다소 기형적인 산업화의 과정을 겪은 것도 사실이다. 인권이나 다른 유기체와의 관계를 배려하면서 진행한 산업화가 아니라 인간 착취와 자연 착취를 동시 다발화하면서 진행되었다고 볼 수 있다. 이런 점을 고려할 때 한국 생태시의 출발 기점을 산업화 시대로 잡을 경우 한국 현대 생태시에 대한 담론이 자칫 서구의 기준을 뒤따라간 것으로 오인될 우려가 있다.

일제 강점기와 6.25 동란 등 혼란스러웠던 시대상황을 이겨내고 이룩한 대량생산 대량소비에 기초한 생태적 위기 사회 속에서 살아오면서 당연한 것처럼 고착화된 삶의 기본 의식에 대한 생각들을 성찰할 필요가 있다. 남보다 앞서기 위해서는 앞도 뒤도 돌아보지 않고 무조건 달려야 한다는 성장주의나 성과주의도 그렇고, 이웃에 대한 배려의 문화도 마찬가지이다. 나만 잘 살 수 있다면 에너지를 아무리 소비해도 좋다거나 함부로 오염물질을 배출해도 상관없다는 이기주의적 사유나 개념도 전면 검토해야 할 중대한 사안이다. 경제적 물질적 가치를 생명이나 문화적 가치보다 우위에 두는 사유와 개념은 미래의 사회·경제·문화·역사·정치 등에 치명적 결함을 안겨줄 위험 요소를 안고 있다. 따라서 현대사회는 불교나 도교, 무속 등 동양 전통사상과 전통문화, 그리고 예술에 스며들어 있는 생태 지혜[91]를 적극적으로 개인의 삶은

---

91) 카프라는 『현대물리학과 동양사상』이라는 저서에서 동양사상의 현대적 의의를 새롭게 받아들여야 한다고 주장한다. 현대물리학이 수학적 분석과 합리적 사유를 통해 사물들의 전일성과 상호연관성의 궁극적 실재를 파악한다면 힌두교, 불교, 유교, 도교 등 동양사상은 명상적 체험을 통해 사물의 전일성과 상호연관성을 각성한다고 본다. 이런 차이를 비교 분석하면서 비과학적인 신비주의로 인식되어온 동양

물론 사회 · 경제 · 문화 ·역사 · 정치 등에 습합할 필요가 있다. 이러한 생태학적 인식은 다른 학문이나 예술 장르에 비해 문학과 깊은 친연성을 갖는다. 문학은 인간의 사상이나 감정을 언어로 표현하고 있다는 점에서 다른 예술과 차이를 보이고, 언어를 통해 구현되는 예술이라는 측면에서 언어활동의 다른 학문과 구별되는 까닭이다.

살펴본 바와 같이 1980년대에 접어들어 점차 활발한 창작 양상을 보이기 시작한 생태문학은 1990년대 초반에 논의되기 시작한 비평적 검토와 함께 본격화됐다. 생태문학에 대한 논의의 첫 출발은『창작과 비평』그리고『외국문학』이라는 두 계간지의 1990년 겨울호에서 시작되었다.『창작과 비평』의「생태계의 위기와 민족민주운동의 사상」과 『외국문학』의「생태학 · 미래학 · 문학」이라는 기획 특집이 그것인데, '한국 문학계가 본격적으로 생태 위기에 대한 새로운 인식의 눈을 뜨기 시작했다'[92]는 점에서 주목된다.『외국문학』의 경우는 이동승이「독일의 생태시」를 소개했고, 김성곤이「문학생태학을 위하여」라는 글을 실었는데, 주로 생태시를 중심으로 생태문학에 대한 논의가 전개되었음을 알 수 있다.

이런 논의를 통해 생태문학은 상당한 진척을 이루었지만 이른바 '생태문학'을 지칭하는 용어는 통일이 이루어지지 않은 채 '환경문학', '녹색문학', '생명문학' 등 여러 가지가 사용되고 있으나, '생태문학'이라는 용어가 빈번하게 사용되고 있는 상황이다. '생태문학의 백가쟁명 시대'[93]로 불리며 생태문학에 대한 논의가 진전될수록 생태문학 관련 용

사상과 양자역학 이후 20세기 과학의 결합은 생태학과 생명사상의 발전을 촉진하는데 매우 유용한 방법이라며 다양한 담론을 전개하고 있다. 프리초프 카프라,『현대물리학과 동양사상』, 이성범·김용정 역, 범양사, (3판3쇄)1978, 21-23쪽. 및 29-30쪽.

92) 이동하,「생태계의 위기와 우리 문학」,『예술과 비평』, 1991. 봄. 286쪽.

어들이 다양하게 사용되어 혼란스러워진 부분도 있다. 이 글에서는 '생태문학' 또는 '생태시'라는 명칭을 사용한다는 전제하에서 그간의 용어 논의들을 살펴보면 다음과 같다.

환경문학은 보편적으로 생태적 인식 없이 환경오염이나 자연 파괴 현상을 고발하거나 실상을 지적하는 등 그 문제를 비판하면서 환경을 보존해야 하는 당위성을 작품화한 문학을 의미한다. 그러나 남송우는 이와는 반대로 환경문학을 큰 범주에서 정의한다. 생태를 자연 환경 속에서 주로 식물, 동물, 미생물과 관련되는 부분을 지칭하는 영역으로 보고 환경의 하위에 둔다. 따라서 환경시라는 폭넓은 개념을 통해 생태시를 포괄하는 것이 바람직하다는 주장을 편다.[94] 녹색문학은 이남호, 김욱동[95] 등에 의해 사용된다. '인간이 자연과 더불어 조화롭게 살 수 있도록 정치 · 경제 · 사회 · 문화적 변혁을 기도하며 자연 속에 이미 내재하는 가치와 질서와 미학을 존중하고 추구하는 인간의 삶을 지향하는 문학'[96]이다. 이남호는 자연과학 용어인 생태학이나 사회과학 용어인 생태주의라는 용어보다 녹색 이념, 녹색 비평 등과 같이 확장 가능성도 높고, 녹색 운동, 녹색 사회 등처럼 여러 분야에서 사용되고 있을 뿐만 아니라 우리에게 친숙하고 익숙한 녹색이라는 용어를 사용하는 것이 바람직하다고 보고 녹색문학이라는 용어를 사용한 것으로 짐작된다. 생명문학은 남송우, 신덕룡, 홍용희[97] 등에 의해 논의되는데 '생

---

93) 김용민, 앞의 책, 80쪽.

94) 남송우, 「환경시의 현황과 과제」, 신덕룡 엮음, 『초록 생명의 길 II』, 시와사람, 2001. 176-177쪽.

95) 이남호, 『녹색을 위한 문학』, 민음사, 1998. ; 김욱동, 『문학생태학을 위하여』, 민음사, 1998.

96) 이남호, 위의 책, 20-22쪽.

97) 남송우, 「생명시학을 위하여」, 신덕룡 엮음, 『초록 생명의 길 II』. ; 신덕룡, 「생명시의 성격과 시적 상상력」, 신덕룡 엮음, 『초록 생명의 길 II』. ; 홍용희, 「생명주의

명 자체를 노래함으로써 생명의 본질과 가치를 추구하는 문학'이다. 신덕룡은 '다른 존재들과의 관계 속에서 생명의 가치와 위상, 생명 고양의 조건을 살펴어 그 중요성을 시적 상상력 속에 체화시킬 것을 제안하고 있다.[98] 그는 생명에 대한 정의를 우주에 존재하는 모든 유기물과 무기물을 포함하는 개념으로 확대한다. 이러한 논의는 자연스럽게 생태문학에 대한 개념 정의와 의의에 대한 분석까지도 포함하여 많은 성과를 이뤄냈다.

생태문학에 대한 이론은 김용민에 의해 상당 부분 체계적으로 정리된다. 김용민은 『생태문학: 대안사회를 위한 꿈』에서 생태학과 생태문학에 대한 국내외의 이론과 개념을 살펴본 뒤 기존의 생태문학론에서 제기된 여러 용어와 개념, 그리고 생태문학의 범주와 유형 등의 문제를 비교 분석하고 있다. 김용민은 이 책에서 "생태문학은 생태학적 인식을 바탕으로 생태문제를 성찰하고 비판하며, 나아가 새로운 생태 사회를 꿈꾸는 문학을 의미한다."고 정의하면서 생태학적 인식을 너무 엄격한 기준으로 보지 말고 폭넓은 개념으로 이해하는 것이 중요하다고 본다.[99] 생태학적 인식을 엄격한 기준으로 한정지으면 생태문학의 범위가 좁아질 우려가 있다는 것이 그 이유이다. 그 예로써 군터 로이스(Gunter Reus)의 생태시 정의를 들고 있다. 환경시와 생태시를 엄격하게 구분한 로이스에 따르면 "망가진 자연의 실상을 기록"하거나 "환경 파괴가 경제적·사회적·이데올로기적으로 조건 지어져 있다는 사실과 그에 따라 필연적으로 나타난 생태학적 귀결을 성찰하고 강조하는 시들"은 환경시로 규정된다. 그리고 "인간과 자연이 파괴적인 착취 상태

와 한국문학」, 신덕룡 엮음, 『초록 생명의 길 II』.

98) 신덕룡, 위의 글, 224쪽.

99) 김용민, 앞의 책, 82쪽. 및 97-98쪽.

에서 해방되고, 문명과 기술의 성과가 전혀 다르게 이용되며, 인간이 생태학적 순환 속에 편입되는 것을 배우는 그러한 미래 사회"를 지향하는 뜻을 담고 있는 시는 생태시로 규정된다. 이러한 로이스의 관점은 생태시의 범위를 좁게 만들어 생태시란 앞으로 씌어져야 할 미래의 문학 장르가 된다. 따라서 "생태계의 현 상황을 불러일으킨 원인을 문제삼거나 기술과 사회 발전에 분명한 문제 제기를 하고 있지는 않더라도 자연에 대한 우리의 관계를 비판적으로 조망한다면 이것을 생태문학의 기본 특징으로 규정할 수 있다."고 본 악셀 굿바디(Axel Goodbody)의 생태문학에 대한 정의는 비록 자연과의 관계로 국한시킨 단순한 면이 있으나 생태문학에 대한 폭넓은 관점으로서 유효하다는 것이 김용민의 주장이다.

서구 역시도 인간중심주의와 기술문명 발달에 의한 환경오염과 파괴 문제는 1960~70년대에 중요한 사회적 문제로 등장하였고, 1980~90년대에 동서냉전체제가 붕괴되면서 큰 관심을 끌게 되었다. 생태론이 현 사회를 비판한 것은 1970년대 초반 토마스 쿤이『과학 혁명의 구조』에서 주창한 패러다임론을 차용한 생태 패러다임에서 시작한다.[100] 쿤의 패러다임론은 과학의 변화 모델을 설명하는 것으로써, 비평의 근거로서 패러다임은 바뀔 수 있다고 본다. '패러다임은 진리에 근거한 것이 아니라 합의에 근거하고 있는 관습적인 토대'에 불과하기 때문이다. 생태론자들은 쿤의 주장을 받아들여 패러다임을 사회가 안고 있는 새로운 문제적 상황들을 설명하는 적합한 용어로 사용했던 것이다. 이러한 인식 지평은 레이첼 카슨의『침묵의 봄』, 베리 코모너의『원은 닫혀야 한다』, 카프라의『전환』, 러브록의『가이아』등을 탄생

---

100) 문순홍, 앞의 책, 25-26쪽.

시킨다.[101] 이들은 모두 새로운 과학의 등장을 배경으로 새로운 패러다임으로 전환하자고 주창했다.[102]

이러한 생태 패러다임을 수용한 문학생태학[103]은 생태학에서 논의되는 생태계의 개념뿐 아니라 자연과학과 사회과학 전반으로 점차 그 영향력이 확장되어 근본생태학이나 사회생태학 등 생태 철학적 인식과 산업화로 인한 인간 소외 및 생태 오염·파괴 등에 대한 문학적 비판, 동양적 사유가 보여주는 순환론과 회통, 문학적으로 은유 되거나 상징화된 상호 관계성 등을 포괄하는 연구를 통해 문학론으로서의 이론적 틀[104]을 세워나가게 되었다.

101) 레이첼 카슨(Carson, Rachel), 김은령 역, 『침묵의 봄』, 에코리브르, 2002. ; 배리 카머너(Commoner, Barry), 송상용 역, 『원은 닫혀야 한다』, 전파과학사, 1972. ; 프리초프 카프라(Capra, Fritjof), 이범철·김대식 역, 『새로운 과학과 전환』, 범양사. 1980. ; 제임스 러브록(Lovelock, James), 홍욱희 역, 『가이아』, 범양사, 1990.

102) 문순홍, 앞의 책, 27쪽.

103) '문학생태학(literary ecology)'이란 용어는 죠셉 미커가 1974년 펴낸 『생존의 희극: 문학생태학 연구』에서 처음 제기한 것으로서 문학 작품에 나타난 생물학적인 주제들과 관계들에 대한 연구를 의미한다. 문학생태학이라는 용어와 함께 '생태비평(Eco-criticism)'이라는 용어도 자주 사용되는데, 생태비평은 1978년 윌리엄 루커트의 에세이 「문학과 생태학 : 생태비평의 한 시도」에서 처음 사용된 용어이다. 이 용어는 문학연구에 생태학적 개념과 생태학을 적용하는 것을 의미한다. 이 용어가 현대적인 의미로 사용되고 본격적인 비평용어로 대두된 것은 1996년에 나온 『생태비평 논집 : 문학생태학의 기념비적 사건들』(셰릴 글랏펠티 & 해롤드 프롬 편집)이라는 책에서였다.

104) 주요 논자로는 신덕룡, 김욱동, 박이문, 송상용, 장회익, 김용민 등을 들 수 있다. 김욱동, 『문학생태학을 위하여』. ; 김욱동, 『한국의 녹색문화』. ; 박이문, 『문명의 미래와 생태학적 세계관』. ; 송상용 외, 『생태문제와 인문학적 상상력』, 나남, 1999. ; 장회익 외, 『인간과 자연이 함께하는 국학』, 집문당, 2000. ; 신덕룡, 『초록 생명의 길 II』. ; 김용민, 앞의 책.

2) 생태시의 용어 논의와 전개

한국의 문학연구에서 이른바 '생태시'라 불리는 용어에 대한 논의는
지속적으로 진행돼 왔다. 1991년 「생태학-환경운동-환경·생태시」(『현
대예술비평』 3호, 1991 겨울)에서 '환경시'와 '생태시'로 구분하여 논의
를 시작한 김용민[105]에 의해 촉발된 생태시 용어 문제는 시에 대한 생
태학의 적용을 어떤 입장에서 보느냐에 따라, 혹은 주장하는 학자의 견
해에 따라 다른 입장을 보여주었다. 그것은 시에 생태학을 적용하는 방
식이 이전의 논의에서는 볼 수 없었던 새로운 사유였기 때문이다. 용어
정립 과정에서의 여러 논의는 생태시의 개념과 범주에 대한 논자들의
인식 차이로 인해 합의를 이루지는 못했지만, 정밀하고 구체적인 담론
으로 발전했고, 한국 문학사에서 생태시가 본격적으로 전개되었음을
알려주는 지표가 되었다.

논의 과정에서 등장한 용어는 생태시, 녹색시, 환경시, 생태환경시,
생명시, 생태주의 시, 생태지향시 등이다. 그 용어들은 논자에 따라 정
리하면 다음과 같다. 생태시는 임도한, 이숭원, 송용구, 최동호, 이동승,
정효구, 장영희, 김욱동, 이형권 등이 제기하고 있고, 녹색시의 경우는
이남호 등이, 환경시는 문흥술, 남송우, 박상배 등이, 생태환경시는 이
경호, 이건청 등이 제기하고 있고, 생명시는 신덕룡, 송희복, 홍용희 등
이 주장하고 있으며, 생태주의 시는 이은봉, 김경복, 홍용희, 장정렬, 고
인환, 고현철 등이 사용하고 있다.[106] 이 용어들 중 2000년대 이후 발

---

105) 김용민은 『현대예술비평』 1991년 겨울호에서 '환경시'와 '생태시'로 구분하면서
생태학적 대안을 모색하는 시를 진정한 생태시로 보고, 환경문제를 고발하는 계
몽의식적 시를 환경시로 보았다. 이러한 논지는 『현대문학』 2007년 7월호에 발
표하고, 신덕룡이 엮은 『초록생명의 길』에 수록된 「생태사회를 위한 문학」에서
도 확인된다.

표된 논문이나 단행본에서는 '생태시'와 '생태주의 시'라는 용어를 빈번하게 사용하고 있다.

용어의 논의 가운데서 주목되는 것은 이건청이 주장하는 '생태환경시'에 대한 이숭원의 비판이다. 1992년『현대시학』8월호에 발표한「시적 현실로서의 환경 오염과 생태파괴」에서 이건청은 '생태환경시'를 생태환경 파괴의 심각성을 직접 노래하거나 그러한 상황으로 인한 비극적 상황을 형상화하는 시와 생명의 존귀함을 노래하여 생명 보존의 필요성을 노래하는 것이라고 정의했는데, 이숭원은 김용민이 '환경시'와 '생태시'로 구분하여 정리한 것과 유사한 관점으로 이의를 제기한다. 즉 환경파괴의 실상을 고발하는 시는 환경시이며, 인간과 자연이 대등한 관계에서 생태학적 순환을 이루는 미래적 전망을 담은 시가 생태시라는 것이다. 인간 중심적 관점의 용어인 환경시라는 용어와 인간과 다른 모든 존재의 상호 공존을 지향하는 생태시라는 용어의 결합은 바람직하지 않다고 본 것이다.

또 고현철의 '생태주의 시'에 대한 신덕룡의 비판도 주목된다.[107]「생태주의 시의 지형과 과제」(『현대시의 쟁점과 시각』, 전망, 1998.)에서 고현철은 생태주의 시를 상위 개념으로 잡고, 그 하위에 생명시, 환경시, 생태시의 세 유형을 둘 수 있다고 주장한다. 고현철의 분류에 의하면 생명시는 '있는 세계'인 생명의 파괴 및 상실의 현장과 '있어야 할

---

106) 신덕룡,『초록 생명의 길 Ⅱ』. ; 송희복,「생명문학의 현황과 가능성」,『생명문학과 존재의 심연』, 좋은날, 1998. ; 이형권,「우포늪에서 부르는 생명의 노래」,『타자들 에움길에 서다』, 천년의 시작, 2006, ; 박상배·이경호·김용민 좌담,「생태환경시와 녹색운동」,『현대시』, 1992. 6. ; 이건청,「시적 현실로서의 환경 오염과 생태파괴」,『현대시학』, 1992. 8. ; 홍용희,「과수원에서 들려오는 악기소리」,『대지의 문법과 시적 상상』, 문학동네, 2007.
107) 고현철,「생태주의 시의 지형과 과제」, 신덕룡,『초록 생명의 길 Ⅱ』, 208쪽. ; 신덕룡, 앞의 글, 119-220쪽. 및 224쪽.

세계'로서의 본원적인 생명을 구현하는 시 유형에 해당하는 것이고, 생태시는 인간과 자연의 총체를 지향하는 생태학적 세계관에 입각한 시이며, 환경시는 인간 중심과 환경 배경이라는 관점을 견지하고 있는 것이다. 이에 대해 신덕룡은 생태주의가 환경보호와 함께 환경과 관련된 사회·정치적 생활양식에서의 근본적 변화를 전제해야 한다는 앤드류 돕슨의 생태주의에 대한 정의에 기대어 용어를 분류하고 있다고 비판하면서 생태학적 세계관을 바탕에 깔고 있는 우리 시의 명칭을 생명시로 해야 한다고 제시한다. 신덕룡에 따르면 생명시는 관계론적 인식의 틀에서 생명의 본질과 가치, 인간의 역할에 대해 고민하는 시이다.

생태시의 개념과 범주에 대한 논의는 민중문학이 큰 물줄기를 형성하고 있던 1970~80년대 한국시의 물줄기를 생태시로 전환시키는 촉매제가 되었다. 한편 한국 생태시의 개념 정립 과정에서 나타난 논쟁은 생태시 담론을 한층 풍성하게 함으로써 그 층위를 넓혔다. 생태학적 관점의 틀을 제시하고 생태시의 지향점이나 생태시의 범주를 규정하려는 여러 노력은 생태시가 한국 현대시사의 중심부를 이루는 새로운 한 맥락으로 도약하게 하였다는 점에 큰 의의가 있다.

간략하게 살펴본 바와 같이 한국의 문학에서 다양한 용어로 논의되고 있는 이른바 생태시라는 용어는 독일 뮌헨대학교의 정치학 교수인 페터 코르넬리우스 마이어-타쉬((P.C. Mayer-Tasch)가 1981년 『직선들의 뇌우속에서: 독일의 생태시』라는 제목의 사화집을 엮으면서 처음 사용되었다. 이 사화집의 서문에서 마이어-타쉬는 '균형과 불균형, 절도와 무절제, 뒤엉킴과 해결 같은 생태적 주제를 특별히 압축하여 표현하고 있는 시'들을 생태시라 정의하고 있다.[108] 이 정의에 따르면 생태

---

108) 김용민, 「생태사회를 위한 문학」, 신덕룡, 『초록 생명의 길 II』, 33쪽.

시의 범위는 그 폭이 매우 넓어져서 현대의 산업사회와 기술문명 전체를 비판하는 시들도 생태시라 부를 수 있게 된다. 즉 '계몽주의적 진보 및 성장 이념과 그것이 오늘날의 산업 문화의 소비문화라는 전체주의까지 정신적이며 물질적으로 확산되어 온 직선적이고, 일차원적이며, 냉혹한 면에 대한 반대'를 표명한 시들도 생태시를 이루는 중요한 흐름이 된다.[109] 마이어-타쉬가 주창한 생태시의 개념은 생태학적 인식을 바탕으로 삼지 않은, 산업이나 소비와 관련된 시도 생태시의 범주에 포함되게 된다. 환경시와 생태시를 엄격하게 구분한 군터 로이스와는 다르게 생태시의 범위는 매우 넓은 관점을 가지고 있는 것이다.

이와 같은 마이어-타쉬의 생태시 개념에 대한 이경호의 비판은 눈여겨볼 만하다. 박상배·이경호·김용민이 참여한 1992년『현대시』6월호 특별좌담에서 이경호는 마이어-타쉬가 정의한 생태시의 개념이 너무 포괄적이어서 보다 축소되고 치밀해져야 한다고 본다.[110] 마이어-타쉬의 개념에 따르면 19세기 낭만주의 시인들이 산업혁명에 반대하는 입장에서 발표한 시편들, 예를 들면 영국의 블레이크가 발표한「런던」이나「굴뚝청소부」같은 작품들도 생태시의 범주에 포함되어 버리게 된다는 것이다. 오늘날 생태학에서 바라보는 자연에 대한 관점이 19세기 낭만주의자들이 생각한 복고주의적이거나 현실도피적인 자연예찬의 관점과 달라진 것을 존중해야 하고, 생태학이 공해추방이나 핵폐기문제와 같은 환경보존운동과 연관되면서 문학적 관심으로 수용되는 과정 역시 눈여겨볼 필요가 있다는 것이 그 이유이다.

생태시의 개념을 논의하기 위해서는 문학외적인 현상, 즉 생태학이

---

109) 김용민, 앞의 글 34쪽.
110) 박상배·이경호·김용민, 앞의 글, 26쪽.

나 환경 관련 사회운동과의 연관관계를 살펴보아야 한다는 이경호의 주장은 타당한 면이 적지 않다. 실제로 자연과학인 생태학은 초기 환경 운동과는 별다른 연관관계를 갖고 있지 않았다. 생태학이라는 용어를 처음 사용한 에른스트 헤켈은 유기체와 유기체의 주위를 둘러싼 바깥 세계와의 관계를 연구하는 총괄적 학문으로 정의했다. 실제로 생태학 은 인간이 생태계에 미치는 영향에 대한 연구는 소홀히 하고, 동식물의 성장분포를 현장답사와 채집, 비교관찰, 및 통계 등을 통해 연구하는 실증적 방법에 주로 치우침으로써, 생물학에서도 오랫동안 주변부의 학문으로 머물러 있었다. 그러다가 20세기에 급속한 산업화가 진행되 고 생태계 파괴의 문제가 심각해짐으로써 인간이 생태계에 미치는 영 향을 연구대상으로 받아들이게 됐고, 그 결과 순수 자연과학에서 한 걸 음 나아가 인문·사회과학적인 포괄적 학문으로 성장했으며, 이른바 문학생태학, 인류생태학, 사회생태학, 정치생태학 등과 같이 학문의 영 역을 다양한 측면으로 확장할 수 있었다.

따라서 마이어-타쉬의 생태시 개념은 현대 사회의 특징이라 할 다원 적이고 복잡한 흐름을 포괄할 수 있다는 점에서 유효하다. 살펴본 바와 같이 생태학의 개념은 현대에 와서 자연과학의 한 분야로서의 학문으 로 머물러 있는 것이 아니라 인문·사회과학으로서의 생태주의로 진전 되어 문학이나 미술 등의 예술은 물론 건축, 문화, 정치, 도시 환경 등 다양한 분야와 혼융되면서 발전되고 있다. 이른바, 생태건축, 생태문 화, 생태도시 등으로 지칭되는 것들이다. 해서 오늘날의 생태시는 현대 사회가 안고 있는 다원적이고 해체적인 인간 삶의 조건까지 투영해야 하는 입장에 도달해 있다. 인간중심주의와 기술중심주의가 결합해 현 대사회의 심각한 문제로 대두되고 있는 대량생산 대량소비는 자연과 자원의 문제만 아니라 인간까지도 지배/피지배의 관계로 만드는 문제를 파생시키고 있다. 그러므로 지금 이 시대에 생태 위기의 가장 근본적인 위협 요소라 할 대량생산 대량소비의 문제는 생태시의 범주에 놓여야 하는 당위성을 가지고 있다.

본고는 이러한 점을 종합하여 군터 로이스가 구분한 환경시와 생태시의 개념을 마이어-타쉬의 생태시 개념에 접목하고, 한국 생태시에 대한 선구자들의 논의를 습합하여 생태시 개념을 다음과 같이 정립한다. 환경과 생태는 자연과 생물을 대하는 태도에서 큰 차이를 보이고 있기 때문에 환경적 인식에서 표출된 시의 경우, 전면적이고 근본적인 생태시로 나아갔다고 보기 어려운 점이 있다. 주지하다시피 환경개량주의는 생태 위기의 근본적 원인인 근대의 인간중심주의와 계몽주의, 과학기술지향주의 등의 지배적 세계관과 사회체제의 모순을 근본적이고 전면적으로 해결하려하지 않고, 현상적으로 나타난 오염문제를 기술 정책적 차원에서 다루고 해결하려는 인식을 가지고 있다. 생태 문제를 인간의 환경적 차원에서 국지화하고 미시화하여 환경공학에 의거해 대응하고 있다는 의미이다. 이런 점은 생물중심적인 생태적 세계관과 큰 차이를 보인다. 따라서 생태시의 범위는 생물중심적 관점인가 아닌가 하는 인식에 기초하여 살펴볼 필요가 있다. 인간의 환경적 차원에 토대를 둔 시는 시의식의 생태적 전환과정에 놓여 있는 시로 보아야 하고, 공해 문제나 핵 관련 문제를 다루고 있는 시일지라도 생태학적 인식을 토대로 하고 있다면 생태시로 보아야 한다는 의미이다. 구체적으로 살펴보면 생태시는, 생물권 평등주의를 토대로 삼고 있는 시여야 하고, 전지구적 생태공동체를 지향하며 미래를 전망하는 시여야 한다. 그리고 생명의 본질과 가치에 대한 성찰이 담겨 있어야 하며, 타자-세계에 대한 관계적 탐구가 있어야 한다.

인간과 자연·우주의 총체를 지향하여야 하며, 생태학적 관점에서 반생태적 요소에 대한 비판적 인식이 담겨 있는 시여야 한다는 점 등을 들 수 있다. 즉 생물학의 주변부에 놓여 있던 생태학이 포괄적 개념을 수용함으로써 다양한 학문의 영역과 통섭 확장할 수 있었던 것처럼 생태시 역시 포괄적 개념을 지향함으로써 오늘날의 생태 위기를 극복하고, 확장된 생태사회를 지향하는 문학으로서의 깊은 의미를 수확할 수 있다.

3) 김소월·정지용 시의 생태학적 상관성

(1) 김소월의 생물권 평등사상과 상생 세계

① 삶의 환경과 생물권 평등사상

김소월 시세계는 생태학적 상상력과 밀접한 상관성을 가지고 있음에도 '민족시인'이라는 수식어에서 알 수 있듯 그동안 민족 전통성, 민요성, 한(恨)의 세계, 서정성 등의 측면에서 주로 연구되어왔다. 그것은 3·4조 내지 7·5조의 음보, 토속적이고 향토적인 경향, 감성적이고 여성적인 화자의 목소리 등 그의 시가 가진 특성에서 비롯된다. 본고에서 김소월의 시를 생태시학적 세계관을 중심으로 고찰하는 것은 이러한 연구를 토대로 김소월의 시를 새롭게 해명하는 일이다. 뿐만 아니라 김소월 시에 대한 생태학적 관점에서의 새로운 검토는 식민치하에서 조국의 파행적 변화를 감내해야 했던 시인의 자의식과 민족적·전통적 정한의 관점이나 서정적 관점에 묻혀 있던 저항적 요소를 파악하여 다시 해석하려는 노력이다. 생태철학은 강압에 의한 지배나 착취를 배척하며 조화와 상생의 상호주체적인 세계와 생물권 평등사상을 추구한다는 점에서, 이러한 분석은 현대의 문명사회가 안고 있는 물질중심주의적 사유에 대한 반성과 성찰에도 유효한 역할을 할 것이다.

한 시인의 시적 경향은 시인의 생애와 시대적 배경에 의해 작용하는 경우가 많다. 성장 과정과 가정환경, 교우관계, 사회적 환경 등 여러 측면을 통해 인격과 사유 체계가 형성되는 까닭이다. 특히 작고 시인의 경우는 생존한 가족이나 교류했던 문인, 주변의 지인들을 통해 성격을 비롯한 여러 생애적 요소와 삶의 환경을 파악해 시적 방향성을 추적해야 하지만, 오랜 시간이 흘러 자료에 의존할 수밖에 없는 경우도 많다. 일제강점기의 시인인 김소월의 경우 역시 그러하다. 이 부분은 김소월의 삶의 환경적 요소로서의 시대적·생애적 배경을 객관적 입장에서 간략하게 살펴보면서 생태시학과의 상관성을 검토한다.

소월의 생애는 유년기부터 요절하기까지 많은 곡절로 둘러싸여 있다. 김영철에 따르면, 소월의 아버지는 소월이 3세 때인 1904년 처가로 가던 길에 정주와 곽산을 잇는 철도 공사장의 일본인들에게 몰매를 맞은 뒤 정신질환을 앓기 시작했다.[111] 부친의 정신질환이나 장손에 대한 조부의 과도한 관심은 소월을 내성적이고 우울한 소년으로 자라게 한 원인이 된다. 문맹이었던 어머니 장씨의 맹목적인 자식 사랑에 소월은 대화 단절감과 심리적 부담을 느낀다. 소월에게 부모가 있었지만 정신적으로 고아일 수밖에 없었던 가정사는 소월의 문학에 한으로 배태되었다. 이러한 한은 역설적으로 집을 모성적 생명이 넘치는 공동체적 공간으로 불러들이거나 부재하는 님과 만나 완성해야 할 순정한 공동체적 생태공간으로 승화시킨다.

한편 소월에게 민족의식을 심어준 사람은 소월의 큰고모부 김시찹

---

111) 김영철,『김소월, 비극적 삶과 문학적 형상화』(E-book), 건국대학교 출판부(공급사: ㈜북토피아), 1999, 18-19쪽.

과 둘째 숙부 김인도였다. 김시참은 1911년 105인 사건에 연루된 적이 있는 애국자로 옥살이도 겪었으며 만주에 망명하기도 했다. 김인도는 일정 말기에 상해 임시정부에 관여했고, 후에 귀국하여 조선민주당 당원으로 활동했다. 특히 김인도는 소월과 한 집안에서 생활하며 남산학교를 같이 다녔던 사이여서 소월에게 깊은 영향을 미칠 수 있었다. 이들은 소월로 하여 일제의 식민 정책에 저항하는 「바라건대는 우리에게 우리의 보섭대일쌍이 잇섯드면」과 같은 사회생태학적인 작품을 쓰게 하는 계기를 만들어 주었다.

소월이 졸업한 오산고등보통학교는 1907년 독립운동가인 남강 이승훈이 전 재산을 투자하여 평안북도 정주군 갈산면 오산에 세운 민족학교이다. 독립운동가인 조만식, 교육자인 류영모 등이 교장을 역임했으며, 독립운동가 김홍일, 사학자 함석헌 등이 이 학교를 졸업했다. 소월은 오산고보 시절에 스승인 안서 김억을 통해 문학적 개안을 하고, 민족주의자였던 교장 조만식을 통해 정신적 좌표를 세우게 된다.

> 平壤서 나신 人格의 그당신님 제이, 엠, 에쓰,
> 德업는 나를 미워하시고
> 才操잇든 나를 사랑하섯다.
> 五山게시든 제이, 엠, 에쓰
> 十年봄만에 오늘아츰 생각난다
> 近年 처음 쭘업시 자고 니러나며.
> 얼근얼골에 쟈그만키와 여윈몸매는
> 달은 쇠싯갓튼 志操가 튀여날 듯
> 타듯하는 눈瞳子만이 유난히 빗나섯다.
> 민족을 위하야는 더는 모르시는 熱情의 그님,
>
> —「제이, 엠, 에쓰」 전반부

1934년 8월 『三千里』 53호에 발표된 「제이, 엠, 에쓰」는 조만식에 대한 흠모의 정을 흠뻑 느끼게 하는 작품이다. 소월의 시에서 "그당신님"으로 불리우고 있는 조만식은 일제 강점기하에서 오산고보 교장을 지내는 등 교육활동과 민족운동을 펼쳤던 인물이다. 외세에 대응하여 자주권을 지키려는 조만식의 활동은 생태학적 측면에서 외부의 압력으로부터 생태 공동체를 수호하려는 의지로 설명될 수 있다. 생태 철학적 방식으로 말하자면 식민지가 된 생태 공동체의 회복을 위한 '원주민'으로서의 생물지역 복원하기 활동의 일환이다. 한편 일본인 노동자들로부터 폭행을 당해 정상적 생활이 불가능하게 된 김소월의 아버지의 삶은 생물지역의 식민지화 과정에서 발생한 불행으로써 김소월에게는 평생 씻을 수 없는 고통임은 자명한 일이다. 즉 김소월의 생애와 삶의 환경은 외세에 의해 생태 공동체가 붕괴되는 불행의 한 가운데에 놓여 있었던 것이다. 좁게는 가족 공동체의 붕괴 현실을, 더 넓게는 국가-민족의 붕괴 현실을 유년기에 직접 겪었던 김소월에게 조만식의 민족정신 교육은 '죽는 법 없는 큰 사랑으로 기억되어 항상 가슴 속에 살아 숨 쉬고 있다'는 것을 「제이, 엠, 에쓰」에서 확인할 수 있다. 따라서 시인이 된 소월은 민족 정한을 표출하기 가장 좋은 한 형식인 민요적이고 서정적인 목소리를 통해 원주민으로서 식민지가 된 생태 공동체 복원하기를 시도했을 것임은 자명한 일이다.

오산고보 2학년 때인 1916년, 소월은 동네 처녀 오순을 마음에 두고 있었지만 조부의 뜻에 이끌려 고향 구성군 평지면의 홍단실과 결혼한다. 「접동새」는 숙모에게서 들은 전설을 모티브로 하여 전설의 주인공과 처지가 비슷한 오순을 생각하며 창작한 작품임을 짐작하게 한다. 「접동새」는 인간의 존재론적 명암을 자연의 생태적 순리에서 찾아내고 있다는 점에서 삶의 환경이 시에 미치는 지대한 영향을 살펴보게 하는 작품 가운데 하나라 하겠다.

3·1운동 이후 오산학교가 문을 닫자 1922년 경성 배재고등보통학교 5학년에 편입하여 1923년 3월에 졸업한 소월은 일본 도쿄 상과대학교로 유학하였으나 같은 해 9월 관동대지진 발생 때 일본인의 조선인 학살을 목격하고 충격을 받아 중퇴하고 귀국한다. 이 무렵 소월은 '소월 시의 정조는 우리 민족의 감정이며 낭만인 까닭에 소월의 시는 바로 우리 민족시'[112]라는 극찬을 받고 시단의 주목을 끈다.

귀국 후 소월은 서울에서 나도향과 친구로 교류하고, 『靈臺』 동인으로 활동하면서 삶의 방향을 모색하였으나 좋은 결과를 얻지 못하자 귀향하여 조부가 경영하는 광산 일과 농사를 도우며 장손으로서의 역할을 한다. 그러나 비사교적이고 내성적인 성격 탓에 이웃이나 친구들과 교류가 없어 외롭고 적막한 시절을 보낸다.

그러한 것을 딱하게 여긴 스승 김억의 주선으로 1926년 처가가 있는 구성군 남시(南市)에서 동아일보 지국을 개설했으나 경영난으로 이듬해 폐쇄하였다. 한때 마음에 품었던 오순이 남편과 사별한 뒤 병을 얻어 사망했다는 소식은 소월에게 심한 죄책감을 안겨 주었다. 또 유일한 문우였던 나도향이 스물다섯의 나이로 요절하자 본래 예민했던 그는 정신적으로 큰 타격을 받는다. 오순과 나도향의 죽음을 겪은 소월은 삶의 의욕을 잃고 슬픔에 빠졌으며, 극도의 빈곤 속에서 실의의 나날을 술로 달래며 지냈다.

1929년 시인 이장희의 자살 소식을 들은 소월은 자신도 그러한 충동을 강하게 느낀다. 가문의 종손으로도 충실하지 못하고, 가장이자 생활

---

112) 박종화, 「문단의 일년을 추억하야」, 『개벽』 31호, 1923. 1.

인으로서도 실패를 거듭하였으며, 지인의 죽음 앞에 무력하게 놓인 자신의 모습은 소월로 하여 더욱 삶의 의욕을 잃게 하는 원인이 되었다.[113] 1934년 12월23일 고향 곽산에 들러 성묘를 하고 집에 돌아온 소월은 부인과 함께 취하도록 술을 마신 뒤 그날 장에서 사가지고 온 아편을 음독하고, 다음날 아침 8시경 33세의 짧은 생을 마감한 모습으로 발견되었다. 평북 구성에 안장하였다가 후에 서산면 평지동 왕릉산으로 이장하였다.

15년도 채 되지 않는 짧은 문단생활 동안 그는 『진달내꼿』에 수록된 127편을 포함하여 160여편의 시와 시론(詩論)「시혼(詩魂)」을 남겼다. 소월의 생애는 그야말로 고난과 고뇌의 순간들이었다. 일본인에 의해 폐인이 된 부친의 삶과 애국자였던 고모부 김시참과 숙부 김인도의 정신적 영향은 소월로 하여 일제의 지배에 대한 저항 세계, 식민지 민족의 설움과 분노를 시에 내포하게 만든 중요한 바탕이었다. 숙모 계영희와의 만남, 그리고 지인의 죽음과 연속된 삶의 질곡은 소월에게 정한의 깊이를 탐닉하게 하였으며, 민요적 리듬과 여성적 목소리를 시 속에서 구현하게 만들었고, 마침내는 그를 죽음으로 끌고 갔다. 그러한 여러 정황들로 비추어 볼 때 그의 시의 정서는 크게 세 갈래로 나눠진다. 첫째로는 정한의 슬픔과 그리움, 눈물과 좌절이라는 보편성을 담아낸 한의 미학이다. 한의 미학은 생태학적 측면에서 생태공동체 지향으로 승화되는 역설적 함의를 가진다. 둘째로는 한 인간으로서의 존재론적 고뇌의 투영이다. 김소월의 존재론적 고뇌는 그의 시론「詩魂」에 나타난 바와 같이 생태적 질서와 순리를 포섭함으로써 근본생태론적 의미를

---

113) 게오르그에 의하면 문제적 개인은 죽음을 극단적으로 인식한다. 게오르그 루카치 (Lukacs, Georg), 반성완 역, 『소설이론』, 심설당, 1993, 51쪽.

도출해낸다. 셋째로는 국권을 상실한 일제치하 식민지 민족의 상처와 서러움, 고통과 아픔의 실체를 관통한 결과물로써 평화와 공생을 추구한 세계이다. 이는 사회생태론적 측면에서의 논구를 가능하게 하는 의의를 가진다. 따라서 소월은 사회적·시대적 '문제적 개인'[114]으로서의 시인이다. 검토한 바, 이러한 점은 소월의 시를 생태학적 관점에서 고찰하게 하는 중요한 단서가 된다. 범박하게 말해 생태학은, 세계는 단절된 것이 아니라 서로 연결되어 상호의존성을 가지며, 자연-우주 안에서 만물은 평등하다고 본다. 그것은 한 인간의 삶과 삶을 둘러싼 바깥 세계와의 관계 역시 마찬가지라는 의미이다. 김소월은 삶의 측면에서 곡절을 겪으면서도 생태학적 측면에서 시적으로는 조화와 상생, 평등과 평화의 세계를 추구하였다. 이는 생물권 평등사상을 실현하려는 생태시학으로서 의미와 가치를 크게 가진다 할 것이다.

② 인드라망(網)과 상생 세계

앞서 김소월의 생애를 생태학적 관점에서 살펴보면서 간략하게 점검했지만, 김소월(金素月)은 바다를 건너 서구의 시가 밀물처럼 밀려들던 변혁의 시대에 민족 고유의 정서를 시에 담아낸 대표적 시인이다. 외래 문명과 서구시에 대한 막연한 동경 등의 열기가 가득했던 한국시

---

114) 문제적 개인은 타락한 사회와 진정한 가치를 향한 내적 열망 사이에 끼인 존재를 가리킨다.(게오르그 루카치, 위의 책, 110쪽.) 게오르그 루카치가 『소설이론』에서 '타락한 세계에서 진정한 가치'를 추구하는 과정의 인물로 제시한 이후 루시앙 골드만이 『소설 사회학을 위하여』에서 발전시킨 개념이다. 루카치가 말한 문제적 개인의 '악마'적 성격을 골드만은 '타락'이라는 개념으로 파악하고 있다. 문제적 개인에 대한 자세한 내용은 다음을 참고 바람. 게오르그 루카치, 위의 책, 100쪽. ; 루시앙 골드만(Goldmann, Lucien), 조경숙 역, 『소설 사회학을 위하여』, 청하 1987, 12쪽.

단에 전통적 목소리를 냄으로써 한층 성숙된 시의 물길을 열었고, 그 위상을 높였다. 한국 현대시의 초기에 등장한 시인임에도 서구의 시를 추종하여 아류로 흐르지 않고 오롯이 개성을 살려 한국 서정시의 선구이자 모범으로 오늘날에 이르기까지 신선한 영향을 미치고 있다.

　김소월은 식민치하의 파행적인 시대를 아프게 건너야 했던 시인으로서 자연을 자아화하여 현실을 표현하고 현실에 대응하는 자신만의 독특한 시세계를 만들었다. 이는 실현되지 못한 욕망과 내면적 갈등을 자연의 생태적 현상에 반영시킴으로써 시적 진폭 확장을 꾀했다는 의미를 가진다. 소월은 일제 식민지시대의 시인으로서 한 개인의 영혼의 굴절을 노래하면서도 시대성과 역사성을 동시에 탐색했던 바, 그것은 한 존재로서의 개인과 시대, 역사가 단절되어 있는 것이 아니라 서로 연결되어 관계망을 형성하고 있음을 보여주는 것이다. 이것은 곧 세계와 세계의 관계, 세계와 세계들 둘러싼 바깥 세계와의 관계를 거대한 인드라망(網)적으로 인식했다는 의미가 된다. 인드라망은 이음새마다 구슬을 달고 있는 한없이 넓은 그물인데, 그 구슬은 서로 비추며 현상을 나타낸다. 모든 존재와 존재가 머무는 모든 세계는 서로 연결되어 있으며 서로 비추는 밀접한 관계라는 뜻을 품고 있다. 우주를 설명하는 불교 용어인 인드라망은 고유성 및 개별성을 존중하면서도 조화와 상생을 추구하는 관계망을 의미한다는 점에서 매우 생태철학적이다.

　조화와 상생은 생태 사상의 요체이다. 조화와 상생은 변화 속에서 '성장-소멸-재생'하는 순환의 질서를 토대로 삼고 있다. 순환질서는 운동성에 의해 실행되는 여러 에너지의 종합이다. 그러므로 순환질서의 붕괴는 곧 성장-소멸-재생 속에서 이루어지는 상호 의존의 복잡한 그물의 해체를 의미할 뿐만 아니 에너지의 상실을 뜻한다. 주지하다시피 생명체는 공기와 물, 햇빛, 음식, 집, 흙 등 필요한 요소를 생물권 전체에 의존하여 살아간다. 따라서 생명체에게 순환질서라는 역동적 운동성은 생물권 전체의 조화로움과 상생을 위한 기본적인 생존 원칙이라 할 수 있다. 이러한 생태 사상이 습합된 그의 시에 등장하는 자연은 포유류, 조류, 양서류, 곤충을 비롯한 동물과 여러 식물, 강과 시내 등으로 이루어진 물의 공간, 무덤으로 기표화 된 불의 공간, 그리고 집과 땅 등이다. 자연은 생명체의 한 부분이기도 하고, 생명체가 자기 서식지의 기후와 지형, 그리고 토양 등에 적응하여 공동체 관계를 이루면서 살아가는 공간이기도 하다. 이와 같은 시적 시선을 생태학의 관점에서 살펴보면 크게 생물지역 차원, 생태계 차원, 인간 차원으로 분화된다. 칼렌바코에 의하면 생물지역 차원은 여러 생명체들이 자기 서식지의 기후와 지형과 토양에 적응해 살아가는 차원을 말하고, 생태계 차원은 여러 종들이 순환의 거대한 그물망을 통해 공생하는 관계에 놓여 있는 차원을 말하며, 인간 차원은 우리 인간과 마찬가지로 광합성의 산물을 영양분으로 취해 살아가다가 종래에는 그 생명체를 구성했던 물질들이 흙으로 돌아가 생명 순환의 밑거름으로 분해되는 차원을 말한다.115) 이러한 차원들은 공간·장소적 상상력, 공동체적 상상력, 유기적 상상력과 융합되어 생태적 시학의 핵심사상으로 자리한다. 즉 김소월의 시는 헤켈이 '자연이라는 가정으로서의 자연을 연구하는 학문'이라 설명한 생태학이 한국에 소개되기 전에 이미 그러한 성격의 생태 사상을 담아내고 있었던 것이다.

김소월의 시의 곳곳에서 생태 사상은 서정적 심상과 결합되어 나타나는 특징을 보인다. 주지하다시피 김소월은 타협과 굴종을 강요하는

---

115) 어니스트 칼렌바크, 앞의 책, 10-11쪽.

치욕적 식민지 현실에 적극적으로 저항하지는 않았으나 불운한 민족
적 현실과 나라 잃은 자의 아픔을 자기만의 독특한 정서와 형식으로 표
현해 나간 시인이다. 이러한 시인으로서 김소월은 자연 대상을 자아화
하는 동일성의 시학을 자기만의 독특한 정서적 표현 방식으로 삼았던
것이다. 이러한 시 창작 방식을 생태 시학적으로 살피면 자연의 시적
시선화, 시적 시선의 자연화라 할 수 있겠다. 김소월의 여러 시편 가운
데서 공교롭게도 「失題」라는 동일한 제목을 가진 두 편의 시는 서정성
과 생태성이라는 특징을 잘 보여준다.

> 동무들 보십시오 해가집니다
> 해지고 오늘날은 가노랍니다
> 웃옷을 잽시쌜니 닙으십시오
> 우리도 山마루로 올나갑시다
>
> 동무들 보십시오 해가집니다
> 세상의모든것은 빗치납니다
> 인저는 주춤주춤 어둡습니다
> 에서더 저믄째를 밤이랍니다
>
> 동무들 보십시오 밤이옵니다
> 박쥐가 발샛리에 니러납니다
> 두눈을 인제구만 감우십시오
> 우리도 골짝이로 나려갑시다
>
> —「失題」

「失題」는 시집 『진달내꽃』의 7번째에, 면수로는 14면에 있는 작품
이다. 동일한 제목의 작품이 54면에도 수록되어 있으므로 주의를 요한

다. 이 시는 먼저 운동성의 측면에서 살펴볼 수 있다. 운동성은 해가 지는 우주적 역동성에서부터 산마루로 올라가는 인간의 행위, 박쥐라는 동물이 날아오르는 상상력 등으로 이어진다. 내용적으로는 해가 지는 장면에 대한 화자의 심경이 도드라져있다. 화자는 이 심경을 동무들과 공유하려 한다. 화자의 첫 음성이 "동무들 보십시오"라는 청유 형식을 띄고 있는 까닭이 여기에 있다. 일반적으로 해가 지는 풍경은 쓸쓸함이나 좌절, 고독, 허무 등과 같은 분위기를 띤다. 그러나 이 시는 그러한 감정을 드러내지 않고, 오히려 '~다'나 '~오'와 같은 종결어미를 사용해 강고한 느낌을 안겨준다. 첫 연에서 화자는 지금 해가 지고 있으니 웃옷을 잽싸고 빠르게 입고 오늘이 가는 것을 배웅하러 산마루로 올라가자고 권유한다. 그리고 2연에서는 저녁을 맞는 세상이 지는 해 아래서 마지막 빛을 발한 뒤 어두워지고 있음을 보여준다. 마지막 연에 이르러서는 깊어진 밤길을 걸어 골짜기로 내려가자고 말한다. 이러한 시적 구성에서의 백미는 저녁이 밀려오는 풍경을 '세상의 모든 것은 빛이 난다'는 심상으로 이끌어낸 것이나 깊은 밤으로의 진입을 '박쥐가 발끝에서 일어난다'고 보는 상상력과 활력이 넘치는 운동성에 있다. 시적 비유로 이루어진 이와 같은 내면 심상의 움직임에 일제 식민치하라는 시대적 상황을 생태적 관점에서 대입시키면 의미는 새로운 지평을 펼친다.

생태철학은 생명 중심적 자아실현(self-realization)[116]의 의지에서 출

---

116) 안 네스는 관계성의 자아를 근본 생태주의의 바탕으로 삼는다. 이는 간디가 세상에 헌신함으로써 자신을 구제할 수 있다는 의미로 사용했던 '자아실현'과 같은 의미를 지닌다. 간디의 영향을 받은 네스는 자아실현으로 의미화 되는 관계성의 자아야말로 생태계 위기에 대응하는 근본적인 방안이 된다고 보았던 것이다. 관계성의 자아는 생명은 근원적으로 하나라는 우주론적 자연관과 맥락을 같이 한다. 와위크 폭스(Fox, Warwick), 정인석 역, 『트랜스퍼스널 생태학』, 대운출판, 2002, 146-157쪽.

발한다. 근본 생태주의자인 안 네스는 간디의 영향을 받아 자아실현과 동일한 의미로 관계성의 자아라는 용어를 사용한다. 시의 출발도 생태 철학과 같거나 유사한 경우가 많다. 「失題」에서 보여주는 관계성의 자아는 일제 치하라는 식민지-피식민지, 지배-피지배의 이분법적 시공간을 바라보는 시선에서 출발한다. 즉 이 시는 김소월의 시가 근본생태론적 입장을 수용하되 보다 현실 참여적이고 위기 상황을 역동적으로 극복하려는 사회생태론적 입장을 지향하고 있음을 보여준다. 사회적·정치적으로 이분화 된 시공간은 사상의 자유는 물론 창작의 자유마저 억압되는 곳이다. 당대의 젊은 지식인으로서 시인은 이러한 현실과 첨예하게 부딪치게 된다. 이러한 현실을 극복하기 위한 시인의 자아실현 의지는 해가 지는 것을 보러 산마루로 어서 올라가자는 청유를 통해 나타난다. 해가 져서 어둠이 와야 새 아침이 시작된다는 순환적 우주 질서를 보여줌으로써 식민지 조국이 현재는 치욕적인 역사의 어둠 속에 놓여 있지만 반드시 새로운 해방의 시대를 맞이할 것이라는 희망적 의지를 나타내는 것이다. 즉 이 시에서밤이 온다는 것은 곧 식민지 조국이 새로운 아침을 맞을 수 있는 기회를 가질 수 있다는 의미를 가진다. 이 의미는 우주적 역동성과 인간, 동물 등의 역동성을 통해 강렬한 힘을 얻어 전달된다. 따라서 「失題」는 억압의 시대를 지나 새로운 해방의 공간을 열어가려는 역동적이고 현실 참여적인 생태학적 상상력이 깃든 생명 중심적 자아실현을 보여준 시로 평가될 수 있다.

        이가람과져가람이 모두처흘너
        그무엇을 뜻하는고?
        미덥음을모르는 당신의맘

죽은드시 어둡은깁픈골의
쎄림측한괴롭은 몹쓸쑴의
피르죽죽한불길은 흐르지만
더듬기에짓치운 두손길은
부러가는바람에 식키셔요

밝고호젓한 보름달이
새벽의흔들니는 물노래로
수접음에칩음에 숨을드시
썰고잇는물밋튼 여긔외다.

미덥움을모르는 당신의맘

져山과이山이 마주섯서
그무엇을 쯧하는고?

— 「失題」

앞의 시와 같은 제목을 사용하고 있는 이 시는 자연을 통해 자기 영
혼을 탐색하는 과정을 보여준다. 르네상스 시대가 열리면서 자연에서
정신으로 우주론의 변화가 있기 전 그리스인들은 자연 세계를 살아 있
는 동시에 지성적인 존재로 보았다. 즉 "식물과 동물은 세계의 물리적
인 '신체' 조직에는 물질적으로, 세계 '영혼'의 생명 작용에는 심령적으
로, 그리고 세계의 정신 활동에는 지성적으로 참여한다"[117]고 보았다.
그리스인들의 자연관은 신중심주의 세계관이 들어서기 전까지만 해도
매우 생태적이었던 것이다. 인용시에 나타난 자연관은 물질적, 심령적,
지성적으로 세계를 바라본다. 먼저 시작과 끝은 이쪽저쪽으로 흐르는

_____

117) 콜링우드, 앞의 책, 21쪽.

강과 이쪽저쪽에서 마주보고 서 있는 산이 무엇을 뜻하는가에 대한 물음으로 이루어져 있다. 이 강과 산은 "미덥음을모르는 당신의맘"과는 달리 한결 같고 변함없는 화자의 마음을 표상한다. 즉 이 강과 산은 세계의 물리적인 신체 조직으로 물질적 현상을 보여주는 것이며, 당신에 의해서만 살아있을 수 있는 생명으로서 심령적 현상을 보여주는 동시에, 당신 믿고 기다리는 마음은 지성적 현상을 나타내는 것이다.

물질적, 심령적, 지성적인 자연관은 김소월의 시에 융합됨으로써 서정적 울림으로 그 영역을 확장한다. 서정적 울림은 물과 불, 바람과 땅의 4대 요소를 통해 더욱 강렬한 역동성을 얻는다. 물은 "이가람과져가람"에 "모두쳐흘너"고 있고, 불은 "몹쓸꿈" 속에서 "피르죽죽한불길"로 살아있다. 바람은 더듬다가 지친 "두손길"을 식히기 좋을 만큼 불어오고, 땅은 "져山과이山"을 이루고 있다. 이러한 4대 요소는 자칫 정적인 서러움으로 흘러 갈 수 있는 화자의 심리를 한결같고 변함없는 그리움과 기다림 속으로 더욱 강인하게 견인해준다. 이 견인은 김소월이 탐색하려는 자기 영혼을 자연과 동일화시키는 움직임이다. 이러한 요소는 김소월 시를 전통 서정적 측면만 아니라 생태 시학적 측면에서도 분석 연구할 수 있게 하는 부분이다.

같은 제목을 가진 두 편의 시 「失題」를 살펴본 바, 김소월은 자연을 통해 자기 영혼을 탐색함으로써 현실과 자아 사이의 단절을 극복하고, 당대적 실존의 근원적 조건을 밝히려 했다고 볼 수 있다. 즉 소월의 시에서 자연과 인간의 심상은 매우 자연스럽게 결합되어 있으며, 서로 의미를 주고받거나 확장해나간다. 이러한 점은 김소월이 남긴 유일한 시론인 「詩魂」118)에 반영된 자연관의 특성에서 가장 잘 살펴볼 수 있다.

---

118) 김소월, 「詩魂」, 『開闢』 59호, 1925. 5.

「詩魂」은 김억이 「詩壇의 一年」119)이라는 글에서 소월의 시 「님의 노래」와 「넷이약이」를 두고 "文字로 表現된것밧게 恍惚의 詩魂의 빗남이 업"고 "깁피는 업는詩"120)라고 혹평한 데 대해 소월이 자신의 입장을 밝혀 반론한 시론이다.121) 소월은 이 글에서 자연과 인간의 심상이 맺고 있는 관계성을 명확하게 보여준다. 자연의 모습을 투영할 때 인간의 심상이 더 잘 나타난다고 보고 있는 것이다. 이러한 자연관을 바탕으로 소월은 영원불변의 것으로서의 시혼을 주장하고, 이러한 시혼은 작품에 음영으로 드러나므로 깊이가 얕다거나 깊다고 평할 수 없다고 강조한다.

> 그러나여보십시오. 무엇보다도밤에쎄여서한울을우럴어보십시오.
> 우리는나제보지못하든아름답음을, 그 곳에서, 볼수도잇고늣길수도
> 잇습니다. 파릇한별들은오히려쎄여잇섯서애처럽게도긔운잇게도몸
> 을떨며永遠을소삭입니다. 엇든때는, 새벽에저가는오요한달빗치, 애
> 틋한한쪼각, 崇嚴한彩雲의多情한치마뀌를비러, 그위可憐한한두줄기
> 눈물을문지르기도합니다. 여보십시오. 여러분. 이런것들은적은일이
> 나마, 우리가대나제는보지도못하고늣기지도못하든것들입니다.122)

소월은 글의 첫 머리에서 밤하늘을 우러러 보기를 요청한다. 그리고

119) 김억, 「詩壇의 一年」, 『開闢』 42호, 1923. 12.
120) 김억, 위의 글, 43쪽.
121) 널리 알려져 있다시피 김억은 소월이 오산학교 재학 때의 교사로서 소월의 시재를 발견하고 시단에 등단시킨 스승이다. 스승의 이러한 평가에 대해 소월은 자신의 입장을 분명히 밝혀야 할 필요성을 느낀 것으로 보인다. 1년 반이 흐른 시점에 김억이 사용한 '시혼'이라는 용어를 되사용하면서 반론을 폈던 것이다. 이러한 소월의 반론이 얼마나 효과적이며, 타당성이 있는 것인가 하는 점은 본고의 논지 범위를 벗어나는 문제라고 보고 본고에서는 논의의 대상으로 삼지 않았다.
122) 김소월, 「詩魂」, 『開闢』 59호, 10-11쪽.

왜 밤하늘을 보아야하는가에 대한 이유를 들려주며 그 정경을 제시한다. 낮에는 보지도 느끼지도 못하는 파릇한 별, 새벽의 달빛이나 채운(彩雲)과 같은 자연의 현상을 통할 때 인간의 심상은 잘 드러난다는 사실을 직시하고 있는 자신의 입장을 드러내는 것이다. 새로운 상상의 근거지이자 삶을 성찰하게 하는 순수한 서정적 공간으로 밤하늘을 내세운 것은 소월의 생태적 자연관을 들여다 볼 수 있는 대목이다.

> 다시 한번, 都會의밝음과짓거림이그의文明으로써光輝와勢力을다투며자랑할때에도, 저, 깁고어둠은山과숩의그늘진곳에서는외롭은버러지한마리가, 그무슨슬음에겨워웃는지, 수임업시울지고잇슴이다. 여러분. 그버러지한마리가오히려더만히우리사람의情操답지안으며난들에말라벌바람에여위는갈대하나가오히려아직도더갓갑은, 우리사람의無常과變轉을설워하여주는살틀한노래의동무가안이며, 저넓고아득한난바다의뛰노는물결들이오히려더조혼, 우리사람의自由를사랑한다는啓示가안입닛가.[123]

이어서 "광휘와 세력을 다투며 자랑"하는 "도회의 밝음과 짓거림"으로 나타난 문명과 조화로운 자연의 대비를 통해 작고 여리고 사소하고 소외된 것이야말로 영혼의 시적인 영역과 깊은 연관을 맺고 있다고 말한다. 벌레의 울음이나 바람에 여위는 갈대, 난바다의 뛰노는 물결이 인간의 본성을 "오히려 더" 잘 드러낸다고 보기 때문이다. 이렇게 보면 소월은 도시적 일상을 거부하는 반문명적 시관을 가지고 있었던 것이다. 생태적으로 말하면, 반문명적 사유는 자연을 자아와 공존하는 대상물로 인식하면서 인간중심주의와 기술중심주의를 극복하려는 시선이

---

123) 김소월, 「詩魂」, 『開闢』 59호, 11쪽.

라 할 수 있다.

「詩魂」에 나타난, 소월이 지향하는 세계는 열린 세계이다. 소월의 열린 세계 지향성은 자유와 사랑과 평화를 향한 의지이다. "넓고 아득한 난바다"를 "사람의 자유"의 상징으로 보는 상상력은 소월의 열린 세계관을 볼 수 있게 하는 단적인 예이다. 생물과 생물, 생물과 생물 바깥의 세계가 얽히고설키며 관계망을 이루고 있는 이러한 자연을 통해 현실을 인식하고 대응하며 자신의 의지를 의미화 시키는 소월의 세계관은 항목으로 나눠 정리해보면 더욱 분명하게 드러난다.

자연대상	장소·공간	현상과 정서의 유기적 양상	의미
별	밤하늘	몸을 떪-애처로움, 기운 있음-영원을 속삭임	깨어있음의 아름다움
달빛과 彩雲	밤하늘	오요하게 지고 있음-애틋함, 가련함, 다정함-눈물을 문지름	숭엄함
벌레	산과 숲	울음-외로움-설움에 겨움	사람의 정조
갈대	난들	벌바람에 여윔-서러움-노래의 동무	무상과 변전
물결	난바다	뛰놂-사랑함-넓고 아득함	자유의 계시

도표로 나타낸 바와 같이 인간의 심상은 자연을 통과하면서 새롭게 환기되고 의미의 영역을 확장한다는 사실을 소월은 밝히고 있다. 즉 자연과 인간은 서로 의미 없이 분리되어 있거나 일방적인 지배/피지배의 관계성을 띠는 것이 아니다. 이항대립적인 문명과 달리 자연과 자연에 의해 환기되는 인간 심상은 상호 보완적이며 순환하면서 교호하는 밀접한 의미망 속에 놓여 있는 것이다. 우주만물이 '한 몸·한 생명'으로 순환하는 이러한 양태는 동양적 세계관, 그리고 생태적 상상력과의 친연성을 뚜렷하게 확인시켜준다. 이러한 소월의 인식은 「詩魂」의 여러 부분에서 거듭되고 있다. 소월이 시혼에 대응되는 또 하나의 개념으로 사

용하는 음영이라는 용어의 의미 역시 자연 대상을 통해 파악된 심상과 상호작용하며 환기된다.

> 달밤에는, 달밤에쌘固有한陰影이잇고, 淸麗한쇠소리의노래에
> 는, 赤是그에쌘相當한陰影이잇는것입니다. 陰影업는物體가이듸잇
> 겟습닛가. 나는存在에는반드시陰影이짜른다고합니다. 다만가튼物
> 體일지라도空間과時間의如何에依하야, 그陰影에光度의强弱만은잇
> 슬것입니다.[124]

소월에 의하면 음영은 존재가 가진 그림자이다. 모든 사물과 자연 현상에 그림자가 있듯 시적 영혼에도 그림자가 있으며, 공간과 시간에 따라 음영이 다양한 변화를 일으킨다고 해서 시혼 자체가 깊거나 얕게 변화되는 것은 아니라는 것이 소월의 주장이다. 그것은 존재마다 고유한 음영을 가지고 있듯이 시혼을 갖추었지만, 음영에 의해 각기 다른 형상으로 창작될 수밖에 없는 시적 고유성 및 개별성이라는 특징적 양상을 말해주는 것이다. 즉 시혼이 고유성 및 개별성을 가진 시 자체라면, 음영은 자연 현상에 상응하고 감응하면서 반영되는 개성적인 시적 변환성이라 할 수 있다.

소월의 「詩魂」을 생태적 관점에서 살펴보면 친자연적이고, 열린 세계를 지향하며, 인드라망의 논리에 근접한 시선을 가지고 있다. 인드라망은 고유성·개별성을 침해하지 않으면서 모든 것이 서로 연결되어 조화를 이루는 상생의 세계를 의미한다. '시혼'과 함께 소월이 강조하고 있는, 모든 존재가 가진 고유한 '음영' 역시 인드라망의 구슬에 비친 존재의 고유한 형상으로 설명될 수 있다. 소월의 관점은 우주만물을

---

124) 김소월, 「詩魂」, 『開闢』 59호, 14쪽.

'한 몸·한 생명'으로 보고 있으며, 우주만물이 유기적 관계망을 통해 조화로움을 실현해나가는 생명공동체라는 생태적 사유와 상통하고 있기 때문이다.

소월의 시에서 이러한 시작 원리는 자연스럽게 나타난다. 소월은 자연 순리를 시에 개입시켜 인간의 감성을 극대화시키며, 동식물의 생태적 요소도 인간 삶과 교호하며 작용하는 관계를 시적 의미망 속으로 불러들인다. 「山有花」의 경우는 인간이 가진 존재적 외로움을 자연이 가진 생태적 순리 속에서 찾아내고, 「하눌씃」의 경우는 불과 네 행에 불과한 짧은 시에 집과 산, 바다, 하늘 등 다양한 공간을 등장시켜 그 공간의 변화 속에 화자인 나를 개입시키는 독특함을 선보인다. 「개아미」나 「제비」, 「귀쭈람이」, 「닭은소쭈요」 등의 작품에서는 동식물의 생태적 요소에 인간의 삶의 형식을 자연스럽게 결합시킨다. 이처럼 소월은 자연을 통해 심상을 암시하거나 시적 의미를 강화한다. 즉 소월의 음영론은 자연의 본질과 본질이 반영된 형상의 관계를 자아화한 동일성의 시학을 보여준다.

범박하게 말해 동·식물이 직·간접적으로 외부세계와 갖는 친화적 혹은 불화적 관계를 연구하는 생태학(ecologie)이라는 말은 1866년 헤른스트 헤켈이 『유기체의 일반형태론(Generelle Morphologie der Organismen)』에서 처음 사용한 용어로 한국 문학에서는 1990년대 전후에 본격 사용되기 시작했지만, 소월의 「詩魂」을 통해 문학적 근간으로서 한국 현대시에서의 생태적 사유는 한국 현대시사의 초기 시인인 소월에 의해 이미 그 뿌리를 내리고 있다는 점을 확인할 수 있게 된다.

(2) 정지용의 향토적 순수성과 동양적 자연 미학

① 삶의 환경과 향토적 순수성

정지용은 다른 일제강점기의 시인과 달리 1988년 1월 납·월북 작가의 작품 해금이 이루어진 뒤에야 비로소 생애와 삶의 환경 등에 대한 전기적 사항들이 본격적으로 기술되었다. 때문에 그의 출생년도를 비롯해 생애나 삶의 환경에 대한 기록이 연구자에 따라 다른 부분이 상존하고 있다. 세밀한 점검을 통해 바로잡을 필요가 있는 경우이다.

정지용은 1902년 충북 옥천군 청석교 옆 촌가[125]에서 태어났다. 청석교 아래 실개천은 정지용의 대표작 가운데 한 편인 「鄕愁」에 등장하는 '넓은 벌 동쪽 끝으로 휘돌아 나가는 실개천'이다. 그의 출생년도는 문학사전이나 기타 연구 논문 등에서 1903년, 또는 1904년 등 각기 다르게 나타나고 있다. 이는 모두 잘못된 것들로 정확한 기술이 필요한 사항이다. 호적에는 1904년 5월 15일 출생한 것으로 등록되어 있으나 실제로는 그의 부인과 동갑인 임인생(壬寅生)으로 1902년 5월 15일이 정확한 출생일이다. 이는 그의 장남 정구관(鄭求寬)에 의해 확인된 것이다.[126] 정지용이 졸업한 옥천공립보통학교나 사립 휘문고등보통학교의 학적부에는 메이지(明治, めいじ) 35년 5월 15일생으로 올바르게 기록되어 있다. 메이지 35년은 서기 1902년이다. 그는 아버지 정태국(鄭泰國), 어머니 정미하(鄭美河) 사이의 독자이다. 1913년 12세에 동갑의 송재숙(宋在淑)과 결혼하여 3남1녀를 두었으나 차남과 삼남은 6·25 때 행방불명되었다.

1914년에 4년제인 옥천공립보통학교를 졸업한 정지용은 이듬해인

---

125) 충북 옥천군 옥천읍 하계리 40번지로 그 당시는 옥천군 내면 상계전 7통 4호이다.
126) 김학동, 앞의 책, 134쪽.

14살에 상경하여 1918년 휘문고등보통학교에 입학하기 전까지 처가의 친척으로 충추원 참의를 지낸 친일파 송지헌의 도움을 받아 한문을 수학했다고 한다. 이 부분에 대해 김학동은 다소 불확실한 면이 없지 않다고 본다.[127] 1927년 『新民』에 발표된 「넷니약이 구절」에 의하면 "집 써나가 배운 노래를/집차저 오는 밤/논ㅅ둑 길에서 불렀노라.//나가서는 고달피고/돌아와서도 고달펏노라/열 네 살부터 나가서 고달펏노라."던 시절이기 때문이다. 열네 살부터 객지에서 고달픈 생활을 했다는 이 작품을 따라가보면 옥천공립보통학교 졸업 후 더러는 외지를 방랑하다가 돌아온 적이 있었던 것이 아닐까하는 의문을 제시한다.

정지용의 보통학교 시절은 궁핍하고 불안정했던 것으로 보인다. 부친은 송지헌의 농장 일을 했고[128], 소실을 두는 등 집안을 돌보지 않았다.[129] 그에게는 이복동생이 있었으나 요절하여 지용은 4대 독자가 되었다. 이러한 집안 환경으로 지용을 고독과 소외의식 속에서 성장기를 보낸다. 오죽했으면 "나는 소년 적 고독하고 슬프고 원통한 기억이 진저리가 나도록 싫어진다"[130]고 소년기 회상했겠는가. 그가 불행한 기억으로 간직하고 있는 소년기는 근원적인 결핍 의식으로 이어졌을 것

---

127) 김학동, 앞의 책, 136쪽.

128) 장남 구관 씨는 집안이 머슴살이를 할 정도는 아니었다고 주장 한다 그러나 옥천 부북리에 사는 정지용의 집안 동생뻘인 정천용 씨의 증언에 의해 사실로 확인되고 있다.(정의홍, 『정지용 시 연구』, 형설출판사, 1995, 32쪽.) 그러나 정지용의 부친이 송지헌의 농장 일을 한 것은 정지용이 결혼한 다음의 일로 추정된다. 만일 그 전이라면 송지헌이 자기 농장에서 일을 하는 사람의 집에 친척의 딸을 시집보내지는 않았을 것이기 때문이다.

129) 당시의 시대적 상황을 따르면 집안에 소실을 두는 경우는 보편적으로 경제적 여유가 있을 때이다. 지용의 부친이 소실을 둔 것은 홍수로 가산을 잃었을 때가 아니라 한약상으로 생활의 기반을 다진 이후의 일로 보아야 할 것이다. 이숭원, 「鄭芝溶 評傳」, 이숭원 편, 『정지용』, 문학세계사, 1996, 179쪽참조.

130) 정지용, 「대단치 않은 이야기」, 『산문』, 동지사, 1949, 150쪽.

이고 이러한 상실 의식은 유기체로서의 모태와의 결합에서 분리되었을 때부터 가지는 '원초적인 불완전성'[131)]으로 내면화[132)] 되었을 것이다.

감수성이 예민한 소년기에 겪은 객지 체험은 그의 문학 세계를 형성하는 기초가 되었을 것이고, 문학 활동에도 많은 영향을 끼쳤을 것이다. 이러한 그에게 본격적인 문학의 혼을 수혈한 것은 휘문고보 시절의 문학적 환경이다. 정지용이 휘문고보에 입학하던 해에 학내 동인으로 문우회(文友會)가 결성되었다. 재학생과 졸업생이 함께 활동하는 이 서클에는 3년 선배인 노작 홍사용, 2년 선배인 월탄 박종화, 1년 선배인 영랑 김윤식 등이 있었다. 이 문우회는 지용이 장래에 시인이 되는 결정적 디딤돌이었음을 알 수 있다. 특히 홍사용은 정지용에게 타고르의 각종 시집을 사 주는 등 문학적 개안을 도운 선배였다. 이러한 사실은 1978년 휘문고보가 처음 시상하는 '월탄문학상'에 참석한 박종화 등이 재학생 대표들과의 간담회에서 정지용을 회고하며 밝힌 이야기이다.[133)] 정지용의 초기 단계의 문학적 수업이 휘문고보에서 이루어졌음을 증언하는 내용이다. 이 시기[134)]에 발표한 「風浪夢」, 「鄕愁」, 「서쪽

---

131) 자크 라캉(Lacan, Jacques), 민승기·이미선·권택영 역, 『욕망이론』, 문예출판사, 1994, 43쪽.
132) 결핍, 분리, 불완전성과 같은 것들은 마이어-타쉬가 주장한 생태시의 주제 가운데 하나로 결핍과 충만, 분리와 결합, 불완전성과 완전성 등과 같이 압축되어 생태시로 표현된다.
133) 정의홍, 앞의 책, 33-34쪽.
134) 정의홍에 의하면 정지용의 작품 가운데서 최초로 창작된 「風浪夢 Ⅰ」은 1922년에 창작되었으며, 「鄕愁」는 1923년에 창작되어 우리 시단에 공식적으로 소개되기는 1927년 『朝鮮之光』 3월호이다. 이러한 사실로 미루어보아, 『學潮』지에 발표된 「카페·프란스」, 「슬픈 印象畵」, 「鴨川」은 비록 도시샤대학 유학 중에 창작되었다고 하더라도 문단에 공식적으로 발표하기 전 휘문고보의 문학동호인 동인지인 『요람』에 먼저 발표되었을 가능성이 있다. 정의홍, 앞의 책, 47-49쪽. 참조.

하늘」, 「씌」 등의 주된 시적 대상이 자연이었다는 점에서 그의 시적 자아의 형성은 동양적 전통 자연관을 기초로 한 향토적이고 생태적인 인식의 바탕에서 이루어졌음을 알 수 있다.

이후 1923년 5월 정지용은 휘문고보 교비 장학생으로 일본 교토의 도시샤대학(同志社大學)에 입학, 1929년 6월 문학부 영문과를 졸업한다. 유학시절은 지용에게 문학적 감수성을 확대시키고 문학적 안목을 넓혀 큰 시인으로 성장할 수 있는 환경적 요인을 제공한 시기였다. 이 시기에 정지용은 『新民』, 『文藝時代』, 『朝鮮之光』, 『新少年』 등에 활동적으로 작품을 발표했다. 정지용에게 교토 유학시절[135]은 신선한 감각과 회화적 기법을 익히는 등 시를 위해 체험하고 사유하는 생활의 연속이었던 셈이다.

鴨川 十里ㅅ벌에
해는 저믈어…… 저믈어……

날이 날마다 님 보내기
목이 자졌다…… 여울 물소리……[136]
찬 모래알 쥐여 짜는 찬 사람의 마음,
쥐여 짜라. 바시여라. 시언치도 않어라.
역구풀 욱어진 보금자리

---

135) 김학동은, 동지사대학에서 정지용은 영문학을 전공하면서 윌리엄 블레이크와 北原白秋의 시를 읽고 배웠다고 말하고 있다.(김학동, 앞의 책, 155쪽) 블레이크와 기타하라 하쿠슈(北原白秋)는 감각적 작품을 발표한 시인들이다.

136) 이 구절은 '목이 잠겼다 여울 물소리'의 뜻으로 해석된다. 권영민은 '여울의 물소리가 마치 임과의 이별이 서러워 목이 잦아(잠겨)들어버린 것처럼 들린다'는 뜻으로 풀이했고,(권영민, 『정지용 시 126편 다시 읽기』, 민음사, 2004, 210쪽.) 이숭원은 '여울목에 물이 줄어들었다'고 풀이하고 있다.(이숭원, 『원본 정지용 시집』, 52쪽.)

뜸북이 홀어멈 울음 울고,

제비 한쌍 떠ㅅ다,
비마지 춤을 추어.

수박 냄새 품어오는 저녁 물바람.
오량쥬 껍질 씹는 젊은 나그네의 시름.

鴨川 十里ㅅ벌에
해가 저믈어…… 저믈어……

—「鴨川」

압천은 교토 한복판을 흐르는 강으로 '가모가와(かもがわ)'라 불린
다.「鴨川」은 『학조』 2호(1927. 6)에 발표한 것으로 『시문학』 1호
(1930. 3, 16-18쪽)에 재수록 되었다. 두 잡지에는 모두 「京都 鴨川」으
로 발표했는데, 『정지용 시집』에 수록하면서 「鴨川」으로 제목을 바꾸
었다. 경도의 압천을 거닐며 적적한 마음을 풀고 있는 이 시는 '오량쥬
껍질'이라는 시어를 제외하고는 모두 한국의 전통적인 서정과 향토성
을 드러내고 있다. 이국의 외로운 생활 속에서 강을 바라보다 고향 마
을을 휘감아 흐르는 개천을 생각하고, 전원적인 분위기를 떠올렸는지
모른다. 여울 물소리마저 님 보내기 싫어 울다 목이 잠겼다고 할 정도
의 고독감에 싸여 뜸부기 울음소리를 들으니 더욱 그러했을 것이다. 역
구풀이 우거진 자리에서 뜸부기가 울고, 제비가 날고, 저녁 물바람을
타고 수박 냄새 날아오는 분위기는 고향의 모습과 다를 바 없었을 것이
기 때문이다. 이러한 애수적인 심상과 향토적인 순수성은 정지용의 무
의식 속에 새겨진 생태적 자연관의 발로일 것이다. 이 공간 속에는 인

간 사회가 구성하는 수직적 위계질서나 폭력적 관계가 들어 있지 않다. 훼손되지 않은 자연 공간 속에 깃들어 사는 동물과 식물의 평등한 관계를 통해 풍요로워진 생명의 회복을 느끼고, 그 기운에 서정성을 결합함으로써 시는 더욱 깊고 애절하게 독자의 감각들을 일깨운다.

이 시가 창작된 시기는 3.1 독립운동 뒤 일제가 문화통치라는 명분으로 민족분열을 획책하던 때이다. 친일대열에 서지 않고 시를 쓴다는 일은 당시 식민지의 지식인으로서 목숨을 담보한 일이었을 것이다. 그러므로 직접적 배일 저항을 하지 못한 정지용으로서 할 수 있는 일은 시를 통해 생태적 사유를 발현하고 시 속에 생태적 사유를 구현함으로써 일제 강점의 불합리함을 나타내는 것뿐이었을 것이다. 관계학적 인식의 틀에 놓고 볼 때 생태적 사유는 일방적 강압과 지배하려는 의식을 거부하기 때문이다. 이러한 심사가 "鴨川 十里ㅅ벌에/해는 저믈어……저믈어……"와 같이 표현되었을 수도 있다. "鴨川 十里ㅅ벌"을 '일제 십 년'으로 바꾸면 시의 의미는 전혀 달라진다. 1910년 일제의 강제 합병 후 '10년 이상의 세월'이 흘렀으니 이제 '일제의 해는 저물었다'는 내용이 되기 때문이다. 「鴨川」은 살펴본 바와 같이 지배/피지배의 이분법을 극복하고 균등한 생태적 세계를 회복하려는 의의가 담겨 있는 시로 해설할 수 있는 것이다. 이런 이국 경험에서 알 수 있듯 도시샤대학(同志社大學) 시절은 정지용의 시적 세계관 정립 및 자아성찰에 있어서 매우 중요한 위치를 차지하고 있고, 시 창작에 있어서도 『新民』, 『朝鮮之光』, 『學潮』 등의 잡지에 수준 높은 작품을 발표하며 문단의 기반을 다지는 시기였다. 결국 이런 이국 경험은 식민지의 지식인으로서 심리적 갈등의 요인이 되어 작품 속에 스며들었음은 당연한 현상일 것이다.

1929년 대학 졸업 후 귀국한 정지용은 모교인 휘문고보에 교사로 직장을 잡는다. 그리고 이듬해인 1930년 영랑 김윤식, 용아 박용철에 의해 기획된『시문학』동인에 가담하여 문단 위치를 굳건히 다질 뿐 아니라 박용철이 주재하던『문예월간』,『文學』에 많은 작품을 발표한다. 또 박용철에 의해 1935년 첫 시집『鄭芝溶詩集』을 발간, 문단의 주목을 받는다.[137] 1939년 2월에는『文章』지의 시부문 선고위원으로 위촉되면서 조지훈, 박목월, 박두진 등 청록파 시인들과 김종한, 이한직, 김수돈, 황민, 조정순, 박남수, 박진순 등을 추천하여 시단에 데뷔시킨다. 8·15광복이 되자[138] 정지용은 이화여전 교수로 직장을 옮겨 2년 정도 한국어와 라틴어를 강의했다.[139] 정지용은 이화여전 교수직을 사임한 뒤, 대한민국의 건국 노선을 부정적 시각으로 바라본 논설기사 관계로 경향신문마저 권고해임 되기에 이른다. '경향신문이 빨갱이 앞잡이 노

---

137) 대표적인 예로 4회에 걸쳐 이양하의 「바라던 지용시집」(조선일보 1935. 12. 7-11), 김기림의 「지용시집을 읽고」(동아일보, 1935. 12. 10) 등을 내세울 수 있다.
138) 유별나게 뛰어난 언어감각을 가진 탁월한 시적 재능의 소유자 정지용은 해방 후 매우 과작(寡作)이 된다. 「애국의 노래」, 「그대들 돌아오시니」, 「곡마단 풍경」외에 4·4조 형식의 작품인 「四四調 五首」만을 남겼는데, 이는 그의 개인 환경과 문단환경에서 근거를 찾을 수 있다. 첫째는, 당시 문단환경은 좌우익의 극심한 대립으로 혼란을 겪고 있었다는 점을 들 수 있다. 당시 사회와 그의 사회적 위치 사이에서 불행한 역사의 소용돌이는 끊임없이 휘몰아쳤을 것이다. 이런 이유로 그의 갈등은 창작의 고삐를 늦추게 했을 것이다. 둘째는, 해방 후 대학 교수이자 신문사 주간으로 어느 정도 사회적 자아를 실현했을 뿐 아니라 문단에서도 최고봉에 올라 있었다는 점을 들 수 있다. 이것이 오히려 작품창작을 통한 개인적 자아실현의 강한 욕구를 퇴화시켰다고 볼 수 있다. 그리고 또 하나는 잦은 이직에 의한 내적 고민과 갈등을 들 수 있다. 문단의 영예와 달리 이직에 의해 찾아온 생활의 어려움은 그로 하여금 시작활동과 멀어지게 한 원인일 수도 있다.
139) 『梨花八十年史』의 구 교수 명단에는(1945.10-48.) 2월까지 문과과장으로 재직한 것으로 되어 있다. 그러나 같은 책 역대 학과장 명단에는(1945. 10-47.) 1월까지 문과과장을 역임하다가 사임한 것으로 표기되어 있다. 그러나 정부기관에서 발행한 『追跡 鄭芝溶』(한민성 편, 갑자출판사, 1987, 23쪽.)에 의하면 1947년 1월까지 이화여전 교수와 경향신문 주간직을 겸하다가 사임한 것으로 되어 있다. 이것으로 보아 그의 사임은 1947년 1월이 확실한 듯하다. 정의홍, 앞의 책, 41쪽.

룻을 계속한다면 잿더미로 만들어 놓겠다'는 극우계열 가톨릭 신자들에 경향신문 사장이 굴복했기 때문이다. 실직한 이후 생활이 어려워지자 1948년 동국대 강사자리를 어렵게 얻어 연명하다(1948. 9-1950.)[140] 6·25동란 때 북으로 끌려가 평양감옥 어딘가에서 이광수, 계광순 등 문인들과 함께 수감되었다가, 자진 월북인가, 납북인가 하는 논란을 남긴 채 행방불명[141]이 되고 만다.

간략하게 살펴보았지만, 이런 여러 상황은 정지용의 시적 심리나 작품 내부의 심리를 살펴보는 기초 자료가 될 것이다. 시인에게 있어서 성장 환경을 비롯한 수많은 돌발적 사건의 경험은 개인의 성격은 물론 시적 경향이나 시의 내부로 은밀하게 침투하여 시의 바닥을 이루는 기초를 형성하는 중요한 의미를 갖는다. 농촌에서 성장해 서울과 일본에서 교육을 받은 근대 시인인 정지용에게 자연과 농촌은 전통적 표현 방식으로 존재하는 자연과 농촌이 아니었을 것이다. 식민지의 지식인이자 시인으로서의 반성과 성찰은 자연과 농촌에 대한 전통적인 표현 방식에서 한 단계 더 올라서서 자연과 농촌을 바라보고 새롭게 인식해야 한다는 의무감을 갖게 했을 것이다. 그것은 먼저 '자연이라는 가정으로서의 자연'에 속한 생물 및 무생물의 공동체를 '감각적 언어'로 '탄생'시켜야 한다는 의식일 것이다. 달리 말해 그의 내면적 정신구조와 성격이 어떤 양태로든 시의 골격 속에 존재할 것이고, 좀 더 그를 이해하는 입

---

140)정의홍, 앞의 책, 42쪽.

141) 정지용의 행방불명에 대해서는 자진 월북인가, 납북인가 하는 논란이 있다. 최정희(『찬란한 대낮』, 문학과지성사, 1987, 264쪽.), 허남희(「육이오와 문화인의 양심」, 『현대공론』, 1954. 6. 44쪽.) 등은 납북이라고 보고 있고, 최태웅(「북한문단」, 한국문인협회 편, 『해방문학 20년』,정음사, 1966. 85쪽.) 등은 자진 월북이라고 보고 있다. 자진 월북 내지 납북의 정확한 시기는 알 수 없으나 『追跡 鄭芝溶』(115쪽.)에 등장하는 증언자의 말에 의하면 9·28 수복전후로 추정된다.

장에 서 있어야 할 우리는 그것을 섬세하게 살펴봄으로써 그의 시가 내포하는 실상을 올바로 파악할 수 있을 것이다. 이런 관점에서 살펴보면 정지용의 생태학적 자연관은 기존의 표현 방식과 달리할 뿐 아니라 식민지와 피식민지, 지배자와 피지배자, 인간과 자연 등으로 나눠진 이원론의 사회구조를 환기하는 방식으로 표출된다. 그의 생애와 생애를 둘러싼 여러 조건은 감각적 방식으로 시어를 운용하되 생태학적 문제의식을 자연스럽게 포괄하는 중요한 바탕이 되고 있다.

② 감각적 세계 탐색과 동양적 자연 미학

정지용은 거의 대부분의 시에서 일관되게 자연을 다룬다. 그의 시에 나타난 자연은 인간에 종속되어 착취되는 자연이 아니라 인간을 포함한 모든 유기적 존재들과 공동체를 이룬 자연이다. '시의 무차별적 선의성(善意性)은 마침내 시가 본질적으로 자연과 인간에 뿌리를 깊이 박은 까닭이니 그러므로 자연과 인간에 파들어 간 개발적 심도가 높을수록 시의 우수한 발화를 기대할 수 있다'[142]는 정지용의 시론에서 알 수 있듯이 자연과 인간은 정지용 시의 핵심사상이다. 정지용의 시가 자연과 분리된 것이 아니라 일체화를 이루고 있음을 알 수 있다.

시에서 자연은 생태적 상상력과 불가분의 관계를 맺는다. 자연은 생태학에서 말하는 '집'이며 '거주지'이다. 정지용의 시에 등장하는 자연 역시 마찬가지이다. 헤켈식으로 표현하면 '자연이라는 이름을 가진 가정(家庭)'이 바로 그 자연이다. '자연'과 '인간'에 기초한 것 자체가 생태적 시학을 함의하지만, 정지용의 시들은 농촌과 자연을 주요 시적 대상으로 자연 속의 생물 및 무생물과 다양한 연결 관계를 형성하고 있음을

---

142) 정지용, 「시와 언어」, 『달과 자유』, 346쪽.

다양한 방식으로 보여준다. 특히 정지용은 그러한 생태적 자연관을 감각적 언어로 그려낸다는 점에서 다른 시인과 차이를 보인다.

정지용 시가 가진 감각적 표현은 시적 언어에 대한 자각 의식이 깊이 표출된 창작 방식이다. 정지용이 활발한 작품 활동을 시작한 1920년대는 서구 상징주의를 낭만주의적인 것으로 받아들인 영향으로 거개가 다소 심할 정도의 자기 감정노출을 보였다. 반면 정지용은 그러한 서정시와 달리 감정이 절제된 시어와 감각적 심상을 선보여 훗날 한국시사에서 한국 현대시의 발전 과정에서 시적 언어에 대한 자각을 각별하게 드러낸 시인[143], 모더니스트 계열의 선구적 시인[144]으로 평가받게 된다. 이처럼 시적 대상이면서 생태시의 토대가 되는 자연을 감각적 언어로 표현했던 정지용의 시는 한국 현대시의 영역을 확장하는 것인 동시에 한국의 생태시가 이미 1920년대에 창작되었음을 증명하는 것이 된다. 시대적 여러 상황과 언어 표현 방식을 보았을 때 정지용은 파행적 근대화의 시대를 비추는 하나의 방식으로서 모더니티가 살아있는 생태적 상상력을 구현한 작품을 창작한 것으로 판단된다.

그럼에도 본격적인 생태적 인식의 논점에서 정지용의 시를 분석한 경우는 찾아보기가 쉽지 않다. 종교성이 강하게 나타난 일부 시를 제외한 초기의 작품은 감각적인 모더니티 지향의 시로, 후기의 작품은 동양적 정신세계 지향의 시로 구분하여 서로 다른 차원에서 분석한 경우가 많았다. 초기 시의 경우는 자연을 원근법의 원리를 이용해 관찰하면서 도시적 감각의 대상으로 인식하고 있고, 후기 시의 경우는 '자연의 역동성을 거부하고 소극적인 은일의 세계인식'[145]에 치중하는 경향을 띤

---

143) 권영민, 『한국현대문학사 1』, 579쪽.
144) 정의홍, 앞의 책, 31쪽.
145) 권영민, 『한국현대문학사 1』, 584쪽.

다고 보는 견해가 그러하다. '사물을 지각하는 정지용의 예민한 감각은 그에게 고유한 생래적 특성이고, 한편으로 식민지 유학생으로서 근대체험을 통해 강한 모더니티 지향을 띠게 된다'[146]는 평가도 마찬가지다. '예민한 촉수를 지닌 감각의 시인'[147]이라는 표현과 같이 시적 대상인 자연을 통해 획득한 생태적인 경향보다 감각적 언어 성향을 전면에 내세운 결과 '정지용=모더니스트'라는 등식이 강하게 인식된 것이다. 이러한 평가는 한 시인이 가진 다양성을 간과한 획일적 시선이라 할 수 있다.[148]

정지용 시를 생태적인 인식의 논점에서 분석하지 않은 것은 생태시가 인간과 자연이 교감하면서 얻은 새로운 인식 내용을 담은 시라는 점을 간과한 데 있을 것이다. 기실 '생태적 인식의 세계관이 가지는 특성들인 자연과의 유기적 패러다임과 상호의존적 연관성, 다양성 속의 통일성, 유기체의 역동성, 지속적인 변화 과정을 생명 현상의 중요한 움직임으로 여기는 것'[149] 등은 정지용의 여러 시편에서 빈번하게 드러나는 것들이다.

> 할아버지가
> 담배ㅅ대를 물고
> 들에 나가시니,
> 궂은 날도
> 곱게 개이고,

---

146) 배호남, 앞의 글, 74쪽.
147) 김신정, 「정지용 시 연구」, 연세대학교 박사논문, 1998, 7쪽.
148) 박주택은 정지용의 시를 획일적으로 모더니즘 시인으로 평가하는 것은 시의 개별성과 특수성을 간과하는 것으로 보고 있다. 박주택, 「『정지용 시집』에 나타난 동경과 낭만적 아이러니 연구」, 『현대시의 사유구조』, 민음사, 2012, 91쪽.
149) 김욱동, 『문학생태학을 위하여』, 32-41쪽.

할아버지가
도롱이를 입고
들에 나가시니,
가믄 날도
비가 오시네.

　　　　　　　　　　　　　　　　　　　　─「할아버지」

　이 작품의 화자는 어린이의 시선을 가졌으며, 할아버지를 통해 날씨를 읽는다. 할아버지의 '담뱃대'와 '도롱이'는 비가 올 것인가 오지 않을 것인가를 판단하는 도구이자 근거이다. 어떤 도구를 이용하는가에 따라 '궂은 날도 개이고 가믄 날도 비가 오는' 현상은 소년의 눈에 그저 신비로울 따름이다. 이는 소년의 눈에 할아버지는 세상일을 다 꿰뚫고 있는 존재로 인식되고 있다는 의미이다. 즉 할아버지는 몸으로 자연과 대화를 나누고, 화자는 할아버지를 매개체로 삼아 자연과 대화를 나눈다는 점에서 상호의존적 연관성과 자연과의 유기적 패러다임이 깔려 있음을 확인할 수 있다. 또 궂었다가 개이고, 가물었다가 비가 오는 현상을 보임으로써 활성화된 생명의 지속적 변화는 물론 다양성 속의 통일성과 유기체의 역동성도 드러낸다. 할아버지와 들판, 하늘은 담뱃대와 도롱이를 통해 입체적으로 구성되고, 궂은 날-갠 날, 가믄 날-비 오는 날의 반복은 생태적 순환성을 읽을 수 있게 한다. 이러한 생태적 관점의 인식은 분열되고 사물화 되어 자아의 정체성을 상실해가고 있는 현대인들의 획일화된 문명적 사고와 모더니즘, 또는 포스트모더니즘 시의 시적 갈등을 근원적으로 뛰어넘는다. 그것은, 날씨로 대변되는 자연현상, 또는 우주 질서를 오랜 삶의 경험을 통해 몸으로 받아들임으로써 세계의 순환적 질서를 이해하고 내면화했다는 의미를 갖는다.

이 작품은 동시적 감수성과 상상력이 배인 짧은 시임에도 생태적 관점의 인식이 뒷받침되어 생태시가 갖추어야 할 특성을 자연스럽게 보여주고 있다. 이러한 동시적 시선은 자연을 천진난만하고 생기발랄하게 바라보도록 하는 역할을 한다. 천진난만함과 생기발랄함은 활성화된 유기체의 생명성에서 일어나는 현상이다. 이러한 생명적 역동성은 「폭포」에서도 잘 나타나고 있다.

산ㅅ골에서 자란 물도
돌베람빡 낭떨어지에서 겁이 났다.

눈ㅅ뎅이 옆에서 졸다가
꽃나무 알로 우정 돌아

가재가 긔는 골작
죄그만 하늘이 갑갑했다.

갑자기 호숩어질랴니
마음 조일 밖에.

흰 발톱 갈갈이
앙징스레도 할퀸다.

어쨌던 너무 재재거린다.
나려질리자 쭐뻣 물도 단번에 감수했다.

심심 산천에 고사리ㅅ밥
모조리 졸리운 날

송화ㅅ가루
놓랗게 날리네.

山水 따러온 新婚 한쌍
앵두 같이 상긔했다.

돌부리 뾰죽 뾰죽 무척 고브라진 길이
아기 자기 좋아라 왔지!

하인리히 하이네ㅅ 적부터
동그란 오오 나의 太陽도
겨우 끼리끼리의 발굼치를
조롱 조롱 한나잘 따러왔다.

산간에 폭포수는 암만해도 무서워서
긔엽 긔엽 긔며 나린다.

— 「瀑布」

물이 흘러서 폭포가 되는 과정을 정서적으로 표현하면서 유기체의
생명 현상을 역동적으로 보여주는 「瀑布」는 『정지용 시집』이 보여준
정지용의 언어 감각이 잘 나타나고 있는 시편 가운데 하나이다. 후기에
와서도 정지용은 초기에 보여준 묘사적 기법을 여전히 능숙하게 구사
했음을 보여주는 증거이다. 이 작품은 정지용의 자연시 창작의 시발점
이 되는 작품으로도 평가받기도 한다.150) 정지용 시의 인식 전환을 보
여주는 시가 「瀑布」라는 것이다. 무엇보다 이 작품은 산골물의 흐름을

---

150) 오세영, 「지용의 자연시와 성정의 탐구」, 『한국현대문학연구』 12호, 한국현대문
학연구회, 2002, 251쪽.

의인화하여 생동감 있는 정서적 감응을 나타냄으로써 인간과 자연의 관계를 하나로 이어진 공존의 관계로 보는 동양적 생태관을 드러낸다는 점에서 주목된다.

오세영은 정지용의 자연시가 동양의 산수화가 내포하고 있는 은일의 정신을 담고 있다는 최동호의 견해[151]에 동의 하면서도 의미를 더 확장해야 한다고 주장한다. 정지용의 자연시는 "상자연(賞自然)을 통해 우주적인 의미-성정(性情)을 탐구하려는 목적에서 쓰여졌다"[152]는 것이다. 이는 성정을 우주적 개념인 이(理)와 기(氣)의 인간적 반영이라고 보는 데서 출발한다. 이(理)와 기(氣)의 원인이 되는 도(道)는 천(天)과 같고, 천은 자연으로 나타나는 까닭에 자연은 이(理), 기(氣)와 그것의 상응이라 할 성정이 실현하는 장이 되기 때문이다. 따라서 자연을 단지 감각적으로 묘사하지 않고 형이상학적으로 꿰뚫을 경우 곧 이(理), 기(氣), 성(性), 정(情)의 추구라 할 수 있다는 것이다.

생기발랄함과 천진난만성을 보여주는 「瀑布」에서 보여주듯이 정지용의 자연시는 성정을 탐구하여 우주적 의미를 성찰하려는 목적을 가지고 쓰여졌다는 오세영의 주장은 정지용의 자연시에는 결백성 혹은 정결성을 지향하는 의식이 나타나고 있다[153]는 이숭원의 주장과도 일맥상통한다. 자연 현상이자 우주적 순환 질서인 물의 흐름을 둘러싼 여러 대상과 산골물이 하나로 동화되어 '폭포'라는 두려우나 결코 피할 수 없는 새로운 세계를 맞이하는 이 시는 자연 세계의 순진성과 정결성, 인간과 자연이라는 자아와 세계의 동일성을 보여줌과 동시에 순환적 질서를 받아들임으로써 생태학적 관점에서의 질서가 우주적인 의

151) 최동호, 『하나의 도에 이르는 시학』, 고려대학교 출판부, 1997, 142쪽.
152) 오세영, 「지용의 자연시와 성정의 탐구」, 251쪽.
153) 이숭원, 『정지용 시의 심층적 탐구』, 158-160쪽.

미로 확장됨을 보여준다.

　살펴본바 정지용의 생태적 시학의 특징은 감각적 언어를 사용하여 자연에 대한 전통적인 표현 방식에서 벗어남으로써 스스로 그러한 모습으로 그 자리에 존재하는 자연을 새롭게 인식하고 보여주는 방식이다. 그리고 또 하나는 역동적이고 순환적이며 충일한 생명 기운으로서의 자연을 우주적 의미로 확장하여 표현하고 있다는 점이다. 생태적 인식의 관점과 세계관이 습합된 정지용 시에 나타나는 절제된 감정의 세계는 언어를 섬세하게 조율해 감각적인 시적 공간을 창출해낸 생태적 시학의 새로운 지평을 여는 언어 운용 방식이다. 이것은 인간을 포함한 생물 및 지수화풍(地水火風)의 4대 요소들의 총체적인 상호순환 관계를 상징주의적 영향을 받은 시들과는 다른 방식의 새로운 시적 감각으로 해석한 정지용식 생태적 상상력이 구체적으로 제시된 것이다.

3부

김소월 · 정지용 시의 생태학적 양상과 세계인식

김소월 · 정지용 시의 생태학적 양상과 세계인식

1. 유기론적 상상력의 생태시학

기술문명중심의 사유가 지배하는 현대의 윤리관이 동물이나 식물은 윤리 세계의 참여자로 인정받지 못하는 인간중심주의적 윤리관이었다면 탈현대에 와서는 생태 중심적 윤리관으로 전환된다. 생태 위기를 초래한 근대의 기계론적 자연관에 대한 반성으로서 대안적인 자연관들이 다각도로 모색되어온 결과이다. 대안적 자연관에서 핵심으로 떠오른 것은 '전체성'과 더불어 '유기체' 개념이라 할 수 있다.

자연 전체와 유기적 연결을 강조하는 셸링에 따르면 유기체는 자신의 구조 안에 원인과 결과의 연속이 자기 자신에게로 되돌아가는, 즉 스스로를 재생산하는 과정을 지닌다.[1] 전체로서의 유기체는 식물의 잎과 뿌리가 상호 관계하는 것처럼 서로 의존적으로 연결되어 있는 부분들의 전체적인 역동적 상호 작용을 통해서 생성되는 통일체이라는 의미이다. 낯선 관계인 부분이 외부의 힘에 의해 연결된 기계론적 전체

---

1) 조영준, 「셸링 유기체론의 생태학적 함의」, 『헤겔연구』 제24집, 한국헤겔학회, 2008. 285쪽.

개념과 달리 유기체에서 전체의 개념은 외부의 물리적 힘에 의해 부분이 강요적으로 연결되어 통일된 것이 아니라 상호 연관성과 상호 의존성에 의해 부분과 전체가 합일된 역동적인 자기조직화의 통일로 설명될 수 있다.

200년 전 셸링과 헤겔, 그리고 20세기 초 화이트헤드를 통해서 힘을 얻기 시작한 유기체적 자연관을 신과학적[2] 측면에서 새롭게 제시한 카프라에 따르면, 유기체는 상호 연관된 부분들의 역동적인 그물망[3]이기에 어떤 부분이 이 그물망에서 분리된다면 그것은 균형을 유지하는 전체로서의 자율성, 즉 하나의 완결된 역동적 실재로서의 자기 동일성을 잃어버리고 만다. 유기체는 생동하는 전체 시스템으로서, 전체와 부분이 상호 작용하며 협력하면서 스스로 조직하고 유지·발전한다. 기계는 직선적인 인과 관계율에 의해 작용하지만 유기체는 순환적이며 동시적인 작용으로 기능을 발휘한다. 유기체적 세계관은 전일적이고 시스템적 입장에서 모든 것을 부단히 변화하는 역동적인 것으로 본다.[4]

유기체론은 기계론적 자연관과 반대 입장을 견지한다. 생명 등의 생물학적 현상[5]들도 물질과 운동이라는 입장에서 물리적·화학적 과정으

---

2) 카프라는 동양철학을 서양과학과 결합하여 '신과학 운동'의 첫 장을 열어젖힌 것으로 평가받고 있다. 카프라는 1975년 발간한 『현대물리학과 동양사상(The Tao of Physics)』이라는 저서에서 상대성 이론과 양자 물리학을 기반으로 현대 물리학에서 나타난 세계관의 변화가 동양의 고대 사상 속에 담겨 있는 세계관과 얼마나 유사한가를 비교하며, 근대 이후의 기계론적 자연관을 유기체적 자연관으로 바꾸어야 함을 강조하고 있다.

3) 프리초프 카프라(Fritjof Capra), 김용정 역, 『생명의 그물』, 범양사, 1998. 62쪽.

4) 박준건, 「불교생태론을 다시 생각한다」, 『대동철학』 제46집, 대동철학회, 2009. 5쪽.

5) 이 부분에서 실증적 과학과 상보적 관계를 맺으면서 전개했던 베르그송의 생기론을 살펴볼 필요가 있다. 베르그송은 생명이란 에너지의 축적이며 이 축적된 에너지는 유연한 경로를 따라 흘러가 다양한 종류의 작업을 수행한다고 본다. 베르그송에

로 환원해 설명하려 했던 기계론적 자연관은 데카르트, 스피노자, 뉴턴 등에 의해 17세기 이후 근대 자연과학 발달의 사상적 배경이자 근대적 세계관의 핵심적 특징이 되었다. 기계론적 자연관은 자연을 생명이 없는 물질적 재료로 간주하는 반면 유기체론은 자연을 스스로 성장과 발생을 거듭하는 살아있는 주체로 본다.

주체라는 측면에서 셸링의 유기체적 자연관은 칸트나 헤겔의 유기체적 자연관과 뚜렷이 구분되며 매우 생태적이다. 칸트는 자연을 목적론적 유기체로 파악했으나, 자연의 합목적적 활동을 사물 자체 속에 상정하는 것이 아니라 인간을 위한 수단이라 보았다. 헤겔의 경우는 자연을 정신과 대립적으로 보는 이원론적 사유에서 벗어나 탐색했으나 정신적 존재로서의 인간의 자유 실현을 위한 매개로 규정한다. 그러나 셸링은 순환성을 바탕으로 서로 연결되어 있는 전체성, 통합성의 차원에서 유기체론을 고찰한다는 점에서 인간과 인간의 주체성을 절대화하는 칸트나 헤겔의 유기체론과 구분된다. 칸트와 헤겔이 인간중심적 관점에서 유기체론을 고찰했다면 셸링은 인간중심적 관점을 극복하고 있다는 측면에서 생태적 유기체론을 전개했다고 볼 수 있다.

생명이라는 측면에서는 화이트헤드의 유기체론을 주목할 필요가 있다. 실증주의 철학이 자연을 '가치'나 '생명'이 없는 것, 즉 이성이나 정신성을 갖고 있지 않는 것으로 파악한 반면 화이트헤드는 생명과 정신성을 구별하여 설명하면서 생명 속에 들어 있는 하나의 가변적인 것이 정신성이라고 보았다.[6] 화이트헤드에 따르면 생명의 의미는 자연 속에

의하면 살아 있는 개체들은 생기적 추동력이 그 에너지를 방출하고 또 다른 창조를 위해 스스로를 재조직하게 해주는 운반자들이다. 이것은 죽음 속의 생명이고 생명 속의 죽음이다. 키스 안셀 피어슨(Keith Ansell Pearson), 이정우 역, 『싹트는 생명』, 산해, 2005, 125-126쪽.

6) 김영진, 『화이트헤드의 유기체철학』, 그린비, 2012, 333쪽.

서 활동(activity), 응집성(coherence), 인과관계(causation)를 갖는 것이다.[7] 화이트헤드는 자연이 가진 생명을 부정하는 실증주의를 "곁에 있는 외투만을 검토하고, 그 속에서 외투를 받치고 있는 신체는 도외시하고 있다"고 비판한다.[8]

불교의 유기체적 자연관은 연기론(緣起論)을 통해 탐색할 수 있다. 생태론에서 강조하는 상호 의존성과 상호 연관성을 불교 용어로 바꾼다면 연기라 할 수 있다. 연기란 원인(因)과 어떤 관계(緣)가 화합하여 생겨난다는 것을 말한다.[9] 아함경(阿含經)에 의하면 "이것이 있으려면 저것이 있어야 하고, 저것이 있으려면 이것이 있어야 한다." "이것이 일어나므로 저것이 일어나고, 저것이 일어나므로 이것이 일어난다." "이것이 없어지므로 저것이 없어지고, 저것이 없어지므로 이것이 없어진다."[10] 이러한 연기는 서로 연결되어 있으며 서로 비추고 있는 연쇄적 그물인 인드라망(網) 사상과 연화장세계(蓮華藏世界) 사상[11]의 원리로

---

7) 화이트헤드는 자연 속의 생명 존재를 하나의 사건으로 규정하면서 여섯 가지 유형으로 나누고 있다. 첫째 유형은 신체와 정신을 갖는 인간의 존재이다. 둘째 유형은 곤충이나 척추동물 등과 같은 온갖 종류의 동물 생명체이다. 셋째 유형에는 모든 식물 생명체가 속한다. 넷째 유형은 생명을 지닌 단세포들이다. 다섯째 유형은 규모에 있어 동물 신체의 크기에 비견되거나 아니면 이보다 큰 그런 모든 무기적 집합체들로 구성된다. 여섯째 유형은 현대 물리학의 미세한 분석에서 드러나고 있는 미소한 규모의 사건들로 이루어진다. 김영진, 위의 책, 334쪽.
8) 김영진, 위의 책, 334쪽.
9) 김만권, 『불교학 입문』, 삼영출판사, (재판)1981. 84쪽.
10) 김만권, 위의 책, 76쪽.
11) 불교철학의 관계론은 인드라망(網)을 통해 설명되는 경우가 많다. 인드라망은 인드라라는 제석천의 한 없이 넓은 그물에 대한 이야기이다. 제석천의 그물에는 이음새마다 구슬이 한 개씩 있다. 그 구슬에는 이음새마다 붙어 있는 모든 구슬이 비치고 있다. 또 자신의 모습도 비치고 있다. 해서 그 구슬은 서로를 비추고 비추어주는 관계를 상징한다. 인드라망에는 모든 것이 끝없이 겹쳐 있는 구슬의 영상이 상호 연관 작용을 하며 다중 구조를 이루고 있는데, 마치 연꽃잎이 서로 겹쳐 있는 것과 같아서 연화장세계라 한다. 이것이 세계의 모습이다. 한 존재가 혼자 살아가는 것 같

서 오늘날 생태론의 유기체적 자연관을 관통하는 개념이라 볼 수 있다.

1) 김소월 시의 '동물' 상상력

김소월 시집『진달내꽃』에는 동물과 관련된 시가 여러 편 등장한다. 동물은 생물 중에서 식물에 대비되는 분류군으로서 다른 생물을 먹이로 해서 살아가는 생명체이다. 생태 철학에서는 지구 전체를 하나의 생태계로 보고, 지구의 생태계를 이루는 동식물을 포함한 모든 자연 개체가 다 유기적으로 살아있는 주체라 본다. 유기론적 관점은 이러한 특성으로 인해 물활론적이고 범신론적인 사유체계를 추동한다. 동식물에 상징을 부여하거나 동식물을 통해 길흉화복을 점치는 것도 그 가운데 하나이다. 그러나 기본적으로 서구철학에서는 인간이 마음대로 대해도 되는 것이 동물이라고 여겼다. 인간이 동물보다 우월하고, 동물이 가지지 못한 이성을 가지고 있다고 보았기 때문이다. 토마스 아나퀴스 역시 인간 우월주의를 주장했던 아리스토텔레스와 같이 인간의 이성적 작용이 다른 동물과 존재를 지배하는 요소라고 보았다. 동물은 도덕적으로 사고하고 행동할 수 있는 능력을 가지지 못했기 때문에 인간에 종속된다는 입장을 보였다. 이는 인간에게 세계의 모든 동물을 지배할 수 있는 권한을 주었다고 보는 기독교적 신관과 동일한 것이다. 데카르트는 더 나아가 고통을 느끼는 것조차도 인간과 동물이 차이를 가지고 있다고 주장했다. 이러한 논리들[12]은 동물은 기계와 같다는 서구의 오

지만. 실제로는 삼라만상의 모든 것들과 서로 연결되어 있고, 서로를 비추는 구조 속에서 공존하며 조화를 이루는 밀접한 관계라는 의미이다. 이것은 인간과 인간 사이의 관계만 아니라 인간과 인간을 둘러싼 바깥 세계와의 관계, 인간과 자연, 사물과 사물, 사물과 사물을 둘러싼 바깥 세계 등의 사이의 관계에도 그대로 적용된다.

12) 박원순,「'동물권'의 전개와 한국인의 동물 인식」,『생명연구』제3집, 서강대학교

래된 기계론적 사고에 의한 결과이다. 그러나 김소월의 시에 나타나는 동물은 인간은 물론 생존 환경을 이루는 땅이나 물, 바람, 햇빛 등과 조화를 이루며 상호 의존성을 통해 공생하는 관계를 보여준다. 즉 인간이 생활하는데 필요한 생물자원으로서의 존재가 아니라 살아있는 유기체적 주체로서 인드라망처럼 서로 연결되어 있는 모습을 보여주는 것이다. 이는 서구 사상의 토대를 이룬 인간 우월주의나 지배의식적 차원에서 동물을 대하거나, 그런 차원에서 사고하지 않고 있다는 것을 보여주는 생태적 인식이다.

『진달내쏫』에는 작품 제목에 동물 이름이 들어갔거나 내용에 동물이 등장하는 작품이 총 38편이다. 『진달내쏫』에 수록된 127편의 30%에 해당한다. 이 가운데 제목에 동물 이름이 들어간 작품은 「닭소래」 등 7편으로 조류가 3회로 가장 많이 등장하고, 가금류와 곤충이 각각 2회씩 등장한다. 동물 이름이 제목에는 들어가지 않았지만 시 내용에 동물이 등장하는 작품은 「失題」 등 31편이다. 여기에 등장하는 동물 종류와 횟수를 살펴보면 박쥐 1회, 새 12회, 닭 4회, 제비 2회, 개 1회, 기러기 1회, 종달새 1회, 귀뚜라미 3회, 까치 1회, 까마귀 4회, 말 2회, 뱀 1회, 솔개 1회, 개구리 4회, 반딧불 1회, 소 1회, 벌레 1회, 사슴 2회, 거미 2회, 갈매기 1회, 굼벵이 1회, 꿩 2회, 접동새 1회, 벌새 1회, 올빼미 1회, 노새 1회로 새, 벌레로 표현한 것까지 포함해 총 27종 53회이다. 등장 동물 중 조류가 28회로 가장 많이 등장하고, 두 번째로는 포유류 8회, 이어서 곤충류 7회, 양서파충류 5회, 가금류 4회, 벌레 1회의 순으로 등장한다. 상당수의 작품에 다양한 동물이 등장하고 있음을 알 수 있다. 그럼에도 김소월 연구에서 동물과 관련된 논문이나 비평은 찾아

생명문화연구원, 1997, 49-50쪽.

보기가 쉽지 않다. 이는 김소월의 시에 대한 더 다양하고 세밀한 연구가 요청되고 있음을 보여주는 부분이다. 동물과 관련된 시를 정리하면 다음과 같다.

① 제목에 동물 이름이 들어간 작품 : 7편

「닭소래」, 「개아미」, 「제비」, 「부헝새」, 「귀쭈람이」, 「접동새」, 「닭은 쇠 쭈요」

② 내용에 동물이 등장하는 작품 : 31편
(시 제목, 위치, 등장 동물, 시구(詩句) 순)

- 「失題」, 3연 2행, 박쥐 : 박쥐가 발쑤리에 니러납니다

- 「님의 말슴」, 2연 3행 새 : 새라면 두죽지가 傷한셈이라

3연 1행 닭 : 밤마다 닭소래라 날이첫時면

- 「봄밤」, 1연 1행, 닭 : 실버드나무의 검으스렷한머리결인 닭은가지에

1연 2행 ; 제비 : 제비의 넓은깃나래의 紺色치마에

- 「쏨」, 무연 1행, 닭·개 : 닭개즘생조차도 쏨이잇다고

- 「비단안개」, 3연 2행, 종달새 : 그째는 종달새 소슬쌔러라

- 「月色」, 무연 1행, 귀뚜라미 ; 달빗츤 밝고 귀쑤람이울쌔는

- 「나의집」, 무연 9행, 새 : 새벽새가 울며지새는그늘로

- 「녀름의 달밤」, 7연1행, 식새리(귀뚜리미의 정주 방언) ; 이윽고 식새리의 우는소래는

8연 3행 ; 식새리 : 식새리의 울음의넘는曲調요.

- 「오는 봄」, 1연 4행, 새 : 前에업시 흰새가 안자우러라.

3연 1행 ; 까치 : 새들게 짓거리는쌔치의무리.

3연 2행 ; 까마귀 : 바다을바라보며 우는가마귀

- 「물마름」, 1연 1행, 새 : 주으린새무리는 마른나무의

3연 2행 : 말 : 말멕여 물씨었든 푸른江물이

  -「들도리」, 2연 3행, 뱀 : 뱀의헐벗은 묵은옷은

3연 4행, 소리개 : 소리개도 놉피써서라.

  -「바리운 몸」, 2연 2행, 머구리(개구리의 방언) ; 머구리는 우러라

4연 1행, 반딧불 ; 누가 반듸불쇠여드는 수풀속에서

  -「저녁째」, 1연 1행, 말 · 소 : 마소의무리와 사람을은 도라들고 寂寂히븬들에,

1연 2행, 엉머구리(개구리의 일종) ; 엉머구리소래 욱어저라.

1연 4행, 새 : 웃둑웃둑한 드놉픈나무, 잘새도 깃드러라.

  -「默念」, 1연 3행, 머구리(개구리) ; 첫머구리소래를 드러라.

2연 3행, 머구리 : 이윽고, 비난수도머구리소리와함께 자자저라.

  -「悅樂」, 2연 3행, 벌레 : 헐버슨버레들은 쑴트릴째

2연 5행, 새 : 啄木鳥의/쏘아리는소리

  -「비난수하는 맘」, 2연1행, 갈매기 : 써도러라, 비난수하는맘이어, 갈메기 가치,

3연 3행, 거미 : 바람에나붓기라 저녁은, 흐터진거믜줄의

4연 3행, 닭 : 오직 날과날이 닭소래와함께 다라나바리며,

  -「찬 저녁」, 1연 4행, 까마귀 : 가마귀한쌍, 바람에 나래를펴라.

  -「招魂」, 3연 2행, 사슴 : 사슴이의무리도 슬피운다.

  -「개여울의 노래」, 굼벵이 : 우리가 굼벙이로 생겨낫스면!

  -「길」, 1연3행, 까마귀 : 가마귀 가왁가왁 울며새엿소.

5연2행, 기러기 : 저기러기/열十字복판에 내가 섯소.

  -「가는길」, 3연1행, 까마귀 : 저山에도 가마귀, 들에 가마귀,

  -「往十里」, 3연 1행, 새 : 웬걸, 저새야

3연 4행, 벌새 : 비마자 나른해서 벌새가 운다.

  -「鴛鴦枕」, 2연 3행, 꿩 : 봄쒱은 잠이업서

4연2행, 접동새 : 우는접동도/내사랑

-「山」, 1연 1행, 새 : 山새도 오리나무/우에서 운다

4연 2행, 새 : 山새도 오리나무/우에서 운다

1연 3행, 새 : 山새는 왜우노 시메山골

-「朔州龜城」, 2연 1행, 제비 : 물마자 함쌕히저즌 제비도

4연 3행, 새 : 못보앗소 새들도 집이그리워

-「집 생각」, 4연 1행, 까투리 : 까토리도 山속에서 색기치고

-「山有花」, 3연 1행, 새 : 山에서우는 적은새요

-「無言」, 2연 2행, 사슴 : 애러롭게도 우는山의사슴이

-「사노라면 사람은 죽는 것을」, 무연 11행, 개미 : 집짓는 저개마미

-「希望」, 1연 3행, 올빼미 : 山속의올뱀이 울고울며

-「江村」, 무연 4행, 노새 : 靑노새 몰고가는郎君!

동물이 등장하는 김소월의 시편은 크게 내면 심상을 물활론적 상상력으로 발현한 작품과 극기 의지를 주체적 상상력으로 발현한 작품으로 나눌 수 있다. 내면 심상을 보여주는 시편은 존재자로서 갖는 숙명적인 고독과 정한의 세계를 물활론적이고 범신론적인 상상력을 통해 노래하고 있는 반면 극기 의지를 보여주는 시편은 진취적이고 활력적인 주체로서의 상상력을 보여준다. 극기 의지를 보여주는 시편에 등장하는 동물은 기운이 충일하거나 열린 세계를 지향하는 것으로 형상화되는 반면 내면 심상을 보여주는 시편에 등장하는 동물은 대체적으로 화자의 심상을 상징하는 매개체로써 쓸쓸하고 안타까운 정조를 나타내거나 삶을 성찰하는 시선을 보여준다. 김소월의 동물 관련 시에 나타난 유기론적 양상은 시적 자아가 타자 또는 자아 바깥 세계와 맺고 있는 상호의존성이나 관계성을 살펴 볼 수 있게 한다. 이러한 물활론적이고 범신론적 상상력은 기계론적 유물론을 극복할 수 있는 생태시학의 한 면모이다.

(1) 내면 심상과 물활론

한국의 전통13)적 자연관은 자연을 살아있는 유기체로 인식하면서 신성을 가지고 영원히 존재한다고 믿는 방식이다. 해서 오래된 나무나 거대한 바위, 심심산골의 맑은 샘물 등에 치성을 드리거나 기원의 형식을 가진 의식을 해온 전통이 있다. 그것은 동물에 관해서도 마찬가지다. 삶을 같이 영위하는 동물은 하찮은 미물일지라도 인간과 유사·유관한 관계에 있다고 믿었다. 그러한 자연관은 동물과 인간을 혼인의 관계로 맺어놓기도 한다. 단군신화(檀君神話)는 곰이라고 하는 동물과 환웅(桓雄)이 혼례식을 치러 하늘의 질서와 땅의 질서 사이에 융합이 이루어졌음을 보여준다. 여러 민속에서 보여주는 동물 상징은 인간의 삶 속으로 들어와 길흉화복과 상관관계를 맺기도 하고, 토템사회에서 인간이 동물을 숭배하던 것에서 발생한 12지(十二支)에서는 신장(神將)의 형상을 갖는다. 12지신상(十二支神像)은 열두 방위(方位)에 대응하여 쥐(子)·소(丑)·호랑이(寅)·토끼(卯)·용(辰)·뱀(巳)·말(午)·양(未)·원숭이(申)·닭(酉)·개(戌)·돼지(亥) 등의 얼굴 모습을 가지며 몸은 사람으로 나타난다. 이것은 삼라만상은 영혼이 있으며 그 영혼이 인간에게 영향을 미친다는 믿음을 확인할 수 있는 것으로 자연을 하나의 유기체로 인식하고 있는 전통적 자연관 파악의 단초가 된다. 자연에 대한 인식과 태도가 물활론적이고 범신론적임을 확인 할 수 있는 부분이다. 물활론적이고 범신론적인 자연 인식은 인간의 내면 의식에서 출발하며, 유기론적 생태 사상과 밀접한 관계를 가진다.

---

13) 전통은 지난 시기에 이루어져 사회의 변화에 맞춰 계승되어온 정신적·물질적 산물을 의미한다. 이기백, 『한국전통문화론』, 일조각, 2002, 52쪽.

간밤에
뒷窓박게
부헝새가와서 울더니,
하로를 바다우헤 구름이캄캄.
오늘도 해못보고 날이저므네.

―「부헝새」

「부헝새」는 화자의 내면 심상을 간밤에 뒤창문 밖에서 울던 부엉이
로 치환시켜 놓은 작품이다. 이 시에 의하면 종일 바다 위에 겹겹 구름
이 쌓여 캄캄한 이유는 간밤에 부엉이가 와서 울었기 때문이다. 화자의
내면 심상도 바다 위 캄캄한 하늘처럼 침울하고 앞날이 보이지 않는 상
황에 놓여 있는 것이다. 즉 '부엉이-캄캄한 하루-화자의 심상'은 하나의
맥락을 이루고 있다. 부엉이 울음이 화자의 내면 심상에 우울하게 전이
되는 상관관계는 전통 민속을 통해 살필 수 있다. 민속에서는 부엉이를
불효와 죽음의 상징으로 본다. 어미를 잡아먹는 새라 여겼기 때문이다.
또 한밤중에 부엉이가 마을 가까이 와서 울면 그 마을에 상을 당하는
집이 생긴다는 속설이 있다. 주로 밤에 활동하는 부엉이의 특성으로 인
해 저승사자 이미지가 덧씌워진 탓이다. 해서 전통 민속에서는 부엉이
소리를 흉측하고 불길한 것으로 여긴다. 이 시의 부엉이는 불효나 죽음
과 직접적인 상관관계를 맺고 있지 않으나, 민속에서의 불길하고 어두
운 상징적 의미가 구름이 덮여 해가 드러나지 않은 자연 현상과 유기적
으로 결합하여 숙명적인 고독과 맞닥뜨린 화자의 심상으로 수렴되고
있는 것이다. 민속적 의미는 김소월의 시세계를 구성하는 유기체적 세
계관의 심층이다.

그러한 민속적 의미를 민족이 처한 시대적 상황과 결합하여 이 시를

살펴볼 수 있다. 물론 일제 치하에 저항하는 움직임을 이 작품이 직접적으로 보여주고 있지는 않다. 그러나 시가 상징과 은유를 통해 시대의 흐름을 보여준다는 점을 간과해서는 안 된다. 시인은 한 시대를 관통하면서 당대가 보여주는 여러 사건 사고들에 영향을 받을 수밖에 없다. 그러니까 부엉이의 울음과 종일 구름이 캄캄한 바다, 해도 못 보고 날이 저무는 저녁은 김소월이 시단 활동을 주로 펼친 1920년대의 시대적 상황과 상징적 의미에서 상당히 일치하고 있다. 1920년대는 주지하다시피 3·1운동이 실패로 끝난 뒤 이른바 문화 통치라는 이름으로 일제가 민족분열을 획책하던 시대이다. 이 시기에 2·8독립선언의 초안을 썼던 이광수가 친일파로 변절했고, 최남선 역시 민족대표 33인 중 한 사람으로 기미독립선언문의 초안을 작성했지만 친일파로 변절했다. 당대 지식인들과 민족적 영향력을 가진 인사들을 문화라는 이름으로 회유하는 이중적인 일제의 정책에 대한 비판 정신을 이 작품에 담아내려 했을 수도 있다는 것이다. 그러한 시대적 불길함과 희망이 보이지 않는 캄캄한 상황을 이 작품은 은유적으로 드러내려 했다고 해석할 수도 있다.

이러한 분석은 민속적 의미와 시대적 상황을 앞세움으로써 자칫 과도한 의미를 부여하는 오류를 범할 수 있다. 그러함에도 한 시대를 관통하는 시인의 시적 언어가 지닌 의미를 조금이라도 놓쳐서는 안 된다는 측면에서 그 가능성을 열어보는 것이다. 부엉이의 민속적 의미와 시대적 상황, 그리고 시적 의미가 하나의 구조 안에서 합일을 이루며 살아있는 주체로서의 역동적인 자기조직화를 실현하고 있기 때문이다.

표면적으로 「부헝새」에서 화자는 간밤의 부엉이 울음을 통해 캄캄하게 하늘을 뒤덮는 구름의 꿈틀거림을 경험하고, 다시 날이 저물어 부엉이들이 활동하는 어둠의 세계로 진입하는 영적인 자연의 모습을 본다. 지구 생태계의 한 부분이자 유기체인 부엉이는 시적으로 내면화되면서 '해도 못 보고 날이 저무는' 불운한 시대와 대면하고 있는 것이다. 하나의 생물로서의 부엉이도 유기적인 활동을 하지만 자연계 역시도 유기적 움직임으로 끝없는 순환을 한다. 이러한 점에서 부엉이와 날이 저무는 자연계는 물활론적인 영적 질서를 가진다. 자연계의 모든 것은 살아 움직이며, 변화무쌍한 영적인 존재로서 거대한 생태 그물을 이루고 있다. 따라서 동물에 어떤 상징이나 의미를 부여하는 민속의 속성은 자연계의 모든 것은 지배 대상으로서의 물질 덩어리가 아니라 생명이 있는 영적 존재라는 점을 되새기게 해준다. 그 시대의 금기, 또는 사회적 관습, 문화적 인식 등을 보여주는 민속이 시에 습합되어 물활론적인 정서와 인간의 숙명적인 고독이라는 새로운 의미를 창출하고 있음을 이 작품에서 살펴볼 수 있다.

> 山바람소래.
> 찬비쯧는소래.
> 그대가 世上苦樂말하는날밤에,
> 순막집불도 지고 귀뚜람이 운다.
>
> ─「귀뚜람이」

「부형새」가 침울하고 어두운 내면 심상을 표상한다면 「귀뚜람이」는 다소 쓸쓸하면서도 맑고 담백한 내면 심상을 나타낸다. 이를 위해 화자는 먼저 청각적인 요소 가운데서도 산바람과 찬비의 소리를 찾아낸다. 바람과 비는 장소와 시간, 그 형태에 따라 매우 다르게 이미지화된다. 바다에서 몰려오는 태풍이나 폭우와 같은 것은 매우 거칠고 역동적인 반면 적막한 밤에 주막집에 누워 듣는 산바람과 찬비 소리는 고요하고 적막한 이미지를 보여준다. 화자는 우주적 자연의 목소리를 가진 영적 존재들을 저와 같이 받아들이고 있는 것이다. 그러므로 바람과 비는 독립적이면서도 서로 호응하고 조화를 이루는 영적인 자연으로서의 면모를 갖추고 있다. 바람과 비는 "世上苦樂"을 "말하는" 진중하면서도 담담한 대화를 표상하는 대상이기 때문이다. 그리고 "순막집"이라는 장소와 "불"도 꺼진 밤이라는 공간은 인간 삶을 성찰하는 시간의 깊이를 보여준다. 귀뚜라미는 그 깊이에서 화자와 화자가 살아가는 세계 사이를 탄주하며 자연의 공명을 울리는 생명 존재임을 방증해준다.

한편, 단 4행의 짧은 시 「귀쭈람이」에서 지수화풍(地水火風)의 4대 요소를 만날 수 있다. "世上苦樂"을 겪으며 살아가는 세계가 땅이고, "찬비"는 순환하는 물이며, "순막집불"은 어둠을 밝히는 불이다. 그러한 땅과 물, 불과 바람은 우주만물을 구성하는 4가지 기본요소로서 4대(四大)라고도 한다. 불교에서는 우주의 일체 만물은 이 사대의 만남과 흩어짐을 통해 생성되기도 하고 소멸되기도 한다고 본다. 굳고 단단한 성질을 가진 땅은 만물의 재료가 되거나 만물을 품는다. 축축하고 흐르는 성질을 가진 물은 생명을 낳는 모성성을 가지고 있으며, 만물을 조화롭게 성장시키고, 순환한다. 끊임없이 움직이는 성질을 가진 바람은 만물에 생명을 불어넣고, 만물을 키우는 바탕이 된다. 뜨겁고 치솟는 성질을 가진 불은 만물을 재생시키는 힘을 가진 동시에 소멸시키는 힘을 가지고 있다. 「귀쭈람이」에서 바람과 물과 불과 흙은 매우 자연스럽게 조화를 이루고 있을 뿐 아니라 4대를 통해 화자는 자아가 자연 세계와 맺고 있는 관계성을 찾아낸다. 산바람과 찬비, 귀뚜라미, 그리고 화자가 발을 딛고 있는 땅의 4박자는 인간의 내면과 화음을 이루며 조화와 우주적 섭리를 따르고 있는 것이다.

「귀쑤람이」는 짧은 시이지만 물활론적 자연관을 통해 인간 삶을 성찰하고 있음을 보여주는 작품이다. 반성과 성찰은 이성이 지배하는 낮보다 적막을 통해 자아와 우주적 영성이 교감하기 좋은 밤에 더욱 활성화된다. 물활론적 생명으로서 산바람과 비, 순막집과 불은 깊은 화음을 이루며, 살아 있는 우주적 자연만이 낼 수 있는 신비로운 소리로 형상화된 내면 심상이다. 김소월은 새로운 영적 경험으로 다가온 서정의 맑고 담백한 심상을, 이상적 생태 공간인 자연과 시적 자아를 간결하게 대비하여 투영하는 방식으로 보여주고 있는 것이다.

> 접동
> 접동
> 아우래비접동
> 津頭江가람까에 살든누나는
> 津頭江압마을에
> 와서웁니다
>
> 옛날, 우리나라
> 먼뒤쪽의
> 津頭江가람까에 살든누나는
> 이붓어미싀샘에 죽엇습니다
>
> 누나라고 불너보랴
> 오오 불설워
> 싀새움에 몸이죽은 우리누나는
> 죽어서 접동새가 되엇습니다
>
> 아웁이나 남아되는 오랩동생을

죽어서도 못니저 참아못니저
夜三更 남다자는 밤이깁프면
이山 저山 올마가며 슬피웁니다

—「접동새」

　「접동새」는 소월이 배재고보를 다닐 때 쓴 작품으로 1923년 3월『배재』2호에 실었다. 접동새의 전설과 민담 분위기가 자연스럽게 조화를 이루어 소월의 시를 대표하는 뛰어난 민요조 서정시로 널리 알려져 있다. 이 시의 무대는 "夜三更" 남이 다 깊은 잠에 든 강마을의 밤이다. 소월은 그 강마을 숲속에서 들리는 접동새 울음을 듣고, 결혼을 앞둔 처녀가 계모의 구박에 시달리다 피붙이 남자형제들을 둔 채 죽었다는 전설에 그 울음을 수렴시켰다.14) 불행한 처녀의 일생에 접동새의 심상을 접목한 작품이라는 점에서 이 시에 등장하는 접동새는 단순하게 동물로서 구슬픈 느낌의 소리를 내는 조류의 한 종이 아니다. 전설에 휨과 꺾임의 곡절(曲折)을 휘감음으로써 내면의 서러움을 바깥 세계에 전달하는 샤먼과 같은 존재인 것이다. 즉 샤먼은 시적 자아가 안고 있는 숙명적인 고독을 대신하는 영적 존재이다. 그런 샤먼적 시선으로 소월은 접동새의 노래를 "접동/접동"이라는 두 음절 의성어의 울림을 활용하는 수법을 통해 풀어놓은 것이다. 이 두 음절 의성어는 접동새의 울음을 따라 감정의 파장도 함께 번져가는 독특한 청각적 리듬을 형성한다.
　이러한 연유로 「접동새」는 「招魂」과 더불어 샤머니즘적 측면에서

---

14) 이런 배경 설화를 지닌 접동새는 한국에서 자규, 두견새, 귀촉도 등으로 불리며, 그 울음소리가 구슬퍼서 한이나 서러움을 나타내는 대상으로 예부터 여러 시가에 등장하고 있다. 고려 의종 때의 문신 정서의 「鄭瓜亭」을 비롯해 고려 후기 문신 이조년의 시조 「多情歌」, 고려 말기의 문신인 정몽주의 한시 「宿湯站」, 조선 중기의 학자인 정철의 한시 「夜坐聞鵑」, 조선조 유배가사의 시효로 알려진 조위의 「萬憤歌」, 조선 후기의 학자 권구의 시조 「屛山六曲」 등에서 확인할 수 있다.

생태적 상상력을 검토할 수 있다. 소월의 시가 샤머니즘적 경향을 보이는 것은 결코 낯선 일이 아니다. 전설이나 민담 등 한국의 전통성에 착근한 물활론적이고 순환론적인 소월의 시적 시선은 당연히 샤머니즘적 생태학과 친연성을 가질 수밖에 없는 당위성을 갖고 있기 때문이다. 샤머니즘적 시선으로 접동새 전설을 불러냈을 때 "접동/접동"이라는 두 음절 의성어에 이어지는 "아우래비접동"은 하나의 주술과 같은 리듬을 생성해낸다.

주술은 샤머니즘에서 매우 중요한 양식이나 형식, 또는 의식의 하나이다. 이 시에서 아우래비접동은 5연의 "아웁이나 남아되는 오랩동생"이라는 구절을 통해 아홉과 아우와 오래비, 그리고 접동새의 합성신조어라는 사실을 알게 되지만, 접동새의 울음이 토해내는 주술의 소리로서 온 우주를 영적인 리듬으로 가득하게 만드는 울림을 남긴다. 아홉이나 되는 오빠와 동생을 "죽어서도 못니저 참아못니저" 하는 처녀의 정한을 "이山 저山 올마가며 슬피" 우는 접동새의 울음 속에 쟁여 넣음으로써 "아우래비접동"은 서러운 마음의 밑바닥에서 끌어올린 활음조(euphony)로서의 기능을 한다. 이러한 울림은 주술적 언어의 형태를 가짐으로써 시적 자아가 내보이고자 하는 전통 서정적 정조에 자연스럽게 가 닿고, 물활론적이고 범신론적인 생태적 사유의 세계를 활성화시킨다.

(2) 극기 의지와 주체

김소월 시에서 극기 의지는 유기적 생명체를 통해 상징화되어 나타난다. 극기 의지와 유기적 생명체는 욕망하는 주체라는 관계성을 가진다. 유기적 생명체의 본능은 역동적으로 생존을 실현한다. 연습이나 모방 없이 태어날 때부터 유전적으로 몸에 지니고 있는 개체 유지 본능은 생명의 욕망으로서, 욕망하는 주체라는 의미를 갖는다. 욕망하는 주체는 외부의 억압을 이겨내려는 역동적인 의지를 내장하고 있다. 외부의 억압을 이겨내고 자신으로 돌아가려는 의지, 이 극기 의지로 인해 타자를 억압하지 않는다. 따라서 욕망하는 주체는 부와 가난이라는 계급적 갈등, 남성과 여성이라는 이분법적 갈등과 같은 외부의 억압에서 벗어나 다른 주체와 만나는 통로로서의 얼굴을 가진 차별 없는 주체이다.

다른 모든 존재 역시 욕망하는 주체임을 인정하고 다른 존재를 수단이나 도구로 여기지 않는 이러한 사유에는 근본 생태주의에서 강조하는 유기적 생태계 구현의 방향성이 반영되어 있다. 근본 생태주의는 세상 만물이 물질과 정신의 순환을 통해 역동적으로 생성되고 성장하며 소멸한다는 입장을 가지고 있다. 한스 요나스나 프리초프 카프라와 같은 근본 생태주의 철학자들은 생명체의 탄생과 죽음을 하나의 순환성으로 파악하면서 물질과 정신의 순환 관계를 바라보았다.[15] 삼라만상이 물질이 아니라 각각 역동적인 생명을 가진 하나의 존재라는 사실을 입증하는 것이 바로 순환성이라고 보았기 때문이다. 모든 유기체는 정신적인 것을 형성하며, 고도의 정신세계에 도달했다 해도 유기체로서 물질적인 한 부분으로 남는다고 보는 정신과 물질의 상호 순환 이론은 단계적 진화의 창조적 근원에 관한 답으로 제시된다. 이러한 사유는 인간중심주의 혹은 이성중심주의가 지배하던 종래의 인식을 뒤엎고, 모든 물질이 생성과 사멸 과정을 거치면서 생명으로의 진화 능력을 잠재적으로 가지고 있다고 보는 생태적 인식을 심어주었다.

김소월의 동물을 주제로 한 시에 나타난 생태적 사유는 유기적 관계

---

15) 한스 요나스(Jonas, Hans), 김종국·소병철 역, 『물질·정신·창조-우주의 기원과 진화에 관한 철학적 성찰』, 철학과 현실사, 2007, 86-87쪽. ; 프리초프 카프라, 『현대물리학과 동양사상』, 313-314쪽.

성을 바탕으로 외부의 억압을 이겨내고 새로운 세계를 열어가려는 의지를 보이고 있다. 이것을 극기 의지를 가진 유기적 생명성이라 할 수 있다. 유기체가 보여주는 탄생과 성장, 사멸의 순환 과정은 자연에서도 동일하게 이루어진다. 저녁과 아침, 밤과 낮, 사계절의 순환은 자연 역시 물질이 아니라 역동적인 하나의 생명 존재라는 사실을 반영하는 것이다. 김소월 시에 등장하는 유기체들은 상호 관계 속에서 순환하며 역동적으로 바깥 세계와 교섭하는 모습을 보인다. 다음의 시 「닭은소쭈요」에서는 동물과 자연과의 상호 교섭을 통해 이루어지는 극기 과정과 열린 세계로 나아가려는 화자의 의지를 살필 수 있다.

닭은 소쭈요, 소쭈요 울제,
헛잡으니 두팔은 밀려낫네.
애도타리만치 기나긴밤은⋯⋯⋯⋯⋯
숨쎄친뒤엔 감도록 잠아니오네.

우혜는靑草언덕, 곳은 집섬,
엇저녁대인 南浦배깐.
몸을 잡고뒤재며 누엇스면
솜솜하게도 감도록 그리워오네.

아모리 보아도
밝은燈불, 어스렷한데.
감으면 눈속엔 흰모래밧,
모래에 얼인안개는 물우혜 슬제

大同江뱃나루에 해도다오네.
— 「닭은소쭈요」

「닭은쇠우요」는 시적 자아의 극기 과정을 유기적 생명체인 닭의 상징적 의미와 결합하여 나타내고 있다. 닭은 새벽을 상징하는 동물로서 새로운 세계의 열림을 암시한다. 닭의 새벽 상징은 주역의 팔괘에서 유래한다. 팔괘에서 닭으로 비유되는 괘는 손괘(巽卦)인데, 손(巽)의 방위는 동남쪽이다. 동남쪽은 여명이 시작되는 곳이고, 여명은 희망의 빛이라는 의미를 가진다. 그래서 닭은 새로운 빛의 탄생을 예고하는 존재이고 절망을 딛고 일어서는 희망의 도래를 의미하는 존재이다. 한편 신라 설화에서는 닭을 상서로운 것으로 보고 있다. 탈해왕 때 김알지를 얻자, 숲 속에서 닭이 울었으므로 국호를 계림으로 고쳤다고 한다.[16]는 설화는 신비성을 부여하는 방식으로 닭을 신성화하고 있다. 이는 닭의 울음과 새 인물의 탄생을 등가에 놓고 있음을 보여주는 사례. 「닭은쇠우요」는 이러한 닭의 상징과 설화적 신성성을 수렴하는 것으로 첫 행이 시작된다.

그 첫 행에서 시적 자아인 화자는 그리움에 애가 타는 꿈에 시달리다가 닭의 울음소리를 듣고 잠을 깬다. 닭이 운다는 것은 이내 희망의 빛이 밝아 어둠을 물리칠 것이라는 의미를 가지고 있다. 그러니까 이 작품에서 유기체가 발현하는 생명 현상은 자연과 상관관계를 맺으면서 상징화 된다. '닭 울음'과 '새벽'은 유기적 연관성을 가지며 '어둠'에서 '새벽'으로 이어지는 순환의 시간을 같이 한다. 그러나 '닭'이 울었다고 해서 빛이 그냥 오는 것은 아니다. "애도타리만치 기나긴밤"을 보낸 뒤에야 맞이할 수 있는 것이다. 또한 새벽은 단박에 환한 아침을 풀어놓는 것이 아니다. "몸을 잡고뒤재"는 안타까움의 시간도 풀어놓으며 아침을 몰고 오는 것이다. 그러므로 이 시의 닭은 단순하게 뱃나루 마을

---

16) 일연(一然), 김원중 역, 『삼국유사』, 을유문화사, 2002, 70쪽.

에서 우는 닭이 아니다. 익히 아는 바와 같이 이 작품은 1922년『開闢』에 발표되었다. 이 시기가 3·1운동 실패로 전 국민이 실망과 좌절의 늪에 빠져있던 때라는 점을 상기하면 그 의미는 더욱 의미심장해진다. 때문에 닭의 새벽 상징은 "숨째친뒤엔 감도록 잠아니오"는 절박한 인식의 양상으로 전개된다.

치열한 갈등의 상황은 희망의 시간으로 가기 위한 진화의 움직임이다. 진화는 새로운 탄생의 전제조건이다. 이제 화자는 닭의 울음 소리를 듣고 잠에서 깼지만 어제 저녁에 "南浦배깐"에서 보았던 풍경을 떠올리며, "大同江뱃나루"를 본다. 아직 박명의 시간이라 "燈불, 어스렷"하지만 마음은 벌써 "흰모래밧"에 "안개"가 어리우고, "大同江뱃나루"에 해가 돋아오는 것과 만난다. 이 시가 보여주는 바와 같이 '애타는 밤'의 고난을 겪으면서도 새벽을 기다리는 극기 의지는 실의와 절망에 빠진 한 시대의 어둠을 끝끝내 이겨내는 추동력 역할을 한다. 따라서 이 시에서 "쇠수요, 쇠수요"하고 우는 "닭"의 울음에 맞춰 새로운 세계를 열며 "도다오"는 "해"는 하나의 사물이 아니라 소월만의 유기적 상상력이 탄생시킨 우주적 생명체이다.

> 진달내 쏫치퓌고
> 바람은 버들가지에서 울째,
> 개아미는
> 허리가늣한 개아미는
> 봄날의한나절, 오늘하루도
> 고달피 부주런히 집을지어라.
> ― 「개아미」

「개아미」는 봄날에 집을 짓는 개미를 객관적 상관물로 하여 화자의 극기 의지를 나타내고 있는 작품이다. 이때 화자는 욕망하는 주체이다. 그러한 주체는 진달래, 버들 등의 식물과 개미라는 동물의 조화를 통해 생태계의 유기적 관계성을 나타내면서 그러한 의미를 선명하게 보여준다.

드러나는 바와 같이 이 작품은 먼저 꽃 피는 진달래와 버들가지에서 우는 바람을 보여준다. 봄은 사멸된 자연이 순환의 시간을 거쳐 재생하는 계절이다. 이러한 때에 화자는 "허리가늣한 개아미"들의 행렬을 보았을 것이다. 개미는 작으면서도 부지런하고 일을 열심히 하는 동물로 인식되고 있다. 덩치 작은 사람이 부지런하게 일하는 모습을 개미처럼 일한다고 비유하거나, 여러 사람이 협동하여 일하는 모습 역시 개미떼 같다는 표현으로 비유하는 것도 그런 인식에 연유한다. 해서 화자는 그 개미를 보고 "봄날의한나절"을 "고달피 부주런히 집을지어라"고 말한다.

이 지점에서 이 작품의 마지막 행에 등장하는 "고달피"와 "지어라"를 주목하여 살필 필요가 있다. 문자 그대로 받아들이면 오늘 하루도 몸과 처지가 힘겹도록 집을 지어라는 것이 되기 때문이다. 따라서 시의 기능 가운데 하나가 현실의 상처나 숨겨진 부분을 역설이나 반어 등 다양한 방법으로 함축하여 나타낸다는 점을 상기하지 않을 수 없다. 소월이 본격 시 창작을 시작했던 1920년대에는 이른바 '자치론'이 등장한 시대이다. 이광수 등에 의해 주장된 자치론은 사실상 불가능한 독립을 위해 피를 흘릴 것이 아니라 일제와 타협하여 한반도 내에서 자치권을 가지도록 해야 한다는 논리이다. 이로 인해 친일적 입장으로 돌아서는 국민이 급격히 늘어나게 되었다. 이러한 시대적 흐름을 직시한 소월은 욕망하는 주체로서 반어적 기법을 사용해 속뜻을 감추어 표현한 것으로 보인다. 즉 식민지 조국의 백성을 개미로 비유하여 오늘의 현실은 몹시 고달프지만 부지런히 노력하여 집을 지어야 한다는 속뜻을 담았다는 의미이다. 당연히 이 작품에서 "집"은 일제 치하에서 벗어나 독립을 회복한 조국을 상징한다. 그러므로 이 작품은 개미를 객관적 상관물로 삼아 유기적 생명의 극기 의지를 보여주는 하나의 사례가 된다. 이러한 경향은 「제비」를 통해서도 살펴볼 수 있다.

> 하늘로 나라다니는 제비의몸으로도
> 一定한깃을 두고 도라오거든!
> 어찌설지안으랴, 집도업는몸이야!
>
> —「제비」

단 3행의 이 작품은 제비를 객관적 상관물로 하여 화자가 말하고자하는 바를 이야기한다. 객관적 상관물은 사물과 사건을 통해서 감정을 객관화 하려는 창작기법이다. "하늘로 나라다니는 제비의몸으로도/一定한깃을 두고 도라오거든!"과 같은 표현에서 "하늘로 나라다니는 제비"는 돌아갈 곳이 없는 나와 대조적인 것으로 귀소성을 돋보이게 한다. 널리 알려져 있다시피 제비는 귀소본능에 충실한 동물 가운데 하나이다. 소월은 이 객관적 상관물로 자신이 나타내고자하는 사상-정서-감정을 표현하고 있는 것이다. 이어 3행에서 시인은 객관적 상관물이라는 간접발화의 형식이 아닌 직접 화법으로 나라를 잃은 식민지 백성의 고단한 처지를 "어찌설지안으랴, 집도업는몸"으로 나타내고 있다. 욕망하는 주체인 소월은 이 짧은 작품에서 감정이입, 대조적 자연, 객관화를 통한 정서 투영이라는 간접적 정서 표현과 직접 화법을 동시에 구사함으로써 강렬한 인지적, 정서적 충격을 불러일으키고 있다. 이러한 양식은 유기적 생명체인 제비를 통해 식민지 치하에 놓인 백성들의 입장을 선명하게 나타낸다. 만약 이 작품이 그러한 백성의 처지를 나타내는 것으로 그 역할을 마친다면 좋은 시라 할 수 없다. 앞서 살펴본 「개아미」와 마찬가지로 이 작품은 제비를 객관적 상관물로 삼아 유기적 생명체로서의 극기 의지를 보이면서 제비가 돌아오는 이 봄에는 '집도 없는 서러운 몸'의 신세를 면하자는 반어적 속뜻이 담겨있는 시편이다. 물론 이 작품에서도 "집"은 일제의 억압에서 해방된 조국을 의미한다. 따라서 이 작품은 "일정한깃을 두고 도라오"는 "제비"처럼 이제 우리도 1910년 국권피탈(國權被奪)의 경술국치(庚戌國恥) 이전 독립된 조국으로 돌아가자는 의미를 전하고 있는 것이다. 이러한 의미를 객관적 상관물을 통해 간접적으로 말할 수밖에 없는 식민지 조국의 시인의 처지가 "집도업는몸"이라는 시구를 통해 그대로 전달된다.

김소월은 동물 관련 시를 통해 시적 자아의 현실 인식과 동물의 상징성을 시대적 상황과 연결해 다양한 방식으로 표현하면서 유기적 생태 시학의 사유를 보여준다. 그의 유기적 생태 시학은 내면 심상을 물활론적 동물 상상력을 통해 보여주거나 극기 의지를 주체적 동물 상상력을 통해 보여주는 양상을 띤다. 그 양상들은 내면 심상을 장악하고 있는 인간의 숙명적인 고독, 그리고 시대적 갈등과 고통을 이겨내고 새로운 공간을 열어가려는 의지를 욕망하는 주체의 세계이다. 그럼에도 김소월의 동물 관련 시는 아직 다른 연구자에 의해 논문 등으로 구체적인 분석이 이루어진 경우를 찾아보기가 쉽지 않다.

김소월의 유기적 생태 시학은 시적 대상과의 상호 주체적 동일화를 통해 내면화된 인간의 숙명적인 고독을 이상적 생태 공간인 자연에 습합시키며 조화로운 하나의 노래로 탄생시킨다. 또 그 한편으로는 시대적 난관을 헤쳐 나가려는 극기 정신을 객관적 상관물을 통해 반어적으로 은유하여 의미화 한다. 그러나 후자의 경우는 적극적이고 직접적인 저항적 민족의식을 나타내지 않고 있으며, 작품이 소품이라는 한계를 안고 있다. 이는 3·1운동의 실패로 심리적으로 위축된 상황에서 일제 치하의 문화적 억압의 파고를 넘어서려는 고육지책의 하나로 보인다. 3·1운동의 실패는 소월에게 인식-촉발 결정(recognition-primed decision, RPD)의 한 모델이 되었을 것이다. 인식-촉발 결정은 복잡한 상황 속에 직면한 사람이 빠르고 효과적인 결정을 내리는 것을 이른다. 어떤 상황이 주어졌을 때 시간적 압력과 위험성을 최소화하는 방법은 이전의 경험을 바탕으로 직관적 형태의 신속 자동적인 결정을 내리는 일이라 볼 수 있는 까닭이다. 그럼에도 그러한 소극적 저항 정신으로 인해 김소월의 시들은 그동안 「바라건대는 우리에게 우리의보섭대일짱이 잇섯드면」 등 몇 편을 제외하고는 전통 서정시의 범주에서 주로 연구되어 왔고, 남성적인 면모보다 여성적 목소리가 강조되어 왔던 것이 사실이다. 그것은 당연히 김소월의 작품을 민요적 서정시의 측면이나 여성적 목소리를 가진 화자의 님 지향성 측면에서 고찰한 결과이다.

하지만 김소월의 작품을 생태적 시학의 관점에서 분석하게 되면 살펴본 바와 같이 그간의 연구를 토대로 새롭고 다른 의미가 추출된다. 그 까닭은 시가 인간의 삶이나 인간의 사상과 완전히 분리된 별개의 것이 아니기 때문이다. 시대적 배경과 인간 생활의 보편적 경험에 기초하여 축적된 것이 인간의 사상이고, 그러한 것들은 생태적 시학에서 존재-사건의 계기, 혹은 생성이라 부르는 것이다. 생성은 촉발이고 뿌리내림이다. 인간의 삶, 그리고 인간의 사상에 심도 있는 뿌리를 내려 유기

적인 몸이 될 때 시는 육화된 언어로서 승화된 리얼리티를 얻는다. 김소
월의 동물 관련 시는 생태 시학의 유기론적 양상이라는 새로운 측면에
서 상상력의 지평을 검토할 수 있게 하는 생성의 지점에 있다. 그러한
지점은 서구의 기계론적 사고나 이성 중심주의로는 만나기가 쉽지 않
은 부분이다. 뿐 아니라 김소월의 생태 시학은 한국 현대 생태시의 지평
을 넓힘과 동시에 한국 현대시사의 영역을 확장하는 의의를 획득한다.

2) 정지용 시의 '바다' 상상력

정지용의 시에서 바다는 주로 초기 시편에서 많이 등장하는데, 스스
로 성장과 발생을 거듭하는 유기체적 모습을 나타내 보인다. 방법적 면
에서는 이미지즘의 원리에 기초를 두고 있는 것이 특징이다.[17] 정지용
을 이미지스트라거나 모더니스트로 칭한 것은 바다 관련 시편에 많이
나타나는 시각적 상상력에 기인한다.[18] 시각적 상상력은 자연의 유기
적 역동성을 드러내는데 유용한 방법 가운데 하나이다. 정지용은 그 시
각적 상상력을 원동력으로 삼음으로써 한국시를 근대적 차원에서 현
대적 차원으로 끌어올리는데 성공했다.[19]

정지용의 시 가운데 '바다'라는 제목을 사용했거나 '해협' 등 바다를
시적 공간으로 삼은 '바다' 관련 시는 모두 19편이다. 시집에 실린 작품
이 17편이고 미수록 작품이 2편이다. 시집에 실린 17편 가운데 16편이
『정지용 시집』에 수록되어 있고, 『백록담』에는 1편만 수록되어 있다.
먼저 『정지용 시집』에 수록되어 있는 바다 관련 시의 제목을 살펴보면

---

17) 김재홍, 『한국현대시인 연구(2)』, 일지사, 2007, 83쪽.
18) 양왕용, 「1930년대 한국시의 연구」, 『어문학』, 26호, 한국어문학회, 1972, 26쪽.
19) 김시태, 「지용의 새로움」, 『연암 현평효박사 회갑기념논총』, 1980. 9, 176쪽. 김신
　　정, 『정지용의 문학세계연구』, 깊은샘, 2001, 48쪽에서 재인용.

1부에「바다 1」,「바다 2」,「해협」,「다시 해협」등 4편, 2부에「오월 소식」「갑판 우」,「선취」,「풍랑몽 1」,「풍랑몽 2」,「바다 1」,「바다 2」, 「바다 3」,「바다 4」,「바다 5」,「갈메기」등 11편, 4부에「갈릴리아 바다」등 1편으로 총 16편이다.『백록담』에는 2부에 바다 관련 시가 1편이 수록되어 있는데 제목은「선취」이다. 시집에 실리지 않은 작품은「바다 1」,「바다 2」인데 깊은샘에서 출간된 이숭원 주해『원본 정지용 시집』에는 수록되어 있지 않고, 권영민이 펴낸『정지용 시 126편 깊이 읽기』의 4부 '미수록 시 다시 읽기'에 실려 있다. '바다'라는 제목을 사용한 시의 경우 발표 당시에는「바다」로 되어 있으나 시집에 수록하면서「바다 1」,「바다 2」등과 같이 번호를 넣어 다른 작품과의 혼동을 방지하려는 의도를 보이고 있다. 그러나「바다 1」,「바다 2」의 경우『정지용 시집』1부와 2부에 내용은 다르나 동명으로 실려 있고, 시집 미수록 작품 2편 역시 내용은 다르나 동명을 가지고 있어 혼란의 소지가 있으므로 인용할 때 주의가 요망된다. 본고가 기초자료로 삼은 깊은샘 간행의 이숭원 주해『원본 정지용 시집』에 따르면『정지용 시집』과『백록담』등 2권의 시집에 실린 바다 관련 시의 발표지면과 창작 시기는 다음과 같다.

① 「바다 1」은『시문학』2호(1930. 5)에「바다」라는 제목으로 발표되었다. 『정지용 시집』에 수록하면서 다른 '바다' 시편과의 혼동을 방지하기 위해 번호를 붙인 것으로 짐작된다.『정지용 시집』2-4페이지에 수록되어 있다.
② 「바다 2」는『시원』5호(1935. 12)에「바다」라는 제목으로 발표되었다.「바다 1」과 마찬가지로『정지용 시집』에 수록하면서 다른 '바다' 시편과의 혼동을 방지하기 위해 번호를 붙인 것으로 짐작된다.『정지용 시집』5-6페이지에 수록되어 있다.

③ 「해협」은 『가톨릭청년』 1호(1933. 6)에 「海峽의 午前二詩」라는 제목으로 발표되었다. 『정지용 시집』 22-23페이지에 수록되어 있다.

④ 「다시 해협」은 『조선문단』 4권 2호(1935. 7)에 발표되었다. 『정지용 시집』 24-25페이지에 수록되어 있다.

⑤ 「오월소식」은 『조선지광』 68호(1927. 6)에 발표되었다. '1927. 5. 京都'로 창작 시점이 표기되어 있다. 『정지용 시집』 30-31페이지에 수록되어 있다.

⑥ 「갑판 우」는 『문예시대』 2호(1927. 1)에 발표되었다. '1926년여름 玄海灘 우에서'라고 창작 시점이 표기되어 있다. 『시문학』 2호(1930. 5)에 재발표 되었다. 『정지용 시집』 42-43페이지에 수록되어 있다.

⑦ 「선취」는 『학조』 2호(1927. 6)에 발표되었다. 『시문학』 1호(1930. 3)에 재 발표되었다. 『정지용 시집』 58페이지에 수록되어 있다.

⑧ 「풍랑몽 1」은 『조선지광』 69호(1927. 7)에 「風浪夢」으로 발표되었다. '1922. 3. 麻浦下流 玄石里'로 창작 시점이 표기되어 있다. 『정지용 시집』 76-77페이지에 수록되어 있다.

⑨ 「풍랑몽 2」는 『시문학』 3호(1931. 10)에 「바람은 부옵는데」로 발표되었다. 『정지용 시집』 78페이지에 수록되어 있다.

⑩ 「바다 1」은 『조선지광』 64호(1927. 2)에 다음의 「바다 4」까지 「바다」 라는 하나의 작품으로 발표되었다. '1926. 6. 京都'로 창작 시점이 표기되어 있다. 최초 발표되었을 때는 4단락으로 되어 있던 작품이다. 『정지용 시집 』에 수록하면서 각 단락을 독립된 작품으로 보아 「바다 1」, 「바다 2」, 「바 다 3」, 「바다 4」로 분리 발표한 것으로 짐작된다. 『정지용 시집』 84페이지 에 수록되어 있다. 「바다 2」, 「바다 3」, 「바다 4」는 각각 『정지용 시집』 85, 86, 87페이지에 수록되어 있다.

⑪ 「바다 5」는 『조선지광』 65호(1927. 3)에 「바다」로 발표되었다. '1925. 4'로 창작 시점이 표기되어 있다. 일련번호 5는 다른 '바다' 시편과의 혼동을 방 지하기 위해 붙인 것으로 짐작된다. 『정지용 시집』 88-89페이지에 수록되 어 있다.

⑫ 「갈메기」『조선지광』 80호(1928. 9)에 「갈매기」로 발표되었다. '1927. 8'로 창작 시점이 표기되어 있다. 『정지용 시집』 90-91페이지에 수록되어 있다.

⑬ 「갈릴리아 바다」는 『가톨릭靑年』 4호(1933. 9)에 발표되었다. 『정지용 시집』 138-139페이지에 수록되어 있다.

⑭ 「선취」는 발표 시점이나 창작 시점을 알 수 없다. 『백록담』 51-55페이지에 수록되어 있다.

민음사 출간의 권영민이 펴낸 『정지용 시 126편 깊이 읽기』에 따르면 시집에 실리지 않은 「바다 1」, 「바다 2」의 발표지면과 창작 시점은 다음과 같다.

⑮ 「바다 1」은 『신소설』 5호(1930. 9)에 「바다 2」와 함께 발표되었으나, 시집에 수록되지 않았다. 편집 과정에서 누락된 것으로 보인다. 「바다 1」은 『정지용 시 126편 깊이 읽기』 711페이지에 수록되어 있고, 「바다 2」는 같은 책 714페이지에 수록되어 있다.

정지용의 바다 시편은 크게 열린 세계를 상징하는 바다와 닫힌 세계를 상징하는 바다라는 두 가지 양상을 보여준다. 열린 세계를 보여주는 바다는 활력이 넘치는 기운생동(氣運生動)의 바다로 형상화되는 반면 닫힌 세계를 보여주는 바다는 쓸쓸함과 고독, 서러움과 공포, 어둠과 우울이 교차하는 공간으로 형상화된다. 그러한 두 가지 양상의 바다 상상력은 정지용의 시적 자아가 대면하고 있는 현실 인식과 생태적 세계관을 파악할 수 있는 토대이다.

바다는 산이나 들판 등의 자연과는 다른 특성을 가진다. 바다는 지구 표면의 70%를 차지하고 있으며, 플랑크톤, 해조류, 어류, 포유류, 파충류, 갑각류 등의 많은 생명체가 살고 있는 유기적 공간이다. 바다는 생명의 첫 출발지[20]로서 그 환경 요소는 매우 복잡하고 끊임없이 변화하

20) 포티에 따르면 생명은 깊은 바다 밑에 있는 온천의 분출이 이루어지는 곳에서 시작됐다. 황이 풍부한 고대의 온천은 생명의 요람이었으며, 화산성 액체가 뿜어져 나

는 까닭에 많은 동물 개체군에게 한결 같은 생존 환경을 제공하지 않는다. 정지용의 생태적 시학 양상은 바다가 가진 복잡성과 순환성, 역동성의 앞면과 뒷면이며, 생명 탄생지로서의 활력과 수시로 변모하는 생명의 환경적 특성이 그대로 반영된 유기론적 상상력이다.

(1) 열린 세계의 생명 표상

정지용의 바다 생태학은 유기론적 상상력의 결집이라 해도 무방하다. 정지용의 바다 관련 시는 개방적 생명성의 활력과 다층적 상상력이 결합됐을 때 적극적이며 지속적인 무한성과 미래를 보여준다. 뿐만 아니라 우리를 넓은 세계로 이끌어나가 새로운 감각을 경험하게 한다. 바다 속에 내륙의 풍경을 옮겨 놓는 것도 그 가운데 하나이다. 그것은 인위적으로 주입하는 하나의 사물적(事物的) 감각이 아니라 현재 우리가 머물러 있는 곳을 넘어나가 넓은 공간에서 구체적 자연의 감각적 매력을 느끼게 하는 것이다. 바다 풍경들은 하나의 고유한 세계를 이루면서도 긴 지속과 무한한 펼쳐짐을 통해 다른 새로워진 세계가 되어 우리 느낌이나 생각 속에 포개어진다.

> 고래가 이제 橫斷 한뒤
> 海峽이 天幕처럼 퍼덕이오.
>
> ……힌물결 피여오르는 아래로 바독돌 자꼬 자꼬 나려가고,

오는 중앙 해령의 검은 연기 기둥은 생명의 초기 환경을 보여주는 모형이 될 수 있다고 본다. 리처드 포티(Fortey, Richard), 이한음 역, 『생명, 40억년의 비밀』, 까치, 2007, 66-67쪽.

銀방울 날리듯 떠오르는 바다종달새……

한나잘 노려보오 홈켜잡어 고 빩안살 빼스랴고.

※

미억닢새 향기한 바위틈에
진달레꽃빛 조개가 해ㅅ살 쪼이고,
청제비 제날개에 미끄러져 도-네
유리판 같은 하늘에.
바다는--속속 드리 보이오.
청대ㅅ닢 처럼 푸른
바다
봄

※

꽃봉오리 줄등 켜듯한
조그만 산으로--하고 있을까요.

솔나무 대나무
다옥한 수풀로--하고 있을까요.

노랑 검정 알롱 달룽한
블랑키트 두르고 쪼그린 호랑이로--하고 있을까요.

당신은 「이러한風景」을 데불고
힌 연기 같은
바다

멀리 멀리 航海합쇼.

— 「바다 1」

　이 시는 1930년 5월 『시문학』 2호에 「바다」라는 제목으로 발표되었
으나 『정지용 시집』에 수록하면서 같은 제목의 다른 바다 시편들과 구
분하기 위해 번호를 붙여 「바다 1」로 게재된 것으로 보인다. 이 시는
세 부분으로 나누어진다. 전반부는 바다에 대한 전반적인 인상을 시각
적 감각을 살려 표현하고 있고, 중반부에는 선명한 이미지들을 제시하
여 바다의 모습을 구체적으로 형상화하고 있다. 그리고 후반부는 바다
내부의 형상을 상상력을 통해 구축한다.

　이 시에는 바다와 대면한 청년의 희망찬 생명적 의식이 그려지고 있
다. 도입부부터 고래가 지나간 뒤의 바다가 보여주는 역동성을 '천막처
럼 퍼덕인다'고 비유하면서 화자와 바다의 관계를 활기차게 열어놓는
다. 그리고 흰 물결들이 일어서는 바다의 아래와 위의 풍경을 바둑돌과
바다종달새를 제시하면서 대조적으로 보여준다. 그 대조된 대상은 끊
임없는 '자꾸 내려가고/날리듯 떠오르는' 존재들이다. 생명체는 다른
존재의 간섭을 받지 않고 자유자재하며 자연의 한 구성원으로서 서로
관계를 맺고 또 그 바깥 세계와 관계를 통해 활기를 얻는다.

　이처럼 힘차게 펼쳐진 바다의 이미지는 중반부에서 더욱 구체적으
로 형상화된다. '향기로운 미역잎'과 '진달래꽃빛 조개', 그리고 '미끄러
지듯 나는 청제비'와 '유리판 같은 하늘'과 '청댓잎처럼 푸른 바다' 등
봄 바다의 생생력(生生力)을 구체적으로 묘사하고 있다. 이런 묘사는
바다나 내륙 한 곳만의 체험으로는 쉽지 않다. 정지용의 경우 진달래꽃
이 피고 청대가 무성한 내륙 출신으로 고향에서 유년을 보냈고, 일본
유학생활 속에서 고향을 오가며 직접 바다를 체험할 수 있었다. 유학생

활을 하며 고향을 오가던 시기에 대부분의 '바다' 관련 시가 창작되었다는 점에서 정지용이 직접 체험을 중요하게 여긴 시인이라는 것을 알 수 있다. 이러한 구체적 대상들의 열거는 정지용의 시각이 균형과 평등에 닿아 있음을 알게 한다. 미역/조개/청제비/하늘/바다 등으로 나열된 이 구조는 바위틈에서부터 하늘로, 하늘에서 바다 물면까지 상승과 하강의 곡선을 그리며 출렁거린다. 이러한 방법은 어떤 대상이 다른 대상을 지배하거나 억압하는 것이 아니라 함께 어울려 조화를 이루는 만물 교융의 상태를 보여주기 위한 하나의 형식이다.

후반부에 가서는 청댓잎처럼 푸른 바다를 가운데 두고 미역과 조개가 있는 바닷속, 그리고 청제비가 나는 하늘이 서로 교호하고 있음을 볼 수 있다. 만물을 구성하는 음양의 조화를 읽을 수 있는 부분이다. 음양의 정신은 바다와 하늘이라는 열린 세계를 만남으로써 밝고 희망적이며 동적일 뿐 아니라 이들 미역/조개/청제비/하늘 등을 다 받아들이는 공간으로서의 모성성을 획득한다. 푸른 세계로서의 모성성은 화자가 상상력으로 재현하여 형상화하는 바닷속의 대상들을 끌어안는다. 모든 존재는 개별적 존재이지만 관계를 맺지 않고는 생존해 나갈 수 없는 생태계의 한 요소로서 모성성을 가진 자연 속에서 관계 맺음으로써 그 생명력을 얻고 있음을 알 수 있다. 모성적 포용력은 식민지 현실의 파행적 근대와 계몽적 이성에 저항할 수 있는 낭만적 상상력까지도 용인한다. 그러므로 상상력으로 형상화하는 후반부의 풍경들은 신비로울 뿐 아니라 이상적 세계에 가깝다. 그러면서도 낯설지 않고 사실적 감각으로 다가온다. 그것들은 '꽃들이 어울려 핀 조그만 산/솔나무 대나무 다옥한 수풀/노랑 검정 알롱 달롱한 블랑키트[21] 두르고 쪼그린 호

---

21) 담요, 즉 블랭킷(blanket)을 말한다. 1340년 영국의 블랭키츠(Blankets)가 브리스턴

랑이' 등이기 때문이다. 화자의 상상력은 지상의 아름다운 풍경을 바닷속에 재구성함으로써 사실감을 극대화시킨다. 하지만 바닷속에 꽃이 피고 나무가 자라고 짐승이 뛰어다니는 산을 그려 넣는 것은 매우 이질적인 상상력이다. 또 파격적이어서 정서적 충격이 크다. 이런 방식은 꽃과 나무 등이 가진 여성적 이미지를 호랑이라는 남성적 이미지와 어울리게 하고, 또 바다라는 광활한 생명성과 혼융하도록 하려는 의도가 있다. 이러한 형식은 정지용이 창조한 새로운 시적 기법으로 유기론에서 강조하는 상호 연관된 부분들의 역동적 그물망이 전체로서의 자율적 균형을 유지하는 전일적 세계관을 보여준다. "당신"이라는 존재와 더불어 "항해"해 나가야할 그 어떤 미래를 암시하는 서사성과 감각적이고 심미적이며 신선한 이미지와의 결합은 정지용이 가진 생태학적 지향점을 보여주는 것이라 할 수 있다.

　　바다는 뿔뿔이
　　달어 날랴고 했다.

　　푸른 도마뱀떼 같이
　　재재발렀다.

　　꼬리가 이루
　　잡히지 않았다.

　　흰 발톱에 찢긴
　　珊瑚보다 붉고 슬픈 생채기!

에 공장을 세워 담요를 만들기 시작한 데서 '블랭킷(blanket)'이라는 명칭이 생겼다. 네이버 백과사전 참조, 검색어 '블랭킷', http://100.naver.com/100.nhn?docid=43432

가까스루 몰아다 부치고
변죽을 둘러 손질하여 물기를 시쳤다.

이 앨쓴 海圖에
손을 싯고 떼었다.

찰찰 넘치도록
돌돌 굴르도록
회동그란히 바처 들었다!
地球는 蓮닢인양 옴으라들고……펴고……

―「바다 2」

정지용의 바다 시편은 시각적 상상력이 주는 역동성 때문에 더욱 강렬한 생명력을 느끼게 된다. 1920년대의 시들[22]이 주로 낭만적 리듬을 바탕으로 한 감상적이고 관념적이며, 시인의 주관적인 정서를 대상에 주입하여 그 실체가 모호했던 반면 정지용의 시는 시각적 감각을 보여줌으로써 이미지가 구체적이었고, 시적 추상성을 극복했다 할 것이다.

이 시는 1935년 12월 『시원』 5호에 「바다」라는 제목으로 발표되었는데, 「바다 1」과 마찬가지로 『정지용 시집』에 수록하면서 같은 제목의 다른 바다 시편들과 구분하기 위해 번호를 붙여 「바다 2」로 게재된 것으로 보인다. 정지용의 시 가운데 다양하게 평가받고 있는 작품 중 한 편이다.[23] 송욱은 시각적인 인상의 편린을 아주 짧은 산문으로 모아

---

22) 손민달에 의하면 1920년대 시는 전대의 계몽성을 극복하는 가운데 낭만주의적 성향과 사회주의 경향의 혼란한 문학적 성향을 가지고 있던 시대이다. 무엇보다 산업화와 도시화라는 근대문물의 유입이 극도로 확대 생산되고 있었지만 식민지적 현실 앞에서 그것은 왜곡되고 불안한 의식 상태를 작품화할 수밖에 없는 시대적 모순을 안고 있었다. 손민달, 「1920년대 시의 생태주의적 상상력 연구」, 188쪽.

23) 송욱, 『시학평전』, 일조각, 1963, 196쪽. ; 김춘수, 『한국현대시형태론』, 해동문화

놓은 작품이라 평했고, 김춘수는 한 cut 內에서는 변화라 할 수 있으나 전체적으로는 영상의 시간적 체계로 보아야 한다고 주장했다. 또 장도 준은 간결하고 집중된 이미지를 제시하려는 의도가 강해 각 연 사이의 연결이 자연스럽지 못하고, 자연스러운 내재율을 확보하는 데도 한계 를 드러내고 있다고 평가했다. 최동호는 초기시의 감각적인 시와 후기 의 산수시의 접점에 놓여 있는 작품이라 보았고, 권영민은 이 시에서 가장 주목해야 할 것은 생략과 비약으로 치닫는 시적 언어와 함께 시적 상상력의 기발함이라면서 시적 화자와 시적 대상 사이의 거리를 제대 로 이해하지 못하면 이 시가 그려내고 있는 바다를 제대로 이해할 수 없다고 주장한다. 해석과 평가가 다양하다는 것은 다층성이 강하다는 것이고, 그만큼 해석이 쉽지 않을 뿐 아니라 다양한 의미를 함의하고 있다고 볼 수 있다. 따라서 기존의 평가나 해석에 얽매이지 않고 새롭 게 이 시를 볼 필요가 있다. 정지용의 개성적 어법과 대상을 변용시키 는 감각, 그리고 상상력의 작용을 징검다리를 건너듯 한 연씩 받아들이 면 보다 정확하게 이 시가 내포하는 의미를 찾을 수 있을 것이다.

본고는 이 시를 네 부분으로 나누어 살펴볼 때 가장 이해가 빠를 것 이라 본다. 첫 부분은 1-3연으로 바다와 대면하는 화자의 심상이고, 두 번째 부분은 상상력의 변용을 거쳐 식민지 국민의 상처 입은 심상을 나 타낸 4연이며, 세 번째 부분은 극기 의지를 내보이는 5-6연이고, 네 번 째 부분은 바다가 지구로 비약되는 7-8연이다.

1연부터 이 시는 동적이며 감각적으로 시작된다. 화자는 파도가 밀 려왔다 밀려가는 것을 바다가 달아나는 것으로 상상한다. 그냥 달아나

사, 1958, 65쪽. ; 장도준, 『정지용 시 연구』, 태학사, 1994, 151쪽. ; 최동호, 「山水 詩의 世界와 隱逸의 精神」, 이숭원 편, 『한국현대시인 연구 15-정지용』, 307쪽. ; 권 영민, 『정지용 시 126편 다시 읽기』, 112쪽.

는 것이 아니라 푸른 도마뱀 떼가 날렵하게 뿔뿔이 흩어져 광대한 바다 위로 달아나고 있다고 연상한다. 이 지점에서 특히 주목하게 되는 것은 2연의 '재재발렸다'는 형용사이다. 이숭원은『원본 정지용 시집』의「바다 2」주해에서 '재재발렸다'는 '재바르다'(재치가 있고 날렵하다)의 변형으로 상당히 날렵하게 움직이는 모양을 말한다고 설명한다. 바다의 푸른 물이랑을 대하는 정지용의 시각적 감각은 '푸른 도마뱀 떼 같이 재재발렸다'처럼 선명한 질감을 가지고 있다. 그의 뛰어난 언어감각이 단연 빛을 발하는 지점이다.

이러한 시적 자아의 상태는 넘실대는 바다의 물결을 보면서 그 시적 대상물과 동일시되고 강한 생명애를 가진다. 힘차게 밀려온 물이랑이 순식간에 밀려가는 순간을 '꼬리가 이루/잡히지 않았다'고 하는 화자의 인식은 자연이 가진 유기적 생명력의 강인함에 대한 옹호인 까닭이다. 인간과 자연이 하나로 만나는 이 지점은 모더니티의 간극을 넘어 서정시의 본질인 자아와 세계의 동일화를 통해 상호 소통하고 원활한 관계를 가지려는 의미 속에 놓인다. 넘실대는 바다를 시각적 감각을 끌어들임으로써 미래를 두려움 없이 개척해 나가려는 청년의 활기 넘치는 유기적 생명성을 보여준다.

그리하여 마침내 상상력의 변용을 거친 바다는 거친 힘을 가진 '야성의 발톱'에 '생채기'를 입는다. 거친 파도의 물결인 흰 발톱은, 온몸으로 파도를 받아들이는 바다를 날카롭게 할퀴는 도마뱀 떼의 발톱으로 변주된다. 이때 바다는 일제 강점기하 시대의 비극을 온몸으로 품은 식민지 국민의 심상이다. 생명을 위협하는 위험을 미처 피하지 못하고 "붉고 슬픈 생채기"를 얻고 만 민족사적 슬픈 운명의 한 페이지인 것이다.

그러나 고난은 더 밝고 힘찬 미래를 여는 원동력이 된다. 고난을 이

겨낸 뒤 열리는 미래라는 열매는 더 크고 달다. 하여 고통을 견디며 가까스로 거친 '푸른 도마뱀 떼를 몰아다 부치고' 海圖의 가장자리까지 마무리 손질을 한다. 역동적인 바다, 열린 세계로서의 바다를 애를 써서 화폭에 옮긴 海圖를 완성하게 되었다는 의미이다. 비록 일제강점의 치욕 속에서 상처를 입었지만 힘찬 기상과 생명력을 잃지 않는 식민지 청년의 극기 의지가 반영된 것이다.

마침내 완성된 바다 그림, 즉 海圖에서 화자는 1-3연에서 보여준 푸른 도마뱀 떼 같이 재재발린 바다의 생기를 다시 온몸으로 느낀다. 그 그림을 두 손으로 동그라니 받쳐 들고 바라보는 화자의 상상력은 새롭게 확장된다. 그것은 한 장의 바다 그림이 아니라 모든 자연 구성원들이 유기체적 관계 속에서 생동하는 지구로 비약되는 것이다. 푸른 도마뱀 떼가 재바르게 흩어지며 달아나는 바다의 수평성은 '회동그랗게' 받쳐 드는 순간 둥근 지구가 되어 우주를 순환하는 것이다. 인간이 자연을 지배해도 된다는 서구 근대의 이성중심주의적 사유가 아니라 화자와 지구, 즉 자연과 인간이 혼연일체가 되는 통합론적 사유가 개화하는 순간이다. 달리 말하면 지배자/피지배자, 식민지/피식민지로 이분화된 일제 강점기의 억압적 구도를 지구라는 거대한 공동체 속에 용해시켜 한 송이 연꽃으로 피워 올린 것이다. 이와 같이 '蓮잎인 양 오므라들고……펴고……'하는 운동성을 갖게 된 '지구'로서의 바다 모습은 「다시 海峽」에서도 나타난다.

海峽이 물거울 쓰러지듯 휘뚝 하였다.
海峽은 업지러지지 않았다.

地球우로 기여가는것이

이다지도 호수운 것이냐!

—「다시 海峽」부분

'찰찰 넘치도록/돌돌 굴르도록' 둥글게 받쳐 들어 海圖로 완성했던 바다가「다시 海峽」에서는 지구라는 커다란 그릇에 담긴 형상으로 비유된다. 해협이 출렁거리는 '지구 위를 기어가는 것이/ 이다지도 호수운 것이냐!'는 화자의 심리는 海圖를 완성하고 둥글게 말아서 두 손으로 받쳐들었을 때와 다르지 않음을 알 수 있다.「다시 海峽」에 사용된 시어 중 '호수운'은 이숭원에 의하면 무엇을 타고 내려올 때 짜릿한 느낌이 드는 것을 이르는 '호숩다'의 활용인데,『백록담』에 수록된「폭포」에서도 만날 수 있는 시어이다. 힘찬 바다의 움직임을 그와 같은 감각으로 표현한 것이다.「바다 2」에서 지구[24]가 연꽃으로 펼쳐졌다 오므라들었다하는 역동성을 가진 형상이었다면,「다시 海峽」에서 지구는 '휘뚝' 하면서도 엎질러지지 않는 역동성을 가진 형상으로 나타난다. 이 대상들은 모두 밝고 희망적이며 열린 세계를 지향하는 유기체로서의 동적인 이미지로 자리한다. 이렇게 함으로써 정지용은 인간과 자연을 이분화 하는 근대의 세계관을 자연스럽게 하나로 통합하여 모두가 지구라는 유기적 생물 공동체에 속해 있다는 생태학적 세계관 속으로 이끈다.

오●오●오●오●오● 소리치며 달려 가니
오●오●오●오●오● 연달어서 몰아 온다.

---

24) 이숭원은「바다 2」의 지구는 거시적 시각으로 표착된 세계가 아니라 단순히 바다의 표면을 가리키는 말이라고 보며, 완성한 해도(海圖) 속의 바다도 끊임없이 움직이는 모습으로 다가온다는 뜻으로 읽힌다고 주장한다. 이숭원,「정지용 시 원본 제시의 의의」, 이숭원 주해,『원본 정지용 시집』, 361쪽.

간 밤에 잠살포시
머언 뇌성이 울더니,

오늘 아침 바다는
포도빛으로 부풀어졌다.
철석, 처얼석, 철석, 처얼석, 철석,
제비 날어 들듯 물결 새이새이로 춤을추어.

$\qquad$ ─「바다 1」

　이 시에는 정지용의 다른 어떤 '바다' 관련 시보다 해변의 경쾌함이
잘 나타나 있다. 바닷가에서 생동감 넘치는 바다와 마주한 화자의 환희
에 젖은 마음이 그대로 전달되고 있다. 이 시에서 정지용이 궁극적으로
가 닿고자 하는 세계는 생명의 역동성이 무한하게 펼쳐진 열림의 세계
이다. 바다에 대한 경이감이 뜨겁게 달아오른 것을 형식을 통해 보여주
는 것은 생명의 신비와 역동성이며 이 형식을 통해 열린 아침을 자기
것으로 받아들이려는 것이 바로 이 시가 노리는 의도라 할 것이다.
　1연은 세찬 파도를 향해 달려가는 화자와 연달아서 밀려오는 파도가
짝을 이루고 있다. 화자의 탄성과 연달아 터지는 파도의 우렁찬 소리는
청춘의 화음이다. '오●오●오●오●오' 하며 달려가니 '오●오●오●
오●오' 하고 몰려오는 교차점은 화자와 대상이 분리되어 있는 것이 아
니라 하나로 연결되어 있음을 보여준다. '오'와 '오' 사이의 '●'은 화자를
포함한 해변의 여러 사람이다. 그 여러 사람이 바다에 몸을 담그는 시
각적 표현이 '오●오●오●오●오'로 나타난 것으로 보인다. 이 시각
적 표현은 여러 사람이 바다에 몸을 담금으로써 생명감각을 공유함을
체감한다는 지각성을 가진다. 뒤섞임이며 혼융의 상태이다. 너와 나,
인간과 자연으로 분리된 세계가 아니라 유기적 관계를 맺고 있으며, 그

관계 맺음을 통해 '자연이라는 가정'의 공동체는 환희의 세계를 공유하게 되는 것이다. 이것은 역동적이며 활력에 넘치는 바다와 인간이 교호하며 합일되어 더불어 생명력을 뿜어내는 것을 의미한다.

2연은 과거의 불안한 요소를 은유한다. 쾅쾅 울리는 '뇌성' 같은 두려움의 요소가 아직 몸에 남아 생생하게 남아있다. 그래서 잠결에 들리는 '머언 뇌성'인 것이다. 그 불안과 두려움 때문에 화자는 깊은 잠에 들지 못하고 밤을 지새우며 고뇌했던 것이다. 어둠이 지배하는 '밤'은 일제 강점하의 시대이며 '뇌성'은 폭압적 식민지 통치로 민족혼을 말살하는 정책인지도 모른다. 식민지 지식인으로서 정지용은 시적 화자를 내세워 그와 같은 공포의 밤을 벗어난 아침을 맞고 싶었을 것이다. 그리하여 바다에 나선 화자는 포도빛으로 부푼 생명력 넘치는 바다와 조우하여 힘찬 생동의 기운을 온몸으로 받아들였던 것이다. 그 기운으로 마침내 화자는 스스럼없는 바다의 일원이 된다. 무한한 생명의 에너지인 바다와 인간의 합일정신으로 승화되어 춤추며 출렁인다.

이 시에서 특히 주목하게 되는 부분은 마지막 연의 파도 소리이다. "철석, 처얼석, 철석, 처얼석, 철석," 힘차게 밀려오는 아침 바다의 파도는 "처……ㄹ썩, 처……ㄹ썩, 척, 쏴……아. 때린다 부순다 무너 버린다."고 했던 최남선의 「해에게서 소년에게」의 구절을 떠올리게 한다. 「해에게서 소년에게」는 1908년 우리나라 최초의 잡지 『소년』에 실린 새로운 형식의 자유시이다. 정지용의 「바다 1」이나 최남선의 「해에게서 소년에게」에 등장하는 힘찬 의성어는 구시대의 잔재를 씻어내고 새롭게 출발하려는 화자의 의지를 드러내는 한 방식이다. 바다는 새로운 세계를 창조하는 무한한 힘을 가졌으며 세속적 권력이나 지배이데올로기에 종속되지 않는 존재이다. 따라서 망망대해에 도전하는 젊은이의 씩씩한 기상을 고무하는 육당의 바다를 끌고 와 이 시에 겹침으로써 정지용은 좌절과 고통 속에서 자칫 패배주의적 사고에 갇힐 위험을 안고 있는 식민지 한국의 젊은이들에게 무한히 넓은 세계로 향해 열린 바다의 정신을 보여주려 한 것으로 보인다.

정지용은 「밤」(『정지용 시집』(164-167))에서 "悲劇은 반드시 울어야 하지 않고 사연하거나 흐느껴야 하는것이 아닙니다. 실로 悲劇은 黙合니다./그러므로 밤은 울기전의 울음의 鄕愁요 움지기기전의 몸짓의 森林이오 입술을 열기전 말의 豊富한 곳집이외다./나는 나의 書齋에서 이 黙劇을 感激하기에 조금도 괴롭지 안습니다. 검은 잎새 밑에 오롯이 눌리우기만하면 그만임으로. 나의 靈魂의 輪廓이 올빼미 눈자위처럼 똥그래질때입니다. 나무끝 보금자리에 안긴 독수리의 힌알도 無限한 明月을 향하야 神秘론 生命을 옴치며 돌리며 합니다."라고 강조했거니와, 이 같은 활기와 역동성을 가진 바다의 생명적 기치는 근대적 계몽 이성에 포섭되지 않는 더 큰 생명존재(조국, 민족)의 미래를 위해 불안하고 두려운 밤(일제의 식민지배)에 굴복하지 말고 힘차게 드넓은 역동적 세계로 함께 나아가 아침(조국 해방)을 열자는 염원이라 볼 수 있다. 이처럼 생동하는 전체 시스템적 관점에서 길어 올린 정지용의 바다 상상력은 생물학적 현상들도 물질과 운동이라는 화학적·물리적인 것으로 환원해 설명하는 기계론적 자연관과 반대되는 유기체적 세계관의 한 전형을 보여준다.

(2) 닫힌 세계의 현실 표상

닫힌 세계는 내면 심상으로부터 시작된 암울한 공간이다. 그것은 또 제한된 세계라는 현실 표상으로서의 의미를 갖는다. 현실 표상으로서

서러움과 두려움, 공포와 불안이 내포된 부정적 현실 인식의 바다 시편
은 자아 모색과 재생 또는 유토피아적 세계인 바다를 찾아가는 모습을
보여준다. 그러한 시편으로는 그의 초기 시 중 한 편인 「風浪夢 1」을 들
수 있다.

> 당신 께서 오신다니
> 당신은 어찌나 오시랴십니가.
>
> 끝없는 우름 바다를 안으올때
> 葡萄빛 밤이 밀려 오듯이,
> 그모양으로 오시랴십니가.
>
> 당신 께서 오신다니
> 당신은 어찌나 오시랴십니가.
>
> 물건너 외딴 섬, 銀灰色 巨人이
> 바람 사나운 날, 덮쳐 오듯이,
> 그모양으로 오시랴십니가.
>
> 당신 께서 오신다니
> 당신은 어찌나 오시랴십니가.
>
> 窓밖에는 참새떼 눈초리 무거웁고
> 窓안에는 시름겨워 턱을 고일때,
> 銀고리 같은 새벽달
> 붓그럼성 스런 낯가림을 벗듯이,
> 그모양으로 오시랴십니가.

외로운 조름, 風浪에 어이울때
앞 浦口에는 궂은비 자욱히 들리고
行船배 북이 웁니다, 북이 웁니다.

— 「風浪夢 1」

이 작품은 두려움과 불안이 내포된 기다림의 정서가 주조를 이루고
있다. 2연의 '끝없는 울음 바다', 4연의 '물 건너 외딴 섬'이나 '사나운 바
람', 그리고 6연의 '눈초리 무거운 참새 떼'와 '시름겨워 턱을 고인 나', 7
연의 '궂은 비' 등의 시어들은 닫힌 세계에 갇힌 화자의 불안한 심리와
공포감을 보여준다. 그 원인을 최동호는 '이 작품이 기성지면에 공식적
으로 발표된 것은 1927년 7월 『朝鮮之光』이지만, 작품 말미에 '1922.
3. 麻浦下流 玄石里'라 기록된 것으로 보아 휘문고보 졸업 후 장래 진출
문제를 고민하던 시기에 씌어진 것으로 보인다.'고 설명하면서 정지용
의 장래 진로 문제로 인한 여러 가지 번민에서 찾고 있다.[25] 한강 하류
의 포구에서 바다를 바라보며 정지용이 느낀 불안감은 불확실한 미래
와 그 소용돌이 속을 헤쳐 나가야 할 자신의 운명에 대한 착잡한 심사
가 풍랑으로 표현되었다는 것이다.

하지만 이 시가 보여주는 시적 질감은 개인적 외로움이나 질곡으로
느껴지지 않는다. 2연, 4연, 6연에 걸쳐 제시되고 있는, 화자가 기다리
는 "당신"은 개인적 대상을 훨씬 넘어선 존재로 보인다. 그 "당신"은, 2
연에서는 "밤이 밀려오듯이", 4연에서는 "巨人이/바람 사나운 날, 덮쳐
오듯이", 6연에서는 "새벽달/붓그럼성 스런 낯가림을 벗듯이" 올 불가
항력적인 어떤 대상이기 때문이다. 따라서 "당신"은 인간적 존재가 아
니라 초자연적이거나 초월적인 존재라 할 수 있다. 정지용이 휘문고보

25) 최동호, 『그들의 문학과 생애, 정지용』, 한길사, 2008, 34쪽.

재학시절 3·1독립운동이 일어나고, 이로 인해 가을까지 수업을 받지 못했을 뿐 아니라 교내 문제로 야기된 휘문 사태의 주동이 되어 이선근과 함께 무기정학 처분을 받았다는 생애사적 측면에 주목하면 화자가 기다리는 초자연적이며 초월적인 존재인 "당신"의 의미는 구체적으로 다가온다. 국토와 주권을 상실하고 말과 행동조차 자유롭지 못하며 피지배자로 억압을 받는 일제 강점하의 고통스런 상황 속에서 한창 의분이 끓어올랐을 청년이 기다릴 수 있는 "당신"은 바로 재생 또는 부활의 의미를 가진 이상적 세계이며 조국의 해방이 분명하다 하겠다.

그런데 왜 정지용은 그런 강렬한 바람을 풍랑이 이는 바다에 투사했을까. 풍랑이 격동과 격변의 시대를 의미한다면, 그 풍랑 가운데서도 우리가 염원한다면 이상 세계는 열릴 것이며 조국 해방을 꼭 이루어질 것이라 여겼기 때문일 것이다. 그런 점은 바다로 향한 정지용의 시선이 매우 이상적이며 광대하다는 사실을 증명해줄 뿐만 아니라 대상과 대상의 관계, 그리고 대상과 대상을 둘러싼 바깥 세계와의 관계를 유기론적으로 성찰하는 생태적 세계관에 닿아 있다는 것을 나타내는 지표가 된다.

이와 같은 「風浪夢 1」과는 달리 개인적 심사를 드러낸 작품으로는 오히려 「바다 4」를 들 수 있다. 바다라는 무대에 밤이라는 시간적 배경을 드리움으로써 화자가 느끼는 적막감과 외로움은 더욱 깊숙하게 침잠된다. 서럽고 고독한 공간으로서의 바다는 경도 유학생활에서 오는 식민지 지식인으로서의 심상이자 자아를 모색하는 시인으로서의 심경일 것이기 때문이다.

> 후주근한 물결소리 등에 지고 홀로 돌아가노니
> 어데선지 그누구 씨러저 울음 우는듯한 기척,

돌아 서서 보니 먼 燈臺가 반짝 반짝 깜박이고
갈메기떼 끼루룩 끼루룩 비를 부르며 날어간다.

울음 우는 이는 燈臺도 아니고 갈메기도 아니고
어덴지 홀로 떠러진 이름 모를 스러움이 하나.

— 「바다 4」

「風浪夢 1」이 남성적 바다였다면 이 시는 여성적인 바다이다. 거칠
게 일어서는 바다가 아니라 '쓰러져' 흐느끼는 외로운 마음의 바다이
다. 공포와 불안, 어두운 시대를 의미하면서 초자연적이고 초월적 존재
로 다가오던 '풍랑'과 달리 이 시는 상실의식에 사로잡힌 화자의 서러
운 감정이 바다를 매개체로 하여 표출되고 있다.

이 시의 전체에 걸쳐서 드러나고 있는 쓸쓸함과 고독이 공존하는 닫
힌 세계로서의 바다 이미지는 현실로 다가올수록 더욱 부정적 인식을
내포한다. 1연만 보더라도 바다는 '후주근한 물결소리'와 '쓰러져 울음
우는 듯한 기척'으로 형상화된다. '밤이 밀려오듯이', 또는 '巨人이 덮쳐
오듯이' 역동성으로 오는 「풍랑몽 1」의 바다와 대조를 이루는 바다이
다. 활기를 상실한 바다는 2연에 이르러 '등대가 반짝 반짝 깜박이고/갈
매기 떼 비를 부르며 날아가는' 바다로 묘사되고 변주된다. 1연이 청각
적 표현만으로 이루어진 데 반해 2연은 시각성과 청각성이 어우러져
외로운 심상을 극대화시킨다. '등대가 깜박이는' 밤바다는 화자의 힘겨
운 현실 인식을 의미한다. 그러나 3연에서는 '울음 우는 이는 등대도 아
니고 갈매기도 아니라'며 '홀로 떨어진 이름 모를 서러움'으로서의 바다
를 제시함으로써 식민지 시인으로서의 비애를 적막감과 더불어 서러
움의 정조 속에 용해시킨다. 황량하고 쓸쓸한 풍경으로서의 바다는 '고

향에 돌아와도 그리던 고향은 아니더라'고 노래한 그 상실한 고향의 서러움이 변주된 공간이다. 이런 점에서 바다는 이미 상실된 또 하나의 심리적 고향으로서의 황량한 자연인 것이다. 한편 이상오는 이 시는 밤바다에서 파도 소리를 듣고 있는 화자의 내면의식이 감각적으로 형상화되어 있는 시라고 주장하면서 '바다'라는 표제를 달고 있지만 화자에 의해 발견된 바다의 풍경을 그리고 있는 것은 결코 아니라고 역설한다. 정지용의 초기 시에서 쉽게 보여 지는 고향상실 의식의 연장선상이 있는 시라는 것이다.26) 이들의 주장은 화자의 부정적인 현실 인식이 실향의식에 기초하고 있으며 그로 인해 어둡고 서러운 정조를 띤다는 공통점을 가진다.

이와 같은 부정적 현실 인식에는 최동호의 표현대로 자기 정체성에 대한 혼란과 이국에서의 외로움을 달래려는 자기 위안도 포함되어 있을 것이다.27) 더불어 그 불안감의 심저(深底)에는 3·1독립운동을 기점으로 허울 좋은 '문화통치'를 표방하여 식민지적 착취를 교묘하게 감행한 일제강점기라는 시대적 상황도 깔려 있을 것이다. 즉 식민지 시인으로서 느껴야 했던 비애와 실향의식이 바다로 전이되었고 여러 자연현상과 다양한 관계를 맺음으로써 사물에 있는 특유한 내면성을 불러내어 시로 형상화하고 있는 것이다. 정지용은 이러한 내면성과 내면성을 둘러싼 시대적 상황을 시의 형상화 과정으로 잘 이행하고 있다. '등대가 반짝이고 갈매기가 끼룩거리며 날아가는 비 오는 날의 밤바다'를 '울음 우는 이'로 형상화해냄으로써 그 의미를 구체적이고 감각적 생명성으로 이끌어 내는 것이다. 그리하여 정지용이 보여주는 어둡고 고독

---

26) 이상오, 「정지용의 초기 시와 '바다' 시편에 나타난 자연 인식」, 『인문과학』, 49호, 영남대 인문과학연구소, 2005, 226-227쪽.
27) 최동호, 『그들의 문학과 생애, 정지용』, 42쪽.

한 공간으로서의 바다는 마침내 하강과 상승의 역동적인 모습을 연출
하는 희망찬 열림의 세계를 지향하는 유기적 바다로 재현된다.

砲彈으로 뚫은듯 동그란 船窓으로
눈섶까지 부풀어 오른 水平이 엿보고,

하늘이 함폭 나려 앉어
큰악한 암탉처럼 품고 있다.

透明한 魚族이 行列하는 位置에
훗하게 차지한 나의 자리여!

망토 깃에 솟은 귀는 소라ㅅ속 같이
소란한 無人島의 角笛을 불고--

海峽午前二時의 孤獨은 오롯한 圓光을 쓰다.
설어올리 없는 눈물을 少女처럼 짓쟈.

나의 靑春은 나의 祖國!
다음날 港口의 개인 날세어!

航海는 정히 戀愛처럼 沸騰하고
이제 어드메쯤 한밤의 太陽이 피여오른다.
　　　　　　　　　　　　　　　　　　　—「海峽」

　「바다 4」에서 부정적 현실 극복을 통해 열림의 세계를 지향했던 화
자는 이 시에서 다시 무한으로 열려 있는 세계를 새롭게 구성하여 보여
준다. 젊은 청년의 고독감은 좁고 답답한 선실에 앉아' 포탄으로 뚫은

듯 동그란 창'으로 바깥 풍경을 보고 있다. 그러나 이내 무한으로 열린 수평선을 만난다. 수평선은 고독감에 휩싸여 답답한 심경을 가지고 있던 청년에게 희망을 제시하는 상징이 된다. 수평이 펼쳐진 바다는 넓고 희망적이며 생명적인 활기의 바다이다. '눈썹까지 부풀어 오른 수평', '함폭 내려앉은 하늘'은 바다의 역동성을 입체적이며 실감나게 그려놓고 있기 때문이다. 그와 함께 하늘은 모성성을 드러낸다. 하늘이 큰 암탉처럼 품고 있는 수평은 생명이 태어나는 공간인데, 그 생명은 세계의 모든 어둠과 절망을 걷어내는 원대한 우주적 생명이다. 원대한 우주적 생명이 태어나는 공간을 직시하고 있는 화자는 자신의 자리를 투명한 어족이 행렬하는 위치라고 확신하는 것이다. 이 위치를 '시인'으로서의 위치로 설정할 때 "나의 청춘은 나의 조국"이라는 시행과 만나면서 의미의 진폭은 커진다. 선실, 즉 닫힌 공간을 억압받는 식민지 조국과 동일화 시킬 때, 그 식민지의 시인은 투명한 언어로 조국의 희망을 노래할 수 있는 자유를 부여받기 때문이다. 그래서 끝 연에서 항해는 연애처럼 비등하고 한밤의 태양이 피어오른다며 희망찬 미래를 그려낸다. '한 밤'처럼 어둡고 닫힌 식민치하의 조국이지만 곧 '태양'이 솟구치듯 세계를 환하게 밝힐 것임을 믿어 의심치 않는 것이다.

이 지점에서 정지용의 시에 은유되고 있는 지배/피지배의 관계가 왜 생태적인가 하는 점을 다시 짚어볼 필요가 있다. 생태적 세계관은 주지하다시피 인간을 위해 모든 자연과 생물이 존재한다는 인간 중심적 세계관을 벗어나기를 요구한다. 자연은 인간의 욕망을 실현하기 위한 도구나 자료가 아니라는 사실 때문이다. 지구라는 거대한 공간을 하나의 집으로 보았을 때 그 집에 다른 동물과 함께 거주하는 존재가 인간이라는 인식 아래서 서로 유기적 조화를 이루며 살아가야 한다고 보는 것이다. 이러한 생태적 세계관은 인간과 자연, 인간과 다른 생물과의 관계에만 해당되는 것은 아니다. 관계론적 인식의 틀에서 생태적 세계관은 인간과 인간의 관계, 국가와 국가의 관계에도 그대로 적용된다. 피지배자는 지배자의 욕망 실현을 위해 폭압적 또는 강압적으로 행동이나 사고를 제약할 수 있는 대상이 아니다. 인간 사회라는 거대한 공동체 속에서 더불어 조화로운 삶을 살아가야 하는 동반자이며 넓은 의미의 가족인 것이다. 따라서 생태적 세계관에서 볼 때 지배/피지배 관계는 반생태적 관계인 까닭에 거시적 입장에서 미시적 입장에 갇혀 있는 지배 이데올로기를 포기해야 한다는 것을 의미한다. 모든 존재는 정복과 파괴, 약탈과 지배의 대상이 아니라 조화롭게 공생할 권리를 가지고 있다. 따라서 정지용의 시에 은유되고 있는 지배/피지배의 관계에 대한 생태적 관점의 시세계 전개는 그 농도의 짙고 옅음을 떠나 생태(또는 생명)중심주의로의 전환을 촉구하는 단서라는 점에서 강조되어야 하고 집중적으로 찾아내어 연구해야 할 분야라 할 것이다.

정지용은 바다 상상력을 통해 열린 세계와 닫힌 세계의 이중적 의미를 찾아내고 시적 자아의 현실 인식과 거칠고 역동적인 바다의 생명성을 시대적 상황과 연결하여 잘 드러내 보여준다. 이러한 정지용의 바다 상상력은, 식민지 근대 당시에는 그 의미보다 모더니티라는 형식적인 부분과 언어의 감각화라는 측면이 더 부각될 수밖에 없었을 것이다. 일례로 김기림은 정지용의 '감각'이 "문학상의 근대적 가치의 실현"[28]이라는 면에서도 중요한 의미가 있다고 이해한다. 김기림은 주로 정지용 시에서 특징적으로 나타나는 '시각적 이미지'에 집중하고 있는데, 김기

---

28) 김기림, 「모더니즘의 역사적 위치」, 『인문평론』, 1939. 10. 김기림, 앞의 책, 56쪽에서 재인용.

림에 따르면 정지용 시에 나타나는 "청신하고 원시적인 시각적 '이메지'" 그리고 "회화성"과 "가시적 성질"에 대해 주의 깊게 고려하는 태도는 곧 그가 현대시의 근본적 요구를 파악하고 있는 증거라는 것이다.[29] 김기림의 이러한 평가는 정지용의 언술을 기초한 것으로 보인다. 정지용 스스로 「시와 언어」라는 시론을 통해 "시의 신비는 언어의 신비다. 시는 언어와 Incarnation적 일치다. 그러므로 시의 정신적 심도는 필연으로 언어의 정령을 잡지 않고서는 표현 제작에 오를 수 없다."[30]고 주장하고 있기 때문이다.

하지만 이처럼 언어 감각을 중요시 했던 정지용의 사유의 골격은 샤머니즘적 요소와 리얼리티로 이루어져 있다. 인카네이션(Incarnation)은 신적인 존재가 인간의 육체 안으로 들어와 육체화(肉體化)된 것을 이르는 말로, 달리 표현하면 초자연적 존재와의 접촉·교섭을 통해 하나가 된 것을 이른다. 즉 시는 초자연적 존재의 말을 언어로 받아 쓴 것이라는 의미다. '시는 언어와 영감의 일치'라는 뜻도 가진다. 이런 신비한 경험의 순간에 언어의 정령을 잡아 시를 써야 정신적 심도가 있는 시가 된다는 정지용의 주장에는 샤머니즘 성향의 요소가 스며있다. 그의 종교가 가톨릭이었다는 점에서 특이한 부분지만, 샤머니즘은 충북 옥천의 한적한 시골마을에서 태어나고 자란 그의 의식과 무의식의 바탕을 이루는 토속적 요소였던 셈이다.

그리고 정지용이 언어 감각성을 바다 이미지에서 충실하게 살려낼 수 있었던 것은 리얼리티, 즉 '생의 경험'을 시에 충실하게 반영했기 때문이다. 정지용은 시론 「시와 언어」에서 '시의 신비는 언어의 신비'라

29) 김신정, 「정지용 시 연구-'감각'의 의미를 중심으로」, 연세대학교 박사논문, 1998, 1쪽.
30) 정지용, 「시와 언어」, 『달과 자유』, 346-347쪽.

강조하면서 "시의 심도가 자연 인간생활 사상에 뿌리를 깊이 서림을 따라서 다시 시에 긴밀히 혈육화되지 않은 언어는 결국 시를 사산시킨다."고 역설한다. '혈육화된 언어'란 언어와 사상이 하나가 된 언어다. 이 사상의 기초는 다름 아닌 경험의 축적이다. 경험의 축적은 인간의 사유, 또는 인간의 사상에 승화된 리얼리티를 부여한다. 김우창에 의하면 정지용의 세계는 "대부분의 경우 우리가 한국의 리얼리티에 기초한 세계라고 알아볼 수 있는 세계"31)이다. 앞서 기술한 정지용의 언술은 감각화된 그의 시어들이 '생의 경험', 즉 고향으로 상징되는 한국의 리얼리티에 바탕을 두고 있다는 고백이라 볼 수 있다. 정지용의 바다 체험은 새로운 세계와의 만남이라는 특이한 경험인 동시에 바다라는 자연에 대한 감정적인 유대감을 높이는 계기였다. 충북 옥천이라는 내륙에서 태어나 어린 시절을 보낸 정지용에게 바다는 낯설고 쉽게 적응할 수 없는 공간이었을 것이다. 따라서 예측 불가능한 자연의 무한한 다양성과 복합성을 이해하기 위해 남다르게 자연의 목소리에 귀를 기울이고 움직임에 시선을 놓치지 않았을 것이다. 자연이라는 거대한 우주적 유기체, 혹은 삼라만상의 유기적 순환세계는 단정적으로 이해하고 재단하고 통제할 수 있는 대상이 아니다. 그러므로 그 대상의 한 가운데 광장에로 자신을 이끌어나가 어둠과 두려움, 슬픔과 고통, 고독과 단절감으로 이루어진 닫힌 세계도 만나고 활력이 넘치고 희망적이며 기운생동(氣運生動)하는 열린 세계도 만나며 몸을 섞어야 한다. 그 몸 섞음을 통해 새로운 길을 여는(혹은 창조하는) 힘을 스스로 생성해내는데,

---

31) 김우창, 「한국시의 형이상」, 『궁핍한 시대의 시인』, 51-52쪽. 김우창은 정지용의 이러한 충실성은 그의 세계를 좁히는 요인이면서 또 그의 장점이 되기도 한다면서 결국 감각적 사실에 대한 충실만을 우리가 너무 높이 살 수는 없다고 하더라도, 역시 그것은 원초적인 형태로나마 생의 경험에 대한 충실인 것이라고 주장한다.

생의 경험에 의해 축적된 리얼리티에 그 근원이 있다. 그리하여 그가 얻은 것은 자연에 대한 경이감이며 신비감이며 나아가 공경감이요 역동성이라 할 수 있다. 그것들은 어린 시절 고향에서 몸으로 받아들인 자연에 대한 감각들과 혼융하면서 새롭게 태어난 생명 친화의 세계관이다. 자연과 자연의 관계, 자연과 자연을 둘러싼 바깥 세계와의 관계 혹은 자연을 이루는 여러 구성원들의 상호 관계, 자연을 이루는 여러 구성원들과 자연을 이루는 여러 구성원들을 둘러싸고 있는 바깥 세계와의 관계를 탐색한 생태적 인식이야말로 근대적 계몽의 이성주의에 포섭되지 않는 활기찬 생명성임을 온몸으로 받아들인 것이다. 그리하여 정지용은 바다 체험에서 얻은 생태적 세계관을 통해 분열과 억압을 벗어난 자연 전체의 거대하고 광대한 전체를 만나고, 국권 상실과 국토 상실로 전통 사상과 말글까지 잃어가고 있는 조국의 난관을 헤쳐 나갈 희망의 메시지를 불러온다.

2. 공동체적 상상력의 생태시학

공동체는 더불어 사는 집단이라는 의미를 가진다. 공동체는 생활과 운명을 같이하는 집단이라는 개념으로 인해 인간중심적 용어로 비춰질 오해의 소지가 있다. 그러나 생태학에서 말하는 개체군 역시 공동체의 한 형태이다. 개체군[32]이란 동일한 장소와 동일한 시간 내에 있는 사람이나 동물, 식물, 원생생물, 균류 등과 같은 한 종의 구성원이 모인

---

32) 칼렌바크는 종의 증가와 감소에 있어서 인간 개체군은 조금 특별한 경우라고 본다. 경제 세계화 때문에 생필품 제조 기지로 전락한 비산업 국가들은 지금도 가파른 인구 증가를 보이고 있다. 이는 아이들을 노동력으로 보거나 노년을 부양해줄 수단으로 여기는데 원인이 있다. 어니스트 칼렌바크(Ernest Callenbach), 앞의 책, 20-23쪽.

집단을 가리킨다. 생태계 내에 있는 종들은 지속적으로 개체군을 늘려 영역을 확장한다. 그러나 서식지가 파괴될 만큼 개체군을 늘리지 않으며, 멸종에 이를 만큼 심각한 수준으로 개체군이 줄어들지도 않는다. 그 사유는 다른 종의 포식 활동, 텃세, 경쟁 종의 새끼 제거, 먹이 경쟁, 지역 이동에 의한 분산 등을 들 수 있다. 개체군이 소규모 공동체라면 군집은 개체군보다 조금 더 큰 공동체라 할 수 있다. 자연의 군집 내에서 종들은 상호 연관되어 있고, 상호 의존성을 지닌 채 복잡한 그물망을 이루며 생존해 나간다. 생태학적 차원에서의 공동체는 공존과 상생의 법칙이 실현되는 집단인 것이다.

공동체라는 용어는 오늘날 지구공동체, 생명공동체, 생태공동체, 지역공동체, 경제공동체, 문화공동체 등 다양한 영역으로 확장되어 사용되고 있다. 한국에서는 1997년의 소위 IMF(국제통화기금, International Monetary Fund) 사태 이후 공동체에 대한 관심이 증폭되었고, 다양한 사회적 맥락에서 그 이념적 지향을 공동체로 이해하려는 현상들이 나타났다. 나눔공동체, 시민공동체, 마을공동체 등의 사회운동적 측면의 용례는 사회적 위기의식 및 비판의식에서 출발하여 공동체를 하나의 이상적 사회집단으로 이념화하고 현실화하려는 시도임을 보여준다.

공동체에 대한 관심은 사회적 위기의식으로 전환되기 시작한 20세기 초부터 본격화되었다. "공동체적 유대는 기본적으로 경쟁 또는 갈등, 효용 그리고 계약적 합의를 특징으로 하는 비공동체적 관계와 반대되는 것이며, 때로는 다만 이에 대한 가상적인 반명제인 경우도 있다"고 본 니스벳(R. Nisbett)의 주장은 공동체 이념이 특정한 어떤 실제를 지칭하는 것이라기보다 한 사회의 이상(ideal)을 표현하는 것임을 나타내고 있다.[33]

인류는 공동체 속에서 살아가는 존재임에도 불구하고 오늘날에는 복잡성을 띤 사회현상과 맞물리면서 개인화되고 다원화되는 경향을 보이고 있다. 공동체주의가 자유주의의 문제점을 극복하려는 것에서 출발했기 때문에 전통적 시각에서 보면 개인 가치의 존중을 요구하는 이러한 개인화, 다원화는 이기주의와 연결되어 사회 해체의 위기를 유발할 수 있는 가능성이 농후하다.[34] 그러나 자유주의적 입장에서 보면 공동체주의는 개인 가치 말살과 자유민주주의를 위협할 우려를 안고 있다. 이러한 공동체주의와 대립하는 자유주의의 문제점을 완화하고 치유할 수 있는 공동체적 가치를 실현하기 위해서는 공동체주의가 획일적 집단주의로 이행되는 것을 경계해야 한다. 또 자유주의적 관점과 공동체주의 관점의 융화를 위한 새로운 가치관을 요구한다.

현대 사회에서 새로운 가치관으로서 가장 유효하게 떠오르는 것은 생태적 세계관이다. 생태적 세계관은 개별적 존재를 존중하면서 상호 연관성과 상호 의존성을 강조한다. 현대의 인간 군집은 거대도시, 기업, 국가 들을 조직하면서 공동체를 이룬다. 인간 군집은 전쟁이나 빈부격차, 지배와 피지배 관계 등과 같은 특징을 보여준다. 이런 특징은 이기주의와 물질만능주의에 따른 폐해의 하나이다. 따라서 개체와 개체, 개체와 개체를 둘러싼 바깥 세계와의 통섭과 융화를 추구하는 생태적 세계관은 조화와 평화를 유지하기 위한 가치관으로서 인간 군집이 받아들여야 할 필수적 덕목이 되었다.

생태론의 생명지역/생물지역 개념은 공동체의 맥락과 연결된다. 생

---

33) 이선미, 「현대사회이론에서 공동체 의미에 대한 비판적 연구」, 『한국사회학』, 한국사회학회, 2008. 102쪽.
34) 김진만, 「공동체주의 윤리관의 자유주의적 가치 수용에 관한 일고」, 『윤리교육연구』 제20집, 한국윤리교육학회, 2009. 142쪽.

명지역과 생물지역이라는 두 용어는 거의 동일한 개념으로 사용되고 있는데, 인간에 의해 임의로 구획된 것이 아니라 식물상, 동물상, 수계, 기후와 토양, 지형 같은 자연 조건, 그리고 이러한 조건에 따라 자연 발생적으로 형성된 공간을 말한다. 이 공간은 각자 특징을 지닌 식물, 짐승, 새, 곤충, 물고기를 비롯한 여러 자연 생명체들이 자기 서식지의 기후와 지형과 토양에 적응하며 고리 형태로 서로 연결되어 생명활동을 펼쳐나가는 생태공동체이다. 인간의 경우, 문화와 정주 특성이 지역 구분의 주요 기준 가운데 하나이기는 하지만 이때의 문화와 정주 특성은 그 생명지역의 자연적 특성과 직접적인 관계 속에서 형성되어온 전통문화와 전통 정주촌을 의미할 뿐이다.35) 인간의 생명지역 이념, 즉 생태마을 이념은 인간중심주의와 과학기술주의와 대립되는 생태공동체운동의 일환으로서 하나의 급진적 대안사회운동으로 볼 수 있다. 생명지역은 지리적 영역이기도 하지만 의식의 영역이라는 점에서 생태계와 지역과 인간의 문화를 하나의 고리로 묶는 것이다.36)

도가(道家)에서 말하는 이상사회는 모든 개체가 독자성을 유지하면서 생명공동체를 이루는 세계이다. "지극한 덕이 있는 세상은 새와 짐승과 함께 살고 만물이 무리를 이루어 가족처럼 살아간다. 그러므로 군자와 소인이라는 차별은 필요하지 않다."37)고 보았던 도가의 세계관은 열린 세계를 지향하며, 인간과 동식물과 자연의 관계가 하나의 고리 형태로 연관되어 있음을 나타낸다.38) 인간과 새와 짐승 등의 개별 생명은

---

35) 송명규·김병량, 「생명지역주의: 생명공동체 운동의 이념적 기초」, 『한국지역개발학회지』, 한국지역개발학회, 2001. 186쪽.
36) 송명규·김병량, 위의 글, 189쪽.
37) 『장자』「마제」, 夫至德之世(부지덕지세), 同與禽獸居(동여금수거), 族與萬物幷(족여만물병), 惡乎知君子小人哉(오호지군자소인재).
38) 정륜, 「도가의 생명존중 사상」, 『범한철학』 제35집, 범한철학회, 2004. 323쪽.

차별상이며 개인화된 것이며 다원적 형상이고, 열림은 무차별상으로서 공동체적 관점의 가치관이다. 차이에 따른 상생 세계관은 차별에 의한 상극을 일삼는 오늘날 문명세계의 새로운 대안 역할을 할 수 있다. 도가가 보여주는 생명공동체에 대한 사유는 자유주의와 공동체주의가 어떻게 융화되고 통섭해야 하는가를 보여주는 생태적 세계관이기 때문이다.

불교 문화권을 이룬 한국에서는 윤리적 사고에 있어서 생물 중심적 태도가 그리 낯선 것은 아니다. 농경사회였던 과거의 한국의 공동체 문화는 자연계의 모든 존재가 생명력을 간직하고 있다는 물활론에 의거해 생명공동체, 또는 생태공동체로써의 세계관을 토대로 삼고 있었다. 가정 신앙이나 다신사상은 자연계를 그저 단방향으로 작동하는 기계론적 과정이 아닌 하나의 커다란 가정으로 간주하는 생태공동체주의를 견지했음을 보여준다. 인간을 포함한 모든 생명체와 생명체를 둘러싼 바깥 세계가 경쟁이나 투쟁이 아닌 조화와 상호 영향 관계에 놓여있으며, 이러한 차원에서 세계를 이해하려는 공동체 의식은 전 지구적 차원에서 새로운 관점이며 참신하고 유효한 세계관으로 주목된다.

1) 김소월 시의 '마을'과 '대지' 상상력

김소월 시에서 '마을'이나 '대지' 관련 상상력은 집과 고향, 그리고 땅 등으로 나타난다. 집은 생활 터전으로서의 서식지 차원에서, 고향은 개체군 차원에서, 농토는 대지에 기초한 생명권·생존권 차원에서 살펴볼 수 있다. 뿐만 아니라 집은 한 개인으로서의 정체성과 가족애를 다지는 기초 공동체 차원에서, 고향은 상호 연관적이고 상호 의존적인 조화와 상생의 공동체 차원에서, 농토는 삶의 근원적 측면의 공생과 반계급 및 지역적 자율성 추구 차원에서, 그리고 사회적 차원에서 논의할 수 있다.

(1) 개체군으로서의 집 · 고향

① 집과 존재의 서식지

집은 인간의 삶을 가능하게 해주는 가장 기본적인 생활 장소이고, 생태학적으로는 기본적인 서식지로서의 공동체이다. 범박하게 말해 서식지는 한 생명체가 깃들어 사는 곳이다. 물이나 햇빛, 음식, 습도와 온도 등의 여러 조건이 생존에 적합하도록 갖추어진 곳이라는 의미이다. 인간은 생물권계의 가장 기본적인 서식지로서의 공동체인 집에서 태어나고 성장하여 자신의 존재적 가치를 확장하며 세계와 더불어 살아간다. 그러니까 집이 없었다면 인간은 자기만의 내밀한 세계를 형성하기가 어려웠을 것이다. 따라서 우리는 집에 관한 한 다음과 같은 바슐라르의 전언을 떠올리게 된다.

> 집이 없다면, 인간의 존재는 산산이 흩어져 버릴 것이다. 집은 하늘의 뇌우와 삶의 뇌우들을 거치면서도 인간을 붙잡아 준다. 그것은 육체이자 영혼이며, 인간 존재의 최초의 세계이다.[39]

인간의 과거, 현재, 미래는 집이라는 서식지에 때로는 대립하고, 때로는 서로를 부추기기도하는 역동성을 부여한다. 집은 생존의 가장 기본적인 서식지이면서 사회성을 연마하는 동시에 외부의 간섭으로부터 보호받을 수 있는 기초 공동체이다. 해서 바슐라르는 집은 '세계 안의

---

39) 바슐라르, 곽광수 역, 『공간의 시학』, 동문선, 2003, 80쪽.

우리들의 구석이고, 우리들의 최초의 세계이며, 하나의 우주'이다. 그렇기 때문에 집은 '인간의 사상과 추억과 꿈을 한 데 통합하는 가장 큰 힘의 하나'[40]라고 강조하는 것이다. 집은 '나-가족'의 탄생과 함께 가족이라는 생애 최초의 공동체가 된다. 가족의 친밀감, 유대감이 극대화되는 집은 이 세계가 상호 연관적이며 상호 의존적임을 습득하게 만든다.

이러한 까닭에 집은 한 개인으로서의 정체성을 획득하고 가족애를 형성하는 기초적 생물 공간으로서의 공동체 역할을 한다. 김소월의 경우에도 시를 통해 나타난 집에 대한 의식은 본원적인 애착과 심층의 내밀한 정서를 형성하며, 각별한 경험을 하는 곳으로 형상화된다. 이러한 기초 공동체로서의 집은 이-푸 투안이 설명하는 공간과 장소의 의미도 내포한다. 이-푸 투안에 의하면 공간은 움직임이며 개방이며 자유이며 위협인 반면, 장소는 정지이며 개인들이 부여하는 가치들의 안식처이며 안전과 애정을 느낄 수 있는 고요한 중심이다.[41] 달리 말하면 공간은 불안을 의미하고, 장소는 평화를 의미한다. 김소월은 집을 통해 끊임없이 안정과 평화를 희구한다. 이-푸 투안의 의미를 그대로 가져오자면 김소월의 시에 등장하는 집은 공간적 개념보다 장소적 개념을 가지는 서식지로서의 기초 공동체이다.

> 落葉이 우수수 써러질째,[42]
> 겨울의 기나긴밤,
> 어머님하고 둘이안자
> 옛니야기 드러라.

---

40) 바슐라르, 앞의 책, 77쪽.
41) 이-푸 투안, 구동회 심승희 역, 『공간과 장소』, 대윤, 2011(개정 2쇄), 7쪽.
42) 진술적 차원에서 1행과 2행은 서로 어긋난다. 낙엽이 우수수 떨어지는 계절은 겨울이 아니라 가을이다.

나는어쎄면 생겨나와
이니야기 듯는가?
뭇지도마라라, 來日날에
내가父母되어서 알아보랴?

— 「父母」

이 시에서 집은 구체적인 단어로는 등장하지 않지만, 의미를 통해 나타난다. 따뜻한 아랫목에 모자(母子)가 같이 앉아 도란도란 이야기를 나누는 정겨운 방 안의 풍경을 연출함으로써 집을 상징화한다. 그러니까 김소월에게 집은 먼저 부모와 함께 사는 공동체로서의 집이다. 즉 평화의 근원이다. "어머님하고 둘이안자/ 옛니야기"들으며 '기나긴 겨울밤'을 보내는 아름답고 진정한 삶의 서식지이다. 집은 "나"의 근원적 고향이며, 추억과 사랑과 행복을 솟아나게 하는 무궁한 샘터이며, 무한한 친밀성과 심원한 정서가 발원하는 인간의 가장 기본적인 서식지이자 공동체로서의 가정이다.

2연으로 넘어가면 화자는 "나는어쎄면 생겨나와/ 이니야기 듯는가?" 하고 자문한다. 이는 '나'라는 존재에 대한 근원적인 물음인 동시에 집에 대한 근원적인 질문이다. 부모의 탄생은 나-자식의 탄생과 동시에 이루어지고, 집이라는 공동체의 탄생과 함께 한다. 어머님하고 둘이 앉아 도란도란 다정하게 옛이야기를 들을 수 있는 것도 집이 있기 때문에 가능하다. 따라서 이 시에서 집은 상징화되어 나타나며, 화자의 심상 이미지를 근원을 향해 사유화(思惟化)하여 보여준다.

「父母」에서 살펴본 바와 같이 집은 나를 보호하고, 성장시키는 공동체일 뿐만 아니라 자유와 평화를 누리게 하는 생존의 서식지이다. 즉 집은 친밀성으로 꽉 차있는 서식지이자 공동체이다. 친밀함은 진실한 앎과 교환의 순간에 깊어진다. 각각의 친밀한 교환은 인간의 만남의 성격에 관여하는 현장을 가진다.[43] 이러한 친밀함이 기억의 심연 속에 새겨져 각각의 기억들이 떠오를 때마다 진한 만족감을 주는 서식지이자 기초 공동체가 바로 집이다. 생태학에서 말하는 기초 생물권계를 이루는 집이 없었다면 '나'의 현실은 고단하고 외로운 세계일뿐이다. 어머님하고 옛 이야기를 나누기는커녕 "나는" 겨울의 기나긴 혹한을 피하기 위해 어디론가 끊임없이 떠도는 외로운 존재가 되었을 것이다. 이러한 현실은 다음의 시에서 확인할 수 있다.

> 이바루
> 외싸루 와 지나는사람업스니
> 「밤자고 가쟈」하며 나는 안저라.
>
> 저멀니, 하느便에
> 배는 써나가는
> 노래들니며
>
> 눈물은
> 흘너나려라
> 스르르 나려감는눈에.
>
> 쑴에도생시에도 눈에 선한우리집
> 쏘 저山 넘어넘어
> 구름은 가라.
>
> ―「우리집」

---

43) 이-푸 투안, 『공간과 장소』, 226쪽.

「우리집」은 집을 상실한 화자의 고달픔과 외로움을 보여준다. 객지를 떠도는 자의 고단함이 묻어나는 이 시에서 집은 그리움 그 자체이며, 회귀해야 할 곳으로 나타난다. 서정적 자아인 화자는 인간 존재의 최초의 세계이자 우주인 집을 상실한 나그네가 되어 있다. 동행도 없다. "외짜루 와 지나는사람"조차도 없는 바닷가의 어느 숙박업소 풍경은 외롭고 쓸쓸하기가 그지없다.

이러한 화자의 심경은 2연에 나타나는 "바다"와 호응하면서 그 깊이를 더한다. 멀리, 서쪽44) 편에 떠나가는 배는 집으로 돌아가지 못하고 떠도는 나그네의 처지를 더욱 서럽게 만든다. 해서 자신의 의지와 상관없이 "눈물"만 흘러내린다. 이처럼 김소월의 시에서 집은 화자의 심경과 동일하게 반응하며, 심상의 양태를 구현하는 이미지로 활용된다.

김소월의 시에서 집 상실은 회귀의식을 더욱 부추긴다. 집은 그가 끝끝내 돌아가야 할 최후의 장소로 묘사되고 있기 때문이다. "쑴에도생시에도 눈에 선한우리집"은 "오실날/ 아니오시는사람!"(「맘켱기는날」) 이 언젠가 돌아올 집이다. 즉 집은 님이 돌아올 마지막 거소인 것이다. 한편 "쑴에도생시에도 눈에 선한우리집"은 장자의 제물론(齊物論)에 등장하는 나비와 유사한 상상력으로 분석할 수도 있다. 장주의 '나비의 꿈'에서 꿈과 나비의 뒤섞임은 바로 자아와 세계 사이의 경계 없음을 의미한다. 즉 장주의 나비 꿈이 화자에게 '집에 대한 꿈'으로 전이되어 나타나고 있는 것이다. 이러한 상상력은 오늘날 생태 위기 원인으로서의 '근대성45)'이 우리 삶에 끼친 부정적 주체중심주의나 자연 지배를 당

---

44) 2연 1행에 나오는 '하느便'의 하느는 하늬를 말한다. 하늬는 서쪽을 이르며, 주로 농어촌에서 사용하는 말이다. '하늬바람=서풍(西風)'을 떠올리면 쉽게 이해할 수 있다.

45) 근대 사회의 특성을 타나내는 개념으로 서양의 경우 르네상스와 종교 개혁, 상업 발전 등 큰 변화가 일어나는 16세기를 그 출현 시기로 받아들이고 있다. 김종회, 「한

연시 하는 현상을 극복할 수 있는 미학'[46])이 된다. 집으로 회귀하고자
하는 의식은 님에 대한 변함없는 사랑과 그리움의 의식과 동일한 맥락
을 형성한다. 집은 부재하는 님과 만나 아름답게 살 수 있는 '최후'의 이
상적 세계이다. 즉 김소월에게 이상적 세계는 '넓은 바다를 앞에 둔 산
기슭'(「나의집」)에서 자연과 어우러져 사는 가족-집이라는 조화로운
공동체인 것이다.

> 들까에썰러져 나가안즌메씨슭의
> 넓은바다의물까뒤에,
> 나는 지으리, 나의집을,
> 다시금 큰길을 압폐다 두고.
> 길로지나가는 그사람들은
> 제각금 써러져서 혼자가는길.
> 하이한여울턱에 날은접을쌔.
> 나는 문깐에 섯서 기다리리
> 새벽새가 울며지새는그늘로
> 세상은희게, 쏘는 고요하게,
> 번썩이며 오는아츰부터,
> 지나가는길손을 눈녁여보며,
> 그대인가고, 그대인가고.
>
> ― 「나의집」

  화자가 그리는 이상적인 집은 "들까에썰러져 나가안즌메씨슭의/ 넓
은바다의물까뒤에" 있는 집이고, "큰길을 압폐다 두고" 있는 집이다. 이

국문학의 근대성과 근대적 문학 제도의 형성」, 『문학의 숲과 나무』, 민음사, 15쪽.
46) 김경복, 「탈근대 시학으로서 물화(物化)의 시학」, 『한국 현대시의 구조와 의식 지
   평』, 박이정, 2010, 363-364쪽.

는 화자가 염두에 두고 있는 이상향의 지향점을 보여준다. 그 지향점은 세 가지로 나타난다. 하나는 들에서 적당히 떨어진 산기슭이고, 또 하나는 바다를 앞에 둔 곳이다. 마지막 하나는 큰길이 앞에 놓여 있는 곳이다. 산기슭 집은 풍요로운 들판과 넓은 바다, 그리고 큰길을 굽어보는 곳에 위치하고 있다. 들판과 넓은 바다는 풍요로운 삶의 기반을 의미한다. 즉 들판과 넓은 바다는 생존권과 생명권을 상징한다. "그대"와 함께 행복한 삶을 영위하기 위한 필수조건인 셈이다. 이와 같은 조건을 갖춘 집은 곧 유토피아적 세계이다. 그런데 이 시에서 말하는 큰길은 대로(大路)가 아니라 "그대"가 오시기 좋은 길이라는 의미로 보아야 한다. 내가 문간에 서서 아침이고 저녁이고 항상 "그대"를 기다리는 길인 까닭이다. 해서 화자는 그 길로 지나는 사람은 제각기 떨어져 혼자 가야 한다고 생각한다. 그래야 지나가는 길손을 "그대인가"하고 눈여겨볼 수 있기 때문이다.

여기서 하나 주목해야 할 것은 이 시의 제목에 나타나고 있는 '나'이다. 앞서 인용한 「우리집」은 공동체를 의미하는 '우리'라는 어사를 사용하는 반면 이 시에서는 개인을 의미하는 '나'라는 어사를 사용하고 있기 때문이다. 공동체적 어사를 사용한 "눈에 선한우리집"은 님과 함께 살던 집이기 때문에 "꿈에도생시에도" 잊을 수 없는 그리움의 집인 반면, 개인적 어사를 사용한 "나의집"은 부재하는 님을 기다리는 집이다. 님의 부재는 실존적 외로움을 부여한다. 그 외로움을 상쇄하기 위해 더욱 더 이상적인 자연지형들을 호명하는 것이다. 들과 바다, 큰길을 사이에 둔 산기슭이 그러한 이상향이다. "나의집"은 "그대"가 돌아와 함께 할 때 비로소 완성되는 기초 공동체로서의 집이다. 이는 외부로부터 상처 입은 영혼을 치유 받으려는 화자의 심상이 구현한 양상이다.

살펴본 바와 같이 「父母」에서 보여주는 상징적 집이 근원을 탐색하는 서식지로서의 공동체라면, 「우리집」에 등장하는 집은 그리움의 공동체이고, 「나의집」에 등장하는 집은 기다림의 집, 즉 미완성의 공동체이다. 화자가 궁극적으로 회귀하고자 하는 집의 원형은 꿈에도 생시에도 잊을 수 없는 '우리 집'이다. 이 공동체는 「父母」에서 보여준 어머니와의 추억과 행복한 시간이 집적된 집이다. 「父母」에서 보여준 따뜻하고 정겨운 근원으로서의 평화로움은 생태학에서 말하는 생물권이 외부로부터 아무런 간섭을 받지 않을 때 가능하다. 하여 "집을써나 먼 저 곳에/ 외로히도 단니는" 나그네의 "心思"(「니젓든맘」)에 이르면 끊임없이 집으로 회귀하고자 하는 열망을 드러내게 되는 것이다. 이처럼 화자에게 있어서 집은 평화로움이 꽃피는 세계로서의 공동체인 동시에 추억과 꿈을 한 데 통합하는 역사적 공동체이다. 자아를 각성하게 하여 주체의 자기 발견[47]에 이르게 하는 과정 또한 하나의 역사가 되는 것은 개체군이 군집으로, 군집이 생물권계로 확장되어 가는 것과 같은 이치라 할 것이다. 따라서 집은 자아가 인식하는 최초의 세계로서의 서식지이자 그리움과 기다림을 해소시킬 수 있는 최후의 세계로써, 생존에 최적화된 평화와 조화의 우주적 서식지이다.

② 고향과 개체군

김소월의 시에서 고향은 화자가 태어나 자란 고장이며, 대대로 조상의 뼈가 묻힌 곳이다. 한 개인의 출생과 성장, 생활과 죽음, 그리고 후손들로 이어지는 삶의 고리가 고향이라는 일정한 영역 안에서 순환되고

---

47) 이봉일은 사물의 현전을 이해하는 언어의 형식과 연관을 지어 자아의 각성이 내면 발견을 통해 주체의 자기발견으로 이어진다고 본다. 이봉일, 「개화기 문예에 나타난 '근대적 내면성'의 성립 과정 연구」, 『문학과 정신분석』, 새미, 33쪽.

있는 것이다. 전통적 의미에서의 고향 마을 사람들은 운명을 같이 하는 공동체적 의식을 가지고 생활하게 된다. 따라서 고향은 강한 정신적 유대감을 의미한다고 볼 수 있다.

인간이 태어나고 자란 향토는 마을을 중심으로 여러 생활 환경적 요소들이 어우러지는 권역을 이룬다. 향토의 중심을 형성하는 마을은 생태학 용어로 말하면 개체군 개념으로 이해될 수 있다. 개체군은 한 종의 구성원이 동일한 장소·시간 안에 모여 이룬 집단을 이른다. 사람이 모여 사는 마을 혹은 도시는 인간 개체군, 또는 더 큰 의미에서 인군 군집이 된다. 이론적으로 보자면 생명개체는 크든 작든 번식을 통해 기본적인 개체군을 형성하고, 개체군을 늘려 공동체를 이루는 경향이 있다. 일반적으로 개체수는 개체 간의 생존 경쟁과 분산, 상위 종의 포식 등 자연적인 생태 활동에 의해 적절한 조절이 이루어진다. 그러나 확장되고 조직화된 인간 개체군, 또는 인간 군집은 전염병, 기근, 급작스런 자연의 변화 등에 의해 증감이나 분화가 이루어지기도 하지만 전쟁 때문에 심각한 현상을 초래하기도 한다. 전쟁은 인간 사회에만 있는 독특한 폭력 또는 무력을 사용하는 행동이다.

마을을 형성한 인간 개체군은 공동체의 유지를 위해 일정한 가치들을 공유하고, 이를 실현하려고 노력한다. 가치란 인간이 자기를 포함한 세계나 그 속의 어떤 대상에 대하여 가지는 평가의 기본적 생각이다. 인간은 이 가치에 대한 관점을 토대로 행동하게 된다. 이 가치의 충돌은 대체로 개인이나 집단의 이익이 서로 어긋날 때 일어난다. 가치의 황금률은 생태학에서 말하는 상호 의존성을 깨닫고 그에따라 행동할 때 발생한다. 상호 의존성이라는 생태학적 가치는 경제적인 부분이나 과학적인 정확성보다 무엇이 더 적합한가, 얼마나 더 옳은가, 어느 것이 더 자연스러우며 아름다운가, 어떻게 하는 것이 더 만족스러운가에 초점이 맞춰져 있다. 상호 의존적인 공동체의 윤리나 공동체적 정신이 가지는 미학성은 대체로 지속 가능성[48]의 가치를 근본에 두고 있다.

김소월의 시에서 인간 개체군은 고향으로 수렴된다. 그의 시에 나타나는 고향은 자연과 사람이 분리되지 않은 공동체로 혼용되면서 평화와 조화의 원리를 내포한 서정적 질감을 얻는다. 그의 시에 자주 등장하는 고향으로 인해 김소월을 "향수의 시인"[49]이라 평가한 경우도 있다. 아픈 마음을 달래주는 위안처로서의 고향을 노래했다고 본 견해에 의한 것이지만, 향수의 내면에는 "쩌도는 몸"으로서의 귀향에 대한 강한 의지가 전제되고 있다. 그 떠돎은 일본 제국주의 침탈에 의해 자신의 의지와 상관없이 고향땅을 떠나야하는 불운을 안고 있으며, 떠돌면서 만났던 "文明으로써光輝와勢力을다투며자랑"하는 "都會"(「詩魂」)의 삭막함에 대한 회의 앞에 노출되어 있다. 이러한 이유로 화자의 고향 추구는 더욱 절실할 수밖에 없다.

1
즘생은 모를는지 고향인지라
사람은 몸닛는것 고향입니다
생시에는 생각도 아니하는것
잠들면어느덧 고향입니다
조상님 쩌가서 뭇친곳이라

---

48) 어니스트 칼렌바코의 해석에 따르면, 인간의 관점에서 볼 때 지속 가능한 사회란 미래 세대에 대한 기대를 줄이지 않고 안정적인 삶을 보장하면서 그 사회의 요구를 충족시키는 사회이다. 이러한 이상은 무제한적인 물질 성장이 추구하는 이상과는 정 반대 편에 서 있다. 어니스트 칼렌바코, 앞의 책, 188쪽.

49) 이성교, 「김소월 시에 나타난 향토색 연구」, 『새국어교육』 32호, 한국국어교육학회, 1980, 242쪽. ; 정한모, 『김소월 연구』, 새문사, 1982, 49쪽.

송아지 동무들과 놀든곳이라
그래서 그런지도 모르지마는
아아 꿈에서는 항상 고향입니다

2
봄이면 곳곳이 山새소래
진달래 花草 滿發하고
가을이면 골자구니 물드는 丹楓
흐르는 샘물우에 써나린다
바라보면 하늘과 바닷물과
차 차 차 마주붓터 가는곳에
고기잡이 배 돗그림자
어긔엇차 듸엇차소리 들니는듯

3
써도는 몸이거든
故鄕이 탓이되어
부모님記憶. 동생들생각
꿈에라도 恒常 그곳서 뵈옵니다

고향이 마음속에 잇습니까
마음속에 고향도 잇습니다
제녁시 고향에 잇습니까
고향에도 제녁시 잇습니다

마음에 잇스니까 꿈에 뵈지요
꿈에보는 고향이 그립습니다
그곳에 넉시잇서 꿈엣가지요
꿈에 가는 고향이 그립습니다

4
물결에 쩌내려간 浮萍ㅅ줄기
자리잡을 새도업네
제자리로 도라갈날 잇스랴마는!
괴롭은 바다 이세상에 사람인지라 도라가리

고향을 니젓노라 하는 사람들
나를 버린 고향이라 하는 사람들
죽어서만은 天涯一方 헤매지말고
넉시라도 잇거들낭 고향으로 네 가거라

—「故鄕」50)

김소월의 시에서 집과 땅 상실은 고향을 떠나 유랑민이 되게 하는 비애의식을 노정한다. 실향민이 되어 떠도는 서정적 자아인 화자는, 시의 첫 구절에서 짐승은 모르겠지만 사람은 절대 잊을 수 없는 것이 고향이라고 강조한다. 고향은 조상 뼈가 묻힌 곳이고, 부모님에 대한 그리움과 어릴 때 동무들과 놀던 추억이 있는 곳이기 때문에 자신의 의지와 상관없이 꿈속일지라도 저절로 나타난다고 한다.

그러한 고향의 구체적인 풍경을 이 시에서는 한 폭 그림처럼 펼쳐낸다. 지저귀는 산새와 만개한 꽃, 가을 단풍과 맑은 샘물만이 아니라 수평선이 바라보이는 바다에서 고기잡이하는 배의 모습까지 등장한다. 자연과 사람이 분리되지 않고 하나로 동화된 세계가 바로 고향임을 역설하는 것이다. 이 시가 보여주는 평화롭고 아름답고 넉넉한 고향 풍경은 소월의 시 의식이 왜 자연친화적이며 생태적인가 하는 점을 빨리 이해하게 하는 단초가 된다. 2장이 펼쳐놓은 고향 산하는 문명적인 것들

---

50) 『삼천리』 56호, 1934. 11, 205-207쪽.

과의 거리가 멀고, 사람은 물론 모든 동식물이 서로 조화로운 관계를 맺으며 살고 있는 공동체이다.

3장에 이르면 고향은 사회학적인 의미보다 사무친 정한의 세계로서의 정서적 의미가 강화된다. 고향의 집과 땅을 빼앗기고 "써도는" 도시에서 화자의 모습은 "깁고어둠은山과숩의그늘진곳"에서 "수임업시울지고잇"는 "외롭은버러지한마리"(「詩魂」)와 다를 바 없다고 여기기 때문이다. "써도는 몸"인 화자가 부모 형제를 만날 수 있는 유일한 방법은 꿈을 꾸는 것이다. 꿈속에서 부모 형제가 있는 고향에 다녀온 화자는 "그곳에 넉시잇서 쉼엣가지요"라고 말한다. 고향은 넋과 등가를 이루는데, 이는 공동체의 가장 기본적인 단위라 할 가족이 있는 곳이고, 그 공동체의 근원인 조상들이 대대로 뼈를 묻어온 곳이기 때문이다.

마음은 귀향을 원하지만 현실은 뿌리 뽑힌 삶의 자리에 놓여있다. 그러한 까닭에 4장에서는 서정적 자아인 화자의 모습을 물결에 떠내려간 부초 줄기에 비유하며 고향으로 돌아가지 못하는 한과 설움을 드러낸다. 부초 같은 삶이기에 고향을 잊었다거나 고향이 나를 버렸다고 생각하는 사람도 생긴다고 토로하는 것이다. 그럼에도 화자는 끝까지 귀향 가능성을 배제하지 않는다. 살아서 가지 못한다면 죽어서 넋이라도 반드시 고향으로 돌아가야 한다는 의지를 보인다. 이러한 정서는 향리에 대한 강한 애착심에서 출발하며, 상호 의존성이 그만큼 강한 공동체가 향리라는 정신적 유대가 작용하고 있는 것이다. 또 화자와 고향이 일체감을 형성하고 있음을 보여주는 것이 된다.

김소월의 시에서 고향을 떠남은 귀향을 목표로 한다. 떠나지 않고 평생을 고향에서만 산 사람에게 귀향은 별다른 의미를 가지지 못한다. 대다수의 민중이 고향에서 나고 자라고 죽는 과거의 전통적 관점에서 귀향은 주로 출세를 이상적 삶으로 여겼던 지배 계급의 문제라 할 수 있다. 중앙 관료로 진출했다가 은퇴 후 고향으로 돌아와 여생을 보내는 삶을 예로 들 수 있다. 이향 후의 출세는 귀향의 필요충분조건이 되는 셈이다. 그러나 김소월의 귀향은 사회적 대변혁에 의해 떠나지 않으면 안 되는 비극적 이향 체험과 연결된다. 타의에 의해 뿌리 뽑힌 자가 된 데서 오는 고향 상실감을 극복할 수 있는 유일한 방법은 그 고향으로 돌아가 다시 뿌리를 박는 것, 달리 말하면 마을 공동체를 회복하는 것 뿐이다.

> 물로사흘 배사흘
> 먼三千里
> 더더구나 거러넘는 먼三千里
> 朔州龜城은 山을넘은六千里요
>
> 물마자 함쌕히저즌 제비도
> 가다가 비에걸녀 오노랍니다
> 저녁에는 놉픈山
> 밤에 놉픈山
>
> 朔州龜城은 山넘어
> 먼六千里
> 각금각금 쑴에는 四五千里
> 가다오다 도라오는길이겟지요
>
> 서로 쩌난몸이길내 몸이그리워
> 님을 둔곳이길내 곳이그리워
> 못보앗소 새들도 집이그리워

南北으로 오며가며 안이합듸까

풀끗테 날아가는 나는구름은
밤씀은 어듸 바로 가잇슬텐고
朔州龜城은 山넘어
먼六千里

—「朔州龜城」

　「삭주구성」은 고향이라는 공동체에서 벗어난 존재의 절대 고독을 보여준다. 농경사회는 유목사회와는 달리 특정 지역에서 이주하지 않고 경작하며 생활하는 정착적 특성을 가진다. 또 농경사회는 농기구와 사람의 노동력이 기본적인 노동의 원천이라는 점에서 공동체적 협동 단결은 필수불가결한 요소이다. 이러한 노동 환경은 인간관계에도 영향을 끼쳐 이웃과 이웃 사이의 친밀도를 높이는 역할을 한다. 자연이 주는 샘물이나 우물을 한 마을 사람들이 같이 나눠 먹고, 두레를 통해 생산 활동을 하고, 향약이나 계에 의해 마을의 미풍양속이 생성되고 전해지며, 이 미풍양속을 실천의 규범으로 삼는 까닭에 농경사회에서의 고향이라는 지역 공동체에 대한 심리적 거리는 오늘날의 도시라는 사회에서 떠올리는 고향과는 매우 큰 차이가 있다할 것이다.

　이 시에 등장하는 삭주구성은 평안북도 삭주군과 구성군을 가리킨다. 구성군은 김소월이 태어난 곳이고, 그가 한때 동아일보 지국을 경영한 지역이기도 하다. 삭주구성 지역의 고향을 떠나 객지로 나온 화자는 깊은 외로움을 느끼며 향수를 가지게 된다. 그 깊은 고독감으로 인해 화자는 현재 자신이 머무는 곳과 삭주구성 사이의 거리가 아주 먼 것으로 느낀다. 해서 "물로사흘 배사흘/먼三千里"라거나 "山을넘은六

千里"라 표현하고 있는 것이다. 통상적으로 서울에서 평북의 삭주구성까지는 천리 길로 본다. 한반도는 남쪽 끝에서 북쪽 끝까지를 삼천리 길로 여긴다. 따라서 이 시의 "三千里"나 "六千里"는 과장된 표현이다. 이 과장된 거리는 절대 고독의 상태에 놓여 있는 화자가 느끼는 삭주구성까지의 심리적 거리다. 이것은 실제 거리와의 비교로 확인하게 되는 화자의 심리적 거리에서, 공동체를 벗어났을 때 가지게 되는 절대 고독의 깊이를 알게 하는 하나의 보기이다.

풀숯츤
피여
흐터젓서라.
들풀은
들로 한벌가득키 자라놉팟는데,
뱀의헐벗은 묵은옷은
길분전의바람에 날라도라라.

저보아, 곳곳이 모든것은
번쩍이며 사라잇서라.

두나래 펼쳐썰며
소리개도 놉피써서라.

째에 이내몸
가다가 쏘다시 쉬기도하며,

숨에찬 내가슴은

깁븜으로 채와져 사뭇넘처라.

거름은 다시금 쏘더 압프로……………

―「들도리」

이 시의 제목 "들도리"는 '들노리' 또는 '들놀이'를 가리킨다. 들놀이
는 마을 공동체의 유대를 강화하기 위해 농촌에서 주로 농번기 전후에
행하는 놀이의 하나이다. 들놀이는 마을의 화합과 상생을 도모하는 잔
치로 술과 고기를 장만해 모처럼 신명을 지피는 자리이기도 하다.

마을을 인간 개체군의 개념에 놓고 생태적 시학을 분석하고 있지만,
이 시를 통해 마을과 마을을 둘러싼 바깥 세계와의 관계에 대해서도 분
석을 할 수 있다. 인간 개체군은 인간 개체군을 둘러싼 바깥 세계와의
관계를 통해 생존의 에너지원을 확보한다. 그 바깥 세계는 다양한 개체
군들의 집합체이다. 동일한 시공간에는 서로 다른 생명체들이 개체군
을 이루고, 개체군과 개체군이 모여 군집을 이룬다. 따라서 동일한 시
공간은 절대적으로 고정되어 있지 않은 다양한 형태의 생태적 군집이
있는 생물지역이 된다. 엄밀한 의미에서 인간은 생물지역에 속해 있는
특정한 한 개체군이다.

이 시에서 보여주는 생태적 조건 역시 그러하다. 흐드러지게 피어있
는 풀꽃과 높이 자란 들풀들, 허물을 벗어놓고 간 뱀, 바람이 부는 길분
전[51], 솔개가 높이 나는 정경은 다양한 생물이 어우러져 사는 생물지역

---

51) 길분전은 연구자에 따라 다른 해석을 보인다. 오하근은 '길분전'의 '분전'을 '分錢',
   즉 푼돈으로 보고 '하잖은'의 뜻이라 보았다.(오하근 편, 『정본 소월 전집』, 집문당,
   1995) 김용직은 焚錢과 관계가 있을 듯하고, 노두의 소지(燒紙)를 짐작케 한다고 본
   다. 민속의 제례의식 가운데 하나일 가능성이 있다고 해석한다.(김용직 주해, 『원
   본김소월시집』, 깊은샘, 2007) 권영민은 '焚田'으로 보아 임야를 태운 뒤 남은 재로

임을 알 수 있게 한다. 화자는 들놀이를 와서 "곳곳이 모든" 만물이 힘
차게 "번썩이며 사라잇"는 생물지역의 모습을 보면서 "깁븜으로 채와
져 사뭇넘"치는 가슴이 되고, "거름은 다시금 쏘더 압프로" 나아가는
새로운 희망을 얻는다. 이것은 자연 앞에서 겸손한 마음을 가지지 않는
다면 얻을 수 없는 기쁨이다.

이 시는 고향 사람들의 들놀이를 통해 역동적인 마을 공동체의 모습
을 보여줄 뿐만 아니라 인간 개체군과 어울려 사는 여러 생물들의 활력
있는 생명성을보여준다. 이는 자연이라는 생물지역은 소비하고 정복
하는 것이 아니라 더불어 공존하는 것이며, 자연이 건강할 때 인간도
건강할 수 있음을 의미한다. 또 서정시에서 어떻게 생태적 사유가 자연
스럽게 스며들어 시적 현실화가 될 수 있는가를 보여주는 하나의 보기
이다.

(2) 생존·생명권으로서의 땅

① 식민지 현실과 "보섭대일쌍"

농경사회에서 공동체의 토대는 농토에 있다. 농사일은 공동체적 협
동을 통할 때 효율성을 높일 수 있다. 공동체적 협동은 생태학에서 말
하는 상호 의존성과 같은 의미를 가진다. 유기체가 모여 하나의 유기적
인 조직을 구성하고 목표나 삶을 공유하면서 공존하는 조직이 공동체

농사를 짓고, 수확 뒤에는 다시 황무지로 버려두는 곳이라 보았다.(권영민 엮음,
『김소월 시 전집』, 문학사상, 2007) 본고에서는 '길분전'을 '길分田'으로 보아 길의
가장자리 땅을 일궈 밭으로 삼은 것을 이르는 단어로 본다. 이는 시의 전개상 자연
스럽게 그 뜻이 녹아들뿐만 아니라 들놀이 가는 길에 만난 풍경의 하나로서도 그런
추론이 가능하고, 농촌에서 흔히 길 가장자리 땅을 일궈 콩이나 들깨 같은 농작물
을 심는 것에서도 그런 추론이 가능하다.

인 까닭이다. 김소월이 시작 활동을 펼치던 시대의 한국사회는 농경문화가 일상 속에 널리 펼쳐져 있었고, 농경문화는 공동체적 삶에 내포된 상호 의존성을 강화하거나 노동의 고단함을 해소하려는 노력 속에서 형성된 것이 대부분이다. 김소월의 시에서 가장 강한 결속력을 보여주는 공동체 의식은 대지 관련 상상력을 통해 접할 수 있다.

김소월이 보여준 대지 상상력은 식민지 조국의 현실과 깊은 관련을 맺고 있다. 김소월이 문단에 등장한 1920년대는 주지하는 바와 같이 문명화의 물결이 급변하는 시기였다. 1920년대 초반은 3·1운동의 실패로 독립에 대한 열망이 좌절된 민족적 암흑기라 할 수 있으나, 그 영향으로 물산장려운동(1920), 어린이날 제정(1922), 조선의열단 선언(1923), 종로경찰서 폭탄투척(1923), 민립대학설립운동(1923), 조선청년총동맹 조직(1924), 6·10만세운동(1926), 신간회 설립(1927) 등 민족의식과 애국운동이 지속적으로 각계각층에 확산되었다. 이와 함께 대륙과 바다 너머에서 신문물이 급격하게 유입되었다. 따라서 3·1운동 이후 문화적 억압이 다소 완화된 식민지 공간에서의 지식인들은 새로운 문화 개화를 위해 서구 근대 문명을 최대한 섭렵해야 한다는 일종의 강박관념을 가지고 있었다는 점은 미루어 짐작할 수 있다. 이러한 상황에서 서구적 문명을 접한 신지식인들의 의식의 향방은 대체로 두 가지 형태를 띠었다고 볼 수 있는데, 그 하나는 스스로가 식민지의 지식인이면서도 문명화의 사명을 내면화함으로써 '제국의 시선'으로 식민지 조국을 바라보는 경우[52]이고, 또 하나는 시대적 모순을 자각하고 이를 극복하려는 자기 혁신적 성찰을 토대로 전통성을 계승 발전시키며 반식민(주의)

---

52) 권유성, 「1920년대 '조선적' 서정시의 창출 과정 연구」, 경북대학교 박사논문, 2011, 39쪽.

적 의식을 형성한 경우이다.

김소월은 후자의 경우로, 민족적 경향이 남달랐던 오산학교를 거쳐 배재고보에 편입했고, 1923년 일본 도쿄상과대학에 입학하였으나 9월 관동대진재(關東大震災) 때 일본인의 조선인 대학살 목격에 따른 충격으로 중퇴하고 귀국했다. 여러 정황상 청년 시인 김소월에게 급격한 변화와 함께 유입된 신문물은 식민지 조국이 처한 시대적 모순을 자각하게 만들기에 모자라지 않았을 것이다. 그러한 까닭으로 소월의 시 가운데 상당수는 상실 의식을 노정하게 된다. 소월의 시에 자주 등장하는 '님' 상실 의식은 개인적 님 상실 의식이기도 하지만 다른 한 부분으로는 국권을 상실한 식민치하의 비극적 인식을 드러내는 상징이기도 할 터. 이는 곧 식민지 현실에 대한 자각과 반성의 촉수를 항상 드리우고 있었다는 것이 된다.

그의 시가 드러내는 식민지 현실에 대한 의식은 대지 상상력에서 읽을 수 있다. 대지 상상력은 두 가지의 경향을 띠는데 하나는 빼앗긴 땅, 떠도는 삶 등으로 나타난다. 또 하나는 생명력 넘치는 농토로서 건강한 노동과 공동체적 유대를 환기하는 대지이다. 대지는 인간 삶의 근원적 의미에서 생존과 생명의 원천이라 할 수 있다. 이런 이유로 대지는 생명의 싹을 틔우고 성장시키며, 최후의 순간까지 다 받아들이는 모성애적 상징성을 부여받는다. 대지가 일반적 공간으로서의 의미를 뛰어넘는, 생존권과 생명권의 공간으로 확장될 수 있는 이유이다. 특히 김소월이 살았던 시대가 일제 강점기였다는 사실을 환기한다면 대지 관련 상상력은 식민지 조국이 당면한 가장 시급한 과제인 국권 회복과 관련될 수밖에 없다. 이런 까닭에 김소월 시에서 대지 상상력은 모성적 측면보다 강인한 의지적 측면이 더 강조되어 나타난다고 볼 수 있다.

한편 국토 회복을 염원하는 대지 상상력은 그동안 여성적 목소리의 서정적 시인으로 널리 평가되어 온 김소월의 시세계가 남성적이며 향토적이고 참여적 경향을 두루 갖췄음을 알 수 있게 한다. 김소월의 시 가운데서 「바라건대는 우리에게우리의 보섭대일쌍이 잇섯더면」이 보여주는 대지 관련 상상력은 상실감에서 출발하지만 극기 의식을 담고 있을 뿐만 아니라 자연에 대한 인간의 개입이 불가피하다고 보는 자의식화 된 생태윤리와 자기 성찰적인 모습을 보인다. 이 생태윤리는 안네스가 강조했던 근본생태론의 원리 가운데 하나인 생물중심주의나 생물윤리보다 자연을 보살피는 것은 인간의 의무라고 보았던 북친의 생태윤리와 가깝다. 김소월의 시는 생물중심주의가 아니라 생물평등주의 원리를 추구하며, 계급적 입장에 반대하고, 적극적인 현실 참여의 생태윤리를 드러낸다. 이는 곧 자연을 지배하겠다는 인간의 의식이 인간에 대한 지배로 전이된 것에 생태 위기의 원인이 있고, 이 자연 지배의 관념은 계급과 위계구조를 해체할 때 극복된다고 보는 북친의 사회 생태론의 맥락에 놓인다.

> 나는 쑴쑤엿노라, 동무들과내가 가즈란히
> 벌싸의하로일을 다맛추고
> 夕陽에 마을로 도라오는쑴을,
> 즐거히, 쑴가운데.
>
> 그러나 집일흔 내몸이어,
> 바라건대는 우리에게 우리의보섭대일쌍이 잇섯드면!
> 이처럼 써도르랴, 아츰에점을손에
> 새라새롭은歎息을 어드면서.
> 東이랴, 南北이랴,

내몸은 써가나니, 볼지어다,
希望의반짝임은, 별빛치아득임은.
물결쌘 써올나라, 가슴에 팔다리에.

그러나 엇지면 황송한이心情을! 날로 나날이 내압패는
자츳가느른길이 니어가라. 나는 나아가리라
한거름, 쏘한거름. 보이는山비탈엔
은새벽 동무들 저저혼자………山耕을김매이는.
　　　─ 바라건대는 우리에게우리의 보섭대일쌍이 잇섯더면」

「바라건대는 우리에게우리의 보섭대일쌍이 잇섯더면」은 강력한 공
동체적 유대에 기반을 둔 대지 상상력을 통해 시대성과 역사성을 탐색
하고 있다. 먼저 제목을 살펴보면, "우리에게", "우리의" 등 공동체 지
향의 어사가 두 번이나 들어 있다. 일반적으로 '우리'라는 말은 집단의
강한 유대감을 전제로 사용된다는 측면을 고려한다면, 이 시는 공동체
적 유대를 그만큼 절실히 요청하고, 또 강화하기를 바란다는 의미를 내
포한다.

　김소월이 시를 통해 공동체를 지향할 수밖에 없는 까닭으로는 집을
잃고 땅을 빼앗긴 채 떠도는 자가 되어버린 식민지 백성을 결집시킬 방
도였기 때문이라 할 수 있다. 공동체 사회, 그것은 곧 화자인 내가 열망
하는 현실이며 유토피아적 사회이다. 하여 김소월은 "나는 꿈꾸엿노
라, 동무들과내가 가즈란히/벌싸의하로일을 다맛추고/夕陽에 마을로
도라오는꿈을"이라며 시의 첫 구절부터 자신의 열망을 그대로 드러내
고 있는 것이다.

　"꿈꾸엿노라"는 어투에서 알 수 있듯 그것이 과거형일 수밖에 없는
까닭은 2연에 이르러 명확해진다. 화자가 직면한 황폐한 현실이 그것

이다. 시적 주체로서의 서정적 자아가 맞닥뜨린 현실은 "집일혼 내몸이어,/ 바라건대는 우리에게 우리의보섭대일쌍이 잇섯드면!/ 이처럼 써도르랴"는 시구에서 확인되듯 집을 잃고 땅도 잃도 잃고 나라를 뺏긴 채 떠도는 처지가 되어 있다. 집과 농사지을 땅은 기본 생존권을 의미하고, 생존권은 곧 생명권을 이르는 바, 보섭, 즉 쟁기질을 할 수 있는 땅과 집을 빼앗기고 동서남북으로 떠돈다는 것은 생존권과 생명권을 빼앗겼다는 말이다. 이는 곧 이상적 공동체가 파괴된 실상이다.

따라서 김소월은 한국 사회의 보편적 기본문화인 공동체 회복과 공동체적 유대야말로 생존권과 생명권 회복을 위한 토대가 된다고 보고, 공동체 정신을 가장 잘 나타낼 수 있는 대지 상상력을 통해 생존권과 생명권 상실의 좌절을 극복하려했던 것이다. 조지 브레드포드는 근본 생태론은 사회구조에 대한 정치적 비판력이 부족하다고 비판하면서 사회생태론이 보여주는 적극적인 참여를 옹호한다. 이런 점에서 「바라건대는 우리에게우리의 보섭대일쌍이 잇섯더면」에서 드러나는 저항적 참여성은 사회생태론적 생태시학의 면모를 가졌다고 볼 수 있다. 이처럼 식민지에서 벗어나 생존권과 생명권을 회복하려는 강렬한 의지로 인해 화자는 마침내 "山비탈"의 "山耕을김매이는" 사람처럼 한 걸음씩 앞으로 "나아가리라" 하고 희망적 다짐을 하는 것이다.

공동체 지향의 시적 의미는 더불어 사는 사회 실현에 있다. 더불어 사는 사회는 상호의존성을 통해 상생과 공존의 법칙이 구현되는 개체군이다. 상생과 공존의 법칙은 일제의 강압에서 벗어날 때 가능하다. 이는 지배/피지배의 이항대립적이고 계급적인 차별을 반대하는 것이며, 종속성에서 벗어난 자율성을 추구하는 세계이다. 이를 성취하기 위해서는 일제로부터 해방되어야 하고, 해방되기 위해서 제일 먼저 필요한 것이 현실을 직시하는 것이다. 현실 직시라는 것은 곧 우리의 땅임에도 "우리에게우리의 보섭대일쌍"이 없다는 사실이다. 김소월은 이러한 사실에 입각하여 공동체 정신 회복이야말로 "希望의반짝임"이라고 보는 것이다. 하여 화자는 "나는 나아가리라"며 진취적인 의지를 드러낸다. 이는 식민지 조국에 대한 각성과 반성을 통해 대동단결하여 독립을 이루자는 염원으로 해석이 가능하다. 그러므로 "겨레에 바치는 詩"[53]라는 박두진의 말을 환기하지 않더라도 국권을 상실한 식민지 조국의 비극을 직시하고, 공동체 회복과 유대를 통해 이러한 비극을 극복하려는 소월의 심경을 읽을 수 있는 것이다.

한편, 공동체 지향 정신은 인도의 평화주의자 마하트마 간디가 실현하고자 했던 자치적인 마을 공동체, 즉 '마을 스와라지 운동'을 통해서도 살펴볼 수 있다. 김소월이나 간디가 추구한 공동체는 서구에서 수입된 일종의 프로그램과 같은 것으로 이해되어서는 안 된다. 그것은 한국이나 인도의 조건과 전통에 기초를 두어야 한다.[54] 농경사회였던 한국은 전통적으로 공동체 사회를 지향해왔다. 향약이나 두레, 품앗이, 계, 경조사 부조 등은 한국의 공동체 문화의 대표적 시스템이다. 위기가 닥쳤을 때 고통을 분담하고 위기를 극복하여 전체 파이를 키워 함께 나누는 미풍양속도 공동체 정신의 한 형태이다. 한국이 1997년 말 국제통화기금(IMF) 체제 아래 놓였을 때 일어났던 '금모으기운동'이나 아껴 쓰고 나눠 쓰고 바꿔 쓰고 다시 쓰자는 '아나바다운동' 등도 공동체 정신

---

53) 박두진, 『한국현대시론』, 일조각, 1980, 83쪽.
54) 이 부분에 대해서는 간디의 저서 『마을이 세계를 구한다』를 참조할 필요가 있다. 간디는 진정한 단순하고 소박한 삶과 자발적인 가난을 지지했다. 그는 이 책을 통해 계급이 없는 사회, 강제와 무력이 없는 진정한 자유와 평화가 있는 사회에 대해 끊임없이 말하고 있다. 마하트마 간디, 김태언 역, 『마을이 세계를 구한다』, 녹색평론사, 2011(개정판 제1쇄).

이 만들어낸 국가의 위기 극복 방식이었다. 과거 한국의 공동체 문화의
기본 단위는 농촌문화였고, 농촌은 실질적 사회생활의 공간이었다. 한
국 농촌 사회의 대표적 공동체 문화로는 품앗이와 두레를 들 수 있다.
"동무들과내가 가즈란히/ 벌까의하로일"을 한다는 것은 두레 일을 한
다는 의미이다. 농촌 사회의 공동노동조직인 두레는 상호 협력적이고
결속적이다. 모내기 · 물대기 · 김매기 · 벼 베기 · 타작 등 농사 경작 전
과정에 적용 되었던 두레는 이웃과 이웃의 관계가 평등하고 친화적이
며, 더불어 사는 사회를 지향한다는 점에서 오늘날 생태문화의 대표적
예에 꼽힌다. 따라서 동무들과 하루 일을 마치고 석양에 마을로 돌아오
는 꿈을 꾸는 서정적 자아가 "보섭대일쌍"을 회복하려는 참여적 저항
의 자아로 변모되는 소월의 시 의식은 생태시학적 토대 위에 서 있는
것이다.

> 우리두사람은
> 키놉피가득자란 보리밧, 밧고랑우헤 안자서라.
> 일을畢하고 쉬이는동안의깃븜이어.
> 지금 두사람의니야기에는 꽃치필째.
>
> 오오 빗나는太陽은 나려쏘이며
> 새무리들도 즐겁은노래, 노래불너라.
> 오오 恩惠여, 사라잇는몸에는 넘치는恩惠여,
> 모든은근스럽음이 우리의맘속을 차지하여라.
>
> 世界의쯧튼 어듸?慈愛의하눌은 넓게도덥헛는데,
> 우리두사람은 일하며, 사라잇섯서,
> 하눌과太陽을 바라보아라, 날마다날마다도,

새라새롭은歡喜를 지어내며, 늘 갓튼쌍우혜서.

다시한番 活氣있게 웃고나서, 우리두사람은
바람에일니우는 보리밧속으로
호믜들고 드러갓서라, 가즈란히가즈란히,
거러나아가는깃븜이어, 오오 生命의向上이어.
—「밧고랑우혜서」

「밧고랑우혜서」는 부부, 또는 친구로 보이는 "우리두사람"이 보여
주는 노동의 기쁨과 활기찬 생명력을 노래하고 있다. 시 한 편 자체만
두고 보면 식민지 조국의 현실과 무관하게 봄날의 건강한 노동에 대한
환희와 찬탄의 시로 읽고 이해할 수도 있다. 그러나 앞서 살펴본 「바라
건대는 우리에게우리의 보섭대일쌍이 잇섯더면」과 연계하여 이 시를
읽으면 한 걸음 더 진전된 논의도 가능하다. 즉 이 시는 '우리에게 우리
의 보섭 대일 땅이 있었다면 우리 두 사람은 키 높이까지 자란 보리밭
에서 일을 마치고 밭고랑에 앉아 쉬며 이야기꽃을 피울 것'이라는 상상
력을 동원한 작품으로 해석할 수 있다는 말이다. 외세의 침략으로 집과
땅을 빼앗기지 않았다면, 태양은 내려 쪼이며 새들도 즐거운 노래를 부
르는 은혜로운 대지 위에서 평화롭고 조화로운 이상적 공동체 생활을
영위했을 것이라는 의미이다.

이와 같은 김소월의 국토사랑은 "우리"라는 공동체적 어사를 사용하
면서 서정적 자아가 열망하는 세계를 펼쳐놓는다. 그것은 "世界의꼿튼
어듸?慈愛의하눌은 넓게도덥헛"다는데서 확인된다. 우리가 일하며 하
늘과 태양을 바라보는 것은 세계의 꽃을 찾기 위해서이다. 자애의 넓은
하늘 아래 핀 세계의 꽃은 다름 아닌 평화롭게 대지를 일구며 살아가는

이 땅의 주인인 백성의 모습이다. 즉 우리의 농토에서 일을 할 때 우리는 살아 있는 존재이며, 진정으로 살아 있는 존재일 때 하늘과 태양을 바라보며 새로운 환희를 지어내는 세계의 꽃이 될 수 있다는 의미이다.

"우리두사람"이 활기 있게 웃으며 바람에 일렁이는 보리밭 속으로 호미 들고 들어가 건강한 노동을 하는 대지 상상력은 인간과 자연이 농사일을 매개로 일심동체가 되는 이상적 농촌공동체의 모습을 보이며, 이 땅의 진정한 주인이 누구인가를 각성시키는 효과를 유발한다.55) 또 겨울을 이겨내고 봄을 맞는 대지의 생명력을 보여줌으로써 3·1운동 이후 좌절된 독립에의 열망을 다시 지펴 환기시킨다. 4연의 바람을 독립운동의 기운으로, 보리밭을 우리의 국토로, 호미를 태극기로, 생명을 조국 광복으로 바꾸어 읽어보면 이러한 의도는 더욱 분명하게 드러난다. 국권회복을 위한 저항 의지를 다지려는 의도로 볼 수 있다.

이 시에 대한 이러한 논의는 『원본 김소월 시집』을 주해하여 펴낸 김용직의 견해대로 자칫 소재주의적 관점의 견해가 될 수 있는 위험을 안고 있다. 이 시에 직접적인 항일적 요소가 드러나 있지 않은데다 소월이 직접적, 또는 적극적으로 항일운동을 하거나 적극적 저항시를 창작했다고 보기 어렵기 때문이다. 하지만 다른 예술 장르와 마찬가지로 문학 역시 시대적 상황에서 자유롭지 못한 경우가 많다. 김소월이 활발하게 작품 활동을 했던 1920년대는 급변하는 시대 그 자체라 할 수 있다. 특히 「밧고랑우혜서」가 발표된 1920년대 중반은 3·1운동의 영향으로 민족의식과 애국운동이 전국적으로 확산된 시기이다. 집을 잃고 땅을

---

55) 1연 2행에는 이 작품의 배경으로 "키놉피가득자란 보리밧"을 제시하고 있다. 키 높이 자란 보리밭에서는 잡초가 자라지 않으므로 김을 매지 않는다. 이 부분은 김소월이 실질적인 보리농사를 경험한 것이 아니라 창조적인 상상력으로 이상적인 농촌 공동체를 재현하려는 시적 표현으로 볼 수 있다.

빼앗긴 채 멀리 만주로, 또 일본으로 디아스포라가 되어 떠돌아야 하는 식민지 상황 하에서 집과 땅은 한 개인이 살아가는 단순한 공간이 아니다. 역사와 사회사적인 맥락에서 이해되어야 함은 재론의 여지가 없다. 이 점을 감안한다면 「밧고랑우혜서」는 공동체적 유대를 기반으로 한 대지 상상력을 통해 국토사랑의 정신, 국권회복의 의지를 보여준 작품으로 주목해도 무방하다할 것이다.

> 강직하였는지라. 남의 잘못을 발견할 때에는 용서하지 아니하였습니다. 한 마디로 말하면 그는 어디까지든지 모난편이요, 이편으로 저편으로 둥글게는 있을 수 없던 사람이외다. 그리하여 그는 같은 설움에도 보드라운 설움을 가질 수가 없고, 원망스러운 설움을 가졌던 것이외다.[56]

김억의 회고담은 소월의 시가 참여적 관점에서 논의될 수 있는 또 하나의 근거가 된다. 김소월은 의지가 감정보다 승한 사람이며, 강직한 사람이고, 설움도 보드랍지 않고 원망스러운 설움을 가졌다고 말한다. 이는 김소월이 실패로 끝난 3·1운동 뒤의 민족적 암흑기를 나약한 감상주의적 애상이나 패배적 감정에 빠져 보내지 않고 국권회복을 위한 새로운 길을 모색할 수밖에 없었던 성정을 보여준다. 그리하여 김소월이 모색한 저항의 방식은 공동체 의식에 기반한 대지 상상력이었다 할 수 있다. 따라서 김소월의 시를 '님을 그리워하는 정한의 시' 등으로 한정시켜 볼 것이 아니라 포괄적이고 확장적인 관점에서 논의할 수 있는 여지가 충분한 것이다. 하여 대지 관련 상상력의 경우 식민지 시대 농민의 현실과 함께 근대를 넘어오면서 상처 받고 넘치는 생명력을 상실하

---

56) 김억, 「소월의 추억」, 『먼훗날 당신이 찾으시면』, 열음사, 1990, 155쪽.

게 되는 자연, 생태학에서 강조하는 상호의존성과 상호연관성이 핵심인 공동체적 유대의 강화, 온전한 자연으로서의 개체군과 군집 개념을 식민치하에서 벗어나 국권을 회복하는 것으로 확대해 살펴보았다. 다양한 측면에서 해석하고 의미를 발굴할 때 한 편 한 편의 시가 새로운 가치를 얻을 수 있음은 자명한 이치이다.

② 사회적 차원의 "옷과 밥과 자유"

식민지 치하에서의 신지식인이었던 김소월은 앞서 살펴보았거니와 자각한 시대적 모순을 민족 전통을 계승하고 발전시키며 극복하려는 자기 혁신적 시대의식이나 민족의식으로 나아간 경우이다. 따라서 민족 전통 가운데서 협동과 조화로운 유대에 기반을 둔 공동체 정신을 시에 수렴하게 되었다고 볼 수 있다. 감내기, 길쌈노래, 농부가, 물레노래, 방아타령, 배따라기, 베틀노래 등 공동체 정신을 수합한 대지 상상력은 우리 전통시가나 민요 등에서 흔히 볼 수 있는 것이다. 짙은 향토성을 바탕으로 전통을 계승하여 서정적으로 노래했던 김소월의 현실의식과 시대의식, 민족의식이 대지 상상력에 투사된 것은 당연한 결과라 할 것이다.

이처럼 김소월의 시적 자의식은 개인을 넘어 민족적 역사적 현실을 환기하는데 이르고 있다. 생존권과 자유의 회복은 곧 일제에 빼앗긴 농토를 되찾는 것부터 시작되어야 하고, 그러기 위해서는 민중들의 삶 속에서 면면히 이어져온 공동체 정신을 불어와야 한다는 사실을 김소월은 깨달았을 것이다. 그러므로 상실 의식을 통해 나타나는 식민치하의 비극적 인식은 시대적 모순에 대한 자각과 반성을 토대로 국토 사랑으로 이어지고, 민족의 생존권·생명권 회복을 위한 대지(大地) 상상력을 통해 참여적 정신으로 승화되어 나타난다.

대지 상상력은 고향, 또는 공동체 정신과 거의 동일화되고 있다. 대지는 곧 농토를 의미하고, 고향에서의 삶은 정주를 의미하는데, 정착은 곧 농토가 있는 고향을 의미한다. 농경 사회에서 농토는 생활의 터전인 동시에 만물이 생성되는 근원이다. 추수기에 이루어지는 풍물굿과 같은 의식도 대지의 힘이 고갈될까 두려워 이 힘을 보충하려는 것에서 시작된 것이고, '어머니 대지'를 상징화 시킨 신화57)-지신밟기나 풍수지리 사상도 땅을 신성하게 여기는 전통 사상 가운데 하나이다. 농경 사회의 전통 사상은 대체로 조화로운 사회, 더불어 사는 삶을 지향하며, 공동체적 유대를 강조한다. 농경 사회는 개인보다 공동으로 해야 할 일들이 많기 때문에 촌락을 중심으로 당면 문제에 대한 공동의 노력과 상호 부조를 위한 공동체를 형성하게 되었다.

따라서 김소월의 공동체 의식에 기초한 고향과 대지 상상력은 당대 침략 제국주의의 현실에 관통해 있는 지배와 위계질서를 부정하는 의식으로 연결된다. 북친과 같은 사회 생태론자는 "생태 문제는 사회 문제이며, 그 원인은 위계구조와 지배에 있다"고 주장한다.58) 침략 제국주의의 위계질서는 지배와 착취에 역점을 두고 있는 반면 공동체에서의 위계질서는 상생과 평화를 유지하는데 초점이 있다. 그러므로 귀향 의지를 보이거나 저항 의식을 드러내거나 인간 삶에 대한 성찰을 통해

---

57) 암스트롱에 의하면 신석기 시대의 시작과 함께 농업은 신성한 것이 되었다. 씨앗을 뿌릴 때 남녀가 성교의식을 가지는 것도 토지의 창조적 힘을 활성화시키는 신성한 행위라고 여겼다. 암스트롱은 대지를 신성하게 여겨 여신으로 섬기는 등의 농경민과 관련된 신화를 통해 오늘날의 통과의례에 관한 많은 것들을 살펴 볼 수 있다고 본다. 카렌 암스트롱((Armstrong, Karen), 이다희 역, 『신화의 역사』, 문학동네, 2011, 48-65쪽.

58) 문순홍, 앞의 책, 150쪽.

자연을 새롭게 응시하는 것은 생태 공동체를 지향하는 것이다. 이 생태 공동체는 참여와 상생의 자연관을 토대로 한다. 참여와 상생의 자연관은 새로운 사회구성 원리, 즉 다름이 동등함의 근거가 되는 원리, 그리고 모은 구성원의 참여가 정당하게 인정되는 원리를 제공해준다.59)

> 사회 생태론이란 개념은 자연에 관한 이론과 사회의 삶을 이론적으로 통합한다는 의미에서 '사회적'이란 형용사를 생태학에 첨가한 것이다. 이로써 사회 생태학은 과학기술/국가/자본 등을 통해 야기된 결과들과 인간간 중간지대를 자신의 영역으로 설정하고, 인간적 삶의 조건에 관한 물음들을 다룬다.60)

김소월의 시에서 생태적인 문제들은 대체적으로 근본 생태론적 입장을 보여주지만 몇몇 시편이 보여주는 저항적 참여 의식은 그 원인과 해결이라는 차원에서 사회적 차원을 가지고 있다. 제국주의의 침략은 국가와 국가간의 관계, 국가 내의 제사회 부문, 그리고 인간과 인간의 관계, 인간과 인간을 둘러싼 바깥 세계와의 관계에서 파괴적인 태도와 지배적 태도를 가진다. 따라서 침략에 의한 파괴적이고 지배적인 상황에서 벗어나기 위해 침략 제국주의를 물리치려는 의지를 가지며 지배 관계 해체를 요구한다. 생태계의 평형파괴를 야기하는 그 원인을 제거하고 해결하려는 것 자체가 이미 사회적임을 알 수 있다. 인간적 삶의 조건에 관한 물음들을 생태학적 측면에서 다룬다는 사회 생태학의 개념은 김소월의 시를 관통하는 하나의 주제임을 확인할 수 있다.

---

59) 문순홍, 앞의 책, 152쪽.
60) 문순홍, 앞의 책, 61쪽.

숨에울고 니러나
들에 나와라

들에는 소슬비
머구리는 우러라.
풀그늘 어둡은데

뒤짐지고 쌍보며 머뭇거릴쌔.

누가 반듸불쇠 여드는 수풀속에서
『간다 잘살어라』하며 노래불너라.

—「바리운몸」

이 시의 제목 "바리운몸"에서 '바리운'은 '버림받음'을 일컫는다. 버림받는다는 말은 일방적으로 배척당해 관계가 끊어지는 것을 뜻한다. 화자는 제목을 통해 국권을 상실한 망국의 백성이 되었음을 보여주는 것이다. 강대국의 침략에 의해 근대를 경험한 우리 근현대 문학에 나타나는 겻은 '자기 상실, 자아의 위기'였고,[61] 그것은 화자로 하여 식민지하의 조국 현실을 직시하게 했던 것이다. 즉 "바리운몸"은 세계로부터 내동댕이쳐짐을 당한 식민지 조국의 현실인 것이다.

세계라는 거대한 공동체로부터 내동댕이쳐진 식민지 조국의 소외된 현실과 맞닥뜨린 화자는 서러움에 북받친 심리 상태를 가지고 있다. 때문에 "숨에"서도 "울고" 있다. 국권을 빼앗김으로써 생존권과 생명권을 잃은 화자의 그 설움의 깊이는 "머구리/소슬비/풀그늘" 등 자연 현상을 통해 심화된다. 화자가 울자 비가 내리고 개구리 또한 우는 것이 그

---

61) 김기택, 「한국 현대시의 '몸' 연구」, 경희대학교 박사논문, 2007, 3쪽.

것이다. "소슬비"와 "머구리" 울음은 화자의 "꿈" 속의 울음과 동화되어 식민지 조국이 처한 현실을 비춘다.

이와 같은 현실은 어둠으로 표상된다. '어둠은 풀그늘'은 "보섭대일 쌍"(「바라건대는 우리에게우리의 보섭대일쌍이 잇섯더면」)을 상실한 식민지 조국의 현실에 놓인 어둠이다. 그 현실에 대한 생각으로 화자가 "머뭇거릴새", 또 누군가 수풀 속에서 머뭇거리는 모습을 보인다. 수풀 속에서 노래 부르는 모습은 '서성거리는/머뭇거리는' 것의 다른 표현으로 볼 수 있다. 버림받아 떠나야 하는 것에 대한 머뭇거림이 노래로 나타난 것이다. 따라서 마지막 행의 노래는 떠남의 노래가 된다.

한편 화자는 수풀 속에서 어떤 계시와 같은 목소리를 듣는다. "간다 잘살어라"는 이 목소리는 정황상 개구리와 같은 자연물의 소리를 의인화 한 것으로 보인다. 그러나 시적 의미상 집을 잃고 농토를 빼앗기고 국권을 상실한 채 유이민(流移民)이 되어 떠나는 식민지 조국의 백성들의 "저푸고아픔"(「엄숙」)에 사무친 목소리로도 해석된다. 인간사를 자연물에 투사하여 시적 성취를 얻는 김소월 시의 특징은 이러한 유추를 가능하게 한다.

어제도하로밤
나그네집에
가마귀 가왁가왁 울며새엿소.

오늘은
또몃十里
어듸로 갈까.

山으로 올나갈까

들로 갈싸
오라는곳이업서 나는 못가오.

말마소 내집도
定州郭山
車가고 배가는곳이라오.

여보소 공중에
저기러기
공중엔 길잇섯서 잘가는가?

여보소 공중에
저기러기
열十字복판에 내가 섯소.

갈내갈내 갈닌길

— 「길」

땅을 빼앗기고 공동체가 붕괴돼 떠돌게 된 식민지 민중은 "나그네"
로 표상된다. 오라는 곳도 갈 곳도 없는 시대적 민족적 비애 의식은 "가
와가와 울며" 밤을 샌 "가마귀"를 통해 표현된다. 어제도 오늘도 "멋十
里"를 떠돌지만 산으로도 들로도 갈 수가 없다. 식민지 조국의 땅은 인
권유린과 경제적 수탈로 인해 피폐해진 까닭이다.

그렇다고는 하지만 고향이 없는 것은 아니다. 그리운 곳은 오직 내
집이 있고 땅이 있는 고향뿐이다. "定州郭山"이 그곳이다. 김소월은 평
안북도 곽산군의 남산보통학교를 졸업하고 정주의 오산고등보통학교
를 다녔다. 김소월에게 정주와 곽산은 하나의 공간, 생태학의 용어로

말하자면 하나의 서식지인 것이다. 서식지는 한 생명체가 깃들어 사는 곳으로서 그 생명체와 한 몸을 이루는 지역의 개념을 가진다. 정주와 곽산은 김소월에게 있어 생존에 적합한 조건이 갖추어진 서식지로서의 공동체인 것이다.

"車가고 배가는" 고향을 가지 못하는 서러움은 "기러기"에 의해 극대화된다. "저기러기/공중에 길잇섯서 잘가는가?"라고 독백하며 탄식하는 것이 그러하다. "꿈에도생시에도 눈에 선한우리집/쏘 저山 넘어넘어/구름"(「우리집」)만 가는 고향으로 돌아가지 못하고 방황하는 몸은 "열十字복판"에 서 있는 것으로 상징화 된다. 세계로부터 내동댕이쳐져 방황하는, 소외된 존재로서의 절대 고독을 느낄 수 있다.

나라를 잃고 삶이 뿌리 뽑혀 떠도는 몸이 된 자의 서러움과 고독은 마침내 새롭게 각성된 사상적 시선을 보여준다.

> 空中에 써난니는
> 저긔 저새여
> 네몸에는 털잇고깃이잇지
> 밧혜는밧곡석
> 눈에 물베
> 눌하게 닉어서 숙으러젓네
> 楚山지나 狄踰嶺
> 넘어선다.
> 짐실은 저나귀는 너왜넘늬?
>
> —「옷과밥과自由」[62]

「옷과밥과自由」는 공중의 새와 적유령(狄踰嶺)을 넘어가는 나귀를

---

62) 『동아일보』, 1925. 1. 1. ; 『白雉』 2호, (1928. 7), 53쪽.

대비시켜 식민치하를 견디는 우리 민족의 비참한 생활상을 형상화하고 있다. 공중은 새의 자유로운 공간이고, 털과 깃은 새의 옷이며, 밭곡식과 논의 벼는 새의 양식이다. 이는 인간이 살아가는데 꼭 필요한 의식주를 떠올리게 한다. 밭곡식과 벼가 풍성하게 익어 고개 숙인 논밭을 묘사하고 있지만 공중의 새를 부러워하는 서정적 자아의 모습에서 배를 곯고 헐벗은 식민치하 민중을 연상할 수 있다. 아무리 논밭의 곡식이 풍성해도 지금은 일제의 것이 되어버렸기에 식민지 민중은 그저 바라만 볼 수밖에 없다는 것도 짐작하여 알 수 있다.

이런 민중의 궁핍과 고난은 평북지방의 초산지역 적유령산맥을 힘겹게 넘어가는 나귀를 통해 극대화된다. 생존권과 자유 없는 삶은 곧 무거운 짐을 끌고 높은 고개를 넘는 나귀와 같다는 것이다. 일제에 자유를 빼앗기고 고달프게 살아야 하는 나귀와 같은 신세에 놓인 자아의 현실은 곧 이 땅 민중의 현실이다. 해서 화자는 이 땅 민중들에게 "너왜 넘늬?"라는 질문을 던진다. 생존권과 자유를 빼앗긴 채 자신의 의지와 상관없이 적유령을 넘는 나귀 같은 삶을 왜 사느냐는 것이다.

김소월 시의 애상이 개인적인 상실에만 연유하는 것으로 판단하는 것은 올바른 해석이 아니라는 김재홍[63]의 지적대로 「옷과밥과自由」를 위시해 「바라건대는 우리에게우리의 보섭대일땅이 잇섯더면」 등은 새롭게 해석되어야 마땅하다. 이들 시에서는 사실적이고 현실적인 신념과 사상이 선명히 드러날 뿐만 아니라 아름다운 자연 속에서 평화롭게 삶을 영위하던 고향으로의 회귀를 원하는 것은 물론 당대 현실을 부정하는 인식과 함께 저항적 참여 의식도 웅숭깊게 자리하고 있기 때문이다.

---

63) 김재홍, 『한국현대시인 연구(1)』, 일지사, 51-52쪽.

나는혼자 뫼우헤 올나서라.
소사퍼지는 아츰햇볏헤
풀닙도번썩이며
바람은소삭여라.
그러나
아아 내몸의 傷處바든맘이여
맘은 오히려 저푸고압픔에 고요히썰녀라
또 다시금 나는 이한째에
사람에게잇는 엄숙을 모다늣기면서.

— 「엄숙」

김소월은 당대 현실에 대한 서러움을 넘어선 울분과 저항 의식을 거쳐 인간에 대해 성찰을 하게 되고, 엄숙한 경지에 이르게 된다. 이 엄숙함의 기저에는 모든 존재는 저마다 존엄한 생명 가치가 있고, 기본적으로 평등하고 조화롭게 공생해야 한다는 운명에 대한 숭엄함이 깔려 있을 것이다.

살펴보면 아침에 마을 뒷산에 올라 사색에 잠긴 화자는 크게 두 가지의 모습을 제시한다. 하나는 서정적 자아가 만나는 볕 좋은 아침의 정경이고, 또 하나는 서정적 자아의 심경이다. 5행의 "그러나"로 나눠지는 이 두 모습은 김소월의 님 상실 의식과 시대적 현실에 대한 자각과 반성 과정을 보여주는 하나의 실례로 볼 수 있다.

먼저 이 시의 서정적 자아는 "뫼우헤" 가득 퍼져 있는 아침 햇볕과 반짝이며 바람에 흔들리는 풀잎을 본다. 희망과 생명력으로서 양(陽)을 상징하는 "아츰햇볏"과 "번썩이"는 "풀닙", 그리고 "소삭"이는 "바람" 이미지는 한적하면서도 평화롭고 근심걱정이 없는 것만 같은 느낌을 연출한다.

그러나 그 풍경 속을 한 걸음 더 걸어 들어가 살펴보면 수심에 젖은 서정적 자아와 대면하게 된다. 볕 좋은 아침에 혼자 "뫼우헤 올나" 사색에 잠긴 서정적 자아는 여유롭고 근심걱정 없는 모습이 아니라 심경을 어지럽히는 번뇌에 괴로워하는 모습이다. 그렇지 않다면 들로 산으로 나가 논밭 일을 해야 할 아침에 혼자 "뫼우헤 올나" 세상을 바라볼 까닭이 없기 때문이다. 아침햇볕에 찬연히 빛나는 자연과 서정적 자아의 심경이 비추는 음영의 조화를 통해 시적 내면 풍경을 그려내는 방식은 김소월이 시론 「시혼」에서 강조한 음영론이 어떻게 반영되었는가를 확인할 수 있는 부분이다.

그리하여 6행에서는 "내몸의 傷處바든맘"이라는 서정적 자아를 고뇌의 극단으로 밀어 넣는다. 국권 상실과 인권 유린을 동시에 당한 1920년대의 불행한 역사 앞에서 한 사람의 시인이자 신지식인으로서 직접적이고 적극적인 항일저항 시를 창작하거나 독립운동에 투신하지 못하는 괴로움의 상징으로 확대하여 볼 때는 더욱 그러하다. 이와 같은 정황은 "저푸고64)압픔에 고요히썰"리는 "맘"을 통해 드러난다.

9행에 불과한 시이지만 이 시는 사물의 음영을 활용해 인간의 숙명에 대한 깊이를 보여준다. 전반부의 자연이 발하는 눈부신 정경은, 후반부의 상처 받은 마음을 어찌해야할지 갈등하는 내면과 만나면서 엄숙한 경지로 나아가는 것이다. 그 엄숙은 서정적 자아인 "나"가 헤쳐 걸어가야 할 길의 방향을 설정하는 심경을 대변하는 것이기도 하지만, 님 상실, 혹은 조국이라는 거대한 공동체 상실에 따른 "傷處바든맘"을 의미하는 인간의 숙명에 대한 성찰의 장엄함이기도 하다. 이와 같은 성찰은 생태적 영성65)에 눈뜨게 하는 역할을 한다.

---

64) '저푸고'의 기본형은 '저프다'로 두렵다의 옛말이다. 불안하다, 마음에 꺼리거나 염려스럽다 등의 의미도 함께 가진다.
65) 생태적 영성은 두 가지 의미로 살필 수 있다. 하나는 인간을 포함한 자연계의 상호

2) 정지용 시의 고향 상상력

시인 정지용은 1920년대 식민지 근대인으로서 고향에 대한 원초적인 그리움을 안고 살아간다. 그 그리움은 정지용뿐만 아니라 국권 상실과 근대 산업사회가 시작되면서 자의든 타의든 고향을 등지고 1920년대 근대를 살아야 했던 사람들에게 황폐해진 정신을 회복할 수 있는 유일한 위안이이기도 하다.

정지용은 기억으로 전근대적 세계인 고향을 복원하고 노래한다. 기억은 "상상력의 어머니로서 상상력을 작용케 하는 촉매일 뿐만 아니라 시인의 시적 환상의 이념을 구성하는 접촉반응제"66)이다. 하지만 이 기억에 의해 재구성되는 전근대적 세계에 대한 발상을 도피적 사고의 산물로 간주하는 경우가 많다. 그러나 정지용의 시에 드러난 과거는 '현재와 미래의 삶'을 견인하는 힘으로 작용한다. 그 공간에는 가족공동체 의식이 살아있고, '신화성'과 '역사성'67)을 동시에 아우르는 생명력이 넘실거린다.

의존성, 창발성, 차별적 독창성 등과 같은 전일적 구조에 대한 인식이고, 또 하나는 전일적 구조에 관통되어 있는 인간정신과 같은 기운(지구의 마음, 지구의 예지)을 의미한다. 사회 생태론이 사용하는 영성은 전자의 의미이다. 따라서 영성의 회복은 궁극적으로 지배관계 또는 절멸주의와 단절하는 것이다. 문순홍, 앞의 책, 61쪽.

66) 김준오, 『詩論』, 문장, 1983(중판), 287쪽.

67) 김준오는 미당의 『질마재』를 분석하면서 '과거를 돌아본다는 것은 어디까지나 현재와 미래의 삶을 위해서일 때만 의의를 가진다'고 정의한다. 김준오에 따르면 신화적 시간은 순환적이고 반복적인데 반하여 역사적 시간은 진행적이고 일직선적이다. 이 두 개의 시간적 차원에서 우리는 산다. 전자에는 인간 원형, 궁극적 가치 기준, 전논리적 심성이 놓이고 후자에는 변화와 진보, 창조, 논리적 심성이 놓인다. 이 두 개 차원의 결속이 문화와 그리고 소외되지 않는 삶의 리얼리티다. 자아와 세계와의 일체감의 상실과 재획득이, 타락(상실)과 구원(회복)이, 기억과 상상력의 통전(統全)이 모든 문학의 기본구조이고, 여기서 시의 소외의 극복이 가능해진다. 김준오, 앞의 책, 326-327쪽. 참조.

해방을 전후로 한국 시단의 중심부에서 활발하게 활동했던 정지용에게 고향은 시적 상상력의 근원적인 힘으로써 그 생명력을 발휘한다. 정지용의 시에서 고향은 다양한 이름으로 호명된 자연풍경의 모습으로 등장한다. 즉 정지용의 시세계에 지배적으로 나타나는 자연풍경은 고향으로서의 자연풍경이다. 시인의 시에 형상화된 자연풍경은 실제의 자연풍경보다 더 아름답고 많은 의미를 가지고 새롭게 탄생된 자연풍경이다. 시인의 직관이 관통한 사물은 시인으로부터 새로운 생명을 부여받은 사물이다. 시인의 눈은 자연풍경에서 보통 사람들이 발견하지 못한 아름다운 조화의 법칙을 발견하고, 그 법칙에 스스로 적극적으로 참여하거나 '자신의 의식을 자연의 조화에 투영시킴으로써 인간의 도덕적인 성격과 정서가 형성 된다'[68]고 여기는 경우가 많기 때문이다.

고향을 기초한 정지용의 자연관은 이국적인 정서, 또는 감각적인 언어들을 불러들임으로써 확대되어 나타난다. 첫 시집인 『정지용시집』의 목차만 보더라도 「바다」 연작시를 비롯해 「해협」, 「압천」, 「호수」 연작시, 「갈메기」 등으로 나타나는 바다와 호수와 시내, 그리고 「비로봉」, 「산넘어 저쪽」, 「산소」, 「산에서 온 새」, 「산엣 색씨 들녁 사내」 등의 제목에 나타나는 산, 그리고 「아츰」, 「난초」, 「향수」, 「저녁 해ㅅ살」, 「종달새」, 「바람」, 「고향」, 「나무」 등의 제목에 나타나는 아침과 저녁, 바람과 꽃과 나무와 새, 고향 등과 같은 다양한 자연풍경 이미지가 주종을 이루고 있음이 확인된다.

자연풍경에 대한 정지용의 동양적인 우주관이나 생태학적인 자연관은 대학에서 영문학을 전공할 때 연구한 바 있는 워즈워드의 시학에서 영향을 받은 바 크다. 정지용은 "인간에게 있어서 가장 근본적이고 특

---

68) 이태동, 『우리문학의 현실과 이상』, 문예출판사, 1993, 42-43쪽.

징적이며 값진 것은 자연세계에 구체화된 아름다움과 착함, 그리고 완벽한 질서에 대해 성숙한 반응을 보일 수 있는 본능적인 정서와 상상력이다"[69]라고 한 워즈워드의 시적 주제와 깊은 연관을 맺으면서 인간과 자연 사이에서 일어나는 다양한 관계성과 현상을 직관적으로 포착하여 드러내고 있는 것이다. 이러한 정지용의 시학은 후일 자연과 생명 중심의 세계관을 시세계에 고스란히 반영한 조지훈,[70) 박목월,[71) 박두진[72) 등 청록파 시인에게 이어져 한국 현대시에서의 생태적 시학을 확장시킨다.

정지용이 워즈워드를 통해 동양적이고 생태적인 우주관과 자연관의 시학을 연마했다면 그 기반은 더불어 사는 공동체 인식이 배인 충북 옥천 개울가의 농촌마을인 고향에 있다고 볼 수 있다.[73) 시인이 태어나고

---

69) 정지용,『鄭芝溶 : 시와 산문』, 깊은 샘, 1987, 233쪽. 여기서는 이태동, 앞의 책, 42쪽. 재인용.

70) 김재홍은,「古寺 1」등의 시를 거론하면서 지훈시의 본성은 화해의 미학 또는 조화의 미학을 추구하는 데서 그 멋스러움이 더욱 드러난다는 점을 알 수 있다고 말한다.(김재홍,「芝薰 趙東卓-古典的 상상력과 역사의식」,『한국현대시인 연구(1)』, 445쪽.) '화해의 미학' 또는 '조화의 미학'은 생태학적 관점의 미덕이라 할 수 있다는 점에서 지훈의 시가 보여주는 생태학적 세계관을 들여다 볼 수 있다.

71) 추천자 지용의 시적 흔적은 목월시에서 쉽게 찾아볼 수 있는 것이다. 다만 목월의 시는 지용의 시「鄕愁」나「忍冬茶」, 혹은「長壽山 1」들을 보다 세련되고 정제된 가락으로 변용하여 계승한 데서 그 독자성이 드러난다고 할 수 있다. 김재홍,「木月 朴泳鍾-人間에의 길, 藝術에의 길」,『한국현대시인 연구(1)』, 353쪽.

72) 김재홍은,「靑山道」와 같은 박두진의 시에서 자연은 풍요롭고 아름다운 생명력의 표상으로서 제시된다고 전제하면서 자연은 끊임없는 생명력의 분출을 속성으로 하며, 그 주기적 순환을 법칙으로 한다고 말한다. 김재홍,「兮山 朴斗鎭-기독교적 세계관과 예술의식」,『한국현대시인 연구(1)』, 400쪽.

73) 현재와 달리 과거 농촌마을은 대체로 생태계 친화적 삶을 윤리적 근간으로 하는 윤리적 공동체를 구축해왔다. 이 윤리적 공동체의 구성원들간의 관계를 통한 상호 견제만이, 근본악에서 발로한 "윤리적 자연 상태"로부터 인간들이 벗어날 수 있는 길을 제시한다고 칸트는 말한다. 농촌마을이 왜 공동체 인식이 배인 곳인가 하는 의문은 칸트가 말한 '윤리적 자연 상태'를 이해하면 쉽게 해소될 것 같다. 칸트는 "윤

자란 곳과 환경은 그 시인의 시에 대체로 많은 영향을 끼친다. 정지용에게도 마찬가지였을 것이다. 그러므로 그의 고향에 대한 기억과 여러 정황은 정지용 시를 이해하는데 있어서 중요한 요소가 된다. 성장기 때 몸에 각인된 자연과 농촌 기억, 그리고 성장기의 환경요인은 정지용의 의식과 무의식 속에서 중요한 시적 테마로 자리 잡거나 시의 중심부를 관류하는 물줄기가 되었을 것이다. 정지용의 시 제목을 보면 거의 대부분이 자연 대상물과 연관을 맺고 있고, 상당수 작품이 전근대적 농촌공동체의 모습과 교호하면서 의미를 확장하고 있다는 사실은 이 점을 그대로 증명한다. 그의 고향 옥천은 전근대적인 농촌의 자연풍경과 농촌공동체의식이 그대로 살아 있는 곳이었다. 유소년기의 정신적 배경이자 바탕이 된 고향의 전근대적인 세계는 휘문고보 시절과 교토의 동지사대학 시절뿐만 아니라 근대지식인이자 근대 시인이 된 뒤에도 그의 의식의 바닥을 지배하고 있었다. 「鄕愁」, 「지는해」, 「산넘어 저쪽」, 「홍시」, 「삼월삼짇날」, 「병」, 「故鄕」, 「넷니약이 구절」 등 수 많은 작품에 드러나는 고향에 대한 기억과 지극한 향수가 그 증표이다.

(1) 「鄕愁」와 생물지역

전근대성이 그대로 남아있는 고향은 향약이나 두레와 같은 형식의 공동체적 질서가 그대로 남아있는 고향이다. 그런 고향의 순리적 질서는 식민지 체제의 이분법적 세계를 성찰하는 생태적 세계의 순리와 같

리적 자연 상태에서 인간은 서로 자신들의 도덕적 소실을 부패시키며, 선한 의도에서조차도 개인들은 그들을 결속시키는 원리가 없기 때문에 스스로가 악의 도구가 되어 선을 위한 공동체의 목표에서 멀어지고 악의 지배에 빠지게 된다고 한다." 류점석, 「향유하는 삶을 위한 공동체의 생태학적 패러다임」, 『문학과 환경』 통권 4, 문학과환경학회, 2005, 54-55쪽.

은 맥락에 놓인다. 정지용에게 그것은 표면적으로 자연의 생명질서를 시적으로 드러내는 방식으로 표현된다. 자연의 생명질서는 시적 정서가 가 닿았을 때 가장 정확하게 해독되는 비밀문서라고 보아도 될 것이다. 역설하면 시적 정서가 가장 깊게 가 닿을 수 있는 곳은 고향이다. 고향은 공동체로서 생태적 세계의 질서를 온전하게 유지하는 곳을 상징하는 단어이기도 하다. '모든 생명체는 조화로운 삶을 살려면 공동체와 더불어 살아야 한다'[74]고 본다. 정지용이 온몸으로 승화시키고자 한 고향 역시 민족정서의 회복을 위한 숨은 의도와 함께 생명이 살아 숨 쉬는 공동체 의식의 바탕이 되는 생태적 상상력을 자연스럽게 펼쳐내는 공간이요 자연풍경이라 할 것이다. 우리에게 널리 알려져 있고, 또 고향과 관련된 시「鄕愁」를 살펴보기로 한다.

넓은 벌 동쪽 끝으로
옛이야기 지줄대는 실개천이 회돌아 나가고,
얼룩백이 황소가
해설피 금빛 게으른 울음을 우는 곳,

―그 곳이 참하 꿈엔들 잊힐리야.

질화로에 재가 식어지면
뷔인 밭에 밤바람 소리 말을 달리고,
엷은 조름에 겨운 늙으신 아버지가
짚벼개를 돋아 고이시는 곳,

―그 곳이 참하 꿈엔들 잊힐리야.

---

74) 헬렌 니어링·스코트 니어링, 류시화 역,『조화로운 삶』, 보리, 2000, 169쪽.

흙에서 자란 내 마음
파아란 하늘 빛이 그립어
함부로 쏜 활살을 찾으려
풀섶 이슬에 함추름 휘적시든 곳,

─그 곳이 참하 꿈엔들 잊힐리야.

傳說바다에 춤추는 밤물결 같은
검은 귀밑머리 날리는 어린 누의와
아무러치도 않고 여쁠것도 없는
사철 발벗은 안해가
따가운 해ㅅ살을 등에지고 이삭 줏던 곳,

─그 곳이 참하 꿈엔들 잊힐리야.

하늘에는 석근 별
알수도 없는 모래성으로 발을 옮기고,
서리 까마귀 우지짖고 지나가는 초라한 집웅,
흐릿한 불빛에 돌아 앉어 도란 도란거리는 곳,

─그 곳이 참하 꿈엔들 잊힐리야.

─「鄕愁」

정지용의 대표작 가운데 하나로 평범한 농촌 마을을 절제된 언어로 감각적이고 회화적으로 묘사하고 있는 「鄕愁」는 얼핏 보아 문명과의 갈등 요소가 없다는 점, 유토피아적 지향성을 가지고 있다는 점 등으로 인해 생태시학적 측면에서의 검토가 타당한가 하는 의문이 제기될 수 있다. 이 의문에 대한 답은 스나이더의 생물지역 차원의 '원주민 되기',

'다시 거주하기'를 통해 살펴볼 수 있다. 스나이더는 생태 공동체를 생물지역주의 개념으로 접근한다. 생물지역은 산으로 생기는 경계에 따라 나뉜 지역 안을 말하는데 그 지역 안에는 각자 특징을 지닌 동식물이 그 지역의 기후, 지형, 토양 등에 적응하여 살아간다. 이러한 생물지역 차원을 생태학에서는 생태 공동체와 혼용해서 사용하기도 한다. 따라서 넓게는 국가, 좁게는 섬이나 자치지역을 생태 공동체로서 생물지역 차원의 개념으로 살펴볼 수 있는 바, 특정 생물지역, 즉 특정 공동체가 외세의 침입을 받는 것은 생태학에서 말하는 상호 연관성, 다양성, 복잡성, 자율성, 지방 분권화, 공생성, 생물권의 평등주의, 순환성, 역동성, 반계급주의 등이 외부의 간섭으로 제 기능을 작동하지 못하게 되는 일이다. 이것은 곧 생명 중심적 자아실현과 모든 생명의 평등성 역시 실현 불가능에 도달한다는 것을 의미한다. 이처럼 인간 사회에서 일어나는 지배-피지배의 관계, 식민지-피식민지의 관계는 자연과 인간의 관계에도 그대로 전이되어 자연을 인간이 지배해도 되는 사물로 인식하게 된 것이다. 이러한 인식에 의해 자연과 생태계가 무차별적으로 파괴되는 생태 위기가 초래된 것이다. 이러한 생물지역 차원을 게리스나이더는 생물지역주의로 명명하고, 아메리카 원주민들이 불렀던 이름인 '거북섬'을 통해 설명한다.[75] 아메리카에 온 새 이방인 정복자들은 거북섬을 식민지화 했다. 원주민들의 땅은 아메리카로 식민지화 되고, 원주민들은 미국 시민으로 식민지화 되었다. 스나이더의 생물지역주의는 아메리카를 해체하는 것이고 미국이라는 민족-국가를 해체하는 것이다. 생태 공동체의 경험을 통한 스나이더의 '원주민 되기', '다시 거주

---

75) 구자광, 「'생물지역주의'의 위험성과 가능성」, 『동서비교문학저널』 제19호, 한국 동서비교문학학회, 2008, 9-10쪽.

하기'는 식민지화 이전의 세계로 회귀하여 박제되어 있는 원주민들의 경험을 복구하고 모방하는 것에서 끝나는 것이 아니다. 스나이더는 처음처럼 근본적이고 철저한 반성을 통해 수행한다. 이것은 과거로 돌아가는 것이 아니라 과거의 전통을 바탕으로 새로운 거주하기를 창조해내는 것이다.[76] 스나이더의 '원주민 되기', '다시 거주하기'는 새로운 오래된 미래로 돌아가 새로운 오래된 방식을 배우는 것이라 볼 수 있다. 생물지역의 거주민이 되는 것은 생물지역의 공동체의 일원이 되는 것[77]이기 때문이다.

새로운 오래된 미래의 공동체가 가진 새로운 오래된 방식은 인간과 자연의 아름다운 조화에 있다. 따라서 넓은 벌 동쪽 끝으로 옛이야기 지줄대는 실개천이 회돌아 나가고 얼룩백이 황소가 해설피 금빛 게으른 울음을 우는 고향은 정지용 시세계를 구성하는 생태 공동체적 세계관의 심층이다. 1연에 등장하는 들판과 실개천, 금빛 하늘과 황소는 농촌이라는 생태 공동체의 중요한 요소들이다. 이 공동체 속에는 인간도 포함되어 있다. 인간은 들판이나 개천, 황소 등과 직접적인 관계를 형성하고 있는 존재인 까닭이다. 2연의 짚베개를 돋아 고이시는 아버지, 3연의 흙에서 자란 나, 4연의 어린 누이와 사철 발벗은 아내, 5연의 초가집 방안에 모여 다정하게 도란거리는 가족은 모두 그런 공동체적인 관계 속에 놓인 유기적 존재들이다. 1연이 보여주는 여러 대상과 풍경은 조화와 상생이 활기를 뿜어내는 공동체의 한 형태를 제시하고 있는 것이다.

들판 동쪽 끝으로 실개천이 흐른다는 것은 정지용의 고향 옥천이, 물

---

76) 구자광, 위의 글, 10쪽.
77) 구자광, 위의 글, 12쪽.

이 풍부한 비옥한 농토가 있는 고장임을 드러낸다. 충북 옥천은 한자로 물 댈 옥(沃)자에 내 천(川)자를 쓴다. 땅이 기름지고 물이 맑은 곳이라는 뜻이다. 그 들판의 한 곳에서 황소가 게으른 울음을 우는 정경은 평화로움으로 대변된다. 게으른 울음이란 하루 일을 마친 황소가 풀을 뜯으며 한가롭게 어정거리며 울음을 우는 황소의 모습을 나타내는 것이다. 특히 "금빛 게으른 울음"이라는 대목은 이 시 첫 연의 백미다. 노을이 붉게 타는 해질 무렵의 시간을 공간적으로 확장하여 지각적으로 그려내는 시적 감각이 청각성까지 동원하고 있음은 「鄕愁」의 첫 연이 보여주는 매우 큰 강점이 된다. 이 시의 구절 중 '해설피'라는 말은 살펴 짚어볼 필요가 있다. 김재홍은 이 단어의 뜻을 '해가 질 무렵'이라고 『한국현대시어사전』에서 밝히고 있다. 충청도 지역에서는 저녁 무렵에 외출을 하려고 한다든지, 밭이나 논에서 어떤 일을 새로 시작하려고 하면 '해설피 어디 나가느냐?' 또는 '해 설핏한데 이제 그만 끝내자.'라고 말한다. 이 경우에 '해설피'나 '해 설핏하다'는 말은 '해＋설핏하다'를 근거로 삼아 그 의미를 해석해야 한다.[78] '해설피'의 의미를 저녁 무렵이라는 시간적인 부사어로 보면, 다음에 바로 이어지는 '황금빛'이라는 말의 의미가 쉽게 연상된다. 또 정지용의 다른 시 「구성동」의 마지막 연에 '산그림자도 설핏하면'이라는 구절이 나온다. 이 시구를 통해 '해설피'의 근원을 함께 헤아릴 수 있다. '에콜로지'라는 말의 번역어인 생태학이라는 용어는 동양사상이나 우리 전통사상 안에서 나타나는 자연친화적 세계관을 반영하고 있는데, 이는 생명의 관계성에 대한 인식도 반영하고 있다는 뜻이다. 들판과 실개천, 금빛 하늘과 황소의 유기적 관계는 생명의 본질에 이를 수 있는 통로로서의 자연성을 보여준다.

---

78) 권영민, 『정지용 詩 126편 다시 읽기』의 「향수」 작품해설(227-229쪽) 참조.

물과 땅, 황금빛 저녁이 주는 안온함 속에서의 휴식과 게으른 울음 우는 황소의 평화로움은 서로의 생명을 보육해주는 상생의 질서를 가지고 있기 때문이다.

들판의 세계에서 발견한 상생의 질서는 2연에 이르러 집 안으로 들어와 순환의 질서로 변모한다. 질화로의 재가 식은 밤의 방 안 정경은 엷은 졸음에 겨운 아버지의 모습으로 떠오른다. 가을의 빈 밭에서 들리는 바람소리조차 어쩌지 못할 정도로 졸음이 밀려오는 시간은 짚베개를 돌아 고이는 것으로 표현된다. 동적인 바깥에서 정적인 안으로, 활동에서 휴식으로 이어지는 순환질서는 이튿날 아침이면 다시 정적인 안에서 동적인 바깥으로, 휴식에서 활동으로 다시 자연스럽게 이동할 것이다. 이러한 시간성은 유년시절로 이어진다.

3연에 나타난 유년시절의 공간은 대자연이 펼쳐진 풀밭언덕이다. 흙 속을 뒹굴며 놀다 바라본 새파란 하늘, 함부로 쏜 화살을 찾으려고 이슬에 옷자락을 적시던 산언덕은 자연과 동화된 세계이다. 모든 대립을 초월한 동심(童心), 즉 순수성은 '마음'의 근원이 흙에 있음을 발견한다. '흙에서 자란 내 어린 시절'이 아니라 '흙에서 자란 내 마음'이 그것이다. 흙에서 자란 마음이란 곧 내 마음이 흙에 뿌리박고 있으니 흙과 내가 둘이 아니라 하나라는 개념이다. 흙과 내가 둘이 아니라는 개념은 불이(不二)로 수렴된다. 자연과 나, 자연과 인간이 둘이 아니라 하나라는 '불이사상(不二思想)'은 나, 혹은 인간이라는 한 생명은 다른 생명과 완전히 격리되어 혼자 떨어져 살 수 없으므로 여러 생명과 더불어 하나의 세계에서 생명을 같이 할 수밖에 없다는 의미다. 이법산은 천태담연(天台湛然)의 『法華玄義釋籤』 제 14권에 있는 '십불이문(十不二門)'에서 근거를 두고 의정불이(依正不二), 신심불의(信心不二) 등의 예를 들며 무아(無我)와 불이사상을 설명한다. 의(依)는 국토 또는 세계를 의미하며 정(正)은 범부나 성인의 몸을 의미하는데, 곧 나와 내 생명을 의지하는 자연이라는 세계와는 상의상존(相依相存)한다는 것이다. 즉 자연이라는 세계의 모든 것이 '나'와 더불어 둘이 아니므로 편견과 집착을 버리고 상의상존(相依相存)의 원융무애(圓融無碍)로 정토를 실현해야 한다는 것이다.79) 이 불이사상은 우주의 모든 생명의 평등을 역설하고 있으며, 이 불이사상에 모든 생명의 존엄성이 들어있다고 본다. 정지용이 보여주는 생명의 본질이 흙에 있다는 이러한 인식은 인간과 자연의 동일성을 상정하고 있는 생태적 사유를 나타낸다. 이로써 인간은 자연의 일부임을 암시한다.

4연은 인간은 자연을 통해 생존에 필요한 것을 얻고 자연과 더불어 살아간다는 점을 드러낸다. 누이와 아내가 따가운 햇살 아래서 이삭 줍는 행위는 자본주의적 세계관으로 무장한 노동 개념이 아니다. 이삭을 줍던 정경은 경제적으로는 가난하지만 심리적으로는 안식처가 되는 농촌의 한 정경이다.

그리고 마지막 5연에서는 자연과 인간이 우주의 조화로운 구성원이라는 점을 서정적으로 묘사한다. 석근 별80)이 있는 하늘과 새가 날아가

---

79) 이법산, 「불교의 생명 윤리」, 최재천 외, 『과학 종교 윤리의 대화』, 궁리출판, 2001, 67쪽.
80) '석근 별'은 '해설피'와 함께 해석에 논란이 많은 단어이다. 이숭원은 『조선지광』에도 '석근'으로 표기되어 있으나 『지용시선』(을유문화사, 1946)에 '성근'으로 표기되었다고 전제하면서 중세국어에 '섯긔다'가 "소(疎, 성기다/성글다)"의 뜻으로 사용된 예를 볼 때 "섞여 있는"의 뜻보다는 "듬성듬성한"의 뜻으로 보는 것이 문맥에 맞을 것 같다고 주장한다.(이숭원 주해, 앞의 책, 59쪽.) 이에 반해 민병기는 '석근'은 '석긴'의 변형이고, '석긴'은 '섞인'의 연철인데(섞인→석긴→석근), '석긴'이 '석근'으로 바뀐 것은 정지용이 '—'를 많이 활용하여 충청도 방언의 향토적 어감을 살렸기 때문이라고 보았다.(맹문재, 「「鄕愁」의 내용과 의미」, 최동호·맹문재 외, 『다시 읽는 정지용 시』, 월인, 2003, 50-51쪽. 여기서는 배호남, 위의 논문, 57쪽. 재인

는 공중, 거주지로서의 집, 그리고 그 공간에 존재하는 유기체로서의 인간은 하나의 우주공동체를 이룬다. 시적 우주공동체는 르네상스 시대의 우주론에서 말하는 "우주의 위대한 건축가"[81]가 제작한 것이 아니다. 전근대적 공동체의 공간인 '고향'이 일상적인 의미의 공간으로 머물지 않고 '신화적 원형성'[82]을 획득한 생태학적 우주 공동체로 승화된 것이다. 유년의 기억을 통해 고향의 내면적 풍성함을 복원함으로써 가족공동체를 회복하고, 그 가족공동체는 우주 만물이 하나로 통합되는 우주공동체의 조화가 숨 쉬는 공간으로 실현되는 것이다.

라즈니쉬는 인간의 무의식은 의식이 깃드는 지점에서 멈춘다고 말한다.[83] 라즈니쉬에 의하면 무의식적인 발달은 스스로 발생한다. 이러한 무의식의 발달을 통해 의식이 전개 된다. 그러나 의식이 깃들 때 무의식적인 발달은 중단된다. 이미 무의식적인 발달의 목적이 달성됐기 때문이다. 라즈니쉬의 방식으로 말하면 「鄕愁」는 정지용의 무의식 속에 자리 잡은 고향을 캐낸 것이다. 그러므로 무의식의 발달을 통해 시적 의식이 전개 된다. 그 무의식 속에는 정지용의 내면 심리를 작동시키는 에너지가 있다. 따라서 「鄕愁」가 펼쳐 보이는 생태학적 상상력에 좀 더 깊이 있게 접근하려면 내형적인 면을 살펴보아야 한다.

용) 따라서 '석근 별'은"밤하늘에 크고 작은 여러 별들이 섞여 얼크러져 있는 모습" (김재홍, 『시어사전』, 고려대학교출판부, 1997, 618쪽. 여기서는 배호남, 앞의 논문, 57쪽. 재인용)을 뜻한다고 보는 것이 옳다고 본다.

81) 르네상스 시대 사람들의 사고에서는 자연 세계와 관련된 신의 창조적 활동은 한 가지만을 제외하고는 집이나 기계를 제작하는 사람의 활동과 동일하다고 본다. 그 한 가지 예외란 신이 어떤 물질도 없이 무로부터 자신의 세계를 만들어 내는 건축가 또는 기술자라는 것이다. 콜링우드, 앞의 책, 58-59쪽. 참조.

82) "傳說바다에 춤추는 밤물결 같은" 누이의 머리카락, "알수도 없는 모래성으로 발을 옮기"는 "석근 별"과 같은 이미지나 시적 대상은 일상적인 의미를 뛰어 넘어 '고향'이라는 공간에 신화적 원형성을 부여하고 있다. 배호남, 앞의 논문, 57쪽.

83) 라즈니쉬, 정한회 역, 『삶의 진실을 찾아서』, 민중서각, 1986, 11쪽.

그동안 인간의 내면 심리의 관계에 대해서는 생태학적 상상력 내지 생태학적 관점에서의 논의가 거의 이루어지지 않았다는 점에서 「鄕愁」가 가진 내면적 측면을 살펴보는 것은 매우 조심스러운 일이다. 인간의 심리 기재인 외로움은 인간과 인간의 관계에서 생성되기도 하지만 기초적인 사회집단인 가정을 벗어나 더 큰 사회집단으로 나왔을 때 얻게 되는 존재론적 성찰의 과정에서 생성되기도 한다. 즉 「鄕愁」는 내면적으로는 존재론적 성찰의 과정에 놓인 정지용의 내면 심리 상태를 보여 주는 것이다.

존재에 대한 물음에서 하이데거는 인간은 자연을 인간이 마음대로 처분할 수 있는 에너지 저장원으로 보면서 자신을 주체로 보고 있지만, 사실은 인간 개개인 역시 자연의 에너지를 최대한 발굴해 내도록 사회적인 기능 연관 체계에 의해서 닦달 당하는 에너지의 집합체에 지나지 않는다고 본다.84) 자칭 자유롭다는 인간도 모든 자연물과 마찬가지로 기술의 자기 확장을 위한 원료에 불과하기 때문에 현대란 모든 존재자들의 고유한 존재와 무게가 상실되고 니힐(nihil), 즉 공허가 지배하는 시대라는 것이다. 따라서 현대를 극복하는 새로운 존재 이해란 현재의 과학 기술 시대를 포함하는 서구의 전통 전체와의 대결을 통해서 획득될 수 있는 것이다. 생태학이 근대의 핵심 사상인 이성 중심적 세계관과 이분법적 세계관을 비판하고 인간중심주의를 거부한다는 점은 이 공허의 시대를 극복할 수 있는 하나의 대안이 된다.

서구의 이성중심주의는 자연을 지배의 관점에서 바라본다. 베이컨에 따르면 세계는 인간을 위해 존재하기 때문이다. 자연 지배라는 관점에서는 인간의 자연성도 지배할 수 있다. 지배와 피지배의 이분법적 구

---

84) 박정호, 양운덕, 이봉재, 조광제 편, 앞의 책, 51-80쪽. 참조.

도로부터 벗어나려는 정지용의 내면 심리는 지배와 피지배의 의식이 생성되기 전의 세계로 이동하게 된다. 그러므로 정지용은 1920년대 근대 과학적 사유체계로 보았을 때 미개의 세계, 또는 문명화되지 못한 세계로 치부되는 고향에서 자연과 인간의 관계성을 시로 표현하고자 한다. 특히 과학지식운동이 확대되던 당시는 우리의 전통풍습이나 관습을 개혁대상으로 삼거나 타파해야할 미신쯤으로 치부하던 시대였다. 그것을 몰랐을 리 없는 정지용의 시작 방식은 자신, 그리고 자신을 둘러싼 바깥 세계가 서로 혼융하는 정신세계를 보여주려는 무의식에서 출발하고 있고, 그 무의식의 줄기의 끝 지점에서 정지용의 시적 의식이 전개되고 있는 것이다.

이와 같은 전통적인 내면의식은 「三月삼질날」85)에서도 잘 나타난다. 「三月삼질날」은 전통적인 민요의 한 가락에서 시적 모티프를 취하고 있다. 삼짇날은 답청절(踏靑節)이라고도 불리는데, 이날 쑥개피떡을 만들어 먹던 습속을 시적 정황 속에 담아낸 작품이다. 그리고 1927년 6월 고향 옥천에서 지은 것으로 표시한 「發熱」86)은 여름밤에 신열을 앓

---

85) "중, 중, 때때 중,/우리 애기 까까 머리.//삼월 삼질 날,/질나라비, 휠, 휠,/제비 새끼, 휠, 휠,//쑥 뜯어다가/개피 떡 만들어./호, 호, 잠들여 놓고/냥, 냥, 잘도 먹었다.//중, 중, 때때 중,/우리 애기 상제로 사갑소."(「三月삼질날」 전문, 『정지용 시집』(120)). 이 작품은 『학조』 1호(1926. 6)에 「쌀레(人形)와 아주머니」라는 제목으로 발표하였는데, 뒤에 시적 모티프를 확대하여 「三月삼질날」과 「딸레」라는 두 편의 시로 개작한 것이 『정지용 시집』에 실렸다. 「쌀레(人形)와 아주머니」의 전문을 살펴보면 다음과 같다. "짜ㄹ레와 작은 아주머니/앵도 나무 미테서/쑥 쓰더다가/쌔피썩 만들어//호.. 호. 잠들여노코/냥. 냥. 잘도 먹었다.//중. 중. 째째중./우리 애기 상제 로 사갑소."

86) "처마 끝에 서린 연기 따러/葡萄순이 기여 나가는 밤, 소리 없이,/가믈음 땅에 시며든 더운 김이/등에 서리나니, 훈훈히,/아아, 이 애 몸이 또 달어 오르노나./가쁜 숨결을 드내 쉬노니, 박나비 처럼,/가녀린 머리, 주사 찍은 자리에, 입술을 붙이고/나는 중얼거리다, 나는 중얼거리다,/부끄러운줄도 모르는 多神敎徒와도 같이./아아, 이 애가 애자지게 보태노나!/불도 약도 달도 없는 밤,/아득한 하늘에는/별들이 참벌 날

으며 우는 어린아이를 보고 애 태우는 아버지의 심정을 그려낸다. 안타까운 심상이 섬세하고 구체적으로 묘사되고 있다. 「發熱」과 유사한 작품으로 「琉璃窓」을 들 수 있다. 「琉璃窓」은 어린 자식을 잃은 애통함을 담은 시로 널리 알려져 있다. 시적 자아의 심정 상태를 '유리창'이라는 객관적 상관물로 묘사해 놓고 있는 것이다.[87] 시에 있어서 감각적 언어 사용이 의도적이고 의식적이었다면 이와 같은 전통성이나 토속성, 심경의 구체적 형상화는 내면 또는 기억 속에 잠재해 있던 자연과 인간 사이의 관계성에 대한 성찰적 사유의 결정체라 할 수 있다. 그것은 어린 나이에 고향의 집을 떠나 객지생활을 하면서 인간이 인간을 지배하는 이분법적 논리로 무장한 근대 사회의 모습을 직·간접적으로 경험하였을 정지용의 근대 현실에서 나타나는 자아와 세계의 분열 상태를 극복하려는 의지라 할 수 있을 것이다.

그러나 식민지하에서의 현실은 여전히 "정복과 패배 그리고 지배와 종속이 인간관계를 지배"[88]한다. 그런 것들이 그의 내면 기재로 작용해 외로움을 심화시켰을 것이고 「鄕愁」를 창작하게 하는 동력으로 작용했을 지도 모른다. 따라서 「鄕愁」에 나타난 외로움의 깊은 굴곡은 인간의 존재에 대한 성찰에서 비롯된 생태학적 상상력의 곡(曲)과 절(折)이라 할 수 있다.

정지용은 「鄕愁」에서 자연을 유한한 인간사회와 상반되는 개념으로 보지 않는다. 인간사회가 가진 이념의 색깔을 덧입히지 않음으로써 자연 대상물들과 인간사회를 동등한 위치에 놓는다. 생물이든 무생물이

으듯 하여라."(「發熱」 전문, 『정지용 시집』(56)).

87) 오형엽, 「시적 대상과 자아의 일체화, 혹은 공간화-김기림과 정지용의 '유리창' 비교·분석」, 『한국문학논총』 제24집, 한국문학회, 1999. 145쪽.

88) 박이문, 『문명의 미래와 생태학적 세계관』, 33쪽.

든 어떤 차별을 두지 않고 조화의 법칙에 따라 순환하는 자연을 보여줌으로써 고향이야말로 우리의 애틋한 그리움의 실체이며 영원한 정신적 안식처이며 꿈에서도 잊히지 않는 아름다운 가족공동체의 공간이라는 것이다. 이처럼 전근대적 세계인 농촌의 모습을 "인간과 자연의 조화, 개인과 가족공동체간의 유대가 보장된 자족적인 충만함으로 가득 찬 세계"[89]로 그리고 있는 이 시는 안으로는 인간존재의 곡(曲)과 절(折)을 그려내는 낭만주의적 경향을 다분히 띠고 있다. 유년시절 기억 속에 남아있는 고향의 자연과 가족은 시적 자아의 내면적 공허함을 따뜻하게 데우는 온기이기 때문이다. 그러면서도 이 시는 자연과 인간이 순환질서 속에서 교호하면서 하늘과 별과 함께하는 우주공동체로 승화되는 관계성을 보여준다. 즉 「鄕愁」는 모더니즘 지향성이라는 정지용 시세계에 대한 고정적 인식을 깨고 '고향'이라는 공동체를 통해 구현된 생태학적 감수성을 보여준다.

정지용의 「鄕愁」는 스나이더의 방식으로 말하자면 식민지가 된 생태 공동체의 회복을 위한 '원주민'으로서의 '생물지역 원형 불러오기'의 일환으로 볼 수 있다. 정지용에게 있어 그 대상은 고향이고, 불러오는 방식은 서정적인 목소리였던 것이다. 생태학적 측면에서 고향은 자아의 바깥 세계를 둘러싸고 있는 세계로서의 자연에 해당한다. 자연을 하나의 '집' 또는 '가정(家庭)'으로 보는 것은 생태학의 기본적인 개념이다. 생물이든 무생물이든 모든 자연 구성체는 지구라는 '집' 또는 '가정'의 구성원, 즉 가족이라는 의미이다. 그러한 의미에서 「鄕愁」는 자연이라는 가정의 구성원인 가족의 동태를 보여주는 공동체적 생태철학을 잘 펼쳐내 보이는 작품이다. 외형적으로는 넓은 벌을 향해 실개천이 휘

---

89) 배호남, 앞의 논문, 55쪽.

돌아 흐르고 얼룩백이 황소가 울음을 우는 전형적인 한국의 농촌, 산업화 이전의 훼손되지 않은 고향을 노래하고 있지만, 내형적으로 인간의 내면 심리 상태를 그리고 있다. 1연부터 5연까지 전체에 걸쳐 외형적·내형적 요소는 유기적으로 하나의 형태를 이루고 있다. 이런 점에서「鄕愁」는 일본 식민지가 된 고향 땅, 일본 국민으로 식민지화 된 고향 사람들, 더 넓게는 일본 식민지가 된 조국, 일본 국민으로 식민지화 된 '원주민-국민'들에게 원형의 생물지역 공동체의 모습에 대한 향수를 불러일으켜 무차별적으로 파괴되는 생태계 위기를 극복하려는 의지를 담고 있다 할 것이다. 따라서「鄕愁」는 원주민으로서 체화되고 내면화된 생물지역 원형을 유토피아적으로 복원함으로써 인간과 자연의 조화로운 상생이 존재하는 새로운 오래된 미래로 귀환하여 새로운 오래된 방식을 잊지 않고 배우려는 새로운 거주하기의 창조를 보여주는 시인 것이다.

(2) 실향 의식과 제국주의 거부

정지용의 삶은 개괄적으로 살펴볼 때 고향-서울-일본-서울-행방불명의 과정에 놓인다. 즉 1915년 14살에 고향 옥천을 떠나 서울 생활을 시작한 이후 휘문고보 시절을 거쳐 일본 유학을 떠난다. 도시샤대학을 졸업하고 귀국 후 휘문고보에서의 교편생활,『詩文學』동인,『文章』선고위원, 이화여전 교수, 경향신문 주간 등을 지내다 6·25 때 행방불명되었다. 소년기 이후부터는 고향을 떠나 뿌리 뽑힌 자로서 타관(他官)을 떠돌았고, 마지막에는 동족상잔의 비극 속에서 생사조차 확인할 길 없는 불운을 맞았다.

이러한 정지용의 삶의 행적은 1920년대 식민지 상황에 놓인 민족사적 불행과 맞물려 있다. 일제의 수탈과 근대의 초기 산업화가 진행되면서 이 땅에는 유랑의 시대가 펼쳐졌다 할 수 있다. 식민지 정책은 생존을 빌미로 만주와 사할린 등지로 우리 민족을 내몰았고 이러한 이주로 대가족 형태를 띠던 전근대적 가족제도는 해체되기 시작했다. 이와 함께 근대의 교육제도는 기존의 교육제도 및 전통사상의 붕괴를 불러왔고 가족의 원형적 모습 역시 변화되면서 탈가족 현상을 급격하게 진행시켰다.

일본 제국주의의 침탈은 공동체적 삶을 통해 조화와 상생을 추구했던 우리 민족의 정신 원형을 파괴하여 파편화시켰을 뿐 아니라 상처 입고 소외된 열외자들을 발생시켰다. 가족해체나 탈가족 현상과 같은 변화는 자기소외, 즉 인간이 자기의 본질을 상실하여 비인간적 상태에 놓이는 일을 초래하게 하는 원인이 되었다. 이로 인해 인간성이 상실되어 인간다운 삶을 잃어버리는 인간소외 현상도 덩달아 일어나게 되고, 마침내 개인화·파편화가 일상화되는 지경에 이르게 되었다. 가족붕괴는 개인을 막다른 골목으로 내몰아 생존을 위협하고 사회적 질서를 급속도로 혼란에 빠뜨리게 된다. 인간은 원천적으로 사회적 동물이며 가족이라는 사회는 인간의 가장 중요한 기초집단이기 때문에 가족붕괴로 인해 이같은 현상이 나타나는 것은 '철칙 같은 자연의 이치'[90]다. 결과적으로 일본 제국주의는 탈가족 현상을 급격하게 진행시킴으로써 파편화되고 상처 입은 개인을 양산했으며 민족의 정신 원형을 변형시켰다.

망국민족의 비극을 정지용은 어린 나이에 겪는다. 14살에 가족을 떠나 객지생활을 했고, 일본의 교토에서 유학생활을 함으로써 식민지 백성이 겪는 참상을 직접 목격한다. 뿌리 뽑힌 삶의 동통을 온몸으로 느

---

90) 박이문은 가정의 위기는 산업화와 현대화된 모든 사회에 퍼져가고 있다며 가족이 붕괴하고 가정이 파괴된 곳에 인간의 건전한 행복은 없다고 말한다. 박이문, 『문명의 미래와 생태학적 세계관』, 220-226쪽.

끼게 되는 계기다. 식민지의 정치적 현실조건과 소시민성 때문에 현실 문제보다 「鄕愁」 등 여러 작품에서 볼 수 있는 것처럼 한국의 전통적인 소재와 모국어의 시적 개발에 몰두할 수밖에 없었던 정지용은 미래 지향적이 아니라 과거 지향적이 된다.[91] 인간과 자연이 유기체적으로 연결된 근대 이전의 조화로운 세계를 추구하는 것은 지배 이데올로기에 사로잡힌 제국주의를 거부하는 생태적 저항의 한 방식이다. 다음 작품에서는 이런 사유가 자연스럽게 나타난다.

> 한길로만 오시다
> 한고개 넘어 우리집.
> 앞문으로 오시지는 말고
> 뒤ㅅ동산 새이ㅅ길로 오십쇼.
> 늦인 봄날
> 복사꽃 연분홍 이슬비가 나리시거든
> 뒤ㅅ동산 새이ㅅ길로 오십쇼.
> 바람 피해 오시는이 처럼 들레시면
> 누가 무어래요?
>
> ─「무어래요」

『조선지광』 64호(1927. 2)에 발표하였으며, 『정지용시집』에 수록된 이 시는 간절한 기다림을 숨기지 않고 드러내 보이고 있다. '바람 피해 오시는 이처럼 들르시면/누가 무어래요?'라는 섬세한 어투에서 알 수 있듯 절실함이 그대로 묻어나온다. 학수고대하고 있는 시적 대상이 누구인가는 직접적으로 지칭하고 있지는 않다. 다만 '복사꽃 연분홍 이슬

---

91) 김준오, 「事物詩의 話者와 信仰的 自我」, 김학동 편, 『정지용』, 서강대학교 출판부, 1995, 54쪽.

비가 내리는' 때와 '뒷동산 사잇길'이라는 장소를 지정하고 있을 뿐이다. 이런 때와 장소를 잘 아는 이는 미래의 사람이 아니라 과거의 사람이다. 과거에 떠나갔지만 언젠가는 돌아올 것이 분명하다고 확신하고 있는 사람이다. 시적 화자가 기다리는 존재는 연인일 수도 있지만, 일제의 침탈로 가족공동체의 해체는 물론 탈가족화와 더불어 지켜야만 할 정신적 가치마저 붕괴되고 있는 시대를 화자의 모습을 하고 있는 시인이 목격하고 있는 상황임을 감안하면 그 기다림의 대상이 누구인가는 미루어 짚어볼 수 있다. 특히 '나는 나라도 집도 없단다'(「카페 · 프란스」)며 울분을 토로하고 있다는 점에서 그 기다림의 대상은 조화와 상생의 정신이 회복된 공동체이며, 더 나아가서는 해방된 조국이 분명하다. 이처럼 강한 격정을 서정적으로 도출해내는 것은 시적 화자 스스로 내상을 치료하는 하나의 방법으로써 일본 제국주의를 거부하고 해방과 자유를 만끽하려는 생명애의 발로이다.

　이처럼 근대적 개인으로서 정지용은 고향의 풍경과 민족정신의 원형에서 조화로운 공동체의 모습을 발견하고 확장하면서 자기 존재와 자신을 둘러싼 바깥 세계에 대한 해답을 찾아나간다. 그러나 근대인으로서 느끼는 고독과 쓸쓸함은 「카페 · 프란스」에서와 같이 이국적 정조를 띠는 감각으로 시화되어 극복되는 방식을 가진다.

　　　옮겨다 심은 棕櫚나무 밑에
　　　빗두루 슨 장명등,
　　　카페 · 프란스에 가쟈.

　　　이놈은 루바쉬카
　　　또 한놈은 보헤미안 넥타이

뻣적 마른 놈이 압장을 섰다.

밤비는 뱀눈처럼 가는데
페이브멘트에 흐늙이는 불빛
카페·으란스에 가쟈.

이 놈의 머리는 빗두른 능금
또 한놈의 心臟은 벌레 먹은 薔薇
제비 처럼 젖은 놈이 뛰여 간다.

※

『오오 패롯(鸚鵡) 서방! 꾿 이브닝!』

『꾿 이브닝!』(이 친구 어떠하시오?)

鬱金香 아가씨는 이밤에도
更紗 커-틴 밑에서 조시는구료!

나는 子爵의 아들도 아모것도 아니란다.
남달리 손이 히여서 슬프구나!

나는 나라도 집도 없단다
大理石 테이블에 닷는 내뺨이 슬프구나!

오오, 異國種강아지야
내발을 빨어다오.
내발을 빨어다오.

　　　　　　　　　　　　　　　　　　—「카페·으란스」

이 시는『학조』1호(1926. 6)에 발표하였는데 정지용이 교토의 도시샤대학 재학시절이다. 정지용의 초기 작품을 대표하는 것으로 평가받고 있는 것 가운데 하나로 한국인 유학생이 드나들던 '프란스'라는 이름을 가진 카페에서의 한 장면을 그려놓았다. 이 시의 화자는 식민지 지식인이며 나약한 소시민으로 경험적 시적 자아를 숨김없이 드러낸다. 식민지 지식인의 비애가 서려 있는 탓에 감상적 태도만 아니라 다분히 허무주의적이고 자학적인 경향을 띤다.

「카페 · 뜨란스」의 시적 공간은 카페 프란스에 들어가기 전과 들어간 후의 이야기로 구분되고 있다. 앞부분은 밤비가 내리는 시간에 세 남자가 카페 프란스를 찾아가는 여정을 보여준다. 1연은 종려나무 아래 장명등이 비스듬하게 서 있는 '카페 프란스' 입구의 이국적 풍경을 입체적으로 드러낸다. 이 이국적 풍경이 독자를 불러들이는 역할을 하지만 그 이면에는 식민지 유학생의 비애가 그림자를 만들고 있다. 고향을 떠나 일제의 도시에서 생활하고 있는 화자의 모습이 '옮겨다 심은 종려나무'와 '비뚜루 선 장명등'에 그대로 반영되고 있기 때문이다. 2연은 루바쉬카92)를 입은 화자와 보헤미안 넥타이93)를 맨 친구와 삐쩍 마

---

92) 루바쉬카는 루바시카(rubashka)를 말하는데 루바슈카라고도 한다. 러시아 남자가 착용하는 블라우스풍의 상의. 직선 재단으로 풍성하게 만들며, 스탠드 칼라이다. 앞트임으로 하며, 한가운데에서 약간 왼쪽 앞을 허리선 조금 위까지 트고 단추 또는 혹을 단다. 허리를 굵은 끈이나 가죽 벨트로 죄고, 바지 위에 나오게 입는다. 깃 · 앞단 ·소맷부리 등에 러시아풍 자수를 놓은 것이 특징이다. 옷감은 면직물 ·마직물 ·모직물을 많이 쓴다. 현재는 러시아 민속의상(民俗衣裳)을 대표하지만, 원래는 농민의 작업복이었다. 네이버 백과사전 참조, 검색어 '루바시카', http://100.naver.com/100.nhn?docid=56351

93) ボヘミアン · ネクタイ [Bohemian necktie], 스카프식으로 된 넥타이. 네이버 일본어 사전 참조, 검색어 '보헤미안 넥타이', http://jpdic.naver.com/search.nhn?ie=utf8&query=%EB%B3%B4ED%97%A4%EB%AF%B8%EC%95%88+%EB%84%A5%ED%83%80%EC%9D%B4&where=all

른 사름으로 소개되는 동행자들의 모습을 특징적으로 그려낸다. 3연에서는 가는 비[細雨]를 뱀눈에 감각적으로 비유하면서 포장도로에 불빛이 비치는 거리 풍경을 묘사하고, 4연에서는 다시 화자와 동행자들의 모습을 그려낸다. 설익은 능금으로 화자 자신을 자조적으로 표현하는가 하면 '보헤미안 넥타이'를 맨 친구는 심장이 벌레 먹은 장미로 비유되어 '상심한 열정의 소유자임을 암시'94)한다. '삐쩍 마른' 친구는 제비처럼 젖은 몸으로 빗길을 뛰어가고 있다고 묘사한다. 이처럼 이 시의 전반부95)는 '옮겨 심은 종려나무'처럼 뿌리 뽑혀 유랑의 길 위에 서 있는 식민지 치하 유학생의 삶을 상징적으로 보여준다.

이 시의 후반부는 카페 프란스에 들어서서 여급에게 호기롭게 인사를 던지는 것으로 시작된다.96) 그러나 손님이 없어서인지 창가 커튼 아래 앉아 있는 '울금향'이라는 별명을 가진 도도한 아가씨의 외면에 시적 화자는 내적 상처를 받는다. 가난한 시골마을 출신으로 사회적 지위

---

94) 권영민,『정지용 시 126편 다시 읽기』, 249쪽.
95) 이숭원은, 이 시의 전반부는 '나라도 집도 없단다'로 요약되는 이 시의 주제를 암시하는 복선이라고 해석한다. 이숭원 주해, 앞의 책, 64쪽. 참조.
96) 권영민은, 세 청년이 카페 문을 열고 홀 안에 들어서자 카페 여급이 이들을 반갑게 맞으며 '오오 패롤(鸚鵡) 서방! 꾿 이브닝!' 하고 인사를 하는 것이라고 본다. 패롤 서방은 이들 세 사람 가운데 누군가의 별명이라고 추측한다. 그리고 '꾿 이브닝!'은 세 청년이 함께 한 목소리로 답한 것으로, 고딕체로 처리한 이유는 호기 있게 큰소리로 인사를 받는 모습을 강조한 것이라고 말한다. () 속에 들어 있는 '이 친구 어떠하시오?'라는 말은 이 세 사람 가운데 새로 데려온 친구를 여급에게 소개하는 의미를 함축하는데, 아마도 여기 새로 데려온 '이 친구'가 바로 시적 화자인 것이 분명하다고 주장한다.(권영민,『정지용 詩 126편 다시 읽기』, 251쪽. 참조.) 그러나 이숭원은 "『꾿 이브닝!』-고딕체로 인쇄된 부분은 앵무새의 따라하는 소리를 나타낸 것"으로 해석한다.(이숭원 주해, 앞의 책, 65쪽.) 한편 권영민은 뒤에 등장하는 '울금향(鬱金香 ; 튤립)'이라는 별명을 가진 여급에게 '꾿 이브닝!'(이 친구 어떠시오?)라고 인사하지만 본 체도 하지 않고 졸고 있는 이 여급의 표정에 이내 시적 화자는 주눅이 든다고 해석한다.

도 부도 없는 처지 때문이다. '남달리 손이 히여서 슬프다'는 한탄은 가난한 유학생으로서 공부 외는 달리 할 것이 없는 형편을 말한다. 자신의 처지에 대한 자각은 곧 제국주의에 의해 치욕을 당하는 망국민이요 무력한 인텔리일 뿐이라는 인식에 이르게 된다. '나라도 집도 없'는 현실, 즉 나라와 집이라는 공동체가 해체된 식민치하의 냉혹함을 뼈저리게 느낀 시적 화자는 제국주의를 직접적으로 온몸으로 거부하지 못하는 슬픔을 자학적 정조로 그려낸다. 식민지 조국의 현실이 그대로 반영된 탓이다. 그것은 마지막 구절인 '오오, 異國種강아지야/내발을 빨어다오./내발을 빨어다오.'라는 탄식으로 나타난다. 남의 나라로 와서 테이블 밑에 도사리고 있는 이국종 강아지의 처지가 화자와 다르지 않음을 느꼈을 것이다. 그러므로 이 시는 "금단추 다섯 개를 달고"(「船醉」(234)) 일본에 자랑스럽게 온 조선 유학생이지만 결국 나라도 집도 없는 약소민족의 한 구성원임을 실감한 식민지 지식인의 굴욕감과 비애가 표출된 작품이며, 제국주의의 식민지 지배에 대한 성찰을 통해 반제국주의 노선을 그대로 반영한 정지용의 생태학적 시각이 담긴 작품이라 할 수 있다.

> 수백명식 모이어 설레는 일판에 합비 따위 勞動服들은 입었지만 동이어 맨 수건 틈으로 날른대는 상투를 그대로 달고 온 사람들도 많았다. 째앵한 봄볕에 아지랑이는 먼 불타듯하고 종달해 한곳 떠올라 지줄거리는데 그들은 朝鮮의 흙빛같은 얼골이매 우리라야 알아듣는 왁살스런 사투리며 육자배기 산타령 아리랑 그러한 것들은 그대로 가지고 온 것이었다.[97]

---

97) 정지용, 『문학독본』, 박문출판사, 1948, 52쪽. 여기서는 김학동, 『정지용 연구』, 153쪽. 재인용.

김학동에 의하면 정지용이 유학생활을 하며 시상98)을 가다듬곤 했던 압천(鴨川, 가모가와) 유역은 서정적인 자연 풍경을 간직하고 있었지만, 한국인 노동자들의 참상을 보고 나라 없는 망국민의 비애를 느끼게 하는 곳이기도 했다. 압천 상류의 비예산(比叡山) 케이블카 가설공사장에서 일하고 있는 한국인 노동자들의 참담한 모습과 그들의 사투리며 육자배기 산타령 아리랑을 통해서 정지용은 잃었던 고향을 환기했을 것이다. 그들은 일제에 의해 집을 잃고 고향을 잃고 나라를 잃은 유이민들이다. 일제 강점기하에서 강제 이주나 강제 징용을 당한 사람을 비롯해 자의반 타의반으로 고향을 떠나야했던 유이민들은 사할린, 만주 등 곳곳에 흩어져 있었다. 마음 놓고 정착할 곳을 잃은 디아스포라적 주체인 그들의 삶은 절망과 고통, 고독과 슬픔 그 자체였으며 희망이라고는 없다. 그들 한국인 노무자들은 굶주림과 비인간적 대우를 받는 지옥 같은 고통 속에서 살다 비극적으로 생을 마감하는, 인간 존재로 인식되지 못하는 기계와 같은 하나의 소비재로 인식되었을 것이기 때문이다. 저항하는 사람은 정신교육이니 내선일체니 하며 조직적으로 통제하고 간섭하며 고문과 학대를 자행했을 것이다. 하여 그들은 다만 고국의 고향이 주는 공동체적 안온함에서 위안을 찾고 있을 뿐이다. 그런 여러 정황 속에서 고국에 대한 향수를 더욱 절실하게 느끼게 된 정지용은 그들이 일본인으로부터 억압과 수모를 당하는 것을 보면서 그들을 그렇게 만든 시대상황과 망국민의 울분을 시로 형상화했을 것이다. 적국의 고도(古都)에서 신학문을 배워야 하는 아이러니, 그 비

---

98) 정지용이 교토(京都) 생활에서 얻은 시작품으로 확실하게 창작 시점이 밝혀진 것만도 「五月消息」, 「이른 봄 아침」, 「따알리아」, 「뻣나무 열매」, 「엽서에 쓴 글」, 「슬픈 汽車」, 「幌馬車」, 「湖面」, 「새빨안 機關車」, 「바다 1」, 「바다 2」, 「바다 3」, 「바다 4」, 등 여러 편을 들 수 있다.

애 서린 작품이 바로 '나는 나라도 집도 없단다'로 요약되는 「카ᅄ・ᅋ 란스」다.

이 시를 통해 근대의 사유체제를 살펴볼 수 있다. 문명화된 도시는 인간중심주의의 사유체제가 지배하는 곳이다. 인간중심주의는 인간과 자연을 이분화 시키고, 자연을 인간에게 종속되어 있는 것으로 본다. 이런 근대의 사유체제는 자연을 도구적으로 보는 세계관을 도출시킨 다. 이성적 주체인 인간은 자연을 지배하고 있기 때문에 인간의 필요에 따라 개발할 수 있는 정복과 약탈의 대상으로 삼는다. 이와 같은 인간 과 자연의 대립적 관계를 정당화하는 서구 문화는 과학에 대한 맹신을 불러왔고, 도시화로 상징되는 문명 발달이야말로 최고의 선이라는 개 념을 성립시킨다. 이 세계를 기계적 구조로 보는 데카르트적 사유체계 는 인간과 자연만 구분하는 것이 아니라 인간과 인간도 구분하여 지배 자와 피지배자, 식민지와 피식민지로 나누어 정당화한다.

정지용은 근대 지식으로서 문명의 세례를 받고 있지만 식민지 지식 인이라는 한계에 봉착함으로써 근대의 분열된 세계관을 통합하려는 의지가 더 강해진 것으로 보인다. 제국주의적 자본이라는 근대의 지배 이데올로기를 극복하는데는 균형과 평등의 수평적 관계를 추구하는 생태주의적 세계관보다 더 이상적인 세계관은 없다. 말하자면 생태주 의적 세계관은 이러한 인간중심주의을 비판하며 사물과 자연과 인간 이 도구적 관계가 아니라 같이 세계의 중심을 이루는 관계이며 유기체 적인 관계라고 본다. 데카르트적 사고의 산물인 이성중심주의와 과학 적 세계관에 대한 반성과 성찰을 통해 조화와 상생을 구축하는 공동체 적 순환질서를 추구하고 일원론적인 사고방식으로 변화를 요구한다. 생태적 세계관으로의 전환은 분리된 인간과 자연의 관계, 그리고 그 바깥을 둘러싼 세계와의 관계를 회복시키고 통합하는 방안이며 인간 소외를 극복할 수 있는 대안이 된다. 이러한 생태학적 세계관이 「카예·프란스」가 함의하고 있는 제국주의 거부 의식의 본바탕을 이루고 있다.

한편 교토(京都) 체험과 식민지 지식인으로서 얻게 되는 고향 상실 의식은 뒷날 「故鄕」과 같은 작품으로 승화되어 나타난다.

> 고향에 고향에 돌아와도
> 그리던 고향은 아니러뇨.
>
> 산꽁이 알을 품고
> 뻐꾸기 제철에 울건만,
>
> 마음은 제고향 진히지 않고
> 머언 港口로 떠도는 구름.
>
> 오늘도 메끝에 홀로 오르니
> 힌점 꽃이 인정스레 웃고,
>
> 어린 시절에 불던 풀피리 소리 아니나고
> 메마른 입술에 쓰디 쓰다.
>
> 고향에 고향에 돌아와도
> 그리던 하늘만이 높푸르구나.
>
> ― 「故鄕」

인간은 본능적으로 고향을 그리워하게 되어 있다. 고향 쪽에 베개를 두고 잔다는 말은 그래서 나왔다. 그런데 자연을 지배의 수단이나 도구로 보는 근대의 문명적 자연관이 밀려들면서 고향이라는 원초적 세계는 차츰 이질화된다. 뿐만 아니라 붕괴된 공동체 의식으로 인해 모든 관계가 멀어지고 단절되는 현상을 일으킨다. 물질과 욕망으로 대변되는 문명의 발달은 화자를 고향과의 영적인 관계에서 격리시키는 힘으로 작용한다. 더구나 일제 식민지 치하라는 점은 젊은 지식인으로서 더욱 자신의 삶과 현실, 그리고 고향과 조국을 돌아보게 한다.

이 시는 『동방평론』 4호에 발표되었다. 이 시가 발표된 1932년은 정지용이 일본의 도시샤대학을 졸업한 뒤 귀국하여 휘문고보의 교사가 된지 만 3년이 되는 해다. '나라도 집도 없'(「카쮀・쯔란스」)는 설움을 겪어야 했던 일본에서의 유학생활을 경험한 정지용으로서는 점점 이질화되고 모든 관계가 소원해지는 고향의 현실이 더욱 안타깝게 다가왔을 것이다. '고향에 돌아와도 그리던 고향은 아닌' 것처럼 고향은 있으되 마음 기댈 정 깊은 공동체로서의 고향이 없다고 느끼는 박탈감은 객지에서의 실향의식을 배가 시키고도 남았을 것이다.

그러나 실은 이런 실향의식은 고향의 변모보다는 시적 화자 자신의 변화에 의한 것이다. 14살 어린 나이에 고향을 떠난 뒤 오랜 객지 생활 끝에 장년이 되어 돌아온 정지용의 마음은 이제 순진무구한 소년시절의 마음이 아니다. 꿈을 품고 실개천이 휘돌아나가는 들판을 내달리던 그 평화롭고 신비하던 신생의 땅 고향에는 여전히 '산꽁이 알을 품고/뻐꾸기 제 철에 울건만,//마음은 제 고향 지니지 않고' 구름처럼 떠돌고 있는 것이다. 이처럼 마음을 각박하게 만든 세상의 중심부에는 제국주의가 있다. 제국주의는 식민지에 근대 자본주의를 강제적으로 주입하여 물질적 가치기준으로 사람과 세상을 재단하고, 영적인 관계로 맺어졌던 자연과의 관계에서 인간을 소외시키는 중추역할을 한다. 또한 자연만이 아니라 인간 역시도 일종의 소비재로 여기는 비인간화를 부추긴다. 대중의 획일화, 산업의 합리화, 상품의 표준화, 사회의 조직화를 초래하는 문명의 발달을 최상의 선으로 여기는 제국주의자들로 인해 고향은 상징을 만들어내면서 오롯하게 존재하는 내면성을 지킬 수 없게 된다. 제국주의자들에 의해 특유한 생명력을 가진 내면성을 상실한 고향은 일종의 재고품으로 전락한 자연처럼 규격화되고 통제될 수밖에 없는 공간으로 전락한다. 이렇게 "규격화되고 획일화되는 사이에 인간마저 그 기구 속에 배치되어 인간도 한갓 '대체가능한 것'이 되고, 단순한 부분품으로 전락하고 만다. 인간은 원래 인격을 가지고 있지만, 독자적인 인격이 무시된 채 평균화"99)되고 여기에서 실향의식은 심화된다.

이러한 실향의식의 심화는 인간중심주의적 세계관과 깊이 관련 맺고 있다. 인간을 제외한 다른 존재들을 하찮은 것으로 인식하는 인간중심주의적 세계관은 오히려 인간소외 현상을 발생시켜 "머언 港口로 떠도는 구름"처럼 뿌리 뽑힌 실향의 삶을 살게 만든 것이다. 하지만 정지용은 인간 이외의 소외된 사물들을 불러들임으로써 인간의 존재를 재발견해낸다. 인간과 대등하며 영적인 교류를 나누는 존재로 자격을 부여하여 자아와 세계의 동일화를 이룬다. 메 끝에 홀로 올라 인정스레 웃는 '흰 점 꽃'을 발견하는 감각을 발휘하면서 동시에 서정시의 본질인 자아와 세계의 동일화를 획득한 것이다. 이러한 시인의 서정적 상상력은 고향 고유의 내면성에 다시 생명력을 불어넣어 줌으로써 충만한 의미를 형성하고, 본질과의 관계성을 역설적으로 짚어낸다.

그렇기 때문에 이 시는 고향이 지니고 있는 불변의 영속적인 속성에 대한 애정을 버리지 못한다. 이 시의 "공간을 채우고 있는 <산꽁>이

---

99) 조요한, 「자연의 회복」, 『녹색평론』, 1995. 3-4(통권 21), 5쪽.

나 <뻐꾹이>나 <꽃>이나 <하늘>과 같은 자연의 이미지들은 불변의 영속적인 속성"[100]인데, 그 불변의 속성들을 통해 영원한 아름다움을 그려내고 있는 것이다. 이것은 사물 자체에 대한 애정과 경외가 시인의 내면을 깊이 성찰하고 있음을 보여주는 하나의 방식이다.

고향산천은 변함없지만 인정은 옛날 같지 않음을 노래하는 이 시의 지배적인 정조는 고향에 대한 그리움과 함께 느끼는 '고향으로부터의 거리감'이다. 권영민도 지적한 바와 같이 고향에 돌아왔지만 삶의 현실 속에서 겪게 되는 고통을 위안 받을 수 없는 고향과의 거리감[101]은 '메마른 입술에 쓰디 쓴' 맛만을 남기고 있을 뿐이다. 상실하고 만 유년기의 꿈과 변해버린 고향이 대비되어 떠오르면서 고향에 대한 애틋한 심정은 '그리던 하늘만이 높푸르다'는 한탄을 불러일으키며 더욱 고조되고, 실향자의 비애의식은 '고향에 고향에'라는 반복적이고 효과적인 음절을 통해 더 체감적으로 조율된다.

일제의 침탈로로 고향을 잃었다는 상실의식은 고향이라는 자연에 대한 집착으로 내면화 된다. 김재홍에 따르면 이 시는 정지용의 '고향의식의 특징'을 잘 보여주는 시편이다.[102] 상실의식과 방랑의식, 비애의 정서뿐만 아니라 인간사의 무상함과 그에 대조되는 자연사의 의구함이 관류하고 있기 때문이다. 시적 자아는 자연과 아무런 대립 관계도 보이지 않으며 조화와 합일의 상태에 있으며 (「삼월 삼짓날」, 「해바라기 씨」), 자연은 자아의 내면에 고착된 상상적 이미지로서의 자연으로 나타난다. 시적 자아가 갈구하는 원형공간으로의 동경이 시에 나타나는 자연의 모습의 원천이 되는 것이다.(「지는해」) 이런 사실에서 알 수

---

100) 김학동, 앞의 책, 27쪽.
101) 권영민, 『정지용 시 126편 다시 읽기』, 464쪽.
102) 김재홍, 『한국현대시인 연구(2)』, 81쪽.

있듯 '인정스레 웃는 흰 점 꽃'과 '어린 시절에 불던 풀피리 소리' 등 화자가 호명하고 있는 전근대적 삶의 모습과 자연, 그리고 상실감에 젖은 화자의 현재 심정이 이루는 대비 속에는 허무의식이 자리하고 있다. 허무의식은 "현실을 냉철하게 바라보고 새로운 세계의 지향점을 찾는 인식의 핵심 내용"103)이다. 정지용에게 허무의식은 현실체험을 통해 이룩한 실존적 산물이며 이를 시로써 내적 체험화한 것이다. 허무의식은 모든 존재자들의 고유한 존재와 무게가 상실되고 니힐(nihil), 즉 공허가 지배하는 시대인 현대를 극복하는 하나의 대안으로써 상실의식과 접합점을 이룬다. 비관적 상실의식이 지배하는 고향은 돌아갈 수 없는 실낙원으로서의 의미를 지닌다.104) 주권과 국토는 물론 민족과 민족혼의 상징인 국어조차 마음대로 사용할 수 없는 일제강점기 아래에서 고향은 그저 추억 속에서 존재할 뿐 지식인으로서 안주할 곳은 어느 곳에서도 찾을 수 없기 때문이다. 생존권마저 위협받는 현실에서 느끼는 좌절감과 비애감은 오로지 옛날로 회귀함으로써 숨 쉴 공간을 확보할 수 있었을 것이다. 이처럼 실향의식은 유년의 불행을 극복하는 정신적 힘이 되었으며 시를 쓰면서부터는 문학적인 상상력을 완성시키는 정신적 자양이 되었던 것이다.

이 실향의식을 확장하면 망국민으로서의 애절함에 가 닿는다. '고향'을 '조국'으로 바꾸면 이 시의 의미는 더욱 구체화되고 확장된다. 그 의미는 당연히 제국주의의 거부와 조국 해방을 염원하는 마음이다. '조국에 조국에 돌아와도/그리던 조국은 아니러뇨.' 첫 연의 '고향'을 '조국'

---

103) 이재훈, 「한국 현대시의 허무의식 연구」, 중앙대학교 박사논문, 2007, 7쪽.
104) 김재홍, 『한국현대시인 연구(2)』, 81-82쪽. 참조. 김재홍은 정지용의 시 「故鄕」을 비평하면서 평화스러운 곳으로서의 고향은 이미 추억 속에서만 존재할 뿐이며 과거적 상상력의 유폐된 공간 속에서만 고향은 살아서 다가오는 것이라고 말한다.

으로 바꾼 경우다. 마지막 연도 이렇게 바꾸면 '조국에 조국에 돌아와도 그리던 하늘만이 높푸르구나.'로 변주된다. '고향'을 '조국'으로 변주한 형식은 직접적 화법을 선택한 까닭에 시적으로는 다소 거칠지만 의미 전달은 명확해진다. 만일 이 시가 실향의식 회복에만 의미가 있었다면 다소 감상적이고 낭만적인 경향을 띤 작품으로 과소평가될 수도 있다. 그러나 이 시는 시의 특징 중 하나인 다층성을 활용해 고향이 가진 특유한 내면성을 확장하고 있다. 식민지 학생으로서 지배적 위치에 있는 일본의 고도에 소재한 대학에서 울분을 달래며 수학한 뒤 큰 꿈을 안고 귀국했지만 여전히 암담하게만 느껴지는 현실을 바라보아야만 하는 지식인이자 시인으로서 정지용의 심경이 서정적 정조를 빌어 표출된 것이라 할 수 있다.

제국주의의 거부와 조국 해방을 염원하는 마음을 담은 「故鄕」은 전근대적 모습을 띤 유년기의 고향과 현재의 고향을 대비시킴으로써 제국주의적 지배 이데올로기가 내포하는 수직적 지배관계를 대등과 균형이라는 조화로운 질서의 관계로 대체하려는 의도가 만든 하나의 형식이다. '사춘기 이후부터 일본인들이 무서워 산으로 바다로 회피하여 시를 썼다'는 지용의 고백에서 알 수 있듯 그는 직접적인 항일독립운동에는 참여하지 못하고 대신 일제의 문화말살 정책과 억압의 정책에 '저항적 작품 창작'으로 싸우는 자기 내부의 성찰적 운동을 했던 셈이다. 따라서 「故鄕」의 함의 속에는 현재의 과학 기술시대를 포함하여 이분법적 세계관으로 무장한 제국주의적 지배 이데올로기를 거부하는 몸부림이 있고, 그 몸부림은 근대의 분열된 세계관을 고향이라는 공동체를 통해 극복하면서 전일적 세계관으로 회복하고 원형적으로 통합하려는 시인의 생태학적 세계관이 보여주는 역설이다.

3. 공간적 상상력과 생태시학

일반적으로 공간이 추상적이고 개념적인 차원에 근접해 있다면 장소는 사실적이고 경험적인 차원에 가깝다. 공간은 범박하게 표현하면 물리적 맥락에서 물질이 존재하며 여러 가지 현상이 일어나는 장소이고, 철학적으로는 시간과 함께 세계를 성립시키는 기본 형식을 말한다. 즉 공간은 '시간, 공간, 물질이 어우러져 있는 객관적 형태'[105]이고, 장소는 어떤 특정한 위치에 자리하고 있으며 인간의 경험 작용을 배재하면 그 경계를 상실하게 되는 일종의 경험에 의해 형성되는 대상인 것이다. 베르그송에 의하면 구체적 공간은 사물들에 의해 추출된다.[106] 그는 사물들이 공간 안에 있는 것이 아니라 공간이 사물들 안에 있다고 본다. 이 푸 투안은 "무차별적인 공간에서 출발하여 우리가 공간을 더 잘 알게 되고 공간의 가치를 부여하게 됨에 따라 공간은 장소가 된다"[107]고 설명한다. 에드워드 렐프는 추상적 입장에서 공간을 정의한다. "의도적으로 정의된 사물 또는 사물이나 사건들의 집합에 대한 맥락이나 배경"이 되는 곳을 장소라고 보고 있기 때문이다.[108] 렐프는 공간을 설명할 수 있는 논리관계에 의해 구성된 공간을 추상공간이라 규정하고, 추상공간은 경험적 차원보다 인간의 상상력으로 자유롭게 창조되며 상징적 사유의 결과에 의해 형성된다고 본다.

추상성을 띠고 있으나 부분들의 총합으로 일률적으로 분리하여 독

---

105) 에드워드 소자(Edward Soja) 외, 이무용 외 역, 『공간과 비판사회이론』, 시각과 언어, 1997. 106-107쪽.

106) 베르그송(Henri Bergson), 이광래 역, 『사유와 운동』, 문예출판사, 2012. 116쪽.

107) 이 푸 투안(Yi-Fu Tuan), 앞의 책, 19쪽.

108) 에드워드 렐프(Edward Relph), 김덕현·김현주·심승희 역, 『장소와 장소상실』, 논형, 2005. 69쪽 및 102쪽.

립시킬 수 없는 현상으로서의 사물들에 대한 인식 요소가 공간이라면, 장소는 공간의 한 부분이지만 공간과는 다른 실재적인 측면에 놓여 있으며, 공간보다 구체적이면서 경험적 차원에서의 친밀성이 높은 개념이다. 장소에 대한 경험이 총체적 감각들을 통해서 이루어질 때 장소는 구체적 실체를 획득한다는 이 푸 투안의 말대로 장소는 장소에 대한 주체의 경험과 감각에 의해 구체적인 의미가 형성된다.[109]

문학에 나타나는 공간과 장소는 특정 공간이나 장소에 대한 정보, 느낌, 세계관 등의 요소들이 다양한 형식과 표현방식으로 구성되어 있다. 특히 시는 창의적 상상력과 특유의 표현법 등을 통해 공간과 장소에 대한 새로운 상징성을 구현하거나 깊이 있고 폭 넓은 사유의 형식을 보여준다. 뿐만 아니라 시에 나타나는 공간과 장소는 사회적, 지리적, 생물적, 심리적, 정치적 여러 분야와 깊은 연관을 맺으면서 상당부분 상징적이고 비유적인 의미를 지닌다. 한편 주체적 측면에서 공간과 장소가 탐색될 수도 있다. 시적 주체는 공간과 장소에 대해 자아적 관점, 또는 타자적 관점 등을 취하며 세계를 구축해 나가거나 개인적 차원, 또는 집단적 차원에서 활용 영역으로 삼을 수 있다. 시는 공간과 장소를 이러한 제 분야와 연관 지어 세계를 재현하거나 표현하는 하나의 도구로 삼는 경우가 많기 때문이다.

현대의 생태 시학에서 공간과 장소는 '생물권/생태권'[110] 차원에서 탐색되기도 한다. 예컨대 자연에 대한 묘사의 경우 현실 세계는 물론 유토피아적 세계를 생태적으로 담아내는 하나의 방식이 될 수 있다. 또

---

109) 윤의섭, 「정지용 후기시의 장소성」, 『현대문학이론연구』 제46집, 현대문학이론학회, 2011. 129쪽.
110) 지구상에 존재하는 모든 생명체를 가리킨다는 점에서 생물권과 생태권은 사실상 호환해 쓰이는 용어이지만, 생태권은 생명이 없는 주위 환경, 즉 흙이나 돌, 공기, 물과 맺는 상호 관계의 측면이 강조된다.

특정한 공간과 장소는 특정한 생물이 살아가는 생물군계(生物群界)로 파악될 수 있다. 생물군계는 비슷한 '군집'[111]들이 모여 이루어진 광범위한 무리로 사막, 온대림, 툰트라 등을 예로 들 수 있다. 생물군계는 동식물들의 서식지로서 생태계를 이루는 여러 군집의 작동 원리와 밀접한 관련을 가진다. 현대의 인간 군집은 거대도시, 기업, 국가들을 조직하면서 상호 의존하는 체제를 이룬다. 이런 조직 가운데 일부는 인간 외의 군집에서는 거의 찾아볼 수 없는 행동을 조장한다. 전쟁을 하거나 만성적인 빈부 격차, 권력층과 피억압층, 유일신이나 그 밖의 신앙 따위는 인간 사회에만 나타나는 특징이다.

생물군계를 형성한 특정한 공간과 장소가 어떤 사건에 의해 오염 또는 파괴 되어 훼손되거나 사라지면 특정 생물은 멸종 위기와 직면할 수밖에 없다. 인간의 경우도 마찬가지다. 인간 군집에서 하나의 예로써 살펴본 바와 같이 전쟁은 오늘날 핵무기와 같은 무시무시한 무기를 탄생시켰고, 이는 인류뿐만 아니라 전지구적 종말을 앞당기는 결과를 초래할 수도 있다. 이런 경우는 인간과 공간·장소의 상호작용이라는 측면에서 생태적 시학 차원의 분석이 가능해진다. 오늘날의 대량생산 대량소비의 자본주의 체제에 대한 성찰을 다룬 시가 생태시로 분류되어야 하는 까닭도 이런 점에 있다.

인간은 특정한 공간·장소에서 삶을 영위한다. 좁게는 집과 마을, 넓게는 국가와 지구 전체에까지 이른다. 어떤 공간·장소에서 태어나 성장했는가, 혹은 어떤 공간·장소에 살고 있으며, 어떤 공간·장소를 경험했는가는 한 인간의 세계관 형성에 매우 중요한 역할을 한다고 볼 수 있

---

111) 군집이란 동일한 시공간에서 규칙적으로 발견되는 서로 다른 생명체들을 편의상 묶어서 부르는 개념이다. 이러한 군집은 절대적으로 고정되어 있지 않다.

다. 따라서 한 시인의 세계관을 살펴보기 위해서는 그 시인의 시에 나타나는 공간·장소 의식을 먼저 점검하는 것이 타당하다 할 것이다.

특히 본고에서 중점으로 다루고자 하는 김소월과 정지용이 주로 활동했던 시기가 일제치하였다는 점에서 생물권/생태권 차원의 공간과 장소는 각별한 의미를 지닌다. 인문지리학적 측면에서 공간이 추상적이고 보편적이며 물질적이고 추상적이며 총합적이라면, 장소는 구체적이고 경험적 친밀성을 가진 인간화된 공간으로 서로 겹치고 섞이며 오랜 시간에 걸쳐서 의미화 된다. 예컨대 산이나 바다는 공간이고, 집이나 무덤, 마을과 도시는 장소이다. 길은 장소와 장소를 잇는 공간인 동시에 장소가 된다. 렐프의 말대로 장소는 생활세계가 직접 경험되는 현상이다.[112] 그래서 개념(공간)은 사실(장소)을 토대로 존재하고, 사실(장소)은 개념(공간)을 통해 의미화 된다. 즉 인간은 장소를 통해서 세계를 인식하고, 장소에서 자아 동일성을 형성하는 것은 물론 장소에서 자아를 완성하고자 한다[113]는 점에서 김소월과 정지용의 시에 나타난 공간과 장소는 시대적 불운과 주체적 삶의 문제를 모색하게 하는 요소로서의 중요성을 갖는다.

현대의 생태시학이 유기체와 유기체의 관계, 유기체와 유기체를 둘러싼 바깥 세계와의 상호 연관된 세계에 대한 상상력을 토대로 하고 있다는 점에서 생태시를 탐색하는데 있어서 공간과 장소는 매우 중요한 부분을 차지하고 있다. 시 속에 나타나는 공간과 장소는 다른 매체에서 제공되는 것보다 함축적인 표현과 비유적이고 상징적인 형식을 갖추고 있기 때문에 생태시학에서는 더욱 주목된다.

---

112) 에드워드 렐프(Edward Relph), 앞의 책, 287쪽.
113) 이문재, 앞의 글, 29쪽.

1) 김소월 시의 '물·불' 상상력

김소월의 시에 등장하는 공간과 장소는 다양한 측면에서 검토될 수 있으나 본고에서는 물과 불의 공간과 장소를 중심으로 고찰하고자 한다. 김소월의 시에 등장하는 물과 불의 대표적인 공간·장소는 개여울이나 강, 그리고 무덤 등을 들 수 있다. 개여울이나 강은 이미 널리 알려져 있는 그의 시「개여울」과「엄마야 누나야」등에 의해서이고, 무덤의 경우 역시 이미 널리 알려져 있는 시「금잔듸」등에 의해서이다.

김소월의 시는 물의 공간을 친근하게 받아들인다. 물의 공간은 하나의 세계이다. 서정적 자아가 탄생하는 공간이며, 물이 샘솟거나 흘러가는 장소이다. 세계로서의 공간, 그 곳에서 서정적 자아와 물은 인간 체내의 물과 같이 자연스럽게 동화되어 시 안에 포섭된다. 소월은 물의 공간을 신체의 일부처럼 자연스레 활용하고 있을 뿐 아니라 연속하는 생명의 공간이라는 의미적 측면에서도 잘 비유하여 사용하고 있다.

물의 상상력은 당연히 물을 중심에 두고 있지만, 풀과 모래, 들판, 집과 같은 여러 가지가 모여 그 세계를 풍요롭게 만든다. 생태학에서 말하는 '자연이라는 가정으로서의 자연'이 갖추어야 할 기본적인 요소를 주변에 두루 갖추고 있는 공간이 물의 공간임을 알 수 있다. 무엇보다도 물의 공간은 끊이지 않고 물이 태어나는 공간이다. 물이 마르게 되면 그때부터 물의 공간은 폐허로, 황무지로 변하게 되며 죽음의 공간이 된다. 그래서 물의 공간은 생명 공간이라는 상징을 가진다.

물의 공간을 생명의 중심 세계로 이끄는 원초적인 것은 물이다. 일찍이 물을 우주적 생명의 관점에서 바라본 철학자는 노자이다. 노자는 물을 생명의 근원이자 죽지 않는 모성으로 보았다. 『도덕경』에 등장하는 곡신불사(谷神不死)[114]의 정신이 그것이다. 곡신불사의 정신은 물질성과 생명성이라는 물이 가진 이중적인 본성을 영원성을 가진 존재적 사상으로 제시한 것이다. 곡신(谷神)의 이름이 현빈(玄牝), 즉 검은 골짜기이니, 곡신은 여성성 또는 모성을 뜻한다. 만물을 낳고 기르는 곡신의 세계는 물질계에 있는 모든 구체적이며 개별적인 존재와 현상이 깃들어 있는 세계이다. 즉 사물만상(事物萬象)의 원천이 곡신의 세계이다. 따라서 골짜기의 신[谷神]은 초월적 전지전능을 가진 존재가 아니다. 만물을 생성해내고 존재할 수 있도록 유지하는 힘을 뜻한다. 이러한 곡신은 물과 등가를 이룬다. 물이 태어나는 공간을 가진 곡신은 모성으로서의 현빈이고, 물이 있음으로써 현빈은 죽지 않는 곡신이 된다. 그러므로 곡신불사란 아무리 심한 가뭄일지라도 낮은 곳으로 흐르는 그 골짜기의 물은 절대 마르지 않는다는 의미가 된다. 즉 물은 죽지 않는 곡신인 현빈의 생생력(生生力)의 다른 이름이다. 물질적인 것, 현상적이었던 물은 물질성을 넘어서서 생명 그 자체로서의 역동성을 보여주는 살아있는 영원성의 실체가 된다. 그러한 현빈이 존재하는 공간·장소가 곧 물의 공간·장소이다.

한편 김소월은 여러 시편에서 불과 관련된 이미지를 사용한다. 시집 『진달내꽃』을 살펴보면 불과 관련된 구절이 있는 시는 26편이다. 그 제목을 살펴보면 「옛니야기」, 「담배」, 「失題」, 「그를꿈꾼 밤」, 「女子의 냄새」, 「粉얼골」, 「서울밤」, 「오시는눈」, 「서름의덩이」, 「눈」, 「붉은湖水」, 「千里萬里」, 「귀쑤람이」, 「黃燭불」, 「녀름의 달밤」, 「물마름」, 「바리운 몸」, 「合掌」, 「黙念」, 「찬저녁」, 「개여울의노래」, 「꼿燭불 켜

---

114) 『道德經』 <六章> 곡신불사谷神不死, 시위현빈是謂玄牝. 현빈지문玄牝之門, 시위천지근是謂天地根. 면면약존綿綿若存, 용지불근用之不勤. 쉬캉성(許抗生), 앞의 책, 326쪽. 한자 앞 한글은 인용자가 병기하였음. 이하 『道德經』의 구절은 모두 이 책에서 인용.

는밤」, 「사노라면 사람은 죽는 것을」, 「나는 세상 모르고 살았노라」, 「숲잔듸」, 「닭은 꼬꾸요」 등이다. 이들 시에 등장하는 불은 '붙는 불', '불빛', '등불', '불길', '소멸하는 불' 등으로 표현되고, 서러움과 그리움, 약동과 희망 등 다양한 정서를 보이며 전개된다.

통상적으로 발화되어 타오르는 불은 생명력과 활기를 의미하지만 전쟁이나 재난에 있어서는 파괴와 공포, 불안과 타락을 의미한다. 또 남녀 사이에 있어서는 강한 성적 에너지를 상징하기도 한다. 문학 작품 속에서 불 이미지는 흔히 무의식적 욕망의 분출 기재로 작동되거나 창조적 소멸을 통한 새로운 탄생으로 형상화된다. 시는 시적 관념이나 시인의 사유, 또는 그 감각을 날 것 그대로 표현하지 않고, 다른 무엇인가에 비유하여 구체적으로 드러내거나 환기시킨다. 시인이 전달하고자 하는 사유나 경험 등을 호소력 있게, 또 미학적으로 승화시키는 형상화의 한 수단으로 사용하는 것이 이미지이고, 이 이미지를 활용하여 눈에 보이지 않는 시적 대상을 눈에 보이도록 드러내거나 움직이지 않는 사물을 움직이도록 이끌어내는 것이 상상력이다. 그러니까 이미지와 상상력은 매우 주관적이며 개인적이고 사적인 것일 수밖에 없는 시인의 감각과 사유, 체험 등을 상징화하거나 객관화한다.

생명의 근원적 측면에서 불은 삼라만상을 구성하는 4대 요소 가운데 하나이다. 불교에서는 사람을 포함한 삼라만상은 지수화풍(地水火風), 즉 흙·물·불·바람의 4대(四大)로 구성되어 있다고 본다. 해서 이 4대 요소가 인연에 의해 뭉쳐 이루어졌다가 그 인연이 다하면 다시 지수화풍의 본래요소로 흩어져 돌아간다고 한다. 즉 흩어졌다가 뭉쳐지는 인연에 의해 삼라만상은 각각 다른 고유의 형상을 얻는다. 이 4대 요소를 인간의 몸에 대입하면 육체는 흙에 해당하고, 피와 같은 액체는 물에 해당되며, 호흡은 바람, 불은 체온에 해당한다. 흙과 물과 불과 바람은 각각 다른 성질의 것이지만 서로 연결되어 하나를 이루고 있는 관계이다. 4대론은 순환론의 기본 구조를 보여줄 뿐만 아니라 조화와 균형을 유지할 때 삼라만상이 평화를 누릴 수 있고, 온전한 자연적 상태로 생존할 수 있다는 것을 보여준다. 생태철학에서 강조하는 상호의존성과 상호연관성의 중요성을 이 4대론을 통해 살펴볼 수 있다. 즉 이 4대론은 우리의 생존의 절대적 성립 요건이 무엇인가를 명확히 함과 동시에 그 근본조건을 소멸시킴으로 해서 우리의 생존도 소멸할 수 있음을 말해준다.

불교의 4대론과 유사한 4원소설을 내세운 고대 그리스의 철학자 엠페도클레스보다 앞 세대 철학자인 헤라클레이토스는 만물을 구성하는 근본을 '불'이라고 보았다. 타오르고 사그라지는 불의 일정한 움직임에 따라 일정하게 대립하는 만물이 생겨나고 없어진다는 것이 그의 주장이었다. 그에 따르면 공기, 바람, 물, 흙, 영혼 등 여러 가지는 불이 변화하여 나타난 것들이다. 헤라클레이토스는 불은 물질 이상의 형이상학적 의미를 담고 있다고 보았다. 불은 근원적인 에너지이자 대립된 만물이 나온 하나의 근원이고 종국에는 대립된 만물이 다시 근원으로 돌아간다는 것이 그의 사상이다. 불의 타오름과 사그라짐은 오르막길과 내리막길이며, 포만감과 배고픔, 선과 악, 젊음과 늙음, 깨어있음과 잠듦, 삶과 죽음과 같은 것이다. 그는 이 불의 섭리와 법칙에 의해 만물은 대립하고, 투쟁하고, 조화를 이루며, 근원에서 태어나고 근원으로 다시 돌아가는 것을 반복한다고 보았다. 반복은 순환됨이다. 만물은 흘러가며 끊임없이 순환되기 때문에 정지된 것은 없다는 것이 그의 불 사상의 핵심이다.

동양에서는 음양오행의 규칙에 의해 만물이 변화한다고 보았다. 음양은 음지와 양지, 냉기와 열기, 들숨과 날숨, 함몰과 돌출, 밤과 낮, 땅과 하늘, 여자와 남자 등 두 측면으로 구분하여 살펴볼 수 있다. 상반되고 대립된 상태로 존재하지만 음양은 반복을 영속한다. 영속된 이 순환의 질서가 무너지면 세계는 존재할 수 없다. 그러니까 순환의 균형과 조화가 중요한 것이 음양이다. 오행은 화수목금토(火水木金土)이니 불·물·나무·쇠·흙을 말한다. 물과 나무의 관계가 생(生)의 관계라면 불과 나무의 관계는 극(剋)의 관계이다. 즉 불을 밀어내는 물은 불을 살리는 나무를 보완한다. 반대로 불을 살리는 나무는 불을 밀어내는 물을 보완한다. 이처럼 불·물·나무·쇠·흙의 다섯 가지 요소는 끊임없이 순환하며 서로 밀어내거나 보완하는 관계인 '상생상극'의 형식을 가진다. 즉 음양오행설은 순환과 균형의 원리에서 모든 만물의 성장과 소멸이 이루어진다고 본다. 음양오행에서 불은 양인 동시에 오행을 구성하는 하나의 요소이다. 불을 만물의 근본 가운데 하나로 보는 인식은 동서양이 공통적이다.

(1) 곡신(谷神)과 우주적 화음

김소월의 시에 등장하는 물은 일찍이 노자가 파악한 생명 그 자체로서의 역동성을 지닌 영원성의 실체로서 부단한 흐름을 보인다. "압江물, 뒷江물,/흐르는 물은/어서 싸라오라고 싸라가자고/흘너도 년다라 흐릅듸다려."(「가는길」)라고 노래할 때의 물은 화자의 내면과 호응하면서 멈춤이 없는 흐름의 역동성을 드러낸다. 이러한 성질은 김소월 시의 특징 중 하나인 정적인 정한(情恨)의 세계에 역동적 호흡을 불어넣는 역할을 한다. 또 "바로가는 압江이 간봄부터/구뷔도라휘도라 흐른다고/그러나 말마소, 압여울의/물빗츤 예대로 푸르럿소"(「無心」)에서 보여주는 것처럼 부단한 흐름의 역동성에 푸른 물빛이라는 시각적인 이미지를 펼쳐 겹침으로써 물의 공간이 영원성의 실체로서 더욱 활기를 얻도록 만들어 주기도 한다.

이처럼 김소월은 물에 관한 상상력을 잘 발현한 시인이다. 시에서 물, 또는 물의 속성과 관련된 시어를 200회 이상 사용하고 있다115)는 점에서 김소월은 가히 물의 시인이라 일컬을 수 있다. 그는 운율적 요소를 시적 장치로 사용하는 경우가 빈번하고, 이런 측면은 여러 연구자에 의해 분석되고 있다.116) 운율, 즉 리듬은 물의 흐름과 상통한다. 물의 흐름은 노래로서의 시적 작용을 조직화하는 원리로서 설득력을 갖는다. 이미 노래로 한국인에게 익숙하게 불리고 있는 「개여울」이나 「엄마야 누나야」와 같은 시편은 김소월 시의 특징을 구체적으로 보여주는 일례이다.

　　당신은 무슨일로
　　그리합니까?
　　홀로히 개여울에 주저안자서

---

115) 김소월의 시에 등장하는 자연물 중 물과 관련된 시어는 바닷물, 강물, 못물, 시냇물, 여울물, 샘물, 빗물 등 7종으로 총 70편의 시에 139회 쓰이고 있다. 여기에 물의 속성을 가진 비와 바다까지 포함하면 총 122편의 시에 215회 쓰이고 있으며, 이외에도 호수, 안개, 눈(雪) 등을 포함할 경우 그 빈도는 더 높아진다. 김현자, 『시와 상상력의 구조』, 문학과지성사, 1982, 23쪽. ; 허형만, 「김소월 시에 나타난 물의 심상과 의식연구」, 『한남어문학』 13집, 한남대학교 한남어문학회, 1987, 488쪽.
116) 이희중, 「김소월의 7·5조 정형 음수율 실험 비판」, 『현대시의 방법 연구』, 월인, 2001. ; 장철환, 『김소월 시의 리듬 연구』, 소명출판, 2011. ; 권혁웅, 「김소월 시의 리듬 연구」, 『한국시학연구』, 한국시학회, 2013.

파릇한풀포기가
도다나오고
잔물은 봄바람에 해적일쌔에

가도 아주가지는
안노라시든
그러한約束이 잇섯겟지요

날마다 개여울에
나와안자서
하염업시 무엇을생각합니다

가도 아주가지는
안노라심은
구지닛지말라는 부탁인지요

―「개여울」

이 시에서 물의 이미지는 개여울이라는 장소를 탄생시킨다. 개여울
은 당신과 함께 있던 과거의 나와 당신과 헤어진 뒤 홀로 나와 앉아 있
는 현재의 나를 병치하는 장소이다. 따라서 개여울은 미래에서 현재로,
현재에서 과거로 이어지는 세월의 무상한 흐름인 동시에 시간의 영원
성을 가진 현재의 유동적 대상으로 상징된다. 날마다 개여울에 나와 앉
아 무엇을 하염없이 생각하는 화자(현재)에게 가도 아주 가지는 않노라
던 님의 "約束"(과거)을 들려주는, 영원한 생명의 소리를 가진 존재가
개여울인 것이다. '가도 아주 가지 않는다는 약속'의 목소리는 '잔물은
봄바람에 해적이는 개여울'로 묘사됨으로써 인간이라는 유기체의 행위
가 자연의 움직임과 동일성을 가지게 되고 생물학적인 정체성을 제공

해주는 영토성을 획득하게 된다. 추상적 공간을 구체적 실체로서의 장소로 탄생시키는 이러한 표현 방식을 이미 1920년대에 사용했다는 것은 김소월의 탁월한 시적 능력을 짐작게 하는 부분이다.

현재와 과거를 병치하여 영원성을 추출 해내는 「개여울」은 물의 순환성에 시간의 순환성을 겹쳐내는 방식을 가진다. 물과 시간은 순환한다는 동일한 특성을 가지고 있다. 즉 개여울은 물의 시·공간이 어우러져 "무엇을생각"하는 미지의 세계가 놓여있는 장소이다. 미지의 세계는 화자의 정서가 만들어낸 공간이다. 그렇기 때문에 개여울은 미지의 세계가 놓인 장소이자 화자에 의해 의미화된 공간이다. 그래서 개여울은 렐프의 말대로 의미, 실재 사물, 계속적인 활동으로 가득 차 있고, 정서적·심리적으로 깊은 유대를 느끼는 인간 실존의 심오한 중심이 된다.117)

개여울과 시적 화자의 심리적 동일성118)은 '떠남'과 '기다림'이 맞물리면서 서정적 공감대의 진폭을 한층 더 높인다. 님이 남겼던 슬프면서도 아름다운 시간에 대한 역설은, 님이 떠난 뒤 다시 돌아온 봄과 만나면서 열린 세계를 이끌어낸다. "날마다 개여울에/나와안자서/하염업시 무엇을생각"하는 화자의 사유는, 모든 것이 겨울을 지나 "파릇한풀포기가/도다나오"는 "봄"의 세계와 연결되는 것이다. 시적 의미에서 소멸하는 겨울이 이별과 폐쇄성을 의미한다면 새로운 생명이 태어나는 봄

---

117) 에드워드 렐프(Relph, Edward), 앞의 책, 288쪽.
118) 시는 주관의 영역에 속한다는 점에서 근본적으로 서정의 속성을 갖는다. 람핑은 자기 발언으로서의 서정시를 전통서정시의 근본적인 전제로 삼았고, 슈타이거는 서정시이든 서사시이든 모든 참된 문학은 정도의 차이와 방법의 차이는 있을지언정 모든 문예 장르의 관념에 관여한다고 보았다. 즉 시는 서로 호응하는 원리를 바탕으로 한다. 디터 람핑(Lamping, Dieter), 장영태 역, 『서정시: 이론과 역사』, 문학과지성사, 1994, 98쪽. ; 에밀 슈타이거(Staiger, Emil), 오현일 이유영 공역, 『시학의 근본 개념』, 삼중당, 1978, 14쪽.

은 만남과 개방성을 의미한다. 개방성은 물이 가지고 있는 정화적 특성과 생명적 특성에서 비롯된다. 한국인들은 물을 맑은 기운을 지닌 깨끗한 것으로 보았다. 물 자체가 지닌 맑은 흐름으로 더러운 것을 씻어내는 순수한 힘과 생명을 유지시키는 맑은 기운 및 효능에 대한 믿음은 한국인의 삶의 자세119)에서 쉽게 찾아 볼 수 있는 현상이다. 그러니까 끊임없이 흐르는 동적(動的)인 물의 공간은 폐쇄성을 정화시키는 무한하게 열린 생명성의 근원이며, 정서적·심리적 거리를 좁혀 동일성의 호응을 이끌어내는 세계이다.

한편 순환성에 대한 논의에서 물의 공간은 가장 적절한 예로 등장하는 경우가 많다. 물의 공간은 순환 질서를 보여주는 가장 구체적인 공간인 까닭이다. 그러니까 작은 샘에서 발원한 물은 강물로 흘러 바다로 가고, 그 물은 수증기가 되어 구름으로 뭉쳐지고, 비가 되어 처음의 곳으로 돌아간다. 즉 개여울을 흘러갈 때의 물은 가시적인 상태이지만 증기가 되어 구름이 될 때의 물은 비가시적인 상태에 놓인다. 물은 가시성과 비가시성을 되풀이하면서 면면약존(綿綿若存)의 우주적 질서를 유지하고 있는 것이다. 가도 아주 가지는 않는다는 님의 약속은 떠나지만 영영 가서 돌아오지 않는 것이 아니라 일정한 시간이 지나면 처음의 곳으로 돌아오는 물의 순환성과 같은 맥락을 보여준다. 시적 내용상으로는 "그러한約束"을 하는 속마음과 달리 영원한 이별을 향해 흘러가

---

119) 한국인들은 부정을 물리칠 때 찬물을 부렸으며, 기원을 할 때 먼저 행하는 일은 정화수 떠놓기 이다. 또 기제사를 앞두거나 명절의 다례를 맞이할 때, 마을 굿을 치를 때 한국인들은 맑은 마음 깨끗한 마음으로 신령을 받들기 위해 목욕재계를 하게 되는데, 대보름에 굿을 펼치는 경우는 엄동설한일지라도 얼음을 깨고 시린 물로 멱을 감아야 했다. 이러한 요소는 물이 가진 정화력에 대한 믿음에서 출발한다. 김열규, 『한국인, 우리들은 누구인가』, 자유문학사, 1985, 214-216쪽. 김열규, 「한국의 문화코드 열 다섯가지」, 『금호문화』, 1997년 11월, 81-83쪽.

는 세월의 흐름이 도드라지지만, 반드시 돌아온다는 것을 전제로 할 때 기다림이라는 정한의 세계는 더욱 깊고 역동적인 내부를 가지고 태어난다는 것을 이 시는 의미적으로 보여준다. 순환성은 역동성을 내포한다. 노자가 물을 우주의 근원으로 본 이유도 무한하게 열린 생명 세계로 이어지는 역동성에 있다. 생명의 무한(無限), 생명의 시원(始原), 생명의 열림의 현장이자 공간으로서 그 작용을 멈추지 않기 때문에 현빈의 문[玄牝之門]이 천지의 뿌리[是謂天地根]가 될 수 있는 것이다. 그러므로 현빈의 문은 물이라는 물질성이 극대화된 공간이면서도 물질성을 넘어선 생명 탄생의 현장이다. 이는 곧 물이 '우주의 근본'을 이루는 '본질'이면서 '영원'이라는 의미가 된다. 달리 말하면 우리는 순환하는 물을 통해 본질과 영원이라는 신성한 무한 영역을 만난다. 이러한 순환성은 생태론에서 강조하는 정신과 물질의 교호 속에서 이루어지는 생명운동의 질서를 보여준다.

우리집뒷山에는 풀이푸르고
숩사이의시냇물, 모래바닥은
파알한풀그림자, 써서흘너요.

그립은우리님은 어듸게신고.
날마다 뛰어나는 우리님생각.
날마다 뒷山에 홀로안자서
날마다 풀을싸서 물에던져요.

흘러가는시내의 물에흘너서
내여던진풀닙픈 엿게써갈제
물쌀이 헤적헤적 품을헤쳐요.

그립은우리님은 어듸게신고.
가엽는이내속을 둘곳업섯서
날마다 풀을싸서 물에썬지고
흘너가는닢피나 맘해보아요.

—「풀싸기」

「풀싸기」에 등장하는 물의 공간은 '우리 집 뒷산/숲 사이 시내/모래바닥'이라는 장소성을 나타내 보인다. 이 시가 첫 연에서 제시하는 장소는 화자가 위치한 곳으로서의 장소이다. 이 시가 보여주는 대표적 장소는 화자가 풀을 따서 물에 던지며 님 생각에 잠기는 시냇가이다. 그러나 풀을 따서 물에 던짐과 동시에 그러한 장소성은 공간화 된다. 물살은 풀을 헤적헤적 흔들며 흘러가고, 화자의 님 생각도 풀과 함께 "가엽게" 흘러가고 있기 때문이다. 장소에서 공간으로의 전환은 화자의 심리적 상태를 보여주는 양태의 하나이다. 쓸쓸하고 적막한 정조를 띠는 이 양태는 님 생각에 골똘한 화자의 심경을 대변한다.

"날마다 풀을싸서 물에썬지고/ 흘너가는닢피나 맘해보"는 화자가 풀잎을 따서 물에 던지는 행위에는 언젠가는 님과 만날 것이라는 믿음이 담겨있다. 물의 흐름은 덧없음, 기약 없음으로 나타나기도 하지만, 이 시에서 화자의 그리움을 떠다미는 물의 흐름은 고립되거나 정체되어 있지 않고 지속적으로 새로운 미래를 향한다. 이럴 경우 현재는 떠밀려감과 다시 만날 것이라는 열망의 집적이다. 그러므로 떠밀림과 열망은 '흘러간 물-과거'와 현재에 놓인 화자의 개인적 사념들과 '흘러오는 물-미래', 즉 새로운 만남이 이루어질 예지를 동시에 '창조하는-끊임없이 태어나게 하는' 생명성을 가진다.

풀을 따서 물에 던지는 행위와 흐르는 시냇물은 모두 역동성을 가진다. 시에서 생명성을 말 할 때 동적 이미지는 빼놓을 수 없다. 노자의 곡신불사도 끊임없는 역동성에 의해 성립된다. 샘솟기를 멈추지 않고 흐르기가 끊어지지 않는 물이 '현빈의 문'을 통과할 때 '곡신'은 '불사'의 존재가 된다. 이러한 물의 역동성은 지속의 연속성을 가지는 생명 운동으로 설명될 수 있다. 이를테면 바슐라르가 "생은 진동하는 것으로 만족한다. 욕구와 욕구의 충족 사이에서 생은 진동한다"[120]고 말할 때의 역동성은 물결의 운동성과 일맥상통한다. 물결은 베르그송이 과거와 미래를 접합해야 할 지속의 역동적 가치를 설명하기 위해 등장시키는 '떠밀림(강압, 압력poussée)과 열망(aspiration)의 이미지'[121]이기도 하다. 물은 위에서 아래로 밀어내는 운동성이 있고, 그 과정에서 진동을 가진다. 물결은 물의 진동이고, 물이 살아있음을 증명하는 진동이다. 과거와 미래가 접합되는 지속의 연속선상에 물결은 출렁이고 있으며, 이 물결은 곧 열망이자 생의 진동으로서 베르그송이 말한 생 그 자체와 한 몸을 이루는 생의 이미지인 것이다. 노자는 이러한 운동성을 면면약존(綿綿若存) 용지불근(用之不勤)이라는 말로 설명한다. 즉 우주의 근본인 곡신 현빈의 문을 살아 있게 하는 물은 가늘게 이어지며 존재하지만 그 작용은 멈춤이 없기 때문에 끝이 없다는 뜻이다. 멈춤이 없는 물의 역동성에 의해 곡신불사의 존재인 현빈은 영원성을 획득하는 것이다. 흐름을 멈추지 않는 시내는 곡신불사의 의미를 오롯이 간직한 시적 공간으로서 김소월 시의 의미를 더욱 풍성하게 열어준다.

> 엄마야 누나야 江邊살쟈,
> 뜰에는 반짝는 金금래빗,

---

120) 가스통 바슐라르, 정영란 역,『공기와 꿈』, 민음사, 1994, 312쪽.
121) 가스통 바슐라르, 위의 책, 313쪽.

뒷門박게는 갈닙의노래
엄마야 누나야 江邊살쟈.

— 「엄마야 누나야」

「엄마야 누나야」는 "야"라는 호격을 사용함으로써 화자는 어린아이의 시선을 보인다. 어린아이에게 모성은 절대적이다. 뿐만 아니라 급격한 변모를 겪는 식민지 조국의 현실은 불완전한 자연의 형태로 다가온다. 개여울이나 시내에서 떠나간 님을 생각하면서 다시 만난 것을 희망하던 화자의 사유는 어린아이의 시선을 통해 오히려 더 넓은 세계로 나아간다. 즉 개여울이나 시내에서 강으로 공간·장소를 확장하고 있는 것이다. 소월의 시에 등장하는 님을, 결혼 전에 연정을 품었던 같은 동네 처녀 오순으로 의미화할 수도 있겠지만, 조국으로 상정하게 되면 그 의미는 매우 상징적인 것으로 나타나게 된다. 소월의 부친이 일인들에 의해 정신질환을 가지게 되었다는 점이나 민족의식이 강했던 큰고모부 김시참과 숙부 김인도의 영향, 민족적 경향이 드세었던 오산고보 수학, 일본 유학을 떠났다가 관동지진 때 일인들의 조선인 학살을 목격하고 유학을 포기하고 귀국한 일 등은 그러한 추론을 충분히 가능하게 한다.

이 시는 강이라는 물의 공간을 통해 구체화된 회귀 지향적 소망의식을 잘 드러낸다. "江邊"은 그 소망의식이 모성적 생명성을 통해 구체화되는 공간·장소이다. 한국 전통에서 물은 생명의 창조, 정화, 재생 등의 의미를 가진다. 또 여성의 생산력을 의미하기도 한다. 신비한 우주 질서가 현현되는 거대한 생명의 모성인 현빈(玄牝)의 세계는 물에 의해 열리고 물에 의해 이어지는 근원이고, 영원의 세계다. 화자가 회귀하려는 세계는 바로 이 현빈의 세계, 즉 "江邊"으로 나타난 모성의 공간·장소이다.

물의 흐름에 의해 정화된 공간·장소인 강변은 화자에게 이상향으로 다가온다. 금모래가 반짝이는 뜰과 갈잎이 노래하는 뒷문 밖의 세계는 어떤 가뭄에도 마르지 않는 현빈의 무한한 생명성이 면면약존(綿綿若存)하고 있기 때문이다. 서구적 정서였다면 '백사장이 펼쳐진 뜰'과 '바람에 흔들리는 갈잎 소리' 정도로 표현됐을 강변의 생명성은 영원에로의 회귀를 꿈꾸는 화자의 한국적 정서에 바탕을 둔 소망의식에 의해 '반짝이는 금모래빛'과 '갈잎의 노래'로 묘사된다. 즉 금모래빛과 갈잎은 우주적 화음을 펼치는 모성적 자연성이라 할 수 있다. 이러한 모성에 기인한 서정은 "살쟈"라는 기원적 언어를 동반하면서 동경하는 공간·장소에 대한 염원을 간결하고도 절실하게 만든다.

김소월이 일제 치하였던 1920년대 시인이라는 점을 감안할 때 강변을 우리 민족이 마침내 이루어야 할 해방된 조국, 그 조국의 이상향일 것이라는 가설을 세울 수 있다. 이것은 강변이라는 작고 한정된 장소가 국가라는 큰 공동체적 공간으로 확대되는 상상력에 기대었을 때 가능한 가설이다. 이런 의미에서 "江邊 살쟈"라는 노래는 억압과 지배에서 벗어나려는 소망의식이요, 엄마, 누나와 함께 이상적 삶을 영위할 곳으로 회귀하려는 소망의식이 된다. '님이 존재하지 않는 자연은 불완전한 자연이며, 자연을 통해서만 혼연일체가 될 수 있음'[122]을 보여주는 시라 했던 문덕수의 평가 역시 정화되어 맑고 깨끗한 공간·장소인 이상향으로서의 자연과 생명성에서 크게 벗어나지 않는다.

한편 한국의 민간 사상에서 물은 정화의 상징으로 인식된다. 새벽의 첫 우물물 한 그릇을 장독 위에 올려놓고 비손하는 것도 물의 정화력에 대한 믿음을 바탕에 두고 있다. 또 맑은 샘가에서 '용왕 먹인다'고 하는

---

122) 문덕수,『현대시의 해석과 감상』, 삼우출판사, 1982, 62-63쪽.

물의 신에 대한 경배의식 역시 물의 정화력이 인간 삶에 얼마나 많은
영향을 미치는가 하는 것을 알게 한다. 물의 정화력은 신성성과 등가를
이루기도 한다. 삼국유사는 신라의 시조 혁거세의 탄생과 관련하여 물
이 가진 정화력을 통해 신성성을 보여준다. 나정(蘿井) 옆 알에서 태어
난 사내아이를 동천(東泉)의 물에 목욕시키니, 몸에서 빛이 나고 새와
짐승들이 춤을 추었다고 한다.[123] 목욕이라는 정화 의식을 거침으로써
몸에서 빛이 나는 신성의 영역으로 진입하게 되는 것이다. 혁거세의 황
후인 알영의 탄생과 관련한 설화도 이와 유사하다. 알영은 태어났을 때
용모는 매우 아름다웠으나 입술이 닭부리 같았다. 월성 아래 북천(北
川)에서 목욕을 시키자 그 부리가 떨어져 나갔다고 한다.[124] 이 또한 목
욕이라는 정화 의식을 거침으로써 미래 황후로서의 위엄을 갖추게 된
다. 이처럼 한국의 민간 사상이나 신화 등 전통 사상은 물의 정화력을
새로운 생명성 획득 또는 신성성 획득과 동일시하고 있다. 이는 곧 물
의 공간은 정화의 공간이고 생명의 공간이라는 의미를 가진다.

앞서 살펴본 노자의 곡신불사(谷神不死)도 한국의 전통 사상과 일맥
상통한다. 불사(不死)의 영원성은 물의 정화력에서 탄생한다. 정화력은
억압이나 강제성을 통해 발현되지 않는다. 노자는, 물은 온갖 것들을
이롭게 하면서도 그것들과 겨루는 일이 없다[水善利萬物而不爭][125]고
정의한다. 그만큼 물은 자연의 이법을 거슬리지 않는다는 의미이고, 타
툴 일의 원인조차도 다 정화시키는 힘을 가지고 있음을 함의한다. 그

---

123) 일연, 김원중 역, 『삼국유사』, 을유문화사, 2003, 보급판, 68쪽.
124) 일연, 위의 책, 69쪽.
125) 『道德經』 <八章> 상선약수上善若水. 수선리만물이부쟁水善利萬物而不爭, 처중
　　　인지소오處衆人之所惡, 고기어도故幾於道, 거선지居善地, 심선연心善淵, 여선인
　　　與善仁, 언선신言善信, 정선치正善治, 사선능事善能, 동선시動善時. 부유부쟁夫唯
　　　不爭, 고무우故無尤.

탁월한 정화력으로 인해 물은 최고의 선[上善若水]으로 평가되는 것이다. 이러한 점으로 볼 때 물이 가진 생명성과 영속성은 끊임없는 정화력과 등가를 이루며, 물의 공간 역시 그러하다.

> 그대가 바람으로 생겨낫스면!
> 달돗는개여울의 뷘들속에서
> 내옷의압자락을 불기나하지.
>
> 우리가 굼벙이로 생겨낫스면!
> 비오는저녁 캄캄한녕기슭의
> 미욱한숨이나 쑤어들보지.
>
> 만일에 그대가 바다난긋의
> 벼랑에돌로나 생겨낫드면,
> 둘이 안고굴며 써러나지지.
>
> 만일에 나의몸이 불鬼神이면
> 그대의가슴속을 밤도아 태워
> 둘이함께 재되여스러지지.
>
> ―「개여울의 노래」

이 시에서 물의 공간은 다양한 자연과 생명체를 포섭하고 있다. '바람, 달, 뷘들, 굼벙이, 비, 바다, 벼랑, 돌, 불鬼神' 등이 그것이다. 즉 물의 공간을 통해 장소가 태어나고, 장소들은 유기적 생명성을 획득하고 있는 것이다. 화자는 이러한 유기적 생명성, 곧 개여울이 흐르며 내는 물소리가 자신의 심경을 노래하는 것 같다고 느낀다. 해서 자신의 내면의 목소리를 개여울에 덧입혀 동일성의 미학을 내보인다. 개여울과 동일화된 화자는 각 연마다 님과의 합일을 상상하는 가정법을 사용하여 현실을 넘어서려는 의지를 내보인다.

1연에서는 "그대가 바람으로 생겨낫스면" 개여울이 흐르는 빈들에서 "내옷의압자락"을 흔들며 만났을 것이라고 말한다. 2연에서는 "우리가 굼벙이로 생겨낫스면" 매미나 풍뎅이처럼 우화하여 함께 날아오를 "꿈이나 쑤어들보지"라고 상념한다. 3연에 이르러서는 "그대가 바다" 끝의 "벼랑에돌로나 생겨났드면" 차리리 "둘이 안고굴며" 살지 않겠느냐는 상상을 끌어올린다. 마지막 연에 가서는 "나의몸이 불鬼神이면/그대의가슴속을" 밤새도록 태워 "둘이함께 재"가 되는 합일을 꿈꾼다.

이 시에서 보여주는 '그대가/우리가/내가 ~이 되면 ~하겠다'는 가정법은 내면의 욕망을 해소하는 상상의 세계에 도달하게 하는 방식이다. 이러한 욕망 해소의 방식은 물이 흐르면서 정화되는 원리와 일맥상통한다. 이 시를 견인하는 "바람"이나 "굼벙이", "벼랑에돌", "불鬼神"으로의 변신은 실재의 세계에서는 불가능한 일이다. 그러나 이것을 개여울 속의 실재 세계로 끌어와 재구성할 수도 있다. "달돗는" 밤에 바람이 화자의 옷 앞자락 흔드는 빈들을 흐르는 개여울, 굼벵이가 있는 기슭을 적시며 흐르는 개여울, 벼랑에 당도해 물속의 돌과 함께 바다로 떨어지는 개여울, 세차게 쏟아지며 온몸이 불鬼神 같이 뜨거워진 개여울의 현상은 화자의 내면에 들끓는 님과의 합일 욕망을 관통해 정화시키는 기능을 가진다.

이 정화의 기능은 불가능성을 가능성으로 전환하는 힘을 보인다. 인간은 욕망을 정화함으로써 맑은 정신 세계의 지평을 연다. 김소월의 「개여울의 노래」는 님에 대한 그리움, 님과의 합일을 간절히 열망하는 화자의 욕망을 개여울의 노래로 치환시킴으로써 내면을 정화시키는 힘을 보여준다. 이처럼 물의 공간을 정화적 공간으로 설정하고, 그 정화력을 자연스럽게 시에 구현한 것은 김소월이 한국의 전통적 정서를 마음 깊이 체감하고 있었다는 의미이다.

> 그립다
> 말을할까
> 하니 그리워
>
> 그냥 갈까
> 그래도
> 다시 더한番………
>
> 저山에도 가마귀, 들에 가마귀,
> 西山에는 해진다고
> 지저귑니다.
>
> 압江물 뒷江물
> 흐르는물은
> 어서 싸라오라고 싸라가쟈고
> 흘너도 년다라 흐릅듸다려.
>
> ―「가는길」

「가는 길」은 물의 흐름으로 상징되는 시간성과 西山이나 江으로 상징되는 공간성을 관통하는 그리움에 대한 정화력을 내보인다. 이 시에서 드러나는 그리움은 "압江물 뒷江물"이 "년다라 흐"르는 시적 의미에서 알 수 있듯이 과거 현재 미래를 연결하고 있다. 이 시·공간성은 이 시에 대한 분석을 다양하게 할 수 있는 여지를 제공한다. 그것은, 이 시에서 직접적으로 언급되거나, 적극적인 문맥을 형성하고 있지는 않으나, 민족적 전통의 계승에 관한 문제이다. 김소월은 그의 유일한 시론인 「詩魂」에서 문명으로 상징되는 신문물보다 전통성에 깊은 애착을 보이고 있다.126) 이러한 것을 참고할 때 이 시·공간성은 한국의 유구한 전통의 맥을 계승하고 발전시키려는 화자의 의지를 읽을 수 있게 한다.

「가는 길」에서 물은 님에 대한 미련과 망설임을 위안하는 힘을 보인다. 1연의 "말을할까/하니 그리워"의 행간 사이에는 망설임이 있다. 그립지만 그립다고 말을 하지 못하는 망설임은 더 절실한 그리움을 낳는다. 2연에 와서 "그냥 갈까"하는 내적 갈등과 "그래도/다시 더한番"하고 망설이는 사이에는 그리움을 놓지 못하고 자꾸 돌아보는 미련의 시간이 흐른다. 그 다음 연에서는 화자에게 이별을 재촉하는 존재로서의 까마귀가 등장한다. 내적 갈등과 미련 때문에 망설이는 화자의 마음과는 상관없이 저녁이 가까워지고, 산과 들의 까마귀들은 해가 지는데 어서 떠나지 않느냐고 재촉하듯이 지저귄다고 화자는 여기는 것이다. 망설임과 해가 지는 西山, 이 시·공간에 놓인 까마귀의 지저귀는 소리는 이별의 길을 나섰지만 머뭇거리며 떠나지 못하는 화자의 심정을 더욱 애절함이 깊은 정조로 표출해보인다. 마지막 연에 이르면 "압江물 뒷江물"로 상징되는 과거와 현재와 미래로 이어지는 시간성을 받아들이는 화자의 마음 자세를 보여준다. 어쩔 수 없이 떠나야 하지만 사랑하는 사람을 두고 가야 하는 심리적 갈등은 "싸라오라고 싸라가쟈고" 연달아 "흐르는물"을 만나면서 위안을 얻고 있는 것이다.

이 시는 그 전개로 보아 강물이 흘러가듯 님과의 사랑, 그리고 이별이라는 고통의 시간도 흘러가지만 화자는 이제 그 망설임과 미련의 아

126) 김소월, 「詩魂」, 『開闢』 59호, 1925, 5. 11쪽. 참고.

품을 극복하고 자신의 자리를 지키겠다는 의미를 보여준다. 이와 같은 해석을 염두에 두고 살펴보면 이 시에서 말하는 님은 당대 식민지 조국이 일제에 의해 하나씩 잃어가고 있는 전통일 수도 있다. 김소월의 시가 유구한 전통성을 지키고 계승해 발전시켜 왔다는 점은 이 시가 보여주는 바, '자신의 자리를 지키겠다'는 의지를 실천하고 있는 증거인 것이다. 또 김소월이 오산고등보통학교에서 민족적 전통적 경향이 강했던 조만식이나 김억 등의 스승으로부터 교육을 받았다는 사실을 두고 볼 때 그가 시에 민족 전통 회복을 염원하는 정신을 투영했으리라는 것을 짐작할 수 있다. 따라서 이 시에 나타나는 물의 공간은 민족 전통의 계승을 의미하는 것으로 파악된다.

> 어울업시지는곳츤 가는봄인데
> 어룰업시오는비에 봄은우러라.
> 서럽다, 이나의가슴속에는!
> 보라, 놉픈구름 나무의푸릇한가지.
> 그러나 해느즈니 어스름인가.
> 애달피고흔비는 그어오지만
> 내몸은곳자리에 주저안자 우노라.
>
> —「봄비」

「봄비」는 꽃 지는 늦은 봄날을 배경으로 삼고 있다. 꽃 지는 늦은 봄날은 '님' 상실의 공간이다. 이 시는 그 공간에 내리는 비를 맞는 화자의 심경을 표현하고 있다. 봄비에 꽃은 떨어지지만 그 봄비를 흠뻑 머금은 "나무"는 새잎을 틔워 "푸릇한가지"가 된다. 봄비는 꽃이 지는 서러운 과거의 시간을 정화시켜 푸른 잎을 돋게 한다.

그러나 화자의 마음은 "어스름"이 깔린 "저녁"처럼 어둡다. 해서 화자는 "어울업시지는곳", 즉 봄비에 떨어져 아름답던 얼굴이 없어져버린 "곳자리에 주저안자" 울고 있는 것이다. 그러한 화자의 울음은 봄비와 등가를 이룬다. "내몸은곳자리에 주저앉자" 울지만 뒤이어 새잎이 돋은 마음은 푸릇한 가지가 될 것이기 때문이다. 봄비가 꽃 지는 시간을 정화시키듯 울음은 화자의 어두운 마음을 정화시킨다.

「봄비」는 앞서 살펴본 「가는 길」이 생성하는 의미와 유사한 일면을 가지고 있다. 「가는 길」에서 "압江물 뒷江물"을 통해 과거와 현재와 미래로 이어지는 시·공간성 보여주면서 "흐르는물"로 심리적 갈등을 정화시켰다면, 이 시에서는 "어스름"이 내리는 저녁을 통해 과거와 현재 미래로 이어지는 시·공간성을 보여주면서 "그어오"는 "애달피고흔비"로 화자의 서러운 내면을 정화시킨다. 따라서 이 시에 나타나는 물의 공간은 과거의 시간, 서러운 내면을 정화시켜 새로운 생명을 탄생시키는 정서적 공간이다.

　　저기저구름을 잡아타면
　　붉게도 피로물든 저구름을,
　　밤이면 색캄한저구름을.
　　잡아타고 내몸은 저멀니로
　　九萬里긴하눌을 날라건너
　　그대잠든품속에 안기렷더니,
　　애스러라, 그리는 못한대서,
　　그대여, 드러라 비가되여
　　저구름이 그대한테로 나리거든,
　　생각하라, 밤저녁, 내눈물을.

　　　　　　　　　　　　　　　　　　—「구름」

엇득한퍼스렷한 하늘어래서
灰色의집웅들은 번쩍어리며,
성긧한섭나무의 드믄수풀을
바람은 오다가다 울며맛날째,
보일낙말낙하는 멧골에서는
안개가 어스러히 흘너싸혀라.

아아 이는 찬비온 새벽이러라.
냇물도 닙새아래 어러붓누나.
눈물에쌔여 오는모든記憶은
피흘닌傷處조차 아직새롭은
가주난아기갓치 울며서두는
내靈을 에워싸고 속삭거려라.

「그대의가슴속이 가뷔엽든날
그립은그한째는 언제여섯노!」
아아어루만지는 고흔그소래
쓸아 린가슴에서속살거리는,
믿음도 부꾸럼도 니즌소래에,
곳업시 하염업시 나는 우러라
                               ―「가을아츰에」

이 두 편의 시는 '하늘'과 '멧골'을 주무대로 삼고 있다. 이 시들의 공
간은 물의 정화력이라는 관점에서 비가 보여주는 두 형태를 살펴볼
수 있게 한다. 하나는 눈물로 전환된 시각적인 비이고, 다른 하나는 울
음으로 전환된 청각적인 비이다. 이러한 '비'는 님에게 보내는 심상이
며, 만날 수 없는 님과 화자 사이를 이어주면서 감정을 정화시키는 상
관물이다.

「구름」에서 화자는 "구름"을 타고 하늘을 날아 건너 님에게 가서 안겨 잠들고 싶다는 상상을 한다. 해가 지고 깜깜한 밤이 되도록 님 생각에 잠긴 화자는 변화되는 채색적 감각을 드러내면서 그러한 시간성을 보여준다. 저녁이면 "붉게 피로물"들고, 밤이면 "색캄"해지는 것이 그것이다. 그러한 구름은 "하늘"이라는 공간성을 만날 때 자유로운 활력을 얻는다. "九萬里긴하늘을 날라건너" 갈 수 있는 자유로운 구름은 화자의 심상을 대리하는 것으로 나타난다. 님과 화자 사이를 이어주는 매개체이기 때문이다. 화자는 자신의 심경을 구름에 실어 보내고, 비는 님에게 도착한 그리운 그 심경이 내리는 것이라 말한다. 비는 곧 화자가 님에게 "九萬里 긴하늘"이라는 거대한 공간을 날아가서 흘리는 사랑의 눈물인 것이다.

「구름」에서 보여주는 공간은 시각적 감각의 공간이다. 이 공간은 님과 나의 가 닿을 수 없는 먼 거리를 의미한다. 시각적 감각은 '다양한 색깔을 보여주는 구름→구만리 긴 하늘→비로 내리는 내 눈물'로 이어지는 구조를 가지고 있다. 이에 비해 「가을아츰에」는 좀 더 다양한 표현 방식을 선보인다. 시적 전개가 먼저 시각적 표현을 거쳐 청각화 되고 있기 때문이다.

「가을아츰에」는 먼저 1연에서 "찬비온 새벽"의 정경, 즉 어둑하고 푸르스름한 하늘빛과 회색의 지붕, 뿌연 안개, 드문 수풀과 멧골의 안개 등을 통해 가을비가 내린 뒤 아침의 문을 열고 있는 새벽을 시각화하여 보여준다. 그리고 2연에서는 그 냉기로 인해 냇물도 잎새 아래 얼어붙는다고 말한다.[127] 이 차가운 심상은 화자의 내면 공간으로서의

---

127) 이 시의 계절적 시점은 겨울이 막 시작될 무렵의 늦가을로 보인다. 얼음이 얼어붙는 계절은 통상적으로 겨울로 보지만, 그의 고향이 평안북도라는 점을 염두에 두면 늦가을에 얼음이 언다는 것이 이해될 수 있는 부분이다. 「希望」도 이와 같은

풍경이다. 님의 부재가 얼어붙은 가을 아침처럼 화자의 내면을 꽁꽁 얼어붙게 만든 것이다. 하여 님 생각은 더욱 간절하다. 님과 함께 보낸 시간을 생각하면 더없이 그리워서 모든 기억은 눈물에 싸여 밀려온다. 이 눈물은 시각적 심상에서 울음이라는 청각적 심상으로의 전환 과정에 있는 것이며, 기억이라는 공간을 통해 님과 함께 한 시간은 "피흘닌傷處"조차 아직 새로워서 갓난아기 같은 "내靈을 에워싸고 속삭거"리고 있는 것이다. 그런 까닭에 화자는 마지막 연에 이르러 아직도 님이 속삭이던 말들을 잊지 못하고 하염없이 운다. 울음은 「구름」에서 보여준 "눈물"과 달리 청각적이다. 이 울음은 비 온 뒤 "성깃한섭나무의 드믄 수풀"을 흔드는 "바람"과 결합함으로써 그 공명을 더욱 크게 만든다. 따라서 「가을아츰에」는 새벽의 찬비를 통해 정화된 세계를 시각화한 뒤 얼어붙은 냇물과 같은 화자의 내면을 뜨거운 울음으로 씻어내는 작품으로 해석된다.

김소월 시에서 물은 연속하는 생명의 공간이자 정화의 공간으로 나타난다. 지구 표면의 약 70%를 차지하고 있는 물은 공기, 햇빛과 함께 생명체가 살아가기 위한 필수요소로 꼽힌다. 생명체의 세포 중에서 물 없이 작동하는 것은 없다. 인체의 구성 성분 가운데 물이 80%를 차지하고 있다는 사실은 물과 생명체의 관계를 단적으로 잘 나타내는 사례이다. 이는 곧 물이 없었다면 지구 생명체는 사실상 존재하지 않았을 것이라는 의미를 가진다. 이러한 세계를 자연스럽게 내포한 김소월의 시적 특성은 물의 순환적 특성과 궤도를 같이 한다. 물은 지구의 순환 원리를 시각적으로 잘 나타내어 보여준다. 산골 샘에서 발원한 강물은

계절적 시점을 보인다. "날은저믈고 눈이나려라"로 첫 구절이 시작되는 이 시의 뒷부분에는 "이우러 香氣깁픈 가을밤"이라는 계절적 시점이 나온다.

바다로 끊임없이 흘러간다. 바다는 이처럼 끊임없이 강물이 유입되어도 수용불가의 상태에 놓이지 않는다. 수증기로 변해 상승하였다가 비가 되어 처음의 곳으로 돌아가기 때문이다. 물의 순환은 생명이 연속되는 우주적 공간의 모습을 구체적으로 보여주는 형식이다. 순환을 통해 자정(自淨)되고 영속성을 가지는 물의 노래를 김소월은 인간의 언어로 우주적 화음을 들려주고 있는 것이다.

(2) 생명성 회복의 불과 역동성

김소월의 시에서 일반적으로 널리 알려진 또 하나의 공간·장소는 무덤이라 할 수 있다. 이는 국민 애송시라 해도 무방할 그의 시 「金잔듸」에 기인한다. 「金잔듸」의 배경은 님의 무덤이고, 님의 무덤은 불과 만나면서 창조성을 구현한다. 무덤이라는 이미지는 통상적으로 죽음이라는 개념을 도출한다. 죽음은 생명체가 신체적으로 모든 생명 활동을 상실한 상태이다. 그러나 「金잔듸」에서 무덤은 "붓는불"의 근원이 되고, 붙는 불로서의 금잔디는 역동성을 확보한다. 역동성, 즉 불붙음을 기점으로 겨울의 긴 시간을 견딘 자연들은 생명의 기지개를 눈부시게 켠다. 우리가 흔히 '희망의 불이 붙었다'라고 할 때의 불은 관념성을 내포하지만, 새롭게 출발하여 고난을 극복하게 하는 원리로 작동한다. 이는 역동성이 주는 생명적 이미지 때문이다.

> 잔듸,
> 잔디,
> 금잔듸,
> 深深山川에 붓는불은
> 가신님 무덤까엣 금잔듸.

봄이 왓네, 봄빗치 왓네.
버드나무 숯터도 실가지에.
봄빗치 왓네, 봄날이 왓네.
深深山川에도 금잔듸에.

—「金잔듸」

　「金잔듸」는 "深深山川에 붓는불"과 "가신님 무덤까"의 시적 긴장에
의해 풍성한 의미가 생성된다. 화자가 경험한 사랑의 불은 深深山川이
라는 공간과 가신님 무덤가라는 공간을 넘나들며 역설적 미감을 형성
한다. 이 두 공간의 교호 속에서 태어난 불은 화자의 지극히 슬픈 감정
의 상징이고, 가신 님의 재생이다. 또 가신 님을 만나는 의식(意識)의 불
이며, 재생하는 영혼의 실체이다.

　이 시는 범박하게 말해 봄이 와서 가신 님 무덤가는 물론 버드나무에
도 심심산천에도 생명이 약동하는 것을 보니 님이 더욱 그립고 한없이
슬프다는 화자의 감정을 보여주고 있다. 그 감정은 불을 통해 상징화
되어 나타난다. 사랑하는 이를 떠난 보낸 서정적 자아인 화자가 봄볕
환한 날 그 무덤가에서 느끼는 슬픔을 다시 소생하는 잔디에 대비하여
"붓는불"로 표현한 것이다. 붙는 불은 새롭게 시작되는 불이고, 타오르
는 불이다. 불이 붙는다는 것에는 불이 붙기 이전에는 꺼져있었다는 전
제가 있다. 즉 '붙는 불'은 불이 어떤 원인에 의해 꺼졌다가 다시 붙어
타오르는 것을 말한다. 그러므로 붙는 불은 재생하는 불이고, 힘이 꿈
틀거리며 약동하는 불이다. 그런데 이 시에서의 불은 실제의 불이 아니
다. 가신 님 무덤가의 징표이다. 갔지만 불에 의해 다시 소생하는 님을
만나는 의식(意識)의 불이다. 만해의 시「님의 침묵」의 "님은 갔지만 나
는 님을 보내지 아니하였습니다"와 비교할 만한 구조이다. 심심산천의

금잔디를 불로 환치시켜 "가신님"을 다시 태어나게 하는 순환 구조는 「님의 침묵」의 역설 구조와 유사한 형식을 띤다.

재생하는 불은 무덤과 함께 원색적인 형상을 이룬다. 죽음을 의미하는 무덤에서 재생하는 불 에너지의 원천은 샤머니즘의 물활론적 자연관이다. 만물에는 영혼이 있으며, 그 영혼이 인간에게 어떤 식으로든 영향을 미친다고 믿는 물활론적 자연관은 영혼 숭배 사상과 결합되면서 민간신앙으로 자리 잡기도 한다. 이 시에서 '붙는 불', 즉 재생하는 것은 죽은 '님'의 혼령이다. 님은 육신은 죽었지만 혼령은 봄날의 만물과 함께 소생하고 있는 것이다. 이 소생의 이미지는 되살아나는 잔디로 형상화되고, 잔디는 불 상상력을 통해 물활론적 자연관으로 재탄생한다. 한국의 샤머니즘에서 영혼 숭배 사상이나 물활론적 자연관은 보편적으로 나타난다.[128] 삼라만상에 영혼이 깃들어 있다고 생각한 우리 선조들은 고목이나 거대한 바위, 깊은 골짜기의 옹달샘 등의 자연물은 물론 해, 달, 별 등과 같은 천체를 믿음의 대상으로 삼기도 했다. 역사적 위인의 넋인 위령(威靈) 역시 믿음의 대상으로 삼았다. 산신 사상이나 삼신할미 사상도 그러한 신앙적 요소의 하나이다. 그렇기 때문에 한국에서 인간과 자연의 관계는 아주 특별하다. 모든 자연물에 혼령이 깃들어 있고, 그 혼령으로 인해 치유와 생성, 새로운 탄생이 가능하다고 믿는 것이다.

「숲잔디」는 푸르게 돋기 시작한 무덤가의 금잔디를 타오르는 불로 환치함으로써 역동성이 없는 부동(不動)의 무덤을 역동화하는, 그리하여 구체적인 상상력의 생명 그 깊이로 파고드는 생태적 창조 원리를 보

---

128) 한국의 샤머니즘에 관해서는 김욱동의 연구를 참조할 수 있는데, 영혼 숭배 사상이나 물활론적 자연관은 이 내용과 크게 다르지 않다. 김욱동, 『한국의 녹색문화』, 28-30쪽.

여준다는 점에서 주목된다. 「숲잔듸」와 마찬가지로 님의 무덤을 등장
시키며 불 상상력을 보여주는 작품으로는 「나는 세상 모르고 사랏노라」
를 들 수 있다.

> 『가고 오지못한다』는 말을
> 철업든 내귀로 드럿노라.
> 萬壽山을나서서
> 옛날에 갈나선 그내님도
> 오늘날 뵈올수잇섯스면.
>
> 나는 세상모르고 사랏노라,
> 苦樂에 겨운입술로는
> 갓튼말도 죠곰더怜悧하게
> 말하게도 지금은 되엿건만.
> 오히려 세상모르고 사랏스면!
>
> 『도라서면 모심타』는말이
> 그무슨쯧인줄을 아랏스랴.
> 啼昔山붓는불은 옛날에 갈나선 그내님의
> 무덤엣풀이라도 태왓스면!
>
> ―「나는 세상 모르고 사랏노라」

이 시에서 세상을 떠난 님의 재생은 자연의 소생과 같은 맥락에서 재
현된다. 「숲잔듸」에서는 심심산천의 금잔디가 붙는 불로 환치되었고,
이 시에서는 제석산 풍경이 붙는 불로 환치된다. 「숲잔듸」의 불이 심심
산천이라는 이상적 공간을 가신 님의 무덤가라는 현실적 공간으로 불
러들이면서 시적 긴장감을 유발시켰다면, 「나는 세상 모르고 사랏노라

」의 불은 제석산이라는 구체적이고 특정한 공간을 님의 무덤이라는 공간으로 불러들여 시적 긴장감을 불러들인다. 따라서「金잔듸」와「나는 세상 모르고 사랏노라」의 붙는 불은 유사한 재생 구조를 가지고 있는 셈이다.

시적 대상에 있어서,「金잔듸」에 등장하는 님은 '가신님'으로만 나타날 뿐 님에 대한 구체적 정보는 드러나지 않는다. 그러나「나는 세상 모르고 사랏노라」에서는 "가고 오지못한다"거나 "도라서면 모심타"는 말을 화자에게 남긴 님이다. 가고 오지 못한다는 말 속에는 타자가 개입되어 있다. '않는다'가 자의적인 반면 '못한다'는 능력이 미치지 못하는 것이거나 타의에 의해 할 수 없도록 되어 있다는 뜻을 내포한다. 즉 스스로 감당할 수 없는 외부의 힘에 의해 가고 오지 못한다는 님의 말을 들을 당시는 철없던 때여서 예사로 여겼다는 의미이다.

화자는 만수산을 나서서야 님이 남긴 말뜻을 짐작하게 된다. 님과 함께 있을 때는 "세상모르고 사랏노라"던 화자는 "苦樂"을 함께 하던 님이 떠난 뒤에야 철없던 시절을 뒤돌아보고 님과의 관계를 성찰할 만큼 성숙해진 것이다. 해서 화자는 같은 말도 조금 더 영리하게 하게 된 지금이지만 세상모르고 살았던 시절이 아름다웠고 행복했던 시절이었음 깨닫고 "오히려 세상모르고 사랏스면!"하고 독백하게 되는 것이다.

화자의 독백은 "啼昔山붓는불"에 이르러 최고조에 이른다. 이때 불은 "내님의 무덤엣풀"과 이어지면서 한(恨)의 불, 탄식의 불에서 재생의 불로 승화된다.. "무덤엣풀이라도 태왓스면!"이라는 구절은 철없던 시절의 과거를 태우고 싶다는 슬픔의 깊이를 보여준다. 과거를 태운다는 것은 곧 님의 죽음까지도 태운다는 것을 의미한다. 후회스러운 과거를 완전히 소멸시켜 다시 님을 "뵈올수잇"기를 열망하는 간절함인 것이다. 모든 사물에 영혼이 깃들었다고 보는 물활론적인 자연관에서 소멸은 새로운 탄생을 전제한다. 한용운이 「알 수 없어요」에서 "타고 남은 재가 다시 기름이 됩니다"라고 할 때의 그 순환구조가 이 시에서도 그대로 적용되고 있다고 볼 수 있는 구절이다.

이 지점에서 우리는 "옛날에 갈나선 그내님도/ 오늘날 뵈올수잇섯스면"하고 탄식하는 화자의 독백을 되짚어볼 필요가 있다. 김소월이 살았던 시대가 일제 강점기였고, 김소월이 오산학교 출신이라는 사실에 주목해야 한다는 말이다. 김소월의 전기를 환기하지 않더라도 오산학교 시절의 민족의식이 그의 시 의식에 큰 영향을 끼쳤을 것은 자명한 일이다. 그리고 김소월이 살았던 시대의 출판문화는 식민지 민족에게 호의적이지 않았다는 점이다. 일제의 정책을 비판하거나 저항적인 시를 공식적 출판 과정을 거쳐 시집으로 묶어내기란 불가능에 가까운 시대였다. 따라서 시의 내용을 상징화하거나 시의 의장(意匠)을 비판적이거나 저항적이지 않는 것처럼 변용할 수밖에 없음은 당연한 일이다. 그러므로 '죽은 님=국권을 상실한 조국'의 등식으로 이 시를 살펴볼 수도 있지 않겠는가 하는 것이다.

시를 반드시 사회적·역사적 상황과 맥락에서 읽어야 할 이유는 없다. 그러나 모든 예술가나 철학자가 그렇듯이 시인은 자신이 살았던 시대적 영향으로부터 자유로울 수 없다. 다른 예술과 마찬가지로 시는 삶의 사소한 것들과 더불어 세계를 향해 무한히 열려 있다. 시가 삶에 관여하기도 하고, 삶이 시에 관여하기도 하는 것처럼 사회성·역사성과 교호하면서 시는 생명을 얻는다. 사소한 근거일지라도 평면적 관점에서 벗어나 확대경을 사용할 때 시인의 창작 의도를 넘어선 확장된 사유의 광맥을 발견할 수 있다. 그럴 때 시의 생명성은 더욱 풍성해진다. 따라서 "옛날에 갈나선 그내님"은 일제에 의해 국권을 상실한 조국으로, "오늘날 뵈올수잇섯스면"을 국권 회복에 대한 염원으로도 해석이 가능하다는 의미이다. "님"을 '조국'이라는 의미로 확대해석할 때 이 시의 불은 민족정기 회복의 불이며 생명 회복의 불이 된다. 뿐만 아니라 불붙고, 불타오르는 상승은 생기 충만한 운동성 그 자체이며, 운동성은 생기의 연속성을 나타내는 바, 김소월 시에 나타나는 불은 식민지 조국이 마침내 당도해야 할 해방이라는 지점을 향한 좌표의 상징으로도 해석이 가능하게 된다.

본고에서는 앞서 봄풀이 돋는 무덤을 통해 김소월 시의 불 이미지를 확인한 바 있다. 「金잔듸」가 그러하고 「나는 세상 모르고 사랏노라」도 그러하다. 보편적으로 불은 물질을 태우며 타올랐다가 꺼진다는 점에서 재생과 소멸, 희망과 절망, 삶과 죽음, 열정과 허무라는 상반된 이미지를 동시에 나타낸다. 그러나 김소월은 불 이미지를 재생의 상상력으로 구현한다.

야밤중, 불빗치밝하게
어렴프시 보여라.

들니는듯, 마는듯
발자국소래.
스러져가는 발자국소래.

아무리 혼자누어 몸을뒤재도
일허바린잠은 다시안와라.

야밤중, 불빗치밝하게

어렴프시 보여라.

─「그를숨쉰밤」

「金잔듸」에서는 가신 님의 재생이 무덤가에서 이루어진다면,「그를 숨쉰밤」에서는 현재의 삶의 공간에서 재현된다. 야밤중 창밖의 발갛게 비치는 불빛 속에 남겨져 아스라하게 스러져가는 발자국 소리가 그 것이다. 이 발자국 소리는 누군가 지나가는 소리이기도 하지만 화자가 꿈속에서 본 그가 다녀가는 흔적으로서의 환청이기도 하다. 어렴풋한 불빛만이 그 실체를 증명할 수 있는 유일한 매체이다. 그러니까 불빛은 가신 님에 대한 간절한 그리움을 해소시킬 수 있는 소망의식을 담고 있다.「金잔듸」의 붙는 불이 가신 님의 재생이면서 가신 님을 만나는 의식(意識)의 불이었다면「그를숨쉰밤」의 발갛고 어렴풋한 불빛은 가신 님을 현재의 삶의 공간에 데려다 놓는 길잡이로서의 불이다.

가신 님에 대한 간절한 그리움으로 뒤척이다 잠든 화자는 꿈을 통해 님을 만나는 소망을 달성한다. 꿈에서 깬 화자는 순간 꿈인지 생시인지 어리둥절한 상태에서 발간 불빛이 희미하게 비치는 것을 본다. 그때 누군가 지나가는 발자국 소리가 들렸던 것이다. 님에 대한 간절한 그리움을 가지고 있는 화자는 꿈속에서 만난 님의 발자국 소리의 여운을 현재의 삶의 공간으로 틈입시킨다. 그것은 매우 의식적인 것으로 보인다. 불빛이 "어렴프시 보"인다고 말하는 순간, 그러니까 불빛이 환하지 않고 어렴풋할 때 발자국 소리만 남겨놓고 가는 누군가의 모습에 대한 자유로운 상상이 가능하기 때문이다.

"스러져가는 발자국소래"를 꿈에서 만난 님이 재생하여 현실적 삶의 공간을 다녀가는 것으로 믿고 싶은 간절한 염원은 희미한 불빛으로 전이되어 재생되었지만, 그리운 마음을 완전하게 충족시킬 수는 없는 것이다. 오히려 더 큰 열망이 온몸을 감싸 "일허바린잠은 다시안와" 자꾸 어렴프시 보이는 불빛만 바라보게 된다. 바슐라르는 사랑할 때 불타오른다면 불타올랐을 때에는 사랑했었다는 증거라고 했다.[129] 불은 원시적 생명으로서 한 번 타올랐던 시간 속으로 회귀하려는 몽상을 경험하게 한다. 해서 김소월은 불빛을 가신 님을 만나고 싶은 염원을 이루려는 매체이자 도구로 삼고 있는 것이다.

> 말니지못할만치 몸부림하며
> 마치千里萬里나 가고도십픈
> 맘이라고나 하여볼쌔.
> 한줄기쏜살갓치 버든이길로
> 줄곳 치다라 올나가면
> 불붓는山의, 불붓는山의
> 煙氣는 한두줄기 피어올나라.
>
> ―「千里萬里」

화자는 "千里萬里"나 달려가고 싶은 "맘"을 숨기지 않는다. 가고 싶은 그 마음은 3행, 4행에서 두 번 연달아 "하여볼쌔", "올나가면"으로 강조되어 나타날 뿐만 아니라 '한 줄기 쏜살 같이 치달아' 가고 싶다고 힘주어 말한다. 화자가 그토록 간절히 가 닿기를 원하는 곳은 현실에서 벗어나 다른 어느 누구로부터도 간섭을 받지 않는 먼 곳이다. 그곳은 "深深山川"(「金잔듸」)이기도 하고, 금모래빛과 갈잎이 어우러지는 "江邊"(「엄마야 누나야」)이기도 할 것이다. 하지만 현실을 벗어날 수 없는 화자가 할 수 있는 일은 유일하게 산에 올라가 세상을 바라보는 것밖에 없다.

---

129) 바슐라르, 김현 역, 「불의 정신분석」, 삼중당, 1977, 45쪽.

즉 이 시에서의 산은 화자가 현실에서 벗어날 수 있는 유일한 출구이자 사유의 공간이다. 그런데 이 산은 "불붓는山"이다. 불붙는 산은 실제의 풍경이면서 화자의 심경을 대변하는 공간이다. 그러니까 전자는 석양이 서산에 노을을 벌겋게 깔고 넘어가는 풍광에 마을의 어느 집에선가 저녁밥 짓는 연기 한두 줄기가 겹쳐 오르는, 가히 선경(仙境)이라할 한 폭의 정경 묘사요. 후자는 저녁 산에 올라 새로운 세계를 꿈꾸는 자신의 마음까지도 그 불길에 태우고 나면 한두 줄기 연기만 남을 것이라는 성찰의 한 단면이라 할 수 있다.

여기에 하나를 덧붙이면, "불붓는山의/ 煙氣"를 '봉수(烽燧)'의 의미로 더 넓게 해석할 수 있다는 점이다. 한국 민족은 오랜 옛날부터 봉수대(烽燧臺)를 두어 위급한 일이 생기면 밤에는 횃불{烽}을 피워, 낮에는 연기(燧)를 올려 중앙에 그 소식을 전했다. 「나는 세상 모르고 사랏노라」에 등장하는 "님"을 '조국'으로 의미를 확장하면 붙는 불이 민족정기 회복의 불로 승화되듯이, 「千里萬里」의 불붙는 산을 봉수대로 의미를 확대하면 민족 봉기(蜂起)의 불로 승화된다.

자연과 사람의 합일은 김소월의 시에서 자연스럽게 이루어진다. 서정적 자아인 화자의 심상을 만물의 움직임에 착근시켜 정서적 울림을 확대한다. 이 과정에서 "山"을 향해 달려가는 화자를 내세움으로써 자연으로의 귀의 의식을 드러내지만, 자연의 아름다운 조화를 인간 삶과 성찰의 한 모습으로 환치하여 다양한 의미를 추출하게 한다.

김소월의 시에서 불은 앞서 살펴본 바와 같이 중층적 의미에 놓이는 경우가 많다. 특히 '가신 님'이 되살아나는 것으로 상징화될 때 '붙는 불'은 더 힘찬 생명성을 가진다. 「사노라면 사람은죽는것을」에 등장하는 불은 '죽은 것'의 재생과 함께 삶에 대한 강한 의욕을 드러내는 상징으로 나타난다.

> 하로라도 멫番식 내생각은
> 내가 무엇하랴고 살랴는지?
> 모르고 사랏노라, 그럴말로
> 그러나 흐르는 저냇물이
> 흘너가서 바다로 든댈진댄.
> 일로조차 그러면, 이내몸은
> 애쓴다고는 맘부터 니즈리라.
> 사노라면 사람은 죽는것을
> 그러나, 다시 내몸,
> 봄빗의불붓는 사태흙에
> 집짓는 저개아미
> 나도 살려하노라, 그와갓치
> 사는날 그날까지
> 살음에 즐겁어서
> 사는것이 사람의본뜻이면
> 오오 그러면 내몸에는
> 다시는 애쓸일도 더업서라
> 사노라면 사람은 죽는것을.
>
> ──「사노라면 사람은죽는 것을」

  이 시에서 붙는 불은 봄빛의 불이다. 개미들이 집짓는 사태흙에 쏟아져 만물을 소생시키는 희망의 불이다. 즉 봄볕이 서정적 자아에 의해 화사하고 따뜻한 생명의 불로 다시 태어나고 있는 것이다. 겨울을 지나 봄이 되돌아옴으로써 생명의 불이 붙고, 그로 인해 얼었다가 녹은 냇물은 바다로 흘러 들어갈 수 있다. 이러한 깨달음으로 인해 사람도 언젠가는 죽음을 맞이하겠지만 집짓는 개미처럼 나도 힘차게 삶을 꾸려가겠다는 희망찬 의지를 보이게 되는 것이다.

살펴보면, '님'이 떠난 뒤 "나는 세상모르고 사랏노라"(「나는 세상 모르고 사랏노라」)던 화자는 "무엇하랴고 살랴는지"조차도 모르고 살았다고 독백한다. 이는 다양한 경험들과 부딪치면서 세상사는 법을 조금씩 알아왔다는 의미의 역설이다. 이런 과정을 거쳐 조화로운 자연을 보면서 화자는 삶의 의욕을 얻는다. "냇물이/ 흘너가서 바다로" 드는 자연의 이법을 만난 화자는 인간의 죽음 역시 냇물이 바다에 이르는 것과 다를 바 없다는 것을 느끼고 가치 있는 삶을 영위해야 한다는 자각에 이른다. 하여 봄볕에 의해 새싹이 돋듯 "내몸"에 삶의 의욕이라는 희망의 불이 붙는 것이다.

이 희망의 불, 생명의 불은 자연의 이법에 의해 발화한다. 자연 이법으로서의 자연은 대상체계 전체로서의 자연계를 의미하는 근대적 의미의 자연 개념과는 아무 관계가 없다. 노자는 "도(道)는 자연(自然)에 법(法)한다"[130]고 했다. 이는 어떤 목적론적 의지나 주재하는 작용에 의해 도가 있는 것이 아니라는 의미이다. 즉 자연은 스스로 그러함을 나타내는 도의 절대성을 의미한다. 그러니까 여기서 말하는 자연 개념은 '스스로 그러하다'는 무작위적인 자연 스스로의 변화의 원리를 지칭하는 의미다. 한편으로는 대상세계 전체를 가리키는 천지만물, 우주 등과 같은 의미다.[131] 이것을 김소월의 시에 적용하자면 '사노라면 사람은 자연에 법하는 것을'이라고 할 수 있다. 자연에 법한다는 것은 아무것도 하지 않고 흐르는 대로 간다는 의미가 아니라 주어진 여건 속에서

---

130) 道法自然.『도덕경』25장.
131) 심광현, 앞의 책, 62쪽.

개미가 살기 위해 집을 짓는 노력을 기울이는 것과 같이 자연스럽게 인간이 행해야할 길을 가야한다는 의미이다.

이 시에서 집짓는 개미는 생태적으로도 중요한 역할을 한다. 하나는 화자로 하여 삶을 성찰하게 하는 매개가 되고 있다는 것이고, 또 하나는 생태적 상상력을 펼치는 김소월 시학의 일면을 보여주고 있다는 점이다. 전자의 경우를 먼저 살펴보면, 개미는 하나의 소재에 불과하지만 화자의 삶의 의식을 개선하는 핵심적 작용을 한다. 언뜻 대수롭지 않게 보일지 모르지만 개미는 자연에 법하는 역할을 하고 있다. 이를 통해 서정적 자아는 허무 의식을 극복하고 가치 있는 삶을 지향하게 되는 것이다.

후자의 경우는 연약한 존재라 할지라도 함부로 대하지 않는 마음이다. 생태계는 다른 개체나 종과 직접 또는 간접으로 영향을 받을 수밖에 없다. 다른 개체나 종은 전혀 상관없어 보이지만 서로 거미줄처럼 연결되어 존재하고 있다. 그렇기 때문에 다른 개체나 종의 어느 한 부분이 조금이라도 훼손되면 전체가 위험해진다. 거미줄의 어느 한 부분을 잡고 흔들면 거미줄 전체가 흔들리는 것과 같은 이치이다. 하찮고 보잘 것 없어 보이는 개미일지라도 생태계의 소중한 구성원으로 여기며 그 존재이유를 받아들이고 가치를 인정하는 이런 부분은 김소월의 생태적 시학의 한 단면을 잘 보여주는 일례가 된다.

2) 정지용 시의 '산' 상상력

정지용의 후기시, 즉 시집 『백록담』에 수록된 산과 관련된 상당수 자연시를 산수시(山水詩)라는 용어로 호명하는 경우가 많다. 산수시란 전통 미학에 뿌리를 둔 현대적 변용이자 계승이며, 산수 자연에서 고도의 정신적 실체를 파악하려는 유기체적 세계 인식[132]을 가리킨다. 이와 같은 산수시는 산수자연 속의 은둔을 기반으로 한 것이라는 점에서 노장철학의 시를 계승하면서도, 노장철학과는 달리 산수 속에서 道를 인식하고 성스러운 것의 現成을 파악하고자 하였다. 주자학이 발달한 이후로 산수시는, 대립을 포함하고 초월하는 근원적 실재인 하늘을 생생 운행하는 과정을 산수자연 속에서 인식하고자 하였다.133)

남재철은 「自然詩의 意味와 韓國에서의 展開樣相」이라는 논문에서 자연시의 범주에 산수시와 전원시(田園詩)를 포함하여 통칭한다.134) 남재철에 의하면, 전원시란 도연명(陶淵明 372-427)으로부터 시작되며 농촌생활을 기탁(寄託)하여 쇄사인정(鎖事人情)을 서술하는 자연스럽고 平淡한 시풍이고, 산수시란 사령운(謝靈運 385-433)으로부터 발생하여 山水 즉 자연경물을 한시의 소재로 편입시킨 시로 정의된다. 다만 도연명이 자연에 대해서 풍경의 묘사에만 그치지 않고 농후한 서정성을 갖춘 반면에 사령운은 풍경의 묘사에 치중하였고, 도연명이 객관의 사실에 그치지 않고 주관의 사실에 치중한 반면 사령운은 객관의 사실을 중시하였던 부분으로 인해 사령운의 산수시는 도연명의 전원시와 구분된다. 이후 도연명의 전원시 특징이 사령운의 산수시 전통과 유기적으로 결합을 이루며 전원생활의 흥취를 표현함과 아울러 산수풍경의 묘사가 강조되는 작품들이 대거 등장하여 王孟詩派를 형성하게 된다. 이러한 왕맹시파의 작품을 田家詩라고 명명한다. "田家는 田園이란

---

132) 박주택, 「북한 산수시의 전개 양상」, 김종회 편, 『북한 문학의 이해 2』, 청동거울, 2002, 163쪽.

133) 이종은, 정민 외, 「한국문학에 나타난 한국인의 자연관 연구」, 『동아시아문화연구』(구 『한국학논집』), 한양대학교 동아시아문화연구소(구 한양대학교 한국학연구소), 1998, 159-163쪽. 참조.

134) 남재철, 「自然詩의 意味와 韓國에서의 展開樣相」, 『동방한문학』, 동방한문학회, 2007, 104-113쪽.

공간에 편입되어 있으면서도 觀念的이거나 虛構的, 理想的으로 만들어진 비현실적인 장이 아니고 실제 삶으로 체험하는 구체적 실재의 장이다. 따라서 田家詩의 내용 일체는 시적 주체인 작자의 생활 자체이며 실재의 장이다"135) 자연시는 자연경물을 중심적인 소재로 수용하고, 隱逸生活 내지는 자연에 대한 강렬한 愛好 의식을 담고 있는 시다. 자연은 本然의 공간이요 物我一如의 의미를 지닌다는 점에서 전원시와 산수시는 자연시의 범주에 포함된다는 것이 남재철의 주장이다.

그러나 최동호는, 산수시는 자연시와 구분되어야 한다고 주장한다.136) 자연시라는 용어는 근대 이후 사용된 서구적 자연 인식 방법이나 태도를 동반하고 있고, 산수시는 유기체적 세계 인식으로서 21세기의 화두인 생태시의 중요한 근거가 될 수 있다는 것이 최동호의 견해이다.

한국에서 산수와 문학은 전통적으로 밀접한 관계를 맺고 있다. 조선시대에는 산수를 찾는 일은 일상을 벗어나는 체험으로, 산수에서 '興'과 '快'를 얻었다. 그런데 성리학적 세계인식이 조선시대 문인들의 윤리관의 근거로 작용함으로써 산수는 초월적이고 이상적인 자연으로 사유되었다. 즉 문인들은 산수에 나아가 興快를 탐하는 것을 경계하면서 인간의 몸조차 자연의 원리에 의거하여 사유하였다.

> 산수의 흥취만을 찾아서가 아니요 (非深山水興)
> 그저 나의 참됨을 온전히 할 따름이라. (聊以全吾眞)
> 物과 我가 합하여 하나의 體가 되니 (物我合一體)
> 어느 것이 주인이고 어느 것이 빈객일꼬. (誰主誰爲賓)137)

---

135) 윤재환, 「茶山의 田家詩 硏究」, 연세대학교 석사 논문, 1996, 11쪽.
136) 최동호, 「산수시와 정신주의의 미학적 탐색」, 『시와사상』, 2001, 여름호, 26-39쪽.

이이는 「偶吟」에서 산수를 홍취의 대상으로만 사유하지 않는다. 산수는 "全吾眞"의 공간, 즉 '나의 참됨을 온전히 하는' 공간으로 구체화되어 인식되고 있다. '참된 나'를 만나기 위해 정서적 홍쾌를 넘어 산수자연과 만나고 있으며 順自然의 원리로 '참된 나'를 회복하려 하고 있다. 하늘과 땅 사이의 천지만물에 깃들어 있는 道體를 보아야 산수를 제대로 본 것이라 여기는 哲理的 사유가 "全吾眞"의 사상으로 승화된 것이라 볼 수 있다.

정지용의 자연시 가운데 '산'을 시적 공간으로 삼은 시는 모두 20편이다.『정지용 시집』에 5편이 수록되어 있고,『백록담』에 15편이 수록되어 있다. 먼저『정지용 시집』에 수록되어 있는 산 관련 시의 제목을 살펴보면 1부에 「毘盧峯」, 2부에 「이른 봄 아침」, 3부에 「산넘어 저쪽」, 「산에서 온 새」, 「산엣 색씨 들녁 사내」 등 총 5편이다.『백록담』에는 1부에 「장수산 1」, 「장수산 2」, 「백록담」, 「毘盧峯」, 「九城洞」, 「玉流洞」, 「忍冬茶」, 「꽃과 벗」, 「瀑布」, 「溫井」, 「나븨」, 「진달래」, 「호랑나븨」, 「禮裝」, 2부에 「春雪」 등 총 15편이다. 이들 시편 외에도 시집『백록담』의 경우 산 관련 시로 분류할 수 있는 「朝餐」, 「비」 등의 작품 4편이 수록되어 있다. 이 4편을 포함했을 경우 정지용의 후기 시 가운데 산 관련 시편은 총 19편이다. 25편이 실린『백록담』의 대다수를 산 관련 시 유형의 작품이 차지한다.

산과 관련된 시의 발표시기와 지면을 살펴보면, 정지용은 1939년『문장』에 「장수산 1」, 「장수산 2」, 「백록담」, 「春雪」 등 4편을 발표하고, 1941년『문장』에 「꽃과 벗」, 「나븨」, 「진달래」, 「호랑나븨」, 「禮

137) 이이,『栗谷先生全書』拾遺 권1「偶吟」, 여기서는 김형술, 「조선후기 山水 認識의 변화와 山水詩 창작의 새 양상」,『한국한시연구』, 한국한시학회, 2008, 304쪽. 재인용.

裝」, 「朝餐」, 「비」 등 7편을 발표한다. 시집 『백록담』에 실린 시 가운데 대표작이라 일컬을만한 작품 대부분이 이 시기에 『문장』을 통해 발표되었고, 이 작품들이 실질적으로 정지용 시세계의 마감 단계가 된다. 물론 그 이후에도 『문예』 1950년 6월호에 발표한 「四四調 五首」를 비롯해 산발적으로 시를 발표하였으나 질적 수준에서 좋은 성과를 거두지 못한 것으로 평가받고 있다. 『문장』은 1941년 4월, 총 25호를 종간으로 폐간된다. 그해 9월 두 번째 시집 『백록담』 간행 후 한글로 작품을 발표하는 것이 금지되자 그는 해방이 될 때까지 사실상 절필했던 것이다. 따라서 정지용의 후기 시세계에 있어서 동양적 정신주의 경향의 작품인 「毘盧峯」, 「九城洞」, 「玉流洞」 등을 발표한 1937년부터 『문장』에 다수의 작품을 발표하던 1941년까지가 가장 활발하게 작품 활동을 한 시기가 된다. 특히 「九城洞」 등의 작품을 발표한 1937년은 정지용이 1934년 『가톨릭 靑年』에 「다른 한울」 등 2편의 시를 발표한 이후 오랜 침묵 끝에 시를 발표했다는 점에서 주목을 요한다. 이 시기는 30대 후반의 정지용이 전기의 시세계를 극복할 수 있는 '시적 창작방식과 시세계의 방향을 새롭게 모색하여 견인했던 때'[138]라 짐작할 수 있다.

전기의 시세계 극복이란 첫 시집인 『정지용 시집』과의 단절이 아니라 연속성을 가지면서 더 성숙한 변화를 이끌어내는 것을 의미한다. 그것은 두 가지 측면에서 말 할 수 있다. 첫째는 시적 대상에 관한 문제이

---

138) 최동호, 「山水詩의 世界와 隱逸의 精神」, 이숭원 편, 앞의 책, 277쪽. 최동호는 이 시점이 정신주의에의 침잠을 시도하면서 현실의 고통스러움을 견인의 정신으로 극복하고자 했던 시기이며, 그 결과 1941년 「비」를 위시한 일련의 작품에서 그 나름의 완숙한 시적 방법을 터득했다고 보고 있다. 따라서 진실로 밝혀져야 할 것은 지용이 모더니스트냐 아니냐의 문제가 아니라 그가 침잠한 동양의 고전 정신의 실체는 무엇인가 하는 점이며, 그것이 시와 맺고 있는 상관관계는 무엇일까 하는 것이라고 주장한다.

다. 그럴 경우 첫 시집의 주요 시적 대상인 바다를 산수시의 범주에 넣을 수 있는가 하는 문제가 발생한다. 바다는 자연 대상이면서 산수시 전통에서는 거의 나타나지 않는 특수한 대상인 까닭이다. 그러므로 산수시를 산과 물을 중심축으로 한 자연경관을 대상으로 한 시로 보아야 한다는 견해와 산수가 그냥 물과 산이 아니라 자연 그 자체를 의미하기 때문에 자연, 혹은 자연물을 대상으로 하는 시를 산수시로 보아야 한다는 견해가 대립한다.[139] 이 대립은 단순히 정지용의 바다 관련 시를 산수시에 포함할 것인가 말 것인가 하는 것을 넘어서서 어떤 객관적 기준에서 대상을 산수시에 포함할 것인가 하는 문제를 남긴다. 특히 "정지용의 바다시편은 대부분 대상을 묘사하는 것으로 일관하므로 자연이 공간적 배경으로서 부수적 역할을 하는 것이 아니라 시인의 시선이 향하는 중심 대상이 된다는 점에서 산수시와 유사하다."[140] 그러나 전통 시가에서 산수는 경건하고 엄숙하며 숭고한 대상으로 인식되어왔다. 물론 근대사회에 들어서면서 산수는 외경의 숭고한 대상에서 지배의 대상인 물체나 물질로 인식될 뿐이다. 대중소비사회로 표상되는 근대 사회는 인간과 자연을 균등한 세계로 보지 않는다. 하지만 산수시의 개념을 앞서 짚어본 바와 같이 '전통 미학에 뿌리를 둔 현대적 변용이자 계승이며, 산수 자연에서 고도의 정신적 실체를 파악하려는 유기체적 세계 인식'이라고 규정하게 되면 산수시는 전근대적 전통에서 그 연원을 찾을 수 있다. 따라서 정지용의 바다시편은 산수시의 범주가 아닌 별개의 자연 대상물을 대상으로 한 시이며, 구체적으로는 생태시의 범주에 포함할 수 있게 된다. 둘째, 생태학적 측면에서, 바다로 나아가 적

---

139) 김만원, 「사령운 시연구」, 서울대 박사 논문, 1992, 102-103쪽.

140) 권정우, 「정지용의 바다시편과 산시편의 연속성 연구」, 『비교한국학』 12권 2호, 국제비교한국학회, 2004, 82-84쪽.

극적이며 지속적인 생명의 활력과 무한한 미래를 추구하게 된 시세계는 실향의식 극복의 에너지가 된다. 이 에너지원을 바탕으로 산수자연의 둥근 세계, 즉 동양의 순환론적 생명의식과 만남으로써 自然美와 歷史美를 아우르는 완숙한 정신세계를 획득했다 할 수 있다. 이러한 정신적 변화가 정지용의 현실 대응 방식에 어떤 결과를 초래했는가 하는 것 등이 해명될 때 정지용 시세계의 연속성과 변화를 올바르게 짚어낼 수 있을 것이다.

(1) 생명 주체 세계의 동양적 균제미

정지용의 시에서 동양적 균제미를 보이는 작품으로는 우선「난초」를 들 수 있다. 난초는 통상 탈속적 공간인 산골짜기에서 고고한 기품을 지키며 사는 식물로 그 가치를 인정받고 있다. 이런 까닭으로 난초는 사군자의 하나로 손꼽히고, 인격의 고상함으로 비유되기도 한다. 이러한 이유로 본고는「蘭草」를 포괄적 측면에서 '산' 관련 상상력의 범주에 포함하여 살펴보고자 한다.

「난초」는『정지용 시집』에 수록된 작품으로, 모더니티가 뛰어난 작품으로 널리 인식되고 있는「유리창 1」(1930. 1.『조선지광』89호)을 발표한 뒤 2년 만인 1932년 1월『신생』37호에 발표되었다. 이 시가 발표될 당시의 시편들은 '유리창'을 비롯해 '시계'(「무서운 時計」, 1932. 1.『문예월간』3호)나 '기차'(「汽車」, 1932. 7.『동방평론』4호)와 같은 대상을 다루고 있었다. 그런데 후기 시의 특징을 보여주는 '난초'를 대상으로 한 이 시가 이 시기에 발표되었다는 점은 정지용의 전기 시와 후기 시가 서로 단절된 것이 아니라 연속성을 가지고 있으며, 그 연속선상에서 변화를 맞고 있는 징후로 봐야 한다. 고전시가에서는 난초에 인간속세를 떠나 자연에 귀의해 사색에 침잠하며 사는 은일의 맑은 삶이나 군자(君子)의 의미를 주로 담아왔는데 이 시가 그런 고전적 관습적 상징을 담고 있다고 보기는 어렵다. 그동안 정지용이 여러 작품에서 보여 왔던 언어 감각과 세계관을 통해 유추할 때 이 시는 감각적 언어를 연속선상에 놓되 시적 자아를 서정적 상상력으로 불러들인 변화, 즉 창조적 전통질서를 추구한 것으로 보인다.

> 蘭草닢은
> 차라리 水墨色.
>
> 蘭草닢에
> 엷은 안개와 꿈이 오다.
>
> 蘭草닢은
> 한밤에 여는 담은 입술이 있다.
>
> 蘭草닢은
> 별빛에 눈떳다 돌아 눕다.
>
> 蘭草닢은
> 드러난 팔구비를 어쨔지 못한다.
>
> 蘭草닢에
> 적은 바람이 오다.
> 蘭草닢은
> 칩다.
>
> ―「蘭草」전문

이 시에는 두 가지 특징이 있다. 하나는 '蘭草닢은'으로 구성되는 난초의 동태이고, 또 하나는 '蘭草닢에'로 구성되는 시적 자아의 서정적 상상력이 난초에 가하는 작용이다. 전자는 1, 3, 4, 5, 7연인데 이 가운데 1연과 7연은 화자의 인식을 집약적으로 보여주는 부분이며, 후자는 2, 6연이다. 1연은 난초를 수묵색으로 보고 있다는 점에서 고전적 세계관이라 할 수 있다. 그러나 '차라리'라고 하는 구절에 주목하면 도입부인 1연이 고전적 세계관이 아니라 창조적 전통질서를 추구한 정지용의 고심을 담은 부분임을 알 수 있다. 부사어 '차라리'는 "저렇게 하는 것보다 이렇게 하는 것이 오히려 나음을 나타내는 말"141)이다. 즉 '저렇게 하는 것보다 蘭草닢은 水墨色이 났겠다'는 의미를 가진다. '저렇게 하는 것'은 바로 2연에서 마지막 7연까지의 여러 상황들이다. 따라서 1연은 화자의 인식을 나타내는 지표로서의 작용을 보여주는 구절이다.

화자는 1연에서 왜 그런 인식을 보여주었을까. "蘭草닢에/엷은 안개와 꿈"이 오는 것을 보았기 때문이다. '안개와 꿈'은 화자의 내면을 움직이게 하는 '사건'이다. 안개는 난초와 어우러져 대상을 감싸 신비롭게 하는 상징적 요소를 가지고 있고, 꿈은 시적 자아가 가 닿고자 하는 세계이다. 뿐만 아니라 '안개와 꿈'이 오는 곳은 난초가 살고 있는 장소적 의미를 가진다. 그 무엇에도 오염되지 않은 땅과 물의 정토, 그곳이 난초가 사는 공간이다. 난초가 사는 공간은 그 어떤 분별도 차별도 없다. 생물체든 무생물체든 그 모든 대상이 순환적 고리를 흐트러짐 없이 이어가는 이상적 세계이다. 생태학적으로 완벽한 그 이상적 세계는 시적 자아가 추구하는 이상적 세계이기도 하다. 그러한 공간, 그러한 세계를 대표하는 한 구성원으로서의 난초는 화자의 내면, 시적 자아의 정신세

---

141) 정인승, 양주동, 이숭녕 외 감수, 『국어대사전』, 삼성문화사, 1989, 1562쪽.

계를 서늘하게 하는 신비로운 대상이다. 시적 자아가 가 닿고자 하는 그 신비로운 대상은 '한밤에 여는 다문 입술'을 가진 존재다. 그 존재는 '별빛에 눈떴다 돌아눕는' 존재이고 '드러난 팔 굽이를 어쩌지 못하는' 존재다. 시적 자아가 불러낸 그 존재는 난초를 닮은 정신적으로 성숙하고 아름다운 여인의 완벽한 모습이다. '별빛'은 어둠 속에서도 단연 빛나는 촉기, 혹은 아주 맑은 눈빛을 상징하고, '드러난 팔 굽이 어쩌지 못한다'는 것은 몹시 부끄러움을 느낀다는 것을 의미한다. 살결이 드러난 것을 부끄러워하며 어쩌지 못하는 여인이라면 근대 교육을 받은 '신여성'이 아니라 전통적 규수 교육을 받은 여인이다. 화자는 그 여인에게 아무것도 해줄 수 없다. 그런 애틋한 마음을 아는지 모르는지 바람이 와 여인으로 상징되는 난초 잎을 흔든다. 시적 자아가 가 닿고자 하는 '안개와 꿈'의 신비하고 궁극적인 세계는 화자의 의도와 달리 시련과 고난 속에 놓인다. 하여 화자는 난초가 '차라리' 사군자 그림에 담긴 '수묵색'이었으면 좋겠다고 역설한다. 전통적 세계관에서는 추위를 견딘 뒤 향기로운 꽃을 피우는 여백을 가진 식물이 난초다. 매화와 국화, 그리고 대와 더불어 4군자라 칭하는 이유이기도 하다.

정지용의 시가 보여주는 상징의 핵심은 현실의 시련에 있다. 마지막 연 '난초 잎은 칩다'에서 볼 수 있듯 고전적 소재인 난초가 찬 기운 속에 놓여 있는 현상을 불러옴으로써 그 어떠한 어려움도 극복할 수 있다는 극기 의지를 드러내 보인다. '사춘기 이후부터 일본인이 무서워 산으로 바다로 회피하여 시를 썼다'는 정지용의 언술의 내면에는 저항과 극기 의지를 담고 시를 썼다는 뜻이 숨어있다. 다만 이를 적극적으로 내세우지 못했을 따름이다. 국권과 주권, 국토를 잃고 말글까지 잃어버릴 위기에 처한 일제강점기 치하의 현실이야말로 식민지 지식인으로서, 시인으로서 정지용이 결코 간과할 수 없는 부분이었기 때문이다. 외형적으로 거친 저항을 하지 않았다고 해서 그 정신까지도 저항의지가 없었다고 볼 수 없는 것은 시인으로서 글쓰기의 저항이라는 것은 매우 깊은 심저에서 출발하는 까닭이다.

아울러 전기 시와의 관계에 있어서도 연속성을 가지되 창조적 변화를 가지려는 한 단면이다. 당시 정지용이 주로 다루었던 '유리창', '시계', '기차' 등의 대상에서 벗어나 난초를 시적 대상으로 선택한 것은 동양의 고전적 정신세계를 취하되 관습적 언어형식을 벗어나 새로운 감각을 획득하려한 의지이다. 즉 관습적 상징을 뛰어넘되 객관적 상관물로써의 고절함을 잃지 않은 창조된 새로운 상징의 결과물로 「난초」가 태어난 것이다.

「난초」는 이처럼 시적 주체의 감정을 상징적으로 드러낸다. 관찰자가 시적 대상과 몸을 밀착함으로써 추위 속에서도 생명력을 잃지 않는 활기를 서늘하게 만들어낸다. 난초가 사는 그곳에는 엷은 안개가 피어오르고, 마른 뿌리가 입술을 적실 수 있는 계곡이 있으며, 하늘에는 맑은 별빛이 흘러 잎을 비추고, 바람은 서늘하게 불어 지수화풍(地水火風) 4대(四大)의 순환이 원활하다. 이런 이상적 세계에 관찰자로서 화자는 적극적으로 참여하고 있는 것이다. 이때 화자는 산수와 합일되는 정신적 열락을 얻는다. '한밤에 여는 다문 입술'과 '별빛 같은 눈'과 살풋 드러난 '팔 굽이'는 그 열락의 다른 이름이다. 열락을 느끼는 화자와 산수와의 관계는 데카르트식의 주체와 객체의 관계가 아니다. 널리 알려진 바와 같이 데카르트는 우리의 인식 능력을 감각과 상상력과 기억과 이성으로 나눈 뒤 이성을 중심으로 세우고 타자를 주체로부터 분리시켜 대상화시켰다. 감각과 상상력과 기억은 보조수단으로서만 그 의미를 지니고 이성만이 본래적 인식 능력을 지니는 유일한 것이라 하였다.[142] 이 과정에서 생긴 주체와 객체 사이의 거리에서 지배와 피지배의 관계가 발생한다. 주체와 객체, 이 양자를 분리하고 대상화시킴으로써 데카르트로 표상되는 서구 근대는 단절된 세계이자 이분화된 세계가 된 것이다.[143] 「난초」는 그와 같은 단절과 이분화를 창조적 전통질서를 통해 극복하고 건강하고 아름답고 충만한 세계를 드러낸다. 뿐만 아니라 인간속세를 떠나 은일의 삶을 사는 군자적 의미를 지닌 고전적 상징의 답습 아니라 시적 자아를 대상과 동일선상에 놓음으로써 여인이라는 객관적 대상물인 난초 잎은 강인한 생명력을 뿜는 '생명'의 주체로 거듭난다.

> 골작에는 흔히
> 流星이 묻힌다.
>
> 黃昏에
> 누뤼가 소란히 싸히기도 하고,
>
> 꽃도
> 귀향 사는곳,
>
> 절터ㅅ드랬는데
> 바람도 모히지 않고
>
> 山그림자 설핏하면

---

142) 서양근대철학회 역음, 『서양근대철학』, 창비, 2001, 98쪽.
143) 강영안, 『타인의 얼굴』, 문학과지성사, 2005, 62쪽.

사슴이 일어나 등을 넘어간다.

                                            ―「九城洞」

　정지용의 시를 논할 때 빠지지 않는 것이 회화성이다.「구성동」은 회
화성이 뛰어난 자연시의 한 전형을 보여준다. 한 폭 산수화처럼 그려진
이 세계는 감정과 절제와 정서의 균제미를 다른 어떤 시보다 잘 활용하
고 있다.

　전체 5연으로 구성된 이 시는 사물과 현상을 관념으로 포착하여 표
현되고 있으나 시의 공간적 조형성은 그가 탐구해온 언어 감각의 연속
성과 변화를 살펴보게 하는 중요 단서가 된다. 별똥별이 떨어지는 골짜
기는 누뤼144)가 갑자기 내리기도 하고, 꽃도 외롭게 귀양 살듯 피어 있
는 곳이다. 이 시가 남다른 격을 유지하는 것은 바로 '꽃도 귀양145) 사
는 곳'이라는 3연이 가진 의미와 사유의 적막감 때문이다. 오늘날의 생
태계의 위기, 더 좁게 말해서 인간을 둘러싸고 있는 바깥 세계인 환경
의 위기는 인간이 꽃의 적막을 인정하지 않으려하는데서 파생한다. '나
는 생각한다. 고로 존재한다'는 데카르트의 코키토는 이성 이외의 것은
모두 부수적인 것으로 전락시켰다. 근대 이후 사회가 이성의 사회이자
과학의 사회로 전개되고, 자본이 조종하는 급진적 자본화, 상업화, 도
시화에 포섭되면서 인간/자연, 남자/여자, 지배자/피지배자 등으로 모
든 것을 이분화했다. 이분화의 세계는 자연을 인간에게 종속된 것으로
여긴다. 그러므로 꽃의 적막이란 존재할 수가 없다. 이 시는 그런 이분

---

144) 누뤼는 우박(雨雹)의 순우리말이다.
145) 원문에는 "귀향"이라 되어 있는데, 시 흐름으로 보아 '귀양'의 어원인 옛말을 그대
　　로 사용한 것으로 보인다. 이 글에서는 '고향으로 돌아가거나 돌아오는 것을 의미
　　하는 '귀향'과의 혼돈을 방지하기 위해 '귀양'으로 바꾸어 사용한다.

화의 세계를 통합하는 공간으로 작용한다. '꽃도/귀양 사는 그곳'에 이르렀다는 것은 꽃의 적막을 읽어냈다는 의미를 가진다. 그것은 곧 화자의 관념, 화자의 정신이 귀양 가서 살고 있다고도 할 수 있다. 이 고요의 경지를 '절터였다'는 폐허 속에 불러들임으로써 공감적 관념의 깊이를 까마득한 절벽과 절벽 사이에다 부려놓는다. 그 다음에는 저녁 산등성이를 넘어가는 사슴을 그려 넣는다. 산등성이를 넘어가는 저녁의 사슴은 텅빈 폐허 절터가 만든 고립을 넘어가는 사유를 드러내는 것이기도 하다. 이것은 깊은 산골의 풍경을 통해 거경(居敬)과 궁리(窮理)에 대한 화자의 사유 방식을 보여주는 하나의 방식이다. 거경과 궁리란 간추려 말하면 주자학의 수양의 두 가지 방법이다. 거경은 몸과 마음을 삼가서 바르게 가지는 내적인 수양법이고, 궁리는 널리사물의 이치를 궁구하여 정확한 지식을 얻는 외적 수양법을 말한다. 거경과 궁리는 '수레의 두 바퀴'와 같고 '새의 두 날개'와 같은 것이다. 즉 "사슴"은 풍경 그대로이기도 하지만, 정지용의 정신이 남긴 그림자이기도 하다. 모든 것이 사라진 뒤의 적막은 정지용의 극기정신이 창조한 동양적 정신주의의 골짜기인 허와 공의 세계이다. 절대 적막은 그 허와 공의 세계를 터질 듯 팽팽하게 하는 기운이다. 이러한 심미적 깊이는 인간과 인간, 인간과 대상 사이에 이해와 세계의 열림을 불러온다. 절대 적막과 절대 고독의 포갬, 정지용 시 정신의 깊이를 보여주는 이 '허정의 세계'[146]는 청정무구의 세계이며 '무욕의 관조적 세계'[147]로 승화된다. 자연산수를

---

146) 김훈, 「정지용 시의 분석적 연구」, 서울대학교 박사 논문, 1990, 154쪽. 김훈은 「구성동」의 시세계가 보여주는 적막의 세계는 동양적인 허정의 세계라면서 절대 적막과 절대 고독, 이러한 비정적, 비인간적 세계는 정지용의 시 정신의 깊이를 보여준다고 말한다.

147) 한영옥, 「한국 현대시의 주지성 연구」, 성균관대학교 박사 논문, 1991, 150쪽. 한영옥은 김춘수의 말을 인용하여 서술적 심상은 그것을 다루는 각도에 따라 생기

노래하면서 자연산수에 자신을 포개 넣어 음영을 만드는 것은 결코 쉽지 않은 공감적 형상화이다.

해ㅅ살 피여
이윽한 후,

머흘 머흘
골을 옮기는 구름.

桔梗 꽃봉오리
흔들려 씻기우고.

차돌부리
촉 촉 竹筍 돋듯.

물 소리에
이가 시리다.

앉음새 갈히여
양지 쪽에 쪼그리고,

서러운 새 되어
흰 밥알을 쫏다.

─「朝餐」

를 띠기도 하고 아주 휘발되어버리기도 한다고 전제하면서 정지용 시의 서술적 이미지는 독특한 생기를 띠고 대상을 바라보는 새로운 경지를 제공한다고 말한다. 이렇게 서술적 이미지만으로 형성되어 있는 시적 대상이 철저하게 시인으로부터 분리되어 나아가 형상화되는 객관세계는 심오한 관조의 세계라고 본다.

'꽃도/귀양 사는 곳'을 노래했던 「구성동」에서의 사슴은 「조찬」에 이르러 '새가 되어 날아와 서럽게 흰 밥알을 쫀다. 정지용의 자연시의 궤적을 보게 하는 이 시는 아침의 정경을 인상적으로 묘사하면서 자연 속에 살고 있는 화자의 심경을 은유적으로 표현하고 있다. 이슬에 씻긴 한 송이 도라지 꽃이나 죽순처럼 솟아나온 차돌부리도 그렇고 이가 시릴 정도로 찬 물소리는 상상 그 자체만으로도 우리의 온몸을 생생한 기운 속에 부려놓는다. 이러한 감각들은 자연산수의 식물적 생동감에서 온다. 시를 통해 그 자연산수의 대상물과 내가 겹쳐짐으로써 자연의 감각과 한 몸이 되고 마침내는 새로워지고 마음의 작용을 얻는다. 이러한 사실을 받아들이는 순간 우리는 인간중심주의를 벗어나 생태중심주의로 마음의 중심이 이동하게 된다. 생물이든 무생물이든 우리가 자연과 감정적 유대감을 회복하려면 자연으로 돌아가 자연과 교섭해야만 한다. 자연은 더 이상 인간의 도구로서만 존재하거나 조종하고 이용하고 착취하고 파괴하고 지배하는 대상이 아니다. 자연은 다양성과 복합성이 유기적 순환으로 숨 쉬는 대상이다. 자연에 대한 이러한 태도는 좀 더 적극적으로 장기적이고 미래중심적인 생태학적 세계관으로 우리를 이끌고 간다. 근대 이후 이성 중심적 사고가 지배하기 시작한 사회는 그 뿌리가 아주 깊어 생태학적 세계관을 이상적이고 실현 불가능한 것으로 여기게 만들었다. 결국 화자는 자신을 새와 포개 놓음으로써 생태학이 권장하는 삶의 방식에 도달한다. 이것은 자연을 통한 상상력과 동양적 정신주의, 동양적 정신주의와 생태학적 세계관의 만남을 보여주는 하나의 형식이다. 인간의 삶의 문제에 가장 현실적인 답을 제시하는 전환적 거경궁리의 사유를 보여주는 것이기도 하다.

「조찬」은 내용상 1-4연까지를 전반부 5-7연까지를 후반부로 하여 살펴볼 수 있다. 전반부는 자연현상을 수묵화처럼 담백하게 그려내었고, 후반부는 시적 화자의 심경을 자연 속에 녹여내고 있다. 경치를 보여준 다음 심상을 그려낸다는 한시의 선경후정(先景後情) 작풍을 보여준다. 이는 정지용이 동료교사이자 시조시인인 가람 이병기와 교류하면서 시조 등 한국 고전 시가에 대한 이해력을 높였을 것이라는 점을 짐작하게 하는 부분이다. 모더니스트로 시단에서 확고한 위치를 가진 정지용이 이처럼 한시풍의 작법을 거부감 없이 수용한 것은 유년시절에 이미 한학에 대한 기본적 소양을 쌓았던 영향도 있을 것이다. 여기다 이병기와 정인보와의 교류는 정지용의 시세계에 동양적 정신세계를 다지는데 큰 역할을 했을 것이다. 동양적 정신세계는 기개를 금과옥조로 여기는 조선의 선비정신과 상통한다고 볼 수 있다. 이때 후반부는 자연스럽게 1940년대 식민지 말기의 암담한 시대 현실을 은유적으로 풍자하려는 시인의 인식 속에 놓인다. 이때는 일제가 만주사변, 중일전쟁, 태평양전쟁으로 식민지침략전쟁을 확대하고 조선에 대해서도 전쟁협력을 강요하던 시기이다. 일제의 침략전쟁의 군수기지이자 전진기지로 활용하면서 전쟁에 필요한 물자를 약탈하며 『조선일보』와 『동아일보』를 강제 폐간시키고 민족정신을 말살하던 이 시기는 창씨개명과 내선일체가 폭압적으로 강행되었다. 따라서 조선 언어로 시를 쓴다는 것은 신변의 위험을 감수하겠다는 각오 없이는 불가능했을 것이다. 「조찬」의 후반부는 외적으로는 새가 밥알을 쪼아 먹는 정경이지만 내적으로는 물소리에 이가 시리고, 양지쪽에 쪼그리고, 서러운 새가 밥알을 쪼는 모습에서 식민지 백성의 참담한 서러움의 실상을 선명하게 인화해 낼 수 있는 것이다. 이런 은유는 보다 근본적이며 광범위한 생명중심적 자아실현과 모든 생명의 평등을 주장하는 심층생태학의 논리와 맥락을 같이 한다.

「난초」는 전기 시세계와 연속성을 가지되 변화된 모습을 보여주었다. 주체와 객체를 분리하고 대상화시킨 데카르트적 사유가 남긴 근대 이후의 단절과 이분화를 동양적 사유의 창조적 전통질서를 통해 극복하고 강인한 '생명' 주체의 세계를 드러낸 시가 「난초」라면 「구성동」은 꽃의 적막을 보여줌으로써 이분화된 세계를 통합하는 생태학적 상상력의 새로운 모습을 보여준 시이다. 한 폭 산수화처럼 뛰어난 회화성으로 적막을 그려낸 자연시의 한 전형이 된 「구성동」의 세계는 감정과 절제와 정서의 균제미로 거경궁리(居敬窮理)의 사유방식을 보여주었다. 「조찬」에 이르러서는 '꽃도/귀양 사는 곳'을 노래했던 「구성동」에서의 사슴이 '서럽게 흰 밥알을 쪼는 새'로 현신하여 정지용의 시가 완숙한 정신세계로 진입하는 궤적을 사실적으로 보여준다. 이 시들에서 알 수 있듯 당시 정지용이 다루었던 '유리창', '시계', '기차' 등과 같은 대상에서 동양의 고전적 정신세계로의 이동은 감각적 언어로 관습적 시작 방식을 혁신하되 동양적 정신주의의 깊이가 담보된 생태학적 시선을 시작의 사유 방식으로 채택하는 새로운 창작 세계로의 전환이다.

(2) 국토순례와 자발적 생장의 자연 미학

자연시는 자연 속에 들어간 그 자체만으로 창작되어지는 것이 아니다. 자연 속에 들어감으로써 영감과 발흥이 자연시 창작의 시발이 되기도 하지만 자연에서 새로운 감흥을 얻으려는 의도적 노력이 있을 때 자연의 미를 형상화하는 예술적 가치는 높아진다. 자연은 감흥을 얻으려는 여행자의 시선을 주체적 매개로 하여 재구성된다. 그 시선은 자연과 몸과 정신이 따로 분리된 것이 아니라 하나로 통합된 시선이다. 경험은 체험의 축적으로 이루어진 집합체이다. 자연은 자연 그대로의 아름다움으로서의 의미도 있지만 인간 주체의 삶에 의해 부단히 변화하는 생활공간이자 풍경으로서 민족사의 역사미(歷史美)까지도 지닌 공간으로서의 의미도 가진다. 자연이 가진 자연미와 역사미는 우리 삶의 과정과 별개로 떼어놓을 수 없다. 인간 역시 자연의 한 부분으로서 자연과 공동체를 이루고 있으며 생물체든 무생물체든 스스로 그러한 존재인 자연에 의탁하여 생존에 관련된 것들을 획득한다. 따라서 자연시는 경관 그 자체에 대한 노래이면서 자연미와 역사미를 아우르는 노래이기도 하다. 그러므로 정지용이 보여주는 자연시편들에서 우리 삶에 대한 반성과 성찰의 정신을 발견하고, 또 국토산하를 생명공간으로 인식하는 화자의 시선이 인간사의 비유에까지 가 닿아 있는가를 살펴보아야 한다.

정지용의 작품 활동은 『문장』 1권 2호와 3호 이후 1년 동안 휴면기를 그쳤다가 1941년 『문장』 3권 1호를 통해 다시 시작한다. 이때 발표된 것이 「조찬」, 「인동차」, 「나븨」, 「호랑나븨」 등의 시편이다. 휴면시기라 할 1938년과 1940년에는 『조선일보』와 『동아일보』의 청탁을 받아서 국토순례 기행문을 썼다.[148] 1939년 『문장』에 발표된 「長壽山」 연작과 「白鹿潭」 등의 시는 이 시기에 쓴 것이라 볼 수 있다.

伐木丁丁 이랫거니 아람도리 큰솔이 베혀짐즉도 하이 골이 울어 멩아리 소리 쩌르렁 돌아옴즉도 하이 다람쥐도 좃지 않고 뫼ㅅ새도 울지 않어 깊은산 고요가차라리 뼈를 저리우는데 눈과 밤이 조히보담 희고녀! 달도 보름을 기달려 흰 뜻은 한밤 이골을 걸음이랸다? 웃절 중이 여섯판에 여섯 번 지고 웃고 올라 간뒤 조찰히 늙은 사나희

---

148) 권정우, 앞의 책, 19쪽.

의 남긴 내음새를 줏는다? 시름은 바람도 일지 않는 고요에 심히 흔들리우노니 오오 견듸란다 차고 兀然[149]히 슬픔도 꿈도 없이 長壽山속 겨울 한밤내---

　　　　　　　　　　　　　　　　　　　　　　　—「長壽山 1」

　장수산은 황해도 재령군에 있는 산으로 빼어난 명승지이다. 정지용이『문장』에 관여하던 시절에 쓴 시인데 겨울 산중에서 맞는 달밤의 정경을 묘사하고 있는 자연시 계열에 속한다. 그런데 세세하게 살펴보면 외면적으로는 달밤의 정경을 묘사하고 있지만 실상은 산의 고요함을 집중적으로 드러내고 있다. 화자가 말하는 핵심은 고요에 뼈가 저린다는 것에 있다. 추위에 뼈가 저리는 것이 아니라 고요에 뼈가 저린다는 것은 초절의 상태에 있는 정신세계의 깊이를 보여주는 대목이다.

　화자는 아름드리 큰 소나무가 서 있는 고요한 산골에 머물면서 자연과 동화된 자신과 만난다. '伐木丁丁 이랫거니'라는 구절에서 자연과 동화된 화자의 상태가 드러난다. '伐木丁丁'이란『시경』의「小雅. 伐木」편에 나오는 한 구절로 나무를 치면 탕 하고 울리는 소리가 나는 것을 뜻한다. 이때 나무를 치는 소리는 근대의 세계관이 스며들기 전의 삶의 자취이다.『시경』을 끌어들인 것도 이 시의 정신세계가 동양적 전통의 자연적 세계관에 있음을 보여주는 하나의 이유일 것이다. '伐木丁丁 이랫거니'가 보여주는 시대는 자연을 통해 생존에 필요한 것을 얻되 인간

---

149) '兀然히'의 오식으로 보인다.『문장』에 발표 때는 '올연(兀然)히'로 표기되었는데 시집『백록담』에는 '궤연(几然)히'로 표기되었다. 권영민의『정지용 시 126편 다시 읽기』에 따르면 "'올연히'는 '올올(兀兀)히'와 마찬가지로 산이나 바위 등이 우뚝하게 서 있는 모습을 말하며, '궤연히'는 '점잖고 침착하다'는 뜻을 가진다. '궤연히'라는 말도 그 앞에 오는 '차고'와 문맥상으로 무리 없이 연결된다. 그러나 '几'를 '兀'의 오식으로 보아 바로잡는 것은 해방 후의『지용시선』에서 이를 '올연히'로 다시 고쳐놓았기 때문이다."

이 자연을 지배하는 개념이 아니라 자연에 대한 경외감 내지는 자연과의 일체감을 가지고 있는 순환론적 세계관의 시대이기 때문이다. 화자는 큰 나무를 치는 나무꾼의 움직임을 상상력으로 끌어들여 산골의 적막감을 묘사한 것이다. 그러나 실은 나무도 베어지지 않았고 소나무 숲은 빽빽한 그대로 고요에 묻혀 있다. 다람쥐도 없고 멧새도 울지 않는 적막 때문에 산골이 스스로 울어서 메아리를 만들어 낼 것도 같다는 구절은 산골의 고요가 가진 깊이를 잘 보여준다. 화자는 그 적막으로 인해 뼈가 저리기 때문에 잠들지 못한다고 말한다. 하얀 잔설에 달빛이 비치는 적막감은 자연 속의 은둔을 통해 무위자연의 반본(反本), 즉 자연의 원래 삶으로 돌아가고자 하는 노장철학의 경향을 드러낸다. 그러나 화자는 산골을 산책하면서 웃절 중과 여섯 판이나 둔 바둑을 생각하면서 사람의 체취를 느낀다. 그 체취는 자연을 통해 자연미를 느끼면서 동시에 도(道)를 구하는 성찰적 사유를 가진 존재를 의미한다. '바람도 일지 않는 고요에 심히 흔들리는 시름'은 일제 강점기 치하의 지식인으로서 직접적이고 적극적으로 배일(排日)하거나 일제 지배에 저항하지 못하는 것에 대한 곤혹감 아닐까. 그 시름을 '견디려는' 마음은 냉정하게 마음을 다잡아 침착하게 세계를 읽어내려는 화자의 내면 의식이다. 그러나 여전히 '심히 흔들릴 수밖에 없는' 심사는 찬 눈바람이 이는 적막한 산골의 깊은 고요가 아니면 다스릴 수 없을 것이다. '슬픔도 꿈도' 없는 장수산의 겨울은 식민지 시대의 지식인으로서 정지용이 가져야 했던 그 적막감이요 절대 고요였을 것이다.

정지용은 장수산을 여행하면서 국토자연의 수려한 경관과 인간의 불완전성에 대비되는 자연의 완전성이라 할 오염되지 않은 청정한 기운에 압도되지만 이내 감각적 묘사력을 발휘하여 시적 성취감을 얻고,

인간 주체의 삶을 대비하여 민족사의 역사미(歷史美)까지도 수렴해낸다. 역사미는 이분화된 세계관에 대한 반성과 성찰의 사유라는 점에서 중요하다. 그러나 이 시에서 보이는 역사미는 매우 소극적이다. 소극성은 생태학적으로 겉에 해당한다. '겉의 층'은 표층을 말하는데 이는 과학적 인식론에 토대를 둔 표층생태학적 사유이다. 그렇다고 해서 이 시를 표층생태학적인 작품이라고는 볼 수 없다.

간략하게나마 표층생태학과 그 건너편에 서 있는 근본생태학을 비교해보면, 먼저 표층생태학은 인간중심적이고 단기적이며 소극적이다. 인간과 자연을 분리하는 근대적 사유가 자리하고 있다. 표층생태학에는 자연을 인간에 종속되어 있고 지배되는 것으로 잘못 파악하고 있는 서구 과학적 인식론이 들어 있다. 한편, 근본생태학을 일컬을 때 근본은 '깊음(deep)'으로 표기된다. 깊음은 적극성을 의미하는데 인간중심주의를 표상하는 문명 자체를 반본하여 급진적으로 전복시키자는 의미를 가진다. 근본생태학은 기존의 인간중심적 사유에서 과감히 탈피하여 패러다임을 완전히 바꾸자고 말한다. 생태학적 삶으로의 방향 전환이 확실하게 이루어질 때 인간의 삶의 문제에 대한 현실적인 답안이 성립된다는 것이다.[150] 이러한 의미 차원에서 보면「장수산 1」은 패러다임을 새롭게 전환하려는 화자의 심경을 동양적 정신주의의 방식으로 보여준다.

패러다임을 전환하려는 동양적 정신주의의 방식은 내면의 열림과 확장의 단계를 거치면서 진행된다. 이 시는 자연의 감각을 시작 자아의

---

150) 이러한 논의는 다음 두 사람의 연구에서도 살펴볼 수 있다. 원병관, 「동양 사상과 심층생태학」, 『동서비교문학저널』, 한국동서비교문학학회 제18호, 2008. 봄·여름, 160쪽. ; 김종욱, 「생태철학과 불교」, 『현대사회의 제 문제와 불교』, 불교학연구회, 2000, 19-20쪽.

감각에만 한정하는 것이 아니라 그 감각을 통해 자연을 확장된 전체로 열어 나간다. 적막한 산골의 맑고 서늘한 기운이 깊은 고요를 통해 '나'의 심연과 조우하고 마침내는 '나'와 동화된다. 이러한 열림의 세계는 파장의 겹침을 가지고 있다. 깊은 산골의 고요는 웃절 중과 조찰히 늙은 사나이에게만 파장을 주는 것이 아니라 장수산 속의 모든 대상들을 고요의 깊이 속으로 침잠시켜 '고요에 심히 흔들리는 시름'을 보게 한다. 그러므로 '장수산 속 겨울 한밤'을 앓는 화자의 동태는 소극적인 것이 아니라 "골이 울어 멩아리 소리 쩌르렁 돌아"오듯이 격렬한 상태를 내포하고 있다. 다만 산수자연의 적막과 고요가 탈속적 분위기를 자아냄으로 해서 자연미에 비해 역사미의 실체가 부상되지 않고 있을 뿐이다.

> 풀도 떨지 않는 돌산이오 돌도 한덩이로 열두골을 고비고비 돌았
> 세라 찬 하눌이 골마다 따라 씨우었고 어름이 굳이 얼어 드딤돌이
> 믿음즉 하이 꿩이 긔고 곰이 밟은 자옥에 나의 발도 노히노니 물소
> 리 귀또리처럼 喞喞하놋다 피락 마락하는 해ㅅ살에 눈우에 눈이 가
> 리어 앉다 흰시울 알에 흰시울이 눌리워 숨쉬는도다 온산중 나려앉
> 는 휙진 시울들이 다치지 안히! 나도 내더져 앉다 일즉이 진달래 꽃
> 그림자에 붉었던 絶壁 보이한 자리 우에!
>
> —「長壽山 2」

「장수산 2」는 '돌/하늘/어름/디딤돌/꿩/곰/물/귀또리/햇살/눈/진달래/절벽' 등 시각적 이미지가 바탕을 이루어 섬세하게 묘사되고 있는 작품이다. 이 시각적 이미지들은 인간과 자연이 조화를 이루어 거대한 자연 공동체를 형성하고 있는 모습을 감각적으로 보여준다. 뿐만 아니라 「장수산 1」의 소재가 지니는 운동성보다 더 활발하고 역동적인 상태에

도달하여 화자의 내면을 환기한다. 「장수산 1」이 뼈가 저리는 깊은 고요에 빠진 적막의 세계를 상상력으로 끌어들인 나무꾼의 움직임으로 대비시키거나 '웃절 중'과 '조촐히 늙은 사나이'를 통해 활력성을 부여하는데 반해 「장수산 2」는 "돌산"에서 올려다보는 "찬 하늘"과 깎아지른 "절벽"의 수직성을 '열두 골을 굽이굽이 돌았다'와 같은 적극적인 움직임으로 전환한다. 또 "꿩이 긔고 곰이 밟은 자옥에 나의 발도 노히"는 운동성은 이 시가 더욱 힘찬 활력을 가진 동적 상황에 이르도록 기여한다. 이것들은 개별적 존재이면서 동시에 하나의 고리로 연결된 자연이라는 가정의 거대한 공동체를 이루는 일원이다. 생물체와 무생물체로 이루어진 산수자연의 다양한 소재들은 순환적 시스템에 의해 활력과 생기가 생성된다는 생태학적 세계관의 특성을 드러낸다.

「장수산 2」가 보여주는 자연 순환의 원리에 대한 묘사에는 자연과 합일을 이루려는 화자의 현실 초월적 의식이 들어있다. "흰 시울 알에 흰시울"이나 "휙진 시울" 같은 표현에서 보듯 수묵화를 연상하게 하는 산수자연의 색감은 담백한 여백의 미를 추구하는 동양의 고전적 정신세계와 같은 맥락에 놓인다. '시울'은 두 가지 뜻을 가지고 있다. 하나는 눈이나 입 따위의 '가장자리'를 말한다. 눈시울이 뜨거워지다와 같은 말에서 볼 수 있다. 또 하나는 활시위에서 볼 수 있듯이 시위, 현(弦)과 줄을 의미한다. 송강의 「청산별곡」에 "거문고 시울 언저 風入松이야고 야"라는 구절이 있다. 이 시에서는 두 번째의 의미를 가지고 있다. 즉 "흰시울"은 눈이 내려 쌓여 하얗고 길게 이어진 산의 능선을 말하는 정지용의 독창적 시어다.[151] "흰 시울 알에 흰시울"은 눈이 내려 쌓여 생

---

151) 이숭원은 "흰시울"은 "얇게 퍼진 막 같은 자연 현상"을 가리키는 것으로 보고 있다. 이숭원, 『정지용 시의 심층적 탐구』, 태학사, 1999, 172쪽.
　　김신정은 "흰시울"에 대해 "눈가에 어려 있는 눈물 방울 처럼 분명한 형체를 지니

긴 능선 위에 다시 또 눈이 내려 덮여 새로운 하얀 능선을 이룬 생명의 도저함이다. "획진 시울"에서 "획"은 한자 '그을 획(劃)'자의 지역말이다. 그러니까 "획진"이란 분명하게 고르고 이지러짐이 없다는 의미이다. 따라서 "획진 시울"은 하얀 눈이 쌓여 뚜렷하게 드러나 있는 능선을 말한다. 하얀 눈으로 덮인 뚜렷한 산의 능선을 세세하고 감각적으로 보여주는 것은 세속의 번다한 잡사를 떠난 고절한 삶을 대자연의 이법을 통해 보여주려는 의도로 짐작된다. 장수산의 절경인 장수12곡은 석동 12곡이라 불리기도 하는데 거대한 석벽의 단층이 장관을 이룬다고 한다. 이러한 깊은 산골의 사물들은 화자와 일체감을 이룬다. '꿩이 기고 곰이 밟은 자국에 나의 발도 놓이고/눈 위에 눈이 가리어 앉고/일찍이 진달래 꽃 그림자에 붉었던 절벽 보이얀152) 자리에 앉다'는 묘사는 장수산의 사물과 화자가 서로 조화하여 합일 되고 있음을 연출하는 장면이다. 자연과 일체감을 이루려는 화자의 의지는「백록담」에 이르러 역동적인 활력을 통해 구체적으로 구현된다.

「백록담」은 정지용이 상당한 심혈을 기울인 작품임을 이 작품이 발표된『문장』1권 3호(1939. 4) 편집후기에 실린 "芝溶의 一年을 두고 벨른 <白鹿潭>이 나왔고"라는 글을 통해 알 수 있다. 이 작품은 1-9까지 번호가 붙어 있는 산문형의 장시다.

지 않은 채 무수히 흩날리는 눈발의 움직임을 한 번에 담아낸 표현"이라고 주장한다. 김신정, 앞의 논문, 128쪽.
152) "보이얀"은 형용사 '뽀얗다'의 부드러운 말인 '보얗다'에서 파생된 것으로 보인다. 즉 '보얀'의 약한 말 '보얀'이 '보오얀'으로 변형되고, '보오얀'이 구어적으로 표현으로 바뀌면서 '보이얀'→'보이한'으로 된 것으로 보인다. 그러나 이숭원은『정지용 시의 심층적 탐색』(172쪽)에서 "보잇한"(빛깔이 약간 보유스름한 듯한)의 구어적 표현이거나 "보임직한"(보일정도로 가까운)의 축약 형태라 하였다.

1

絶頂에 가까울수록 뻑국채 꽃키가 점점 消耗된다. 한마루 오르면 허리가 슬어지고 다시 한마루 우에서 모가지가 없고 나종에는 얼골만 갸웃 내다본다. 花紋처럼 版박한다. 바람이 차기가 咸鏡道끝과 맛서는 데서 뻑국채 키는 아조 없어지고도 八月한철엔 흩어진 星辰처럼 爛漫하다. 山그림자 어둑어둑하면 그러지 않어도 뻑국채 꽃밭에서 별들이 켜든다. 제자리에서 별이 옮긴다. 나는 여긔서 기진했다.

2

巖古蘭 丸藥 같이 어여쁜 열매로 목을 축이고 살어 일어섰다.

3

白樺 옆에서 白樺가 髑髏가 되기까지 산다. 내가 죽어 白樺처럼 흴것이 숭없지 않다.

4

鬼神도 쓸쓸하여 살지 않는 한모롱이, 도체비꽃이 낮에도 혼자 무서워 파랗게 질린다.

5

바야흐로 海拔六千呎우에서 마소가 사람을 대수롭게 아니녀기고 산다. 말이 말끼리 소가 소끼리, 망아지가 어미소를 송아지가 어미말을 따르다가 이내 헤여진다.

6

첫새끼를 낳노라고 암소가 몹시 혼이 났다. 얼결에 山길 百里를
돌아 西歸浦로 달어났다. 물도 마르기 전에 어미를 여힌 송아지는
움매- 움매- 울었다. 말을 보고도 登山客을 보고도 마고 매여 달렸
다. 우리 새끼들도 毛色이 다른 어미한틔 맡길것을 나는 울었다.

7

風蘭이 풍기는 香氣, 꾀꼬리 서로 부르는 소리, 濟州회파람새 회
파람부는 소리, 돌에 물이 따로 굴으는 소리, 먼 데서 바다가 구길때
쏴- 쏴- 솔소리, 물푸레 동백 떡갈나무속에서 나는 길을 잘못 들었다
가 다시 측넌출 긔여간 흰돌바기 고부랑길로 나섰다. 문득 마조친
아롱점말이 避 하지 않는다.

8

고비 고사리 더덕순 도라지꽃 취 삭갓나물 대풀 石茸 별과 같은
방울을 달은 高山植物을 색이며 醉하며 자며 한다. 白鹿潭 조찰한
물을 그리여 山脈우에서 짓는 行列이 구름보다 壯嚴하다. 소나기 놋
낫 맞으며 무지개에 말리우며 궁둥이에 꽃물 익여 붙인채로 살이 붓
는다.

9

가재도 긔지 않는 白鹿潭 푸른 물에 하눌이 돈다. 不具에 가깝도
록 고단한 나의 다리를 돌아 소가 갔다. 좇겨온 실구름 一抹에도 白
鹿潭은 쓸쓸하다. 나는 깨다 졸다 祈禱조차 잊었더니라.
　　　　　　　　　　　　　　　　　　　　　　　─「白鹿潭」

「백록담」은 천지만물의 조화를 자연을 통해 보여준다. 제주도에 대한 정지용의 시선이 어디에 가 닿아 있고 어떤 생명적 감각을 느끼고 있는지 섬세하게 알 수 있는 작품이다. 모두 9편으로 나누어진 이 시편은 백록담에 이르기까지 대면했던 인상적인 장면들을 각 연마다 하나씩 그려놓고 있는데, 그의 기행문「一片樂土-多島海記 5」, 그리고「歸去來-多島海記 6」에도 그 여정이 일부 나타난다. "제주도는 마침내 한라영봉의 오롯한 한 덩어리에 지나지 않는 곳인데 산이 하도 너그럽고 은혜로워 산록을 둘러 인축을 깃들이게 하여 자고로 넷 골을 이루도록 한 것이랍니다. 그리하여 사람들은 돌을 갈아 밭을 이룩하고 牛馬를 고원에 방목하여 생업을 삼고 그러고도 童女까지라도 열길 물 속에 들어 魚貝와 해조를 낚아 내는 것"[153]이라 한 산문은 정지용이 제주도를 여행하면서 받은 감동이 어떠한가를 알 수 있게 하는 한 대목이다. 정지용은 제주 여인들의 강인한 생활력과 감물(柿汁)을 들인 옷에 대해 감탄하면서 "예로부터 도적과 습유(拾遺)가 없고 악질과 음풍(淫風)이 없는 묘묘(杳杳)한 양상(洋上) 낙토"[154]라고 제주도를 평한다. 이와 같은 감동이「歸去來-多島海記 6」에서는 백록담을 만남으로써 절정을 이룬다.

풍란의 향기가 코에 아른거리는 것이요. 고산 식물 암고란(巖古蘭) 열매(시레미)의 달고 신맛에 다시 입안이 고이는 것입니다. 깨끗한 돌 위에 배낭을 베개삼아 해풍을 쏘이며 한숨 못잘 배도 없겠는데 눈을 감으면 그 살지고 순하고 사람 따르는 고원의 마소들이 나의뇌수를 꿈과 같이 밟고 지나며 꾀꼬리며 휘파람새며 이름도 모를 진기한 새들의 아름다운 소리가 나의 귀를 소란하게 하는 것이 아닙니까.[155]

153) 정지용,「一片樂土-多島海記 5」,『달과 자유』, 288쪽.
154) 정지용,『달과 자유』, 289쪽.
155) 정지용,『달과 자유』, 290쪽.

제주도의 정경과 제주 사람들의 삶뿐만 아니라 그들의 풍습이나 생활도구 등에 깊은 감동을 받은 정지용으로서는 한라산을 오르며 만난 여러 장면들이 단순한 하나의 자연으로만 보이지 않았을 것은 자명한 일이다. 그러므로 「백록담」은 제주도에 보내는 정지용의 찬사이며 기운생동(氣韻生動)하는 생명의 향연에 대한 헌사라 할 수 있다.

「백록담」에는 갈등과 대립이라는 근대의 과학적 세계관이 만든 세속적 공간을 벗어나려는 '향천적(向天的) 운동성'156)이 매우 구체적으로 나타나 있다. 백록담은 사화산(死火山)인 한라산의 산정에 있는 지름 약 500m, 주위 약 3km의 타원형 화구호(火口湖)이다. 그 주변 암벽은 풍화작용을 받아 주상절리(柱狀節理)가 발달되어 기암절벽을 이룬다. 이러한 백록담이 있는 한라산 정상을 향해 오르고 있는 화자는 이 분법적인 사유체계를 합리적이라고 보는 근대라는 직선적 공간을 대자연에 귀의함으로써 극복하려 한다. 그러나 세상 이치란 결코 쉽게 그 무엇이든 성취되도록 하지 않는다. 하늘을 향해 높다랗게 치솟은 한라산을 한 마루 한 마루 오를 때마다 지친 숨을 가쁘게 몰아쉬는 화자의 모습은 생명의 향연과의 조우를 위한 작은 연소(燃燒)일 뿐이다.

이 숨 가쁨은 첫 연에서 "뻑꾹채 꽃키"와 반비례한다. 가쁜 숨이 높아지는 만큼 뻑꾹채는 그 키가 자꾸 낮아진다. 키가 낮아지다가 사라지고 만다. 실상은 사라진 것이 아니다. 강렬한 생명의 고리를 版박힌 花紋의 흔적에 이어서 爛漫할 뿐이다. '허리가 슬어지고/목아지가 없고/얼굴만 갸옷 내다보다'가 나중에는 '꽃무늬처럼 멀리 박혀있다가/아주 없

---

156) 김종태는 「백록담」에 향천적 운동이 매우 구체적으로 나타나는 이유를 "백록담이야말로 하늘을 향해 있는 수직성 운동성으로 인하여 가 닿을 수 있는 시원의 처소이기 때문"이라고 설명한다. 김종태, 「정지용 『백록담』의 공간 의식」, 『한국문예비평연구』, 한국현대문예비평학회 10호, 2002, 208쪽.

어지고도 성진처럼 난만한' 것이 바로 한라산에 오르며 만난 빽꾹채이다. 있음이 곧 없음이고, 없음이 곧 있음이다. 빽꾹채를 색(色)이라 하면 색즉시공 공즉시생의 도리를 만나는 것이 바로 한라산을 오르는 그 숨 가쁨인 것이다. 정지용의 종교는 비록 가톨릭이지만 불교적 사유, 동양적 사유가 단연 빛을 발할 수밖에 없는 까닭은 본질적으로 그가 가진 동양적 체질에서 연유한다. 그가 태어나고 자란 고향의 산과 들과 개천이 정지용의 본성에 미친 영향은 기독교적인 신성의 분위기가 아니다. 오히려 동양적이고 불교적이고 도가적이다. 이러한 세계관은 자연히 한라산의 자연과 만난 정지용으로 하여 조화와 상생, 합일의 정신을 추구하게 했을 것이다.

가쁜 숨으로 기진했던 화자는 2연에 이르러 생명수를 마신 뒤 활력을 얻는다. '암고란 어여쁜 열매'의 즙은 자연이 인간에게 아무 조건 없이 주는 생명수이다. 아무 조건 없이 주는 것, 이것은 무주상보시(無住相布施)이다. 오른손이 하는 것을 왼손이 모르도록 하는 것, 이것도 무주상보시이다. 아무 조건 없이 생명을 살릴 때 참된 살림이 된다. 생명을 살리는데 있어서 조건이 있다는 것은 생명의 가치를 그 조건의 무게와 견준다는 것이므로 근대의 자본주의적 사유가 개입했다는 의미를 갖는다. '암고란 어여쁜 열매'로 인해 되살아난다는 것은 세속적 근대 질서와 단절하고 조화와 상생의 기운이 흐르는 자연이라는 가정의 구성원으로서 다시 태어나 출발한다는 뜻이다. 자연의 생명수로 세속적 몸을 씻어 새로운 정신적 세계가 태어나는 순간이다. 따라서 백록담을 향한 걸음은 자연의 생명력을 통해 몸과 마음이 정화되고 정제된 이 순간부터 시작된다고 볼 수 있다.

이처럼 '암고란 열매' 즙으로 목을 축이고 다시 산행을 시작한 화자는 고사목이 된 白樺를 만난다. 고사하는 白樺를 보면서 자신도 죽으면 白樺처럼 하얗게 되지 않겠는가 하는 생각을 한다. 白樺란 자작나무를 말한다. 고사하여 서 있는 자작나무의 흰 등걸을 보며 화자는 촉루(髑髏)로 살아 있는 것이라 여기고 자신이 그런 모습으로 한라산을 지키고 서 있어도 흉이 될 것은 없다고 말한다. 자연에서 왔으니 자연으로 돌아가 초월한 모습으로 존재하고 싶다는 화자의 의도를 읽을 수 있는 부분이 바로 이 3연이다. "시는 언어의 구성이기보다 더 정신적인 것의 열렬한 정황 혹은 왕일(旺溢)한 상태 혹은 황홀한 사기임으로 시인은 정신적인 것에서 정신적인 것을 조준한다. (중략) 시인은 정신적인 것에 신적 광인처럼 일생을 두고 가엾이도 열렬하였다."고 했던 정지용의 시관을 엿볼 수 있는 대목이다.157)

정지용은 귀거래를 한다면 백록담이 있는 한라산이었으면 좋겠다는 생각을 가졌던 것 같다. 한라산, 그 깊은 곳. 이를테면 "귀신도 쓸쓸하여 살지 않는 한모롱이" 쯤이면 초월을 향한 염원을 실현할 수 있지 않을까 하는 내심의 일단을 내보인다. "白樺처럼 흴것이 숭없지 않다"고 했으니 "도체비꽃이 낮에도 혼자 무서워 파랗게 질린다"한들 그게 무슨 대수겠는가. 그 "한모롱이"는 바로 번다한 일들로 번민해야 하는 세속을 뛰어넘을 수 있는 초월적 자연의 세계다.

하지만 화자는 아직 가 닿아야 할 공간이 있다. 바로 산정에 있는 백록담이다. 그곳을 향해 다시 걸음을 옮기다 말과 소를 만난다. 산 능선의 평원에 방목된 말과 소는 사람을 위협적인 존재로 보지 않는다. 말이 소를 대하듯, 소가 말을 대하듯 사람 역시 자연이라는 가정의 구성원, 즉 자연의 가족이라는 동질감을 가지고 대한다. 인간/자연, 혹은 인

---

157) 정지용, 「시의 옹호」, 『달과 자유』, 334쪽.

간/동물이라는 이분법적 시각이 무화된 세계는 정지용의 생태학적 시선이 어디에 있는지를 보여준다.

6연은 해발 6천척에 있는 그 목장에 잠시 머물며 암소가 첫 새끼를 낳는 것을 본 인상을 남긴 대목이다. 척관법의 1척은 미터법의 30.3cm로 간주된다. 그러니 6천척이면 181,818cm이다. 한라산이 해발 1,950m이니 1,818m에 있는 목장이면 거의 정상부에 가까운 평원에 있다. 몹시 힘들게 첫 새끼를 낳고 얼결에 펄쩍 뛰어 달아난 어미 소를 찾아 송아지는 말과 등산객 아무에게나 매달린다. 그런데 화자는 "우리 새끼들도 毛色이 다른 어미한틔 맡길것을 나는 울었다"며 쓸쓸한 인간의 면모를 드러낸다. 세속적 삶의 여러 고달픔을 그렇게 투영한 것으로 보인다.[158] 그러나 다시 목장을 나서 산을 오르며 화자는 풍란의 향기와 꾀꼬리 소리 등 자연의 여러 가지 조화로움에 휩싸인다.

7-8연에 등장하는 여러 동물과 식물 등과 길을 잘못 들었다가 문득 마주친 조랑말 등은 자연에 동화되어 있는 화자의 심경을 반사하여 보여주는 대상들이다. 화자는 한라산으로 오르며 만난 '풍란/꾀꼬리/제주 휘파람새/돌과 물/솔소리/물푸레/동백/떡갈나무/칡닝쿨/고비/고사리/더덕순/도라지꽃/취/삿갓나물/대풀/석이[159]/별/구름' 등의 동식물을 비롯한 온갖 존재들을 일일이 호명한다. 이름을 부른다는 것은 더불어 자연을 구성하는 공동체적 존재들을 존중한다는 의미를 가진다. 고부랑

---

158) 김종태는 이 구절은 세속적 삶의 슬픈 풍경들에 대한 시인의 생각이라면서 여기 나오는 화자의 울음이 이 시의 전체적인 문맥을 지배하지는 못한다고 주장한다. 김종태, 앞의 논문, 209쪽.

159) 石茸의 '茸'은 자전에 음이 '용'으로 나온다. 그러나 「柘榴」의 '柘'를 자전에 나오는 음대로 '자'로 읽지 않고 '석'으로 읽어 '석류'라 했듯이 石茸은 '석이(石耳)'로 읽어야 할 것이다. 이것은 길은 산 바위에 돋는 석이버섯을 지칭한 것이다. 이숭원, 『원본 정지용 시집』. 197쪽.

길에서 화자와 마주친 조랑말이 피하지 않는 것은 화자가 생물체든 무생물체든 모든 자연 대상들에게 보내는 무한한 신뢰와 존중의 뜻이 전달되었음을 보여준다. 이 대상들은 초기의 '바다' 시편들처럼 격정적이거나 현란한 움직임을 보여주는 것이 아니라 은은하고 깊고 그윽한 곳에서 생성된 듯한 따뜻하고 넉넉한 생명의 활기를 가지고 있다.

화자는 급작스레 내린 소나기에 옷이 젖기도 하고, 엉덩이에 흙탕물이 들기도 하면서 산길을 올라 드디어 백록담이 있는 산정에 오른다. 가재 한 마리 없는 백록담 푸른 물과 하늘이 하나가 된 정경은 대자연의 일체화를 추구하는 화자의 의도를 드러낸다. 거친 길을 오르느라 몹시 지쳐 절뚝거리는 육신이지만 백록담과 마주하는 순간 "백록담 푸른 물"에 담긴 "하늘"처럼 그 육신에 담긴 정신은 청정해진다. 이것은 '고독하면서도 시름겹지 않은 「백록담」의 본질적 미학'160)이다. 백록담 푸른 물에 담긴 하늘을 통해 영혼을 정화하고, 자연의 생명력을 온몸으로 받아들이고 있는 이 시는 '道家에서 추구하는 仙境의 세계'161)라는 평을 받기도 한다. 백록담에 오르는 도정이 고난의 길이었듯이 세속적 삶의 길 역시 고난과 고독, 슬픔과 외로움이 뒤엉킨 길임을 정지용은 말하고 싶었는지도 모른다. 1930년대 말의 식민지 지식인으로서 일제의 압력 속에서 현실과 분리될 수밖에 없는 자아였기에 정지용은 자연에 자신을 의탁하고 숨기되 그것을 통해 그 본연의 의미를 남겨야만 했을 것이다. 만약한라산을 창조했다는 전설의 여신인 설문대 할망, 백록을 타고 유유자적 했다는 신선 등 한라산만이 지닌 전설속의 이야기를

---

160) 최승호, 『한국현대시와 동양적 생명사상』, 다운샘, 1995, 154쪽.
161) 노병곤, 「「백록담」에 나타난 芝溶의 現實認識」, 『동아시아문화연구』 9호, 한양대학교 동아시아문화연구소, 1986, 210쪽.

「백록담」에 등장시켰다면 그 의미는 더욱 심도 있었을 것으로 보인다.

「백록담」과 「장수산」 연작 등 '산'으로 대변되는 정지용의 후기 시들이 조화와 상생의 자연공동체적 정신 속에서 순환론적 생명의식을 샘물처럼 뿜어내고 있는 것은 정지용의 삶의 심층에 조화와 상생을 바탕으로 하는 생태학적 세계관이 흐르고 있기 때문이라 볼 수 있다. 충북 옥천의 시골마을에서 태어나 산과 들판과 개천을 보면서 성장한 그의 유년기는 어른이 되고 난 뒤 경험하고 지식으로 흡수한 근대 이성 중심적 사유와 과학적 사유를 반성하고 성찰하게 하는 촉매제가 되었을 것이다. 근대의 날카롭기만 한 직선적 사유는 인간과 자연 뿐만 아니라 인간마저도 지배자와 피지배자로 이분화하여 존재 의미를 해체하고 물화시켰다. 근대 지식인이자 시인으로서 정지용은 그런 상황 속에서 의미를 상실한 사물들의 고유한 생명성을 자연과 동양적 정신주의에서 찾아 회복하고, 식민치하에서 분리된 현실과 자아가 입은 외상과 내상 역시도 자연과 동양적 정신주의를 통해 치유하려 한 것으로 보인다. 따라서 국토의 자연을 여행하면서 바라보는 정지용의 시선은 쓸쓸하면서도 따뜻하고, 때로는 공허에 가 닿기도 하지만 이내 역동적 생명성을 불러와 자연 대상들에 활기를 불어넣는다. 그것은 자연 대상들의 고유한 존재적 의미를 찾고 훼손된 정신적 가치와 생명성을 회복하려는 의지가 정지용의 내면 심층을 이루고 있는 까닭이다.

4부

생태시학의 미래를 향해

생태시학의 미래를 향해

본고는 김소월과 정지용 시를 중심으로 한국 현대시를 생태학적으로 구명하였다. 두 시인은 한국의 대표적 시인일 뿐 아니라 두 시인의 시가 생태학적 친연성을 가지고 있음에도 아직 동일선상에 놓고 연구한 바를 찾아보기가 쉽지 않았다. 따라서 두 시인의 시에 대한 생태학적 연구는 시의적절한 작업이었고, 이는 곧 1920-30년대 시의 생태학적 특성 구명이라 할 수 있는 것으로써 그러한 성과도 같이 확보할 수 있었다.

생태학은 자연 속 여러 개체의 상호 관계를 연구하는 학문으로 근본생태론, 사회생태론, 생태마르크스론 등의 이론으로 분화 발전되어 다양한 생태사상을 도출하여왔다. 이는 과학기술의 발달로 급속한 문명 발전을 이룩한 인류가 자연의 한 부분으로써 자연과 더불어 상호작용을 하며 살아가는 존재임을 간과한 채 자연과 생태계를 파괴하며 무한 경쟁을 해 왔던 것에 대한 각성의 사유 결과이다.

김소월과 정지용은 근대화가 파행적으로 진행되던 식민지시대를 살았던 시인으로서 표현 방식의 차이점에도 불구하고 지구 생태계에서 핵심인 자연의 아름다운 조화와 상징적 의미, 그리고 유기체들의 생명

현상을 시에 습합하고 있었으며, 생태계 내 한 개체인 인간으로서 맞닥뜨린 시대적 불합리성과 근대질서를 생태학적 사유를 통해 극복하고 있음을 형상화하고 있었다. 본고는 이러한 두 시인의 시를 대상으로 동서양의 자연관과 근본생태주의 및 사회생태주의 등 여러 이론과 철학자들의 생태사상을 적용하여 유기적·공동체적·공간적 양상을 논구하였다.

Ⅲ장 1절 유기론적 상상력의 생태시학에서 김소월의 '동물' 상상력과 정지용의 '바다' 상상력을 검토했다. 김소월은 부엉이나 귀뚜라미, 접동새, 닭, 개미, 제비 등의 동물을 통해 삼라만상은 영혼이 있으며, 그 영혼이 인간에게 영향을 미친다는 물활론적 인식을 가지고 있음을 도출했다. 그러한 인식을 바탕에 둔 동물 관련 상상력은 민속적 의미나 시대적 상황과 유비를 이루면서 화자의 내면 심상을 드러내거나 다른 주체와 만나는 통로 역할을 한다. 시적 자아의 현실 인식과 동물의 상징성을 연결해 서로 의존적인 부분들의 전체적인 역동적 상호 작용을 보여준 것이 김소월의 '동물' 관련 유기론적 상상력이다.

정지용의 초기 시에서 주로 등장하는 '바다' 상상력은 열린 생명세계와 닫힌 현실세계를 표상하는 양상을 보여주었다. 정지용의 바다 생태학은, 개방적 생명성의 활력과 다층적 상상력이 결합됐을 때 적극적이며 지속적인 무한성과 미래를 보여준다. 이 사유는 식민지 시인으로서 근대적 계몽 이성에 포섭되지 않고 드넓은 역동적 세계로 나아가려는 염원을 담은 생태학적 상상력이다. 생물학적 현상들도 물질과 운동이라는 화학적·물리적인 것으로 환원해 설명하는 기계론적 자연관의 건너편에 서 있는 유기론적 세계관을 바다에 투영하고 있음이 확인된다.

Ⅲ장 2절 공동체적 상상력의 생태시학에서 김소월의 '마을'·'대지' 상

상력과 정지용의 '고향' 상상력을 살펴보았다. 김소월은 「父母」나 「우리집」, 「故鄕」 등의 '마을' 상상력에서 자연과 사람이 분리되지 않은 생태 공동체로서 평화와 조화의 원리를 내포한 서정적 질감을 얻고 있다. 이와 달리 '대지' 상상력에서는 인간 삶의 근원적 의미에서 생존과 생명의 원천이 대지라는 관점으로 땅과 공동체의 운명을 보여준다. 「바라건대는 우리에게우리의 보섭대일쌍이 잇섯더면」이나 「옷과밥과自由」는 침략 제국주의의 위계질서는 지배와 착취에 역점을 두고 있는 반면 생태 공동체에서의 위계질서는 공생과 평화를 유지하는데 초점이 있다는 시선을 가진다. 이것은 김소월의 사회생태론적 측면에서의 공동체적 상상력의 생태시학이다.

정지용은 '고향' 상상력을 통해 인간과 자연의 조화, 개인과 공동체의 유대가 보장된 충만함 속에서 구현된 생태학적 감수성을 보여준다. 「鄕愁」는 새로운 오래된 미래로 돌아가 새로운 오래된 방식을 배우는 것을 골자로 한 스나이더의 '원주민 되기', '다시 거주하기'의 생물지역주의와 일맥상통한다. 정지용에게 고향 회복은 근대의 분열된 세계관을 극복할 방법이며, 새로운 오래된 생태 공동체의 창조로 파악되었다.

Ⅲ장 3절 공간적 상상력의 생태시학에서는 김소월의 '물'·'불' 상상력과 정지용의 '산' 상상력을 논의하였다. 김소월의 '물' 관련 시를 논의하면서 노자의 곡신사상을 도출했다. 개여울이나 시내 등은 곡신불사(谷神不死)의 생명 원천으로서의 모성성과 우주적 화음의 생태 공간으로 승화된다. '불' 상상력을 통해서는 생명회복의 역동성을 발현한다. 「금잔듸」나 「나는 세상 모르고 사랏노라」 등에서는 푸르게 돋기 시작한 무덤가의 금잔디를 타오르는 불로 환치함으로써 역동성이 없는 부동의 무덤을 역동화한다.

정지용의 '산' 상상력을 논의한 결과 생명 주체 세계의 동양적 균제미, 그리고 지구 생태계 내의 자연 개체가 가진 자발적 생장의 미학을 도출했다. 「九城洞」, 「朝餐」 등의 시는 동양적 정서의 균제미로 거경궁리의 사유방식을 보여준다. 이는 주체와 객체를 분리하고 대상화시킨 데카르트적 사유가 남긴 근대 이후의 단절과 이분화를 극복하고 생명 주체의 세계를 이끌어낸 것이다. 「장수산」 연작과 「백록담」 등의 여러 시편을 통해 정지용은 스스로 생장하고 발전하는 자연의 미학과 생명 정신을 강조한다. 자연을 인간과 균등한 존재로 보지 않고 인간의 지배 대상인 물체나 물질로 인식하는 근대사회의 비생태적 사유 극복을 보여주는 정지용의 공간적 상상력의 생태시학이다.

생태학적 관점에서 김소월과 정지용의 시를 분석한 결과, 김소월은 여성적 어조의 낭만주의나 전통적 정한의 세계를 중심음으로 삼는 서정시에만 머물러 있는 것이 아니고, 정지용 역시 서구 모더니즘의 아류에 불과한 이미지즘적 사물시나 동양적 정신주의에 매몰된 은일의 세계에 갇혀 있었던 것도 아니다. 두 시인의 상상력에서 특히 일제 치하의 젊은 지식인으로서의 갈등과 방황, 꿈과 낭만이 뒤섞인 자연의 풍경은 생태적 사유체계를 통해 지배/피지배의 이항대립적 식민지 상황을 극복할 수 있는 대안으로 확장되기도 한다.

두 시인이 보여준 생태학적 가치관은 근대의 기계론적이고 이분법적 사유에서 벗어나 소외 없는 세상을 이루려는 의지를 담고 있다. 시에서 보여주는 소외 없는 세상은 생태학 가운데서 지구적 차원의 관점에서 상생의 세계를 추구하는 이념이 녹아든 상상력이다. 이런 점들은 복잡성과 다양성이 혼재하는 오늘날 현대인들에게 시사하는 바가 크다. 분열의 시대 문턱에서 인간과 시대에 대한 고뇌와 성찰의 중요성을 보여주고 있기 때문이다.

한국 현대시문학사의 초기 시인으로서 한국시의 지평을 열어젖힌 김소월과 정지용의 시를 생태학적 관점에서 새롭게 구명한 이 연구는 크게 다음과 같이 그 의의를 요약할 수 있다. 우선, 전통적 측면에서 서정 세계나 언어의 리듬적 감각을 중점으로 고찰해오던 김소월의 시세계와 이미지즘적 모더니티 측면이나 은일(隱逸)의 동양적 정신세계 측면에서 주로 다루어지던 정지용의 시세계를 생태학적 상상력 가운데서도 유기론적 관점, 공동체적 관점, 공간적 관점에서 새롭게 규명하였다는 점을 들 수 있다. 이는 김소월과 정지용 시의 생태학적 관점의 모호성을 넘어 구체화시켰으며, 두 시인에 대한 논의를 확장시켰다는 의의를 가진다.

둘째, 두 시인의 시적 상상력의 근간이 자연에 있고, 시에 나타난 생태학적 의미가 상통한다는 사실을 확인했다는 점이다. 거의 대부분의 시에서 자연을 토대로 인간 삶의 양식과 사유를 두루 표현해내고 있을 뿐 아니라 식민 치하 지식인으로서의 갈등을 생태학적 사유를 통해 해소하려 했다는 사실을 포착할 수 있었다. 그럼에도 이러한 점에 중점을 두고 두 시인의 시세계를 집중적으로 연구한 사례는 찾아보기 어렵다. 이는 두 시인의 시세계에 대한 연구의 방향을 환기시켰다는 독자적 가치와 의의 획득을 보여주는 것이다.

셋째, 두 시인의 시를 시대적 배경과 연결하여 생태학적 차원에서 논의한 결과 오늘날의 생태시와 상호 연관성을 가진다는 논의의 지평을 확대시켰다는 의의를 갖는다. 산업화 시기 이후의 작품들을 대상으로 주로 논의되었던 한국 현대 생태시를 김소월과 정지용에 이르기까지 소급하여 확대함으로써 한국 현대 생태시가 1920-30년대에 이미 뿌리 내리고 있었음을 구명하였다. 산업화 이전의 생태시와 산업화 이후의 생태시가 서로 단절된 것이 아니라 연결되어 있음을 확인하였다는 점은 오늘날의 한국 현대시가 세계의 시적 흐름과 어깨를 나란히 하고 있음을 증명하는 의의라 할 수 있다.

넷째, 한국의 전통 사상 속에 내재된 생태적인 사유를 한국 현대시문학사의 초기 시기부터 적극적으로 수용하고 있다는 점을 환기시켰다. 그동안 문학이론에서 동양사상, 그 가운데서도 한국의 전통사상은 서구이론에 비해 낡은 것으로 폄하되는 경우가 많았다. 그러나 생태사상의 경우는 동양사상이 그 근간이라는 것을 김소월과 정지용의 시를 통해 확인하게 되었다. 김소월의 시에서는 물활론적이고 범신론적인 사유가 습합되고 있으며, 정지용의 시에서는 노장적 생명의식 등이 추출되는 특징을 보였다. 프리초프 카프라, 화이트헤드 등 생태학자나 신과학자 다수가 생태학의 논리가 동양사상과 깊이 관련되어 있다고 보았던 사실을 상기한다면, 문학이론이 서구사상 추수에만 심혈을 기울일 것이 아니라 동양사상의 논의 확대를 통해 새로운 이론적 가치를 창출할 필요성이 있음을 제기하였다는 점에도 그 의의가 있다.

다섯째, 한국 현대 생태시가 서구의 영향을 받아 출발한 것이 아니라 자생적으로 발아하였음을 구명하였다는 점에서도 의의를 찾을 수 있다. 1970-80년대를 거치면서 첨예하게 대립했던 정치적 갈등은 1990년대에 이르러 새로운 국면을 맞게 되었다. 90년대 이전의 생태시가 산업화 현장을 고발하거나 문명을 비판하는 것에 있었다면 90년대 이후의 생태시는 이념과 정치적 구호를 씻어내고, 본질적이고 근원적인 측면에서 현실과 생명문제에 접근했고, 시적 지평을 우주적으로 확대하는 성과를 이루었다. 이는 시적 관점의 다양성과 확장성을 보여주었으나 자칫 한국 생태시가 서구의 영향을 받아 출발된 것으로 오인할 우려를 남겼다. 이런 점에서 본 논의는 한국 생태시가 한국 현대시사의 초기인 1920-30년대에 이미 그 토대를 마련하고 있었음을 확인해냈다는 의의를 가진다.

김소월과 정지용의 시의 생태학적 특성에 대한 의의를 살펴보면서 오늘날 우리 사회를 다시 돌아보지 않을 수 없다. 컴퓨터나 인공지능 로봇이 인간을 대신하는 일 따위는 이제 놀랍다고 할 수 없는 지경이다. 2013년 미국 사회과학연구소 브루킹스가 발표한 '사이보기제이션 (Cyborgization)'에 관한 연구보고서에 따르면 인간은 머지않아 사이보그화(化) 될 것이고, 사이보그 사회에서 살아남기 위해 몸부림쳐야 하는 시대를 살게 되었다. 이외에도 인류 사회와 지구촌을 생태 위기로 몰고 가는 것은 한두 가지가 아니다.

이러한 때에 생태시학은 우리 자신의 삶의 위치를 파악하고 성찰하면서 이 시대가 추구해야 할 상생사회, 전 지구적 평화사회, 우주적 생명평등사회로 가는 바람직한 모습을 보여주는 사상으로서 지표 역할을 할 것이다. 분열되고 양극화된 현대사회의 여러 문제를 극복할 수 있는 방안도 생태적 모색에 있을 것이다. 생태시는 시가 사회문제 혹은 전 지구적 문제에 대응하는 방식을 제고하는 계기가 될 뿐만 아니라 시대적·역사적·문명사적 대안 제시의 효과적 방법론이기도 하다. 자칫 생태적 가치에 치중하다보면 시의 서정성이나 미학적 표현 요소가 간과될 수도 있고, 언어 특성을 확장하고 응용하는 것이기도 한 시의 기능에 문제점을 노출하는 한계를 노정할 수도 있다. 한편 이 연구에서 식민지적 상황을 김소월과 정지용의 시에 적용하면서 다소 거칠게 생태학적 이론이나 생태사상으로 논지를 확장하고 접근했을 수도 있다. 또

과학기술주의나 인간이성중심주의 세계관보다 생태학적 세계관이 우월하다는 윤리의식을 내보였을 수도 있다. 비판적 관점에서 보면, 생태학적 사유라는 것도 실은 지구의 생태적 종말이 오지 않게 하여 지구에서의 풍요로운 삶을 지속하고자 하는 인간 욕망의 산물, 즉 다른 또 하나의 인간중심주의인 것이다. 따라서 인류는 자연을 지배해도 되는 지구생물권 내의 주인이 아니라 지구생물권, 더 나아가 우주 내의 작은 한 일원이라는 점을 인지하면서도 존엄과 가치를 잃지 않는 균형점을 찾아내어 지속적으로 이를 실현해야 한다는 과제가 남는다.

마무리를 하면서 남는 아쉬움은 한국 생태시의 양상을 살피면서 김소월·정지용과 같은 시기에 활동한 다른 여러 시인의 생태시를 논의선상에 올리지 못했다는 점이다. 그리고 현대시사의 초기인 1920년대부터 이어지는 한국 생태시의 계보를 심도 있게 고찰하지 못했다는 점, 외국 생태시와 비교하여 살피지 못했다는 점도 아쉬움으로 남는다. 한중일 생태시와의 비교, 더 넓게는 동양 생태시와의 비교, 서양 생태시와의 비교 등 외국 생태시와의 비교는 한국 생태시의 면모를 새롭게 보게 하는 기회라는 점에서 검토의 가치가 높다할 것이다. 본고에서 논의되지 못했던 시인들의 시편에 담긴 생태학적 세계관과 상상력이 본고에서 다루지 못한 특징 있는 생태학적 이론에 힘입어 다양한 시각으로 조명될 때 한국 현대 생태시의 면모는 더 새로워질 것이고, 지평도 더욱 확대될 것이다. 이런 과제와 함께 1920-30년대 시인과 2000년대 시인들의 생태학적 영향관계 등에 관한 연구도 진행된다면 한국 생태시는 더욱 풍요로워질 것이다. 특히 통일학·평화학과 접목된 생태시 출현은 한국이 분단국가라는 점에서 새롭게 확장된 의의를 가질 것이다.

참고문헌

참고문헌

1. 기본 자료

김소월, 『진달내꽃』, 매문사, 1925.
김용직, 『원본 김소월 시집』, 깊은샘, 2007.
정지용, 『정지용 시집』, 시문학사, 1935.
_____, 『백록담』, 문장사, 1941.
_____, 『산문』, 동지사, 1949.
_____, 『달과 자유』, 깊은샘, 1994.
이숭원, 『원본 정지용 시집』, 깊은샘, 2003.

2. 논문 및 평론

강은교, 「소월시 다시 읽기」, 『한국시학연구』, 한국시학회, 2003. 5.
고석규, 「시인의 역설」, 『문학예술』, 1957, 2.
고현철, 「생태주의 시의 지형과 과제」, 신덕룡 편, 『초록 생명의 길 II』, 시와사람, 2001.
_____, 「탈식민주의와 문화적 민족주의 문학의 상관성 연구-1920년대 민요·시론을 중심으로」, 『비교한국학』, 국제비교한국학회, 2002.
구자광, 「'생물지역주의'의 위험성과 가능성」, 『동서비교문학저널』 제19호, 한국동서비교문학학회, 2008.
권영옥, 「김소월의 후기시 연구-변모양상을 중심으로」, 서강대학교 석사논문, 1986.
권유성, 「1920년대 '조선적' 서정시의 창출 과정 연구」, 경북대학교 박사논문, 2011.
권정우, 「정지용의 바다시편과 산시편의 연속성 연구」, 『비교한국학』 12권 2호, 국제비교한국학회, 2004.
_____, 「근대적 사랑의 탄생」, 『한국언어문학』 제62집, 한국언어문학회, 2007.

권혁웅, 「김소월 시의 리듬 연구」, 『한국시학연구』, 한국시학회, 2013.

김경란, 「현대시의 탈식민주의 페미니즘-김소월, 한용운, 서정주의 시를 중심으로」, 동국대학교 박사논문, 2005.

김국태 외, 「과학혁명과 자연의 재발견」, 서양근대철학회 편, 『서양근대철학』, 창비, 2001.

김기림, 「지용시집을 읽고」, 『동아일보』, 1935. 12. 10.

김기진, 「현시단의 시인」, 『개벽』, 1925. 4.

김기택, 「한국 현대시의 '몸' 연구」, 경희대학교 박사논문, 2007.

김동리, 「청산과의 거리」, 『문학과 인간』, 백민문화사, 1948.

김동인, 「내가 본 시인-김소월군을 논함」, 『조선일보』, 1929. 12. 11.-12.

김만원, 「사령은 시연구」, 서울대학교 박사논문, 1992.

김명인, 「1930년대 시의 구조연구」, 고려대학교 박사논문, 1985.

김민선, 「현대시에 나타난 생태의식 연구」, 고려대학교 교육대학원 석사논문, 2007.

김삼주, 「김소월시의 연구」, 인하대학교 박사논문, 1989.

김선태, 「한국 생태시의 현황과 과제」, 『비평문학』 제6권, 한국비평문학회, 2008.

김성태, 「소월시에 대한 언어시학적 연구」, 『문학사상』, 1985년 7월호.

김소정, 「김소월 시 연구」, 경상대학교 박사논문, 2008.

김승희, 「언어의 주술이 깨트린 죽음의 벽」, 『문학사상』, 1985. 7.

김신정, 「정지용 시 연구-'감각'의 의미를 중심으로」, 연세대학교 박사논문, 1998.

김 억, 「詩壇의 一年」, 『開闢』 42호, 1923. 12.

_____, 「요절한 박행시인 김소월에 대한 추억」, 『조선중앙일보』, 1935. 1. 23.

_____, 「소월의 생애와 시가」, 『삼천리』, 1935. 2.

_____, 「소월의 생애」, 『여성』, 1939. 6.

_____, 「박행시인 소월」, 『삼천리』, 1939. 11.

_____, 「소월의 추억」, 김소월, 『먼훗날 당신이 찾으시면』, 열음사, 1990.

김열규, 「한국의 문화코드 열 다섯가지」, 『금호문화』, 1997년 11월.

김옥순, 「김소월시의 파라독스 연구」, 이화여자대학교 석사논문, 1981.

김용민, 「생태사회를 위한 문학」, 신덕룡 엮음, 『초록 생명의 길 II』, 시와사람, 2001.

김용직, 「소월시와 앰비규이티」, 『현대문학』, 1970. 11.

_____, 「한국 근대사의 기점 문제」, 『근대문학의 형성과정』, 한국고전문학회, 1983.

_____, 「정지용론」, 이숭원 편, 『정지용』, 문학세계사, 1996.

김용환 외, 「근대철학의 형성」, 서양근대철학회 편, 『서양근대철학』, 창비, 2001.

김우창, 「한국시와 형이상」, 『궁핍한 시대의 시인』, 민음사, 1977.

＿＿＿, 「시와 정치」, 『세계의 문학』, 1979. 겨울.

＿＿＿, 「문학과 철학 사이 : 데카르트적 입장에 대하여」, 김상환 외, 『문학과 철학의 만남』, 민음사, 2000.

＿＿＿, 「소월과의 거리재기」, 김윤식, 『거리재기의 시학』, 시학, 2003.

김욱동, 「근대시의 생태주의」, 『생태학적 상상력-환경위기 시대의 문학과 문화』, 나무 심는사람, 2003.

김일근, 「민족문학사의 시대구분론」, 『자유문학』, 1957. 7.

김재홍, 「한국현대시형성론」, 인하대출판부, 1985.

＿＿＿, 「정지용, 또는 역사 의식의 결여」, 이숭원 편, 『정지용』, 문학세계사, 1996.

＿＿＿, 「현대시와 바다의 생태학」, 『초록 생명의 길』, 시와 사람, 2001.

김정호, 「아버지 소월」, 『동아일보』, 1927. 11. 4.

김종욱, 「생태철학과 불교」, 『현대사회의 제 문제와 불교』, 불교학연구회, 2000.

김종은, 「소월의 병적 한의 분석」, 『문학사상』, 1974. 5.

김종태, 「정지용 『백록담』의 공간 의식」, 『한국문예비평연구』, 한국현대문예비평학회 10호, 2002.

김종회, 「한국문학의 근대성과 근대적 문학 제도의 형성」, 『문학의 숲과 나무』, 민음사, 2002.

김준오, 「소월 시정(詩情)과 원초적 인간」, 김열규 외, 『김소월 연구』, 새문사, 1982.

＿＿＿, 「사물시의 화자와 신앙적 자아」, 김학동 편, 『정지용』, 서강대학교 출판부, 1995.

김진만, 「공동체주의 윤리관의 자유주의적 가치 수용에 관한 일고」, 『윤리교육연구』 제20집, 한국윤리교육학회, 2009.

김　현, 「여성주의의 승리」, 『현대 한국문학의 이론』, 민음사, 1972.

김현자, 「김소월·한용운 시에 나타난 상상력의 변형구조」, 이화여대학교 박사논문, 1982.

김형술, 「조선후기 山水 認識의 변화와 山水詩 창작의 새 양상」, 『한국한시연구』, 한국한시학회, 2008.

김　훈, 「정지용 시의 분석적 연구」, 서울대학교 박사논문, 1990.

김홍순, 「계획의 실패 또는 한계에 관한 연구」, 『韓國地域開發學會誌』 제22집, 한국지역개발학회, 2010.

김환태,「정지용론」,『삼천리문학』, 1938. 4.

남기혁,「김소월 시의 근대와 반근대 의식」,『한국시학연구』제11집, 한국시학회, 2004.

＿＿＿,「서정시의 위상」,『시와시학』, 시와시학사, 1999. 3.

남송우,「환경시의 현황과 과제」, 신덕룡,『초록 생명의 길 II』, 시와사람, 2001.

＿＿＿,「생명시학을 위하여」, 신덕룡,『초록 생명의 길 II』, 시와사람, 2001.

남재철,「自然詩의 意味와 韓國에서의 展開樣相」,『동방한문학』, 동방한문학회, 2007.

노병곤,「「백록담」에 나타난 芝溶의 現實認識」,『동아시아문화연구』9호, 한양대학교 동아시아문화연구소, 1986.

류순태,「김소월 시의 경계 의식에 내재된 미적 욕망과 그 근대성 연구」,『한국시학연구』제36집, 한국시학회, 2013.

류점석,「향유하는 삶을 위한 공동체의 생태학적 패러다임」,『문학과 환경』통권 4, 문학과환경학회, 2005.

문덕수,「한국 모더니즘시 연구」, 고려대학교 박사논문, 1981.

박경수,「천기론의 관점에서 본 김소월의 시학의 전통성과 근대성」,『우리말 글』제32집, 우리말글학회, 2004.

박목월,「김소월」,『한국의 인간상』5권, 동화출판공사, 1965.

박상배·이경호·김용민,「생태환경시와 녹색운동」,『현대시』, 1992. 6.

박영호,「김소월 시에 나타난 반식민주의적 성향」,『한국시학연구』13권, 2005.

박용철,「『정지용시집』跋」. 이숭원 편,『원본 정지용시집』, 깊은샘, 2003.

박원순,「'동물권'의 전개와 한국인의 동물 인식」,『생명연구』제3집, 서강대학교 생명문화연구원, 1997.

박종화,「문단의 일년을 추억하야」,『개벽』31호, 1923. 1.

＿＿＿,「소월과 나」,『신문예』, 1959. 8.

박주택,「≪鄭芝溶 詩集≫에 나타난 동경과 낭만적 아이러니 연구」,『한양언어문화』38호, 한국언어문학학회, 2009.

＿＿＿,「정지용 시에 나타난 근대성 연구」,『한국시학연구』제30호, 한국시학회, 2011.

박준건,「생태학적 마르크스주의에 관한 연구」,『코키토』48집, 부산대 인문학연구소, 1996.

＿＿＿,「불교생태론을 다시 생각한다」,『대동철학』제46집, 대동철학회, 2009.

박진환, 「정신분석학적으로 본 김소월」, 『현대시학』, 1977. 7.

변태섭, 「'지구의 허파' 아마존 밀림 85% 사라질 수도」, 『동아일보』, 2009. 6. 5.

배한봉, 「정지용 시의 생태시학적 연구」, 경희대학교 석사논문, 2010.

_____, 「우포늪의 힘, 시의 힘」, 『시인시각』, 2008. 가을.

배호남, 「정지용 시의 갈등 양상 연구」, 경희대학교 박사논문, 2008.

백낙청, 「문학과 예술에 있어서의 근대성 문제」, 『창작과비평』, 1964. 여름.

_____, 「시민문학론」, 『창작과비평』, 1969. 여름.

서정주, 「소월의 자연과 유계의 종교」, 『신태양』, 1959. 9.

_____, 「소월시에 나나탄 사랑의 의미」, 『예술원논문집』, 1963. 9.

_____, 「소월시에 있어서의 정한의 처리」, 『현대문학』, 1959. 6.

손민달, 「1920년대 생태주의적 상상력 연구-이상화와 김소월의 시를 중심으로」, 『인
    문연구』, 영남대학교 인문과학연구소, 2007.

_____, 「한국 생태주의 문학 담론 연구」, 고려대학교 박사논문, 2008.

_____, 「1920년대 시의 생태주의적 상상력 연구」, 『인문연구』, 53호, 영남대 인문과
    학연구소, 2007.

송명규 · 김병량, 「생명지역주의: 생명공동체 운동의 이념적 기초」, 『한국지역개발학
    회지』, 한국지역개발학회, 2001.

송명회, 「소월시에의 반성」, 『세계의 문학』, 1979. 겨울.

송 욱, 「정지용, 즉 모더니즘의 자기부정」, 김학동 편, 『정지용』, 서강대학교출판부,
    1995.

송효섭, 「<진달래꽃>의 기호학과 한의 소재론」, 『문학과 비평』, 1987년 봄.

송희복, 「생명문학의 현황과 가능성」, 『생명문학과 존재의 심연』, 좋은날, 1998.

신광호, 「한국 현대시의 꽃과 심상 연구-김소월, 한용운, 서정주의 시에서 꽃을 표제로
    한 시를 중심으로」, 경희대학교 석사논문, 1982.

신달자, 「소월과 만해 시의 여성 지향 연구」, 숙명여자대학교 박사논문, 1992.

신덕룡, 「생명시의 성격과 시적 상상력」, 신덕룡, 『초록 생명의 길 Ⅱ』, 시와사람,
    2001.

신동욱, 「김소월 시에 있어서의 자아와 현실관계 연구」, 『예술원논문집』 18집, 예술
    원, 1979.

신석정, 「정지용론」, 『풍림』, 1937. 4.

심선옥, 「김소월 시의 근대적 성격 연구」, 성균관대학교 박사논문, 2000.

양왕용, 「1930년대 한국시의 연구」, 『어문학』, 26호, 한국어문학회, 1972.

엄경희, 「한국 생태시의 위상」, 『한국어문학연구소 정기학술대회 : 문학과 자연 II』, 이화여자대학교 한국어문학연구소, 2003.

오세영, 「근대시 · 현대시의 개념과 기점」, 김용직 외, 『한국현대시사의 쟁점』, 시와시학사, 1992.

____, 「한의 논리의 그 역설적 의미」, 『문학사상』, 1976. 12.

____, 「恨의 論理와 그 역설적 距離 : 素月에 있어서 恨과 自然의 意味」, 『語文論志』, 충남대학교 문리과대학 국어국문학과, 1978.

____, 「꿈으로 오는 한 사람」, 『김소월 평전』, 문학사상사, 1981.

____, 「지용의 자연시와 성정의 탐구」, 『한국현대문학연구』 12호, 한국현대문학연구회, 2002.

____, 「한, 민요조, 그리고 거리의 문제」, 『한국현대시인연구』, 월인, 2003

오하근, 「김소월시의 성상징 연구」, 전남대학교 박사논문, 1989.

오장환, 「조선시에서 있어서의 상징」, 『신천지』, 1947. 1.

오형엽, 「시적 대상과 자아의 일체화, 혹은 공간화-김기림과 정지용의 '유리창' 비교·분석」, 『한국문학논총』 제24집, 한국문학회, 1999.

원병관, 「동양 사상과 심층생태학」, 『동서비교문학저널』, 한국동서비교문학학회 제18호, 2008.

유성호, 「생태 시학의 형상과 논리」, 『문학과 환경』 제6권, 문학과 환경학회, 2007.

유종호, 「한국의 파세딕스」, 『현대문학』 제72호, 1960

____, 「한국 현대시의 오십년」, 『사상계』, 1962. 5.

유용하·김명수·이은지, 「IPCC 4차 보고서 '지구온난화의 재앙'」, 『매일경제』, 2007. 4. 7.

유재천, 「소월 시의 님의 정체」, 『현대시세계』 겨울(창간호), 1988.

유종호, 「현대시의 오십년」, 『사상계』, 1962. 5.

윤석산, 「소월 시와 지용 시의 대비적 연구-자연관을 중심으로」, 한양대학교 석사학위논문, 1981.

____, 「소월시 연구-화자를 중심으로」, 한양대학교 박사논문, 1989.

윤의섭, 「정지용 후기시의 장소성」, 『현대문학이론연구』 제46집, 현대문학이론학회, 2011.

이건청, 「시적 현실로서의 환경 오염과 생태파괴」, 『현대시학』, 1992. 8.

이광호, 「김소월 시의 시선 주체와 미적 근대성」, 『국제한인문학연구』 제11집, 국제한인문학회, 2013.

이기형, 「1930년대 한국 모더니즘 시 연구 : 정지용 시를 중심으로」, 인하대학교 박사
　　　논문, 1994.

이동하, 「생태계의 위기와 우리 문학」, 『예술과 비평』, 1991. 봄.

이명재, 「진달래꽃의 짜임」, 『김소월연구』, 김열규 외 편, 새문사, 1982.

이문재, 「김소월·백석 시의 시간과 공간의식 연구-생태시학의 가능성을 중심으로」, 경
　　　희대학교 박사논문, 2008.

이법산, 「불교의 생명 윤리」, 최재천 외, 『과학 종교 윤리의 대화』, 궁리출판, 2001.

이상오, 「정지용 시의 자연 인식과 형상화 양상」, 고려대학교 박사논문, 2005.

_____, 「정지용의 초기 시와 '바다' 시편에 나타난 자연 인식」, 『인문과학』, 49호, 영남
　　　대 인문과학연구소, 2005.

이선미, 「현대사회이론에서 공동체 의미에 대한 비판적 연구」, 『한국사회학』, 한국사
　　　회학회, 2008.

이성교, 「김소월 시에 나타난 향토색 연구」, 『새국어교육』 32호, 한국국어교육학회,
　　　1980.

이숭원, 「鄭芝溶 評傳」, 이숭원 편, 『정지용』, 문학세계사, 1996.

이승훈, 「<진달래꽃>의 구조 분석」, 『문학사상』, 1985년 7월호.

이양하, 「바라던 지용시집」, 『조선일보』, 1935. 12. 7.-11.

이어령, 「김소월」, 『한국작가전기연구』(상), 동화출판공사 , 1973.

이영춘, 「김소월 시에 반영된 무속성 연구」, 경희대학교 석사논문, 1988.

이은봉, 「한국 현대시와 생태학적 상상력」, 『논문집』, 공주대 민족문화예술연구소,
　　　1999.

이자욱, 「김소월 시에 나타난 자연 이미지 연구」, 연세대학교 교육대학원 석사논문,
　　　2001.

이재훈, 「한국 현대시의 허무의식 연구」, 중앙대학교 박사논문, 2007.

이정미, 「소월과 만해시의 자연 형상화 연구」, 연세대학교 석사논문, 1989.

이종은, 정민 외, 「한국문학에 나타난 한국인의 자연관 연구」, 『동아시아문화연구』
　　　(구 『한국학논집』), 한양대학교 동아시아문화연구소(구 한양대학교 한국학
　　　연구소), 1998.

이태동, 「悲劇的 崇高美와 표백된 언어」, 『우리문학의 현실과 이상』, 문예출판사,
　　　1993.

이형권, 「근·현대문학사의 기점론 고찰」, 『어문연구』, 충남대학교 문리과대학 어문연

구회, 1998.

이혜원, 「한용운, 김소월 시의 비유구조와 욕망의 존재방식」, 고려대학교 박사논문, 1996.

_____, 「김소월과 장소의 시학」, 『상허학보』 제17집, 상허학회, 2006.

이희중, 「김소월 시의 창작방법 연구」, 고려대학교 박사논문, 1994.

_____, 「문명과 시의 불화」, 신덕룡 편, 『초록 생명의 길』, 시와 사람, 2001.

_____, 「김소월의 7·5조 정형 음수율 실험 비판」, 『현대시의 방법 연구』, 월인, 2001.

임도한, 「한국 현대 생태시 연구」, 고려대학교 박사논문, 1999.

임 화, 「개설 신문학사」, 임규찬·한진일 편, 『신문학사』, 한길사, 1983.

_____, 「신문학사방법론」, 『문학의 논리』, 학예사, 1940.

장석남, 「김소월 시집 진달래꽃 의 유기적 구성에 대한 연구」, 인하대학교 석사논문, 2002.

전도현, 「소월시의 시창작방법과 시의식 연구」, 고려대학교 박사논문, 2002.

전정구, 「김소월시의 언어시학적 특성 연구-개작과정을 중심으로」, 전남대학교 박사논문, 1990.

정륜, 「도가의 생명존중 사상」, 『범한철학』 제35집, 범한철학회, 2004.

정한모, 「소월시의 정착과정 연구-소월시 일람, 그 퇴고과정」, 『성심어문논집』 4, 성심어문학회, 1977.

_____, 「<금잔디>론」, 『김소월연구』, 김열규 외 편, 새문사, 1982.

_____, 「한국 현대시 연구의 반성」, 『현대시』, 문학세계사, 1984.

정효구, 「김소월 시의 기억 체계 연구」, 서울대학교 박사논문, 1989.

조남현, 「개작과정으로 본 소월시의 이막」, 『문학사상』, 1976, 12.

조영준, 「셸링 유기체론의 생태학적 함의」, 『헤겔연구』 제24집, 한국헤겔학회, 2008.

조요한, 「자연의 회복」, 『녹색평론』 통권 21, 1995. 3/4.

조용훈, 「한국근대시의 고향 상실 모티프 연구」, 서강대학교 박사논문, 1994.

조재훈, 「<산유화>歌 연구」, 『백제문화』 8, 공주사대, 1979.

조지훈, 「한국현대시사의 반성」, 『사상계』, 1962. 5.

최동호, 「서정시의 시적 형상에 관한 의식비평적 이해-김소월, 한용운의 경우」, 『어문논집』, 민족어문학회 1997.

_____, 「한국 현대시에 나타난 물의 심상과 의미 연구」, 고려대학교 박사논문, 1981.

_____, 「山水詩의 世界와 隱逸의 精神」, 이숭원 편, 『한국현대시인 연구 15-정지용』,

문학세계사, 1996.

_____, 「산수시와 정신주의의 미학적 탐색」, 『시와사상』, 2001, 여름.

_____, 「김소월 시와 파멸의 현재성-죽음의 시대와 혼의 형식」, 최동호 편, 『범우비평
    판한국문학 27』, 범우사, 2005.

최만종, 「金素月 詩에 있어서 '場所愛'의 現象學的 硏究」, 서강대학교 박사논문, 2000.

최배근, 「한국사에서 근대로의 이행 특질과 근대의 기점」, 『상경연구』, 건국대학교 경
    제경영연구소, 1997.

최원식, 「한국 문학의 근대성을 다시 생각한다」, 『창작과비평』, 1994. 겨울.

최태웅, 「북한문단」, 한국문인협회 편, 『해방문학 20년』, 정음사, 1966.

한영옥, 「한국 현대시의 주지성 연구」, 성균관대학교 박사논문, 1991.

허남희, 「육이오와 문화인의 양심」, 『현대공론』, 1954. 6.

허형만, 「김소월 시에 나타난 물의 심상과 의식연구」, 『한남어문학』 13집, 한남대학교
    한남어문학회, 1987.

_____, 「생명주의와 한국문학」, 신덕룡 엮음, 『초록 생명의 길 II』, 시와사람, 2001.

3. 단행본

강영안, 『타인의 얼굴』, 문학과지성사, 2005

계용묵, 『김소월의 생애』, 문학세계사, 1982.

계희영, 『내가 기른 소월』, 장문각, 1969.

권영민, 『한국현대문학사 1』, 민음사, 2002.

_____, 『한국현대문학사 2』, 민음사, 2002.

_____, 『정지용 시 126편 다시 읽기』, 민음사, 2004.

_____, 『김소월 시전집』, 문학사상, 2007

권정우, 『정지용의 『정지용 시집』을 읽는다』, 열림원, 2003.

김경복, 『한국 현대시의 구조와 의식 지평』, 박이정, 2010.

김기림, 『김기림 전집2』, 심설당, 1988.

김동명, 『심층생태주의의 유기론적 시학』, 국학자료원, 2013.

김만권, 『불교학 입문』, 삼영출판사, (재판)1981.

김상환 외,『문학과 철학의 만남』, 민음사, 2000.

김성기 편,『모더니티란 무엇인가』, 민음사, 1994.

김소희,『지구 생태 이야기 생명시대』, 학고재, 1999.

김신정,『정지용 문학의 현대성』, 소명출판, 2000.

_____,『정지용의 문학세계연구』, 깊은샘, 2001.

김열규,『한국인, 우리들은 누구인가』, 자유문학사, 1985.

김열규 외,『김소월 연구』, 새문사 , 1982.

김영삼,『소월정전』, 성문각, 1965.

김영진,『화이트헤드의 유기체철학』, 그린비, 2012.

김영철,『김소월, 비극적 삶과 문학적 형상화』(E-book), 건국대학교 출판부, 1999.

김옥성,『한국 현대시와 종교 생태학』, 박문사, 2012.

김용민,『생태문학: 대안사회를 위한 꿈』, 책세상, 2003.

김용성,『한국현대문학사탐방』, 국학자료원, 2011.

김용직,『김소월전집』, 문장사, 1981.

_____,『한국근대시사 상(上)』, 학연사, 1986.

_____,『김소월 전집』, 서울대학교 출판부, 1996.

김우창,『궁핍한 시대의 시인』, 민음사, 1997.

김욱동,『문학생태학을 위하여』, 민음사, 1998.

_____,『한국의 녹색문화』, 문예출판사, 2000.

_____,『생태학적 상상력-환경위기 시대의 문학과 문화』, 나무심는사람, 2003.

김윤식,『한국근대문학사상사』, 한길사, 1984.

_____,『거리재기의 시학』, 시학, 2003.

김윤식·김현,『한국문학사』, 민음사, 1981. 및 (개정판 12쇄)2004.

김재홍,『한국현대시인 연구 (1)(2)』, 일지사, 2007.

김종욱,『원본 소월 전집 상·하』, 홍성사, 1982.

김종태,『정지용 시의 공간과 죽음』, 월인, 2002.

김종철 편,『녹색평론선집 1』, 녹색평론사, 1993.

김종회,『북한 문학의 이해 2』, 청동거울, 2002.

김준섭,『서양철학사』, 백록, 1991.

김준오,『詩論』, 문장, (중판)1983.

김춘수,『한국현대시형태론』, 해동문화사, 1958.

김춘식,『미적 근대성과 동인지 문단』, 소명출판, 2003.

김학동,『정지용 연구』, 민음사(개정판 1쇄), 1987.

_____,『정지용 전집 2』, 민음사, 1988.

김현자,『시와 상상력의 구조』, 문학과지성사, 1982.

김호기,『말, 권력, 지식인』, 아르케, 2002.

문덕수,『현대시의 해석과 감상』, 삼우출판사, 1982.

문순홍,『생태학의 담론』, 아르케, 2006.

박두진,『한국현대시론』, 일조각, 1980.

박이문,『문명의 미래와 생태학적 세계관』, 당대, 1998.

_____,『문명의 위기와 문화의 전환』, 민음사, (1판 6쇄)1997.

박인기,『한국현대문학론』, 국학자료원, 2004.

박정호 외,『현대 철학의 흐름』, 동녘, 1996.

박주택,『낙원회복의 꿈과 민족정서의 회복-백석 시 연구』, 시와시학사, 1999.

_____,『현대시의 사유 구조』, 민음사, 2012.

백순재·하동호,『못잊을 그 사람』, 양서각, 1966.

백철,『신문학사 조사』, 수선사, 1948.

_____,『조선문학사조사 현대편』, 백양사, 1949.

서대석,『한국 신화의 연구』, 집문당, 2002.

송상용 외,『생태문제와 인문학적 상상력』, 나남, 1999.

송욱,『시학평전』, 일조각, 1963.

신덕룡,『초록 생명의 길』, 시와사람, 1997.

_____,『초록 생명의 길 II』, 시와사람, 2001.

심광현,『프렉탈』, 현실문화연구, 2005.

오세영,『한국낭만주의시 연구』, 일지사, 1980.

오하근,『정본 김소월 전집』, 집문당, 1995.

원효,『大乘起信論疏』1권, 韓佛全 제1책.

윤주은,『김소월 시 원본 연구』, 학문사, 1984.

이규보, 민족문화추진회 편역,『이규보 시문선』, 솔, 1997.

이기백,『한국전통문화론』, 일조각, 2002.

이남호,『녹색을 위한 문학』, 민음사, 1998.

이명현,『인간을 찾아서』, 금박출판사, 1985.

이봉일, 『문학과 정신분석』, 새미, 2009.

이숭원, 『정지용 시의 심층적 탐구』, 태학사, 1999.

이인복, 『죽음 의식을 통해 본 소월과 만해』, 숙명여대출판부, 1997.

이재복, 『비만한 이성』, 청동거울, 2004.

이태동, 『우리문학의 현실과 이상』, 문예출판사, 1993.

이형권, 『타자들 에움길에 서다』, 천년의 시작, 2006,

일연, 김원중 역, 『삼국유사』, 을유문화사, (보급판)2003.

임규찬·한진일 편, 『신문학사』, 한길사, 1993.

임화, 『임화문학예술전집』, 소명출판, 2009.

장도준, 『정지용 시 연구』, 태학사, 1994.

장철환, 『김소월 시의 리듬 연구』, 소명출판, 2011.

장회익 외, 『인간과 자연이 함께하는 국학』, 집문당, 2000.

전정구, 『소월 김정식 전집』 1-3권, 한국문화사, 1993.

정끝별, 『오룩의 노래』, 하늘 연못, 2001.

정의홍, 『정지용의 시 연구』, 형설출판사, 1995.

정한모, 『김소월 연구』, 새문사, 1982.

정혜정, 『동학의 심성론과 마음공부』, 모시는사람들, 2012.

정효구, 『현대시와 기호학』, 느티나무, 1989.

조동일, 『한국문학통사 1』, 지식산업사, 1988.

_____, 『한국문학통사 5』, 지식산업사, 1988.

조연현, 『한국현대문학사』, 성문각, 1980. 및 (개정판)1982.

조용훈, 『동서양의 자연관과 기독교 환경윤리』, 대한기독교서회, 2002.

조창환, 『한국 현대시의 운율론적 연구』, 일지사, 1986.

주광렬, 『과학과 환경』, 서울대출판부, 1986.

최동호, 『하나의 도에 이르는 시학』, 고려대학교 출판부, 1997.

_____, 『그들의 문학과 생애, 정지용』, 한길사, 2008.

최병두, 『환경사회이론과 국제환경문제』, 한울, 1995.

최승호, 『한국현대시와 동양적 생명사상』, 다운샘, 1995.

최정희, 『찬란한 대낮』, 문학과지성사, 1987.

한민성, 『추적 정지용』, 갑자출판사, 1987.

헬레나 노르베르-호지 외, 『지식기반사회와 불교생태학』, 아카넷, 2006.

홍용희, 『대지의 문법과 시적 상상』, 문학동네, 2007.

서양근대철학회, 『서양근대철학』, 창비, 2001.

환경과공해연구회, 『공해문제와 공해대책』, 한길사, 1991.

4. 번역서 및 국외논저

Armstrong, Karen, 이다희 역, 『신화의 역사』, 문학동네, 2011.

Arne Naess, "The Shallow and the Deep, Longrange Ecology Movement", Inquiry, vol, 16, 1973.

_____, "The Deep Ecological Movement: Some Philosophical Aspects", Philosophical Inquiry, vol, 8, 1986.

Bachelard, Gaston, 김현 역, 『불의 정신분석』, 삼중당, 1977.

_____, 정영란 역, 『공기와 꿈』, 민음사, 1994.

_____, 곽광수 역, 『공간의 시학』, 동문선, 2003.

Baskin, Yvonne, 이한음 역, 『아름다운 생명의 그물』, 돌베개, 2003.

Beck, Herman, 장경룡 역, 『불교』, 범조사, 1982.

Berman, Marshall, 윤호병·이만식 역, 『현대성의 경험』, 현대미학사, 1995.

Bergson, Henri, 이광래 역, 『사유와 운동』, 문예출판사, 2012.

Bill Devall·George Sessins, Deep Ecology, Peregrine Books, 1985.

Bookchin, Murray, 문순홍 역, 『사회생태론의 철학』, 솔, 1997.

_____, 구승회 역, 『휴머니즘의 옹호』, 민음사, 2002.

_____, 서유석 편, 『머레이 북친의 사회적 생태론과 코뮌주의』, 메이데이, 2012.

Callenbach, Ernest, 노태복 역, 『생태학 개념어 사전』, 에코, 2009.

Capra, Fritjof, 이성범·김용정 역, 『현대물리학과 동양사상』, 범양사, (3판3쇄)1975. 및 2006.

_____, 이범철·김대식 역, 『새로운 과학과 전환』, 범양사, 1980.

_____, 김용정 역, 『생명의 그물』, 범양사, 1998.

_____, 강주현 역, 『히든커넥션』, 휘슬러, 2003.

Carson, Rachel, 김은령 역,『침묵의 봄』, 에코리브르, 2002.

Collingwood, Robin George, 유원기 역,『자연이라는 개념』, 이제이북스, (1판2쇄)2006.

Commoner, Barry, 송상용 역,『원은 닫혀야 한다』, 전파과학사, 1972.

Fortey, Richard, 이한음 역,『생명, 40억년의 비밀』, 까치, 2007.

Fox, Warwick, 정인석 역,『트랜스퍼스널 생태학』, 대운출판, 2002.

Fromm, Pinchas Erich,『자유에서의 도피』, 범우사, (개정 7판)1990.

Gandhi, Mahatma, 김태언 역,『마을이 세계를 구한다』, 녹색평론사, (개정판 제1
    쇄)2011.

Goldmann, Lucien, 조경숙 역,『소설 사회학을 위하여』, 청하 1987.

Jakobson, Roman, 신문수 역,『문학 속의 언어학』, 문학과지성사, 1989.

Jonas, Hans, 김종국·소병철 역,『물질·정신·창조-우주의 기원과 진화에 관한 철학적 성
    찰』, 철학과현실사, 2007.

Lacan, Jacques, 민승기·이미선·권택영 역,『욕망이론』, 문예출판사, 1994.

Lamping, Dieter, 장영태 역,『서정시: 이론과 역사』, 문학과지성사, 1994.

Lovelock, James, 홍욱희 역,『가이아』, 범양사, 1990.

Lukacs, Georg, 반성완 역,『소설이론』, 심설당, 1993.

Merchant, Carolyn, 허남혁 역,『래디컬 에콜로지』, 이후, 2001.

Nearing, Helen·Nearing, Scott, 류시화 역,『조화로운 삶』, 보리, 2000.

Parsons, Howard L., Marx and Engels on Ecology, Greenwood, London, 1977.

Pearson, Keith Ansell, 이정우 역,『싹트는 생명』, 산해, 2005.

Rajneesh, Osho, 정한희 역,『삶의 진실을 찾아서』, 민중서각, 1986.

Relph, Edward, 김덕현·김현주·심승희 역,『장소와 장소상실』, 논형, 2005.

Riedel, Manfred, 정필태 역,『헤겔철학의 분석적 입문』, 민일사(청목서적), 1987.

Sae-a-thl,「우리는 결국 모두 형제들이다」, 김종철 편,『녹색평론선집 1』, 녹색평론사,
    1993.

Soja, Edward, 외, 이무용 외 역,『공간과 비판사회이론』, 시각과 언어, 1997.

Staiger, Emil, 오현일·이유영 역,『시학의 근본 개념』, 삼중당, 1978.

Thoreau, Henry David, 한기찬 역,『월든』, 소담출판사, 2002.

Tuan, Yi-Fu, 구동회 심승희 역,『공간과 장소』, 대윤, (개정 2쇄)2011.

Worster, Donald, 문순홍 역,『생태학, 그 열림과 단힘의 역사』, 아카넷, 2002.

許抗生, 유희재·신창호 역,『노자평전』, 미다스북스, 2005.

楊國榮, 이영섭 역, 『맹자평전』, 미다스북스, 2005.
汪國棟, 신주리 역, 『장자평전』, 미다스북스, 2005.
『雜阿含經』17권, 大正藏 2.
鎌田茂雄, 한형조 역, 『화엄의 사상』, 고려원, 1987.

한국 현대시의 생태학

초판 1쇄 인쇄일	2024년 2월 20일
초판 1쇄 발행일	2024년 2월 25일

지은이	배한봉
펴낸이	한선희
편집/디자인	정구형 이보은
마케팅	정찬용 김형철
영업관리	한선희 정진이
책임편집	이보은
인쇄처	으뜸사
펴낸곳	국학자료원 새미(주)
	등록일 2005 03 15 제25100−2005−000008호
	본사) 충청남도 논산시 상월면 522 금강대학교 산학협력단 513호
	지사) 경기도 고양시 덕양구 권율대로 656 클래시아더퍼스트 1519, 1520호
	Tel 02)442−4623 Fax 02)6499−3082
	www.kookhak.co.kr
	kookhak2010@hanmail.net

ISBN	979-11-6797-146-3 *93800
가격	32,000원